Knaus

K

Mary Gordon

Männer und Engel

Roman

Deutsch von Christian Spiel

Albrecht Knaus

Titel der Originalausgabe:
«Men and Angels»,
erschienen bei Random House, Inc., New York, 1985

1. Auflage

Gesetzt aus Korpus Aldus
Schutzumschlag: Kaselow Design, München, unter Verwendung des Gemäldes «Woman in a Striped Dress» von Edouard Vuillard, 1895, National Gallery of Art, Washington, D. C.; Collection of Mr. and Mrs. Paul Mellon, 1983.
Printed in Germany · Mohndruck Gütersloh
ISBN 3-8135-0712-2

für Arthur

«Wenn ich mit Menschen- und mit Engelzungen redete und hätte der Liebe nicht, so wäre ich ein tönend Erz oder eine klingende Schelle.»

1. KORINTHER, 13,1

DANKSAGUNG

Caroline Watson ist eine erdachte Figur, aber bei ihrer Erfindung habe ich mich auf Einzelheiten aus dem Leben von Malerinnen gestützt, die es tatsächlich gegeben hat, insbesondere Cecilia Beaux, Mary Cassatt und Suzanne Valadon. Von großem Nutzen waren mir Cecilia Beaux' Autobiographie, *Background with Figures,* und die Briefe von Mary Cassatt und Paula Modersohn-Becker.

Außerdem gilt mein tief empfundener Dank Linda Nochlin für ihre Ratschläge in bezug auf Kunstgeschichte und Kunsthistoriker und Alexander Martin, der mir verstehen half, wie ein Maler malt.

1. KAPITEL

Sie hatte nichts zu fürchten. Sie saß im Flugzeug, unterwegs von London nach New York, und sie wußte nicht, was sie anfangen sollte, wenn sie dort aus der Maschine stieg. Doch warum sollte sie sich ängstigen? Sie schlug ihre Bibel auf und wandte sich den Worten des Herrn zu: «Kann auch ein Weib ihres Kindleins vergessen, daß sie sich nicht erbarme über den Sohn ihres Leibes? Und ob sie seiner vergäße, so will ich doch deiner nicht vergessen. Siehe, in die Hände habe ich dich gezeichnet; deine Mauern sind immerdar vor mir.»

Jesaja, der Prophet. Sie hatte sich eine Sammlung der Worte aus der Heiligen Schrift angelegt, die zeigten, daß die Liebe zum eigenen Fleisch und Blut nicht wichtig war. Was bewies, daß sie schwach und unzuverlässig war, daß man von ihr lassen sollte. In die Hände habe ich dich gezeichnet. Welcher irdische Vater, welche irdische Mutter wäre dazu bereit? Bei der Vorstellung, daß ihre Mutter es tat, mußte sie lachen. Sie hatte es einmal selbst versucht, sich den Namen ihrer Mutter in die Hände zu ritzen, sich dann doch nicht dazu überwinden können. Sie hatte sich vor dem Messer, dem Blut, der aufgerissenen Haut, dem Schock gefürchtet. Der Name ihrer Mutter überforderte ihren Mut.

Jesus hatte gesagt, der Mensch solle Vater und Mutter verlassen. Das hatte sie getan, sie war auf Mißverständnisse, Ablehnung gestoßen, war aufgefordert worden, ihrer Wege zu gehen, doch Jesus hatte gesagt, daß es den Auserwählten so ergehen werde. Verlaßt eure Eltern, hatte Er gesagt. Nehmt nicht Gold noch Silber mit, hatte Er gesagt, kein Erz in euren Gürteln noch Taschen zur Wegfahrt, «auch nicht zwei Röcke, keine Schuhe, auch keinen Stecken. Denn der Arbeiter ist seiner Speise wert. Wenn ihr aber in eine Stadt oder ein Dorf geht, da erkundigt euch, ob jemand darin sei, der es wert ist; und bei demselben bleibet, bis ihr von dannen zieht. Wenn ihr aber in ein Haus geht, so grüßet es; und wenn es das Haus wert ist, wird euer Friede auf sie kommen. Ist es aber nicht wert, so wird sich euer Friede wieder zu euch wenden. Und wenn euch jemand nicht aufnehmen wird noch eure Rede hören, so geht heraus von jenem Hause oder jener

Stadt und schüttelt den Staub von euren Füßen. Wahrlich, ich sage euch: Dem Lande der Sodomer und Gomorrer wird es erträglicher gehen am Tage des Gerichts als solcher Stadt.

Siehe», hatte Er gesagt, «ich sende euch wie Schafe mitten unter die Wölfe. Darum seid klug wie die Schlangen und ohne Falsch wie die Tauben.»

Sie hatte leider den Fehler begangen, diesen Ratschlag Jesu nicht zu beherzigen. Klug wie die Schlangen. Sie war zu vertrauensselig gewesen, hatte zu offenherzig davon erzählt, daß der Geist des Herrn zu ihr gekommen war.

Sie war von den Chamberlains in Syracuse engagiert worden, sie nach London zu begleiten. Das Ehepaar wollte dort ein halbes Jahr arbeiten, und sie sollte in dieser Zeit die Kinder betreuen. Er war Naturwissenschaftler; er untersuchte die Gehirne von Fischen. Dann, nach einem Monat, hatte er gesagt: «Wie sich herausstellt, gibt es für Joan doch nicht so viel Arbeit, wie wir ursprünglich dachten. Sie kann sich selbst um die Kinder kümmern. Wir brauchen Sie also nicht. Unsere Augen waren wohl größer als die Münder. Ha-ha! Aber wir werden Sie nicht auf dem trockenen sitzenlassen. Ich möchte, daß Sie das wissen, Laura.» Und weiter hatte Jack Chamberlain gesagt: «Wir haben durch einen Bekannten von uns, einen Kollegen von mir, von einer Frau in Chalk Farm erfahren, die Zimmer an Studenten vermietet. An Leute Ihres Alters. Sie werden es ganz toll finden, glauben Sie mir. Und dann bekommen Sie im Herbst Ihr Ticket für den Flug nach Hause. Glauben Sie mir, Sie werden es großartig haben.»

«Geht heraus von jenem Hause oder jener Stadt und schüttelt den Staub von euren Füßen.» Sie wußte, was die beiden dachten: daß sie schlecht mit den Kindern umgehe. Aber die Kinder hatten sie gern. Jennifer, die jüngste, vergoß Tränen, als Laura von ihr Abschied nahm. Die Eltern verstanden die Kinder nicht. Sie schon. Sie verstand Kinder immer. Sie sah, wie bitter unglücklich sie waren. Vom Augenblick ihrer Geburt an waren sie Opfer der Ungerechtigkeit. Weil sie menschliche Liebe für wichtig hielten, darum mußten sie leiden. Und darin konnte sie ihnen helfen. Sie konnte ihnen beibringen, daß menschliche Liebe bedeutungslos war und daß ihr Leiden ein Ende nehmen werde, wie ihr eigenes ein Ende genommen hatte.

Wie sie gelitten hatte, Tag für Tag, bis ihr die Augen aufgingen! Sie war ein braves Kind gewesen, doch ihre Mutter hatte sie nicht geliebt.

Sie sei schwerfällig, hatte sie gesagt. Und ihre Mutter war die Behendigkeit selbst; ihre Bewegungen tanzten, alle Gesten ihrer Hände, ihre Worte (immer wieder brachte sie mit ihrer Quecksilbrigkeit die Leute zum Lachen) endeten in vollendeter Anmut. Laura aber war schwerfällig, täppisch in ihren Bewegungen; das hatte sie von der Vaterseite her. Doch ihre Lehrerinnen sagten, sie zeige in einigen Fächern schöne Anlagen. Und Miss Gildersleeve, die Hauswirtschaftslehrerin, meinte, Laura nähe traumhaft. Das treffe sich gut, hatte ihre Mutter gesagt, ein nützliches Hobby für eine alte Jungfer.

Dennoch hatte sie ihre Mutter geliebt, ihre Nähe gesucht, es genossen, wenn sie die Knochen durch das Fleisch spürte, die raschen Bewegungen ihres Rockes geliebt. Als Kind hatte sie den Körper ihrer Mutter geliebt.

Wenn nur ihr Vater sie geliebt hätte! Aber ihr Vater liebte ihre Mutter. Töchter machten ihm Angst. Er hätte gern einen Sohn gehabt.

Doch nun sagte sie nicht mehr: «Wenn sie mich nur geliebt hätten!» Jetzt wußte sie, daß es unwichtig war. Sie hatte unter der Vorstellung gelitten, daß die Liebe eines Elternteils von Bedeutung sei. Nun hatte sie die Einsicht erlangt, daß die Liebe von Mutter, von Vater nicht zählte. Sie war die Erwählte, die Gnade bei Gott gefunden hatte, doch ihre Eltern hatten davon nichts geahnt. Und so hatte sie gelitten, wie alle Kinder leiden, bis sie die Wahrheit erkennen.

In einem Garten war es geschehen, daß ihr der Geist des Herrn zum erstenmal erschien. Vier Jahre vorher, als sie siebzehn war. Sie war damals so unglücklich gewesen. War es immer gewesen, ehe sie die Wahrheit erkannte. Ehe sie ihr gezeigt wurde. Die Wege des Herrn, sagte sie zu sich, sind Schönheit, sind der Geist im Garten. Auch Feuer. Und auch das Schwert.

Der Geist würde sie nun leiten. Sie würde irgendwo Arbeit als Betreuerin von Kindern finden. Sie liebte Kinder; sie wußte, wie sie dachten. Sie wußte, was ihnen fürs Leben not tat. Vom Geist des Herrn zu erfahren, zu erkennen, daß die Liebe von Menschen nichtig ist. Einzig die Liebe Gottes kann schützen und führen und beschirmen. Solange sie das nicht wußten, würden sie sich nicht geborgen fühlen. Das wollte sie die Kinder lehren, die sie als nächste betreuen würde.

Jetzt saß sie im Flugzeug; sie sah die Wolken in der Ferne, dick, mit stumpfen Konturen, massig wie die Erde. Und am Morgen war sie noch in London, im Haus von Mrs. Bates, gewesen, die keine Zähne im

Oberkiefer und unten nur noch zwei hatte. Mrs. Bates, deren Haar wie die Flusen unten in dem schmutzigen Eimer wirkte, in dem sie ihren Scheuerlappen aufbewahrte. Deren Sohn seinen schmuddeligen Bademantel nie auszog. Wo der Radioapparat Wörter wie verbogene Nadeln durch die Decke zu ihr heraufbohrte. Dort war der Geist des Herrn am klarsten zu ihr getreten. Dort wurde sie daran gemahnt, daß sie die Erwählte des Herrn war. Daß sie nichts zu fürchten hätte. Daß sie bei ihrem himmlischen Vater in hoher Gunst stand.

Wie konnte sie unglücklich sein, da sie doch erwählt, vor anderen ausersehen war, Gnade bei Gott gefunden hatte? Weil sie wußte, daß sie bereit sein mußte für das, was der Herr mit ihr vorhatte, hatte sie jeden Morgen nach dem Frühstück ihr Zimmer verlassen, wo sie ihre mit Margarine und Gelee bestrichenen Brote aß und den halben Liter fetter Milch aus der Flasche trank, die sie immer abends bei dem pakistanischen Lebensmittelhändler kaufte. Den ganzen Vormittag ging sie lächelnd durch die Straßen, bereit, mit dem nächsten Menschen, der sie ansprach, Bekanntschaft zu schließen. Er würde glauben, ihr zu helfen, in Wahrheit aber einen Schatz erwerben, den kein Dieb stehlen konnte. Doch niemand sprach sie an. Sie ging an den kleinen dunklen Läden vorüber, in deren Schaufenster sich ein buntes Durcheinander darbot: Schuhe und Teekannen und alte Frauenkleider nebeneinander. Sie ging unter der Eisenbahnbrücke mit der Cadbury-Reklame durch, die ein kleines Kind beim Verschlingen eines Schokoladeriegels zeigte. Tag für Tag wanderte sie umher, bis die Zeit fürs Mittagessen kam. Den ganzen Tag hing ein Geruch wie nach schmorenden Drähten über der Straße. Immer war ein ungesunder Rauch bedrängend nahe.

Jeden Tag aß sie zu Mittag in der Wimpy-Snackbar an der Camden High Street. Hier fühlte sie sich am rechten Ort; was es dort zu essen gab, war für sie nichts Ungewohntes. Die Tischflächen waren stets klebrig. An den Ketchup- und Essigflaschen fand sie immer einen schmierigen Film. Da viele Leute in dem Lokal aßen, dachte sie, sie würde dort dem nächsten Menschen begegnen, der ihr auf ihrem Weg weiterhelfen werde. Oder vielmehr zu helfen glaubte. Denn sie brauchte niemanden. Sie selbst wurde von anderen Menschen gebraucht.

Doch auch nach sechs Wochen hatte niemand ein Wort zu ihr gesprochen. Ausgenommen der junge Inder, der die Zuckerschälchen wechselte und den sie im Verdacht hatte, daß er es auf Sex abgesehen habe. Am 1. August traf sie auf dem Flughafen ein, nur mit ihrer kleinen Leinwandtasche als Gepäck. Die übrigen Sachen hatte sie bei Mrs. Bates zurückgelassen. Denn Jesus hatte zu seinen Jüngern gesagt, sie sollten auch nicht zwei Röcke, keine Schuhe, keinen Stecken mitnehmen.

Unbeschwert war sie ins Flugzeug gestiegen. Der himmlische Vater hielt gewiß etwas für sie bereit. Sie brauchte nicht mehr zu tun, als ihr Leben zu leben, gebadet im Licht des Geistes. Geborgen in den Armen des Vaters.

Sie mußte jetzt die Frau anlächeln, die neben ihr saß. Denn sie hatte allzeit bereit zu sein. Jeder konnte der Mensch sein, der ihr das nächste Wegstück zeigte, ahnungslos, daß sie nichts benötigte. Daß sie die Erwählte des Herrn war.

Lächelnd legte sie nun die Bibel in den Schoß. Die Frau hatte eine rot-weiß gesprenkelte Haut, und der Puder darüber machte es nur noch schlimmer. Sie drehte sich in die Runde und lächelte jedermann an, während sie ihre Jacke auszog. Sie hoffte, die Leute würden zurücklächeln. Laura erkannte ihn, sie sah ihn immer – den Hunger. Sprecht doch zu mir, sagte dieses Lächeln. Ihr Blick fiel auf Laura. «Geben Sie mir die Jacke, ich leg sie für Sie oben ab», sagte Laura. «Ich bin ja viel größer.»

«Sehr freundlich», erwiderte die Frau mit einem leichten Akzent. «Aber Amerikaner sind ja immer freundlich zu mir. Wohin fliegen Sie? Was machen Sie?»

«Nach New York. Ich bin mir noch nicht ganz schlüssig, was ich tun werde, wenn ich dort bin», antwortete Laura.

Sie wußte, was die Frau wollte. Laß mich reden, sagten die Augen, die unschönen Augen. Männer liebten sie nicht. Ja, ich werde dich reden lassen. Ich werde dir das Gefühl geben, daß ich zuhöre. Ich werde nicht zuhören. Aber vielleicht willst du mir helfen.

Und so begann die Frau zu reden, redete und redete. Sie sei aus Paris. Sie sei nach Massachusetts unterwegs, in eine kleine Stadt namens Selby. «Selby College, Sie haben sicher schon davon gehört. Natürlich.»

«Natürlich», sagte Laura. Doch sie hatte noch nie davon gehört.

Die Frau wollte dort ein Jahr lang unterrichten. Sie habe mit einem guten Bekannten von ihr getauscht. Er werde ihre Stelle in Toulouse übernehmen und dort ein Jahr lang Englisch geben; sie werde in Selby Französisch unterrichten. Aber nicht vor September. In der Zeit bis dahin werde sie ihre lieben amerikanischen Freunde besuchen. Sie seien in alle Himmelsrichtungen verstreut, sagte sie und wedelte dabei mit den Händen. New Jersey, Georgia, Illinois. Und einer in Kalifornien. «Ich werde also diesen Sommer überall in Ihrem faszinierenden Land Besuche machen, die Häuser meiner Freundschaften in gutem Zustand halten, wie der große Dr. Johnson sagte.»

Laura mußte so tun, als wüßte sie, wer der große Dr. Johnson war. Und lächeln. Damit die Frau froh war, neben ihr zu sitzen. Denn dann würde sie Laura vielleicht helfen.

Sie fragte Laura nach ihren Eltern. «Sie sind tot», antwortete Laura. Es stimmte nicht, doch für sie waren sie so gut wie tot. Und wenn die Leute das hörten, wollten sie einem helfen. «Ich stehe allein», sagte sie. «Und deswegen weiß ich noch nicht so recht, was ich als nächstes anfangen soll.»

Die Frau – Hélène hieß sie – blickte auf Lauras Schoß hinab, auf die Bibel.

«Sind Sie ein religiöser Mensch? Oder lesen Sie die Bibel als Dichtung?»

Laura verstand nicht, was sie damit meinte. Aber sie dachte: Wenn die Frau mich das fragt, muß sie selbst religiös sein. Leute, die es nicht waren, wandten den Blick ab, wenn sie die Bibel sahen, als wäre sie eine Wunde, von der sie vor ihren Augen den Verband abgenommen hatte.

«Ich bin religiös eingestellt», antwortete sie. So ließ es sich auch ausdrücken. Sie konnte nicht sagen: «Ich bin die Erwählte des Herrn.» Die Frau hatte ihr zu einer Möglichkeit verholfen, es auszudrücken. «Ich bin religiös eingestellt», würde sie fortan sagen. Sie würde klug sein wie die Schlangen. Nun, da der Herr ihr die Augen geöffnet hatte.

Die Frau sagte dann, sie sei ebenfalls religiös eingestellt. Sie sprach über die Liebe Gottes. Laura hörte ihr nicht mehr zu, gab sich aber den Anschein, als lauschte sie mit inniger Anteilnahme. Denn obgleich die Frau offenbar eine dumme Person war, konnte sie ihr vielleicht doch helfen. Sie wußte, was die Frau wollte. Sie sprach immerzu über ihre Freunde, ihre entzückenden englischen Freunde, von denen sie am Flughafen unter Tränen Abschied genommen habe. «Fünf von ihnen sind gekommen, mir Lebewohl zu sagen», erzählte sie. Dann ihre wunderbaren amerikanischen Freunde, von denen sie einige seit Jahren nicht gesehen habe. Und dann berichtete sie Laura – «Sie werden es verstehen», sagte sie, «da Sie ja religiös eingestellt sind» – von ihren Freunden, den Arbeiterpriestern, und einer missionierenden Nonne in Guatemala, mit der sie befreundet sei. Laura lächelte. Sie ließ ihre Gedanken zu den Chamberlains schweifen. Es würde ihnen schrecklicher ergehen als Sodom und Gomorrha. Der Herr hatte es gesagt.

«Sie müssen ein wunderbares Talent zur Freundschaft haben, bei so vielen Freunden», sagte Laura, weil sie wußte, daß Hélène das hören wollte. Stolz und Einsamkeit. Sie zehrten an dieser Frau. Es war sicher nicht schwer, ihr die Idee einzugeben, daß sie Laura helfe; es würde einfach sein, sie sah es jetzt schon; dies war der Mensch, der ihr als nächster helfen würde. Nicht, daß sie Hilfe brauchte. Eigentlich nicht. Nur in den Dingen, die verdarben, die zum Fraß der Motten wurden, zu Opfern des Rostes, die im Rinnstein endeten. Wenn sie nur keine Kleider, nichts zu essen, kein Dach über dem Kopf brauchte! Eigentlich kam sie mit sehr wenig aus. Aber das brauchte sie doch. Also würde sie die Frau anlächeln und sich die Geschichten über ihre Freunde anhören, mit halbem Kopf, während sie mit der anderen Hälfte dessen gedachte, was sie war. Die Erwählte des Herrn.

Sie sagte zu der Frau, sie sei zwar zuversichtlich, daß der Herr sich ihrer annehmen werde, aber sie mache sich doch Sorgen wegen der nächsten Zukunft. «Ich weiß nicht, wo ich hin soll», sagte sie. Sie erzählte ihr von den Chamberlains, behielt aber für sich, daß sie von ihnen auf die Straße gesetzt worden war. «Ich weiß nicht, wo ich hin soll», wiederholte sie in der Hoffnung, die Frau werde sich erinnern, daß sie gesagt hatte, ihre Eltern seien gestorben.

«Ich hab eine Idee», sagte Hélène. «Warum quartieren Sie sich nicht in meinem Haus in Selby ein? Das College hat es für mich gemietet. Selby ist ein netter Ort, eine Menge junger Leute. Zwei Stunden nach New York und zwei nach Boston. Es würde Ihnen sicher gefallen, und Sie könnten wahrscheinlich auch einen Job finden. Leider wird mein reizender Freund nicht da sein. Aber ich könnte vermutlich die Namen von ein paar Leuten auftreiben, die jemanden brauchen, der sich um ihre Kinder kümmert. Die Frauen in Amerika haben keine Lust, ihre Kinder zu hüten. Sie sagen, sie wollen sich selbst finden. Ich wußte gar nicht, daß sie verlorengegangen sind.»

Sie lachte, und Laura lachte mit, tat so, als verstünde sie. Sie dankte Hélène und fügte hinzu, der Herr habe sie ihr gesandt. «Warum sollten wir uns fürchten, wenn wir in Gottes Hand sind?»

«So etwas Schönes, Ihr Gottvertrauen», sagte Hélène. «Deswegen vertraue ich Ihnen, obwohl ich Sie noch gar nicht kenne. Was ist unser Glaube wert, wenn wir dem Fremden mißtrauen, wenn wir aus Furcht die geöffnete Hand schließen?»

Sie hörte Hélène zu, wie sie von ihrem lieben Freund Michael erzählte. Was für ein Jammer, daß er nicht in Selby sein werde und Laura ihn nicht kennenlernen könne. Ein bedeutender Mann. Ein freundlicher Mann, und so intelligent und so gutaussehend. Seine Frau Anne sei zwar herzensgut, könne ihm jedoch nicht das Wasser reichen. Hübsch und herzensgut, aber im Grunde ziemlich oberflächlich. Ein Mensch, der nicht viel im Kopf habe. Ihr attraktives Aussehen habe ihr nichts Gutes eingetragen, ihre Entwicklung behindert. Ihre Hübschheit sei von einer Art, die den Leuten gefalle. Deshalb habe sie sich nie anstrengen, nie etwas aus sich machen müssen. Ein Jammer. Sie werde ihren Mann nie verstehen. Sie könne ihm niemals eine echte Gefährtin sein.

Laura erkannte, daß Hélène den Mann liebte und seine hübsche Frau haßte. Und daß der Mann sie nie lieben werde. Und die Ehefrau hatte den Mann und die Kinder und das Haus und würde alles behalten, und Hélènes bitteres Herz würde sagen, die Frau sei eine Ziege. Doch Hélène würde nie bekommen, was sie ersehnte. Und darum würde sie immer wieder im Flugzeug Leute ansprechen. Sie würde immer wieder Fremden die Schlüssel zu ihrem Haus geben.

Laura küßte sie auf die Wange und sagte, sie werde dafür sorgen, daß das Haus tipptopp sei, wenn Hélène in einer Woche komme. «Darauf verstehe ich mich. Ich mache so was gern», beteuerte sie.

«Gott sei Dank. Ich bin ein ziemlich hoffnungsloser Fall. Leider hat meine Mutter mich in diesem Punkt verzogen.»

Laura verabschiedete sich von Hélène und nahm die Schlüssel und den Zettel mit den Telephonnummern von Hélènes Freunden in Georgia. In Detroit. In Illinois. In Kalifornien. «Ich sehe Sie also dann in einer Woche», sagte sie und verließ Hélène am Flugsteig zu ihrem Anschlußflug.

Sie besaß nur zehn Dollar. Sie würde mit Margarine und Gelee bestrichene Brote essen, wie sie es während der Monate in London getan hatte. Sie würde nach Selby, im Bundesstaat Massachusetts, fahren. Zu dem Haus, zu dem sie den Schlüssel hatte. Sie würde eine Anstellung als Kinderbetreuerin finden. Und dann würde sie die Kinder unterweisen. Sie würde sie das Wort Gottes lehren. Daß die Liebe, nach der sie sich sehnten, soviel wie nichts wert sei. Daß die Wege des Herrn licht seien. Und daß sie die Begnadete, die Erwählte des Herrn war. Und sie würden es verstehen. Doch anfangs würde sie nicht von diesen Dingen sprechen. Erst wenn sie sah, daß sie sie ins Herz geschlossen hatten. Sie würde klug sein wie die Schlangen. Klug wie die Schlangen und ohne Falsch wie die Tauben.

2. KAPITEL

Es hatte Anne immer schon bekümmert, daß so viele Leute sie für einen guten Menschen hielten. Während sie am Fenster stand und auf Hélène und das Mädchen wartete, das Hélène im Flugzeug kennengelernt hatte, fragte sie sich wieder einmal, ob es vielleicht ihr Aussehen war, das die Menschen so für sie einnahm. Schon oft hatte sie der unangenehme Gedanke beschäftigt, daß sie die Leute an ihr Traumbild von der perfekten Erstklaßlehrerin erinnerte: Es lag an ihrer weißen Haut und den blauen Augen, ihrem leichten, glatten rötlichen Haar, ihrer Figur – ein kleiner Busen und keine Taille –, ihren zum Lachen reizenden Füße, Schuhgröße dreiundvierzig. Auf einer Party hatte einmal ein ihr völlig unbekannter Mensch, schwer betrunken, zu ihr gesagt: «Sie machen sich keinen Begriff, was für eine Wohltat es für eine bestimmte Sorte Mensch ist, eine Stirn wie die Ihre anzusehen.» Sie hatte nicht genau verstanden, was er damit meinte, aber es hatte ihr nicht gefallen.

Wie die meisten jungen Mädchen war sie mit ihrem Aussehen unzufrieden gewesen, doch mit achtunddreißig war ihr schließlich klargeworden, daß sie damit Glück hatte, denn es zog weder Neid noch Bedrohung auf sich. Bedrohung. Dieses Wort war heute in aller Munde. Aber welche Art Mensch war für andere eine *Bedrohung*? Jugendliche Totschläger, Kredithaie, Erpresser? Nein, das Wort wurde heutzutage auf brave, gesetzestreue Bürger angewandt. Kam es davon, daß die Menschen sich heute für gefährdet hielten? Die Welt war gefährlich, und es war richtig, daß sie das spürten. Nur bei ihr hatten sie dieses Gefühl nicht. Und so – dies ihr Verdacht – gab es für sie, wenn sie ihr Gesicht ansahen, die leicht nach vorne gebeugte Haltung, ihr ruhiges Wesen, die häufig ausbleibende Schlagfertigkeit registrierten, nur eine einzige Kategorie, in die sie sie einordnen konnten: die des guten Menschen. Doch sie wußte, daß Gutartigkeit nicht mit Sicherheit verwechselt werden sollte.

Niemand, so dachte sie, würde mich für einen guten Menschen halten, wenn er wüßte, wie ich in diesem Augenblick über Hélène denke. Hélène gehörte zu den Menschen, die ihr am meisten zuwider waren, und sie konnte nur sagen, daß diese Antipathie engherzig von ihr war. Hélène gehörte zu den besten Freunden von Annes Ehemann. Sie hatte Außergewöhnliches getan, um ihn in seiner Arbeit zu unterstützen, hatte ihm Zugang zu Bereichen des akademischen Lebens in Frankreich verschafft, von denen die meisten Amerikaner ausgeschlossen blieben. Sie war zu jedermann generös; sie hatte eigenes Geld und reiste viel, und immer schmuggelte sie Dinge ins Land, ohne die ihre ausländischen Freunde nicht leben konnten. Sie verfügte über einen Schatz an Geschichten: Wie sie englische Würstchen in ihrem Büstenhalter versteckte, französische Zigaretten oben in ihren Strümpfen, Samenpäckchen zwischen ihren Tampons – alles für ihre Freunde. Man erzählte sich, daß sie nach ihrem Sabbatjahr in Tübingen so vielen Leuten hatte Lebewohl sagen müssen, daß sie genötigt war, für ihre Abschiedsparty einen Bierkeller zu mieten.

All das wußte Anne, und trotzdem war sie unfähig, für Hélène Sympathie zu empfinden, denn Hélènes Gegenwart in ihrem Leben verhärtete und verfälschte ihre eigene Position. In Hélènes Anwesenheit wurde sie zur Figur in einem Drama, das Hélène sich ausgedacht hatte. Sie hatte zu Michaels hübscher Ehefrau zu werden, die Peter und Sarah, die Schätzchen, mit Phantasie erzog. Sie mußte geistig und als Gesprächspartnerin den Platz neben ihrem Mann räumen. Hélène schob sie weg, über den Horizont, wie ein Tanker, der ein Ruderboot beiseite drängt. Indem Hélène sie absichtlich in eine schiefe Position brachte – aber nur ganz wenig –, zog sie Anne den Boden unter den Füßen weg. Denn in Selby mußte eine Frau um das Gefühl ringen, daß sie eine authentische Eigenexistenz hatte. Das männliche Element formte das Städtchen; das war schon seit zweihundert Jahren so. Seit dem 18. Jahrhundert waren junge Männer nach Selby gekommen, um sich zu Ebenbildern ihrer Väter heranbilden zu lassen. Frauen waren erst seit kurzem zum Studium am College zugelassen worden, und es gab bislang, wie der Präsident wiederholt und etwas betreten bemerkte, keine Professorinnen. Und wenn das College schon nicht wußte, wie es sich zu Studentinnen und weiblichen Lehrkräften stellen sollte, so wußte es noch weniger, was mit den Ehefrauen von Lehrkräften anzufangen sei. Sie waren wie die Leute, die in den dunklen Büros im Souterrain hinter Türen, an denen COMPTROLLER oder PERSONNEL stand – Wörter, die mit dem übrigen Leben des Colleges nichts zu tun hatten – mit Geld oder Akten hantierten. Ihre Funktion wurde zwar als notwendig anerkannt, aber es war viel besser, wenn sie ein unsichtbares Leben führten.

Anne wußte, daß sie mehr Glück als die meisten gehabt hatte. Vier Jahre nach ihrer Ankunft in Selby hatte man sie zur Direktionsassistentin an der Galerie des Colleges gemacht, ein Job, den man ihr gab, weil man sich wegen ihres Dr. phil. von der Harvard University genierte. Aber sie hatte sich um die Stelle der Direktorin beworben, und die bekam eine Unbekannte, eine Frau, bei der niemand aus der Verwaltung damit rechnen mußte, daß sie einem der männlichen Lehrkräfte das Bett machen, die Unterwäsche waschen, seinen Kindern die Nase putzen, den Boden fegen würde, über den er auf seinem Weg hinaus zu *ihrer* Tür hinein ins wirkliche Leben, das *Männer*leben ging. Als der Präsident ihr mitteilte, daß sie die Stellung der Direktorin, um die sie sich beworben hatte, nicht bekommen habe, und ihr den Job der Assistentin anbot, sagte er, es freue sie sicher, daß man den Posten einer Frau angetragen habe. Als glaubte er, sie habe mit ihrer Bewerbung nur eine Geste machen wollen, als Angehörige einer Klasse, austauschbar gegen jede beliebige andere, und deshalb spiele es keine Rolle, daß sie die Stelle nicht selbst bekam. Als glaubte er, der Job sei für Anne ja nur ein Symbol.

Wenn Hélène lediglich getan hätte, was so viele andere in Selby getan hatten, wenn Anne einfach sagen könnte, Hélène habe es aus Selbstliebe nötig, sie zu einer unbedeutenden und faden Person zu verkleinern, als eine Ehefrau hinzustellen, die ihrem Mann das Wasser nicht reichen konnte, hätte sie die Sache ignorieren können. Doch Hélène tat mehr als nur das. Sie brachte Annes moralisches Gleichgewicht ins Wanken. Jemanden nicht zu mögen, den alle Welt als Verkörperung der allgemeinen Idealvorstellung von einem guten Menschen anerkannte, rief bei ihr Zweifel an sich selbst hervor. Denn wenn sie nicht in Hélènes Nähe war, konnte sie im menschlich Guten etwas Wichtiges sehen, war es ihr möglich, an seine Kraft zu glauben. Doch hatte sie Hélène vor sich, mußte sie wohl oder übel zugeben, daß das Gute im Menschen seine Grenzen hatte und schwach war, daß es für sich allein nicht vermochte, Liebe zu gewinnen. Ohne das Schmieröl des Zufälligen – Aussehen, Esprit, eine geschickte Hand oder ein rasch erfassendes Auge – setzte sich die Maschinerie der Zuneigung nicht in Bewegung. Man konnte wohl versuchen, jemanden gern zu haben, an dem man nur bewunderte, daß er ein guter Mensch war –

darum hatte sie sich bei Hélène bemüht –, aber es gelang einem nur selten. Wie viele Beispiele segensreicher, lebensverändernder Folgen, die von Hélène bewirkt worden waren, hatte sie sich nicht vor Augen gehalten und war dennoch, gegen ihren Willen, zurückgezuckt, als Hélène sie einmal umarmte und sagte: «Ich finde, was du tust, ist die wichtigste Aufgabe auf der Welt. Einen Mann und Kinder glücklich zu machen. Ich wäre dazu nicht imstande. Ich bin zu ungeduldig, zu lebensgierig. Du bist ein so guter Mensch.»

Während sie auf Hélène wartete, verdichteten sich die Sekunden, die noch blieben, zu einem kleinen Korridor des Alleinseins, in dem sie zwar hausen konnte, doch freudlos und ohne Gewinn. Sie war eine Mutter, und sie hatte einen Job. Die Zeit war ein kostbares Ding: Sie hatte Masse, Weite, Kraft – Elemente, die ihre Gestalt in Beziehung zu ihrer Arbeit und zum Leben ihrer Kinder wechselten. Das Alleinsein war ihr immer teuer gewesen, und dann schimmerte die Zeit, in der sie im Haus für sich war, wegen ihrer Seltenheit in einem ganz besonderen Glanz. Wenn sie allein war, konnte sie sich sammeln; sie konnte sich entspannen, bis sie spürte, wie ihre innere Energie zusammenströmte, bis sie sich wieder ganz, wieder in sich geborgen fühlen konnte. Sie konnte ihr Leben beobachten, zusehen, wie es an ein Gestade schwappte, wie eine Welle gegen ein Seeufer, langsam und geräuschlos, von einem unbestimmten Ort herkommend, schließlich doch nicht an Land ging, sondern wieder hinausstrebte, zurück zu seinem Ursprung. Doch an diesem Vormittag hatte ihre Zeit mit sich allein keinen Glanz; Hélène – der Gedanke an sie – hatte sie zertrümmert und besudelt.

Und jede Minute des Wartens war von Bangigkeit erfüllt, denn jede konnte die letzte sein, in der sie allein war. Jeder Augenblick mußte den Einbruch in ihren Hort der Stille bringen; alles, was sie gesammelt hatte, würde verschüttet werden; sie würde mit jemandem zusammen sein, den sie nicht mochte. Und dann war es soweit: Sie sah Hélène und das Mädchen auf dem Gehsteig daherkommen. Irgend etwas klappte mit einem scharfen, ausschließenden Geräusch zu. Es war vorbei; sie standen vor der Tür.

Bei ihrem Anblick spürte Anne plötzlich das Wetter. Es war September, aber noch Sommer. Eine feuchte, drückende Hitze hing über dem Boden. Es war eine Hitze, an der sich niemand freuen konnte; der Sommer hatte sich zu lange hingezogen, und die Glieder wurden einem schwer, sehnten sich nach einem Hauch Kühle. Doch Hélène trug Wollsachen, und Anne hatte das Gefühl, sie tue das, um irgend etwas zu demonstrieren. Und auch das Mädchen in ihrer Begleitung – Hélène stellte sie als Laura Post vor – war zu warm angezogen, in einer braunen Cordsamthose und einem grünen Pullover, der sorgfältig und fachmännisch gestopft war. Der Pullover zeigte sofort, daß sie keine Studentin am College von Selby war; die Studentinnen in Selby besserten ihre Sachen nicht aus. Sie trugen sie mit Löchern oder warfen sie weg. Und auch ihre Sandalen waren nicht von der Sorte wie die der Studentinnen; sie sahen aus, als könnten sie einer presbyterianischen Missionarin oder einer englischen Krankenschwester auf Urlaub in den Tropen gehören. Aber Laura Post hatte noch nicht jene geheimnisvolle Brücke in die Welt des schließlich akzeptierten Erwachsenseins überschritten. Sie war jung und wollte auch so gesehen werden: unsicher-zögernd, experimentierend, bereit, alles zu übernehmen, was daherkommen mochte. Deswegen war sie ja auch gekommen: um zu sehen, wie das wäre, für Anne als im Haus lebende Betreuerin der Kinder zu arbeiten. Hätte sie schon ihren festen Platz im Leben gefunden, wäre es ihr gar nicht möglich, von heute auf morgen die Arbeit zu übernehmen, für die Anne jemanden brauchte. Bei diesen Gedanken versuchte Anne in Laura Posts Gesicht zu lesen. Sie hatte die hellblauen wasserklaren Augen vieler Rotschöpfe, die von ihren dicken Brillengläsern getrübt und vergrößert wurden. Ihre Haut hatte etwas Üppiges: Sie war weiß, fast durchscheinend, erinnerte an die einer weiblichen Aktfigur von Ingres. Aber als ob sie diesen Eindruck geahnt hätte und das, was sich damit verband, abschwächen wollte, trug sie das schwere rote Haar so straff nach hinten frisiert, daß unnötigerweise ihre großen abstehenden Ohren zum Vorschein kamen, was ihr etwas Puritanisches gab.

Anne spürte, daß sie innerlich von Laura Post abrückte, weil sie es schwierig fand, das Mädchen einzuordnen. Aber, dachte sie, das ist ja das Problem, wenn man in Selby lebt: Jeder ist so leicht einzuordnen. Es war ihr oft vorgekommen, als lebte sie hier in einem Dorf oder in einem Sanatorium. Jeder war zu identifizieren, nach Kaste oder Typus. Jedermann bezog einen Teil seiner Identität daraus, wie er zum College stand: kindisch, reizbar, rebellisch, kriecherisch, stolz, servil, professionell. Es wirkte sich sogar auf die Körperhaltung der Leute aus, auf den Ausdruck um ihre Münder.

Laura und Hélène setzten sich auf die Couch. Hélène holte aus ihrer Tasche die Geschenke, die sie für die Kinder mitgebracht hatte: Schweizer Pralinen, wunderbar in bunte Folie eingewickelt, ein Ausschneidebuch mit Figuren aus der Zeit Elisabeths I. für Sarah und für Peter ein Modell von Nelsons Flaggschiff.

«Wie hältst du es in Selby aus?» fragte Anne.

«Ach, wenn der Tag nur zwölf Stunden mehr hätte!» sagte Hélène und gestikulierte mit ihren Händen. «Die vielen Studenten, die mit einem reden wollen, so hungrig nach Gesprächen. Immerfort kommen sie in mein Büro! Jeden Tag sitze ich dort bis sieben Uhr abends und höre mir die Geschichten über ihr ach so schreckliches Leben an. Ich zwinge sie dazu, französisch mit mir zu sprechen; ich sage ihnen, daß sie dabei lernen.»

Anne empfand, stellvertretend für sämtliche Mitglieder des Lehrkörpers, die vor Einbruch der Dunkelheit ihren Schreibtisch räumten, sofort den Hieb des stummen Vorwurfs.

«Und wie gefällt *Ihnen* Selby?» fragte sie Laura.

«Ich fühle mich sehr wohl hier», erwiderte das Mädchen.

«Die Kinder sind ja nicht da», bemerkte Hélène. «Aber was sag ich denn da? Sie sind natürlich in der Schule. Wie dumm von mir. Und du, du hast dich mit deiner reizenden Arbeit beschäftigt, während sie aus dem Haus sind.»

Die Art, wie Hélène «reizende Arbeit» sagte, gab Anne das Gefühl, als würde ihre Tätigkeit von Hélène in die Kategorie von Petit point oder Makramee eingestuft. Sie antwortete unverbindlich; sie wollte mit Hélène nicht über ihre Arbeit sprechen. Es war eine zu verletzliche Sache, zu kurz auf der Welt, und sie war nicht bereit, sie einem anderen als dem wohlwollendsten Blick auszusetzen. Sie erklärte Laura, sie habe eine neue Aufgabe und schreibe den Katalogtext für eine Ausstellung des Œuvres von Caroline Watson, einer amerikanischen Malerin aus den frühen Jahren des 20. Jahrhunderts, deren Arbeiten seit Jahren vernachlässigt würden.

«Ich muß mich ab jetzt jede Woche ein paar Tage in New York aufhalten, und deshalb ist die Betreuung der Kinder zu einem Problem geworden.»

Während sie Laura ansah, dachte sie wieder, wie schwierig die Sache war. Die gegenwärtige Lösung war nicht mehr als ein Behelf, wenn sie auch gerade noch funktionierte. Das Mädchen, das sie im Frühjahr als im Haus wohnende Hilfe engagiert hatte und das im September kommen sollte, hatte sich im Laufe des Sommers einfallen lassen, nicht ans College zurückzukehren, und in ihrer Not hatte Anne sich an Mrs. Davenport gewandt, die die Leute nur dann beschäftigten, wenn niemand sonst zur Verfügung stand. Sie war eine Frau über Sechzig. Peter haßte sie. Er sagte, ihm werde von ihrem üblen Mundgeruch schlecht, und außerdem verbiete sie ihm, sein Nachtlämpchen brennen zu lassen, und Sarah erzähle sie, wenn sie zu lange in den Spiegel schaute, würde der Teufel erscheinen. Vom Teufel hatten Peter und Sarah noch nie etwas gehört, und so war Sarah fasziniert; jeden Abend saß sie auf Mrs. Davenports Schoß und fragte sie nach dem Teufel aus. In diesen Nächten, sagte Peter, bekomme sie immer Alpträume. «Jede Nacht, in der du spät nach Hause kommst», fügte er hinzu und sah seine Mutter an, wie Cotton Mather eine der «Hexen» aus Salem im Fußblock angesehen haben könnte. Zusätzlich zu ihren persönlichen Mängeln weigerte sich Mrs. Davenport auch, abends länger zu bleiben; sie wollte nach Hause, um ihrem Mann das Abendessen zuzubereiten, das er, wie sie Anne stolz erklärte – dabei Annes Schlamperei und ihre eigene geregelte Lebensweise andeutend –, jeden Tag zeit seines Lebens um Punkt halb sechs zu sich nehme.

«Ich bin gerade aus England zurückgekommen», sagte Laura. «Ich habe die zwei Kinder eines Professorenpaares aus Syracuse betreut, das dort ein Sabbatjahr verbrachte. Ich könnte Ihnen den Namen und die Adresse geben.»

Anne schrieb sich die Angaben auf. «Ich habe einen Sommer in London verbracht, als ich ungefähr so alt war wie Sie», sagte sie. «Ich denke noch heute an all die Herrlichkeiten: die Tate Gallery, das Britische Museum, Kew Gardens. Ich war richtig selig dort.»

Laura antwortete mit einem ausdruckslosen Lächeln, als spräche Anne von einer Stadt, in der sie selbst nie gewesen war. Dies und ihr Schweigen bewirkten, daß Anne sich dumm, unerfahren und jung vorkam. Sie begann über die Kinder zu sprechen.

«Sarah ist sechs», sagte sie, «und Peter neun.» Sie sprach zu Hélène und Laura über ihre Kinder auf eine Art, daß sie das Gefühl bekam, mit jedem Wort an ihnen Verrat zu üben. Sie präsentierte das Bild, das die Außenwelt von ihnen hatte: Sarah sei selbständig, Peter geistig sehr rege. Sie hörte, wie sie sie kleiner machte, das Besondere an ihnen einebnete. Aber mehr wollte sie diesen Frauen nicht geben als ein reduziertes Bild, nicht die vertrauten Gestalten in ihrer Ganzheit, die sie selbst sah, lebensvoll und verletzlich. So hörte sie auf, über die Kinder zu sprechen, und tat, was sie immer machte, wenn sie nervös war: Sie fragte, ob sie ihnen etwas zu essen anbieten dürfe.

«Nein, nein», sagte Hélène und wedelte abwehrend mit den Händen. «Heute ist nämlich Donnerstag, und donnerstags nehmen Laura und ich immer an einer vom Student Christian Center veranstalteten Aktion teil. Wir fasten und spenden dann, was wir fürs Essen ausgegeben hätten, für einen Fonds zugunsten der Hungernden in der Welt. Auf diese Weise spürt man das Problem in seinem eigenen Bauch.»

Anne fühlte sich ganz von strotzendem Fleisch umschlossen.

«Eine großartige Idee», sagte sie. «Wirklich vorbildlich. Aber du mußt wiederkommen, wenn die Kinder da sind, an irgendeinem anderen Tag als Donnerstag. An einem Wochenende vielleicht. Du könntest doch an einem Samstag zum Mittagessen kommen.»

An der Haustür küßte Hélène Anne auf beide Wangen. «*A bientôt*», sagte sie. «Ich muß deine *enfants terribles* bald sehn, bevor sie fort und aufs College gehn.»

«Ich werde dafür sorgen», sagte Anne und wurde sich bewußt, daß sie beschlossen hatte, Laura nicht einzustellen. Sie wußte, daß es unfair von ihr war. Das Mädchen hatte nichts getan, hatte kaum ein Wort gesprochen. Doch irgend etwas an ihr – der zu schwere, zu sorgfältig ausgebesserte Pullover, ihre großen Füße und die unproportioniert zartgliedrigen Hände und, ja, wahrscheinlich die Tatsache, daß sie mit Hélène befreundet war – hatten bei Anne zu dem Eindruck geführt, daß Laura nicht der Mensch sei, mit dem sie unter einem Dach leben möchte. Sie überlegte, womit sie sich bei Hélène und Laura herausreden sollte, daß sie das Mädchen nicht einstellte, denn schließlich brauchte sie ja wirklich jemanden, der ihr half.

Sie ging zum Kühlschrank, um sich etwas als Mittagsimbiß auszusuchen. Bevor Hélène und Laura gekommen waren, hatte sie an eine Orange, eine halbe Avocado und eine Scheibe Chevrotin gedacht, den Rest eines Stückes, das sie sich am Tag vorher geleistet hatte. Wäre ihre Familie zu Hause gewesen, hätte sie Sachen essen müssen, die gehaltvoller, schlichter, weniger teuer waren. Voll Vorfreude hatte sie sich ihren Imbiß ausgemalt. Doch nun war sie gerade mit Leuten zusammengewesen, die den ganzen Tag fasteten. Wie konnte sie eine so genußreiche, so sorgfältig komponierte Mahlzeit zu sich nehmen? Sie machte sich ein Sandwich mit Erdnußbutter und las, während sie aß, in einem Buch, das sie sich ein paar Tage vorher aus der College-Bibliothek geholt hatte, eine Biographie von Inigo Jones. Nach dem «Essen» wischte sie den Boden und dachte dabei, wie sonderbar es war, daß zur Zeit Jakobs I. in London alle Leute bis auf die Armen im Sommer ganz selbstverständlich die Stadt verließen, um bei guter Gesundheit zu bleiben.

Sie sah auf die Uhr. Es war halb drei; die Kinder mußten bald nach Hause kommen. Sie wartete auf die Geräusche ihrer Rückkehr, als wäre sie zum Ausgehen, für eine Party angezogen und horchte auf das Vorfahren eines Taxis. Niemand hatte ihr gesagt, wie das sein würde, die Art, wie sie ihre Kinder liebte. Es war etwas so Körperliches, so fest mit dem Körper verbunden wie sexuelles Begehren, doch ohne die Beigabe des Gefährlichen. Der Drang, sein Kind zu berühren, hatte sie oft gedacht, ist ähnlich und doch nicht ähnlich wie das Verlangen, einen Liebhaber zu berühren: Es fehlen die Spannung und die Gier, fehlen die Komponenten Unsicherheit und Eitelkeit, die das Kommen des Geliebten so belastend für die Nerven machen. Sobald die Kinder im Haus waren, wurde die Luft klarer und wärmer und jeder Gegenstand lebendiger. Wie ich euch liebe, hätte sie am liebsten laut gesagt, wie sehr, das könnt ihr niemals ahnen. Ich würde ohne jede Überlegung für euch sterben. Ihr habt meinem Leben die reinste, die tiefste Freude geschenkt. Aber das könnte sie niemals aussprechen. Statt dessen würde sie sagen: «Wie war's in der Schule? Hat das Mittagessen geschmeckt? Hast du deine Matheprobe gehabt?»

Sie stürmten in die Küche und rissen den Kühlschrank auf. Peter begann ihr von seinem Physikprojekt zu erzählen. Zusammen mit Daniel Greenspan wollte er eine Sonnenuhr basteln. Schon hatte sie angefangen, diese sonderbare Geschichte: Ihr Sohn wußte über manche Dinge bereits mehr als sie. Er wollte ihr etwas an einem Pendel erklären; sie begriff nicht. Ungeduldig schob er sich ein Keks, an dem er knabberte, in den Mund und kramte in seinen Schulsachen nach Kuli und Papier. Er begann eine Skizze zu machen: Hier ist die Sonne, da ist die Uhr, das ist die Schwerkraft. Seit Ewigkeiten, so schien es ihr, machten ungeduldige Männer für begriffsstutzige Frauen Skizzen von der Welt. Doch seine Zeichnung war gut; er konnte ihr etwas klarmachen und war – sie merkte es ihm an – stolz darauf, daß sie stolz auf ihn war. Die Belehrung hatte ihm Würde verliehen, so daß er Huld wie den Krönungsmantel eines Königs um die Schultern seiner Mutter legen konnte. Er war ungeduldig, denn er hatte Wichtiges zu tun, und rannte hinaus, als er Daniel an die Tür klopfen hörte.

Mit Betroffenheit hatte Anne festgestellt, wie intensiv sie andere Kinder gern hatte oder ablehnte, je nachdem, wie sie mit ihren eigenen umgingen. Daniel, den sie von klein auf kannte, besaß ihre ganze Zuneigung. Er teilte mit Peter eine frühreife, trockene Intellektualität, eine zielgerichtete Energie und war bei anderen Kindern ebenso unbeliebt. Nur besaß er außerdem noch eine Ironie, an die Peter bei weitem nicht herankam.

«Ich zieh mich jetzt für die Ballettstunde um», sagte Sarah. Dann verschwand sie, beide waren fort. Anne war wieder allein, doch diesmal fühlte sie sich einsam. Kein Mensch würde jemals ermessen können, wie leidenschaftlich ihre Empfindungen für die Kinder waren. Es war eine wilde, explosive Passion. In einer einzigen Minute würde dieses Gefühl die Vorstellung zerstören, die die Leute von ihr hatten: das Bild einer Frau, die das Leben mit gelassener Heiterkeit nahm und immer denselben sicheren Kurs mit derselben Bedächtigkeit steuerte. In Wahrheit aber wurde sie, was man nie erfahren würde, hin und her geschaukelt, nach oben und nach unten getragen von Wogen der Leidenschaft: von Furcht, von Sehnsucht und von Entzücken.

Es war doch etwas Sonderbares, die Mutterschaft. Sie verstand nicht, wie Leute sagen konnten: «Sie ist eine gute Mutter» – im gleichen Ton, wie sie sagten: «Sie ist eine gute Neurochirurgin» oder: «Sie singt gut.» Mutterschaft, das war keine erlernbare Fertigkeit: Es gab keine lebendige Tradition, die man zu Rate ziehen konnte, die sich durch strengen Fleiß und ein waches Auge für jedes Detail vervollkommnen ließ; es gab keine Quelle der Weisheit, aus der man schöpfen konnte; keine Entwicklungsgeschichte war zureichend, denn jeder neue Fall war ein Fall für sich. Jeder neue Fall war ein Mensch, geboren – das stand für sie fest – mit einer individuellen Natur, stärker festgelegt, als die Leute, dem modernen Denken gemäß, glaubten. Es bedeutete ihr viel, daß ihre Kinder keine *tabulae rasae* waren, sondern als sie selbst auf die Welt gekommen waren. Sie liebte das Kompromißlose an ihrem Naturell, all das, was sich nie in eine Form zwingen ließ und deshalb vor ihr sicher war. Sie hielt gern eine kleine Distanz zu ihren Kindern – weswegen manche Leute sie als Mutter nicht bestimmt genug fanden. Doch es hatte seinen Grund darin, daß sie die Absolutheit der kindlichen Seelen respektierte, das, womit sie geboren waren, was sie von den ersten Monaten an gesehen hatte. Zum Beispiel bewunderte sie Peters hohe Ansprüche – nicht nur in körperlichen Dingen, obwohl sie ihre Wurzeln im Körperlichen hatten. Sie bewunderte diesen Zug sogar, wenn er sie erschöpfte und sie sich ganz nutzlos vorkam. Seit er sprechen konnte, war er zu ihr gekommen, hatte sich in einer Haltung empörter Rechtlichkeit vor ihr aufgebaut und Fragen gestellt, auf die es keine Antworten gab, obwohl sie ihm zustimmte, daß es darauf welche geben müßte. «Warum ist Jessicas Vater weggegangen und hat sie nie besucht?» «Warum spielt Amanda lieber mit Oliver, obwohl ich andre mit allen meinen Sachen spielen lasse und er seine nicht hergibt?» Er war immer voll Eifer; er nahm sich Dinge zu Herzen, litt unter ihnen, und sie war stolz auf seine Ernsthaftigkeit, seine noblen, strengen Maßstäbe, wenn sie auch wünschte, sie könnte ihn vor sich selbst beschützen. Er würde wohl nicht leicht tiefe Liebe wecken, das konnte sie sehen, aber vielleicht würde man ihn ehren. Vielleicht, so hatte sie oft gedacht – durchzuckt von einem atavistischen Stolz, einem uralten, vermutlich schändlichen Stolz, wie ihn nur Mütter von Söhnen empfinden können –, wird man ihn eines Tages fürchten.

Sarah war ihm ganz unähnlich. Sie hielt eine gewisse Distanz zum Leben, fand es erheiternd, betrachtete es mit einem ironisch musternden Blick, der namentlich das Handeln Erwachsener *de haut en bas* beurteilte, mit Nachsicht, doch eben auch mit Herablassung. Von ihrem Leben lag mehr im verborgenen als von dem ihres Bruders, ihre Dramen spielten sich im Innern ab, zuweilen nur zu erraten oder heimlich zu erlauschen.

Vielleicht, dachte Anne, schließt Sarahs Ausgeglichenheit sie etwas von der mütterlichen Zuwendung aus. Indem sie ihre Besorgnis vor allem auf den Sohn richtete, ließ sie möglicherweise ihre Tochter zu kurz kommen. Doch wenn sie sich über Sarahs Zukunft Gedanken machte, konnte sie sich nur vorstellen, daß sie dereinst beide – sie und ihre Tochter – einander am Kaffeetisch gegenübersitzen und wunderbare Gespräche führen würden, gelassen, ergiebig, reich. Sie konnte sich für ihre Tochter nur ein harmonisches Leben vorstellen; einzig um den Sohn hatte sie Angst. Doch sie waren absurd, diese Befürchtungen und diese Phantasiebilder. Es war unmöglich vorauszusehen, was ihnen beschieden sein würde, und man konnte – wie sie sich oft sagte – auch nicht viel tun, um den Lauf der Dinge zu beeinflussen, der in so hohem Maße von ihren Charakteren und von ihrem Schicksal bestimmt wurde. Man konnte nur dafür sorgen, daß ihnen, solange sie Kinder waren, nichts zustieß.

Nun, da die Kinder fort waren, setzte sie sich an den Küchentisch und machte sich daran, Schecks für eingegangene Rechnungen auszuschreiben. Doch immer wieder drängte sich Laura Posts Gesicht nach oben, in ihre Gedanken, vorbei an Zahlen und Quittungen und Freiumschlägen. Laura Post hatte ihr nicht gefallen, obwohl sie die meisten jungen Frauen eigentlich nett fand. Sie interessierten sie – ihre Position war so unwirklich. Alle Leute bis auf sie selbst nahmen an, daß sie leicht Begehren weckten, daß sie unter ihrer Haut irgendeine Macht bargen, daß sie nur eine Straße entlangzugehen, eine Bewegung mit der Schulter zu machen brauchten, und schon lag ihnen zu Füßen, was immer sie sich wünschten. Aber so sah die Sache für sie ganz und gar nicht aus. Beinahe immer waren sie unglückliche Geschöpfe. Die jungen Männer waren ängstlich oder unersättlich; sie hatten Angst zu sprechen. Und den jungen Frauen war beigebracht worden, daß sie sich zwar mit ihrem jeweiligen Freund – wer er auch sein mochte – auf die intimsten körperlichen Akte einlassen müßten, niemals aber fragen dürften: «Hast du mich gern?» «Macht dich das glücklich?» oder auch nur: «Sehn wir uns wieder?» Und was war mit denjenigen, die außerhalb des Kreises der Begehrten standen, aus eigener Entscheidung oder von der Natur ausgeschlossen, den jungen Frauen, die nicht schön waren oder für die jungen Männer neben ihnen nur Kälte oder Verachtung übrig hatten? Angenommen, sie waren ehrgeizig; angenommen, ihre größte Leidenschaft galt irgendeiner klar umrissenen Arbeit, in der sie aufgingen? Angenommen, sie hatten ein ironisches oder depressives Naturell?

Sie hätte ihnen – Michaels Studentinnen, die ins Haus kamen, die zu ihr sprachen, als suchten sie nach Hinweisen auf ein Verbrechen oder auf einen verborgenen Schatz – gerne gesagt, daß in zehn Jahren für sie alles besser aussehen werde. Daß sie heiraten könnten, wenn sie das wollten (denn noch immer war ihnen das Heiraten ein Anliegen, wenn sie das heutzutage auch nicht mehr zugeben durften), und daß ihre Ehe vermutlich glücklich sein werde. Das hätte sie gern gesagt, obwohl sie wußte, daß es keineswegs wahrscheinlich war. Die jungen Männer schienen nicht sehr am Heiraten interessiert zu sein, und die meisten Ehen gingen nicht gut.

Doch Laura hatte mit keiner der jungen Frauen, die Anne kannte, Ähnlichkeit. Sie gab sich selbst die Schuld, daß sie Laura nicht mochte. Wenn sie sich von jemandem angeklagt fühlte, der einen ausgebesserten Pullover trug und einen Tag in der Woche fastete, lag das nur an ihr selbst. Aber sie konnte Laura wirklich nicht einstellen. Sie mußte sich wohl oder übel weiter mit Mrs. Davenport behelfen. Sally Devereux, die im Personalbüro des Colleges arbeitete, hatte zur ihr gesagt, sie solle sich einfach durchwursteln, es werde sich schon irgend etwas ergeben. Es komme immer wieder vor, daß irgendein Mädchen seine Mitbewohnerin nicht mehr ausstehen konnte oder pleite war oder einen Vater hatte, der seinen Arbeitsplatz verloren hatte. Es sei nur eine Frage der Zeit, hatte Sally ihr zugeredet. Sie könne es ja vorerst noch aufschieben, mehr als einen Tag pro Woche in New York zu verbringen; sie könne noch immer eine Menge Arbeit zu Hause selbst erledigen.

Sie fragte sich, wie sie sich zu Laura gestellt hätte, wenn Michael zu Hause gewesen wäre. Sie hatten die Entscheidungen über den künftigen Gang ihres Lebens immer gemeinsam getroffen, so daß ihre individuellen Positionen verborgen geblieben waren, ähnlich wie Teile einer Maschine im verborgenen bleiben, während sie arbeitet. Da sie schon mit zweiundzwanzig geheiratet hatten, besaßen sie beide keine Erfahrungen darin, jeweils für sich allein als Erwachsener mit der Außenwelt umzugehen.

Mit zweiundzwanzig, so dachte sie, hattest du noch nichts geleistet, nichts gewußt, und trotzdem haben wir recht daran getan zu heiraten. Was sonst hätten wir auch tun können? Irgendwohin abhauen, jeder für sich? Andere Beziehungen eingehen. Natürlich hatten sie daran gedacht, denn was sie taten, war unzeitgemäß, ganz und gar unzeitgemäß. 1968 heiratete man einfach nicht mehr mit zweiundzwanzig. Doch alles andere wäre verkehrt gewesen. Sie waren ineinander verliebt; sie besuchten dieselbe Universtät; ihren Familien wäre es etwas unangenehm gewesen, wenn sie formlos zusammengelebt hätten. Warum also nicht heiraten?

Denn mit Betretenheit hatte sie erkannt, daß das, was sie wollte, eine Heirat voraussetzte. Sie hatte sich ein Zuhause gewünscht, nicht bei den Eltern und doch auch nicht gerade eine Bude für ein Studentenpaar. Sie wollte erwachsen sein, und da sie kein Geld, keinen Beruf, nur den Status einer Studentin hatte, dessen sie überdrüssig war, konnte ihr die Heirat das Gefühl verschaffen, ein Kapitel ihres Lebens – Kindheit hätte man es nennen können – abgeschlossen zu haben, das sie nur zu gern hinter sich ließ.

Michael hatte gleichfalls ein Kapitel Vergangenheit abschließen wollen, das ihm Wunden geschlagen hatte, wenn er sie auch mit Tapferkeit trug. Man hätte nie geahnt, aus welchen Verhältnissen er kam. Er ließ ein ganzes Jahr vergehen, ehe er sie zu sich nach Hause mitnahm, in ein verkommenes Zuhause – die beinahe ganz zerrüttete Mutter allabendlich um acht Uhr schon angetrunken, so daß er es nie wagte, irgend jemanden zum Abendessen einzuladen. Bei diesem ersten Besuch hatte er Anne in einem Motelzimmer einquartiert, es so eingerichtet, daß sie sich möglichst viel dort aufhielt, und sie nur zum Frühstück und zum Mittagessen nach Hause mitgenommen. Er hatte ihr Hamburger in ihr Zimmer in dem Motel in Akron, in der Nähe des Flughafens, gebracht, um nicht zufällig Bekannten über den Weg zu laufen. Er schlief mit ihr, wieder und wieder, hungrig und dankbar, dankbar dafür, daß sie ihn immer noch haben wollte, obwohl sie nun sein Zuhause gesehen hatte, und sie war ihm dankbar dafür, daß er ihr sein Zuhause gezeigt hatte, dankbar für sein Vertrauen. Sie war glücklich, daß sie ihn verstehen durfte, denn man kannte ihn nicht, solange man seine Mutter nicht kannte. Die arme Lucy! Anne hatte sie aufrichtig gern gehabt, doch ihr Tod, es mußte gesagt werden, war eine Erleichterung gewesen.

Lucy war auf ihre Art tapfer gewesen, doch das genügte nicht, nicht für die Mutter eines Sohnes. Mit dreißig und einem vierjährigen Jungen, von ihrem Mann sitzengelassen, hatte sie dem häuslichen Leben einfach den Rücken gekehrt, wie ein verwundetes Tier, das aufgibt und an seiner ganzen Haltung den Wunsch erkennen läßt, in Ruhe gelassen zu werden, einfach nicht mehr mitmachen zu müssen. Anne fragte sich oft, wie Michael seine frühe Kindheit schon allein körperlich überstanden hatte. Lucy hatte so früh wie möglich abgedankt; mit acht, so erzählte ihr Michael, habe er sämtliche Einkäufe, das Kochen – soweit davon die Rede sein konnte – und das bißchen Saubermachen übernommen. Oft und oft hatte sie seither an ihn gedacht, an diesen kleinen Bücherwurm, wie er zum Laden an der Ecke lief und dort Salami, Weißbrot, Eissalat, French Dressing der Marke

Kraft kaufte. Er hatte die Sandwichs und den Salat fertig, wenn seine Mutter zur Tür hereinkam, von der Arbeit zurückkehrte, aus dem Schönheitssalon, wo sie erstaunlich tüchtig war (ihr Heim war verwahrlost, doch sie selbst stets perfekt manikürt und tadellos frisiert). Sie konnte ungemein charmant sein, ihre Spezialität waren kurze Begegnungen. Den Frauen, denen sie das Haar richtete, war sie eine seelische Stütze, ein Leuchtturm, ein Turm der Stärke. Und ihrem Sohn gab sie alles, was eine Mutter an Liebe nur geben kann. Er war sich stets ihrer Liebe gewiß, wußte immer, daß er in ihrem Herzen den ersten Platz einnahm. Und darum liebte Anne sie, konnte sie ihren Charme, ihre guten Seiten sehen. Es war ein Glück, daß sie Lucy gern hatte; Michael wäre nicht fähig gewesen, eine Frau zu heiraten, die seine Mutter nicht mochte, sie nicht schätzte, die sich über das häusliche Chaos entsetzte oder es als einen Mangel an Rücksicht auslegte. Er durfte ihr Versagen beklagen, doch hätte Anne in sein hartes Urteil über seine Mutter eingestimmt, hätte er sich von ihr zurückgezogen. Was er brauchte, war eine Frau, der es möglich war, anders als seine Mutter zu sein, die ihm aber zugleich die Gewißheit gab, daß seine Mutter als Frau nicht versagt hatte.

Es fiel Anne nicht schwer, Lucys häusliche Mißwirtschaft zu übersehen oder zu verstehen. Auch sie war in einem Heim aufgewachsen, dem es an den Rudimenten gepflegter Häuslichkeit gebrach, obwohl in der Atmosphäre himmelweit verschieden von der chaotischen, weiblichen Unordnung in Lucys Höhle. Ihre Mutter hatte fürs Häusliche nichts übrig und deshalb in diesem Punkt keine glückliche Hand gehabt. Erst kürzlich war Anne klar geworden, daß ihre Mutter jahrelang depressiv gewesen sein mußte. Nur Depressivität konnte ihr komplettes Scheitern, die schwunglosen Darbietungen einer so schwungvollen Frau, die heillose Stümperei einer Frau erklären, deren Talent dem Noblen, dem Erlesenen galt. Anne dachte an die ausgeklügelten Gerichte, die ihre Mutter ersonnen und dann hatte anbrennen lassen, die Kleider, die sie geschneidert und anschließend mit dem Bügeleisen ruiniert hatte, die Tapeten, die mit den brokatbezogenen Sesseln so grell kontrastierten, daß es weh tat. Dann war eine Veränderung eingetreten: Sie hatte ihre Ausbildung fortgesetzt und ihr Examen abgelegt. Für Anne kam es zu spät, denn sie war inzwischen auf dem College.

Anne dachte an das Hochzeitsbild ihrer Mutter. Susan Holliwell aus

Mount Holyoke, Abschlußklasse 1941, wirkte darauf mehr wie ein weiblicher Primus als die Braut, die sie war, und hielt ihren Blumenstrauß wie einen Basketball oder eine Fackel über den Kopf. Sie lachte, und man konnte den Grund sehen: Dieses flotte Mädchen gedachte der Welt vorzuspielen, daß es nun ein geregeltes Leben beginne. Wie hatte sich dieses Mädchen in die Mutter verwandelt, an die Anne sich erinnerte, die sich die Ohren zuhielt und ihre Kinder anflehte, nicht zu streiten, die in Tränen ausbrach, wenn ihre jüngere Tochter sich zum fünftenmal weigerte, ihre Milch zu trinken? Schon früh war Anne, wenn sie ihre Mutter so sah, klargeworden, daß sie die Mutterrolle im Haus übernehmen mußte.

Das war das Geheimnis, das sie mit Michael verband: Beide waren sie in ihrer Kindheit Mütter gewesen, beide hatten sie teilgehabt an der Verschwörung, die den Mittelpunkt des Lebens von Kindern unzulänglicher Eltern ausmacht, beide hatten sie sich verschworen, der Welt dieses blamable Scheitern zu verbergen und vor allem den Schein zu wahren, daß in diesem Haus des Kummers nicht anders gelebt werde als in jedem anderen.

Sie hatten früh geheiratet, weil sie das Familienleben wiedererfinden wollten. Es war eine Träumerei, an der ihre Herzen hingen. Im Grunde konnten sie nie ihre Freunde verstehen, die in bewußt häßlichen Behausungen lebten: Matratzen und sonst nichts auf dem Boden, leere Thunfischdosen als Aschenbecher, mit Reißnägel an die Wände gepinnte Poster. Für sie waren eine Vase mit frischen Blumen ein Wunder, ein Laib Brot, den sie gemeinsam gebacken hatten, Kostbarkeiten, die alles symbolisierten, was sie sich für ihr Leben erhofften.

Erst nachdem sie alles, was so dazugehörte, getan, das Haus gekauft, die Kinder bekommen hatten, wurde ihnen bewußt, daß andere das gleiche wie sie getan hatten, weil sie des Glaubens gewesen waren, das Familienleben wiederzuerfinden. Doch mittlerweile war es keine Erfindung mehr, es war schlicht ihr Leben.

Und nun war all dies unterbrochen. Viertausend Meilen lagen zwischen Michael und ihr. Er war seit drei Wochen fort, und in ihr war noch immer dieses unschlüssige Warten, beinahe als hörte sie ihn, als könnte sie ihm in der nächsten Minute in einem anderen Zimmer begegnen. All die gewöhnlichen Handgriffe, die sie tat, kamen ihr irreal und unvollständig vor, als führte sie sie vor einer Kamera aus.

Drei Wochen war er jetzt schon fort, und noch immer schlief sie nachts schlecht. Sechzehn Jahre lang hatte sie jede Nacht die Arme um ihn gelegt, und nun war das Bett leer, ein verlassenes Grundstück mit einem halbfertigen Haus. Auch ihre Beziehung zu den Kindern war anders als sonst; der Rhythmus war nicht mehr da, an dem Michael und sie es gespürt hatten, wenn der andere einer Situation nicht gewachsen, ungeduldig, unvernünftig, tyrannisch oder zu lasch geworden war. Sie war jetzt mit den Kindern allein; sie war allein.

Sie konnte es kaum fassen, daß sie es fertiggebracht hatten. Sie versuchte sich zu erinnern, wie alles genau angefangen hatte. Der Schauplatz war ein Restaurant in New York gewesen. Benedict Hardy, den sie kannte, seit sie zwanzig und mit einem Reisestipendium zum Studium der Elgin-Skulpturen in London gewesen war, hatte sie beide zum Abendessen ausgeführt. Das tat er immer, wenn er, einmal im Jahr, nach New York kam. Er war ein hochangesehener englischer Kunsthistoriker von selbstbewußt aristokratischem und exzentrischem Wesen. Sein Spezialgebiet war die französische Malerei des 19. Jahrhunderts. Ihr alljährlicher gemeinsamer Abend mit ihm hob sich vom übrigen Jahr ab wie ein im Kreis illegal Eingewanderter insgeheim begangener nationaler Feiertag. Als sie an diesem Abend zu Ende gegessen hatten, lehnte sich Ben behaglich zurück und zündete sich, ohne eine Entschuldigung auch nur anzudeuten, eine Zigarre an, als gehörte sie zur Speisenfolge. «Du hättest vermutlich keine Lust, eine Arbeit für mich zu übernehmen und einen Katalogtext zu schreiben?» sagte er zu Anne und nahm dabei jenen reservierten Ausdruck an, zu dem er sich immer dann verpflichtet fühlte, wenn er etwas Bedeutsames sagte.

Er sei im Augenblick damit beschäftigt, in einer New Yorker Galerie eine Ausstellung der Werke von Caroline Watson auszurichten, deren Arbeiten seit ihrem Tod, 1938, vernachlässigt worden seien. Sie sei einer jener Maler gewesen, erklärte er Anne, die zur falschen Zeit die falschen Dinge gemalt hätten. In den späten zwanziger Jahren, als sich alle Welt für den Kubismus begeisterte und gleich danach für den Surrealismus, habe sie an die Fauves erinnernde Studien von Frauen und Kindern gemalt. Und Landschaften, sagte er, in denen niemand aus den mit der Mode gehenden Kreisen etwas anderes sah als ein Genre, das einen erröten ließ. «Sie hatte das Pech, daß sie in einer Periode der Genies nur eine erstklassige Malerin war», schloß er und lehnte sich zurück, stolz auf seinen Aphorismus, der ihm sicher nicht erst in diesem Augenblick eingefallen war. Er sei in den zwanziger Jahren in Paris und London mit Caroline Watson bekannt gewesen. Ihre Schwiegertochter, die den Nachlaß geerbt habe, sagte er, sei eine Frau, für die er «gewissermaßen sehr viel übrig» habe.

«Caroline verließ in den 80er Jahren des 18. Jahrhunderts Amerika, fuhr nach Paris und ist eigentlich nie mehr zurückgekehrt. Mit sechsunddreißig produzierte sie zu jedermanns Erstaunen, besonders zur Überraschung ihres Vaters – durch und durch Philadelphia, Bankier, die richtigen Klubs und all das –, ein uneheliches Kind. Einen Sohn. Stephen Watson. Ein armes Wesen, eines dieser zum Unglücklichsein geborenen Kinder. Carolines Vater sagte, er würde sie enterben, wenn sie den Jungen woanders als in Philadelphia aufziehen sollte. Sie versuchte durchzuhalten, schaffte es aber nicht und ließ Stephen dort zurück. Sie sagte, sie müsse in Frankreich leben. Stephen trank sich mit achtundzwanzig Jahren zu Tode. Allgemein war von Lungenentzündung die Rede, aber man wußte Bescheid. Er hatte Jane geheiratet, und Jane und Caroline waren unzertrennlich. Sie lebten zusammen, bis Caroline starb, und hingen sehr aneinander. Und einer der Gründe, warum ich an dich dachte, meine liebe Anne, ist der, daß Jane, so sehr ich sie verehre, schwierig sein kann. Sie wäre nicht jedermanns Fall. Du aber wärst imstande, das Bedeutende an ihr zu sehen und ihren Mucken aus dem Weg zu gehen. Und dann hast du ja diese hübsche Doktorarbeit über Mary Cassatt und Eakins geschrieben. Ergo bist du die naheliegende Wahl – eine im Himmel geschlossene Ehe.»

Er führte beide in die Galerie, damit sie sich ein paar von Carolines Bildern ansehen konnten. Es hatte etwas prickelnd Erregendes, das Gebäude bei Nacht zu betreten, von einem Wächter eingelassen zu werden, zuzusehen, wie Ben am Galerieeingang auf einem Tastenfeld eine Reihe von Zahlen eintippte und wie vor ihnen, gleichsam von Zauberhand bewegt, die Tür zu dem in pechschwarzer Finsternis liegenden Raum aufging. Im Bewußtsein seiner machtvollen Gebärde schaltete Ben die Lampen an. Er führte sie rasch in einen rückwärtigen Raum, ohne ihnen auch nur einen Augenblick Zeit für die ausgestellten Gemälde zu gönnen, und schloß den großen Wandschrank auf, in dem Carolines Bilder verwahrt wurden.

Die ersten beiden, die er herausnahm, sagten Anne nicht viel. Sie gab ein paar höfliche Bemerkungen über die Landschaft und das

Stilleben von sich, wie eine Studentin vor dem Examen. Dann holte Ben ein Bild heraus, das «Blumen» hieß. Der Hintergrund zeigte ein ins Bräunliche spielendes Rot; die Blumen, auf einem dunkelgrünen Tisch, noch teilweise in blaues Papier gehüllt, wirkten wie in Eile dort abgelegt. Sie waren erfüllt von der Energie, die eine eben vollendete Bewegung Gegenständen verleiht: Sie waren gleichsam achtlos oder zornig dort hingelegt worden. Und die Farben der Blumen, mit Absicht beinahe unnatürlich – wie Magentarot, Kobalt, Scharlach – wischten die Vorstellung von Blumen als Dingen beiseite, die in der Welt sind, um zu schmücken oder eine häusliche Note herzustellen. Sie schienen fast animalisch zu schnurren; vielleicht waren sie gefährlich.

Ben zeigte ihr ein weiteres Bild, «Jane» genannt. Eine Frau in einem schwarzen Kostüm saß in einem Restaurant. Vor sich auf dem Tisch hatte sie eine Tasse Kaffee und ein Buch. Sie las, den Kopf auf eine Hand gestützt, an der sie einen Smaragdring trug. Den Mittelpunkt der Komposition bildete ihr Haar; es war enganliegend um den Kopf gewunden, zart abgegrenzt. Seine Linie gab dem Vordergrund Form. Um die Frau herum saßen die anderen Gäste, mit leichter Hand skizzenhaft eingefügt, als wären sie Traumgestalten.

Angesichts dieser Bilder erwachte etwas in Anne und begann zu wachsen, etwas, mit dem sie all die Zeit gelebt hatte, ohne davon zu wissen, ein Verlangen oder ein Drang, wie der Hunger nach einer bestimmten, doch schwer zu erlangenden Speise. Die Bilder machten sie gierig danach, sie um sich zu haben, von ihnen zu sprechen: Sie gehörten ihr schon. Im Geist sah sie einen Katalog mit den frühen und den späten Arbeiten jeweils nebeneinander auf einer Seite. Sie stellte sich alles vor, was sich dadurch sagen ließ, daß sie sie einfach langsam, akribisch miteinander verglich und dabei all das nutzte, was sie bereits wußte, und alles, was sie noch lernen würde.

Dann hörte sie hinter sich Michael und Ben im Gespräch. Michael trat zu ihr und nahm ihre Hand. «Wir werden aber nächstes Jahr in Frankreich sein», sagte er.

Michael hatte ein Strafford-Auslandsstipendium. Er sollte mit Hélène tauschen.

Anne sah Ben an. «Ich hatte ganz vergessen», sagte sie, «daß wir nächstes Jahr in Frankreich sein werden.»

«Laß es dir eine Weile durch den Kopf gehn», erwiderte er. «Ihr könntet euch an Weihnachten sehen. Die ganze Trennung würde nicht mehr als acht, neun Monate dauern.»

«Nein», sagte sie, «du wirst dir jemand anderen suchen müssen.»

«Nimm das mit und sieh dir's mal an, nur so», meinte daraufhin Ben und gab ihr ein in Saffianleder gebundenes Buch, auf dem das Wort «Tagebuch» in Gold eingraviert war.

In dieser Nacht las sie zum erstenmal in dem Tagebuch, während Michael schlief, erschöpft von der Rückfahrt von New York.

«Ich muß fort, und ich werde fortgehen», hatte Caroline mit zwanzig in ihr Diarium geschrieben.

Ich weiß, was ich malen möchte: das Wunder der Atmosphäre, unsichtbar und rein, doch leitfähig und voller Bewegung. Und die Klarheit des Wassers, bald von der Farbe der Kiesel, bald von der Stimmung eines blauen Sommertages durchtränkt. Diese kann man nicht sehen, sie enthüllt sich nur durch eine dünne Schicht darüber, in der sich der Himmel spiegelt. Und der weitgedehnte Weidegrund, große Bäume ohne Unterholz dazwischen, hie und da schneeweiße Gänse, die den Hals beugen, die Flügel ausbreiten oder die gelben Schnäbel senken. All das muß ich festhalten – aber wie? Heute male ich wie eine unwissende Farmersfrau oder, schlimmer noch, wie eine Lady. Doch was gibt es für mich schon anzuschauen? Bilder von Himmeln mit der Farbe einer Bratensoße und dazu Blätter in Ton und Struktur wie Rosenkohl, Vögel wie Kartoffelbrei, ganz und gar unbelebt, bei denen man nicht im geringsten den Eindruck hat, daß sie atmende Geschöpfe sind. Ich werde mich gegen Papa durchsetzen; ich werde nicht nachgeben.

Ben hatte hinten in dem Tagebuch mit einem Stück Klebefolie ein Kuvert befestigt, das Photographien enthielt. Das erste Photo war konventionell-steif: Caroline mit sechzehn, neben ihrem Vater stehend, dessen linke Schulter sie überragte, ein einschüchterndes, kritisch blickendes Mädchen, größer als die Brüder, der Fuß bereit, voll Ungeduld auf den Teppich zu klopfen oder wegzugehen. Der Vater in der Mitte beherrschte mit seinem gesetzten Backenbart und der breit geschneiderten Anzugsbrust die Szene. Neben ihm stand die Mutter, mit einer Miene, als könnte jedes Wort, das ihre Angehörigen sprachen, eine Kränkung für sie sein. Zu beiden Seiten der Eltern saßen kleine Brüder, die darauf warteten, den Vater beim Wort zu nehmen. Über der linken Schulter der Mutter war die andere Schwester zu sehen. Sie hielt den Körper ganz ruhig, die Schultern in demütiger Rundung nach vorne gebogen, um die Familie vom Streiten abzuhalten, bis der Photograph, vermutlich kein Gentleman, sein Werk getan hatte.

Die zweite Photographie zeigte Caroline auf einem Schiffsdeck, lachend neben ihrer Schwester, die im Vergleich zu ihr alt wirkte. Man sah Caroline an, daß sie das kalte Gehabe der Schwester lächerlich fand; sie würde sie zwingen, hundertmal mit ihr übers Deck zu spazieren. Auf der dritten Aufnahme stand Caroline neben einem Automobil, das offenbar ihr ganzer Stolz war. Ein stämmiges Bein guckte unter einem modernen Rock hervor, in dem sie sich sichtlich unwohl fühlte. Auf dem letzten Bild standen Caroline und ihr Sohn nebeneinander. Sie wirkte, als wäre sie drauf und dran wegzugehen. Und Stephens Augen blickten von ihr weg, mit dem Ausdruck eines Menschen, der immer darauf gefaßt ist, getadelt zu werden.

«Ich werde mich gegen Papa durchsetzen. Ich werde nicht nachgeben», hatte Caroline mit zwanzig geschrieben. Und sie hatte nicht nachgegeben, hatte sich durchgesetzt. Was war dieses harte, metallisch glänzende Ding im Kern von Carolines Wesen, das Anne nie in sich gehabt hatte? Zeit ihres Lebens war sie ein braves Mädchen gewesen; zeit ihres Lebens war sie auf Menschen eingegangen. In ihrem Kern war nichts Hartes, Funkelndes, sondern etwas Weiches, Mattes. Doch während sie über Caroline nachsann, in ihrem Tagebuch las, die Photos betrachtete, besonders aber wenn sie über die Bilder nachdachte, senkte sich etwas in sie, grub sich ein und wurde spitz. Caroline trat in ihr Leben. Unaufgefordert, überwältigend, Aufmerksamkeit heischend, wie ein neuer Liebhaber trat sie ein und übernahm das Kommando. Sie warf ihr Licht auf alles und gab ihm Farbe oder aber enthüllte es als öde und trist. Und wie der Liebhaber brachte sie die Untreue mit sich, denn je stärker Anne spürte, wie sich ihr Sehnen Caroline zuwandte, desto ferner fühlte sie sich Michael. Und sie spürte auch, daß er ihr Sich-Entfernen von ihm wahrnahm, als stünde er auf einem vor der Küste ankernden Schiff und beobachtete sie, wie sie hinaus aufs Meer segelte, kleiner wurde, sich immer weiter von ihm entfernte, entschwand. Es war schon früher vorgekommen; das geschieht wohl in allen guten Ehen, dachte sie, dieses Hineinsegeln in die Nähe und Hinaussegeln aus der Intimität, dieses Weggehen in einen privaten Bezirk. Denn, so fand sie, eine der wichtigen Vorzüge der Ehe bestand darin, daß man sich zurückziehen konnte. Für eine verheiratete Frau war es viel leichter als für eine ledige, hin und wieder für sich sein zu können, es war Zeit dafür vorhanden, und ebenso Zeit, aus der Zurückgezogenheit wieder herauszutreten, es gab einen Ort, zu dem man zurückkehren konnte. Es riß nicht den Vorhang entzwei; es brachte das Haus nicht zum Einsturz.

Doch nun war etwas Neues geschehen. Sie segelte diesmal nicht; sie ruderte davon. Sie spürte den Druck auf dem Herzen, während sie sich kraftvoller ins Zeug legte, um eine größere, sicherere Distanz zu gewinnen. Und eines Nachts, als sie wach neben Michael lag, der schlief, wurde ihr bewußt, daß sie zu ihm und den Kindern nun anders stand, einerlei, ob sie den Auftrag annahm oder nicht. Nahm sie ihn nicht an, würde sie trotzdem weiterhin von ihnen fortrudern. Sagte sie zu, würde sie sich in ihrer Beziehung zu ihnen verändern. Sie würde, aus späterer Sicht gesehen, einen kühnen Schritt getan haben, vielleicht sogar einen erschreckenden. Es wäre das erste Mal in ihrem Leben, daß sie Menschen betroffen machte.

Wie war sie zu der Frau geworden, die sie war? Achtunddreißig, ohne jemals eine kühne, riskante Tat vollbracht zu haben? Sie war dessen überdrüssig, hatte die Schwachheit satt, die ihr Leben geprägt hatte. Sie dachte an Caroline mit zwanzig, wie sie ihrem Vater ein Auslandsstudium abgetrotzt, wie sie später ihr Kind zehn Monate im Jahr allein gelassen hatte. Unweiblich, so hatte es wohl von ihr geheißen, aber war das, was man allgemein unter weiblich verstand, von jeher verstanden hatte, denn etwas anderes als – Unterwerfung?

So begannen die Gespräche, behutsam tastend zuerst, dann täglich im Ton wechselnd: tränenreich, unfreundlich, verletzend, gekränkt, bitter, schmeichelnd, vernünftig, kalt. Bilder wurden ausgemalt: Denk an die Sonnenuntergänge, die Ölbäume, die Kinder auf dem Dorfplatz! Stell sie dir unter französischen Kindern vor, wie sie französisch sprechen! Stell dir vor, wie wir unter den Zypressen spazierengehen. Doch schließlich war Michael derjenige, der sagte, daß sie es wagen müßten, daß es hauptsächlich Furcht sei, was sie zurückhalte. Und Caroline, diese Arbeit, sei viel zu wichtig, als daß man sie sich aus Mangel an Mut entgehen lassen dürfe. Natürlich, sagten sie beide, würden sie die Sache machen, als wäre ihre Unentschlossenheit nur eine schickliche Geste gegenüber einem feindseligen Universum gewesen, um vor seinem strafenden Blick nicht allzu zuversichtlich zu erscheinen. Andere Leute, sagten sie, machten es immerfort, jetzt wollten sie es auch einmal versuchen. Es wäre ja nur für ein paar Monate, sagten sie, und sie hätten Jahre vor sich.

Doch noch während sie so sprachen, überkamen Anne Bedenken. Angenommen, sie hätten keine gemeinsamen Jahre vor sich. Angenommen, er ließe sie sitzen – er wäre ja monatelang ohne sie. Heutzutage konnte niemand sorglos mit einer Ehe umgehen; jede zweite ging in die Brüche. Überall lagen die Wracks herum. Niemand aus ihrer Generation konnte sich ruhigen Herzens eine vorübergehende Trennung vorstellen, bei der die sexuelle Treue – von der Ehe selbst ganz zu schweigen – intakt blieb. Sie wußte, daß ihr Ehemann attraktiv war. Er war einer jener Männer, die erst nach dem dreißigsten Lebensjahr richtig in ihren Körper hineinwachsen. Sie hatte einen schlaksigen Jungen geheiratet, doch der Mann, mit dem sie lebte, war rank und aristokratisch, ein junger Edelmann, wie Piero della Francesca ihn gern im Profil gemalt hätte.

«Möchtest du, daß ich die Kinder mitnehme, damit du richtig arbeiten kannst?» hatte er gefragt. «Auf diese Weise müßten sie nicht auf die Vorteile verzichten, die es ihnen bringen würde, wenn sie ein Jahr in Frankreich verbrächten.»

Sie war bei diesem Vorschlag krank vor Angst geworden. Sie konnte ihm kaum erklären, was sie bei der Vorstellung empfand, ohne ihre Kinder leben zu müssen. Sie kam sich vor wie ein herrenloses Autowrack am Straßenrand, wie ein rechtloser Mensch, wie eine Pennerin, die auf der Straße schläft. «Nein, nein», sagte sie, «sie sind hier besser aufgehoben. Laß sie bei mir.»

Und so verging der Sommer, voll Liebes- und Familienglück. Ihre Arbeit war erfreulich, nahm sie in Beschlag. Alle benahmen sich unnatürlich gut, weil sie wußten, daß Michaels Abschied herannahte; sie konnten ihn auf sich zukommen sehen wie einen Stein, der einen Berghang herabrollt. Bis zu den allerletzten Tagen ließ sie sich nicht davon übermannen: vom Kummer, von den kleinen Ängsten, der Befürchtung, daß sie nicht, nicht einmal für ein paar Monate, imstande sein werde, allein ein Haus zu verwalten und zwei Kinder zu betreuen. Michael hinterließ detaillierte Anweisungen, was die Dinge betraf, um die er sich sonst immer kümmerte: den Ölbrenner, die Installationen, die Winterfenster. Doch nicht davor hatte sie am meisten Angst; sie hatte Angst, daß sie ohne Michael vor sich selbst nicht bestehen könnte; sie ängstigte sich davor, ein bodenloses Unvermögen an sich feststellen zu müssen, das die dunkle Hülle der Ehe, ihr dichtes, zähes Gewebe überdeckt hatte.

In der Woche nach Michaels Abreise wurde sie regelmäßig um fünf Uhr morgens wach. Ich schaffe es nicht, ich habe einen schrecklichen Fehler begangen, sagte sie sich immer wieder. Aber dann dachte sie an Caroline, an das furchtlose Mädchen, an Caroline als ältere Frau, die der Welt die Stirne bot, den Fuß auf dem Trittbrett des Automobils, das sie selbst steuerte. Sie dachte an Carolines Bilder. Es gab also eine Frau, seit fünfundvierzig Jahren tot, die sie so gut kennenlernen würde, wie sie ihre eigene Familie kannte. Doch um dies zu schaffen, mußte sie bereit sein, von ihrem Mann vorübergehend getrennt zu leben. Nur für eine Weile, sagte sie sich. Nicht auf lange. In vier Monaten werden wir wieder zusammen sein, wiederholte sie sich immerzu. Es ist ja kein großer Verzicht.

Doch als der Tag herankam und sie Michael den Reißverschluß seines Koffers zuziehen sah, war es nicht zu ertragen. Den ganzen Vormittag brachen die Kinder immer wieder in Tränen aus. Sie zankten sich wegen lächerlicher Lappalien. Michael verlegte seinen Paß.

Zwei Stunden vor der Abflugzeit trafen sie auf dem J. F. Kennedy Airport ein. Anne drückte immer wieder Michaels Hand, immer wieder nannte er ihr den Namen des Installateurs. Als der Flug aufgerufen wurde, weinten alle bis auf Sarah, die in ihrem Sessel saß und ohne hochzublicken *Goodnight Moon* las, eine atavistische Haltung, die sie immer einnahm, wenn sie sich fürchtete. Peter ließ Michael einen Vertrag unterschreiben, in dem stand, daß sie einander am 15. Dezember wiedersehen würden. Und dann war Michael einfach verschwunden. Es gab nichts mehr, dem man zuwinken konnte.

Auf der Rückfahrt nach Selby schliefen die Kinder im Wagen. Als sie zu Hause ankamen, waren sie unleidlich und schläfrig, und Anne hatte das Gefühl, ihre ganze Energie für die Fahrt verausgabt zu haben. Sie ließ zu, daß die Kinder weder badeten noch sich die Zähne putzten. Sie sagte sogar, sie könnten in der Unterwäsche schlafen. Als Peter fragte, ob sie bei ihr im Bett der Eltern schlafen dürften, nur diese eine Nacht, willigte sie ein. Aus Dankbarkeit wäre sie am liebsten vor ihrem Sohn auf die Knie gesunken. Noch nie, dachte sie, ist jemandem etwas so Schönes eingefallen.

Und jetzt kam sie mit allem zurecht, worüber sie gesprochen, nachgedacht, wofür sie geplant hatten. Sie recherchierte Carolines Leben und Schaffen; sie lebte ohne Ehemann. Das einzige Problem bestand darin, irgendeine wunderbare Person für die Betreuung der Kinder aufzutreiben. Aber Laura Post war diese Person nicht. Zu schade, wirklich, aber sie war einfach nicht die Richtige.

Als die dritte Septemberwoche kam, hatte Anne noch immer keine Betreuerin für die Kinder gefunden, die sie ins Haus nehmen konnte. Und sie mußte wieder nach New York. Eines Tages überredete sie Mrs. Davenport, bis elf Uhr zu bleiben, so daß sie selbst mit Ben zu Abend essen konnte. Er habe ihr etwas zu geben, sagte er, und reichte ihr ein Päckchen mit Carolines Briefen an Derain über den Tisch. Vor Erregung zitternd, berührte sie es. Als es Zeit war, das Restaurant zu verlassen, hatte sie zwar auf alle Briefe einen Blick geworfen, aber den letzten Bus verpaßt. Sie rief Mrs. Davenport an, die schnaubte, als sie ans Telephon kam, und sagte: «Es ist das erste Mal bei Ihnen, wird aber nicht das letzte sein. So geht es immer. Zum Glück habe ich mir für heute abend nichts vorgenommen.»

Anne erwiderte, sie habe Mrs. Davenport keineswegs bitten wollen, noch länger zu bleiben. Sie könne die Kinder einfach nach nebenan, zu den Greenspans, bringen. Aber Mrs. Davenport antwortete, *ihr* liege zufällig zuviel am Wohl der Kleinen, als daß sie sie aus ihren warmen Betten reißen und in einer kalten Nacht mit ihnen ins Freie gehen und damit ihre Gesundheit aufs Spiel setzen würde. Anne sagte, sie werde die Kinder am Morgen anrufen, ehe sie in die Schule gingen.

«Ich werd ihnen nichts davon sagen», antwortete Mrs. Davenport. «Es könnte ja sein, daß Sie nicht dazu kommen.»

Anne ging zurück zu dem Tisch, an dem Ben saß, und begann zu weinen.

«Die Kinder sind großartig», sagte er. «Gräßliche Frau. Du mußt schaun, daß du sie loswirst, Liebling.»

«Es ist aber niemand anders zur Hand.»

«Irgendwas wird sich schon ergeben. Muß einfach. Nimm erst mal noch einen Brandy, damit du besser einschläfst.»

Der Kellner brachte ihnen Brandy, und Anne fragte Ben, ob er als Kind darunter gelitten habe, daß man ihn so viel dem Personal überlassen und dann so früh ins Internat gesteckt hatte.

«Damals habe ich schrecklich gelitten. Aber im Rückblick finde ich, es war gut so. Es hat einem frühzeitig beigebracht, sich von menschlichen Bindungen nicht zuviel zu erwarten.»

Sie blickte Ben an, seine langen Finger mit den spatelförmigen Kuppen, die das Brandyglas umschlossen, und dachte: Ich lasse meine Kinder im Stich. Ich bringe ihnen bei, nicht an menschliche Bindungen zu glauben. Mrs. Davenport macht meine kleine Tochter zu einem abergläubischen Nervenbündel. Sie wollte zu Ben sagen, es gehe doch nicht, sie könne die Arbeit nicht übernehmen, sie werde sich mit den Kindern ins nächste Flugzeug nach Frankreich setzen.

Sie dachte an Caroline Watsons Sohn, der mit achtundzwanzig an der Trunksucht gestorben war. Peter würde vermutlich kein Alkoholiker werden und Sarah vermutlich nicht aus einem Fenster springen, um dem Teufel zu entkommen. Wenn ich nur, dachte sie still bei sich, die richtige Person für ihre Betreuung finden könnte!

Als sie am nächsten Vormittag um elf Uhr heimkam, ertappte sie Mrs. Davenport schlafend vor einer Quizsendung im Fernsehen. Die Frau war verwirrt und betreten und tat Anne leid, weil sie in so vielen fremden Häusern vor so vielen fremden Fernsehgeräten aufwachte. Zum erstenmal sah sie Mrs. Davenport als eine alte, verletzliche, unglückliche, nicht mehr als eine aggressive, unangenehme und ungebildete Frau. Sie schwindelte, daß sie gerade kein passendes Geld habe, und gab Mrs. Davenport fünf Dollar mehr als sonst.

«Wir verrechnen es beim nächsten Mal», sagte Mrs. Davenport, faltete den Schein zusammen und steckte ihn rasch in ihr Portemonnaie, als fürchte sie, Anne könnte es sich anders überlegen.

Anne ging in die Küche, um sich eine Tasse Kaffee zu machen. Sie sah einen linierten Schreibblock, den Mrs. Davenport hatte liegenlassen, und nahm sich vor, ihn in eine Schublade zu legen, damit die Kinder ihn nicht benutzten. Aus dem Block rutschte ein Zettel und fiel auf den Boden. Sie hob ihn auf. Er war beschrieben. Sie wollte ihn nicht lesen, sah aber, daß ihr Name darauf stand. Der Name zog sie magnetisch an; sie konnte den Blick nicht davon abwenden.

«Die hier ist eine ganz besondere Schlampe», stand auf dem Zettel. «Nur um sie einmal auf die Probe zu stellen, hab ich letzte Woche ein Keks hinter die Tür vom Kinderspielzimmer gelegt. Und dort ist es noch immer. Ich lasse es liegen, um zu sehen, wie lange es dauert, bis sie mit dem Besen hinkommt.»

Wie aus der Kanone geschossen, rannte Anne die Treppe hinauf. Sie öffnete die Tür des Spielzimmers. Der Raum war ein einziges Chaos: Stücke von Puzzles, Malstifte, Blocks, nackte Puppen überall auf dem Fußboden verstreut. Sie schaute hinter die Tür. Da lag es, ein Schokoladensplitter-Keks, bedeckt mit Staub und Haaren. Dann fiel ihr ein, daß sie Mrs. Davenport gerade fünf Dollar zusätzlich gegeben hatte. Wie hatte sie diese Frau auch nur einen Augenblick lang in ihrem Haus dulden, ihr die Kinder anvertrauen können? Sie hob das Keks auf und zerdrückte es in der Hand, während sie zum Telephon ging.

Zitternd wählte sie die Nummer der Leute in Syracuse, für die Laura gearbeitet hatte.

«Oh, sie hat eine vorbildliche Geduld», sagte Joan Chamberlain. «Und ist übrigens auch immer bereit, im Haushalt mitzuhelfen. Allerdings ist sie ein stiller Mensch, sehr in sich gekehrt. Und ich glaube, sie ist auch sehr fromm. Nicht, daß das gegen sie spräche. Ich meine damit, sofern man es vorher weiß.»

«Aber Sie könnten sie schon empfehlen?» fragte Anne.

«O doch, sicher, gegen Laura läßt sich nichts sagen. Wirklich, ich bin überzeugt, daß Sie sehr zufrieden mit ihr sein werden.»

Das Keks begann in ihrer Hand zu schmelzen. Sie warf es in die Klosettschüssel, spülte es hinunter, ging zurück zum Telephon und wählte Hélènes Nummer. Am Apparat meldete sich Laura.

«Ich habe mir überlegt . . . könnten Sie die Arbeit bei mir übernehmen?» sagte Anne.

«Sagen wir: morgen?» fragte Laura.

«Ausgezeichnet», erwiderte Anne. «Ich bin morgen den ganzen Tag hier. Kommen Sie einfach, sobald Sie bereit sind.»

«Ich bin bereit», sagte Laura.

3. KAPITEL

Sie wußte, daß sie zu Anne gesandt worden war, um sie zu retten. Früher hätte sie vielleicht Sorge erfüllt. Sie hätte vielleicht Angst gehabt, daß Anne sie nicht würde leiden können. Menschen wie Anne hatten es früher fertiggebracht, ihr Gefühle der Unzulänglichkeit einzuflößen. Aber heute kannte sie solche Empfindungen nicht mehr. Anne war sehr hübsch. Die Leute mochten sie. Sie besaß eines jener Häuser, in denen man sich gern aufhielt. Früher hätte sie Anne zur Freundin haben wollen, hätte sie sich gefreut, wenn sie von Anne in ihr Haus eingeladen worden wäre. Sie hätte sich gewünscht, daß Anne zu ihrer, Lauras, Mutter sagte, Laura sei eine wunderbare Person. Auf Menschen wie Anne hörte ihre Mutter. Wenn Anne Lauras Mutter versicherte, Laura sei das Beste, was den Kindern bisher in ihrem Leben begegnet sei, müßte ihre Mutter anders über sie denken. Es würde nicht so sein wie bei den anderen Leuten. Den Rutherfords in ihrem Heimatort. Sie hatten ihrer Mutter erzählt, daß Laura für die Kinder nicht gut sei. Aber das kam von den Eltern, nicht von den Kindern. Die Kinder mochten sie, sie wußte das. Sie wollten, daß sie bliebe. Sie hatte sie gefragt.

Ihre Mutter sagte, sie tauge nicht für Kinder. Ihre Mutter sagte, sie könne nicht verstehen, warum Laura es sich in den Kopf gesetzt hatte, Kinder zu betreuen – sie tauge doch zu nichts. Sie sagte, Laura habe es noch nie mit Kindern gekonnt, nicht einmal mit ihrer eigenen Schwester. Wie sie denn darauf komme, daß sie mit den Kindern anderer Leute umgehen könne? Wenn sie es schon mit ihrer Schwester nicht könne. Wenn sie mit ihren eigenen Angehörigen nicht auskomme. Wo sie es doch nie gekonnt habe. Was sie sich denn um Gottes willen vorstelle?

Als sie zwölf wurde, sagte ihre Mutter zu ihr, sie werde nie schön werden. Sie meldete sie in jenem Sommer zu einem Schreibmaschinenkurs an, weil sie sich später selbst durchbringen müsse. Ihre Mutter sagte, die Männer heirateten aus Verlangen nach Schönheit; Schönheit erfreue sie. Schönheit schenke der Welt Freude, sagte ihre Mutter. Wenn man nicht schön sei, schenke man keine Freude. Wenn man nicht nett sei. Wenn man nicht munter sei, nicht aufgeweckt. «Es macht einem Freude, in Ihrer Gesellschaft zu sein.» Was war dieses Vergnügen, diese Freude, die sie nicht schenken konnte? Vergnügen, Freude – die Wörter kamen ihr schwer und fett vor, wie Schafe. Sie fraßen Gras, dann wurden sie geschoren und dann verzehrt.

Ihre Mutter war schön. Deswegen liebte ihr Vater sie. «Streng dich an, nett zu deiner Mutter zu sein», sagte ihr Vater immer zu ihr, wenn ihre Mutter sie wegschickte, auf ihr Zimmer schickte. «Ich kann deinen Anblick nicht ertragen», sagte ihre Mutter. «Streng dich an, nett zu deiner Mutter zu sein.» Tränen. «Weine nicht, sonst geb ich dir einen Grund zum Weinen.» Tränen. «Geh mir aus den Augen!» «Streng dich an, nett zu deiner Mutter zu sein.» «Deine Mutter meint es nicht so. Was sie sagt.» Und du, mein Vater, meinst du es ernst mit dem, was du sagst? Nein, nie. Weil ihre Mutter schön war, «Ich kann deine Taille noch immer mit den Händen umspannen», sagte ihr Vater zu ihrer Mutter. Ihre Mutter war zierlich. Mit elf Jahren war Laura schwerer als ihre Mutter. Mit zwölf war sie auch größer.

Anne war groß. Laura sah, daß sie Anne ähnlicher war als ihrer Mutter. Ihre Mutter würde Anne hübsch finden. Nett. Munter und aufgeweckt. Ihrer Mutter würde Anne gefallen. Wenn Anne zu ihrer Mutter sagte, Laura sei das Beste, was ihren Kindern bisher im Leben begegnet sei, würde ihre Mutter anders über sie denken. Sie würde sagen: «Warum kommst du nicht nach Hause und lebst eine Zeitlang hier? Komm und lebe bei mir. Hier ist dein Zimmer.»

Aber Laura würde nein sagen. Weil nichts davon wichtig war. Es gab nichts, was sie jetzt brauchte. Sie würde ihrer Mutter eine Absage erteilen. Nachdem sie Anne, nachdem sie die Kinder gerettet hatte. Nachdem sie sie ins Herz geschlossen hatten. Aber es war nicht wichtig, ob sie sie liebten. Wichtig war allein, daß sie ihre Seelen rettete.

Wie glücklich sie jetzt war! Bevor sie zum Herrn fand, hätte sie sich über alle diese Dinge Sorgen gemacht, gegrämt. Über Anne. Über ihre Mutter. Nun aber, da sie niemanden mehr brauchte, da ihre Kraft im Herrn war, konnte sie Mitgefühl für Anne empfinden. Früher hätte sie Angst gehabt, Anne würde sie nicht mögen. Jetzt tat Anne ihr nur leid.

Hélène sagte, Anne habe es im Leben nie schwer gehabt. Hélène war gütig zu Laura gewesen. Aber Menschen wie Hélène waren ja immer gütig zu ihr. Hélène mochte sie. Aber Menschen wie Hélène mochten sie ja immer. Ihrer Mutter würde Hélène nicht gefallen. Ihre Kleider würden ihr mißfallen. Hélène könnte Lauras Mutter nicht dazu bewegen, ihre Meinung zu ändern, einzusehen, daß sie ihre Tochter nicht verstanden hatte. Hélènes Haus würde sie nicht veranlassen, ihre Einstellung zu ändern. Es war ein Haus für eine College-Lehrkraft, aber sie tat nichts dafür. An den Wänden hingen keine Bilder. Das Geschirr stammte aus dem Warenhaus. Laura wußte, daß es in Hélènes Haus so aussah, weil Hélène erkannt hatte, daß Schönheit nichts bedeutete. Oft war sie eine gefährliche Verlockung. Hélène sagte, Anne sei dank ihrer Schönheit so leicht durchs Leben gekommen. Annes Ehemann habe sich davon blenden lassen. Hélène sagte, sie wisse, daß Michael in seiner Ehe nicht glücklich sei. «Er hat sein Erstgeburtsrecht für ein läppisches Linsengericht verkauft», sagte Hélène. Er habe sich eine Gefährtin mit einem hübschen Gesicht und einem verlockenden Körper gesucht, statt einer Partnerin für Geist und Seele. Michael sei ein sehr geistiger Mensch, sagte Hélène, was man aber erst merke, wenn man ihn gut kenne. Doch Anne sei nicht vom Geist angehaucht. Sie sei durch und durch materiell eingestellt. Selbst das, was sie als ihr geistiges Leben bezeichnete, werde von den Sinnen regiert. Bilder von dicken Müttern mit dicken Kindern, damit beschäftige sie sich. Anne habe nichts im Kopf, sagte Hélène. Höhere Dinge bedeuteten ihr nichts, sie lebe nur dem Fleisch. Hélène legte ihre Hand auf Lauras Hand (ihre Handflächen waren feucht) und sagte, sie werde für Anne und die Kinder viel tun können.

Wenn sie Anne in ihrem Wohnzimmer am Fenster sitzen und hinaus in den Garten, auf die Astern, blicken sah, wenn sie das Essen aß, das Anne ihr bereitete, die Kleider trug, die Anne ihr lieh, wußte sie, daß sie Anne und die Kinder erretten würde. Anne war kein schlechter Mensch. Aber sie versank im Fleischlichen. Das Fleisch ihrer Hände war kühl und trocken, und auch ihre Stirne war kühl. Auf ihren Wangen waren hellrote Flecken, die der weißen Haut Farbe gaben. An jenem ersten Tag in Annes Wohnzimmer hatte Laura befürchtet, daß Anne sie nicht sympathisch finden würde, sie nicht als Betreuerin der Kinder würde haben wollen. Aber Anne mochte sie doch, denn sie hatte sie zurückgerufen. Wahrscheinlich hatte sie noch etwas klären müssen, die Frage des Gehaltes vielleicht. Laura hätte unentgeltlich gearbeitet, für ihr Essen und für ihr Bett.

Wenn Laura ihr half, würde Anne eines Tages gerettet werden. Im

Augenblick jedoch war sie am Ertrinken. Laura sah, daß sie unterging, wie die Seelen der Verdammten in den Flammen des ewigen Feuers zugrunde gingen. Sie sah Anne, wie niemand sonst sie sehen konnte. Sie ertrank im Fleisch. Ihrem eigenen, kühlen Fleisch. Im weichen Fleisch ihrer Kinder.

Aus dem Fenster des Zimmers, das Anne für sie hergerichtet hatte, konnte Laura in den Garten sehen. Jetzt blühten dort Chrysanthemen, und später, hatte Anne gesagt, würden die Krokusse kommen, und anschließend die Narzissen. Anne fragte Laura, ob Gartenarbeit sie interessiere. Sie log und sagte ja. Sie würde es lernen. Ihre Mutter hatte sich nie dafür interessiert. Sie würde mehr wissen als ihre Mutter. Natürlich wußte sie jetzt schon mehr über den Geist des Herrn. Aber Anne würde ihr etwas beibringen (über die Blumen in ihrem Garten, die Kräuter in ihren Tontöpfen), was ihre Mutter gern wüßte, doch nicht wußte. Gerne tun möchte, aber nicht tun konnte.

In einem Garten war es geschehen, daß ihr der Geist des Herrn zum erstenmal erschien.

Schön war es gewesen, das erste Erscheinen des Geistes. Sie war damals bei ihrer Großmutter. Ihre Großmutter verstand etwas vom Gärtnern. Laura war im Garten ihrer Großmutter. Ihre Mutter hatte sie gerade heruntergeputzt. Was hatte sie noch gesagt? «Hinaus mit dir und stink dich aus!» Der Anlaß dafür war gewesen, daß ihre Schwester Deborah die Bluse genommen hatte, die sie selbst an diesem Vormittag anziehen wollte. Laura hatte sich für jeden Tag des Besuches bei der Großmutter genau überlegt, welche Sachen sie tragen wollte. Debbie hatte einfach ihre Bluse genommen. Sie war rosa und mit Blumen bestickt. Laura hatte sie selbst daraufgestickt. Sie wusch die Bluse mit der Hand und bügelte sie. Es lag ihr viel daran, sie der Großmutter vorzuführen. Dann kam ihre Schwester nach unten und hatte die Bluse an. Debbie sah genau wie ihre Mutter aus. Sie war schön wie ihre Mutter. Und ihre Mutter liebte sie am meisten, liebte allein sie.

Ihre Schwester Debbie kam also in die Küche ihrer Großmutter und hatte Lauras Bluse an. Noch heute – obwohl sie nicht mehr zornig war, weil der Geist in ihr wohnte – wußte Laura, wie ihr an diesem Tag zumute gewesen war. Dunkle Dinge waren hinter ihren Augen gewesen, Meeresungeheuer, die Wurzeln entwurzelter Bäume, Gebäude, die auf Gebäude krachten. Sie lief auf ihre Schwester zu und schlug sie wütend auf den Rücken.

«Sie gehört mir», sagte sie. «Du hast kein Recht, sie anzuziehen.»

Ihre Mutter kam her. Sie riß Laura von Debbie weg. Mit dem Handrücken schlug sie Laura ins Gesicht. Der große Ring, den ihr Vater ihrer Mutter zum fünfzehnten Hochzeitstag geschenkt hatte, traf sie ins Auge. Ihre Mutter schlug mehrmals auf sie ein. Viermal landete der Schlag im Gesicht.

«Du wagst es, das Kind anzurühren!» sagte ihre Mutter. Debbie war vierzehn, drei Jahre jünger als Laura. Sie war kein Kind mehr.

Laura erinnerte sich an das Gefühl an der Innenseite ihrer Lippen. Sie hatte sie sich blutig gebissen. Das Blut war salzig und dick, trocken berührten ihre Zähne das wunde Fleisch. Sie stand da vor ihrer Mutter. Sie spürte, daß ihre Augen Funken sprühten.

«Die Bluse gehört mir, sie kann sie nicht einfach nehmen.»

Sie überragte ihre Mutter. Dann wurde ihr bewußt, daß sie sie umbringen könnte. Es war möglich, war vielleicht nicht einmal schwer. Binnen einer Minute könnte es getan sein. Und sie wußte, daß ihre Mutter das auch wußte. Mit kleinen ängstlichen Schritten ging Lauras Mutter zu ihrer eigenen Mutter hin, Lauras Großmutter.

«Du hast deine Familie nicht verdient», sagte ihre Mutter. «Ich weiß nicht, wo du hergekommen bist. Du kannst nicht mein Kind sein.»

«Cecilia!» rief die Großmutter.

Ihre Mutter hatte keine Angst mehr. Sie wußte, daß Laura sie nicht umbringen würde. Ihre Augen wirkten wie von lauter blauen Flecken umgeben; ihre dunklen Augen, die vor Zorn herausquollen, waren die Augen eines Monsters. Sie griffen nach Laura, als wären sie Hände, als könnten sie sie erwürgen. Ihre Mutter kam nahe zu ihr her.

«Du großer, plumper, häßlicher Trampel. Gib doch gleich alle deine Kleider deiner Schwester. Aus dir wird ja doch nie was. Du bist nicht mein Kind, du warst es nie. Hinaus mit dir, ich kann deinen Anblick nicht ertragen. Hinaus mit dir und stink dich aus. Und komm erst wieder, wenn du in unsere Familie paßt!»

Noch heute, selbst heute noch, da sie keinen Zorn mehr empfand, erinnerte sie sich genau an die Szene. Sie war zum anderen Ende des Gartens gerannt. Der Tränenstrom zerriß ihren Körper, ihr war, als hätte ihn ein Blitz gespalten, als liefe Feuer durch ihre Adern, als wären die Nerven, die von ihrem Rückgrat ausgingen, Drähte, die ihr in das heiße Fleisch schnitten. Sie legte sich ins Gras. Sie preßte die Augen ins Fleisch ihrer Arme. Sie wünschte sich den Tod ihrer Mutter. Sie dachte daran, daß sie sie hätte töten können.

Dann kam er. Es war nicht etwas, was sie sah oder hörte. Sie wußte nur, daß er bei ihr war. Sie wußte, daß sie erwählt worden war. In ihrem Herzen wußte sie die Worte: «Du bist die Erwählte, die Gnade vor Gott gefunden hat.»

Sie empfand keine Furcht, denn sie wußte, es war der Geist des Herrn in ihr, der mit Macht kam und mit Liebe. Sie ging zurück und trat in die Küche ihrer Großmutter. Damit begann ihre Macht. Niemand außer ihrem Vater war da.

«Es tut mir leid», sagte ihr Vater. «Deine Mutter ist wohl ein bißchen zu weit gegangen.»

Sie lächelte ihn mit ihrem neuen Lächeln an, dem Lächeln, das ihr von nun an eigen sein sollte, und seinen Frieden. «Es macht nichts», sagte sie zu ihrem Vater.

So war es auch. Vor dem Erscheinen des Geistes wäre sie ihm dankbar gewesen. Zwar zornig, weil er nicht früher gesprochen hatte, aber dankbar dafür, daß er auf ihrer Seite war. In diesem Augenblick jedoch wußte sie, daß sie ihn nie, nie mehr brauchen würde. Armer Vater! Sie betete darum, daß auch er dereinst den Geist des Herrn finden möge. Das Fleisch ihrer Mutter erstickte ihn. Doch wenn ihre Mutter starb, würde er den Geist finden. Sie betete, daß er ihn finden möge, betete aber für ihn nicht inständiger als für jeden anderen Menschen. Er bedeutete ihr nichts Besonderes. Früher hätte sie ihn, hätte sie seine Liebe gebraucht. Doch nun wurde sie im Licht des Geistes geliebt. Sie war die Erwählte des Herrn. Fortan wurde *sie* gebraucht.

Sie konnte gut mit Kindern umgehen; sie verstand Kinder, und Kinder mochten sie, davon war sie überzeugt. Selbst damals bei den Chamberlains hatten die Kinder sie gern gehabt. Nur hatten die Eltern es nicht begriffen. Sie behaupteten, die Kinder bekämen Alpträume von den Dingen, die sie ihnen erzählte. Aber das war nicht wahr. Die Gegenwart des Geistes, sie war den Eltern unbehaglich. Durch die Art, wie sie bei den Chamberlains lebte, durch die Präsenz des Geistes führte sie ihnen ihre Unreinheit vor Augen. Die Finsternis, die in den Eltern hauste, sie bereitete den Kindern Alpträume. Ihre eigene Macht reichte nicht hin, das Böse an den Chamberlains hatte sie besiegt. Nun aber wußte sie, aus Jesu Worten an die Apostel, welchen Weg sie bei Anne und den Kindern einschlagen mußte. Bei den Chamberlains hatte sie sich unklug verhalten, den Namen des Geistes vorzeitig ausgesprochen, und die Finsternis hatte sie überwältigt. Diesmal würden sie den Namen Gottes nicht aussprechen, kein Wort über den Geist sagen, bis die Stunde dafür gekommen war. Sie würden nicht wissen, daß der Geist des Herrn unter ihnen weilte, bis die Macht des Geistes die Verfinsterung ihrer Seelen bezwungen hatte. Dann war sie Siegerin. Dann waren sie alle gerettet.

Die Chamberlains hatten sie ersucht, sie zu verlassen. Aber sie hatten doch gesagt, sie würden sie einer anderen Familie empfehlen. Ihre Kinder, hatten die Chamberlains gesagt, hätten von Laura sehr viel gelernt. Sie hatte dem Mädchen das Kreuzstich-Sticken beigebracht, den Jungen gelehrt, Blumen, Vögel und andere Tiere aus Ton zu formen. «Vielleicht, daß eine andere Familie mit einem stärkeren religiösen Hintergrund... Es ist halt so, daß wir keine gläubigen Menschen sind.»

Keine gläubigen Menschen. Natürlich nicht. Ihr seid verstockt in der Bosheit eurer Herzen. Das hatte sie aber nicht zu ihnen gesagt. Sie wollte von den Chamberlains weiterempfohlen werden.

Bei Anne Forster wird es anders sein, sagte sie zu sich. Inzwischen wußte sie mehr; mittlerweile war die Macht des Geistes viel größer. Es würde nicht schwer sein, sie alle zu retten. Mit den Kindern wollte sie beginnen.

Als kleines Kind hatte sie sich nach der Wärme gesehnt, die vom Körper ihrer Mutter nach allen Seiten ausstrahlte. Doch ihre Mutter hatte gesagt: «Häng dich nicht an mich!» Einmal, Laura war damals noch ein Kind, hatte ihre Mutter sie von der Lehne der Couch gestoßen, und sie hatte sich die Lippe aufgerissen und geblutet, derart heftig geblutet, daß alle es mit der Angst zu tun bekamen. «Ich hab ihr nur gesagt, sie soll sich nicht an mich klammern», sagte ihre Mutter und säuberte Lauras Gesicht mit raschen, groben Bewegungen, die nicht zärtlich verweilten, nicht hegten. «Warum nimmst du dir kein Beispiel an deiner Schwester? Klammert sie sich vielleicht die ganze Zeit an mich?»

Debbie war lebhaft und flink, hatte dunkles Haar und tänzerische Bewegungen wie ihre Mutter. Sie sang und schnalzte mit den Fingern. Sie erzählte Geschichten, in die sie Fehler einbaute, um ihre Zuhörer zum Lachen zu bringen. Auf dem Platz mit den Schaukeln hing sie mit dem Kopf nach unten am Trapez. Die Kinder im Swimming-pool waren ihre Freunde, faßten sie an den Händen, wenn sie tauchten und wieder heraufkamen, spielten mit ihr Schatzsuchen, holten mit ihr glänzende Pennys vom Grund des Beckens. Laura trug eine Bademütze, um sich das schwere Haar nicht naß zu machen, schwamm allein auf geraden Bahnen und zählte sie zusammen wie Goldstücke, hatte Angst davor, sich ans Trapez zu hängen, schaukelte allein und stumm, wobei sie mit der Spitze eines Schuhs den Sand hochwarf. Dann schrie ihre Mutter sie wegen ihrer beschmutzten Schuhe an. «Los, such dir Freunde! Sei doch selbständiger!»

Einen Freund hatte sie immerhin, einen einzigen. Warren hieß er. Er kam ins Haus. Er ging mit ihr ins Schwimmbecken. Doch dann passierte ihm etwas Peinliches. Er entleerte den Darm ins Becken. Er verschmutzte das klare Wasser (so klar, daß man die Pennys auf dem Grund sehen konnte, die ihr Vater hineinwarf, damit die Kinder sie sich holten). Der Swimming-pool müsse völlig leergepumpt werden, kreischte ihre Mutter. Sie schlug Laura und sagte, das sehe ihr ähnlich, Dreck ins Haus zu bringen. Warren durfte nicht mehr kommen.

Aber sie war nicht schmutzig. Sie achtete auf sich, sie war ordentlich. Debbie, an ihren Büchern waren die Schutzumschläge eingerissen, ihre Kleider lagen auf dem Boden herum, nachdem sie verschiedene Zusammenstellungen ausprobiert hatte, um die Bewunderung ihrer Freundinnen zu gewinnen. Debbie half nie. Laura half ihrer Mutter in der Küche. Sie versuchte ihrer Mutter zu helfen, das Haus sauberzuhalten, aber ihre Mutter ließ das kalt. Sie dachte, Laura putze im Haus, um ihr Gewissensbisse zu bereiten. «Das macht dir Spaß, nicht wahr, mich in schlechtes Licht zu setzen.»

Debbie brachte ihrer Mutter die neuen Tänze bei. Ihre Mutter, mit siebzehn verheiratet, ein halbes Jahr später Mutter (Laura war in Sünde empfangen worden), sagte, sie habe nichts von ihrer Jugend gehabt. Sie stellte sich gern neben Debbie vor den Spiegel. Sie sagte gern: «Wir könnten Schwestern sein, nicht?» wobei sie mit den Händen erst die eigene und dann Debbies Taille umspannte. Laura hielt sich immer im Hintergrund. Sie fühlte sich schwer, die Zöpfe lasteten auf ihren Schultern, drückten sie auf den Boden hinab, während die beiden hoch über ihr tanzten, leicht, wie Sterne, die glühten und blendeten.

Sie würde Annes Kinder lehren, daß das Fleischliche nichts war. Eine Mutter mit ihren Kindern, diese ganze berühmte Liebe war nichts als Fleisch, das am eigenen Fleisch hing, würde sie alle verschlingen, sie vom Geist des Herrn fernhalten.

Doch sie mußte Vorsicht walten lassen. Sie durfte nicht den gleichen Fehler begehen wie bei den Chamberlains. Ich werde, nahm sie sich vor, dem Mädchen beibringen, wie man Tiere aus Ton formt. Mit dem kleinen Jungen werde ich Modelle basteln. Ich werde die beiden mit mir zusammen kochen und sie in der Küche nach Herzenslust herumtoben lassen und dann ohne ein Wort hinter ihnen aufräumen. Wir werden mit dem Fernglas Vögel beobachten. Wir werden Wiesenblumen pflücken. Wir werden zusammen Blätter in Glyzerin tauchen und dann in Bücher einkleben. Die Kinder werden mich liebgewinnen. Über den Geist des Herrn werde ich zu ihnen erst dann sprechen, wenn ich mir ihrer Liebe zu mir gewiß bin.

4. KAPITEL

LIEBLING, ich bin's, Ianthe», sagte die Stimme am Telephon. «Du mußt rasch herkommen, jetzt gleich. Ich bin verloren, ich weiß nicht mehr, wo mir der Kopf steht. Du machst dir keine Vorstellung!»

«Was gibt's denn, Ianthe?» sagte Anne kühl. Ianthe hatte sie bei der Arbeit gestört, und Anne kannte sie lange genug, um gegenüber ihren Katastrophenmeldungen mißtrauisch zu sein. Ianthe war die Frau, die ihr die Position als Direktorin der College-Galerie weggeschnappt hatte. Hochgewachsen, dünn wie eine Messerklinge, mit einer blonden Mähne à la Veronica Lake, rot bemalten und mit einem dunkleren Rot konturierten Lippen, war sie wider Erwarten zu einer von Annes besten Freundinnen geworden. Schon deswegen, weil sie sehr gut zusammenarbeiteten.

«Sie können die alten Ficker, die Alten Meister im Souterrain, durchsehen», hatte Ianthe zu Anne gesagt, als sie miteinander zu arbeiten begannen, «und die Alten Herren übernehmen, die uns die Aquarelle ihrer Onkel andrehen wollten, um Steuern zu sparen. Und ich meinerseits werde notfalls dem ganzen Kuratorium einen ablutschen, damit wir einen Stella anschaffen können, wenn die Zeit dafür kommt. Wir werden ein fabelhaftes Team abgeben.»

Sie behielt recht damit. Ianthe lag mit der Vorstellung ihrer Arbeitsteilung gar nicht weit daneben. Anne brachte Ordnung in die Bestände der Galerie, führte Register, sorgte für Abwechslung in den Ausstellungen im Haus und schrieb erläuternde Kurztexte dafür, die allgemein viel Beifall fanden. Ianthe erweiterte die Sammlung, so daß es bald rühmend hieß, die Galerie sei ungewöhnlich repräsentativ für moderne Trends in der Malerei. Anne war sich im klaren darüber, daß sie nie geschafft hätte, was Ianthe auf die Beine stellte. So hätte sie beispielsweise ganz gewiß nicht Ianthes neueste Glanzleistung zustande gebracht: den Ankauf eines Bildes von einem italienischen Neo-Expressionisten, für das die Galerie 125 000 Dollar ausgab. In Groschenblätterfarben ausgeführt, stellte es einen Hund dar, der ein zwischen seinen Schulbüchern auf dem Boden liegendes, schreiendes Kind in einen Oberschenkel beißt.

«Liebling, es geht um diesen hirngeschädigten Knaben, den sie als Ersatz für dich eingestellt haben», sagte Ianthe gerade. «Ich hab keine Ahnung, wo sie ihn aufgegabelt haben, im Staatskrankenhaus zweifellos. Es ist wahrscheinlich das neueste Experiment in offener Betreuung. Ich weiß, sie stopfen ihn jeden Morgen mit Drogen voll, lassen ihn raus und schicken ihn her, damit er mich bei der Leitung der Galerie unterstützt.»

«Jack ist doch sehr tüchtig, Ianthe. Wenn du dich erst beruhigt hast und ihm die Dinge erklärst, kommt er bestimmt mit allem zurecht.»

«Es hat keinen Sinn, ihm etwas zu erklären, mein Täubchen. Er hat kein Hirn im Kopf. Er hat buchstäblich physiologisch kein Hirn. Also ist es zwecklos, wenn er und ich unsre Zeit verschwenden. Sprich du doch mit ihm; du bist ja deine entzückenden Kinder gewohnt. Sprich mit ihm, wie du mit Peter sprechen würdest. Oder mit Sarah vielleicht. Mal ihm Bildchen.»

«Ich werd mit ihm sprechen, Ianthe. Nur nicht gleich jetzt.»

«Er ist gerade da und zur Hand, Liebling, abrufbereit, wie gewöhnlich. Er kann sofort mit dir sprechen.»

«Aber ich nicht mit ihm. Ich bin bei der Arbeit. Ich komme am Nachmittag hinüber.»

«Oh, entschuldige vielmals. Ich hab ganz vergessen, daß du ja in den Kreis der erlauchten Geister eingetreten bist. Vergib einer armen Taglöhnerin, daß sie dich zu stören wagt.»

«Ich komme am Nachmittag in die Galerie. Seh dich um drei.»

Ianthes Spott störte Anne überhaupt nicht. Er gehörte zum Gewebe ihrer Freundschaft. Ianthe sagte gänzlich ungeniert die schrecklichsten Dinge zu Anne, aber sie regten – im Gegensatz zu Hélènes Reden – Anne nie auf, denn entweder lagen sie so weit daneben, daß sie nicht verletzen konnten, oder sie waren schlicht und einfach wahr, nahmen etwas an ihr aufs Korn, das sie schon immer gewußt hatte. Und durch Ianthe hatte sie Zugang zu einem Leben, das mit Selby nichts zu tun hatte. Jeden Donnerstagnachmittag fuhr Ianthe mit dem ersten Bus, den sie erwischen konnte, übers Wochenende nach New York, wo sie eine Wohnung hatte. Sie war, vermutete Anne, der einzige Mensch in Selby, der keinen gesteppten Daunenmantel besaß; im Winter stiefelte sie in ihrem Nerz durch den Schnee und ruinierte ein Paar Charles-Jourdan-Schuhe nach dem andern, während die übrige Einwohnerschaft in zweckmäßig-unschöner Verpackung umherging, auswattiert, geschützt, vermummt. Und hier in Selby, wo sich jedermann wohlanständig betrug und sogar die Homosexuellen den Anschein solider, ungefährdeter Monogamie wahrten, erlaubte sich Ianthe unbekümmert und coram publico Liebesaffären. Jede ihrer Affären war wie ein brillantes, schreckliches Kind, das sie umgluckte – bald Medea, bald Lichtgestalt. Es war eines der Dinge, die Anne an ihr bewunderte; es verlangte, fand sie, echten Mut, sich mit achtundvierzig so bedenkenlos in Beziehungen zu stürzen – mit dem anfänglichen Sturm des Vertrauens, dem kurzen Luxus einer Affäre auf ihrem Gipfel, der bitteren Auflösung und, bei Ianthe, dem langen Finale eiskalter Rache. Ihre Revanchen waren fabelhaft. Ihr Verhältnis mit Adrian – mit dem Anne von allen Leuten in Selby am engsten befreundet war – schloß sie damit ab, daß sie alle seine Kleider in den Holzofen warf und, während sie brannten, auf seinem Bett seelenruhig einschlief.

Anne würde es Ianthe nie vergessen, daß sie ihr das Selbstvertrauen, den Glauben an ihre Fähigkeiten zurückgegeben hatte. Nachdem sie ihren Job im Gardner Museum in Boston verloren hatte, war sie überzeugt gewesen, eine talentlose Person zu sein und kein Zutrittsrecht zur Welt der Arbeit zu haben.

1974 hatte sie ihren Job verloren. Die Araber hatten den Ölpreis in die Höhe getrieben. Natürlich entzogen verschiedene Mäzene den Museen Gelder. «Hat nichts mit Ihnen persönlich zu tun», versicherten sie ihr, die graumelierten Herren von der Verwaltung, als sie ihr mitteilten, sie müßten leider auf sie verzichten. «Ihre Arbeit ist ausgezeichnet. Der Grund liegt allein darin, daß unsere Mittel stark gekürzt worden sind. Deswegen müssen wir uns von einigen der jüngeren Mitarbeiter trennen.»

Es war unvermeidlich, daß er ein schlechtes Licht auf sie warf, dieser brutal enthüllende Strahl, den sie auf sie richteten. Neun weitere Leute mußten gehen, Mitarbeiter, vor denen sie hohen Respekt hatte, die für ihre Arbeit, wie sie wußte, sehr gelobt worden waren. Aber drei hatte man nicht entlassen, und zu diesen hatte sie nicht gehört. Monatelang hatte sie sich den Kopf über ihr Verhalten und ihre Arbeit zerbrochen: Was hatte sie übersehen, worin hatte sie des Guten zuviel getan? Schließlich war sie zu dem Schluß gekommen, daß es ihr einfach an Klasse fehle, daß sie zu der Art Mensch gehöre, den zu entlassen niemand die geringsten Bedenken hätte. Bei jemandem wie ihr brauchte man kein schlechtes Gewissen zu haben.

Sie hatte sich damals geschämt wie noch nie in ihrem Leben. Sie war immer diejenige gewesen, die die Preise gewann, in die richtigen Schulen aufgenommen wurde, die ehrenvollen Auszeichnungen einheimste. Zum erstenmal verstand sie die Qualen all der Kinder, die auf ihre Plätze geschickt wurden, nachdem sie im Rechtschreibwettbewerb ein Wort verpatzt hatten, während sie selbst auf der Bühne stand und triumphierte; sie begriff das Verlangen, sich zu verkriechen, das Freunde von ihr empfunden hatten, als sie von den angesehenen Schulen abgelehnt wurden. Damals erlebte sie zum erstenmal, daß man sich, wenn man an etwas scheiterte, wie ein Verbrecher vorkam, daß das Scheitern zu einem körperlichen Mal wurde wie das geschorene Haupt des Häftlings. Jahrelang hatte sie sich damit gebrandmarkt gefühlt, und erst Ianthe hatte ihr, beinahe beiläufig, die Rückkehr in die Welt erlaubt. Wenn sie von ihr gelobt wurde – und Ianthe lobte höchst selten –, überkam Anne ein Gefühl, als hätte Ianthe ihr neue Kleider gekauft und ihr gestattet, die Häftlingssachen abzulegen; als hätte Ianthe ihr ein Haus gebaut, in dem sie sich das Haar wachsen lassen konnte, so daß sie sich wieder auf die Straße wagen durfte, ohne Makel, ein Mensch wie alle anderen.

Zu alledem kam noch, daß Ianthe sie zum Lachen brachte, und sie lachte so gern. Das hatten ihre drei besten Freunde in Selby, Ianthe, Adrian und Barbara Greenspan, gemeinsam. Sie brachten sie zum Lachen. Sie wußte schon immer, daß sie die perfekte Naive war, die auf die Schippe genommen wurde, darin ihrem Vater ähnlich. Es war schön; sie hatte riesigen Spaß an ihren Freunden. Und jetzt konnte sie Ianthes Spott ruhig über sich ergehen lassen, denn schließlich hatte sie sich ja durchgesetzt. Sie würde *nicht* sofort zur Galerie hinübergehen, sondern erst am Nachmittag. Sie konnte wieder an ihre Arbeit gehen.

Sie hatte sich in Michaels Arbeitszimmer einquartiert, nach tagelangem Zögern. Es war *sein* Zimmer; es war der einzige Raum im Haus, der etwas separiert, der Exklusivbesitz war. Selbst die Luft hier schien eine andere Qualität zu haben: kühler, leichter, als wären die Körper der Kinder, die Küchengerüche, der Nebel des Streitens, der rasche, dichte Hauch sexueller Lust dem Zimmer nicht nahe gekommen. Die Bücher und Möbel gehörten Michael; er hatte sich die Farbe des Wandanstrichs – Williamsburg-Blau – und den türkischen Teppich, hellblau und rot, ausgesucht, den besten im Haus. An den Wänden hingen seine Bilder, eine Photographie der Colette, ein Blatt von einer

Candide-Ausgabe aus dem 18. Jahrhundert, die Daumier-Lithographie, für die sie ein halbes Jahr gespart hatte, um sie ihm zu schenken. Sie fuhr mit den Fingern über die erhabenen Buchstaben auf dem Rücken seiner gedruckten Dissertation: *Das Bild der Stadt bei Balzac, Zola und Proust*.

Sie hatte zuerst an dem Tisch im Eßzimmer gearbeitet. Das ging, wenn die Kinder in der Schule oder abends in den Betten waren. Doch nun war Laura im Haus, und Anne fand, es wäre nicht richtig, ihr den Durchgang durchs Eßzimmer zu verwehren. Nun, da Laura hier war, fühlte Anne sich nie unbeobachtet.

Allerdings konnte sie nicht umhin, Lauras Tüchtigkeit zu bewundern; sie behandelte die Kinder großartig, sie war eine wahre Perle im Haushalt. Als Anne einmal einen Tag in New York verbrachte, streikte der Kühlschrank. Laura kümmerte sich um die schmelzende Eiscreme, die klebrig auf den Boden lief, rettete die vorgekochten Gerichte und die Gemüse, die Anne in tagelanger Mühe zubereitet und eingefroren hatte. Sie schrubbte die Böden und rückte den Kühlschrank zur Seite, deponierte die leicht verderblichen Sachen nebenan bei den Greenspans und hielt die Milch für die Kinder im Spülbecken mit Hilfe von Plastiktüten kalt, die sie mit Eis füllte. Als Anne nach Hause kam, empfing sie nur die Meldung über eine abgewendete Krise, aber nicht ein greifbarer Hinweis auf eine Katastrophe. Laura hatte sogar den Elektriker angerufen, der ihr von Barbara empfohlen worden war, denn sie hatte bemerkt, daß die Lampen schwächer brannten, und war auf die Vermutung gekommen, mit den Stromleitungen sei irgend etwas nicht in Ordnung. Der Elektriker war erschienen und hatte ihre Vermutung bestätigt; er könne den Schaden zwar provisorisch beheben, doch die Leitungen im Haus müßten komplett erneuert werden. Laura hatte mit ihm einen Termin für Samstag vereinbart, weil Anne dann zu Hause sein werde und die Sache ausführlich mit ihm besprechen könne.

Alles lief also bestens. Es war nur einfach so, daß Anne keine fremde Person haben wollte. Sie genierte sich ihrer Unvernunft. Sie brauchte jemanden als Hilfe, und Laura verhielt sich ganz und gar nicht lästig. Sie war still und verbrachte einen großen Teil des Tages mit Lektüre. Anne war klar, daß sie kein Recht hatte, Laura zu ersuchen, sie solle in ihrem eigenen Zimmer statt im Wohnzimmer lesen.

Laura saß auf der Couch und las in der Bibel. Anne fand in sich keine rechtfertigenden Gründe für das Unbehagen, das sie deswegen verspürte. Aber es war ihr eben unbehaglich, und sie fürchtete, daß Laura dies fühlte. Anne wußte, daß Laura sensibel war, denn sie hatte kein Zuhause und das klare oder vielmehr hellsichtige Gespür der ganz an den Rand Gedrängten, die damit durchs Leben kommen, daß sie ahnen, was als nächstes geschehen wird. Was war mit ihren Eltern los? Anne wußte, es mußte irgend etwas geschehen sein, es mußte irgendein offensichtlich traumatisierendes Ereignis gegeben haben, denn Laura sprach nicht über ihre Familie.

Es war schwer zu sagen, was Laura interessierte. Sie ging in den Kindern auf. Noch niemand, fand Anne, hatte Peters gewaltigen Hunger nach Aufmerksamkeit so gestillt, ihm so viel gegeben, daß er sich nicht zu kurz gekommen fühlte, wenn auch noch für Sarahs bescheidenen Appetit etwas übrigblieb. Außerdem beschäftigte sich Laura gern mit Handarbeiten. Sie arbeitete an einem Kissenbezug; sie stickte aus eigenem Antrieb das Muster auf dem Couchkissen nach, einem Shaker-Lebensbaum, das Anne liebte und über dessen abgewetzten, verblaßten Zustand sie in Lauras Gegenwart geklagt hatte. Daneben stickte sie aber auch noch ein großes und einfaches Minnie-Mouse-Muster auf eines von Sarahs Hemden. Sie gab nicht zu erkennen, ob die eine Arbeit ihr mehr zusagte als die andere. Sie wirkte überrascht, als Anne bemerkte, daß sie Sarahs Hemd wohl nur aus Nettigkeit besticke und daß die Arbeit an dem Shaker-Muster ihr sicher ein besonderes Vergnügen bereite, besondere Befriedigung gewähre. Arbeit, Schönheit, diese abstrakten Begriffe, die man erst dann auf Tätigkeiten anwenden kann, wenn man viele Bücher gelesen hat – was bedeuteten sie einem Mädchen wie Laura? Und was mochte in ihrem Kopf vorgehen, wenn sie dasaß und in der Bibel las?

Anne spürte deutlich, daß Laura so ganz anders las, als sie selbst jemals gelesen hatte; es war nicht eigentlich lesen, was Laura da tat. Was sie tat, geschah nicht in der Absicht, sich über etwas zu informieren, oder zum Vergnügen oder um ihr Wissen zu erweitern. Sie las, dies erkannte Anne, um sich in der Welt zu behaupten. Oder vielleicht steckte noch mehr dahinter. Anne hatte gelebten Glauben nie verstanden. Es berührte sie, wenn er zu imponierenden öffentlichen Akten von Selbstlosigkeit führte – die Arbeiterpriester, die Nonnen in El Salvador. Doch eine andere Seite daran war ihr nicht zugänglich. Religiöse Menschen lebten ihre Religiosität, wie andere Leute Gedichte schrieben, Musik hörten. Sie hatte während ihres Studiums aus Interesse an mittelalterlicher Kunst die Schriften der Mystiker gelesen. Sie begriff, daß in ihnen das Verlangen nach etwas Ähnlichem wie Schönheit war und daß sie etwas wie schöpferische Inspiration erlebt hatten. Aber es war «etwas Ähnliches wie» und «etwas wie». Dem, was es im letzten Grunde war, vermochte sie in keiner Weise nahezukommen.

Das war das Beunruhigende für sie, wenn sie Laura beobachtete, wie sie in ihrer Bibel mit dem gleichen Gesichtsausdruck las, den sie zeigte, wenn sie den Schwanz von Minnie Mouse stickte. Erlebte sie dabei etwas Großes, irgendein tiefes Gefühl? Der Grund für Annes Unbehagen bestand darin, daß sie nicht wußte, *was* Laura tat, während sie dasaß und zu lesen schien. Irgendein anderes Leben spielte sich ab, zu dem Anne keinen Zugang hatte. Und das beunruhigte sie. Doch sie konnte Laura nicht bitten, in ihrem eigenen Zimmer zu lesen. Schließlich schrieb sie Michael darüber. Er antwortete postwendend, frotzelte sie wegen ihrer Bedenken und erklärte, natürlich müsse sie sein Arbeitszimmer benützen. Es wäre eine törichte Verschwendung, den besten Raum im Hause ungenutzt zu lassen.

Wie unbefriedigend diese Briefe, alle Briefe zwischen ihnen gewesen waren! Wieviel ungesagt geblieben war! Das Gefühl, das ihr dieses Zimmer vermittelte, die Luft hier, die Atmosphäre, die Art, wie ihr ehrliches Empfinden, ein Eindringling zu sein, sich körperlich manifestierte – in ihren Schultern spürte sie es; wäre sie mit Michael zusammengewesen und hätte die Schulter nur einen Fingerbreit bewegt, er hätte sofort verstanden. Es gab auch keine Möglichkeit, über sexuelles Verlangen zu schreiben, keine richtigen Worte für Körperteile, die einem verkümmert, verspannt, entleert vorkamen. Ein aufrichtiger Brief, dachte sie, so etwas ist dem modernen Menschen nicht möglich. Wir müssen nicht mehr Monate, Jahre auf den Klang der wirklichen Stimme, den Anblick des realen Körpers warten, und deshalb können wir uns nicht unbefangen hinsetzen und einen Brief schreiben.

In Carolines Zeit ist das noch ganz anders gewesen, dachte sie und wandte sich einem Päckchen ihrer Briefe zu. Mit vierundzwanzig schrieb Caroline aus Paris an ihren Vater. Unzufrieden mit ihrem Unterricht an der Pennsylvania Academy, hatte sie zwei Jahre darum gekämpft, nach Frankreich fahren zu dürfen, um an der Académie Julian zu studieren.

Du kannst Dir Deine Sorgen wegen meines liederlichen Wandels für Deine Freunde im Atheneum Club aufsparen. Ich komme um acht Uhr in die Akademie, wo ich den ganzen Tag neben einer Miss Oglethorpe aus Bangor, im Staat Maine, arbeite, die exakt das Gehabe einer vertrockneten Eule und den dazu passenden Charakter hat. Uns gegenüber ist Mlle. Dubuffet aus einer guten normannischen Familie. Sie hat, ungelogen, einen Teint von der Farbe und Maserung eines rohen Beefsteaks. Ich arbeite, bis das bißchen Licht, das es hier gibt, fort ist, und nehme abends in Gesellschaft der unschätzbaren Tante Addie in einer unheizbaren Pension eine Suppe und Fleisch zu mir. Worum Du mich eigentlich beneiden und wofür Du mich belobigen solltest, aus diätetischen wie aus Sparsamkeitsgründen.

Abends ist es so kalt, daß wir schon früh unsere Betten aufsuchen, es sei denn, wir werden von einem der ubiquitären Amerikaner zum Essen ausgeführt, von Dir oder Deinen Günstlingen – wie anzunehmen ist – heimlich dazu angestiftet, ein Auge auf Gesundheit und Sicherheit zweier amerikanischer Damen aus guter Familie zu haben. Ich kann Dir versichern, unser Stammbaum gewinnt hier ein Ansehen, das er in Philadelphia keinesfalls zu erlangen hoffen darf. Doch hier ist ja auch der Boden ärmer, sind die Wälder dünner, die Äste minder blattreich und die Blätter weniger üppig. Dies gilt natürlich nur für die amerikanischen Spezies. Von der einheimischen läßt sich noch nichts sagen, da die Verfasserin dieses Briefes bislang nur mit Amerikanern zum Essen ausgegangen ist!

Daß ich im Louvre Rembrandt entdeckt habe, daß sein *Christus und die Jünger in Emmaus* mich nach dem exquisiten Leinen meines Taschentuchs greifen ließ, derart riß mich die Flut künstlerischer Empfindungen des Weibes hin, kann Dich – ich weiß – nicht im mindesten interessieren. Doch da ich den Ozean auf dem Zauberteppich Deiner Geldscheine überquert habe, finde ich, Du hast ein Anrecht darauf, zu erfahren, was ich so treibe. Ich bin eine der Besten in meinem Kurs.

Hatte sie ihren Vater geliebt? Hatte sie ihn gehaßt? Ein solcher Brief gab darüber keinerlei Aufschluß; der Ton ließ die Frage als belanglos erscheinen. Die matten Sorgen eines schwächlichen Geistes. Am selben Tag hatte sie an ihre Schwester geschrieben:

Liebstes Plappermaul,
jetzt erst hat mein Leben angefangen! Ich bin aufgeregt wie ein kleines Kind. Von dem Augenblick an, als ich in Antwerpen vom Schiff ging, schlug mich alles in seinen Bann: Die Eindrücke kleben an meiner Haut wie Meeresgischt. In Antwerpen, kaum vom Schiff, sah ich den Rubens an der Decke der

Kathedrale. Maggie, solche Malerei hat es nie wieder gegeben – Blau- und Rottöne von einem unbeschreiblichen Reichtum. In Amerika sind alle Bilder mit Dreck gemalt. Hier inspiriert mich alles: die Dächer, lohfarben, lebendig wie schlafende Tiere, die Gesichter der Menschen, das Mädchen mit den Armen einer Göttin, das meine Wäsche wäscht. Daß ich in meinem Zimmer den eigenen Atem sehen kann, daß wir seit vierzehn Tagen keinen Sonnenschein gehabt haben, ist einerlei. Ich arbeite den ganzen Tag und schlafe wie ein Farmer, wenn ich den Abend nicht mit einem odiosen Yankee verbracht habe, der mich zum Essen ausgeführt hat. Ich spreche hier weniger Französisch als bei Miss Twaithe. Ich sehne mich danach, die Einheimischen kennenzulernen. Komm hierher zu mir, liebste Maus, in Amerika gibt es nichts, was sich anzusehen lohnt. Ihr fehlt mir alle, obwohl ich im Augenblick nicht viel Platz für so etwas in mir habe, so ausgestopft bin ich mit den Freuden dieses neuen Lebens. Dennoch möchte ich hören, daß Ihr alle, unser Ehrwürdiger Vater eingeschlossen, ohne mich nicht zurechtkommt.

Der Ton gegenüber ihrem Vater war herausfordernd-foppend, schonte weder ihn noch sie selbst. Ihre Begeisterungen waren «künstlerische Empfindungen des Weibes», die ihn kalt lassen würden. Damit hatte sie fraglos recht; er schrieb ihr nie ein Wort über ihre Arbeit. Doch konnte sie ihm sagen, was sie der Schwester gegenüber nicht auszusprechen vermochte: «Ich bin eine der Besten in meinem Kurs.» Die stolze Tochter eines stolzen Vaters. Kann denn, fragte sich Anne, noch ein Rest von dem geblieben sein, was durch Stolz, durch dumpfe häusliche Tyrannei, seelische Kränkungen, Unterdrückung der Lebensgeister abgesogen worden war? Irgendeine widerstandsfähige Haut, ein Panzer, der die Fähigkeit zur Liebe schützend barg, sie frisch und lebendig hielt? Als junge Frau hatte Caroline Stolz auf ihren Vater empfunden, einen Stolz, wie ihn nur Distanz einzuflößen vermochte. Etwas in ihr reckte sich selbstbewußter dank ihrer Liebe zu ihm auf, zu diesem erfolgreichen Anwalt, Klubmitglied, diesem in seinen Kreisen hoch geachteten Mann. Er war ein Banause, ein Despot, doch er gab ihr das Geld, so daß sie im Ausland studieren konnte. Von ihm hatte sie die Liebe zu Seereisen, zur See selbst; er war es gewesen, der ihr das Reiten beibrachte. Nachdem sie im Bois de Boulogne einen schweren Sturz vom Pferd hatte, schrieb sie ihm: «Dafür muß ich Dir danken. Die einzige Fertigkeit, die Du einer Tochter mitzugeben für richtig hieltest, hat mir einen Halsbruch erspart, nicht nur die Gnade Gottes und das zähe Material, aus dem ich gemacht und wofür ich Dir wohl auch zu Dank verpflichtet bin.» Kannte Caroline ihren Vater? Er war das einzige Mitglied der Familie, das sie nicht malte. Ihre reizvollen frühen, impressionistisch gehaltenen Bilder schilderten ein rein weibliches Universum. Die *Frühstücksgesellschaft* ließ auf eine sommerliche Welt der Frauen schließen, die mit ihren Kindern auf dem Land zurückblieben, während die Männer in ihren heißen wollenen Anzügen dasaßen und es nicht einmal fertigbrachten, Jackett und Weste abzulegen, übers Wochenende herbeigereist, um vorübergehend die Gatten- und Vaterrolle wieder zu übernehmen.

Anne dachte an ihren eigenen Vater, diesen liebevollen Mann, der jedoch so schwer zu fassen, so schattenhaft und noch heute eine von Märchenhaftem umgebene Figur war. Welchen Platz hatte er im Chaos des Familienlebens eingenommen? Sie konnte ihm nie die Rolle des Bösewichts zuteilen. Sie mußte sich nur sein Gesicht in Erinnerung rufen und lächelte schon. Er hatte etwas Trotteliges an sich: Die Wangen waren pausbäckig, das Kinn verschwand im Hals; er war 1,95 Meter groß und über zwei Zentner schwer. Er war kahl gewesen, solange sie zurückdenken konnte. Sie war überzeugt, daß seine Erfolge als Anwalt auf sein etwas vertrotteltes Aussehen zurückgingen: Er wirkte zu schlicht und zu naiv, als daß man ihm zutraute, heimlich etwas im Schilde zu führen. Doch vor Gericht konnte er große Eloquenz entfalten. Sie hatte ihn plädieren hören, hatte ihn beobachtet, hingerissen von Stolz.

Er war ein Mann, der an Recht und Vernunft glaubte; er führte ein rechtliches und vernünftiges Leben. Er hatte in den Jahren, als noch die Rassentrennung bestand, Schwarze verteidigt und in der Zeit des Vietnamkrieges Demonstranten und junge Männer, die sich dem Wehrdienst entzogen. Sie war immer stolz auf ihn gewesen, auf eine Weise stolz, wie sie es auf ihre Mutter nie hätte sein können. Zwischen ihnen herrschte eine gewisse Distanz; morgens verließ er die Familie, und am Abend brachte er ihr, als befände sie sich in Quarantäne, die Neuigkeiten aus der Welt.

Diese märchenhafte Figur des distanzierten Vaters, die sie in unterschiedlicher Weise mit Caroline gemeinsam gehabt hatte, würde ihren Kindern ganz und gar fremd bleiben. Ob ihnen irgend etwas entging, wenn sie nie neben einem Vater als Fremden in der Familie gelebt hatten? Michael hatte seine Kinder gepflegt, wenn sie krank waren, ihre Windeln gewechselt, ihnen zu essen gegeben. Er war, als sie noch klein waren, jeden Tag zum Mittagessen nach Hause gekommen.

Manchmal hatte seine Zärtlichkeit etwas so Rührendes, daß Anne den Tränen nahe war: Wenn er Dinge für die Kinder tat, die für sie selbst ganz gewöhnliche Verrichtungen waren. Er konnte sich nicht erinnern, väterliche Zärtlichkeit erfahren zu haben; sein Vater war ein Nichts gewesen, ja, weniger noch, ein Loch, eine Wunde. Michael konnte sich nicht an ihn erinnern, und seine Mutter hatte keine Photos aufgehoben. Ihre Beschreibungen von ihm erschienen Anne immer unglaubwürdig, denn sie trug sie in der Sprache von Fan-Magazinen oder Kolportageromanen vor. Konnte er wirklich so perfekt der attraktive Bühnenschurke gewesen sein? War «hochgewachsen, dunkelhaarig und gutaussehend» wirklich die richtige Art, ihn zu beschreiben? Hatte er wirklich an seinem schwarzen Schnauzbart gezwirbelt? Sie würde es nie erfahren, und auch Michael – was wichtiger war – würde es nie erfahren. Doch Michaels glückliche Hand als Vater war ein Produkt seiner eigenen Geschichte; sie konnte nicht sagen, ob der Grund darin lag, daß er kein Vatervorbild hatte oder daß er ein solches Vorbild in den Schatten stellen wollte.

Sie schob Carolines Briefe beiseite. Sie wollte jetzt zu ihren Kindern hinuntergehen. Niemandem hätte sie erklären können, daß sie mit dem Verlassen ihres (eigentlich Michaels) Arbeitszimmers in die gemäßigte Klimazone zurückkehrte, den Fuß wieder auf festen Boden setzte. Wenn sie die Türe öffnete und in den Flur trat, war ihr zumute, als sollte sie sich eigentlich irgendeines Kleidungsstückes, gewissermaßen eines Spezialanzuges entledigen, wie ein Astronaut. Wenn sie in den Flur ging, wurde sie schwerer; ein Fuß setzte sich vor den andern. Erst wenn sie außerhalb des Arbeitszimmers war, konnte sie sich des ganz anders gearteten Lebens hinter der Tür bewußt werden. Dort war sie mit Caroline zusammen, einer Frau, die seit fünfundvierzig Jahren tot war. Sie glaubte, enorm viel über Caroline zu wissen, doch sie wußte nichts, beziehungsweise alles, was sie zu wissen glaubte, konnte verkehrt sein. Sie wußte zum Beispiel nicht, wie Carolines Stimme geklungen hatte. Wäre sie jetzt ins Haus gekommen und hätte sie, am Fuß der Treppe stehend, Annes Namen gerufen, hätte Anne nicht gewußt, wer sie da rief. Sie wäre furchtsam hinausgegangen, hätte eine Fremde erwartet.

Und trotzdem kenne ich sie, dachte Anne. Ich kenne sie beinahe so gut wie meine Kinder. Ich kenne die Zeichnungen, die sie mit achtzehn Jahren machte, die Aquarelle von ihren Hunden, von ihren Schwestern, kenne ihre Kohleskizzen nach Gipsabdrücken antiker Skulpturen, ihre ersten, dunklen Ölbilder. Ich fühle, wenn ich es auch nicht zu benennen vermag, was ihr in diesem Zimmer gefallen, was auf der Straße ihren Blick auf sich gezogen hätte. Ich verstehe, was geschah, wie ihr das Blut durch die Adern schoß, als sie beim Anblick der Bilder Manets das Gefühl überwältigte, daß ihr das Wesen des Lichts enthüllt worden sei. Wie sie später, als sie, wie jedermann sonst in Paris, japanische Holzschnitte bewunderte, zu der Überzeugung kam, es sei ein Fehler von ihr gewesen, ihre Leinwände vollzupacken, und wie sie etwas über die lichte, luftige Weite des reinen Raums lernte. Ich weiß, was sie empfunden hat, als sie die Farben Kandinskys, Matisses sah. Ich weiß, worum sie ihren Freund Bonnard beneidete: um seinen gelassenen Überschwang, seine schlichte Freude. All dies weiß ich, und wenn ich ein Bild von ihr anblicke, den Schwung eines Mädchenhalses, zieht es mich zu dieser Frau hin. Ich bin mit ihr verbunden. Weil ich, für mich allein, in der Stille, wie ein Mensch auf dem Mond, geschaut und geschaut habe. Ich habe ihre Handschrift gelesen, mir die Namen ihrer Freunde eingeprägt. Weil ich allein in der Stille alle anderen Dinge beiseite geschoben und mir lange Stunden Zeit genommen habe, über sie nachzudenken. Und nun sind wir verbunden. In der Tiefe unseres Wesens. Diese Frau, die ich kenne und doch überhaupt nicht kenne, ist nun ein Stück meines Lebens, wie es meine eigenen Kinder sind.

Und doch, dachte sie, während sie die Treppe ihres Hauses hinabstieg und das Geräusch ihrer Absätze auf den Holzstufen hörte, als wären es die einer anderen Frau, kommt diese Verbundenheit dem Leben mit den Kindern längst nicht gleich. Zusammen mit Caroline in dem Zimmer war sie schwerelos. Manchmal machte es ihr Angst – ihr fliegender Puls, das schwindelerregende Gefühl, woanders zu sein, in irgendeinen hohen, unzugänglichen Bezirk getragen zu werden. Wenn sie bei den Kindern war, gab es kein solches Davonfliegen, Himmelwärtsfliegen. Eine Mutter ist mit Pflichten beschwert, die sie auf der Erde halten. Anne empfand es als ein Glück, daß sie dieses Beschwertsein gern hatte, das intensive körperliche Leben der Kinder, in das diese auch sie hereinnahmen. Und dennoch war es jedesmal ein gewisser Schock, wenn sie wieder in ihre Küche trat, ihren Herd, ihre Töpfe, wirkliches Obst in einer wirklichen Schale sah, nicht das auf einem von Carolines Stilleben. Und jedesmal, wenn sie die Kinder sah, fuhr sie zusammen, als hätte sie einen falschen Schritt getan. Dann ein Klicken, und ihr Bewußtsein glitt in eine glatte, vertraute Bahn. Sie dachte über Mahlzeiten, über die Wäsche nach; die Namen der Lehrer ihrer Kinder erschienen, traten an die Stelle der Namen von Carolines Freunden in Paris. Die Kinder kamen auf sie zu, und umgeben von einer unbewegten, schweren Hitze trat sie wieder in das Leben ihrer Körper, ihres Körpers ein. Sie schlüpfte in ihre alte Haut; sie umarmte, wurde umarmt. Sie legte wieder einmal dieses andere Leben an, schön und schwer duftend wie eine dunkle Frucht, heranwachsend im Schattigen: das Leben der Familie.

Doch als sie an diesem Tag nach unten kam, war niemand in der Küche. Laura hatte auf einen Zettel geschrieben, sie sei mit den Kindern spazierengegangen, um Blätter zu suchen. Inzwischen war es November geworden. Sie sorgte sich, daß die Kinder vielleicht nicht warm genug angezogen waren. Doch auf Laura war vollkommen Verlaß. Anne sagte sich, sie sollte froh sein, daß die Kinder mit Laura zusammen waren und etwas unternahmen, was ihnen Freude machte, was interessant war. Trotzdem fühlte sie sich im Stich gelassen. Es verlangte sie nach der Gegenwart ihrer Kinder, nach ihren Stimmen, der Berührung ihrer weichen Haut, ihren Kleidern. Das Haus kam ihr zu groß vor, kühl und feucht. Sie machte sich eine Tasse Kaffee, obwohl sie gar keine Lust auf Kaffee hatte.

Plötzlich überkam sie das Gefühl des Versagens. Es war nicht richtig, daß sie sich jetzt nach den Kindern sehnte. Wenn sie wirklich begabt wäre, wirklich den Willen hätte, etwas Hervorragendes zustande zu bringen, würden ihr die Kinder nicht fehlen. Sie würde sich befreit fühlen, wäre froh, sich wieder an ihre Arbeit machen zu können. Doch ihr war das unmöglich. Nachdem sie nun an die Kinder gedacht, Verlangen nach ihnen empfunden hatte, war sie außerstande, wieder hinauf in ihr Zimmer, zu Caroline, zu gehen. Sie setzte sich an den Küchentisch und beobachtete, wie sich der Himmel veränderte, erst leuchtend wurde, dann erkaltete. Sie ging ans Fenster, lauschte nach Stimmen.

Die Kinder kamen mit Laura zurück. Kaum hatten sie ihre Mutter in der Küche gesehen, begannen sie über die Blätter zu streiten, die sie gefunden hatten, darum zu zanken, wer als erster welches Blatt gesehen hatte und wem welches Exemplar gehörte. Laura hielt sich im Hintergrund, während sie auf Anne zuliefen, ihre Köpfe vom Eifer des Streits umgeben wie von Heiligenscheinen.

«Es geht darum», sagte Peter, «daß ich dieses Blutbuchenblatt in dem Buch gesehen hab, und bei uns gibt's gar keine Blutbuchen in der Umgebung. Es ist ein *Wunder*. Sie braucht es nicht. Sie hat gar keine richtige Sammlung wie ich. Ich bin derjenige, der es braucht.»

«Ich hab es vor dir gesehn», erwiderte Sarah.

«Sag ihr, daß ich derjenige bin, der es braucht.»

Brauchen. Würde er das immer zu Frauen sagen? *«Ich bin derjenige, der es braucht.»* Und würde Sarah, in einem unergiebigen Gerechtigkeitsdenken befangen, aus Besitzerstolz immer nein sagen? Und nun wandten sie sich an sie.

«Peter», sagte Anne, «eine Sammlung zusammenzubringen, ist mühsam. Das gehört dazu, genauso wie die Freude, wenn man etwas bekommt, worauf man lange gewartet hat.»

«Aber ich brauche es, und sie braucht es nicht.»

«Aber ich hab's vor dir gesehen.»

«Könntest du Sarah nicht was andres dafür geben, Peter?»

«Ich will nichts anderes», sagte Sarah.

«Also gut. Peter, wenn ihr *eins* gefunden habt, muß es doch wohl noch mehr solche Blätter geben.»

«Nein. In der Umgebung hier gibt es keine Blutbuchen. Es ist ein *Wunder*, daß es dort gelegen hat. Ich werde nie wieder eins finden.»

«Es ist für Peter furchtbar wichtig, Sarah. Könntest du es ihm nicht schenken, dieses eine Mal?»

«Nein, weil ich es gefunden hab. Und du stehst immer auf seiner Seite.»

War das so? Gab sie einem ihrer Kinder den Vorzug? Für sie selbst war jedes Geschehnis ein einzelner Fall für sich. Doch für Peter und Sarah waren ihre Entscheidungen ein bunter Teppich, die Tapisserie de Bayeux; erbarmungslos erzählten sie irgendeine komplizierte, geheimnisvolle Geschichte.

«Es gibt keine Seiten, Sarah», sagte sie.

«Doch. Seine und meine.»

Anne war mit ihren Nerven am Ende. Sie nahm das Blatt und legte es in die Vitrine, in der sie Sachen vor ihnen versteckte.

«Ihr führt euch beide schrecklich auf. Jetzt bekommt es keiner von euch.»

«Du Scheusal», sagte Peter zu seiner Mutter.

Sarah begann zu weinen. Anne packte Peter an den Schultern und schüttelte ihn. «So kannst du nicht mit mir reden! Geh nach oben und bleib dort, bis ich dich rufe.»

Sarah setzte sich auf den Boden und rieb sich mit den Fäusten die Augen. Laura hielt sich noch immer im Hintergrund, die Mäntel der Kinder über den Armen, und blickte auf ihre Mutter. Anne merkte, daß sie beobachtet wurde, und war beschämt, als wäre sie bei irgendeinem unanständigen Fehltritt ertappt worden. Sie lächelte Laura an und gewährte ihr den Komplizenblick, der ihr so tief zuwider war: Die Augen Erwachsener finden sich, verständnisinnig, einig in ihrer Meinung über die Mängel der Kinder, ihre Ungerechtigkeiten, ihre falschen Gewichte. Sie haßte diesen Blick, weil sie verstand, wie Kinder dachten, was den Dingen, um die sie stritten, ihre Umrisse gab, wie ein Diamantmesser, das in Glas schneidet. Gerechtigkeit. Eigentum. Es war nicht banal, worüber sie stritten. Trotzdem durfte es nicht zugelassen werden. Sie durften nicht ihre messerscharfen Kanten behalten, sonst würde das ganze Leben unerträglich. Und es war erstaunlich, wie es ihr das Leben vergällen konnte, wenn ihre Kinder miteinander zankten. Es machte alles kaputt, zerstörte alle Hoffnung. Wenn sie mit den Kindern allein war, verstand sie dies alles, ihre eigene Rolle dabei, die Rollen der Kinder. Aber es war eine Sache, die, wie ein ehebrecherisches Verhältnis, nie nach außen dringen sollte; sie dem Blick Außenstehender preiszugeben, konnte nur alles vergröbern. Sie lächelte Laura an, und Laura lächelte zurück, dieses eigentümliche Lächeln, halb belustigt, halb unbelustigt, mit seiner kalten, distanzierten Gewißheit und mit seiner – denkbaren – Verachtung.

Anne beugte sich nach unten und nahm Sarah in die Arme. Es muß ein Ende damit haben, sagte sie sich, daß ich Laura diese komplizierten Dinge zuschreibe, in ihren Blicken Bedeutungen suche, wie ein Augur, der die Eingeweide von Vögeln untersucht. Um ihr nach Fehlern forschendes Belauern gutzumachen, bot sie Laura ein Glas Wein an.

«Danke, Anne, aber ich trinke nie Alkohol», sagte Laura.

Anne spürte, daß sie rot wurde, als hätte das Mädchen sie sowohl der Trunksucht als auch der Ungeschliffenheit beschuldigt. «Ach, ich weiß ja. Wie dumm von mir. Möchten Sie Kakao?»

«Wunderbar.»

«Kakao?» rief Sarah begeistert. «Kann ich Peter holen?»

«Ja», sagte Anne. «Wir machen ihn alle zusammen.»

Peter kam mit seiner Schwester die Treppe hinunter. Beide waren kleinlaut, liebevoll, das schlechte Gewissen zog sie wie ein schwaches Magnetfeld zueinander hin. Sarah holte den Meßbecher, Peter die Kakaopackung. Abwechselnd maßen sie den Kakao ab, den Zucker, die Milch, die Prise Salz. Abwechselnd rührten sie das Gemisch. Hier sind meine Kinder, sagte sich Anne im stillen, dies sind die Menschen, die mir gefehlt haben. Sie roch ihren schwachen Schweißgeruch; sie hätten ihre Pullover ausziehen sollen. Aber es war Spätherbst, und sie verstand, was sie empfanden: An einem solchen Tag waren wollene Sachen an sich schon ein Vergnügen.

Auf einem Tablett brachte sie den Kakao zum Tisch, Peter und Sarah setzten sich neben sie und zeigten ihr die gefundenen Blätter. Das milchige Licht fiel auf ihre Haare. Sie berührte die Köpfe ihrer Kinder, spürte die Feinheit des Haars. Dann blickte sie auf und sah zu Laura hin. Sie war etwas abseits und lächelte. Sie hatten sie ausgeschlossen, sie saß außerhalb des Rahmens, außerhalb des Lichtkreises. Schuldbewußt sagte Anne: «Ihr müßt euch bei Laura für den wunderbaren Ausflug bedanken.»

«O ja», meinte Peter.

«Warum gibst du Laura keinen Dankeschönkuß?» sagte Anne zu Sarah.

Die Kinder standen auf und gingen aus dem Kreis des Lampenlichts. Wie lieb sie waren, wie hungrig das arme Mädchen ihre Küsse entgegennahm. Es war unverkennbar, daß sie nicht genug umarmt, nicht genug gehegt worden war. Also fügte sich alles bestens: Sie war gut für die Kinder, die Kinder taten ihr gut. Alles ging wirklich wunderbar. Anne wußte, daß sie sich glücklich preisen konnte. Sie war überzeugt, wenn sie sich erst mehr an das Zusammenleben mit einem fremden Menschen gewöhnt hatte, würden sich ihre unangenehmen Gefühle einfach in Luft auflösen. Sie trug die Tassen zum Spülbecken und schämte sich, weil sie es trotzdem schön gefunden hätte, wenn Laura nicht da wäre.

Es war ein klarer Tag Anfang November. Am Morgen, als sie mit dem Bus hierherfuhr, war der Nebel gestiegen. Allmählich gab er die Straße frei. Immer wieder brannte ein Fetzchen davon weg und ließ Hügel und Berge hinter sich. Bäume erschienen, wo noch Sekunden vorher weißer Dunst gewabert hatte, scheinbar auf Dauer geschaffen wie Erdreich oder Stein. Doch jetzt war es Mittag. Sie ging zu Fuß die fünfundvierzig Straßenabschnitte von der Bibliothek der Columbia University zu dem Restaurant, das Ben ausgesucht hatte. Die Straßen, durch die sie ging, lagen im Sonnenlicht. Sie sah, wie es von den Gebäuden abprallte, in schweren Strahlenbündeln auf die Gehsteige und die Fahrbahn fiel.

Sie hatte den Vormittag über in der Bibliothek gearbeitet und war sich dabei unausgesetzt wie eine Hochstaplerin vorgekommen. Ich habe hier nichts verloren, sagte sie zu sich. Es ist zwar möglich, daß ich wie die anderen Leute hier arbeite, doch die Wahrheit sieht anders aus. Sie hatte keinerlei Gemeinsamkeit mit ihnen. Sie waren zwanzig, fünfundzwanzig Jahre alt, oder aber sie hatten fünfzehn Bücher und dreißig Artikel geschrieben. Sie konnten stundenlang dasitzen und Seiten umschlagen, Notizen auf Kärtchen schreiben. Sie hatten nicht das Bedürfnis aufzustehen. Ihre Gedanken – sie konnte sie förmlich über den Seiten schweben sehen – konnten sich in Ruhe auf den Dingen vor ihnen niederlassen. Sie dachten nicht immerzu an ihre Kinder, denn, das stand für Anne fest, sie hatten keine, keiner von diesen Leuten hatte Kinder. Ihre Gedanken galten den Wörtern, dem gedruckten Text. Sie sprachen im Geist Wörter wie «Ikonographie» oder «plastische Form». Natürlich sprach sie sie ebenfalls, aber sie dachte auch einsilbige Wörter aus der häuslichen Sphäre, die Namen von Nahrungsmitteln, Spielsachen, Kinderspielen. Sie sah Eakins' *The Clinic of Dr. Agnew* an und machte sich Vorwürfe, daß sie Sarah nicht zum Zahnarzt gebracht hatte. Sie dachte, daß sie Ben sagen müsse, es sei unmöglich, sie sei mit der Arbeit überfordert. Er habe sie falsch eingeschätzt, als wäre sie noch immer, was sie einmal gewesen war.

Wie um alles in der Welt sollte sie es denn schaffen? Sie müßte ein Haus für eine Frau bauen, die sie liebte. Wie ein früher Siedler, der für sich und sein Weib den Wald in Besitz nahm, mußte sie sich einen Weg durch die Wildnis freischlagen. Sie mußte das Haus als Ganzes erschaffen. Sie mußte dafür sorgen, daß die Struktur ohne Tadel war, aber auch den Details Schönheit geben: Die Wände mußten die richtige Farbe haben, die Bettwäsche mußte perfekt bestickt sein. Ohne das Haus, das sie bauen mußte, konnte die Frau, die sie liebte, seit fünfundvierzig Jahren tot und fast allen Leuten unbekannt, nicht ins Leben zurückgebracht werden.

Ihre Unsicherheitsgefühle, schon immer sehr stark, wenn sie mit anderen Leuten im selben Raum arbeitete, waren an diesem Tag noch ausgeprägter, weil sie mittags Carolines Schwiegertochter kennenlernen sollte. Annes erster Kontakt mit ihr, in brieflicher Form, war nicht verheißungsvoll gewesen. Anne hatte auf Bens Vorschlag angefragt, ob sie Carolines Briefe einsehen könnte, die sich in Janes Besitz befanden. «Ich hoffe», hatte sie geschrieben, «daß sie mir helfen werden, die Entwicklung von Caroline Watsons Schaffen zu verstehen.»

«Sie wären gut beraten», hatte Jane geantwortet, «wenn Sie nicht in Caroline Watsons Lebensgeschichte, sondern in der Geschichte der Malerei nach der Erklärung für ihre Entwicklung suchten. Heutzutage wird das Biographische überbewertet, namentlich was Frauen betrifft. Heirat, Kinderkriegen, Menstruationszyklen, Hysterektomie – das alles hat mit dem Werk nichts zu tun. Achten Sie bei der künstlerischen Entwicklung von Caroline Watson nicht mehr darauf, als sie es bei Matisse tun würden.»

Janes Ton hatte ihr mißfallen. Wovor hatte sie Angst? Ja, das Publikum war gierig nach Details aus dem Leben von Frauen, und es gab sogar eine «Industrie», die es damit bediente. Doch sie selbst gedachte über das Schaffen zu schreiben, falls es dazu kam. Menstruationszyklen, Hysterektomie – sie hätte nicht im Traum daran gedacht, dergleichen in ihren Text aufzunehmen. Natürlich interessierte sie Carolines Leben, weil sie ihre Bilder liebte. Ohne ihre Malerei wäre Caroline einfach nur eine weitere unglückliche Frau aus einer bestimmten Periode gewesen, die nur mehr Fehler als die meisten begangen hatte.

Aber sie war sich bewußt, daß das nicht ganz die Wahrheit traf, daß es nicht alles war. Wie andere Frauen auch, empfand sie diesen Drang, Näheres zu erfahren: Wie Frauen zu ihren Familien standen, als Töchter, Schwestern, Mütter. Es war nicht gerecht; es ehrte einen nicht. Und dennoch war man wißbegierig, wenn die Frauen irgendein Werk zustande gebracht hatten. Wen liebten sie, was die körperliche Liebe betraf? Mit wem waren sie durch Blutsbande verbunden? Wie Hunde, dachte sie, wie Pferde. Doch nicht das Faktum der Verbindung war das Interessante; interessant war, wie es ihnen gelang, darum herumzukommen. Die Wahrheit sah so aus, daß eine Frau, die etwas zustande gebracht hatte, ihrem eigenen Körper aus dem Weg gehen mußte. Dies war das Kunststück, auf das die Leute neugierig waren. Hat sie es trotz allem geschafft? Als wäre das Leben eine Taschenspielerei – Tauben aus einem Hut zaubern, ein Ei in eine

Blume verwandeln. Wie das Publikum von Seifenopern wollten die Leute, die sich für weibliche Leistungen interessierten, törichterweise die gröbsten Fakten wissen: Mit wem gingen sie ins Bett? Hatten sie überhaupt Kinder? Waren ihre Väter gut oder grausam zu ihnen gewesen? Hatten sie ihren Müttern gehorcht oder nicht? Kindische Fragen, aber man fand, daß man diese Dinge wissen müsse. Es machte einem irgendwie Mut. Es war einem wichtig, daß diese Frauen für ihre Leistungen nicht einen zu hohen Preis gezahlt hatten, daß um sie Väter, Ehemänner, kleine Kinder waren, die neben der wunderbaren Arbeit großartig gediehen. Denn es kam so selten vor.

Während sie durch die Straßen ging, versuchte sie sich an alles zu erinnern, was Ben über Jane Watson gesagt hatte. Wie die meisten Männer, wenn sie eine Frau schildern wollen, fing er mit ihrem Aussehen an. Seine Beschreibung – die mit der Feststellung begann, sie sei zu ihrer Zeit unvergleichlich gewesen – vermittelte Anne die Vorstellung einer Art von Schönheit, die nicht mehr *en vogue* war. Und noch mehr: eine Schönheit, die heutzutage jungen Frauen irgendwie abhanden gekommen war. Lag es daran, daß sie magerer und spärlicher bekleidet waren, ihr Haar kurz geschnitten trugen oder auf die Schultern fallen ließen? Doch Ben hatte über Janes Haar gesprochen wie über etwas bewußt und mit Bedacht Ausgewähltes, ein erworbenes Original, selten, *trouvé*. Kastanienbraun, hatte er gesagt, man mußte an die seidig schimmernde Schale einer Kastanie denken, glatt und glänzend und unter der Berührung der Lippen nicht nachgebend.

Sie sei eine große Frau, hatte Ben gesagt, und von einer ziemlich anstrengenden Energie. Da sie wisse, daß sie schön war, daß sie rein um ihrer körperlichen Existenz willen begehrt wurde, mache sie sich keine Gedanken darüber, ob die Leute sie mochten. Sie sei hochintelligent, «Mediävistin, 14. Jahrhundert, weißt du». Habe ihre Karriere an der Frauenuniversität Bryn Mawr begonnen. Sie achte nicht auf ihre Worte, weshalb sie manchmal Leute vor den Kopf stoße. Aber sie bemerke es nicht. Sie gehe durch eine Menschenmenge, hatte Ben gesagt, wie ein Admiral übers Deck schreitet. Menschen hätten sie nicht sehr interessiert, als sie jung war, ihre Schwiegermutter ausgenommen. Wenn sie auf eine Party kamen, hätten sie sich nur miteinander unterhalten. «Aus dem gleichen Holz geschnitzt, könnte man sagen», hatte Ben festgestellt.

«Und was war mit Stephen?» hatte Anne gefragt.

«Der arme brave Stephen. Er war von jenem Typ, der einfach verschwindet. Wenn man mit ihm allein war, wurde er manchmal fast unsichtbar. Und wenn er mit seiner Mutter und dann mit Jane zusammen war, schrumpfte er völlig zur Schattenfigur.»

«Und trotzdem hast du Jane gern.»

«Über alle Maßen.»

«Sie hört sich so einschüchternd an.»

«Ja, schon, natürlich. Wie wenn man in rauher See schwimmt, so ist sie. Gibt nichts Erfrischenderes. Nichts hat mir so das Gefühl gegeben, was einem Menschen möglich ist, wie ein Nachmittag mit Jane zusammen.»

«Trotzdem fürchte ich mich vor ihr. Ich identifiziere mich in dieser Geschichte mit Stephen. Ich fürchte, ich werde auch verschwinden oder zur Schattenfigur.»

«Unsinn. Jane wird dich ins Herz schließen. Dieselbe tote Frau bedeutet ihr und dir sehr viel. Was könnte ein stärkeres Band abgeben?»

«Was wäre, wenn Caroline noch lebte?»

Ben lächelte. «Jane würde dich nicht an sie heranlassen.»

Jane stand vor dem Restaurant. Anne ging auf sie zu und stellte sich vor. «Ich habe mich darauf gefreut, Sie kennenzulernen», sagte Jane und lächelte formell.

Das Lächeln hatte nichts Persönliches. Es war das oft erprobte Werkzeug einer Frau, die sich seit vielen Jahren ihrer Macht bewußt ist. Zudem stellte Jane im frühest möglichen Augenblick, da sie es schicklicherweise tun konnte, das Lächeln ein, stellte es richtiggehend ab. Dann hielt sie ihre Hand als Schirm über die Augen, so daß sie diese nicht zusammenzukneifen brauchte, als sie die Straße entlangblickte.

«Es sieht Ben gar nicht ähnlich, sich zu verspäten», sagte Jane. Nicht schön, dachte Anne, wie offen sie ihren – unseren – Wunsch zu erkennen gibt, daß Ben als Retter kommt.

«Ja, aber der Verkehr ist schlimm», erwiderte Anne.

«Ben hat sich bestimmt zu Fuß aufgemacht.»

«Natürlich», sagte Anne und verstand, was Jane andeuten wollte: daß sie Ben besser, länger kannte. Anne brauchte sich keine Gleichberechtigung einzubilden, die nicht vorhanden war.

«Soviel ich weiß, kennt Ben Sie schon seit langer Zeit. Wie schlau von ihm, daß er Sie für diese Sache aus dem Hut gezaubert hat», sagte Jane.

Der Vergleich machte Anne betreten; er war zu passend. Ein Kaninchen zu einem Hut. So hatte sie sich gefühlt: kläglich, weiß, verletzlich, ins Licht blinzelnd. Und dann das Publikum, die fremden Menschen, die applaudieren oder zischen oder keine Notiz nehmen würden. Was, dachte sie, wird mir geschehen? Werde ich in den Hut zurück müssen? Was tun die Kaninchen zwischen den Vorstellungen? Sie erkannte, daß sie bei Jane keine Chance hatte. Jane hatte befunden, daß sie eine dumme Ziege sei.

Ben kam auf sie zu. «Entschuldigt, daß ich mich verspätet habe», sagte er unaufrichtig.

«Schon schlimm genug, daß ich deinetwegen mitten am Tag eine ausgewachsene Mahlzeit zu mir nehmen und meine Zeit in Restaurants vergeuden muß, was ich im Grunde verabscheue, wie du weißt. Und jetzt machst du es mit deiner Verspätung noch ärger», sage Jane mißmutig.

«Ja, Liebling, ich weiß, du hast mit deiner Zeit Besseres anzufangen. Ich hingegen kann mir nichts Vollkommeneres vorstellen als ein gutes Essen in Gesellschaft meiner beiden größen Favoritinnen auf dieser Welt.»

«Unsinn», erwiderte Jane und ging vor ihnen in das Restaurant.

Jane sagte, sie müßten Hummer bestellen. Ben habe Geld wie Heu, und außerdem sei es bei ihnen Tradition: Wenn sie beide zum erstenmal in Amerika zum Essen ausgingen, wählten sie immer Hummer. Sie gab die Bestellung für alle drei auf, und sie bestimmte auch den Wein. Als der Kellner die Hummer brachte, stürzte sie sich mit einer Begeisterung darauf, die – wären nicht diese strahlenden Augen, die gerade Haltung, das dichte weiße Haar, der vollendet geformte Kopf gewesen – befremdlich hätte wirken können. Sie sog die kleinsten Fitzelchen Fleisch von den Füßen, sie knackte die Scheren mit einem einzigen raschen Griff, sie bog den Rücken des Hummers gnadenlos flach, zog mit fröhlicher, geübter Energie das Fleisch aus dem Schwanz. Sie beschuldigte Anne und Ben, die Hälfte der guten Stücke nicht angerührt zu haben; sie nahm ihnen alles von den Tellern, was sie für ungenießbar gehalten hatten.

Das Essen stimmte sie freundlicher. Sie wandte sich Anne zu und sagte liebenswürdig: «So, und was möchten Sie über Caroline wissen?» während sie das vom Kellner angebotene Dessert als eine Zumutung ablehnte.

Die Frage kam zu unvermittelt, zu übergangslos. Zuerst die beinahe grobe Art, dann das Essen, und nun war Jane ohne Umschweife zur Sache gekommen, derentwegen sie ja schließlich hier waren. Sie war mit einem einzigen Satz zum Gipfel hinaufgesprungen. Sie wollten ihn zwar alle drei erreichen, doch für sich selbst, erkannte Anne, hätte sie einen gemächlicheren, allmählichen Aufstieg lieber gehabt. Nun stand Jane dort oben, die Hände herausfordernd gegen die Hüften gestemmt, als Gipfelstürmerin, und hatte ihre Fahne aufgepflanzt. Anne fiel nichts ein, was sie hätte fragen können, weil ihr gegenüber – die Papierserviette mit der Abbildung eines Hummers noch umgebunden – eine Frau von einer Identität saß, die so komplex war, daß sie einen nur ratlos machen konnte. Jane hatte Caroline gekannt, hatte sie geliebt, war ihre Schwiegertochter geworden. Sie und Caroline hatten auf dem üblichen Gelände der Zwietracht, dem uralten Territorium der Blutfehde Zuneigung füreinander aufgebaut. Es war immer etwas Sonderbares, die Beziehungen zwichen Lebenden und Toten zu rekonstruieren, es hatte etwas Brutales und Unwirkliches an sich, doch im Fall Janes und Carolines war das Seltsame noch ausgeprägter, denn Annes eigene Beziehung zu Caroline war etwas ganz Besonderes. Eigentlich hätte es die gleiche sein müssen wie die, in der sie zu Mary Cassatt und Thomas Eakins gestanden hatte, als sie an ihrer Dissertation schrieb; sie war gewissermaßen eine Dienerin des Werks, sie sollte Dinge enthüllen, Dinge wiederherstellen. Doch nun hatte sie die ihr anvertraute Künstlerin zu lieben begonnen, als eine Dienerin, die vielleicht unschätzbare Dienste leisten, deren Besessenheit sie aber auch nutzlos machen konnte.

Was hätte sie empfunden, wenn ihr an diesem Tisch Mary Cassats Nichte oder Thomas Eakins' Sohn gegenübergesessen hätte? Welche Gefühle hätten sie bewegt, wenn sie gerade mit Vermeers Tochter zu Mittag gegessen hätte? Es war schwer zu verstehen, daß abseits des Werkes, dem man diente, die Menschen, die dieses Werk geschaffen hatten, ein ganz normales Leben führten, Mahlzeiten einnahmen, Regenmäntel trugen. Man wollte es glauben, und doch auch wieder nicht; es war natürlich ein tröstlicher Gedanke, daß schöne Dinge von Menschen wie unsereinem geschaffen wurden, doch es war auch enttäuschend. Und was durfte die Welt über den Menschen, der das

Essen verzehrte, den Träger des Regenmantels zu erfahren beanspruchen? Sie erinnerte sich an Janes Brief; es lag auf der Hand, daß Jane nicht zu den Leuten gehörte, die der Meinung waren, die Welt habe ein Recht auf eine volle Enthüllung. Wie weit konnte man bei einer Frau wie Jane gehen? Wie sah die Zumutung, die Aufdringlichkeit aus, die dazu führen würde, daß das kaum geöffnete Tor vor dem dreisten Eindringling mit dem impertinent vorgereckten Hals zuschlug? Anne mußte die Herausforderung annehmen. Sie hatte sich auf diesen Augenblick vorbereitet, hatte sich zurechtgelegt, wie sie reagieren würde: eine Frage stellen, die mit Carolines Leben nichts zu tun hatte.

«Mir ist der Gedanke durch den Kopf gegangen, ob Caroline zu Ihnen jemals über Grünewald gesprochen hat. Ob sie vielleicht nach Colmar gefahren ist, um sich den Isenheimer Altar anzuschauen.»

Jane sah Anne an, als hielte sie einen rauchenden Revolver in der Hand. «Wie kommen Sie auf diese Frage, auf Grünewald?»

Anne blickte Jane in die Augen. Sie mußte dem Blick standhalten, sonst war alles verloren. Und sie fand auch, daß sie berechtigt gewesen war zu sagen, was sie gesagt hatte; es mochte falsch sein, lächerlich war es nicht. Es war kein unsinniger Einfall, keine Gefühlsäußerung. Es war eine Überlegung. Es hatte Stichhaltigkeit, mochte es auch verkehrt sein. Jane Watson mußte es nicht mit der außergewöhnlichen Strahlkraft ihrer Person auf der Stelle in Atome zerblasen.

«Ich kam darauf», sagte sie, «als ich eine Reihe von Bildern ansah, die Caroline von der verkrüppelten Blumenverkäuferin gemalt hat. Dabei fiel mir der Isenheimer Altar ein – es ist zehn Jahre her oder noch länger, daß ich ihn gesehen habe, aber ich wurde immer wieder daran erinnert. Mit diesen Bildern hat sie zu einem neuartigen Gebrauch der Farbe, zu der Bereitschaft gefunden, die menschliche Gestalt zu verzerren, zu einer neuen Wachheit fürs Detail. Und da kam mir die Idee, daß sie möglicherweise von Grünewalds genialer Darstellung des trauernden Menschen berührt wurde – ich dachte, es könnte sein, daß sie daraus viel geschöpft hat, etwa ab 1906 und eigentlich während ihrer ganzen Schaffenszeit danach.»

Einen Augenblick lang hatte Anne den Eindruck, daß Jane im Begriff sei, über sie herzufallen. Ihr Blick schien sich zu verhärten, die hohe, beinahe männliche Stirn runzelte sich, die schön geschnittenen Nasenflügel bebten und zogen sich zusammen, die Hand fuhr an die Stirn. Anne wurde steif, auf einen Schlag gefaßt.

«Stimmt», sagte Jane. «Was Sie sagen, trifft genau zu. Und großartig, daß Sie es bemerkt haben. Niemand würde an Grünewald als Einfluß denken, aber Sie haben es genau getroffen, ja. Sie hat 1905 eine Reise nach Deutschland gemacht, und was sie in Colmar sah, blieb ihr unvergeßlich. 1930 fuhr sie noch einmal hin, mit mir zusammen. Es war schon seit Jahren ihr Wunsch gewesen, mir die Bilder von Grünewald zu zeigen. Sie hat gesagt, sie zu sehen, sei eines der wichtigsten Ereignisse in ihrem Leben gewesen. Wir fuhren 1930 nach Deutschland. Überall roch es nach nahendem Unheil, ein giftiger Hauch lag in der Luft. Jungnazis standen an den Straßenecken. Zugleich lebten unsere Freunde im Wohlstand, einem Wohlstand, der etwas Endzeitliches an sich hatte und einen um sie bangen ließ. Die Atmosphäre war schrecklich hektisch, widerlich – man konnte einfach keine Ruhe finden. Und dann fuhren wir über die Grenze nach Colmar, zu den Grünewalds. Wir traten in die Kirche. Caroline setzte sich sofort hin, sehr schwerfällig. Zum erstenmal mußte ich erkennen, daß sie eine alte Frau war.»

Jane nahm Annes Hand. «Ich glaube, wir können uns glücklich preisen, daß wir Sie haben.» Sie nahm auch Annes andere Hand und schüttelte beide. Es war eine sonderbare, eine linkische Geste. Eines der Kinder hätte so etwas tun können, um auf sich aufmerksam zu machen.

«Ich nehme an, Sie werden wissen wollen, warum ich die Bilder jetzt, nach so langer Zeit, verkaufe», fuhr sie fort.

«Natürlich möchte Anne das wissen, Liebling. Sie ist ja eine rationale Person, im Unterschied zu dir», sagte Ben.

Janes Gesicht lief rot an. «Rational. Schick sie zu diesem ekelhaften Deutschen im Metropolitan Museum. Er war der Gipfel der Rationalität.»

«Aber, Schatz, das war 1954.»

«Sie wissen natürlich, Mrs. Forster», sagte Jane, «daß Caroline 1938 gestorben ist. Dann kam der Krieg, und ich steckte in einem ziemlichen Schlamassel. Ich hatte nur meine eigene Arbeit im Kopf; ich lebte im 14. Jahrhundert. Ich versuchte nicht an Carolines Tod zu denken. Der Verlust war zu schwer. Sie war für mich wie eine Mutter gewesen.»

«Wie war Ihre eigene Mutter?» fragte Anne kühn.

«Sie hat Golf gespielt», sagte Jane.

Für Anne als Mutter war dieser Satz schrecklich. Würden Sarah und Peter sie eines Tages auch mit einem einzigen abschätzigen Satz zu einem Paket verschnüren und aus dem Weg schaffen?

«Ich habe bis 1948, als der Krieg schon ziemlich zurücklag, keinen Versuch unternommen, irgendwelche Bilder von Caroline zu verkaufen. Inzwischen war sie aus der Mode gekommen. Der abstrakte Expressionismus beherrschte die Bühne. Caroline galt als Anachronismus, und obendrein als ein peinlicher. Peinlich, weil sie eine Frau war, die Frauen, Kinder und Landschaften malte. Die Leute haben reagiert, als böte ich ihnen mit Hunden bemalte Porzellanteller an. Ich habe mich so aufgeregt, daß ich es nach einer Weile aufgab. Ich habe mehrere Ölbilder Bryn Mawr gestiftet und eines dem Metropolitan geschenkt. Das war eine widerliche Geschichte.»

«Widerlich?» fragte Anne.

«Der Mensch, der dafür zuständig war, hätte um ein Haar verächtlich gegrinst, als er es entgegennahm. Ich werde nie vergessen, mit was für einem Blick er die Leinwand aufrollte. Er hat gesagt: ‹Man verschone mich mit Malerinnen, die drei Namen haben.› Er hat das Bild nie aufgehängt. Wissen Sie etwas darüber?»

«Es ist dort im Archiv. Ich habe es noch nicht gesehn. Aber ich nehme doch an, die Situation ist heute anders.»

«Vielleicht», erwiderte Jane. «Aber ich muß auch sagen, Mrs. Forster, daß ich gegen Leute, die sich Carolines Arbeiten nur *deswegen* ansehen wollen, weil sie eine Frau war, fast genausoviel habe. Sie war in der Malerei des Jahrhunderts die Nummer eins. Sie mußte von niemandem etwas lernen.»

Nein, darin irren Sie, wollte Anne einwenden, blickte aber stumm auf ihre Kaffeetasse. Jane war sicher enttäuscht von dem, was sie, Anne, über Caroline schreiben würde. Sie würde nicht schreiben: «Sie war bedeutender als alle Fauves, sie konnte von Matisse oder Kandinsky nichts mehr lernen.» Das entsprach nicht der Wirklichkeit. In der schöpferischen Breite, im Erschließen neuer Bereiche kam sie an diese überragenden Männer nicht heran, die durch das 20. Jahrhundert gingen, als wäre es Rußland. Und Anne konnte auch nicht Janes Wunschvorstellung von ihrer Schwiegermutter teilen, daß sie nicht beeinflußt gewesen, ohne Beistand geblieben sei. Sie hatte eine freundschaftliche, herzliche Korrespondenz mit Derain und Vlaminck geführt. Sie waren hilfsbereit gewesen und hatten Sammler veranlaßt, sich Carolines Arbeiten anzusehen. Zu schreiben, was Jane glaubte, wäre unehrlich, und wenn sie dem Werk dieser Frau, die sie verehrte, dienen wollte, mußte sie ihre Ehre wahren. Vielleicht würde dies zur Folge haben, daß zwischen ihr und Jane keine Freundschaft entstand. Sie hatte sich Janes Gunst durch eine Bemerkung erworben, die diese für zutreffend befand; sie wußte, daß sie sie ebenso leicht wieder verlieren könnte.

«Genug jetzt davon», sagte Jane. «Dieses Gerede über Frauen bringt mich um meine gute Laune. Kochen Sie, Mrs. Forster?»

«Schon, natürlich, ich koche viel. Ich habe eine Familie. Aber wie gut, das weiß ich nicht.»

«Diese Kocherei kann für eine Frau eine gefährliche Sache sein. Ich habe im College immer erzählt, ich kann nicht kochen; wenn ich Leute bewirten wollte, habe ich sie zum Essen ausgeführt. Es hat sehr gut funktioniert; man hielt mich für wohlhabend. Man darf nie für seine Kollegen kochen, meine Liebe, weil sie dann denken, man hätte eine verwundbare Stelle. Es bringt sie auf die Idee, man hätte zuviel freie Zeit.»

«Das ist doch alles barer Unsinn», sagte Ben. «Seit fünfundfünfzig Jahren bekochst du mich, Jane.»

«Ja, aber zu dir hatten wir Vertrauen. Caroline mehr als ich.»

«Herzlichen Dank!»

«Nun ja, ich hatte natürlich Gründe, die sie nicht hatte.»

«Du hattest nie einen Grund zum Mißtrauen gegen mich.»

«Nur in den Dingen, die am wenigsten interessant, am wenigsten wichtig waren. Aber wir waren der Meinung, daß du Frauen magst; wir hatten nie den Eindruck, daß du beweisen wolltest, wir seien für eure Bequemlichkeit auf der Welt. Wie dem auch sei, Mrs. Forster, wollen Sie ab jetzt Jane zu mir sagen?»

«Und Sie zu mir Anne.»

«Also, Caroline und ich, wir haben himmlisch füreinander gekocht. Und aller Welt haben wir vorgeschwindelt, wir lebten von gekochten Eiern. Das bringt mich darauf, was ich sagen wollte. Hättest du Lust, am Thanksgiving Day zu mir nach Long Island zum Essen zu kommen? Bring deine Kinder mit. Es wird dich von der Last der Festtagskocherei befreien, und du kannst dir die Bilder anschaun, von denen ich mich nicht trennen konnte, nicht einmal für die Ausstellung. Ben wird auch da sein, du brauchst also keine Angst zu haben.»

Anne war über die Einladung so erfreut, daß sie leicht errötete. «Wir kämen sehr gerne», sagte sie.

«So, Benedict, wieviel Uhr ist es jetzt?»

«Fünf nach halb drei.»

«Ich muß wirklich gehen. Ich habe dir nicht alle meine Gründe gesagt, warum ich beschlossen habe, die Bilder zu verkaufen. Das Klima ist jetzt natürlich dafür günstig. Und dann sind wir beide, Ben und ich, schon ziemlich alt. Vermutlich werden wir nicht mehr sehr lange zu leben haben. Wenn die Ausstellung stattfindet, solange wir noch da und noch nicht vertrottelt sind, können wir etwas mitdirigieren. So, und nach dieser Verlautbarung werde ich euch wirklich verlassen. Ich sag dir, Ben, dieses Essen hat sich viel zu sehr in die Länge gezogen.»

Sie stand auf. «Liebe Anne, ich finde das alles phantastisch. Es wird herrlich werden. Wenn ich zu Hause bin, schicke ich sofort die Briefe und Tagebücher an dich ab.» Sie küßte Anne auf die Wangen, küßte Ben auf den Kopf und verließ das Restaurant. Einen Augenblick lang war Anne überrascht, daß die ringsum sitzenden Gäste nicht aufstanden und ihr folgten.

«Es wird herrlich werden», hatte sie gesagt. Anne spürte, wie das Blut leichter durch ihre Adern floß und ihre Haut prickelte; sie wäre am liebsten aufgesprungen und davongerannt. Ja, es würde herrlich für sie werden. Jane hatte es gesagt. Anne nahm Bens Hand und küßte sie.

«Bestellen wir einen Nachtisch», sagte sie.

Der Kellner kam mit dem Dessertwagen. Anne ließ sich ein Stück Schwarzwälder Kirschtorte geben, aß es auf und rief den Kellner noch einmal, diesmal wegen einer Scheibe Nußkuchen. Sie leckte die Gabel ab und lachte Ben an, der sich mit einem Täßchen Espresso begnügte.

«Es wird herrlich für uns werden», sagte sie, als wären die Worte neu für sie – eine Ausländerin, die ihren ersten englischen Satz lernt.

Sie ging zu Fuß zum Frick, öffnete aber nicht die hohen Prunktüren und trat nicht in die kühlen Räume mit ihrer grünlichen Beleuchtung, behaust von Menschen, die sich der reinen Muße ergaben. Wie jemand vom Personal läutete sie am Seiteneingang der Bibliothek, an einer kleinen, in die Mauer eingelassenen Tür, der Tür zu einem Garten für Kinder. Da sie nur drei Stunden Zeit hatte, bat sie rasch um die Kataloge von Verkaufsausstellungen, in denen Arbeiten von Caroline gehangen hatten, machte sich Notizen, verglich mit ihren Aufzeichnungen. Die Arbeit, rasch und geschäftsmäßig erledigt, hatte etwas Kühlendes für sie, wie sie es gewollt hatte. Ihr Kopf war heiß vom Weintrinken am frühen Nachmittag, bei ihr eine Seltenheit, von der Begegnung mit Jane, die – so stellte sie sich vor – über jeden Menschen hereinbrach wie eine Reihe großer Wellen, die einen überrollten, manchmal umwarfen und die Haut mit kühlendem Salz überzogen. Doch für Anne kam noch etwas hinzu: Jane war nicht nur Jane, sie war Annes Verbindung zu Caroline. Und sie war das Modell, das Sujet, sie war die Frau auf dem Bild *Das gestreifte Kleid*, sie war porträtiert als *Frau, einen Brief lesend.* Diese Bilder zu lieben, bedeutete in einer gewissen Weise, sie selbst zu lieben. Und sie hatte auf der anderen Seite des Tisches gesessen, Hummer gegessen, über Chaucer gesprochen, über Nazis, ihre Schwiegermutter, gekochte Eier. Es war eine Erleichterung, jetzt in diesem übervollen Raum zu sitzen, in dem sich die Emsigkeit wie ein Bodensatz sammelte. Die ernsten, besorgten oder begeisterten Studierenden saßen in horizontalen Reihen da, über ihnen zwei Drittel des Raumes leer, nur die Luft gefüllt. Und Anne gehörte hierher. Sie war eine von ihnen.

Das Kinderlesezimmer in der Bibliothek von Selby war klein, quadratisch und überheizt. Die Kinder hatten von der Hitze hektisch gerötete Gesichter, bewegten sich aber in einer Trance des Friedens. Es war ein Privileg, hier beinahe mucksmäuschenstill zu sein, Bücher anzuschauen, flüsternd Bemerkungen darüber auszutauschen, an den Eichenholztischen zu sitzen, Seiten umzublättern und den Duft von Leim und mürbe gewordenem Papier einzuatmen. Anne brachte es nicht übers Herz, die Kinder zur Eile anzutreiben, auch wenn sie wußte, daß sie um die Zeit, die Laura mit dem Elektriker vereinbart hatte, nicht zu Hause sein würde. Sie mußte sich entschuldigen, und das war ein schlechter Anfang. Doch nichts rechtfertigte es, einen Mißklang in diese Harmonie zu bringen; sie betrachtete die über ihre Bücher gebeugten Köpfe der Kinder und sah, daß sie eine Friedensstätte gefunden hatten und nicht gestört werden durften.

Als sie zu Hause ankamen, stand der Lieferwagen des Elektrikers vor dem Haus. EDWARD CORCORAN, ELEKTROINSTALLATIONEN stand an der Seite des Fahrzeugs penibel mit schwarzer Farbe auf weiß gestrichenes Metall gemalt. Das Äußere des Mannes, der ausstieg, gefiel ihr.

Er war groß und massig, beinahe die Karikatur eines Handwerkers – aber er war genauso angezogen wie Peter, in Jeans, einem roten Sweatshirt mit Kapuze und Turnschuhen, die vor Zeiten weiß gewesen waren. Der Kontrast zwischen den beiden Figuren arbeitete mit komischer Wirkung ihre Besonderheit heraus, Peter so mager, nervös, zappelig, Edward Corcoran so bedächtig in seinen Bewegungen und wuchtig von Gestalt. Er hatte dünnes, nicht zu bändigendes Haar, das ihm in Büscheln vom Kopf stand und zum Verkleben neigte. Dazwischen waren kleine Holzsplitter zu sehen. Vielleicht war er im Wald spazierengegangen. Diese Vorstellung berührte Anne angenehm, denn der Gedanke war ihr zuwider, daß Leute, mit denen sie geschäftlich zu tun hatte, vielleicht ein weniger erfreuliches Leben führten als sie selbst.

Ein kleiner Junge kletterte aus dem Lieferwagen und ging mit ernster Miene neben dem Mann auf die Einfahrt zu.

«Sie haben hoffentlich nichts dagegen, daß ich meinen Sohn mitgebracht habe. Meine Frau ist nämlich krank», sagte er.

«Aber natürlich. Ich meine, natürlich nicht. Kommen Sie herein. Ich mache uns Kaffee. Die Kinder können Saft und Kekse haben.»

Edward Corcorans Sohn stand etwas hinter ihm, halb verdeckt vom rechten Oberschenkel seines Vaters, und guckte von dort die fremden Leute an. Sie erinnerte sich an Peter in diesem Alter; jedesmal, wenn sie ein jüngeres Kind sah, durchzuckte sie Freude, dann ein Verlustgefühl, als hätte sie in einem Film einen geliebten – aber ihresgleichen nun nicht mehr zugänglichen – Ort wiedergesehen.

Anne sagte zu dem kleinen Jungen: «Das sind meine Kinder, Peter und Sarah. Sie können dir das Haus und ihre Zimmer zeigen. Du kannst aber auch bei deinem Vater bleiben, wenn du das möchtest.»

Der Junge verschwand hinter seinem Vater.

Peter und Sarah gingen als erste ins Haus. Peter hielt allen die Tür auf, als verlangte der Anlaß seine besten Manieren. Hinter ihnen ging Laura, lächelnd, in die Küche.

Anne wußte, sie mußte sich geschäftsmäßig verhalten, ihren Mann stehen. Sie überlegte, ob sie wohl einen Fehler gemacht habe. Vielleicht hätte sie dem Elektriker erst dann Kaffee anbieten sollen, nachdem er sich im Haus umgesehen hatte. Es ging ihr natürlich nicht darum, ihn zu bewirten, sondern ihn dazu zu bringen, daß er ihr einen fairen Preis machte und gute Arbeit leistete. Dies war immer Michaels

Politik; sie fühlte sich auf unsicherem Gelände, fürchtete, daß sie leicht zu übervorteilen wäre. Wieder einmal wurde ihr bewußt, daß es für eine Frau ohne einen Mann an ihrer Seite nahezu unmöglich war, einem Impuls zu folgen und dabei das sichere Gefühl zu haben, daß sie das Richtige tat.

Sie beschloß, mit Barbara Greenspan zu sprechen. Barbara hatte den Mann empfohlen, und Barbara zu betrügen war ein Ding der Unmöglichkeit. Sie stellte die Kaffeetassen ins Spülbecken, führte den Elektriker in den Keller und ging nach nebenan.

«Ich bin ein bißchen sauer auf dich», sagte Barbara, nachdem sie sich bereit erklärt hatte, mit hinüberzukommen. «Seit zwei Wochen hast du keine Minute Zeit für mich. Nur dann und wann eine Nachricht von Rebecca von der Sunnybrook-Farm über den Zustand eurer elektrischen Installationen.»

Anne spürte, wie ihre Schultern wieder einmal um Verzeihung bittend nach vorne sanken. Sie hatte Barbara sehr gern, aber es war nicht immer leicht mit ihr, denn Barbara war ewig frustriert und immer bereit, einen Erfolg Annes als eine Kränkung für sich zu betrachten. Ihre Freundschaft hatte sich in den ersten Jahren entwikkelt, in denen sie und Michael dieses Haus bewohnten. Annes und Barbaras Kinder waren im Alter nicht weit auseinander, und weder sie noch Barbara gingen damals einem Beruf nach. Beide hatten oft und wehmütig oder grollend an ihre Promotion zurückgedacht – Barbaras Dr. phil. in vergleichender Literaturgeschichte, den sie an der Universität Stanford gemacht hatte, war nach ihrer beider Meinung noch nutzloser als Annes Doktorat. Träge und lustlos hatten sie ihre Vormittage vertrödelt, während sie Kaffee tranken und Ordnung machten, die Kinder in ihren Schlafanzügen herumlaufen lassen. Nachmittags hatten sie ihnen warme Sachen angezogen und Besorgungen oder Ausflüge gemacht, abends wechselseitig auf die Kleinen aufgepaßt. Manchmal hatten sie gemeinsam einen Babysitter engagiert, wenn die beiden Elternpaare zusammen ausgingen. Dann war Anne von der Galerie angestellt worden, was die Balance verschob. Groll trat an die Stelle vormaligen Komplizentums, das Bedürfnis, sich zu entschuldigen, löste die einstige partnerschaftliche Einstellung ab. Doch sie teilten noch eine Kostbarkeit: Anne war aufs engste mit den Kindern Barbaras vertraut, und umgekehrt war es auch so. Sie konnten miteinander über die Kinder plaudern, einander vor allem deswegen respektieren, weil sie Frauen mit geschultem Verstand waren. So meisterten sie manches Glatteis, denn sie waren Freundinnen. Anne liebte Barbara wegen ihrer zuverlässigen Hilfsbereitschaft, ihres witzigen Spottes, der, wie sie feststellte, die Ratlosigkeit und Konfusion vertreiben konnte, in die sie oft geriet. Daß Barbara häufig aggressiv war, ließ sich in Kauf nehmen, denn in ihrer Gegenwart hatte Anne immer das Gefühl, daß gleich irgend etwas passieren könnte.

Barbara summte von ungenutzter Energie wie eine Maschine im Leerlauf. Sie trug das vorzeitig grau gewordene Haar schulterlang, und man merkte ihr an, daß sie es aus Trotz tat, als hätte ihre Mutter ihr immer gepredigt, daß Frauen nach einem gewissen Alter das Haar kurz geschnitten oder hochgesteckt zu tragen hätten. Sie bewarb sich um jeden Job, der im Ort oder am College angeboten wurde, hatte aber nie Glück; bei jedem Einstellungsgespräch stellte sie sämtliche Stacheln auf, ja, der Ruf ihrer scharfen Zunge war ihr schon vorausgeeilt, ehe sie dort ankam. Immerfort schmiedete sie Pläne für eine Umschulung. Sie wollte eine zahnärztliche Ausbildung machen; sie wollte Wirtschaftsprüferin werden. Immer wieder sagte sie, sie müsse bald damit anfangen, denn das Durchschnittsalter, in dem Akademiker ihre Frauen sitzenließen, liege bei fünfundvierzig, und sie habe mit Howard nur noch sieben Jahre bis dahin.

Doch bei keinem Mann konnte man sich schwerer vorstellen, daß er imstande wäre, seine Frau zu verlassen, als bei Howard Greenspan. Er war klein, zehn Zentimeter kleiner als sie, sah aus, als wäre er mit einer Brille auf der Nase geboren worden, war als einziges jüdisches Kind in einer Kleinstadt in Oklahoma aufgewachsen und ein brillanter Mathematiker. Jeden Tag dankte er seinem Schicksal, daß eine Frau wie Barbara sich herbeigelassen hatte, ihn zu heiraten. Er hing mit inniger Liebe an ihr und den Kindern. Sollte sie eine Arbeit finden, die ihr gefiel, würde er von einem Augenblick auf den andern wegziehen. Doch nie fand sich etwas, was ihr zusagte, und so lebten sie einfach weiter dahin in Selby, als Nachbarn der Forsters.

Als Anne sich entschuldigte, weil sie Barbara vernachlässigt hatte, sagte diese rasch: «Okay, leg die Armesündermiene ab. Ich kann sie nicht sehen. Du solltest nicht auf mich hören. Ich bin nur neidisch.»

«Nein, du hast völlig recht. Manchmal muß mir einfach der Kopf gewaschen werden.»

«Daß du damit gegen die Wand rennst. Paß auf dich auf, du hast heute zuviel mit Kindern und Schwachsinnigen gesprochen. Apropos, warum läßt du nicht Laura heute abend auf unsere Kinder aufpassen, und wir gehn ins Kino, Howard und du und Adrian und ich. Adrian fühlt sich völlig sitzengelassen, seitdem du ein produktives Leben begonnen hast. Er ist zu mir übergelaufen, und du kannst dir ja denken, was für ein schwacher Trost ich bin.»

Anne zögerte kurz. Sie hatte eigentlich den Abend dazu nutzen wollen, einige von Carolines Briefen zu lesen. Aber da stand Barbara vor ihr, Barbara, die sie vernachlässigt hatte, die ihr gerade einen Gefallen erwies, mit der sie immer ihre Zeit verbracht hatte, als die Zeit noch unbegrenzt, nicht ausgefüllt war. Sie konnte Barbara keinen Korb geben. Sie wollte versuchen, die anderen zu bewegen, daß man früh nach Hause ging, und dann die Briefe lesen. Sie konnte am nächsten Morgen ausschlafen; Laura würde den Kindern das Frühstück machen. Es war die Art Luxus, die ihr Lauras Anwesenheit im Haus ermöglichte.

«Das wäre toll», sagte Anne. «Und wenn man erst überlegt, wie die Leute sich den Mund zerreißen werden, wenn ich mit dem schönen Adrian ausgehe, während mein Mann Tausende von Meilen weit fort ist.»

«O nein, es wird keinen Klatsch geben. In der Stadt kennen doch alle Adrians Typ. Du bist rund fünfzehn Jahre zu alt für ihn.»

Sie sah Barbara lachend an, während sie zum Haus der Forsters gingen, war aber etwas beunruhigt. War sie für die Leute nicht mehr jung? In ihren Teenager-Jahren waren für sie Leute mit achtunddreißig aus einer anderen Welt, einschüchternd, gefeit gegen Schwärmereien oder echte Veränderungen gewesen. Doch in ihrer Zeit als Teenager waren die achtunddreißigjährigen Frauen auch ganz anders als heute gewesen. Sie hatten Hüfthalter und Hüte getragen; die Kinder ihrer Freunde hatten sie mit «Mrs.» angeredet; sie hatten keine Jeans angezogen, waren bei Partys nicht auf dem Boden gesessen. Im Verhältnis zu Laura beispielsweise kam sie sich schrecklich jung vor. Sie empfand schmerzlich den Mangel an Autorität hinter all ihren häuslichen Anforderungen. Aber vielleicht war sie in Lauras Augen alt. Vielleicht auch in denen junger Männer. Vielleicht war sie sogar für Adrian alt. Die Frage ging ihr durch den Kopf, aber sie würde sie ihm nie stellen. Barbara hingegen würde es tun, was sie selbst betraf, und er würde ihr ehrlich antworten. Doch zwischen Anne und Adrian herrschte eine gewisse Förmlichkeit, eine von Zurückhaltung beschirmte Zärtlichkeit. Deshalb würde er ihre Angst spüren und sie mit einem Kompliment zu beruhigen versuchen. Die Wahrheit würde sie nie erfahren.

Ed Corcoran kam aus dem Keller, auf einem Schreibbrett Zahlen notierend. Er lächelte, als er Barbara sah.

Barbara schlug die Augen nieder, tat einen Schritt zurück, verlagerte ihr Gewicht. Anne hatte sie noch nie so verändert erlebt. Dann begriff sie: Barbara fand Ed Corcoran attraktiv. Anne schaute zu ihm hinüber. Er sah nett aus; er hatte schöne Augen, hübsche Hände, seine belustigte Verdutztheit war ebenso liebenswert wie die Art, in der er mit seinem Sohn sprach. Doch über seinem Bauch spannte das Hemd, seine Zähne waren stark ausgebessert, das Haar war doch recht eigenartig. Wäre er eine Frau, würde er keinesfalls als attraktiv gelten, was Anne unfair fand.

Er reichte ihr das Blatt, auf das er geschrieben hatte, mit einer Miene, als enthielte es eine Hiobsbotschaft.

«Es ist einfach schrecklich, wieviel alles kostet. Aber ich glaube, ich hab Ihnen einen anständigen Preis gemacht.»

Barbara nahm Anne das Blatt weg, bevor sich diese einen Reim auf die Zahlen machen konnte.

«Einen hochanständigen Preis», sagte Barbara und lächelte über den oberen Blattrand wie die jüngere, aufgeweckte Tochter in einem Film, der im viktorianischen England spielt.

Anne blickte auf das Blatt. Es war ein gewaltiger Betrag. Sie hatte keine Ahnung, ob der Preis fair war. Aber sie würde Ed Corcoran den Auftrag geben. Er war ein so netter Mann, er hatte seinen Sohn mitgebracht, und Barbara nähme es sicher übel, wenn sie sich noch von jemand anderem einen Kostenvoranschlag machen ließe.

Nach dem Kinobesuch saßen sie in einer Nische in der Captree Tavern, Anne neben Adrian, Barbara und Howard gegenüber.

«Wie geht's denn so?» fragte er. «Ich bekomme dich nie zu sehen.»

«Du läßt dich ja auch nicht mehr blicken.»

«Doch, aber man kommt nie an dich ran. Dein Kindermädchen sagt, ich darf dich nicht stören, wenn du beim Arbeiten bist. Vielleicht betrachtet sie mich als einen gefährlichen Einfluß. Sie bittet mich übrigens jedesmal zu einer Tasse Kaffee hinein.»

«Du kommst ins Haus, Adrian? Du warst, während ich da war, in meinem Haus, und ich wußte nichts davon? Das ist schlimm! Ich hab ihr wohl zu sehr eingeschärft, daß ich nicht gestört werden darf. Sie hat es zu wörtlich genommen. Ich muß ihr sagen, daß sie mich immer zu stören hat, wenn du kommst.»

«Nein, Liebes, das tust du nicht. Sie hat recht. Du hast Wichtigeres zu tun, als mit mir zu plaudern, nur weil ich zu neurotisch bin, um nachmittags arbeiten zu können.»

Sie lehnte sich mit Behagen gegen seinen Arm. Adrians Takt war ein weiches Kissen, das ihr Sicherheit und Stütze gab. Seine Freundschaft beglückte sie. Als Liebhaber konnte er, wie sie wußte, einer Frau nur Kummer bereiten. Sie wußte über sein Liebesleben mehr, als sie wissen wollte; er vertraute sich ihr zwar nie an und versuchte, diskret zu sein, aber Selby war eine Kleinstadt, und er hätte nie in eine Kleinstadt ziehen sollen. Er war immer gezwungen, über seine sexuelle Vergangenheit hinwegzusteigen, wie ein besiegter General übers Schlachtfeld stiefelt. Er hatte ihr seine sexuellen Theorien dargelegt. Welche von allen menschlichen Beziehungen, hatte er sie gefragt, sei die flüchtigste, die unzuverlässigste? Die sexuelle natürlich. Und wovon erhofften sich die Menschen am meisten dauerhaftes Glück? Was für eine schlecht überlegte Investition. Man solle sich mit einem Menschen, an dem einem wirklich viel liegt, niemals sexuell einlassen. Eine Bettbeziehung sei eine beinahe sichere Verlustgarantie.

Sie war sich nie darüber klar geworden, ob er zu ihr nur ritterlich war, ihr durch die Blume zu erklären versuchte, daß er es nicht fertigbringe, sie zu verführen. Sie wußte, daß er sie attraktiv fand, und dies hatte einen Anteil daran, daß seine Freundschaft ihr soviel wert war – seine offensichtliche eigene Attraktivität verstärkte es nur noch. Daß er sie schätzte, hatte natürlich auch eine sexuelle Note – das konnte bei Adrian gar nicht anders sein. Aber damit verband sich keine Besitzgier, kein Erniedrigen-Wollen: Sie konnte sich in dem recht idealisierten Licht sonnen, in das er alle Frauen tauchte, die er anziehend fand, doch auf sie fiel es gedämpft, abgekühlt. Und sie durfte sich unbesorgt eine schwache und gänzlich unschuldige Regung sexuellen Empfindens gestatten. Sie würden nie etwas miteinander haben, aber sie konnte sich gegen seinen Arm lehnen, seine Hand nehmen oder ihn spielerisch umarmen, wozu sie nur imstande war, weil sie auf diese genau richtige Weise sexuell von ihm angezogen wurde. Doch an diesem Abend stellte sie überrascht fest, daß die Regung eine kleine Spur stärker war als sonst. Der Hunger nach Sex hatte etwas Herbes in ihr Wohlgefühl gebracht, so daß sie sich nicht ganz so entspannen konnte wie sonst, wenn sie mit Adrian zusammen war. Sie war abgelenkt, aber nach dieser kleinen Anfechtung entschlossen, sich nicht anmerken zu lassen, daß sie durch etwas aus dem Rhythmus gebracht worden war.

«Nur jemand wie du konnte so ein Glück haben», sagte Barbara nicht gerade freundlich. «Wir andern werden von Teppichgroßhändlern aufgegabelt, wenn wir zwanzig sind. Bei Anne ist es ein berühmter Kunsthistoriker.»

«Ben hat mich keineswegs aufgegabelt», sagte Anne. Sie verteidigte sich nur selten gegen Barbaras Attacken, aber die Freundschaft mit Ben war ihr auf eine Art kostbar, die die Angst vor ihrer Zerbrechlichkeit verstärkte. Sie kannte Ben länger als sonst jemanden in ihrem Leben, mit dem sie noch Verbindung hielt, von ihrer Familie abgesehen.

Sie dachte an die Zeit zurück, als sie Ben kennengelernt hatte, achtzehn Jahre vorher, in London. Der Sommer in England war für sie etwas Sonderbares gewesen. Sonderbar, daß es Juli war und man nicht einmal mittags die Sonne mit ihrer amerikanischen Insistenz spürte, die einem zu sagen schien, jetzt gleich, in diesem Augenblick, müsse irgend etwas Neues, der Jahreszeit Angemessenes, Vergängliches getan werden. Zu Hause hatte sie sich im Sommer nie ganz entspannt gefühlt. Sie war unfähig zu jenen lang ausgedehnten Lethargien, in denen sich amerikanische Teenager aalen, die die Sommer in ihrem Land lieben. Und so fühlte sie sich wohl, wenn sie durch die Straßen Londons ging, einen Pullover über die Schultern gehängt, Strümpfe an den Beinen, während sie in den Sommermonaten zu Hause bei ihren Eltern nie ganz glücklich gewesen war.

Sie war zwei Jahre auf dem College gewesen, doch in London fühlte sie sich zum erstenmal in ihrem Leben wirklich allein. Das andere Mädchen vom Radcliffe College, das das gleiche Stipendium wie sie bekommen, aber einen Kurs über Constable und Turner gewählt hatte, war aus dem Studentenheim in Bloomsbury ausgezogen, wo sie neben Anne ein Zimmer hatte. Sie hatte in der Tate Gallery einen libanesischen Studenten kennengelernt, und dieser hatte ihr angeboten, in seine Wohnung in Kensington zu ziehen. Deshalb sah Anne sie erst wieder, als sie auf dem Heimflug nebeneinander saßen. Während des ganzen siebenstündigen Fluges saß das Mädchen – schuldbewußt, weil es der größeren Bequemlichkeit halber Anne im Stich gelassen hatte – stumm auf seinem Platz und las.

Zwei Wochen lang sprach Anne beinahe mit keinem Menschen ein Wort. Die anderen Kursteilnehmer, gleichfalls Ausländer, waren ebenso schweigsam wie sie. Schon nach einer Woche war ihr klar, daß sie nichts übrig hatte für die Elgin-Skulpturen mit ihrer kühlen Vollkommenheit, dieser herrscherlichen Würde. Sie befürchtete, wenn sie sich zuviel mit ihren Studienkollegen unterhielt, würden diese Abneigung und ihr Schuldbewußtsein, weil sie betrügerischerweise Geld annahm – etwas studierte, was sie nicht interessierte, bei dem sie keinesfalls bleiben würde –, ans Licht kommen.

Die Tage wurden ihr sehr lang, und oft sagte sie sich, wenn irgend jemand, und wäre es auch nur ein Ladenbesitzer, ein freundliches Wort zu ihr sagte, würde sie in Tränen ausbrechen und den betreffenden anflehen, sie zum Abendbrot mit nach Hause zu nehmen. Ihr Zimmer in dem Studentenheim war karg und gesichtslos. Sie kaufte in den Museen, die sie besuchte, Kunstkarten und stellte sie gegen den Spiegel in seinem Fichtenholzrahmen, aber es half nichts. Das Bett war zu schmal, die Chenille-Decke darüber zu oft ausgebessert. Die Knäufe an der Kommode wirkten bedrohlich, wenn sie mitten in der Nacht aufwachte und ihr Blick darauf fiel.

Am schlimmsten war es an den Abenden. Sie hatte nicht viel Geld, und sie nahm ihre im voraus bezahlten Mahlzeiten im Haus des Christlichen Vereins junger Frauen in der Great Russell Street ein. Doch manchmal aß sie woanders, in einer der von Sizilianern geführten Trattorien, wo sie sich Spaghetti und ein Glas Wein bestellte. In diesem Sommer las sie Faulkner – in den ersten zwei Wochen *Absalom, Absalom!* –, und sie brachte das Buch jedesmal in das dunkle Lokal mit und dachte, wie dankbar sie für diese Gelegenheit sein müßte, ungestört lesen zu können. Einmal in der Woche ging sie ins Kino, und oft sah sie sich amerikanische Filme an, die sie sich zu Hause nicht im Traum angesehen hätte. Aber es tröstete sie, die Akzente zu hören, Szenerien aus New York oder Chicago zu sehen. Häufig weinte sie im Kino und fragte sich verzweifelt, wie sie weitere sechs Wochen dieses Lebens durchstehen sollte, um das sie von ihren Freunden vielleicht gerade in diesem Augenblick beneidet wurde.

Ihre einzige wahre Freude war der Lesesaal im Britischen Museum.

Als Teilnehmerin an ihrem Kurs war ihr eine Leserkarte ausgestellt worden, und jeden Tag ging sie, nachdem sie auf einer Bank auf dem Tavistock Square ihr Sandwich verzehrt hatte, wieder in das Museum. Wenn sie unter der hohen blauen Kuppel saß, war sie selig. Die Luft war leicht, die Atmosphäre konzentrierter Aufmerksamkeit gab ihr das Gefühl, daß sie wieder eine Bindung zu Dingen hatte; der Geruch nach Büchern, der Anblick der Sonderlinge – der Frau, die jeden Tag zwölf Bücher über die schottische Landwirtschaft bestellte und dann die ganze Zeit über dem Stapel schlief, des winzigen Inders, dessen Bücher alle von jüdischer Geschichte handelten – schwächte den Eindruck eines an den Rand gedrängten Menschen ab, den sie von sich hatte. Junge, gutaussehende Männer und ernst blickende Frauen, zumeist aus Amerika, waren da, anscheinend wie besessen von irgendeiner hochwichtigen Arbeit. Voller Eifer schrieben sie auf Karteikärtchen, mit eiligen Schritten gingen sie zum Katalog. Nie sahen sie Anne an, und sie hätte es nicht gewagt, ihren Blick zu suchen; sie beschäftigten sich mit essentiellen Dingen, während sie selbst nur dasaß, gerade noch berechtigterweise, sich gemütlich Notizen über die römische Geschichte machte und in einer Biographie von George Eliot las.

Eines Nachmittags ging sie nicht in den Lesesaal, sondern suchte eine Galerie auf, wo in einer kleinen Ausstellung Werke von Raoul Dufy gezeigt wurden. In dem großen rechteckigen Raum glühten die Aquarelle von den Wänden, die blauen Himmel, die silbrig-grünen Ölbäume. Sie blieb vor einem der Bilder stehen und versetzte sich im Geist in die Landschaft, die sie dort sah, stellte sich die aromatische Luft, den Duft nach Zitronen und Basilikum vor, die hellrosa Streifen des Sonnenlichts am abendlichen Himmel. Plötzlich drang in ihre Gedanken eine Stimme hinter ihr, so laut, daß sie zusammenfuhr.

«Interessieren Sie sich denn wirklich für Bilder?»

Es war die erste persönliche Frage, die seit ihrem Aufbruch aus Amerika an sie gerichtet wurde. Sie drehte sich um, um zu sehen, wer sie angesprochen hatte. Es war ein hochgewachsener Mann, Ende Fünfzig, mit einem mächtigen Kopf, hellblauen Augen und einer schmalen langen Nase von der Form, wie sie in ihrer Vorstellung nur Europäer besaßen. Er erklärte ihr, daß er die Ausstellung arrangiert habe, und führte sie umher, blieb aber nicht vor jedem Bild stehen, sondern nur vor denjenigen, die, wie er zu verstehen gab, ihre ganz besondere Aufmerksamkeit verdienten. Er wußte alles über die Bilder und über Dufys Leben. Zum erstenmal bekam sie einen Eindruck davon, was es bedeutete, mit einem Maler und seinem Werk vertraut zu ein, so eng vertraut wie mit der eigenen Familie. Es hatte nichts Förmlich-Steifes, wie dieser Mann über die Bilder sprach; er veränderte nicht den Tonfall, wie sie es bei so vielen ihrer Professoren erlebt hatte, er bekam nicht jenen verschleierten Blick, mit dem sie Ehrfurcht andeuteten. Alles, was er sagte, sprach er mit jenem etwas peinlich berührenden Dröhnen, mit dem er sie schon angesprochen hatte. Sie dachte, wie unfair es sei, wenn Amerikanern vorgeworfen wurde, sie seien laut, wo doch kein Tourist es im entferntesten mit dem Volumen dieser Stimme hätte aufnehmen können. Doch sie wußte – obwohl sie nicht sagen konnte, warum –, daß seine laute Art zu sprechen weniger unbewußt als besitzergreifend war, daß es die Stimmfülle des Befehlsgewohnten war, kein Schreien, um den Lärm von Maschinen zu übertönen. Am liebsten wäre ihr gewesen, er hätte immer weiter gesprochen. Doch dann kamen sie zum letzten Bild, und er wandte sich ihr zu und sagte: «Jetzt aber Schluß damit, finden Sie nicht?»

«O nein», erwiderte sie, «ich bin schon lange nicht mehr so glücklich gewesen.» Und sie begann zu weinen.

Er brachte sie in sein Büro und ließ ihr von seiner Sekretärin eine Tasse Tee machen. Sie erzählte ihm von dem Mädchen, das sich mit dem Libanesen eingelassen hatte, von der Zierdecke auf ihrem Bett, ihrer Abneigung gegen die Elgin-Skulpturen und von dem Lebensmittelhändler, der nie mit ihr sprechen wollte.

«Das ist ja ein ganz kümmerliches Leben», sagte er. «Wir müssen etwas dagegen unternehmen.»

Er lud sie zum Abendessen ein. Aber zuerst werde er ihr London zeigen.

Er gab fortwährend unhaltbare Pauschalurteile von sich wie «Mit London war es nach dem 18. Jahrhundert vorbei» oder «Es hat keinen Sinn, sich im Westend etwas anderes zum Essen zu bestellen als ein Omelett». Er führte sie in die Wallace Collection, zu George Eliots Haus am Cheyne Walk, zum Regent's Park, um ihr die Nash-Bauten zu zeigen. Jeden Tag verspeisten sie gemeinsam ihre Sandwichs. Er schien sich für jeden Aspekt ihre Lebens zu interessieren; er fragte nach dem Namen ihrer Schwester, dem Namen ihrer Straße daheim, den Namen ihrer Professoren, dem ihres Hundes. Schon ziemlich früh hatte er sich über seine Ehefrau geäußert: «Wir haben den höchsten Respekt voreinander, gehen aber beide unsere eigenen Wege.»

Vier Wochen, nachdem sie ihn kennengelernt hatte, kam der Tag ihrer Rückreise. Stundenlang zerbrach sie sich den Kopf, wie sie es anstellen, wie sie ihm an ihrem letzten gemeinsamen Abend ihre Liebe gestehen sollte. Oder vielleicht sollte sie damit warten, bis sie zu Hause war, und ihm dann schreiben, leidenschaftlich, aber mit Maßen. An diesem Abend war er noch gesprächiger als sonst. Er schlug vor, sie solle früh zu Bett gehen, damit sie für ihren Flug ausgeschlafen sei. Er schenkte ihr eine Elfenbeinminiatur, die Darstellung einer blonden Frau in einem tief dekolletierten blauen Kleid; sie sei seit den siebziger Jahren des 18. Jahrhunderts im Besitz seiner Familie. Er küßte sie auf die Wange, wie er es immer tat; er sagte, sie müsse ihm brav schreiben, an ihrem Französisch arbeiten, sich ein wunderbares Jahr machen und bis Weihnachten zehn tollen jungen Männern den Kopf verdrehen.

Sie sagte, sie werde an ihrem Französisch arbeiten, sie werde ihm schreiben, er werde ihr sehr fehlen. Sie gab ihm ihr Abschiedsgeschenk, eine Sammlung von Emily Dickinsons Gedichten. Es war das einzige amerikanische und Bens würdige Präsent, das ihr eingefallen war. Dann umarmte sie ihn und küßte ihn schüchtern, dicht über dem Kragen.

«Ich muß sagen, Sie bringen wirklich mehr Wärme und Licht in die Welt.»

Sie wollte ihm gestehen: «Ich sterbe vor Liebe zu Ihnen», sagte aber statt dessen: «Glauben Sie wirklich, Sie werden die Zeit haben, meine Briefe zu beantworten?» Er plante nämlich, im September nach Paris zu fahren, um dort für sein nächstes Projekt zu recherchieren, eine Ausstellung von Werken Vuillards. «Natürlich. So und jetzt müssen Sie sich wirklich aufs Ohr legen», sagte er und strebte auf eine Reihe wartender Taxis zu.

Bens Anregung folgend, belegte sie im folgenden Herbst einen Kurs für französische Literatur des 18. Jahrhunderts, in dem sie Michael kennenlernte. Sobald sie überzeugt war, daß sie sich in ihn verliebt hatte, begann sie ihn in ihren Briefen an Ben zu erwähnen. Als sie zwei Jahre später heirateten, schickte ihnen Ben eine silberne georgianische Teekanne. Es war das mit Abstand wertvollste von allen Hochzeitsgeschenken, die sie bekam, und Anne empfand das Bedürfnis, es vor den

Toastern, den Bügeleisen, den elektrischen Messern zu beschützen, die auf dem Eßzimmertisch ihrer Mutter versammelt waren, darauf wartend, sich nützlich zu machen.

Sie fragte sich oft, ob Ben in jenem Sommer in sie verliebt gewesen war. Sie hatte Jahre gebraucht, um über ihre Gefühle der Dankbarkeit für seine Freundschaft hinwegzukommen, aber inzwischen war ihr bewußt, daß sie eine angenehme Gefährtin gewesen sein mußte: Sie war hübsch gewesen und hatte genug von der Malerei verstanden, so daß er nicht immerzu erklären mußte, was er meinte; sie war fröhlich gewesen und hatte über seine Witze gelacht. Sie waren täglich zusammen gewesen; man konnte sagen, daß sie ihm etwas bedeutet hatte. Aber war es auf seiner Seite Liebe gewesen? Hatte er mit ihr ins Bett gehen wollen? Vielleicht hatte er auf ein Zeichen von ihr gewartet, ein Zeichen, das sie – zwanzig Jahre alt und die Art Mensch, die sie war – auf keinen Fall geben konnte. Wäre sie anders veranlagt gewesen, hätte sie ihrem Verlangen Ausdruck zu geben vermocht. Vielleicht hätte sie ihm im Restaurant unter dem Tisch die Hand auf den Schenkel gelegt, vielleicht hätte sie die Tür seines Büros verschlossen und sich die Bluse ausgezogen, möglicherweise hätte sie es sogar fertiggebracht – wie einmal eine von Michaels Studentinnen –, ihm einen ihrer Schlüpfer mit der Post zu schicken. Zuallermindest hätte sie ihm wohl einen deutlichen Brief geschrieben. Doch da sie nun einmal nicht zu den Mädchen gehörte, die das taten, würde sie es nie erfahren.

Sie dachte an Laura, die nicht viel älter als zwanzig war.

«Worüber plaudert ihr denn, Laura und du, wenn ihr Kaffee trinkt?» fragte sie Adrian. «Ich kann mir kaum eine unwahrscheinlichere Kombination vorstellen.»

«So was gibt's gar nicht: Adrian und irgend etwas in einem Rock eine unwahrscheinliche Kombination», sagte Barbara.

«Nichts Giftigeres, als wenn jemand in die Jahre kommt», erwiderte Adrian. «Ich glaube es hat damit zu tun, daß weniger Östrogen produziert wird.»

Anne blickte ihre Freunde der Reihe nach an. Sie stellte fest, daß sie ihr nicht gefehlt hatten. Im Verlauf weniger Wochen war sie eine andere geworden. Ihre Nachsicht hatte abgenommen, auch ihre Geduld. Sie hatte jetzt kaum Zeit für diese Freunde. Sie empfand es nur als eine Gefälligkeit, daß sie hier saß. Entwickelte sie sich zu einer dieser Frauen, die an alle Welt unmögliche Anforderungen stellen, weil sie zuviel zu tun haben? Vielleicht war das, was sie an sich als Gutwilligkeit empfunden hatte, nur die Jugend gewesen, Muße, das Bedürfnis, Zuneigung zu gewinnen und zu geben, weil ihr die Arbeit gefehlt hatte, bei der man mit dem Herzen dabei ist.

Sie wollte die Haustüre öffnen, fand sie aber verschlossen. Sie hatte Laura gesagt, wenn sie mit den Kindern allein sei, solle sie die Tür abschließen, obwohl sie selbst es nie tat. Sie glaubte, daß sie, nicht aber Laura, im Haus sicher sei. Lag es daran, daß Laura jünger oder daß sie mit dem Leben im Haus nicht durch Notwendigkeit oder Blutsbande verbunden war? Vielleicht glaubte sie es auch, da es Laura an Menschenkenntnis zu fehlen schien und sie einen als Bibelverkäufer getarnten Killer hereinlassen könnte? Oder, überlegte Anne, wollte sie Laura etwas klarmachen: Dies ist mein Haus, nicht dein Haus.

Während sie im Wohnzimmer saß und unter einer Lampe, die fürs Lesen eigentlich zu schwach war, in einem Magazin blätterte, empfand sie die Wohltat von Lauras Abwesenheit. Sie hatte keine Freude an den Räumen in ihrem Haus, wenn Laura sich in einem davon aufhielt, und zum hundertstenmal fragte sie sich nach dem Grund. Das Mädchen hatte schließlich keinen Anlaß gegeben, Antipathie zu wecken. Sie war sorgfältig, pünktlich, pflichtbewußt. Sie gab sich große Mühe, die Kinder glücklich zu machen. Anne wußte, es lag an ihr selbst.

Sie lehnte sich zurück und betrachtete ihr Wohnzimmer. Nur selten hatte sie sich so spät allein hier aufgehalten. Die düstere Stille, die kein Laut verletzte, tat ihr wohl. Die Uhr, die einst ihrer Großmutter gehört hatte, zeigte halb eins an. Sie war nicht müde. Sie berührte die Sessel, die Lampen, als sie das Licht ausschaltete. Danke, danke euch, sagte sie zu den Gegenständen ihrer Einrichtung. Sie hatten ihr Ruhe gegeben, die Kratzer geglättet, die der Tag ihr zugefügt hatte, sie erlaubten ihr im stillen Flur, sich darauf zu freuen, gestärkt, beruhigt in ihr Arbeitszimmer zu treten, die Lampe über ihrem Schreibtisch furchtlos anzuknipsen, denn sie wußte, das Haus würde sich bergend um sie und die schlafenden Kinder schließen.

Von dem Packen Briefe, den Ben ihr gegeben hatte, waren drei an Jane und Stephen gerichtet, geschrieben in Carolines Pariser Wohnung in der rue Jacob, wo sie von 1920 bis 1924 gelebt hatte. Anne las den ersten.

Liebe Kinder,
ich mache mir Sorgen, daß Ihr nicht genug Geld ausgebt, nicht anständig eßt, daß Jane mit ihrem verstockten Yankeestolz ihre Tage damit vergeudet, auf einem Gaskocher Pferdefleisch zu schmoren, während sie in die Bibliothek gehört. Hier ist ein Scheck; kauft Euch Obst, Blumen; tut so, als wärt Ihr hier, in einem zivilisierten Land, wo man gutes Essen als etwas betrachtet, was einem als menschlichem Wesen zusteht. Ich wünschte, Jane, Stephen hätte Deine Gesundheit, die so robust ist wie meine. Wir beide könnten natürlich einen Planwagen über die Prärien ziehen, nachdem die Pferde zusammengebrochen sind, aber von den übrigen Sterblichen dürfen wir das nicht erwarten.

Dabei fällt mir eine Geschichte ein, die Dich erheitern wird, Jane. Eine steinreiche Amerikanerin, deren Mann sein Vermögen mit der Herstellung von Schweinetalg zusammenbrachte (was seinen Geschmack in puncto Ehefrauen erklärt) schaute dieser Tage mit der Absicht im Atelier vorbei, etwas von mir ihrer Sammlung hinzuzufügen. Sie sah nichts, was ihrem wählerischen Geschmack genügte; meine Mütter und Kinder, meinte sie, sähen aus, als könnten sie einander nicht ausstehen, und mein Obst wirke nicht ganz frisch. Sie trat immer wieder vor das Bild von Dir in Deinem schwarzen Worth-Kostüm. «Ihr Modell», sagte sie, «ist seiner Garderobe nicht würdig.» «Nur zu», antwortete ich, «sagen Sie mir, was Sie meinen. Was sehen sie in dem Modell?» «Eine Bäuerin», erwiderte Mrs. M... «Ich weiß ja, Miss Watson, Sie haben viel für Gesundheit und Kraft und all das übrig, aber es ist lächerlich, sich eine junge Person dieses Typs in einer so eleganten Aufmachung vorzustellen.» Ich machte mir ein Vergnügen daraus, sie sich gründlich blamieren zu lassen. «Nicht alle», gab ich ihr zu bedenken, «haben den gleichen Schönheitsmaßstab.» «Schon, aber die Schönheit dieser Person ist von der gröbsten Art», sagte meine Besucherin. Erst dann erzählte ich ihr, daß das Modell meine Schwiegertochter war, daß sie, während sie mir saß, Thukydides im Original las, daß sie die glänzendste Studentin im Radcliffe College war, daß mein Sohn sie den Horden junger Männer aus Amerikas besten Familien, die für ihre Hand das Leben gegeben hätten, nur dadurch hatte wegschnappen können, daß er sie aus der Wiege entführte, während die übrigen auf ihre Chance warteten.

Die Monate, bis ich Euch sehe, vergehen langsam. Wie könnt Ihr es nur aushalten in diesem barbarischen Land und zumal in dem widerwärtigen Boston, das auf seinen Hinterbacken sitzt wie ein ausgestopfter Bär. Aber man hat mir gesagt, daß ich die Jugend nicht verstehe. Jane, überarbeite Dich nicht. Vielleicht könntest Du etwas von Deinem Ehrgeiz an Deinen Ehemann abtreten. Stephen, versuchst Du noch immer zu malen? Laß es sein, es führt ja doch zu nichts.

Anne legte den Brief weg und dachte an Stephen, an Carolines Briefe an ihn, die sich von diesem hier so unterschieden. An ihren Sohn hatte sie beiläufig, sehr knapp geschrieben. Nichts von dem Stolz, der mütterlichen Fürsorglichkeit, den Scherzen *entre nous*, wie in so reichem Maße in den Briefen an Jane, war zutage getreten, wenn Caroline an ihren Sohn schrieb.

Jedesmal, wenn Anne daran dachte, wie Caroline Stephen behandelt hatte, stieß sie gegen eine Barriere, die ebenso schwer zu überwinden war wie eine Sprachschranke. Sie konnte von ihren Gefühlen gegenüber ihren Kindern in Sätzen sprechen, die aus deren eigenem Mund stammen könnten: Sie sind mir die wichtigsten Dinge auf der ganzen Welt, könnte sie sagen; es gibt niemanden, der mir mehr bedeutet. Irgendein tief verschlüsseltes Muster zog sie zu ihren Kindern hin, erfüllte sie mit dem Drang, sie zu umschließen: Ihr eigener Körper trennte sie wie eine Wand von der übrigen Menschenwelt. Es war ihr unvorstellbar, daß Peter und Sarah Menschen heiraten könnten, denen sie selbst den Vorzug vor ihnen geben würde, so wie Caroline Jane ihrem Sohn vorgezogen hatte.

Du hast ein Unrecht begangen – immer wieder meldete sich der Wunsch, dies zu Caroline zu sagen. Zu Caroline, zu Carolines Geist, der für ihr Leben so bestimmend geworden war, darüberschwebte, Verehrung entgegennahm. Caroline hatte Anne das Gefühl geschenkt, daß Schleier um Schleier gelüftet worden sei. Doch dann stieß sie auf einen Brief wie diesen, den die von ihr so tief verehrte Frau ihrem Sohn geschrieben hatte – mit perfekter Grausamkeit. Sie wich zurück, und dieses Zurückweichen ließ sie an allem zweifeln, was sie tat. Nur wenn ihr Caroline als ein geliebter Geist nahe war, vermochte sie ihr im Verstehen nahezukommen. Den Toten Gerechtigkeit widerfahren zu lassen, verlangte eine Intimität, an der die Gerechtigkeit keinen Anteil hatte. Sie waren so fern, so entrückt, daß man sie mit der bedingungslosen Liebe umarmen mußte, mit der man ein kleines Kind in die Arme nimmt. Man mußte immer auf ihrer Seite stehen.

Und schon bei dem Wunsch, Caroline vorzuhalten, sie habe unrecht getan, stieg in ihr Zorn auf, als hätte die Beschuldigung jemand anders erhoben. Niemand hätte die Briefe eines männlichen Malers an seine Kinder so genau durchgearbeitet, wie sie sich durch Carolines Briefe an Stephen gelesen hatte. Der Grund hierfür bestand darin, daß Caroline eine Frau war und ein Kind hatte und künstlerisch gearbeitet hatte; weil diese drei Umstände sich in einer Art Grammatik miteinander verknüpfen ließen, war es Anne, als dränge die Logik danach, es zu tun. Dann wollte sie Caroline gegen die Anschuldigung in Schutz nehmen, die sie selbst gegen sie erhoben hatte. Was liegt schon daran? hätte sie gern zu dem fröstelnden Geist Carolines gesagt, den sie der Kälte preisgegeben hatte. Du warst eine große Malerin. Du hast nur getan, was du tun mußtest. Doch selbst während sie den Geist verteidigte, konnte sie die anklagende Stimme nicht zum Verstummen bringen: «Du hättest dein Kind nicht jung sterben lassen dürfen.» Denn für sie, Anne, als Mutter war dies das wichtigste auf der Welt. Man tat seinen Kindern nicht weh. Man hielt sie geborgen.

Stephen war mit achtundzwanzig gestorben, im Unglück, ein Versager. Doch Jane war mit ihren achtundsiebzig Jahren eine prachtvoll blühende Frau. Die Hitze, die von Caroline Watson ausging, war beiden nahegekommen, hatte die eine gewärmt, den andern zu Asche verbrannt. Stephen, mit achtundzwanzig gestorben, hatte nichts hinterlassen. Doch nein, dachte sie, so war es nicht. Er hat seine Frau und seine Mutter einander hinterlassen.

Sie hatte den Kindern einen Waldspaziergang versprochen. Der Morgen flammte auf, rasch und kraftvoll. Der Aufstieg der Sonne hatte nichts Allmähliches. Der Himmel war nach Tagesanbruch flammenblau, das Licht, das um sieben noch etwas Scharfes hatte, war um neun Uhr ein ausgespanntes Laken aus reiner, satter Farbe. Es war unmöglich, beim Frühstück Zeit zu vertrödeln, obwohl dies am Samstag ein seit langem üblicher Luxus war. Nur Aktivität konnte Befriedigung schaffen; Anne sehnte sich nicht minder als die Kinder nach Bewegung in der frischen, prickelnden Luft.

Alle bis auf Laura nahmen einen Rucksack mit. Peter und Sarah packten Sandwichs und Obst ein und taten dies mit einem Ernst, als gälte es, Serum in eine pestverseuchte Stadt zu bringen. Anne blickte besorgt auf Lauras Schuhe. Laura hatte nur Sandalen, die selbst mit dicken Socken nicht ausreichend Schutz und Halt bieten würden, wenn der Weg durch schlammige Stellen führte, wenn man von Stein zu Stein springen mußte, falls der Bach viel Wasser führte, oder sich durchs Unterholz arbeiten mußte. Während des ganzen Frühstücks machte Anne sich Gedanken um Lauras Füße. Im Geist sah sie Lauras Sandalen, ihre Socken schmutzverkrustet und Zweige und Kletten daran kleben, die sich durch die Wolle ins Fleisch bohrten. Als sie dann den Wagen rückwärts in die Einfahrt fuhr, stand für sie fest, daß sie unterwegs halten und Laura ein Paar Wanderstiefel kaufen müßten – sie brauchte ohnehin festes Schuhwerk für den Winter. Und da Anne die Anschaffung der Stiefel als eine Notwendigkeit erkannte – Laura selbst würde sich keine Gedanken darüber machen, denn ihr körperliches Wohlbefinden kümmerte sie seltsamerweise nicht –, war ihr auch klar, daß sie sie bezahlen mußte.

Sie wußte, daß eine Verzögerung des Waldspaziergangs, und sei sie noch so kurz, die Kinder ungeduldig machen würde, und sagte deshalb zu ihnen, sie könnten sich beide im Bioladen, drei Häuser nach dem Schuhgeschäft, für einen Dollar Nüsse kaufen. Auch ihr paßte die Verzögerung nicht, und sie mußte sich besondere Mühe geben, um sich ihren Mißmut nicht anmerken zu lassen, Laura nicht zur Eile zu drängen, ihr in keiner Weise das Gefühl zu geben, daß an ihr etwas auszusetzen sei. Schließlich war es bewundernswert, mit wie wenigen Sachen sich Laura belastete. Hatte Anne nicht oft an sich die schreckliche Abhängigkeit von Dingen beklagt, das geradezu abergläubische Bedürfnis, ihren Platz in der Welt mit schweren Gegenständen zu sichern, als könnte sie ohne deren Schutz in irgendeinen namenlosen Himmel davonfliegen? Jedes Jahr im Frühling versuchte sie sich dazu aufzuraffen, Dinge zu verschenken. Michael lachte über ihre Qualen, ihr lächerliches Sortiment mühselig ausgesuchter Sachen, die die Heilsarmee bekommen würde. Sie sollte dieses Mädchen bewundern, das schließlich recht tapfer war, so wie es sein Leben führte.

Doch Anne spürte, wie ihr Unmut wuchs, während Laura ein Paar Stiefel nach dem anderen anprobierte, unfähig, sich zu entscheiden, aber nicht, weil sie zu anspruchsvoll war, sondern weil sie keine Basis für eine Entscheidung finden konnte. Die Kinder hatten zu streiten angefangen, hatten eine Tüte Sonnenblumenkerne auf den Boden geschüttet, zwischen die leeren Schuhkartons und das Seidenpapier zu Lauras Füßen; die entnervte Verkäuferin warf Anne einen Blick offenen Hasses zu, den Anne ihr nicht verdenken konnte. Laura saß nur lächelnd da, zog Schuhe aus, zog Schuhe an, als hätte ihr jemand befohlen, möglichst viel Zeit totzuschlagen, damit man ja nicht zu früh auf einer Party erschien. Anne sagte sich, sie müsse etwas unternehmen, sonst würden sie noch den ganzen Tag hier verbringen.

«Finden Sie nicht, das sind die besten?» sagte sie zu Laura und deutete auf ein Paar Stiefel, das Laura öfter anprobiert hatte als die anderen.

«Wenn Sie meinen, Anne», erwiderte Laura und schaute sie mit einem Lächeln an, das diese unter den Umständen unbegreiflich fand.

Zorn war ein Gefühl, das Anne nur selten überkam. Doch wenn er sie packte, spürte sie ihn wie Kopfschmerzen, eine ungewöhnliche, doch nicht gänzlich unbekannte Empfindung. Sie hob die Stiefel schnell vom Boden auf und ging mit der Verkäuferin zur Kasse. Sie mußte rasch von Laura weg, um nicht zu sagen, was ihr auf der Zunge lag: «*Ihnen* wird ein Gefallen erwiesen. Ich tue *Ihnen* einen Gefallen. *Ich* habe nichts davon. Ich schenke Ihnen meine Zeit, mein Geld, weil Sie es bequem haben sollen. Und Sie unterstehen sich anzudeuten, daß Sie *mir* einen Gefallen erweisen!» Sie rieb sich die Stirn, als könnte sie sich durch Massieren von diesen Gedanken befreien. Blind unterschrieb sie den Kassenzettel, ohne den Betrag zu registrieren.

Wie bunte Vögel taumelten die Kinder aus dem Auto. Sie hatten ihre schlechte Laune vergessen; sie rannten vor Anne und Laura her und hielten Ausschau nach einer Stelle, wo sie picknicken könnten. Sie sah sie vor sich herlaufen – Peter wurde langsamer, damit Sarah mitkam – und fühlte die Liebe in sich hochsteigen wie Quecksilber. Was für nette Kinder sie hatte! Sie konnte sich nichts darauf zugute tun, denn sie waren von Natur so, und ihr Naturell war glücklich. Daß Peter es später im Leben vielleicht schwer haben würde, daß Sarah mit zunehmendem Alter starrköpfig und unberechenbar werden könnte, vermochte die beglückende Wahrheit nicht zu beeinträchtigen: Ihre Kinder waren Menschen, die sie gern hatte. Sie dachte an Stephen Watson, dessen Existenz seine Mutter daran erinnert hatte, daß sie mit ihrem Geschlecht betrogen worden war.

Sie beobachtete Laura, die neben ihr ging und zum Himmel hinaufblickte, als hätte man ihr gesagt, dort müßte sie etwas sehen, wenn sie sich anstrengte. Vielleicht gehörte es zu ihrer Religiosität, vielleicht war der Himmel für sie die Wohnung Gottes. Das Mädchen hatte ja kein Zuhause, das sah man. Sie trug es mit sich herum wie ein angeborenes Leiden, eine leichte Mißbildung des Rückgrats, die beinahe zu übersehen war. Deswegen war es ihr so schwergefallen, zwischen den Stiefeln zu wählen: Niemals hatte sie jemand gefragt, was ihr lieber sei, nie hatte ihr jemand die Muße gegönnt, ihren eigenen Geschmack zu enwickeln, eine eigene Wahl zu treffen. Schuldbewußt legte Anne die Hand auf Lauras Schulter.

«Ein schöner Tag für einen Ausflug», sagte sie.

«Da kommen die Kinder», sagte Laura, als wollte sie das Thema wechseln, weil Anne gerade eine dumme Bemerkung gemacht hätte.

Peter und Sarah hüpften vor Aufregung. Neben dem Bach lag ein umgestürzter Baum; er bot sich als Sitzbank für sie alle an. Peter begann sich eine Phantasiegeschichte auszudenken: Wie sie alle eine Campingfahrt zum Grand Canyon machen würden. Sie würden sich einen Wohnwagen beschaffen, sagte er – in seiner Klasse seien ein paar Jungs, die in einem Wohnwagen hausten, und es sei unheimlich toll. Er sei mit allem ausgerüstet, einem Fernsehapparat, einer Badewanne, und man könne damit einfach drauflosfahren, wohin man wolle, und die ganze Hauseinrichtung mitnehmen.

Sarah begann zu weinen. «Daddy fehlt mir so», sagte sie. «Wenn wir eine Campingfahrt zum Grand Canyon machen und aus unserem Haus in einen Wohnwagen umziehen, werden wir dann Daddy überhaupt noch einmal sehen?»

Peter sprang von dem Baumstamm, setzte sich neben seine Schwester und legte den Arm um sie, als wären sie die einzigen Überlebenden auf einem Schiffswrack. Besorgt, weil seine anschauliche Schilderung ihr so große Angst gemacht hatte, bot er Sarah einen seiner «cupcakes» an. Sie akzeptierte ihn ohne ein bescheidenes Zögern oder ein Wort der Dankbarkeit, als hätte sie einen Anspruch darauf. Anne sah den beiden zu, die sie nicht zu brauchen schienen.

«Daddy ist vor deinem Geburtstag wieder daheim», sagte Peter. «Denk doch mal an deinen Geburtstag. Was für einen Kuchen soll Mami dir dieses Jahr backen?»

«Ich möchte einen Kuchen in Form einer Tänzerin mit rosa Zuckerguß auf dem Röckchen.»

«Ich möchte einen Krokodil-Kuchen mit grüner Glasur und die Zähne weiß.»

«Ich möchte eine Geranie», sagte Anne, «mit einer orangefarbenen Glasur für die Blüten, einer grünen für die Blätter und Schokolade für den Topf.»

Peter drehte sich plötzlich zu Laura um. «Und was möchtest du zu deinem, Laura?»

«Ich weiß nicht», sagte Laura.

Um abzumildern, daß sie sie ausgeschlossen hatten, sagte Anne rasch: «Ich backe immer Kuchen in Form verschiedener Dinge, wenn sie Geburtstag haben. Natürlich nur sehr primitiv.»

«So», sagte Laura.

«Wann hast du Geburtstag, Laura?» fragte Sarah.

Laura zögerte einen Augenblick. «In zehn Tagen», sagte sie dann.

«Das ist der sechsundzwanzigste November», rechnete Peter schnell aus. «Der Montag nach Thanksgiving Day. Das feiern wir. Unsre Mami wird dir einen Kuchen backen. Was für einen möchtest du?»

«Ach, das ist gleich. Vielleicht irgendeine Blume.»

«Wie wär's mit einem Gänseblümchen?» sagte Peter. «Das könntest du doch, Mami, oder?»

«Klar könnte ich das», antwortete Anne. «Gut, daß wir drauf gekommen sind. Wir hätten es nicht gewußt, wenn Sie es uns nicht gesagt hätten.»

«Ach, das ist nicht wichtig», erwiderte Laura.

«Aber natürlich ist es wichtig», sagte Anne. «Es ist schrecklich, wenn man Geburtstag hat und er wird nicht gefeiert.»

Anne ging der Gedanke durch den Kopf, wie lange es her sein mochte, daß irgend jemand Lauras Geburtstag mit ihr gefeiert hatte. Der 26. November. Das wäre der Tag nach der Rückkehr von ihrem Besuch bei Jane. Sie würde ungeheuer viel zu tun haben, weil sie ihre ersten Eindrücke von den Bildern zu Papier bringen wollte. Sie sah einen ganzen Arbeitstag an die Zubereitung eines Kuchens in Form eines Gänseblümchens vergeudet. Jetzt fragten die Kinder Laura, was für ein Geschenk sie sich zum Geburtstag wünsche.

«Ach, das ist gleich», sagte sie. «Was euch eben einfällt.»

«Wir werden dich überraschen», versprach Peter und zog Sarah beiseite, um ihr etwas ins Ohr zu flüstern.

Laura setzte sich auf die «Bank». Sie schaute geradeaus vor sich hin, ohne irgend etwas in den Blick zu fassen. Ob sie Tränen zurückzuhalten versucht? fragte sich Anne. Sie fand es schrecklich, daß sie sich über diese Störung ihrer Arbeit ärgerte. Sie konnte einen Tag drangeben, natürlich konnte sie das. Es würde dem Mädchen, das so wenig vom Leben hatte, so viel geben. Wieder einmal wurde Anne klar, wie sehr sie selbst vom Glück begünstigt war.

«Ich will Ihnen was sagen», sagte sie, «ich führe Sie an Ihrem Geburtstag zum Lunch aus. Nur wir zwei.»

Laura schaute zu ihr hoch. «Wir beide? Nur Sie und ich?»
«Ohne die lieben Kleinen», sagte Anne und lachte.
«Oh, Anne, das wäre wunderbar.»
Sie blickte zu Anne mit einem Lächeln hinauf, an dem Anne nichts Sonderbares finden konnte. Zum erstenmal, seit sie sie kannte, wirkte Laura wirklich glücklich.

5. KAPITEL

Sie hatte das mit ihrem Geburtstag erfunden, aber es war schon in Ordnung. Denn sie war klug wie die Schlangen gewesen. Hatte nichts gesagt vom Geist des Herrn, der in ihr summte wie ein Radio. Sie besaß Macht; ihr Körper vibrierte wie ein Radio, an dem der Ton abgestellt worden war. Sie hatte gelogen, klug wie die Schlangen. Und sie war glücklich.

An dem Tag des Waldspaziergangs mit den Kindern, nachdem Anne zornig auf sie gewesen war, war ihr die Eingebung gekommen, daß sie lügen müsse. Sie hatte Angst gehabt, nicht gewußt, wie sie sich in der Sache mit den Wanderstiefeln verhalten solle. Anne wollte etwas von ihr, aber was, das wußte sie nicht. Wußte nicht, wofür sie sich entscheiden, was sie tun oder sagen sollte. Die schweren Stiefel in ihrem Seidenpapier, in ihren Kartons waren für sie alle gleich. Welche sollte sie wählen, und warum sollte sie sie überhaupt haben wollen? Anne wußte es, aber es war eine Prüfung. Anne kannte sich in solchen Dingen aus, wie Lauras Mutter: die richtigen Schuhe, die richtigen Kleider. Ihre Mutter hatte sie immer auf die Probe gestellt. Wähle! Jetzt hast du gewählt und danebengegriffen. Du hast dieses Kleid, diese Schuhe gewählt, und jetzt liebe ich dich nicht mehr. Wie sollte sie sich entscheiden? So vieles hing davon ab. Dann traf Anne an ihrer Stelle die Wahl und war zornig, genau wie Lauras Mutter.

Das Wasser überflutete sie. Sie ging durch Wasser, verlor den Halt. Sie konnte die Kinder sprechen hören, sah die hellen Farben ihrer Kleidungsstücke. Schickt Hilfe, hatte sie gebetet, denn alles, was ich habe, entgleitet mir. Sie ging hinter Anne durch den Wald. Anne war groß, größer als sie, aber schön. Ihr Haar leuchtete in der Sonne wie die bunten Farben der Kinder. Sie hielt sich sehr gerade. Sie war ein wunderschöner Baum. Laura hätte sie zu gern berührt. Ihren Kopf an sie gelehnt wie an einen Baum und gesagt: «Bitte, sagen Sie nur, was Sie wollen, und ich werde es tun.»

Das Gefährliche an Anne war, daß sie Laura die Wahrheit vergessen ließ. Die Wahrheit, daß *sie*, Laura, die Mächtige war und daß Anne sie brauchte. An jenem Tag hatte sie vergessen, wie groß ihre Macht war.

In dem dunklen Wasser auf den Grund gesunken, hatte sie ihren Weg verloren. Dann hatte sie gebetet. Und war errettet worden. Weil die Lüge vom Geist des Herrn kam, der ihr ein Zeichen zuteil werden ließ.

Ihr Geburtstag war nicht im November. Er war im Januar. Doch die Kinder plauderten über Geburtstage. Sie konnte ihre Stimmen durch das dunkle Wasser ihres Elends hören. Zuerst sagten sie, daß ihre Mutter ihnen herrliche Kuchen backe, rosa, grün und weiß. Sie konnte die Farben ganz deutlich erkennen. Sie sah den Tisch, das Tischtuch aus weißem Papier, die Kerzen, die Kinder, die bunten Schachteln, vor dem Geburtstagskind aufgebaut. Und als Sarah, ihr Liebling, fragte: «Wann hast du Geburtstag?» sah sie sich im Geist an dem Tisch, der selbst durch das dunkle Wasser mit seiner Schönheit zu ihr herstrahlte. Sie sagte: «In zehn Tagen.»

Zuerst war sie tief erschrocken. Sie hatte nicht oft in ihrem Leben gelogen. Selbst ihre Mutter hatte gesagt: «Laura sagt die Wahrheit, weil sie zum Lügen nicht fix genug ist.» Doch in diesem Augenblick war ihr die Eingebung gekommen, daß sie lügen sollte. Und darauf hatte Anne gesagt, daß sie mit ihr zum Lunch ausgehen wolle.

Dies war ihr Zeichen gewesen. Dies hatte die dunklen Wasser geteilt, sie strahlend emporgehoben. Anne liebte sie. Anne wollte ihre Gesellschaft haben. Anne wollte, daß sie beide zusammen, allein zusammen seien, um miteinander zu sprechen.

Anne war ihre Freundin. Wollte für sie etwas tun, um sie glücklich zu machen. Wollte sie in Restaurants ausführen, ihr einen Kuchen backen. Eine solche Freundin hatte sie noch nie gehabt. Wenn andere Mädchen in den Nischen einer Imbißbude beisammengesessen, zusammen Hamburger verspeist und hinter vorgehaltenen Händen gekichert hatten, wenn andere Mädchen in Geschäfte gegangen waren und zueinander gesagt hatten: «Oh, kauf das, kauf doch das, es paßt genau zu dir!» war sie diejenige gewesen, die nur schaute, die allein war, die durch die Gänge der Supermärkte ging, auf und ab, gedrückt, langsam und unbeholfen, weil sie sich so unglücklich fühlte. Doch nun war Anne ihre Freundin. Eine Freundin, wie sie sich immer eine gewünscht hatte. Deren Blicke sagten: Ich möche dich bei mir haben. Du bist die, mit der ich zusammen sein möchte. Obwohl sie das jetzt nicht mehr brauchte. Nun, da sie den Geist des Herrn hatte. Immerhin wußte sie, daß Anne sie liebte.

Sie hatte Annes Liebe durch Klugheit errungen. Bei den Leuten in den Kirchen hatte sie den Fehler gemacht, sich unklug zu verhalten.

Zuerst bei Reverend Carr, dem Pfarrer der Kirche, in die sie immer gegangen war, die der First Methodists zu Hause in Meridian. Sie hatte ihn für einen netten Mann gehalten. Sie war sich sicher gewesen, daß er sie gern hatte. Beziehungsweise ziemlich sicher, denn damals, ehe der Geist des Herrn sich ihr offenbarte, war jene schreckliche Zeit gewesen, als sie dachte, daß kein Mensch sie gern habe. Aber der Pfarrer hatte ihre Arbeit für die Jugendgruppe gelobt, die Zierdeckchen gelobt, die sie für den Wohltätigkeitsbasar bestickte, die Kuchen, die sie für die Versteigerung auf dem Basar buk. Er hatte sogar zu ihrer Mutter gesagt, was für ein Glück es für sie sei, eine so hilfsbereite Tochter zu haben (worauf ihre Mutter schnaubte: «In *dem* Alter hab ich mich zu sehr für junge Männer interessiert, um Zeit fürs Kochen oder Nähen zu haben. Darum bin ich ja in den Schlamassel geraten, in dem ich jetzt stecke.»). Sie hatte dabei kokett den Kopf verdreht, und er hatte gelächelt. Sie hatte ihn bezaubert. Er hatte nicht mehr an Laura, sondern an ihre Mutter und ihre schlanken gebräunten Arme gedacht. Laura war zu ihm gegangen und hatte ihm von der Offenbarung des Geistes berichtet, weil sie glaubte, er sei ein gütiger Mensch und wisse, daß der Geist von Gott gesandt war.

Er aber runzelte die Stirne und legte die weißen Fingerspitzen gegeneinander. Er sah sie betrübt an. «Laura, liebes Kind», begann er. Er hatte sie noch nie «liebes Kind» genannt. Eine kurze Minute lang dachte sie, er werde den Geist des Herrn in ihr preisen, er werde verstehen. Doch er verstand nicht. Er sah sie an, mit Kummer in den törichten Augen. «Ich wollte schon lange mit dir sprechen. Seit einiger Zeit beschäftigt mich der Gedanke, daß du dich vielleicht einsam fühlst. Daß du dich zu sehr in dich zurückgezogen hast. Und daß deine Mutter, obwohl sie eine großartige Frau ist» – sie wußte, daß er in diesem Augenblick an ihre schlanken gebräunten Arme, ihr dunkles, dichtes, glänzendes Haar dachte –, «dich nicht versteht. Manchmal sind Eltern, selbst wenn sie es gut meinen ...»

Sie sah ihn lächelnd an. Es war das Lächeln, das sie überkam, wenn sie Blindheit erlebte, Menschen, die gegen die Wahrheit anstolperten, wenn sie sich weigerten, die Kerze anzuzünden, die sie ihnen darbot.

«Ich sehe, daß Sie nicht verstehen», sagte sie. «Mit meiner Mutter hat das nichts zu tun.»

Sie stand auf, um zu gehen.

«Laura, liebes Kind», sagte Reverend Carr, nun gleichfalls stehend. «Bleib und sprich noch ein bißchen.»

«Nein, danke», sagte sie. Sie war stolz darauf, daß sie immer, wenn sie auf Unverständnis stieß, die Höflichkeit wahrte. Es war wunderbar, wie frei sie von Gefühlen des Zorns blieb, seit der Geist sich ihr enthüllt hatte. Zuvor war sie oft zornig gewesen, auf ihre Mutter, ihre Schwester, auf die Lehrerinnen, die ungeduldig wurden, weil sie so gründlich, so sorgfältig war, und von Schwerfälligkeit sprachen, die behaupteten, daß sie hinter ihren Mitschülern zurückbleibe. Doch seit der Geist des Herrn zu ihr getreten war, wurde sie nicht mehr zornig. Wenn Leute sie mißverstanden – was sie früher wütend gemacht hätte –, spürte sie, wie ein Lächeln auf ihr Gesicht trat. Denn der Geist der Finsternis besaß keine Kraft; das Böse vermochte nichts über sie. Sie war die Erwählte des Herrn. Nichts konnte ihr schaden. Der Herr hatte gesprochen: «Die Zeichen aber, die da folgen werden denen, die da glauben, sind die: in meinem Namen werden sie böse Geister austreiben, in neuen Zungen reden, Schlangen vertreiben, und wenn sie etwas Tödliches trinken, wird's ihnen nicht schaden . . .»

Trotzdem glaubte sie noch einige Zeit, daß sie einen anderen Menschen brauche. Unwissend, daß der Geist für alles genügte, unwissend, daß sie niemanden brauchte, daß die anderen Leute sie brauchten. Sie wanderte von Kirche zu Kirche, sprach zu fremden Menschen vom Geist des Herrn. Die jedoch gaben ihr zu verstehen, daß sie sie für überspannt hielten, daß sie einen Psychiater, Entspannung, eine andere Kost brauche. In sechs Kirchen war sie gewesen, ehe sie auf Vater Delaney stieß.

Zuerst war sie glücklich, weil sie dachte, er verstehe sie. Doch selbst er, der des Glaubens war, daß er vom Heiligen Geist durchdrungen sei, daß die Kraft des Geistes ihm wie sein eigenes Blut durch die Adern ströme und bis in die Finger dringe, so daß er heilen, die Blinden sehend, die Lahmen gehend machen konnte (manche hatte er von ihren Rollstühlen aufstehen lassen), doch selbst er erstickte an seinem eigenen, sündigen Fleisch, versank darin.

Zuerst war er gütig zu ihr gewesen. Anfangs, noch unwissend, hatten ihr seine Umarmungen, die er wahllos verteilte, wohlgetan. Er war ein großer Mann, sah gut aus, und sie hatte sich dazu verleiten lassen, in der Wärme seines Körpers Trost zu finden. Sie hatte vergessen, daß aller Trost vom Geist des Herrn kam. Kühl und körperlos.

Sie hatte ihn bei seinen Heilenden Messen erlebt (mit Entsetzen hatte ihre Mutter registriert, daß sie eine katholische Kirche aufsuchte), hatte beobachtet, wie er seine starken Arme hob und den Kranken seine großen Hände mit den rötlich-goldenen Härchen auf die Köpfe legte. Sie streckten die Arme hoch und beteten; manche sanken vor Erschöpfung nieder; andere erhoben sich, begannen zu gehen, knieten vor ihm nieder. «Nicht vor *mir*», pflegte er zu sagen. «Es ist Jesu Werk.» Eine Frau, die Laura vom Postamt kannte, erklärte, sie sei vom Krebs geheilt worden. Heute taten ihr diese Menschen leid. Auch der Geist der Finsternis konnte heilen, doch nur um die Gerechten vom Wege abzubringen.

Schon bald war sie jeden Abend im Pfarrhaus von St. Bartholomäus. Sie fragte Vater Delaney, ob sie ihn kurz unter vier Augen sprechen könne. Er führte sie in sein Arbeitszimmer, das großen Eindruck auf sie machte. Es enthielt nicht mehr als einen Metallschreibtisch, einen metallenen Aktenschrank, ein Kruzifix, ein Telephon, sechs Stahlstühle, Schachteln voll Karteikarten mit schriftlichen Aussagen der Leute, die glaubten, daß ihnen geholfen worden sei. Er sagte, daß er sie als Beweise aufbewahre, denn viele zweifelten an ihm. Er wolle zwar nicht behaupten, daß er Feinde habe, aber viele seien gegen sein Wirken. Aus dem Zimmer nebenan hörte sie Stimmen von Leuten. Es seien seine Freunde, erklärte er, die gerade das bei der Heilenden Messe gesammelte Geld nachzählten, aus den Münzen Rollen machten, die Scheine beiseite legten. Er bestehe darauf, daß die Kollekte von seiner Messe gesondert nachgezählt werde. Er sagte, es sei eine Möglichkeit, sich mit dem bösen Mammon auszusöhnen.

An jenem Tage saß sie ihm an dem Metallschreibtisch gegenüber. Sie berichtete ihm vom Geist des Herrn. Er lächelte und legte ihr die Hände auf den Kopf. «Beten wir erst einmal, das ist das beste.» Eine Zeitlang war sie bei diesen Leuten glücklich. Vater Joe sagte ihr jede Woche, daß sie eine großartige Person sei. Er umarmte sie jede Woche und legte ihr seine warme Hand auf den Kopf, wenn sie nach Hause ging. Schon bald fragte er sie, ob sie beim Nachzählen der Kollekte helfen wolle.

Es hatte ihr dort gefallen. Sie buk Kuchen für sich und die anderen, die mit dem Klingelbeutel umhergingen, und für Vater Joe buk sie besondere Leckereien. Wenn ein großer Scheck zum Vorschein kam, wurde er zu Vater Joe gebracht, und alle sagten: «Gelobt sei der Herr!» Sie aßen Lauras Kuchen und sagten, der Herr habe sie mit besonderen Gaben gesegnet. Ein alter Mann, der behauptete, Vater Joe habe ihn von seinem Rheuma geheilt, meinte, wenn mehr junge Mädchen ihre Zeit so wie Laura verbringen würden, statt sich mit Jungen herumzutreiben, würde die Gebenedeite Mutter häufiger lächeln und seltener weinen. Die Jüngeren fragten Laura, ob sie sich ihrer Gitarrengruppe anschließen möchte. «Singendes Priestertum» nannten sie es. Laura dankte ihnen, sagte aber, sie helfe doch lieber Vater Joe beim Geldzählen.

Das machte sie sehr gut. Sie war sorgfältig, sie war genau. Im Gegensatz zu den anderen unterlief ihr beim Nachzählen nie ein Fehler. Nicht lange, und Vater Joe übertrug ihr die Endkontrolle. Manche der Frauen waren mißgünstig und wiesen Vater Joe darauf hin, daß Laura schließlich keine Katholikin sei. Aber der Priester umarmte die Frauen und sagte ihnen, daß der Wege des Heiligen Geistes viele seien, daß es unterschiedliche Begabungen gebe, aber nur den Einen Gott, der sie verleihe.

Schon bald stieg in Laura der Wunsch auf, bei den Heilenden Messen mitzuhelfen. Sie hatte gesehen, wie Vater Joe den Kranken die Hände auflegte. Sie hatte seine Macht gespürt. Sie wußte, daß auch sie solche Macht besaß. Sie wußte, daß sie eines Tages an seiner Seite stehen, an seinem Wirken teilhaben, sogar heilen werde, wie er heilte, selbst jene, für deren Leiden seine Macht nicht hinreichte.

Vater Joe fragte sie, ob sie Zeit hätte, beides zu tun: bei den Heilenden Messen mitzuhelfen und später die Kollekte nachzuzählen. Sie antwortete ihm, sie glaube, ja. Er sollte nicht erfahren, daß dies alles war, was sie hatte – er, die Kirche, ihre Arbeit für ihn. Unter der Woche arbeitete sie tagsüber in dem Strickwarengeschäft, verkaufte Garn und Faden und Nadeln, unterwies Kundinnen im Stricken und in der Petit-point-Stickerei. Doch ihre Wochenenden waren nicht ausgefüllt; da sie nichts zu tun hatte, mußte sie zu Hause bleiben, wo ihre Eltern sie nicht haben wollten. Darum sagte sie zu Vater Joe, sie hätte sicher Zeit für beides.

Er beauftragte sie damit, den Kranken auf dem Weg zum Altar zu helfen, dafür zu sorgen, daß sie Sitzgelegenheiten bekamen, wenn sie in den langen Warteschlangen nicht stehen konnten, ihnen Wasser zu bringen, wenn sie durstig wurden, und sie zur Toilette zu führen.

Besondere Freude bereitete es ihr, wenn sie beim Geldzählen die dunkelgrünen schweren Papierrollen mit den Münzen in perfekten Reihen anordnete und die Zahlen mit schwarzer Tinte auf die blütenweißen Blätter des Journals schrieb. Die Kranken waren mürrisch und redselig. Manchmal kamen sie mit ihrer Unterwäsche nicht zu Rande oder nicht rechtzeitig auf die Toilette. Aber sie wußte, daß sie sie heilen konnte. Sie wartete nur darauf. Bis dahin würde sie langsam neben ihnen gehen, die Hand unter ihren Ellenbogen, einen Fuß vor den anderen setzen, während sie in derselben Zeit vier Schritte tun könnte, hinter ihnen aufwischen, die feuchten Stellen hinten an ihren Kleidern mit Papierhandtüchern der Kirche trockenreiben.

Sie freundete sich mit einer der kranken Frauen an, denen sie beistand. Mrs. Prendergast war mit Arthritis geschlagen. Sie hatte eine verkrümmte Wirbelsäule, so daß sie nicht geradeaus gehen konnte. Sie bewegte sich mit Schlagseite wie ein überladenes Schiff. Ihre Hände, die den Krückstock umklammerten, waren knotig. Mrs. Prendergast kam jetzt seit dreizehn Monaten zu Vater Joe. Er hatte ihr aber nicht helfen können. Der vergangene Winter war für sie der schlimmste gewesen. Ihre Kinder weigerten sich, sie noch weiter zu den Heilenden Messen zu fahren. Sie lebten zwanzig Meilen von ihr entfernt und sagten, sie seien nicht mehr gewillt, ihre Sonntage für den faulen Zauber eines aufgeblasenen Wichtigtuers zu opfern.

Vater Joe fragte Laura, ob sie sonntags Mrs. Prendergast mit einem Taxi (natürlich von dieser bezahlt) zur Kirche bringen könnte. Er legte ihr den Arm um die Schulter und sagte, sie sei ein Goldstück, ein Mädchen von unglaublicher Selbstlosigkeit, eine unter einer Million. Sie lächelte zu ihm hinauf. In diesem Augenblick dachte sie, daß er verstanden, daß der Geist des Herrn zu ihm gesprochen habe.

Zwei Monate lang fuhr sie jeden Sonntag mit dem Bus zu Mrs. Prendergasts Wohnung und half ihr zur Tür hinaus und ins Taxi. Nach dem Gottesdienst brachte jemand anders sie nach Hause, weil Laura sich um die Kollekte kümmern mußte. Doch unter der Woche besuchte Laura sie an den Abenden.

Mrs. Prendergast sagte, Laura sei ihr von Gott gesandt worden. Sie zeigte Laura Photographien von ihr als jungem Mädchen, Aufnahmen von ihrer Hochzeit, ihren Babys, den Prüfungsfeiern ihrer Kinder, deren Hochzeiten und deren Kindern, unter dem Weihnachtsbaum, im Swimming-pool. All das interessierte Laura nicht. Auch Mrs. Prendergast interessierte sie eigentlich nicht. Aber sie wußte, daß sie die Frau heilen könnte.

Eines Tages im Winter traf Laura Mrs. Prendergast weinend an. Sie habe furchtbare Schmerzen, sagte sie, es komme ihr vor, als wären in ihren Fingern Wurzeln gewachsen, Baumwurzeln. Sie konnte ihre Sachen nicht zuknöpfen; das Oberteil ihres Kleides war offen. Laura sah die welke Haut über der Brust, den gelblichen Unterrock, die lockeren rosafarbenen Bänder ihres Büstenhalters. Laura knöpfte Mrs. Prendergast das Kleid zu, und Mrs. Prendergast dankte ihr. Sie erklärte, sie fühle sich allein schon deswegen besser, weil Laura da war.

Als sie das sagte, fuhr ein Flammenstrahl durch Lauras Rückgrat nach oben, als wäre am unteren Ende ein Streichholz angezündet worden. Er ließ Licht durch ihre Adern strömen und Feuer. Sie spürte neue, noch größere Macht in sich. Sie sah Mrs. Prendergast an. Die Schmerzen hatten ihr Gesicht anschwellen lassen, aus ihren Augen war alle Farbe gewichen, die Haut hatte ein bräunliches Gelb angenommen.

Laura führte Mrs. Prendergast zur Couch. Sie sagte, sie würde sie an diesem Tag nicht in die Kirche bringen.

Mrs. Prendergast sah angstvoll zu ihr hoch. «Ich muß hin», sagte sie. «Ich muß Vater Joe sehen.»

«Vater Joe kann Ihnen nicht helfen», sagte Laura und blickte in die Augen der Frau, die vor Schmerz, vor Furcht kleiner geworden waren. «Wir werden hier miteinander beten. Ich kann Ihnen helfen.»

Doch da trat der Geist der Finsternis ins Zimmer. Als Laura der alten Frau die Hände auf den Kopf legte und das dünne Haar unter ihren Fingern spürte, wußte sie, daß sie keine Macht besaß.

«Sie müssen mit mir beten», sagte Laura mit fester Stimme.

«Aber Sie sind doch kein Priester», erwiderte die alte Frau und begann zu wimmern. Der Geist der Finsternis hatte ihr Furcht eingeflößt. «Sie müssen gehn», sagte Mrs. Prendergast, «was Sie tun, ist unrecht.»

Laura lächelte. Der Geist der Finsternis hatte gesiegt. Sie war noch nicht soweit; sie hatte es zu früh versucht. Nun würde die alte Frau mit ihren Schmerzen dasitzen, weiterhin wie ein verkrümmtes Tier umhertappen. Es geschah ihr recht, weil ihr der Glaube fehlte. Laura wußte, sie hätte sie heilen können. Doch die Blindheit der Frau hatte es verhindert.

Es war Spätnachmittag, als sie nach Hause kam. Ihre Mutter spielte mit Debbie Karten; ihr Vater saß vor dem Fernsehapparat. Sie ging auf ihr Zimmer, um sich hinzulegen. Sie konnte sich die schreienden Farben vorstellen, die ihr Vater vor sich sah, das Gras von einem unechten Grün, die Uniformen rot. Schon halb eingeschlafen, hörte sie die Klingel an der Haustür, dann Vater Joes Stimme. Sie stand auf und wartete darauf, daß man sie rief. Doch niemand rief sie. Vom Flurende aus sah sie den Priester mit ihren Eltern ins Wohnzimmer treten. Sie sah, wie ihr Vater die Tür zumachte.

Sie hörte den Priester sprechen, dann die Stimmen ihrer Eltern, bedeutungsschwer und bekümmert. Die Töne hatten Gewicht, verdichteten sich in der Luft zu irgendeinem schweren, flüssigen Metall, das im nächsten Augenblick hart werden würde wie eine dichte zusammengepreßte Stahlfeder. Sie hörte die Stimme ihrer Mutter, dünne Nadeln, die Gold und irgendeine helle Farbe auf ein Tuch stickten. Sie hörte den Priester lachen.

In diesem Augenblick kam die Erkenntnis, enthüllte ihr der Geist des Herrn, daß in diesem Mann der Geist nicht wohnte. Sie hörte ihren Vater in der Küche Kaffee machen, ihre Mutter im Wohnzimmer sprechen und lachen. Und schließlich hörte sie, wie die Eltern hinter dem Priester die Haustüre schlossen.

Am nächsten Tag verließ sie ihr Elternhaus. Sie nahm nur mit, was in ihren Pfadfinderinnenrucksack paßte. Ein zweites Paar Schuhe, Jeans, ein Hemd, ein bißchen Unterwäsche. Es war ohnehin schon mehr, als man nach Jesu Worten mitnehmen sollte.

Im klaren Licht dieses Herbstmorgens ging sie zur Bushaltestelle und nahm den Bus nach Westen, nach Syracuse. Sie hinterließ keine Nachricht für ihre Eltern, denn die Heilige Schrift gebot, der Mensch solle Vater und Mutter verlassen.

Ein Jahr war das jetzt her. Ihre Eltern hatten sie nicht ausfindig gemacht. Ob sie nach ihr gesucht hatten? Sie wußten, daß sie die Polizei nicht hinter ihr herjagen konnten. Sie war volljährig, hatte über ihr Leben selbst zu bestimmen.

Ein Jahr lang war sie auf Reisen gewesen; nun wäre es gut, sich irgendwo niederzulassen. In Annes Haus. Sie würde bei Anne leben. Das war das Werk des Geistes, der für sie sorgte, der sie mit einer Liebe umhegte, die zärtlicher war, als irgendein irdischer Vater, irgendeine irdische Mutter sie aufzubringen hoffen durfte.

Sie hatte anfangs gedacht, daß in Syracuse alles einfach gehen werde. Sie hatte in der obersten Etage eines alten Hauses mit gelbgestrichener Fassade, zwei Straßen weit von der Universität, ein Zimmer gefunden. Von ihrem Fenster aus konnte sie eine Espe sehen. Obwohl sie für das, was die Leute Natur nannten, nie ein Auge gehabt hatte, gefiel ihr der Baum draußen vor ihrem Fenster. Oder gefiel es ihr einfach, daß sie ein Fenster für sich hatte, ein Fenster, an dem sie stundenlang sitzen konnte, ohne sich vor den Stimmen ihrer Mutter und ihrer Schwester fürchten zu müssen, hoch und schrill, das Gewebe, die klare Scheibe der Dinge (ihres eigenen Lebens, ihrer Gedanken) zerfetzend und zerschmetternd, gegen ihr Leben prallend wie Schrotkörner gegen ein Fenster? Oder die Stimme ihres Vaters mit seinen Niederlagen und Entschuldigungen, schwerfällig wie die eines verletzten Vogels, der flügelschlagend und blind gegen das Glas flog. Hier konnte sie zum erstenmal an einem Fenster sitzen, hinausblicken auf die Espe mit ihren dünnen goldenen Blättern, die Blätter in ein Zierdeckchen sticken, an dem sie arbeitete. Sie wollte damit die graue Plastikplatte der Kommode bedecken, die verbrannt war von Zigaretten und Randabdrücke von Gläsern hatte. Sie konnte in ihrer Bibel lesen, die Augen schließen, um göttlichen Rat beten, das Buch an einer beliebigen Stelle aufschlagen, und sie wußte, daß der Geist des Herrn sie leitete.

Eines Tages, als sie von ihrer Arbeit in Nettie's Needles – der gleichen Art Arbeit wie in ihrem Heimatort – zurückkam und aus dem Bus stieg, trat ein junger Mann auf sie zu. Er lächelte sie an, als wären sie miteinander bekannt, und sagte: «Entschuldigen Sie, Miss, aber haben Sie Jesum Christum als Ihren persönlichen Gott und Heiland angenommen?»

Sie spürte, wie ihr das Herz warm wurde, wie es sich weitete und fest gegen die Knochen in ihrer Brust preßte. Das war der Bote des Herrn. Wie freundlich seine Stimme klang (sie hatte seit ihrer Ankunft hier nur wenig gesprochen, außer mit Nettie, und mit der nur über ihre Arbeit). Wie klar, wie offen sein Blick war. Er sah ihr gerade in die Augen, nahm ihre Hände und hielt sie fest. «Gelobt sei der Herr!» sagte er. «Willkommen, meine Schwester.»

Klug wie die Schlangen, ohne Falsch wie die Tauben. Sie war nicht klug gewesen. Sie war dem jungen Mann – Don Kingston hieß er – zu dem Haus gefolgt, in dem er mit seiner Familie, wie er sagte, wohnte. Er gehörte zu einer Wohngemeinschaft, die sich «Kinder des Lichts» nannte.

Sie lebten drei Straßen weit von Lauras Quartier in einem Haus, zu sechst und dazu ihr Anführer, den sie Vater nannten, der aber Fletcher Voss hieß. Sie – alle sieben – umarmten Laura, als sie sie sahen; sie umarmten sie, wenn sie aus dem Haus ging und wenn sie zurückkam. Sie sangen bei den Arbeiten, die ihnen zugeteilt worden waren – die Mädchen kochten, die jungen Männer werkelten im Garten oder machten Reparaturen. Sie überredeten sie, ihr Zimmer aufzugeben. «Es ist nicht nötig, daß du allein lebst», sagten sie, «du gehörst jetzt zu uns, zur Familie, wir lieben dich als eine von uns.» Sie zog zu ihnen, sie schlief im selben Zimmer wie Shelley und Susan. Sie nannten einander «Schwester» und umarmten sich jeden Abend nach dem Nachtgebet. Und jeden Tag, bevor sie zu ihren «Jobs draußen in der Welt» weggingen, beteten sie gemeinsam und umarmten einander. Denn die Welt war böse und gefährlich, sie waren unter die Wölfe gesandt worden. Einzig hinter den Mauern des Hauses waren sie in Sicherheit.

Sie hatte ihnen berichtet, daß der Geist des Herrn über sie gekommen war, und sie hatten gesagt: «Gelobt sei der Herr!» und ihre Hände genommen und Gott dafür gedankt, daß sie unter ihnen weilte. Sie war von Freunden umgeben, nein, nicht nur von Freunden, von Brüdern und Schwestern, die sie liebten und die ihre Gaben zu schätzen wußten. Sie war nie einsam. Es gab Hausarbeit zu tun, wenn sie aus dem Geschäft zurückkam, und da ihr «Job draußen in der Welt» ein Tagesjob war (wie bei Shelley und Susan; Scott arbeitete nachts in einer Donut-Bude, Robert im Postamt, so daß sie für das Tagesapostolat frei waren), ging sie abends auf die Straßen, um Menschen anzusprechen und ihnen von der «Zukunft des Herrn» zu künden, dem «Blut des Lammes», sie zu warnen vor der Verderbnis ihres Fleisches, ihrem bösen Wandel, der Trennung der Schafe von den Böcken, die alsbald bevorstehe, denn der Herr habe sich schon auf den Weg gemacht, und derer, die gerettet würden, würden nicht viele sein.

Sie ahnte nicht, daß sie Falsches prophezeite, daß sie alle falsche Propheten waren, daß sie nicht im Licht des Geistes, sondern in der Finsternis wandelten, angeführt vom Satan in der Maske Fletcher Voss'.

Viele kamen und gingen, während Laura dort wohnte. Manche, die gerade mit dem Bus angekommen waren, blieben nur zu den Mahlzeiten, zum Schlafen und verschwanden wieder. Andere gingen ihrer Wege, nachdem sie ein bißchen Geld zusammengebracht, gebadet, ihre Sachen gewaschen und eine Woche lang regelmäßig gegessen hatten. Diese Typen, sagte Fletcher, seien Spießgesellen des Teufels. Die Teufel selbst jedoch waren die, die fortgingen, weil sie sich mit Fletcher in die Haare geraten waren, weil sie ihr Geld nicht hergeben oder weil sie abends nicht auf die Straße gehen wollten, um das Wort Gottes zu predigen. Auch Laura hatte Verachtung für sie empfunden, als sie ihre Siebensachen packten, hatte ein frohes Dankgebet gesprochen, weil das Haus (wo sie sicher waren, ihr einziger Hort) von ihrer Gegenwart gesäubert war.

Fletcher Voss war älter als die anderen und sah gut aus mit seinem dunklen Haar und den dunkelblauen Augen. Er war in Vietnam gewesen. Er habe gekämpft und gelitten, sagte er, Kameraden, die ihm nahestanden, sterben sehen, Unmoral erlebt, selbst gesündigt. Und dann habe er seine Vision gehabt.

Seine Vision war anders gewesen als die Ankunft des Geistes, der voll Liebe zu Laura gekommen war. Damals glaubte sie, es habe daran gelegen, daß er im Krieg gewesen war, sie hingegen nicht, und anders gelitten hatte als sie. Jetzt aber wußte sie, daß seine Vision – falls er denn eine gehabt hatte – das Werk der Finsternis gewesen war. Fletcher Voss' Vision war, wie er berichtete, in Feuer und Donner über ihn gekommen; es sei ein Mann mit flammendem Haar gewesen, dessen Stimme wie der Donner gedröhnt habe, dessen Schwerter mit ihren brennenden goldenen Griffen in der Sonne gefunkelt hätten. Er habe Fletcher verkündet, der Herr habe ihn in die Welt gesandt, um eine ausgewählte Schar vor der Rache des Herrn zu retten. Die kleine Schar sollte den Namen «Kinder des Lichts» erhalten; sie würden am Ende der Zeiten an dem Öl erkannt werden, mit dem Fletcher Voss' Hand ihnen die Stirnen salben werde.

Zuerst dachte sie, daß er höher stehe als sie, daß der Herr ihn mehr ausgezeichnet habe, da der Herr zu ihm von den Menschen gesprochen hatte, die er retten sollte, während der Geist zu ihr nur von ihrer persönlichen Erhöhung gesprochen hatte: daß sie die Erwählte sei, die Gnade bei Gott gefunden habe. So ordnete sie sich Fletcher Voss ein Vierteljahr lang willig unter, folgte freudig seinen Anweisungen, bat ihn bescheiden um die Erlaubnis, ein bißchen von ihrem Geld behalten zu dürfen, für Toilettenartikel, Faden, Schnittmuster, Briefmarken. (Sie hatte auf Fletchers Anraten ihren Eltern geschrieben; er meinte, es sei besser, sich die Familie, aus der man kam, nicht zum Feind zu machen, denn der Teufel könnte durch sie und die Justiz den «Kindern des Lichts» viel Schaden zufügen. Ihr Vater hatte zurückgeschrieben, er sei froh, daß es ihr gutgehe, sie machten sich Sorgen um sie, die Türe des Elternhauses stehe jederzeit für sie offen. Von ihrer Mutter hörte sie kein einziges Wort.)

Sie sah, daß Voss etwas für sie übrig hatte. Er machte ihr Komplimente zu ihrer Arbeit in der Küche, lobte sie, weil sie nie über Geld klagte, pries den Eifer, mit dem sie Bekehrte ins Haus brachte. Sie hatte zwei junge Afrikaner, Studenten an der Universität, zu den wöchentlichen Gebetsversammlungen mitgebracht. Sie waren zwei Monate lang gekommen, dann aber weggeblieben. Später hatte sie sie mit anderen Studenten in einem Tanzlokal gesehen.

Als der März kam, war sie länger im Haus als alle anderen, von Don abgesehen. Sie erzählte Voss, daß sie dem heilenden Priester geholfen hatte (Voss sagte, es sei der Teufel im Priestergewand gewesen; der Teufel niste sich mit Vorliebe in den etablierten Kirchen ein), daß sie gut in Buchführung sei, daß Mrs. Rosa, die sich im Grunde nur fürs Stricken interessiere, ihr die Bücher alle überlasse. Sie sagte, sie werde ihm helfen, die Finanzen des Hauswesens in Ordnung zu halten, damit ihm mehr Zeit bleibe, zu predigen und Bekehrte von der Straße ins Haus zu bringen.

Voss lächelte sie an. Er nahm ihre Hand. «Danke dir», sagte er. «Ich sehe, daß du mir ehrlich helfen willst. Aber das Geld ist böse, es ist nicht nur die Wurzel des Bösen, sondern das Böse an sich. Ich glaube, daß jeder in Gefahr gerät, der Geld berührt; ich will lieber selbst das Risiko eingehen, als daß ich jemanden gefährde, dem weniger mitgespielt worden ist als mir, der zarter besaitet ist, ein edleres Gemüt hat.»

Dann ging er dazu über, sie in sein Zimmer einzuladen, um allein mit ihr zu beten. «Du bist so schön», sagte er jedesmal, nachdem sie gebetet hatten. Er sprach von ihrer weißen Haut, ihrem glänzenden Haar und berührte sie so, daß sich etwas in ihr regte. Er wußte genau, wie er sie berühren mußte, daß diese Dinge geschahen. Er sagte, es sei der Wille des Herrn, daß sie sich fleischlich, nicht nur seelisch vereinigten. Er nahm sie. Er nahm ihr die Unschuld, und sie gab sich ihm in dem Glauben hin, den Willen des Herrn zu tun. Doch dann gingen ihr die Augen auf. Sie erkannte, daß er ein Lügenbold, ein Dieb war. Sie sah, abends in seinem Zimmer, daß er einen Teil des Geldes, das ins Haus gebracht wurde, für sich abzweigte. Sie sagte ihm auf den Kopf zu, daß sie es beobachtet hatte.

«Kein Mensch wird dir glauben», erwiderte er und drehte ihr den Rücken zu. «Ich werd den anderen sagen, daß du bekloppt bist, daß du Gespenster siehst. Du hast ihnen von deinen Visionen erzählt – *mir* werden sie glauben. Ich werd die Polizei holen und sagen, daß du mir Geld gestohlen hast. Sie werden dich einsperren und den Schlüssel wegwerfen. Ich werde die anderen dazu bringen, daß sie gegen dich aussagen.»

Sie war nicht klug gewesen. Hatte der Freundschaft anderer zu sehr vertraut.

Bei einer Familienkonferenz zog er über sie her. Und alle ergriffen seine Partei, umstellten sie wie Wölfe. Sie war eine Taube inmitten von Wölfen. «Fort mit dir!» riefen sie. «Hinweg, Geist der Finsternis, fort mit dir!» schrien sie wieder und wieder. Wer denn gesagt habe, sie seien ihre Brüder und Schwestern? Sie wüßten nichts davon, daß sie die Erwählte des Herrn sei.

Sie rannte aus dem Haus, ließ sogar ihren Rucksack zurück. Sie ging durch die Straßen, vorbei an den Kneipen, in denen College-Studenten lachten und tanzten. Die Scheinwerfer der Autos taten ihren Augen weh, die laut dröhnende Musik verletzte ihre Haut, während sie dahinhastete, an den Studenten vorbeilief, ihrem Gelächter und ihren Zurufen, vorbei an der staatlichen Baustelle, an den Lokalen, in denen Männer schweigend und einsam saßen. Sie lief über die Schnellstraße, so daß Autos sie umkurven mußten, um sie nicht anzufahren. Sie rannte, bis sie zur Busstation kam, wo sie dann die ganze Nacht verbrachte. Steif aufgerichtet saß sie da, furchtsam, voller Angst, sie könnte einschlafen, sie könnte Fletcher Voss' Augen sehen, die sich in Hände verwandelt hatten, um sie zu erdrosseln. Dann langte sie in ihre Handtasche und fand die Bibel. Sie betete um Trost und Beistand. Der Geist der Finsternis hätte sie beinahe überwältigt. Sie brauchte den Schirm des Herrn.

Dann fiel ihr das zehnte Kapitel des Matthäus-Evangeliums ein. Sie hatte die Stelle in ihr Notizbuch geschrieben. «Und wenn es das Haus wert ist, wird euer Friede auf sie kommen. Ist es aber nicht wert, so wird sich euer Friede wieder zu euch wenden. Und wenn euch jemand nicht aufnehmen wird noch eure Rede hören, so geht heraus von jenem Haus oder jener Stadt und schüttelt den Staub von euren Füßen. Wahrlich, ich sage euch: Dem Lande der Sodomer und Gomorrer wird es erträglicher gehen am Tage des Gerichts als solcher Stadt.»

Sie spürte, wie das Lächeln in ihr aufblühte. Das Lächeln des Triumphes. Ihre Feinde hatten sie zwar diesmal bezwungen, aber es sollte ihnen hundertfach mit Gleichem vergolten werden. Ihre Angst schwand dahin. Sie wußte, daß für sie gesorgt würde. Denn bei Matthäus hieß es im selben Kapitel: «Darum fürchtet euch nicht vor ihnen. Es ist nichts verborgen, das nicht offenbar werde, und ist nichts heimlich, was man nicht wissen werde... Kauft man nicht zwei Sperlinge um einen Pfennig? Dennoch fällt deren keiner auf die Erde ohne euren Vater. Nun aber sind auch eure Haare auf dem Haupte alle gezählt. Darum fürchtet euch nicht; ihr seid besser als viele Sperlinge.»

Ja, sie wußte, daß sie viel besser war als viele Sperlinge. Aus diesem Grund hatte sie Verfolgung erleiden müssen. «Hütet euch aber vor den Menschen», hatte Jesus gesagt, «denn sie werden euch überantworten den Gerichten und werden euch geißeln in ihren Synagogen. Und man wird euch vor Fürsten und Könige führen...»

So wäre es ihr beinahe ergangen. Er hatte behauptet, wenn er den Leuten erzählte, was der Geist zu ihr gesagt hatte, würde sie eingesperrt werden. Er hatte gedroht, er werde die anderen im Haus dazu zwingen, gegen sie auszusagen. Doch sie würde triumphieren, und ihre Feinde würden zuschanden werden. Im Geist sah sie das Haus der «Kinder des Lichts» in Flammen stehen, aber sie würde ihnen nicht helfen können, denn die Flammen sprachen Gottes Urteil.

Im Sitzen schlief sie in der Busstation. Am Morgen ging sie zurück zu Mrs. Rosas Laden. Sie wußte, daß ihres Bleibens hier nicht mehr lange sein werde. «Und wenn euch jemand nicht aufnehmen wird», hatte Jesus gesagt, «noch eure Rede hören, so geht heraus von jenem Hause oder jener Stadt und schüttelt den Staub von euren Füßen... Wenn sie euch aber in einer Stadt verfolgen, so fliehet in eine andere.»

Da sie die Stadt schon bald verlassen würde, wollte sie sich kein Zimmer mehr nehmen. Sie schlief jede Nacht in der Busstation und ging früh am Morgen zu Nettie's Needles, wo sie sich und ihre Sachen wusch, die sie im Keller versteckt zum Trocknen aufhängte.

Die Woche war noch nicht um, da hatte der Geist des Herrn ihr schon den Weg gewiesen.

Sie arbeitete in Nettie's Needles und erklärte Mrs. Chamberlain zum fünfzigsten Mal geduldig, wie sie ein ganz einfaches Muster zu sticken habe. Sie hätte Joan Chamberlain am liebsten ins Gesicht gesagt, daß sie kein Talent zum Sticken habe; ihre dicken Finger waren langsam, sie konnte sich nicht konzentrieren, sie hatte nicht die geringste Aussicht, den Kissenbezug für ihre kleine Tochter, mit dem Nüsse knabbernden Eichhörnchen, rechtzeitig zum Geburtstag des Kindes fertig zu bekommen. Doch Laura wußte, daß sie das nicht sagen durfte, denn Joan Chamberlain war nett zu ihr gewesen, hatte sich nach ihrer Familie erkundigt und Lauras Geschicklichkeit, ihre klaren Erklärungen gelobt. Und so war Laura – nachdem sie die roten Fäden herausgezupft hatte, die grün hätten sein sollen, grün natürlich für die Blätter des Baumes im Hintergrund – nicht überrascht, Joan Chamberlain sagen zu hören: «Hätten Sie vielleicht Interesse, auf ein halbes Jahr nach London zu gehen? Im Januar. Um mit mir die Kinder zu betreuen. Sie würden selbstverständlich zur Familie gehören. Aber natürlich gegen Entgelt. Wir könnten uns später darüber unterhalten. Das heißt, wenn Sie möchten. Aber vermutlich fühlen Sie sich hier wohl, und ich will sie Nettie nicht ausspannen.»

So war Joan eben – eine kleine, zarte Frau mit farblosen Wimpern, die nie etwas zu Ende brachte. Sie war fahrig und zappelig; sie war ein aufgeregtes kleines Nagetier in einem Käfig, das erst ein bißchen Wasser trank, dann ein Rad schob, dann sein Fressen auf dem Boden verstreute, dann von einer Ecke in die andere rannte, anscheinend auf der Suche nach etwas, das es doch nie erlangen konnte.

Schüttelt den Staub von euren Füßen. Sie wußte, daß ihr bestimmt war, die Stadt zu verlassen. London. Es war ihr einerlei, daß es nach London ging; es hätte ebensogut Buffalo oder Detroit sein können. Eine Stätte war für sie gefunden worden; ihr himmlischer Vater hatte für sie gesorgt.

Sie erzählte Joan, daß der Mietvertrag für ihre Wohnung gerade abgelaufen sei, und fragte sie, ob sie demnächst zu ihnen ziehen könne. Joan sagte, das sei toll, ganz toll. Sie müsse zwar erst ihren Mann fragen, aber er werde wahrscheinlich begeistert sein, weil sie vielleicht im Hause mithelfen könnte, vorausgesetzt, sie möchte das, aber es wäre phantastisch, denn sie, Joan, sei völlig unfähig.

Laura erzählte, sie mache Hausarbeit gern, Hausarbeit beruhige ihre Nerven. Joan sagte, das sei ja nicht zu fassen und einfach toll. Laura bat Joan, sie in Nettie's Needles anzurufen. Die Frau, für die Laura arbeiten sollte, brauchte nicht zu erfahren, daß sie in der Busstation übernachtete.

Jack Chamberlain gefiel Laura nicht. Er war ein hochgewachsener, schlanker, blonder Mann, der mit seinen Kindern lustig umging und über seine Frau verzweifelt war. Laura war es unbegreiflich, warum er Joan geheiratet hatte. Vielleicht war sie früher hübsch gewesen. Laura verstand nicht, warum die Leute heirateten, fand schon die Idee abstoßend: aus fleischlichen Gelüsten sich einen Partner auszusuchen, mit ihm auf dem schmutzigen Bett der Gier Kinder zu machen, denen Kränkung und Leid gewiß waren.

Die Chamberlains waren sicher unglücklich. Jack tobte; Joan weinte; die Kinder waren unfolgsam und ängstlich. Sie wußte, daß sie für die Kinder gut war. Sie versuchte ihnen viele Dinge beizubringen. Es lag nicht an ihr, daß sie nicht glücklich waren.

Sie hörte zufällig mit an, wie sie mit ihrer Mutter sprachen. «Sie ist nicht lustig», sagten sie. «Sie ist fade.»

«Jetzt hört mal zu», erwiderte Joan. «Ihr könnt von Glück sagen, daß wir sie haben. Sie hat die Geduld einer Heiligen. Ihr hättet ein richtiges Monster bekommen können. Und wenn wir erst in London sind, habt ihr soviel zu tun, daß ihr sie gar nicht mehr bemerken werdet.»

Sie spürte immer, daß die Chamberlains sich viel darauf zugute taten, daß sie sie an ihrem wunderbaren Leben teilhaben ließen. Sie spürte es in jedem Museum, in das sie sie mitnahmen, bei jedem historischen Gebäude, auf das sie sie aufmerksam machten, bei jeder Mahlzeit in sämtlichen Restaurants, wo sie ihr ein Essen spendierten. Gutes Essen interessierte Laura nicht; sie verachtete die Chamberlains, weil ihnen jedes neue Gericht, das sie entdeckten, als eine Kostbarkeit erschien. Schmatzend wie Tiere nahmen sie die Desserts in einem indischen Restaurant zu sich. Sie brachten es fertig, eine ganze Woche lang über englische Sahne zu sprechen. Sie überlegten nicht, sie begriffen nicht, daß die Dinge, die in ihre Münder gelangten, schließlich in der Kanalisation landeten. «Für mich ist das Essen weit mehr als nur etwas zum Magenfüllen», sagte Jack Chamberlain, befriedigt, Laura belehren zu können. «Es ist eine Kunst für sich, nicht nur die Zubereitung, sondern auch das Verzehren.»

Und landet in der Kanalisation, dachte Laura. Sie hätte es ihnen gern gesagt, behielt es aber für sich. Statt dessen lächelte sie, gab sich interessiert. Am liebsten wäre ihr gewesen, sie hätte kein Verlangen nach Essen verspürt, doch in Wirklichkeit war sie oft hungrig. Sie hätte lieber jeden Tag das gleiche zu sich genommen. Was ihr schmeckte, das waren die süßen, die weichen, die weißen, die vertrauten Sachen. In ihrem Zimmer in der Londoner Wohnung bewahrte sie einen Laib Weißbrot, einen Becher cremiger Margarine und ein Glas Erdbeergelee auf.

Als Joan diese Vorräte entdeckte, versuchte sie, die Sache ins Scherzhafte zu ziehen. «Sie brauchen doch nicht *dieses* Zeug zu essen. Nehmen Sie sich einfach aus dem Kühlschrank, was Sie wollen. Jederzeit, ich bitte Sie. Margarine – pfui! Laura, Sie armes Schätzchen.»

Sie konnte Joan nicht sagen, daß sie Margarine den Vorzug vor dänischer Butter gab, daß ihr weiches Toastbrot lieber war als der Laib harten braunen Brots, der bei ihnen immer auf den Tisch kam, daß ihr Erdbeergelee mehr zusagte als die Pflaumenmarmelade der Chamberlains. Daß sie gern auf ihrem Zimmer aß, schweigend auf ihrem Bett sitzend, lieber als am Familientisch, wo die Kinder sich nicht zanken durften und eine intelligente Konversation gefordert wurde.

Sie wußte, daß sie nicht nach dem Geschmack der Chamberlains war. Die Kinder interessierten sich nicht für die Dinge, die sie sich für sie ausdachte. Sie war sehr schweigsam auf den Ausflügen, die Jack und Joan für sie und die Kinder ersannen: zum Tower, in Madame Tussauds Wachsfigurenkabinett. Es war verkehrt, den Kindern solche Dinge vorzuführen. Sie begann ihnen aus der Bibel vorzulesen. Jessica, die älteste, sagte: «In unserer Familie hält man nichts von der Religion. Unser Vater sagt, das ist alles Aberglaube.»

Damit war für sie zur Gewißheit geworden, daß der Teufel hier hauste, sich hier festgesetzt hatte, mit offenen Armen aufgenommen worden war, genährt und verehrt wurde. So war sie kaum überrascht, als Jack Chamberlain ihr sagte, sie werde nicht mehr gebraucht, nicht überrascht, daß die Dinge dann die Wendung nahmen, wie es dank

Hélène geschah. Sie wußte, daß Hélène Anne haßte. Weil Anne schön und Hélène nicht schön war. Weil Anne nur in ein Zimmer zu treten brauchte und schon Zuneigung weckte. Ihr fiel alles leicht zu; die Menschen wollten Anne nahe sein wegen der Dinge, die sie tat und die ihr nicht schwerfielen. Sie brauchte niemandem Gefälligkeiten zu erweisen, Briefe zu schreiben, brauchte keine Leute in ihr Haus aufzunehmen.

Hélène haßte Anne, weil sie nicht begriff, daß die Dinge, die die Leute zu Anne hinzogen, denen sie ihr Haus, ihren Ehemann, ihre Kinder verdankte, nichtig waren. Hélène war zornig, so wie sie, Laura, zornig gewesen war, früher. Nun aber wußte sie, daß sie niemanden brauchte, und deshalb wurde sie nicht mehr zornig. Die anderen brauchten sie. Besonders Anne Forster. Sie wollte Anne lehren, daß die Dinge, die ihr Leben ausmachten, bedeutungslos waren. Und auch den Kindern wollte sie es beibringen.

6. KAPITEL

Anne wollte sich zeitig auf den Weg machen, damit sie, soweit wie möglich, dem Stoßverkehr am Thanksgiving-Wochenende zuvorkam, weshalb sie die Kinder von der Schule abholte, um gleich nach Long Island weiterzufahren, wo Jane ihr Haus hatte. Während sie durch das um halb vier Uhr bereits schwindende Tageslicht fuhr, sah sie, wie Laura den Kindern Becher vollgoß und Kekse gab. Sonst würde ich das tun, dachte Anne, und am Steuer säße Michael. Eine traurige Stimmung überkam sie, als sie an den bevorstehenden Feiertag ohne ihn dachte, ihren ersten seit sechzehn Jahren.

Michael. Ihr Mann. All die Tage mit ihm zusammen, die Nächte. Das Essen, das gekocht und gegessen wurde, die Kinder, auf die sie gewartet hatten, die auf die Welt gekommen waren, die man auf den Armen getragen, die man gepflegt hatte, wenn sie krank wurden. «Ich gehe schon . . . Nein, schlaf du nur weiter, diesmal bin ich dran.» All die gemeinsam im Schlaf verbrachten Stunden, die Träume, die sie träumten, während sie aneinander geschmiegt dalagen. Der Sex, zwei Körper, die einander kannten. Die Auseinandersetzungen, Entfremdungen, Einsamkeiten – «Der Mensch, den ich am meisten liebe, kennt mich überhaupt nicht, ist ein Fremder für mich, will mir schaden». Dann später das Zueinanderfinden, aufregend, voller Zärtlichkeit nach den harten Püffen gewollten Mißverstehens, ungewollten Nichtbegreifens aus Müdigkeit, Groll, Furcht. Michael fehlte ihr schrecklich. Jeden Tag ergaben sich Dinge, die sie ihn fragen wollte, über die sie zu niemand sonst sprechen konnte. Und sein Körper fehlte ihr, ja, sie empfand jetzt beständig die dumpfe Pein des Begehrens. Sie schämte sich dessen. Seit zehn Wochen war sie mit niemandem im Bett gewesen. Wäre sie nicht verheiratet, wäre das der Normalzustand. Alleinstehende, Witwen, Geschiedene, ihr Leben sah so aus. Sie war feige. Sie kam ohne ihren Ehemann nur mit knapper Not zurecht.

Sie befürchtete, daß Jane ihr etwas anmerken könnte und sie deswegen verachten würde. Die Ehe, dieser kleine Taubenschlag für verzagte Herzen, ängstliche Gemüter. Souveräne Menschen hatten die Ehe eigentlich nicht nötig, gingen sie nur wegen irgendwelcher Annehmlichkeit ein, Geld, Sex, häuslicher Komfort, aus dem Bedürfnis nach irgendeiner Loyalitätsbindung in vertraglich verbriefter Form. Doch die geregelten Mahlzeiten zu Hause, die kleinen Gespräche, die Freude an der vertrauten Einrichtung, die spätabendliche Lektüre zu zweit, all diese Träume, die in den meisten Heimen so kläglich unerfüllt blieben, waren nicht die Träume der souveränen Menschen. Caroline war vor diesen Träumen zurückgeschreckt, als wären sie gefährlich. Und doch handelte ihr Werk nur davon. War das unaufrichtig von ihr? Hätte sie bei ihrer Denkart nicht Blumen wie Georgia O'Keeffe malen sollen, schroffe Felspartien, die die Kinder weggetrieben hätten, Wolkenkratzer, die in einen Himmel mit Fabrikschornsteinen, nicht aber mit Vögeln ragten? Als Carolines Werk als belanglos beiseite geschoben wurde, geschah dies, weil darin das Häusliche über Gebühr hervortrat. Und dabei hatte sie sich ihrer Familie entfremdet, ihr Kind von sich ferngehalten, bis zu ihrem sechzigsten Lebensjahr in Hotels gelebt.

Anne beschäftigte der Gedanke, wie Janes Haus aussehen mochte. Frauen, die allein lebten, offenbarten sich an ihren Häusern irgendwie ganz unverkennbar, wie es alleinstehenden Männern nicht möglich war. Ein Mann, der in Behaglichkeit allein lebte, war eine Erfindung des Willens; eine Frau, die ohne Komfort, ohne Ordnung lebte, lehnte sich gegen einen Fluch häuslicher Leibeigenschaft auf. Es war schwer, vorauszusagen, wie Jane wohnte. Sie hatte hart gearbeitet, obwohl sie eine Schönheit gewesen war; sie hatte den größten Teil ihres Lebens allein gelebt und war doch sehr geliebt worden. Anne hoffte, daß die Kinder in Janes Haus nicht störten. Vielleicht hätte sie sie nicht gleich beim ersten Besuch mitnehmen sollen, nicht, ehe sie das Haus gesehen hatte, ehe sie Jane besser kannte. Gut, daß Ben da sein würde. Die Kinder vergötterten ihn, und er verstand es mit viel Geschick, sie durch kleine Streifzüge, die sie fabelhaft fanden, von der Bühne zu entfernen.

Als sie die lange, mit Kies bestreute Einfahrt entlangfuhren, ging eine Lampe über der Haustüre an. Jane erschien in ihrem Licht und bedeckte die Augen mit einer Hand; hinter ihr stand Ben. Sie trug ein hellblaues grob gewebtes Hemd, eine schwarze Cordsamthose, weiße Socken und schwarze chinesische Tuchschuhe mit Riemchen über dem Spann. Anne hatte daran gedacht, Sarah solche Schuhe zu kaufen, doch für sich selbst wäre sie nicht auf die Idee gekommen. Sie sahen an Jane ein bißchen albern aus: Die dicken weißen Socken gaben ihren Füßen in diesen Schuhen etwas Pummeliges. Sie wirkten wie die Füße einer Puppe oder eines Kleinkinds auf einem japanischen Bild. Doch wie sie dastand in dem harten Licht, erschien sie Anne wieder einmal erstaunlich schön, kraftvoll in ihrer Schönheit.

«Ich hätte die Lampe eigentlich früher für euch einschalten sollen, aber sie ist schrecklich grell, damit ich Diebe und Räuber sehen kann, die sich in der Nacht heranschleichen. Ich ertrage es nicht, sie auch nur eine Sekunde länger brennen zu lassen, als ich unbedingt muß. Außerdem kostet es ein Vermögen. Willkommen! Wie war die Fahrt? Und ihr beide seid Peter und Sarah.»

Die Kinder gaben Jane die Hand und sagten artig: «Wie geht es Ihnen?»

«Es ist mir ein großes Vergnügen, euch kennenzulernen», erwiderte Jane. «Mr. Hardy hat mir erzählt, daß ihr besonders nett seid, und eure Mutter hat es natürlich auch gesagt, obwohl ja alle Mütter behaupten, ihre Kinder seien nett. *Das* zu glauben, ist doch zuviel verlangt.»

Die Kinder lachten und sahen Ben an. «Eigentlich», sagte Peter, «behaupten doch nicht alle Mütter, daß ihre Kinder nett seien. Ich habe da nämlich einen Freund, dem seine Mutter sagt immer zu meiner Mutter, wenn er zu uns kommt: ‹Wenn Oliver sich schlimm aufführt, ich will nichts davon erfahren.›»

Er ahmte Cheryl Jackson nach. Er spielte sich auf. Binnen einer Minute hatte Jane eine Eroberung gemacht; Peter war in sie verliebt.

«Sarah», sagte Jane. «Ich habe ein Zimmer mit einem wunderschönen Bett darin. Es war früher mein eignes. Möchtest du es sehen?»

«Ja, bitte», sagte Sarah. Wenn sie sich nur das ganze Wochenende über so betragen wollten, dachte Anne. Sie gingen alle ins Haus. Laura folgte in einigem Abstand, ein paar Schritte hinter ihnen. Anne hatte vergessen, sie vorzustellen. Sie legte den Arm um Lauras Schulter.

«Das ist meine Freundin Laura», erklärte sie. «Sie hilft mir mit den Kindern.»

Jane sah Laura flüchtig an. «Sehr erfreut», sagte sie und wandte sich ab.

Peter quasselte Jane etwas über seinen Freund Oliver vor, der wirklich schrecklich schlimm sei. Die Kinder verschwanden mit Jane und Ben nach oben; Anne stellte ihre Taschen in der Küche ab. Es war ein geräumiger, hoher Raum, weiß getüncht, mit blauweißen Tellern an einer Wand und Kupfertöpfen, die an Haken hingen. Eine Stufe tiefer lag der Eßbereich, beherrscht von einem Refektoriumstisch. In der Decke waren Oberlichter und über Augenhöhe Fenster, die auf den im Dunkeln liegenden Garten gingen.

«Ein wunderschöner Raum, nicht?» sagte Anne zu Laura.

Laura lächelte nur und blickte vor sich hin. Anne sank verzagt das Herz. Es war ein Fehler gewesen, sie mitzunehmen. Aber sie hätte sie nicht zurücklassen können. Schrecklich wäre ihr die Vorstellung gewesen, wie Laura allein in der Küche saß und ein Sandwich mit Erdnußbutter aß, während sie hier schlemmten. Solche Gedanken hätten ihr den Feiertag verdorben.

Sarah kam hereingestürmt. «Ich werd in einem Himmelbett schlafen wie dem in *Schneewittchen*, wenn es tot ist, und Mrs. Watson hat darin geschlafen, als sie so alt war wie *ich*.» Sarah betonte das *ich*, als teilte sie mit Jane den Status einer Besitzerin.

«Und jeder von uns hat eine Dose Kekse neben dem Bett stehen, falls wir aufwachen und Hunger haben», berichtete Peter.

«Das war Bens Idee», sagte Jane. «So wird es in englischen Häusern immer gemacht», erklärte sie den Kindern. «Wart ihr schon einmal in England?»

«Unser Vater ist in Frankreich», sagte Peter. «Er kommt am zweiundzwanzigsten Mai zurück. Er ist seit dem einunddreißigsten August fort.»

«Ich möchte nach England», sagte Sarah. «Wegen der Königin.»

«Jetzt kommt mal ein bißchen Eiscreme schlecken. Ich nehme an, ihr habt schon zu Abend gegessen.»

«Ja», sagte Peter. «Wir haben bei einem McDonald's angehalten. Ich habe mir einen Cheeseburger, Fritten und ein Coke bestellt. Meine Schwester einen Hamburger, Fritten und ein Malzbier. Meine Mutter . . .»

«Schluß jetzt!» sagte Anne. «Behalte unsre gräßlichen Geheimnisse für dich.»

«Unsre Mutter hat sich einen *Milk Shake* genehmigt», fuhr Peter kichernd fort.

«Verräter, du hast deinen *Eid* gebrochen», sagte Anne.

«Morgen», sagte Jane, «könnt ihr Kinder mir beim Pastetenbacken helfen. Würde euch das gefallen? Eure Mutter und Mr. Hardy müssen arbeiten. Um das Kochen kümmern *wir* uns.»

«Unsre Mutter kocht immer», sagte Sarah.

«Morgen nicht, Sarah», erklärte Jane. «Morgen schaut sie sich Bilder an.»

«Das ist doch keine Arbeit», wandte Peter ein.

«Es ist die wichtigste Arbeit, die eure Mutter tun kann. Sie sieht sich Bilder an, und dann schreibt sie darüber. Das kann sie sehr gut.»

«Das wissen wir noch nicht», sagte Anne.

«Natürlich wissen wir es. Wir sind doch nicht dumm», erwiderte Jane.

Sie erwachte um sechs Uhr. Im noch fahlen, gerade erst silbrig werdenden Licht fühlte sie sich im ersten Augenblick geschrumpft; sie kam sich klein vor in dem weiß bezogenen Bett mit seinem grauen Eisenrahmen. Die Blätter draußen vor dem Fenster waren noch kaum zu sehen; ihr war, als lebte sie im Weltraum. Ich bin in Janes Haus, dachte sie dann, es ist Thanksgiving Day. Trotzdem erwartet niemand von mir, daß ich koche. Sie schwenkte die Beine aus dem Bett, als befände sie sich auf einem Ozeandampfer, und genoß die vorübergehende Aufhebung der Vorschriften, die ihr Leben regierten.

Die Wände des Zimmers waren von einem reinen Weiß. Weiße Vorhänge blähten sich im schwachen Frühlicht, von einer Brise bewegt, die irgendwoher kam. Sie drehte sich um, damit sie das Bild an der Wand über dem Bett sehen konnte. Dann überkam sie ein Gefühl der Beschämung, als wäre sie erwacht und hätte ganz vergessen, daß neben ihr ein Liebhaber lag. Sie hatte anderthalb Stunden zum Einschlafen gebraucht, nachdem sie das Bild zum erstenmal gesehen hatte. Von Jane in das Zimmer geführt, hatte sie es dort an der Wand über dem Bett entdeckt.

Eine der Figuren auf dem Bild trug ein blaues Kleid, die andere ein braunes, mit schwarzen Streifen. Sie gingen in eine Blätterfülle hinein, die sie gleich verschlingen würde; die angehobenen schweren Füße deuteten an, daß sie im Begriff waren, darin zu verschwinden.

Da die beiden Frauen dem Betrachter den Rücken zuwandten, waren die Gesichter, offenkundig unwichtig, nicht zu sehen. Sie waren irgendwohin unterwegs, symbolisierten irgend etwas, Reisen, die nicht weit fort zu führen schienen, aber zur Folge haben konnten, daß man das Haus nie wiedersah, daß die Stadt nur in der Erinnerung blieb, die zurückgelassenen Kleidungsstücke in den Kommodenschubladen für alle Zeit nach Seife duften würden. Die Köpfe der Frauen neigten sich einander zu. Ihre Arme waren auf dem Rücken. Die Hände (wie Anne sah, nicht recht geglückt; eine Hand hatte ziemliche Ähnlichkeit mit einer Lammkeule) waren im Begriff, sich auf der Rückenmitte der braunen Figur zu vereinen. Beide Frauen hatten grünlich-blaues Haar, komplementär zum Grün des Bildhintergrunds; ihre Schuhe waren blauschwarz, die Strümpfe von einem bläulichen Grau. Bei beiden sprach aus der Haltung des Rückens vielleicht ein Vereintsein im Kummer. Die braune Figur neigte sich der blauen zu, als wollte sie aus Ermattung an deren Schulter weinen. Anne betrachtete wieder die Hand der blauen Figur an der Taille derjenigen in Braun. Dann sah sie es: Die Figur in Blau schob die andere leicht voran. Aus der Biegung ihres Körpers sprach Ungeduld, weil diese zögerte – in Trauer, in Erinnerung? Die blaue Figur wollte weiter: in den smaragdgrünen Wald hinein. Sie dachte nicht an die Stadt in ihrer beiden Rücken.

Anne war zusammengefahren, als sie Janes Stimme hörte; sie hatte ganz vergessen, daß noch jemand im Zimmer war.

«Es heißt *Zwei gehende Frauen*», sagte Jane. «Es gehört zu den Bildern, die ich nie verkaufen würde; ich kann mich nicht einmal überwinden, es für die Ausstellung herzugeben. Ich hab es übers Wochenende in dein Zimmer gehägt, damit du es ansehen kannst. Wir wollen uns morgen vormittag darüber unterhalten.»

Und jetzt hörte Anne, wie sich Jane unten in der Küche zu schaffen machte; vielleicht war sie davon wach geworden. Da sie irgend jemanden aufzuwecken fürchtete, wenn sie sich ankleidete, riskierte sie es, im Bademantel nach unten zu gehen. Sollte Jane schon angezogen sein, kam es zu einer peinlichen Situation, denn so zu erscheinen, würde ausdrücken, daß Anne sich mit Jane auf vertrauterem Fuße fühlte als diese mit ihr. Anne fürchtete Freundschaften mit Frauen, die vertraulich begannen und in Small talk ausliefen. Jane, so Annes Wunsch, sollte sie auf eine Art gern haben, die ihr das Gefühl gab, sowohl jung als auch ungeformt zu sein. Für Frauen wie Jane, so stellte sie sich vor, waren Gefühle wie Sympathie, Antipathie recht belanglos, allenfalls eine Kuriosität wie ein günstiger Kauf für schwerreiche Leute. Als sie Jane in einem roten wollenen Bademantel sah, war sie bereit, dies als einen Akt vollkommener Gastfreundschaft zu interpretieren.

«Hast du gut geschlafen?» fragte Jane. «Du bist hoffentlich nicht davon aufgewacht, daß ich hier herumhantiere. Es ist eine der nutzlosen Wohltaten des Alters, daß man fast keinen Schlaf braucht.»

«Nein, ich war schon wach, bevor ich dich gehört habe. Ich habe an das Bild gedacht.»

«Es zeigt mich und Caroline», sagte Jane stolz, mit einer innigen, selbstgewissen Freude. Aber hatte sie damit recht? Es zeigte ebenso, wie Caroline gelernt hatte, ihre Figuren aus der Bildmitte zu rücken, wie sie die Palette der Fauves benützte, allerdings in gedämpfter Form, wie sie anwandte, was sie von den Japanern gelernt hatte. Konnte sie das zu Jane sagen? Und war es gültig? Beides war in seiner Art gültig, Janes Erinnerung ebenso wie das, was sie, Anne, an der Technik feststellte. Möglicherweise hatte Caroline zwei andere, ihr unbekannte Frauen in dieser Haltung, in diesem Licht gesehen und war von der Koinzidenz von Form und Farbe gefesselt worden. Denkbar war jedoch auch, daß ihr die Idee überhaupt nicht gekommen wäre, hätte sie nicht allabendlich mit Jane diesen Spaziergang gemacht.

Jane war eine intelligente Frau, doch die Bilder hatte ein Mensch gemalt, den sie liebte; für sie war ihr Bedeutungsgehalt singulär. Vielleicht durfte sie die Bilder aus diesem Grund mit mehr Recht ihr eigen nennen, vielleicht war es richtig von ihr gewesen, sie zu behalten. Doch Anne konnte sich des Gedankens nicht erwehren, daß es mehr Menschen hätte vergönnt sein sollen, sie zu sehen. Allerdings waren Museumsleute oft töricht und voreingenommen; ohne Sammler wären die meisten Maler verhungert oder unbekannt gestorben.

Sie dachte an all die verschiedenen Existenzmöglichkeiten eines Bildes – eines Bildes von Caroline –: als ein Objekt von dekorativer Funktion, dem Auge des unkundigen Fremden angenehm oder nicht angenehm. Dasselbe Bild war für Anne etwas ganz anderes als für Jane; Anne konnte Mutmaßungen über seine Geschichte anstellen; es spann, wie eine Spinne, aus sich selbst Fäden heraus, die vorwärts und rückwärts wuchsen. Für Jane verkörperten die Bilder sie selbst und Caroline, sie spannen keine Fäden zu anderen Bildern, zu anderen Malern; sie spannen sich strahlend aus dem Leben einer geliebten Frau empor. Und dann die Sammler, für die ein Bild ein Gegenstand wieder anderer Art war, eine Geldanlage oder eine kostbare Rarität, ein Zeichen für etwas: Macht, Geschmack, Auge. Ein Bild war beinahe nie das Bild selbst. Doch ihre Aufgabe bestand darin, jedes Bild zunächst so zu betrachten, als wäre es das einzige im ganzen Universum, daraufhin den Fäden nachzugehen, die von ihm aus rückwärts und vorwärts gerichtet waren. Erst dann konnten ihre Gedanken sich der Frau zuwenden, die den Pinsel geführt, die ihre Erfahrungen genommen und dieses, jenes daraus gemacht hatte: Schönheit, die Bestand hat, die zum Leben sagen würde: Halte hier inne, jetzt, in diesem Augenblick; die das Leben festhalten, ihm Dichte, Wert, Dauerhaftigkeit, Festigkeit verleihen würde.

Und was sie über die Bilder schrieb – würde es die Leute mit Geld beeinflussen, sie dazu veranlassen, daß sie auf diese Objekte zugingen, um Prestige zu gewinnen, ein gesichertes Alter, eine Rücklage für schlechte Zeiten? Und da stand Jane am Herd, mit dem Rücken zu Anne, dem Rücken, der sich auf dem Bild im Obergeschoß einer anderen Frau zuneigte, indes sie gegen den Wind schritten.

Anne blickte durch die Glastür ins Freie. Ein kleiner brauner Vogel kam auf die Veranda geflogen und pickte in dem Vogelhäuschen herum. Stufen führten in den Garten hinab. Das einzige Bunte waren die Chrysanthemen. Braune Blätter fielen in trocknes, stumpfes Gras; ein gelbes Ahornblatt segelte in das Vogelbad, schwamm auf dem Wasser und verschwand dann. Wacholderbeeren, glanzlos und prall, hingen zwischen grünen Nadeln. Jane reichte Anne eine Tasse Kaffee und stellte sich neben sie an die Tür.

«Du hast ein reizendes Haus», sagte Anne. «Es schenkt dir sicher viel Behaglichkeit.»

«Viel Behaglichkeit. Früher konnte ich nur im Sommer hierherkommen, aber seit ich meinen Beruf an den Nagel gehängt habe, fahre ich beinahe jedes Wochenende heraus.»

«Wann hast du es gekauft?»

«1950. Ich war nach Carolines Tod in sehr schlechter Verfassung, etliche Jahre. Die meisten Leute würden es Depression nennen, aber meine Familie wollte es nie wahrhaben. Also hieß es: ‹Jane ist etwas aus dem Geleise.› Man sagte mir, dieses Haus wäre eine gute Therapie für mich.»

Was wollte Jane von ihr hören? War sie einer von den Menschen, für die Höflichkeit darin bestand, die richtigen Fragen zu stellen oder überhaupt nichts zu fragen, etwas über sich selbst beizusteuern oder sich ganz herauszuhalten?

«Wie sah das Haus aus, als du es gekauft hast?» fragte Anne.

«Ziemlich heruntergekommen. Die Küche hier bestand aus zwei Räumen, einem Raum zum Kochen und einem Eßzimmer. Ich habe eine Wand herausreißen lassen. Komm mit, ich führe dich herum.»

Sie ging durch ihr Haus, wie ihre Vorfahren über ihre Güter geschritten sein mußten. Der Wohnraum, schmal und von unregelmäßiger Form, hatte vier kleine Fenster und ein großes Erkerfenster. Jane erläuterte, warum sie sich für den Erker, die Fensterbank entschieden, warum sie die Deckenbalken hatte freilegen lassen. Mit der gleichen Selbstverständlichkeit sprach sie von Türen und Isolierung, Möbeln und Vorhängen. Sie zeigte eine männlich-weibliche Freude an ihrem Zuhause: Alle Entscheidungen über Umbauten wie Dekor hatte sie selbst getroffen. Anne dachte beschämt an ihre Ängste wegen der Leitungsreparaturen. Aber sie war ja eine verheiratete Frau, und sie war nicht reich. Sie könnte niemals mit Janes unvergleichlicher Freiheit und Souveränität ein Haus führen.

Das Haus war in etwa quadratisch und solide gebaut. Die Sitzmöbel mit ihren hellen Schondecken, die Lampen mit ihren cremefarbenen Seidenschirmen, die indischen Teppiche, das Fehlen von Photographien, die Bücher, die sich an den Wänden reihten, die helleren Stellen, wo kürzlich Carolines Bilder abgehängt worden waren, alles zeigte eine wohlüberlegte Mischung. Die Räume waren zugleich karg und zum Verweilen einladend; man konnte hier arbeiten oder zum Vergnügen lesen. Man konnte in gemessener Haltung in diese Zimmer treten und vom Tod eines Sohnes sprechen, der in einem Krieg oder bei einem Motorradunfall umgekommen war. Man konnte sich hier betrinken und über den Betrug eines Geschäfts- oder eines Ehepartners sprechen, aber es wäre undenkbar, daß jemand sich auf dem Teppich übergeben oder besinnungslos zum Sofa taumeln würde, um sich am nächsten Morgen nach Hause zu schleichen. In diesem Haus, empfand Anne, brauchte sie um ihre Kinder keine Sorge zu haben; an dieses Haus würden sie sich hoffentlich erinnern, wenn sie dereinst an die Häuser ihrer Kindheit zurückdachten.

Jane führte Anne in die Küche. «Und jetzt sag mir, was du wirklich über Caroline wissen möchtest. Du bist von selbst auf Grünewald gekommen; du hast schon alles darüber gewußt, viel mehr als ich. Du hast nur die Höflichkeit gewahrt, oder vielleicht hat dich mein Brief eingeschüchtert.»

«Vielleicht», sagte Anne. «Schau, ich nicht weiß, was ich zu fragen berechtigt bin. Ich möchte nicht aufdringlich wirken oder dich kränken.»

«Liebe Anne, ich habe eine Haut wie ein Rhinozeros. Das hat man mir schon tausendmal gesagt.»

«Trotzdem, du hast ganz andere Rechte auf sie als ich. Es steht mir sicher nicht zu, sie fremden Augen auszuliefern, entblößt und in Stücke geschnitten.»

Jane wandte ihr langsam den Kopf zu und sah sie mit einem verstehenden Blick an. Sie schob sich mit den Handballen das Haar aus der Stirn und setzte sich hin, in wunderbar gerader Haltung, obwohl sie auf einer Bank saß und nur Luft als Rückenlehne hatte. Anne sah Jane an, daß sie manches sagen, aber nicht den Eindruck erwecken wollte, sich damit anzubieten.

«Erzähl mir über Paris. Das erste Mal, meine ich. Wie hat sie ihren Vater dazu gebracht, daß er sie fortließ?»

Jane lachte. «Einfach mit ihrem Eigensinn. Was für eine eigensinnige Frau sie war! Sie war ein Mensch, der wirklich durchhalten konnte.»

Anne fuhr mit einem Finger über den Milchkrug, von einem altmodischen Gelb und mit rosaroten Blumen, die sich von der Oberfläche abhoben.

«Sie war sein Liebling», fuhr Jane fort. «Von Rechts wegen hätte Henry, der älteste Bruder, der Liebling sein müssen. Er tat alles, was sein Vater von ihm wollte, besuchte die Schulen, auf denen sein Vater gewesen war – Exeter, Amhurst –, trat dann, ebenfalls den väterlichen Fußstapfen folgend, in die Bank ein. Aber sein Vater mochte ihn nicht, er verachtete ihn, weil er nicht genug Rückgrat besaß. Was er wollte, war ein Rückgrat, das er brechen konnte.»

«Wollte er das bei Caroline?»

«Ich weiß es nicht. Ich bin, was ihn betrifft, vermutlich recht unfair, weil ich ihm nicht vergeben kann, daß er sich so scheußlich verhielt, als Stephen geboren wurde.»

Schuldbewußt registrierte Anne, daß Erregung sie ergriff. Darüber wollte sie natürlich Näheres erfahren, über den Skandal der unehelichen Geburt. Er tauchte Carolines Leben in ein grelles, nicht zu ihr passendes, doch freundliches Licht. Wer war Stephens Vater? Und was geschah dann. Fragen nach Art von Fernsehserien.

«Die arme Caroline», sagte Jane. «Sie war ja nicht mehr jung, als es passierte. Sie hatte damals seit sechs Jahren allein gelebt; sie war sechsunddreißig. Sie glaubte, ihrem Vater damit etwas zu beweisen – daß sie alleine leben und selbst zurechtkommen könne. Dann wurde sie schwanger, und das war für sie, als bräche alles zusammen. Trotzdem hat sie es ihrem Vater als erstem anvertraut.»

«Und wie hat er es aufgenommen?»

«Ganz die beschmutzte Ehre. Sie habe sein Vertrauen mißbraucht, den Namen der Familie besudelt. Soviel ich weiß, hat er sich in die Bibliothek zurückgezogen und Tränen vergossen.»

«Du glaubst nicht, daß es ihn wirklich getroffen hat?»

«Doch, zum Teil natürlich schon. Es war schließlich ein Skandal. Die Watsons waren eine angesehene Familie, und Philadelphia war nicht Paris. Aber es hat ihm große Befriedigung bereitet, daß er recht behalten hatte, daß seine düsteren Prophezeiungen eingetroffen waren.»

«Das habe ich den Briefen entnommen. Durch die sittliche Empörung dringt immer wieder die Genugtuung, daß er es ja habe kommen sehen.»

«Du hast wirklich scharfe Augen», sagte Jane und betrachtete Anne mit einem ihrer nachdenklichen Blicke.

Anne errötete. «Es war nicht schwer zu sehen.»

«Hör zu, liebe Anne, ich muß dir einen guten Rat geben. Es liegt eine gewisse Undankbarkeit darin, ein Lob nicht anzunehmen, wenn es angeboten wird. Und es ist verkehrt, sich selbst zu unterschätzen. Andere Leute sind jederzeit dazu bereit, einem das abzunehmen.»

«In meiner Familie galt es als *die* Sünde, zu gut von sich selbst zu denken. Und dann war meine Schwester viel weniger erfolgreich als ich, und meine Mutter befürchtete immer, sie würde es sich zu Herzen nehmen oder neidisch auf mich werden.»

«Nun ja, aber das ist alles lange her. Du bist inzwischen eine erwachsene Frau, kein Kind mehr. Du mußt jetzt einfach manche Dinge ablegen, die nicht in deinem eigenen Interesse sind.»

Anne war verlegen. Sie hatte zuviel von sich enthüllt, und dies in einer Form, die Jane nicht lag. «Du mußt jetzt einfach manche Dinge ablegen, die nicht in deinem eigenen Interesse sind.» Jane war nicht die Art Mensch, die sie gern in ihrer Nähe hätte, wenn sie sich schwach fühlte.

«Wie, glaubst du, stand Caroline zu ihrem Vater?»

«Sie war jahrelang wütend auf ihn und wollte nicht mit ihm sprechen, abgesehen von dem, was sich nicht umgehen ließ. Du kennst natürlich die finanzielle Situation und die mit Stephen.»

«Nein.»

«Caroline hatte kein eigenes Vermögen, bis ihre Tante Adelaide starb – das war 1907 –, und auch dann nicht viel Geld. Sie lebte von einer Zuwendung ihres Vaters. Es ging nicht, daß sie sich ganz von ihm lossagte, weil sie das Geld brauchte, wenn sie malen wollte.»

«Und Stephen?»

«Ihr Vater erklärte sich bereit, für Stephen aufzukommen, sofern Caroline versprach, daß sie den Jungen nach Hause und ihn nicht außer Landes bringen werde, bis er einundzwanzig war. Er sagte immer wieder, an all diesem Kummer sei nur Frankreich schuld.»

Jane trat an die Glastüre und rieb mit dem Zeigefinger einen Fleck von der Scheibe. «Es war niederträchtig, was er tat, und hat schreckliches Leid angerichtet.»

Sie setzte sich an den Tisch. «Caroline hat Amerika gehaßt. Besonders Philadelphia. Sie war hier nie gut angekommen und als junges Mädchen unglücklich gewesen. Sie sagte, das Licht sei völlig verkehrt, die Sonne stehe zu hoch, mit den Wolken lasse sich nichts anfangen, die Blätter hätten kein Silber. Und nirgends, hat sie gemeint, könne man sitzen und plaudern und Kaffee trinken, denn es gebe kein Lokal, wo man sich hinsetzen könne, niemanden, mit dem man plaudern möchte, und keinen Kaffee, der genießbar sei.» Jane lachte. «Natürlich hatte Philadelphia mehr zu bieten, aber sie konnte dort nicht arbeiten. Sie hat es versucht. Sie ist zu Hause geblieben, bis Stephen zwei Jahre alt war, aber es war ihr unerträglich.»

«Was hat sie dann getan?»

«Sie hat ihre Siebensachen gepackt und ist wieder nach Frankreich gefahren. Es war eine sehr produktive Periode für sie.»

1902–1908. Die Jahre, in denen sie ihre Bildebene, ihre Palette änderte. Es waren die Jahre, in denen sie zusammen mit den Fauves ausstellte, in denen sich ihre Verwandlung von einer impressionistischen in eine moderne, von einer amerikanischen in eine internationale Malerin vollzog.

«Was ist dann mit Stephen geschehen?»

«Er lebte im Haus seiner Großeltern. Er hatte eine Erzieherin. Und seine Tante Maggie hat sich um ihn gekümmert.»

«Hat Caroline ihn überhaupt noch besucht?»

«Sie kam jedes Jahr im Sommer nach Hause. Sie erwarb ein Haus am Hudson – du kennst es von den Landschaften. Es war die einzige Gegend in Amerika, wo es ihr gefiel. Sie sagte, der Rhein könne es mit dem Hudson nicht aufnehmen, nur an der Loire sei es noch schöner.

Aber es machte ihr keine Freude, ein kleines Kind um sich zu haben. Es war keine gute Zeit für Stephen.

«Hatte sie ihn überhaupt jemals gern um sich?»

Jane wirkte, als wäre ihr unbehaglich. «Es war nicht immer leicht mit Stephen. Er war keine fröhliche Natur und wurde ziemlich oft mürrisch. Am schlimmsten war er, wenn er mit seiner Mutter zusammen war. Er hat nie geglaubt, daß sie ihn liebte.»

«Und, liebte sie ihn?»

Jane stellte mit einer ungeduldigen Bewegung die Tassen ins Spülbecken. «Mutterliebe. Ich habe keinen Schimmer, was das Wort bedeuten soll. Alle diese Kinder, die jammern, ihre Mütter hätten sie nicht geliebt, und alle diese Mütter, die beteuern, sie würden für ihre Kinder sterben. Sogar Frauen, die ihre Kinder prügeln, behaupten, sie liebten sie, könnten ohne sie nicht leben, würden nicht im Traum daran denken, sie zu verlassen. Was bedeutet dieses ‹Ich liebe mein Kind›?» Sie drehte sich rasch um. «Kommen Sie herein, meine Liebe, und lungern Sie nicht so vor der Tür herum.»

Anne wandte sich um und sah Laura, die am Eingang zur Küche wie in einer Kulisse stand. Sie lächelte zu Jane hin, aber Jane mochte sie nicht ansehen.

«Hier, trinken Sie eine Tasse Kaffee, meine Liebe», sagte Jane und reichte ihr eine.

«Danke, aber ich trinke keinen Kaffee», erwiderte Laura.

«Na schön, dann Tee», sagte Jane und schüttete den Kaffee ins Spülbecken, als wäre er davon, daß Laura ihn abgelehnt hatte, ungenießbar geworden.

Anne wollte Laura vor Jane, vor ihren raschen, ärgerlichen Bewegungen, ihren ablehnenden Blicken beschirmen. Jane hatte befunden, daß Laura nicht ihr Fall war, und sie war nicht die Art Mensch, der sich bemüht, zu jemandem nett zu sein, der ihm nicht auf Anhieb gefällt. Aber Laura war ihr nicht gewachsen, und Anne wollte sie nicht gekränkt sehen.

«Laura trinkt am Morgen gern Kakao. Ich werd ihn für sie machen. Wir trinken meistens eine Tasse zusammen.»

«So. Ich sehe nicht, wozu das gut sein soll», sagte Jane. «Kakao wirkt überhaupt nicht anregend und macht schrecklich dick. Sie sollten sich das Kaffee- oder Teetrinken angewöhnen, meine Liebe. Es wird Ihnen das Leben in kultivierter Gesellschaft sehr erleichtern.»

Anne und Laura tranken stumm ihren Kakao, während Jane sich in der Küche zu schaffen machte, Kartoffeln schälte, Gemüse hobelte. Anne blickte zu Laura hin; Laura lächelte über den Rand ihrer Tasse. Anne begriff, daß in Lauras Anwesenheit nicht weiter über Caroline gesprochen würde. Aber sie verübelte Laura ihre Gegenwart nicht; sie sah sie als einen kleinen, farblosen Vogel, auf den sich gleich ein Habicht stürzen würde, der mit prachtvollen Flügelschlägen durch das morgendliche Sonnenlicht herabstieß. Sie war höchst erleichert, als die Kinder nach unten kamen, angezogen und, wie sie sagten, bereit für einen Spaziergang. Ben habe versprochen, vor dem Frühstück mit ihnen an den Strand zu gehen.

«Aber Ben ist noch nicht auf», sagte Anne. «Laßt ihn ausschlafen.»

«Natürlich bin ich schon auf», dröhnte Ben und trat in die Küche. «Gebt mir nur eine Tasse Tee, und wir ziehen ab. Guten Morgen, meine Schätzchen», sagte er zu Jane und Anne. Und zu Laura: «Guten Morgen, Miss Post.»

«Warum geht ihr nicht alle zusammen?» fragte Jane, sah aber niemanden an, als sie Ben seine Tasse Tee gab.

«Ich bleibe und helfe dir», meinte Anne.

«Kommt nicht in Frage. Ich mache sowieso in dieser Phase die Vorbereitungen zum Kochen lieber selber.»

«Wie du meinst», sagte Anne. «Dann geh ich mich umziehen.»

Anne erkannte an der Haltung von Janes Rücken, daß sie ärgerlich war. Ihr Rücken ließ Ungeduld erkennen, wie der Rücken der Frau auf dem Bild. Irgendeine hohe Tür hatte sich geschlossen; die Schranke war, wie Anne es geahnt hatte, gefallen. Anne wußte nicht, wie es geschehen war, aber sie war froh, zur Tür hinausgehen zu können. Die Luft war salzhaltig; sie waren nur zwei Meilen von der See entfernt.

Die Kinder kannten das Meer im Sommer, doch in allen anderen Jahreszeiten hörte es für sie zu existieren auf. Es jetzt, nachdem sie in der Zwischenzeit in der Schule gewesen waren, intakt, wie immer, vorzufinden, war für sie ein Zeichen der Lebensfülle, der Güte des Lebens, ein gehorteter Schatz, der ihnen aufgetan wurde. Anne machte sich sorgenvolle Gedanken über Laura, über Jane, zweifelte an ihrem Vermögen, den Bildern gerecht zu werden, hatte Angst, daß das Essen ein Mißerfolg werden könnte. Sie fürchtete, daß sie enttäuscht zu Bett gehen würden; daß die Vergeudung eines Festtages, den man hatte mißlingen lassen, allen wie zuviel Zucker klebrig auf der Zunge liegen würde. Doch um die Kinder machte sie sich keine Sorgen. Sie waren ihr ein gutes Stück voraus. Sie sah sie, wie sie das Meer sah: hochgemut, randvoll, ganz. Sie hatte die Muscheln in den Händen, die sicher schon uninteressant wurden, während sie noch trockneten; sie sah, wie die Gesichter der Kinder sich röteten. Sie lief ihnen nach, drückte sie an sich und spürte durch ihre dicken Sachen den leichten, raschen Schlag der Herzen.

Traurig dachte sie an Caroline. Caroline hatte nie etwas für ihren Sohn empfunden – ein schlimmes Schicksal, ein Unglück. Oder war es ein Mangel an Gemüt, irgendeine unentschuldbare Kälte im Kern ihres Wesens, die auch auf ihr ganzes übriges Leben einen Schatten des Zweifels warf? Wie hatte es sein können, daß sie ihr zwei Jahre altes Kind nicht liebte? Jane hatte gesagt, es sei nicht leicht gewesen, Stephen zu lieben. Doch ein Kind mußte sich die Liebe seiner Mutter nicht damit verdienen, daß es hübsch oder leicht zu haben war oder Freude schenkte. Kinder liebte man schlicht um ihrer selbst willen. Und weil sie die eigenen waren. Caroline war keine gefühlskalte Frau, aber das Kind war eine unerwünschte Zufallsfrucht des Körpers, im Geheimnis gezeugt, mit einem Fremden, dessen Namen niemand wußte. Wie primitiv sie war, die Liebe zu den Kindern: Fleisch und Fleisch, Knochen, die Bande des Blutes. Die geistigen Regungen von Kindern flackerten unbeständig, huschten dahin: Nur flüchtig waren sie zu erspähen, Lichtstreifen im Waldesdickicht ihres animalischen Lebens. Sie war fähig, die Körper ihrer Kinder zu lieben, weil ihr eigener Körper ihr nicht zur Falle geworden war; und weil sie das Fleisch des Mannes liebte, der sie mit ihr gezeugt hatte. Ob Caroline ihren Sohn mehr hätte lieben können, wenn sie seinen Vater geliebt hätte? Es ließ sich nicht sagen, und sie hatte das Geheimnis seiner Identität mit ins Grab genommen.

«Ich fürchte, ich hab mir vorhin etwas zuschulden kommen lassen, was Jane gekränkt hat», sagte Anne zu Ben.

«Ach, das passiert immerzu. Es hat nicht viel zu bedeuten.»

«Ich wüßte nur gern, was es war.»

«Dahinter kommst du schon über kurz oder lang. Sie wird sich dir in Sack und Asche nahen, in Zerknirschung wegen ihrer Übellaunigkeit. Das heißt, vorausgesetzt, daß sie dich mag. Wenn nicht, wird sie dich einfach weiter eisig behandeln. Man nimmt von Jane viel hin.»

«Ja», sagte Anne und dachte dabei an Janes Geste, wie sie sich mit den Handballen das Haar aus der Stirne gestrichen hatte. Sie trat mit einem bangen Gefühl ins Haus. Jane, die eine lange weiße Schürze umgebunden hatte, begrüßte sie mit einem so strahlenden Lächeln, daß Anne sie zu umarmen wagte. Jane erwiderte die Umarmung und küßte sie auf die Stirn. «Du hast mir gefehlt», hätte Anne am liebsten gesagt und lehnte ihre kühle Wange an Janes Gesicht, das heiß und ziemlich trocken war. Aber das wäre albern, denn sie kannte Jane ja erst kurz und hatte außerdem ihr Haus erst eine Stunde vorher verlassen.

Es war für Anne ein sonderbares Gefühl, von einer Frau bedient zu werden, die sie bewunderte, hin und wieder auch fürchtete. Jane ließ Speisen erscheinen und verschwinden, holte Teller heraus und spülte sie ab. In der Küche duftete es köstlich nach ihrem Werk: nach üppigem Braten, Äpfeln, die in ihren Teigmänteln platzten. So etwas war Anne noch nie widerfahren: Sie wurde nach oben geschickt, um nachzudenken, um zu schauen, von ihrem Geist Gebrauch zu machen, und unter ihr übernahm ein anderer Mensch den Teil des Lebens, der dem Körper Nahrung gab. Doch dieser andere war Jane, eine schöne, gebildete, souveräne Frau. Niemand hätte Annes Mutter unähnlicher sein können. Schon als Kind hätte Anne die Zubereitung eines Essens nie ganz ihrer Mutter zu überlassen gewagt. Selbst Mutter und Schwester zusammen schienen Anne keine Sicherheit zu garantieren – als ob ihre schwerfällige Unwilligkeit in der Küche Feuer fangen und über ihnen allen das Haus zum Einsturz bringen könnte.

Jane rief zu Tisch, und Anne ging nach unten. Sie sah die Tafel vor sich, die anzurichten ihr Traum wäre, doch hatte sie nicht das Geld dafür. Es war eine Tafel, die ihre Mutter nicht in Jahrtausenden hätte anrichten können. Die schimmernden Kerzenhalter, das Porzellan mit seinem Pfauenmuster, die Vielfalt des Bestecks, die Silberschale mit den Chrysanthemen, den braunen Eichen- und grünen Stechpalmenblättern – hier war alles versammelt, wofür Anne sich nicht geboren glaubte.

Alle nahmen schüchtern Platz, stumm angesichts der festlichen Pracht. Dann trug Jane den Truthahn auf, menschenähnlich, komisch anzusehen auf der Servierplatte. Man begann zu sprechen. Der Vogel wurde gelobt, weckte Begehren; man wählte zwischen dunkleren und weißen Fleischstücken. Schüsseln wurden den Tisch entlanggereicht, die Gäste arrangierten nach ihrem Gusto, was auf ihre Teller kam. Jane stand da, sprach einen Segensspruch, und Anne spürte, wie sie mit Glück geschmückt wurden, überfunkelt wie mit Diamanten im dunklen Haar einer Frau, voll Dankbarkeit eingedenk ihrer puritanischen Vorfahren, die ihrem Glück nicht hatten trauen wollen.

Die zwei Tage gingen rasch vorüber, und doch – der Winter füllte den Herbsthimmel aus, verdrängte dämpfend die blaue Flamme durch gebleichtes Silber – hatte alles, was getan wurde, eine Gründlichkeit, als wollte man irgend etwas horten, zur Vorsorge gegen einen künftigen Mangel, den niemand zu benennen wußte. Anne widmete die Vormittage den Bildern, betrachtete sie genau, machte sich Notizen, photographierte, um die Dias ihrer Sammlung einzugliedern. An den Nachmittagen machte sie mit den Kindern einen Spaziergang zum Strand, und danach spielte sie mit ihnen am Kaminfeuer Karten, während Jane das Abendessen zubereitete. Jane war offenkundig viel daran gelegen, Anne von häuslichen Dingen zu entlasten, so daß diese sich nicht mehr erbot mitzuhelfen. Sie regte an, daß Laura das Geschirrspülen übernehmen könnte, was Jane akzeptierte, als liehe Anne ihr ihre französische Zofe zum Bügeln ihrer Kleiderkragen.

Anne glaubte nicht, daß Laura sich hier wohl fühlte. Es war schwer zu sagen, denn Laura wahrte jene matte Ausdruckslosigkeit, die ihr zur Gewohnheit geworden war. Und wie immer lächelte sie, wenn ihr Blick dem eines anderen Menschen begegnete. Aber sie war hier überflüssig. Die Kinder waren zu Ben und Jane übergelaufen, und Anne mußte sich immer wieder einen Ruck geben, um sie die Unterhaltung einzubeziehen. Allerdings gab es Gespräche, bei denen sie Laura nicht dabei haben wollte; sie mochte es nicht, daß Laura unaufgefordert zuhörte, wenn sie über Caroline sprachen. Wie sollte sie ein Leben wie das von Caroline verstehen, diese bunte, zerklüftete Landschaft leidenschaftlicher Triumphe und abgrundtiefer Irrtümer. Es war entnervend für Anne, wenn sie bemerkte, wie Laura herstarrte und lächelte, sobald sie dabei ertappt wurde. Anne mußte sich immer wieder vor Augen halten, daß Mitgefühl angebracht sei, aber ein ums andre Mal ihre Gereiztheit zurückdrängen. Mitleid war eine Gefühlsregung, die sie früher verachtet hatte; da sie für sich selbst keines wollte, brachte sie es auch anderen nur zögernd entgegen. Jetzt aber war es das einzige, was die unüberlegte Geste der Ungeduld, des Unmuts zu bändigen vermochte, und sie wußte seinen Wert zu schätzen.

Es war Samstagabend. Die Kinder waren im Bett, und die Erwachsenen saßen mit ihren Büchern am Kaminfeuer. Anne hatte, als sie mit den Kindern einkaufen war, eine Flasche Courvoisier erstanden. Sie, Ben und Jane nippten bedächtig an ihren Kognakschwenkern, stellten sie im Licht der Lampe ab, zu dem sie lasen, beobachteten hin und wieder die Reflexe in der bernsteinfarbenen Flüssigkeit. Dann spürten sie alle drei, daß es im Zimmer kühl wurde; sie mußten aufstehen und sich Pullover holen oder zu Bett gehen. Einen Augenblick lang herrschte Unentschlossenheit, und dann, als hätte eine Uhr geschlagen, wurde ihnen klar, daß der Abend zu Ende war.

«Ich muß dir etwas über meine Sonntage sagen», bemerkte Jane. «Ich gehe in die Kirche. Je nachdem, wann ihr aufbrechen wollt, könnte ich früh oder später gehen. Sag mir, was dir lieber ist. Aber vielleicht möchte mich einer von euch begleiten.»

Anne war baß erstaunt. Sie hatte geglaubt, Jane schon ein wenig zu kennen. Nun zeigte sich – sie konnte es nicht begreifen –, daß in diesem komplizierten, fein ziselierten Bewußtsein dem Bildnis eines Wesens ein Platz eingeräumt war, zu dem man beten konnte. War es dasselbe Wesen, an das Laura denken mochte, wenn sie über den Rand ihrer Bibel starrte? Wieder einmal fühlte sich Anne an der Grenze eines fremden Bezirks, den zu erkunden sie keine Neigung hatte. Sie sah Laura, dann Jane an. Die beiden hatten also etwas gemeinsam. Vielleicht würde Laura sich weniger einsam fühlen, wenn sie mit jemandem in die Kirche ging.

«Möchten Sie gehn, Laura?» fragte sie das Mädchen, das etwas abseits saß, auf einem Stuhl, die Bibel gegen die Eckkante des Bibliothekstisches gelehnt.

«Nein, danke», antwortete Laura lächelnd.

«Sind Sie religiös, meine Liebe?» fragte Jane, als wollte sie wissen, ob Laura lesen könne.

«Ich lebe nach der Religion, aber ich gehe nicht in die Kirche.»

«So. Wie sieht denn das Leben aus, das Sie nach der Religion führen?»

Anne war entsetzt. Wie konnte Jane so etwas fragen; sie hätte Laura ebensogut nach der Beschaffenheit ihres Sexuellebens fragen können. Doch Laura wirkte nicht eingeschüchtert.

«Es ist sehr verschieden von dem, was Sie tun.»

Anne spürte, wie ihr Herz tiefer in der hohlen Brust schlug. Jetzt war es soweit. Jane würde irgend etwas Vernichtendes sagen, und Laura könnte sich nicht dagegen wehren. Und sie konnte Laura nicht beschützen, ohne sich gegen Jane zu wenden. Weil sie es nicht konnte, würde sie es nicht tun.

Jane erhob sich und schürte das Feuer auf. «Schön, Anne, es liegt bei dir. Möchtest du also früh aufbrechen? Es wäre vielleicht des Verkehrs wegen besser.»

«Ja, es wäre besser», sagte Anne.

Sie hätte in Tränen ausbrechen können. Jane wollte sie alle los haben. Und daran war Laura schuld. Sie hatte das Wochenende ruiniert, sie hatte den Brunnen vergiftet.

Anne hörte ein Klopfen an der Schlafzimmertür. Sie fragte nach, ob es eines der Kinder sei, das aus einer jähen Anwandlung von Höflichkeit klopfte oder sie überlisten wollte, damit es die Nacht bei ihr im Bett verbringen konnte. Eine Entscheidung dieser Art widerstrebte ihr sehr: Sollte man auf die an sich unschuldige Bitte eingehen oder sie ablehnen, aus der Besorgnis, einen gefährlichen Präzedenzfall zu schaffen? «Komm rein», sagte sie, unsicher, wie sie den Besucher empfangen werde. Es war ihr eine tröstliche Vorstellung, eines der Kinder bei sich zu haben; daß Jane sie so brüsk fortschickte, hatte sie aus der Balance gebracht, und immer wenn sie aus der Balance war, gab ihr das Gewicht ihrer Kinder das Gefühl, wieder im Lot zu sein. Doch sie fand es unrecht, die Kinder für ihr eigenes Wohlgefühl zu benutzen. Ihre Abhängigkeit, ihr Vertrauen war es, was ihr Trost gab; ja, sie war stark, weil sie schwach waren.

«Kann ich reinkommen?» fragte Jane und steckte den Kopf zur Tür herein.

Anne setzte sich im Bett auf und bedeckte mit dem Laken die Brust. Die Überraschung, daß Jane und nicht eines ihrer Kinder an der Tür war, gab ihr ein Gefühl von Nacktheit.

«Ich hab den Kognak mitgebracht. Ich dachte, es wäre schön, wenn wir noch plaudern könnten, ehe ihr fahrt.»

«Natürlich», sagte Anne und wollte aus dem Bett steigen.

«Nein, bleib unter der Decke. Ich setze mich hier auf den Rand, wenn du nichts dagegen hast.»

«Ganz und gar nicht. Ich war auf eines der Kinder gefaßt. Wie schön, daß statt dessen du es bist.»

«Ich bin leider dieses Wochenende hin und wieder recht bissig gewesen. Ich wollte dich nicht so heimschicken.»

«Du warst wunderbar.»

«Nicht immer. Ich bin von Natur kein Geduldsmensch. Es wäre schön, wenn ich sagen könnte, ich war es früher einmal, aber in Wahrheit bin ich heute viel besser als in meinen jungen Jahren. Es ist nicht meine Stärke, zu Leuten nett zu sein, die ich nicht um mich haben will. Besonders in meinem eigenen Haus. Ich finde es aufreibend – als hätte ich irgendwas an, was juckt. Oder als hätte ich ein Kreuz auf der Schulter.»

Anne lachte. «Du magst Laura nicht.»

«Sie ist eine unerfreuliche Zeitgenossin.»

Die ungezwungene Situation – ungezwungen, weil Jane es so wollte – machte Anne Mut. «Oh, Jane, das kann man wirklich nicht sagen. Die Kinder hängen an ihr.»

«Die Kinder hängen an *Ben*. Mit Laura kommen sie aus, das ist alles. Dieses Mädchen hat eine unheimliche Arroganz.»

«Mir kommt sie schrecklich unsicher vor; sie weiß nicht, was sie als nächstes sagen oder wie sie sich verhalten soll. Sie hat kein Zuhause, Jane; sie hat nichts, wo sie hingehört. Sie weiß nicht einmal, wo sie nach einem Platz für sich suchen sollte.»

«Ja, und sie nimmt es mit großer Arroganz. Hast du sie jemals gefragt, warum? Und denk an dieses nichtssagende Lächeln. Es läuft einem dabei kalt über den Rücken.»

Anne setzte sich noch gerader auf. «Jane, ich stimme dir zu, daß sie nicht ideal ist. Aber das Ideal hat sich halt nicht ergeben, und sie ist längst nicht die Schlimmste. Sie geht sehr pflichtbewußt mit den Kindern um, und ich kann meiner Arbeit nicht nachgehen, ohne jemanden im Haus zu haben, der mir hilft.»

«Es gibt doch sicher andere Möglichkeiten.»

«In Selby nicht mitten im Jahr.»

«Und wenn du's mit einer dieser Agenturen versuchst, die Au-pair-Mädchen aus dem Ausland vermitteln?»

«Wer garantiert mir, daß irgendeine andere Person besser wäre? Ich wäre vielleicht den ganzen Tag damit beschäftigt, eine Manisch-Depressive aus der Schweiz zu trösten oder eine norwegische Trinkerin aufzurichten, vor der ich die Alkoholika verstecken müßte. Bevor ich in die Traufe komme, bleib ich lieber im Regen.»

Jane hob mit einer jähen Bewegung den Kopf. «Hoffentlich mußt du es nicht bereuen. Es wäre das Gegenteil von dem, was ich möchte – dich zu etwas veranlassen, was deine Arbeit an Carolines Werk stören könnte. Die Kinder sind wunderbar, und man hätte halt gern, daß irgendein wunderbarer Mensch sich um sie kümmert.»

«Die Kinder *sind* wunderbar, und ich mache mir keine Sorgen um sie. Außerdem kann es ihnen nur von Nutzen sein, wenn sie durch diese Erfahrung ein bißchen Geduld und Nachsicht lernen.»

«Hör zu, liebe Anne, du mußt mir diese Reden verzeihen. Du gehörst für mich beinahe zur Familie. Du verstehst sicher – die Anmaßung einer kinderlosen Frau.»

Anne legte die Arme um Jane und drückte sie an sich. Wie angenehm es war, Janes kräftige Knochen, ihr festes Fleisch zu spüren. Anne hatte immer Angst gehabt, ihre Mutter zu kraftvoll zu umarmen. Ihre Mutter war viel kleiner als sie und hatte leichte, zarte Knochen. Jahrelang hatte Anne das Gefühl gehabt, daß sie rein durch ihre Körpergröße ihre Mutter verletzten könnte. Jane strich Anne das Haar glatt und küßte sie auf die Stirn.»

«Soll ich das Licht abdrehen?» fragte sie.

«Das wäre lieb von dir.»

«Wirst du jetzt gut schlafen?»

Ja, sie würde gut schlafen, denn sie war glücklich. Jane hatte sie akzeptiert.

«Mutter, wir müssen allein mit dir sprechen», sagte Peter, eine Minute nachdem sie zu Hause angekommen waren.

Peters dringliche Verlautbarungen waren unzuverlässig. Seine Alarmrufe konnten völlig ungerechtfertigt oder die einzige zutreffende Land-in-Sicht-Meldung in einer Welt von Seefahrern sein, die keine Augen im Kopf hatten. Man konnte nie sagen, ob er nun der Junge war, der blinden Alarm schlug, oder der, der ein kleines Loch im Deich entdeckte und es mit dem Finger abdichtete.

«Morgen ist Lauras Geburtstag», sagte er atemlos und schloß die Tür von Annas Schlafzimmer. «Wir müssen ihn wirklich schön feiern.» Also, dachte Anne, Jane hat sich getäuscht, die Kinder hängen doch an ihr.

«Laura ist eine Waise», sagte Sarah in ernstem Tonfall. «Sie hatte noch nie eine Geburtstagsparty.»

«Woher wißt ihr das?» fragte sie besorgt.

«Ach, wir haben sie gefragt, ob sie traurig ist, daß ihre Eltern an ihrem Geburtstag nicht bei ihr sind. Und sie hat gesagt, sie hat keine Eltern», berichtete Peter.

«Das heißt, daß sie eine Waise ist», sagte Sarah mit versonnenem Ausdruck.

«Das heißt, daß sie in einem Waisenhaus aufgewachsen sein muß», folgerte Peter.

«Heutzutage gibt's nicht mehr viele Waisenhäuser», sagte Anne.

«Was passiert dann mit einem, wenn man keine Eltern hat?» fragte Sarah.

«Du ziehst zu anderen Leuten, die zu dir wie Eltern sind. Man nennt sie Pflegeeltern.»

«Ich glaube nicht, daß es bei Laura so war. Ich glaube, daß sie in einem Waisenhaus gewohnt hat.»

«Wie kommst du darauf?»

«Nun ja, wenn sie solche Pflegeeltern gehabt hätte, würde sie ihnen doch schreiben oder sie anrufen. Sie ruft aber nie jemanden an und schreibt auch keine Briefe.»

«Seid ihr gern mit Laura zusammen?» fragte Anne kühn, denn sie wußte nicht, wie sie reagieren würde, falls sie nein sagten. So vieles am Leben mit Kindern, dachte sie, besteht daraus, Bälle vor sich her zu werfen und dann zu hoffen, daß man schnell genug laufen kann, um sie zu erwischen.

«Sie macht viel mit uns zusammen», sagte Sarah. «Sie schreit uns nie an.»

«Und wer schreit euch an?» fragte Anne.

«Du», sagten beide wie aus einem Munde.

«Ich schreie euch nie an.»

«Du wirst laut», sagte Peter.

Anne fühlte, wie Eifersucht sie überrieselte. Sie hätte die Kinder am liebsten gefragt: Fehle ich euch denn nicht? Seid ihr nicht böse, weil ich nicht immer da bin?

«Im Waisenhaus darf man nicht laut werden», sagte Peter. «Man muß im Flüsterton sprechen. Man bekommt den Kopf geschoren und nichts anderes zu essen als Hafergrütze.»

Sarah schaute ihren Bruder hingerissen, fasziniert an. Man konnte nie sagen, welche Dinge für Kinder Quellen der Phantasie sein würden.

Für sie war Laura geheimnisvoll und aufregend. Sie hatten den Geruch des Ungeliebtseins gewittert, der an ihr haftete. Nun stieg er in ihre Nasen als ein exotischer Duft: der Stoff ihrer Alpträume in realer Gestalt.

«Du bäckst ihr schon den Gänseblümchenkuchen, nicht?» fragte Peter.

«Ja, und ich werd Hélène einladen, und nachmittags gehen Laura und ich zum Essen aus.»

«Lade Adrian auch ein», bat Sarah. «Laura hat Adrian gern.»

«Adrian ist sehr beschäftigt», erwiderte Anne rasch. «Ich glaube nicht, daß es ihm möglich sein wird zu kommen.»

«Du kannst ihn doch fragen, Mami», sagte Sarah.

Sie fühlte sich von ihren Kindern in eine Ecke gesteuert, als wäre sie eine Kuh, die in den Stall getrieben wird. Sie wollte Adrian nicht in Lauras Nähe sehen. Die Kombination erschien ihr grotesk. Doch sie wußte, daß sie zu diesem Urteil nicht berechtigt war. Wenn Laura Adrian gern dabei hätte, gehörte es sich, daß sie, Anne, ihn auch einlud.

«Und kauf ihr ein Geschenk», sagte Sarah.

Daran hatte Anne nicht gedacht. Was kaufte man einem Mädchen wie Laura?

«Ich schenke ihr das Modell, das ich gerade gebaut habe. Von einer Jacht. Es war sehr kompliziert und wird ihr Freude machen», sagte Peter.

«Von mir bekommt sie den Truthahn, den wir in der Schule für Thanksgiving aus Tannenzapfen gebastelt haben. Ich hab ihn aufgehoben», sagte Sarah.

«Im Waisenhaus bekommt man keine Geschenke», erklärte Peter. «Mutter, wenn ihr zwei, du und Daddy, sterben solltet, was würde dann aus uns werden?»

«Ihr würdet zu Tante Beth und Onkel Richard kommen.»

«Wir könnten uns nicht jemanden aussuchen?»

«Wen würdet ihr euch denn aussuchen?»

Sie sahen einander an. Offensichtlich hatten sie sich über das Thema unterhalten.

«Ben», sagte Peter.

«Weil wir dann bei ihm in England wohnen könnten. In England haben sie nämlich die Königin.»

Die Königin. Anne erinnerte sich, daß sie in Peters Alter ein Einklebebuch über die Krönung von Königin Elisabeth gehabt hatte. Eines Tages hatte ihre Schwester sämtliche Photos mit Buntstiften übermalt, worüber sie in Wut geriet. Aber ihre Mutter wollte Beth nicht ausschimpfen; sie sagte, Beth habe es nicht böse gemeint, sie habe gedacht, sie mache das Buch hübscher. Anne hatte gewußt, wußte noch heute, daß das nicht stimmte. Beth hatte etwas von ihr kaputtmachen wollen und es auch getan. Noch dreißig Jahre später wurmte sie der Vorfall. Anne blickte ihre Kinder an und sann dem Gedanken nach, was sich wohl ins weiche Wachs ihres Gedächtnisses einprägen und dann Jahre später als eine perfekte Medaille aus Messing erscheinen würde, wie jedes alte Unrecht als eine Kostbarkeit gehegt, einfach weil es die Zeit überdauert.

«Daddy und ich werden nicht sterben», sagte sie und bereute die Bemerkung im gleichen Augenblick. So etwas sollte sie nicht zu ihren Kindern sagen. Sie sollte ihnen nur versprechen, daß sie sie behüten werde, so gut sie könne.

«Wann wirst du mit deiner Arbeit fertig sein?» fragte Sarah.

«Im Juni», antwortete Anne.

«Da ist Daddy wieder zu Hause, und Laura nicht mehr da, und alles wird wieder wie vorher», sagte Sarah.

Genauso wie vorher. Sie hatte das Leben, das hinter ihr lag, als einen kleinen warmen See gesehen, in dem sie mit langsamen, unkomplizierten Zügen umhergeschwommen war. Doch nun hatte sie den Eindruck, daß der Grund immer schlammig gewesen war; Blätter und Zweige, graugrünes formloses Unkraut trieb an die Oberfläche. Sie beobachtete ihre Tochter, wie sie an ihren Fingern etwas abzählte. «Noch sieben Monate», sagte Sarah befriedigt.

Anne telephonierte am Morgen mit Hélène und Adrian. Adrian hörte sich an, als sei er nicht allein; verschlafen erklärte er sich bereit zu kommen. Hélènes Stimme hingegen war anzumerken, daß sie bereits seit Stunden wach war. Anne hatte den Eindruck, daß der Ton vorwurfsvoll klingen sollte. Dies machte ihr bewußt, daß Hélène völlig aus ihren Gedanken verschwunden war. Das war ihr am Leben verhaßt: daß Menschen weggeschoben, weggeschnitten werden konnten wie durch eine fallende Schneide, daß das Leben sich manchmal wie ein Fernsehschirm oder die Leinwand eines Pointillisten mit kleinen hektischen Pünktchen anfüllte, die gewisse Bilder produzierten und andere wegdrängten. Bei Menschen, an denen ihr viel lag, bestürzte sie das; jedesmal, wenn sie es erlebte, war sie tief bekümmert. Sie mochte Hélène nicht, sie war erleichert, daß sie nicht oft mit ihr zusammen sein mußte – einer der Vorteile, die Michaels Abwesenheit mit sich brachte. Trotzdem machte es sie betroffen, daß Hélène für sie so gar nicht mehr existiert hatte. Wie stark sind wir in der Welt verwurzelt, überlegte sie, wenn wir für andere so leicht zu existieren aufhören können?

«Ich habe dich und die Kinder seit weiß Gott wie vielen Wochen nicht gesehn», sagte Hélène.

«Entschuldige, Hélène, aber ich hatte bisher alle Hände ...»

«Hoffentlich hat wenigstens Laura manchmal ein bißchen freie Zeit, um das Leben zu genießen.»

Schuldbewußt gestand Anne sich ein, daß Laura ohne sie oder die Kinder kaum je das Haus verließ. Aber sie konnte sich nicht vorstellen, was Laura würde unternehmen wollen. Es bekümmerte sie, daß sie sich das unglückliche Naturell des Mädchens zunutze gemacht haben könnte.

«Sie ist schrecklich gewissenhaft», sagte sie.

«O ja, ich weiß, deswegen habe ich sie ja empfohlen. Aber sie ist jung. Sie muß etwas vom Leben haben.»

Wieder einmal merkte Anne betroffen, wie groß ihre Antipathie gegen Hélène war. Es mußte ein Ende damit haben, daß sie Leute ablehnte, die abzulehnen sie keinen vernünftigen Anlaß hatte. Wenn sie Adrian, Barbara oder Ianthe nicht gern hätte, könnte sie dafür Gründe anführen: Adrian war lüstern und zu sehr mit sich selbst beschäftigt, Barbara hatte eine spitze Zunge und eine dominierende Art, Ianthe war einfach unmöglich – doch sie liebte alle drei, war gern mit ihnen zusammen. Hélène und Laura boten ihr nichts, wovon sie sich ohne das Gefühl abwenden konnte, versagt zu haben.

Sie war entschlossen, Lauras Geburtstag zu einem gelungenen, ja sogar denkwürdigen Ereignis zu machen. Zufrieden dachte sie an das Geschenk, das sie für Laura erstanden hatte. Es war ein Kleid, das sie im Schaufenster von Lorilard's gesehen hatte, einem Geschäft, über das sie immer wieder staunte. Sie nahm an, daß man dort ursprünglich den Geschmack gutbetuchter älterer Dozentengattinnen hatte ansprechen wollen, deren Idealvorstellung von «casual wear» auf ein Mißverstehen englischer Kleidungssitten zurückging. Der größte Teil des Sortiments in dem Geschäft war zwar noch immer auf diese Kundschaft zugeschnitten, doch als die Dozentenfrauen die Chance bekamen, mehr Vielfalt in ihre Garderobe zu bringen, hatte man sich bemüht, der Moderevolution Rechnung zu tragen. Dies war gescheitert, und das Scheitern hatte seinen Grund in einem Mangel an Klarblick. Als Institution hatte das Geschäft sich an einen Standard gehalten, der keine raschen Variationen kannte; als man sich dann auf schnell wechselnde Modetrends einstellen mußte, kam man peinlicherweise nicht nach, hinkte eine Saison oder auch zwei hinterher – ein kleiner Verzug, aber ruinös. Gleichwohl erlebte der Laden, wie ein geduldiger, aufmerksamer Ehemann, der seine Frau an einen neuen Liebhaber verloren hat, doch seine kleinen Siege. Gelegentlich entdeckte man, wenn man am Schaufenster vorbeikam – niemand kannte jemanden, der regelmäßig hineinging –, irgend etwas, das einen vielleicht reizen würde. Und kaufte man es, kam man sich edelmütig vor, als handelte es sich um einen Akt der Wohltätigkeit.

Das grüne Chaly-Kleid im Schaufenster, das sie für Laura kaufen wollte, hatte wegen seiner leuchtenden Farben Annes Blick auf sich gezogen. Es war ein formloses Gewand, mit langen Ärmeln und einem schlichten Kragen. Wie alles bei Lorilard's war es zwar viel zu teuer, doch auch das traf sich mit Annes Absichten. Sie fand, es sei für Laura genau das Richtige. Sie erstand außerdem eine grüne wollene Strumpfhose und einen langen königsblauen Wollschal. Laura konnte die Strumpfhose zusammen mit dem Kleid tragen, sie würde sich darin warm fühlen und hübsch aussehen; im Haus könnte sie sie mit ihren Sandalen tragen. Und mit dem Wollschal könnte sie vorläufig ihren sackartigen braunen Pullover etwas schmücken. Als Anne Laura gefragt hatte, ob sie einen Wintermantel besitze, sagte Laura, sie brauche keinen.

Um elf Uhr bat Anne Laura, in die Küche zu kommen.

«Ich möchte Ihnen Ihr Geschenk geben», sagte sie.

Langsam, wie in Trance, schnürte Laura das Päckchen auf. Sie nahm das Kleid aus seiner Verpackung, hob es hoch, legte es zusammen und in die Schachtel zurück.

«Es ist sehr hübsch, Anne. Vielen Dank», sagte sie ausdruckslos.

Anne geriet in Panik. «Wenn es Ihnen nicht gefällt, kann ich es zurückbringen.»

«Nein, das würde ich nicht tun.»

«Sie können es zusammen mit der grünen Strumpfhose tragen. Es wäre hübsch und warm. Ich dachte, Sie könnten es für die Party anziehen, wenn Sie Lust dazu haben.»

«Gut.»

«Aber nur wenn Sie wollen», sagte Anne.

«Soll ich's jetzt anprobieren?»

«Wenn Sie möchten, ja, sicher.»

Anne, nun allein in der Küche, kam sich ungeschickt vor. Sie war betreten. Hatte sie Laura verletzt? Hatte sie ihr etwas gekauft, was ihr nicht gefiel? Lauras Reaktion war so sonderbar gewesen, daß sie sich keinen Reim darauf machen konnte. Es wurde ihr heiß, es war ihr, als müßte sie sich entschuldigen, als säße sie beim Essen und müßte sich gleich übergeben. Nur selten war es ihr passiert, daß sie derart danebengriff, und sie konnte nicht einmal sagen, worin ihr Mißgriff bestanden hatte.

Eine Minute später war Laura wieder in der Küche. Sie hatte das Kleid und die grüne Strumpfhose an. Aber sie trug auch die Wanderstiefel, die Anne ihr gekauft hatte. Die Stiefel ließen das Kleid lächerlich erscheinen. Jede Anmut, die es Lauras Körper möglicherweise verliehen hätte, wurde von den karikierenden Stiefeln grotesk verdorben. Mit beabsichtigter Grausamkeit, so kam es Anne vor, machten sie sich über die Idee des Geschenks lustig. Laura stand da und starrte mit einer Miene ohne jeden Ausdruck vor sich hin, anzusehen wie eine Farmersfrau, die in die Stadt kommt, um sich ein paar Zähne ziehen zu lassen.

Der Gedanke war unmöglich, daß Laura dies zur Strafe tat, um zu zeigen, daß sie wisse, Anne habe sich ihre Verschönerung in den Kopf gesetzt. Sie mußte sich vor dieser neuartigen Tendenz hüten, diesem Argwohn, der immer öfter in ihr hochstieg. Kam es daher, daß sie Michael nicht an ihrer Seite hatte? Oder von der Belastung durch ihre Arbeit? Machte sie die düsteren Prophezeiungen über Frauen wahr, deren Arbeit ihr ganzes Leben mit Beschlag belegt?

Sie war froh, daß sie – ehe es Laura gelungen war, sie zu verärgern – sich vorgenommen hatte, Laura nicht zu Marcel's, sondern ins Biorestaurant zu führen. Denn andernfalls hätte sie sich verdächtigt, das billigere Lokal zur Bestrafung gewählt zu haben. Aber es wäre ja wirklich absurd, für ein Essen für sie beide dreißig Dollar auszugeben.

An solchen Dingen lag Laura nichts; das hatte sie zur Genüge klargemacht.

Anne war innerlich so aufgebracht, daß sie glaubte, das Gespräch forcieren zu müssen. Sie unterhielten sich über die Kinder; Anne stellte fest, daß Laura die beiden sehr gut verstand, denn sie verfiel nicht in die Klischees, mit denen sich so viele andere Leute über Peter und Sarah äußerten, und dafür war Anne ihr dankbar. Als dann das Essen kam, spürte sie Wohlwollen in sich.

«Wann haben Sie Ihre Eltern verloren?» fragte Anne beim Nachtisch.

«Nicht verloren. Sie leben noch», sagte Laura, blickte Anne an und lächelte, als hätte diese nur einen geringfügigen Fauxpas begangen.

«Das ist mir schrecklich unangenehm, Laura. Ich dachte, Sie hätten den Kindern erzählt, Sie haben keine Eltern mehr.»

«Nun ja, ich habe mich meinen Eltern entfremdet. Deswegen dachte ich, ich erkläre es ihnen einfach so. Dann würden sie es besser begreifen.» Sie lächelte wieder. »Meinen Sie, ich sollte ihnen die Wahrheit sagen?» fragte sie in einem Ton, daß Anne den Eindruck hatte, Laura liege, so oder so, nicht viel daran; sie, Anne, habe zu entscheiden.

«Ich bin mir im Augenblick nicht sicher, Laura», sagte Anne, deren kleine Reserve an Wohlwollen durch Lauras eigenartiges Verhalten und die sonderbare Art, wie sie die Sache nahm, dahingeschmolzen war. «Ich muß es mir durch den Kopf gehen lassen. Aber im allgemeinen bemühe ich mich, sie nicht anzulügen.»

«Es war nicht eigentlich gelogen, Anne», erwiderte Laura lächelnd. «Ich habe nur versucht, es ihnen leichter begreiflich zu machen.»

Anne sagte sich, daß es sinnlos sei, das Thema weiter zu verfolgen. Mit jedem Satz nahm es problematischere Dimensionen an. Am besten war es, den Punkt fallenzulassen.

Den ganzen Nachmittag war sie innerlich erregt und voll Groll. Sie wollte eigentlich in Carolines Briefen weiterlesen, sie wollte unbedingt ihre Eindrücke von den Bildern ordnen, die sie bei Jane gesehen hatte. Statt dessen stand sie in der Küche und war damit beschäftigt, auf einen gelben Kuchen die Umrisse von Blütenblättern einzuritzen. Sie kam sich dabei lächerlich vor. Sie hatte das gleiche für die Kinder getan, und die waren so begeistert davon gewesen, daß sie das Ritual auf Lauras

Geburtstag ausgedehnt hatten. Wie so vieles, was man für Kinder tat, war es absurd, aber erfreulich, und die Freude daran kam von der Vorfreude auf die Freude der Kinder und von dem Symbolcharakter, den man einem Akt verlieh, der an sich albern war, jedoch vielleicht der Erinnerung konkrete Gestalt gab.

Für Laura einen solchen Kuchen zu backen war eine Parodie auf all dies. Wahrscheinlich wollte sie gar keinen, würde sich nicht darüber freuen. Statt der schlichten Gefühle der Zuneigung, die sie empfinden würde, wenn sie dies jetzt für ihre Kinder täte, spürte Anne, wie ihre Bewegungen von Antipathie ruckartig und vor Gereiztheit ungleichmäßig wurden. Sie mußte es sich eingestehen: Sie hatte für Laura nichts übrig. Jemanden mögen, das ließ sich nicht erzwingen; es handelte sich nicht um eine Eigenschaft wie Mut oder faires Denken, die man sich zu erarbeiten vermochte. Und die ganze Geschichte konnte nur schlimmer werden. Das Zusammenleben mit Laura würde jeden Tag neue Anlässe zum Verdruß bringen. Die Liebe, dachte Anne, wächst durch Beobachtung; die Gewohnheiten ihres Mannes, ihrer Kinder waren ihr ans Herz gewachsen; ihre Vertrautheit mit diesen Gewohnheiten gab die konkrete Basis ab, ohne die all die Gefühle, die sie in ihr weckten, in der Luft hängen würden. Doch bei Laura fügte sich jeder wiederholte Akt zu einem Muster, das Anne nach irgendwelchen Beweisen absuchte, nach einer gewissen Rechtfertigung für die Verhärtung, das Bedrückende suchend, das sie empfand, wenn Laura ins Zimmer kam.

Sie befürchtete, aus Groll den Kuchen zu verderben, und so brauchte sie dreimal so lange dafür wie sonst. Die Aufregung der Kinder machte sie zappelig; sie tauchten immer wieder in der Küche auf, um nachzusehen, wie die Dinge vorangingen. Selbst ihr Versprechen, keine Stückchen vom Zuckerguß zu stibitzen, selbst das Lob, das sie Annes – für sie unglaublichen – Konditorenkunst spendeten, ärgerte Anne. Als sie von der Küchentür her ihren Namen hörte, fuhr sie zusammen wie jemand, der spät nachts im Büro eine Veruntreuung begeht und plötzlich den Schlüssel des Chefs im Schloß hört. Dann sah sie, daß es Ed Corcoran war, der im Obergeschoß gearbeitet hatte.

«Ich werd jetzt gleich die Lampen in der Küche ein- und ausschalten und dachte mir, ich warne Sie lieber, nicht daß Sie glauben, Sie sind nicht mehr richtig im Kopf oder sonst was.»

Sie lächelte ihn unsicher an. «Ja, ich weiß, was ich hier treibe, sieht wie die Beschäftigung einer Verrückten aus, aber ich bin völlig bei Verstand.»

Sie klärte ihn über die Kuchen in Blumen- oder Tierformen auf, und während sie sprach, bemerkte sie, daß in seinen Blick ein Leuchten trat.

«Sie sind wirklich ein netter Mensch, daß Sie sich soviel Mühe machen. Ich meine, für jemanden, der nur für Sie arbeitet. Das würde außer Ihnen beinahe niemand tun. Die Leute behandeln die Menschen, die für sie arbeiten, wie Sachen. Sie dagegen machen sich wirklich Gedanken. Sicher fühlt sie sich einsam, an ihrem Geburtstag fern von ihrer Familie und so.»

Anne errötete, albernerweise, wie sie fand. Es war absurd, daß die anerkennenden Worte dieses Mannes ihr Freude bereiteten. Sie wusch sich die Hände und lud ihn zu einer Tasse Tee ein.

«Ja, Geburtstage sind schon was Besonderes», sagte Ed Corcoran. «Bevor meine Frau ihre Krankheit bekam, hat sie immer einen großen Wirbel darum gemacht, für unsern Ältesten, wissen Sie, Ed junior. Aber Brian hat noch nie einen selbstgebackenen Kuchen bekommen. Sie ist einfach nicht mehr dazu imstande. Ich kauf halt einen in der Bäckerei. Aber mit schlechtem Gewissen. Ich finde, ein Kind sollte zum Geburtstag einen selbstgebackenen Kuchen bekommen. Vielleicht versuch ich's nächstes Jahr einmal. Ich hab allerdings noch nie was gebacken.»

«Ach, es ist gar nicht schwer. Ich könnte es Ihnen zeigen», sagte Anne.

Er hatte ihr von der Krankheit seiner Frau erzählt. Als sie mit Brian schwanger war, hatte sich bei ihr ein Gehirntumor entwickelt, der, so sagte man ihnen, zum Tod führen werde. Doch statt dessen hatte er sie zu einem Leben der Hilflosigkeit verurteilt, mit zeitweiliger Umnachtung, mit permanenten Kopfschmerzen und dem Wissen, daß es immer so bleiben werde.

«Stellen Sie sich das vor, ich und einen Kuchen backen! Ich müßte mir eine Schürze umbinden. Stellen Sie sich mich in einer Schürze vor!» Er lachte. «Lassen Sie mich doch mal Ihre anprobieren, wegen der Größe.»

Lachend zog sie die Schleife auf und reichte sie ihm. Er war ein so massiges Mannsbild, daß er in einer Schürze nur lächerlich aussehen konnte. Und er übertrieb noch das Lächerliche daran und tanzte in der Küche herum, wobei er wie eine Balletteuse den Schürzenrand lüpfte.

«Jetzt aber wieder an die Arbeit. Ich muß hier raus, bevor Ihre Gäste kommen.»

Er gab ihr die Schürze zurück. Langsam band sie sie wieder um, mit einer angenehmen Empfindung, weil er sie gerade angehabt hatte. Sie arbeitete jetzt in fröhlicher Stimmung, spürte, daß er ihr zusah, spürte, daß alles, was sie tat, damit der Kuchen schön wurde, ihr seine Achtung einbrachte. Das Zusammensein mit ihm beflügelte sie; er hatte eine öde Plackerei in ein Vergnügen verwandelt. Und was war dagegen schon zu sagen? Das Leben, sagte sie sich, ist schwer genug; es ist albern, in ein so völlig harmloses Vergnügen etwas hineinzudenken.

Als erster Partygast traf Adrian ein. Er kam in die Küche und umarmte Anne, die gerade den Tisch decken wollte.

«Es kommt mir vor, als hätte ich mich ein ganzes Jahr lang nicht mit dir unterhalten. Der Abend neulich war schlimmer, als wenn wir uns gar nicht gesehen hätten. Du weißt ja, daß Barbara und ich uns immer wie ungezogene Kinder aufführen müssen, wenn du dabei bist.»

«Warum tut ihr das denn?» fragte sie.

«Ach, weil wir wissen, daß du soviel gutherziger bist als wir, und das ärgert uns fürchterlich. Es juckt uns, einander zu quälen, so daß du eingreifen und uns voreinander retten kannst.»

«Ach, weißt du, in letzter Zeit hapert es mit meinen Manieren, was ihr auch davon gehalten habt.»

«Anne, du hast ein Verständnis von schlechtem Benehmen wie Peter von großem Reichtum.»

Sie lachte, nahm aber seine Hand, um ihm zu zeigen, daß sie es ernst meine. «Du hilfst mir nicht, wenn du mich für besser hältst, als ich bin.»

«Ich halte dich nicht für besser, als du bist. In meinen Augen bist du vollkommen. Was hast du denn angestellt, was liegt dir auf der Seele?»

«Es handelt sich um Laura», sagte sie. «Ich bring es einfach nicht fertig, sie zu mögen. Ich bin ihr dankbar für ihre Hilfe, ich finde, sie geht gut mit den Kindern um, aber ich kann mich nicht überwinden, ihr ein warmes Gefühl entgegenzubringen.»

«Und deswegen gibst du ihr eine Geburtstagsparty?»

«Es *ist* ihr Geburtstag.»

«Heute haben viele Menschen Geburtstag. Vielleicht könntest du ihretwegen ein paar Leute einladen.»

Anne lachte. «Sie hat gesagt, ihr Geburtstag ist nie gefeiert worden. Und die Kinder wollten es. Sie hat wirklich ein ganz trauriges Leben hinter sich.»

«Wieso denn das?»

«Ich weiß nicht genau, aber ich spüre es einfach. Sie wirkt so ungeliebt, so unbemuttert. So tief unglücklich.»

«Es ist nicht deine Pflicht, sie glücklich zu machen.»

«Aber sie lebt in meinem Haus. Sie betreut meine Kinder. Und wenn ich sie glücklich machen *kann*, sollte ich es versuchen.»

«Was bringt dich darauf, daß du es kannst?»

Anne zuckte mit den Achseln. «Ich weiß nicht. Eitelkeit vielleicht.»

«Hör mir mal zu. Du bist nicht ihre Mutter. Du bist ihre Arbeitgeberin. Deine Pflicht besteht darin, ihr einen anständigen Lohn zu zahlen und nicht zuviel Arbeit von ihr zu verlangen. Du bist nicht verpflichtet, ihr Leben zu retten. Schau, du hast deine Arbeit zu tun, deine Kinder großzuziehen, bei den Gemeindewahlen deine Stimme abzugeben und deinem Mann treu zu bleiben. Es ist nicht deine Aufgabe, elternlose Kinder aufzunehmen.»

«Aber wer nimmt sie dann auf?»

«Jemand, der sie braucht. Du hast jetzt schon mehr als genug Menschen in deinem Leben.»

«Wie ich das hasse», sagte Anne. «Alle Leute in Selby sind so. Die Ehefrau, der Ehemann, der Sohn, die Tochter, der Rasen, das College. Und das ganze Leben außerhalb wird nie einbezogen.»

«Dann bezieh es doch ein, wenn du das willst.»

«Aber ich will nicht *sie*. Ich wollte, ich könnte jemand anderen bekommen.»

«Jetzt fang nicht damit an! Sie leistet gute Arbeit für dich. Das ist alles, was wichtig ist. Die Kinder haben's gut bei ihr, das Haus ist in makelloser Ordnung. Sie geht nie weg, sie ist nicht auf Drogen abgefahren, sie vögelt nicht mir ihrem Freund im Wohnzimmer. Wenn du von der Beziehung nicht zuviel erwartest, ist alles okay für dich.»

«Ich tue ohnehin schon zuviel, schau», sagte Anne und deutete auf den überladenen Tisch.

«Nun gut, heute ist ihr Geburtstag. Aber sei danach ein bißchen reservierter. Vielleicht findet sie dann eher Freunde und ist weniger von dir abhängig; das wird dir die Bürde erleichtern.»

«Mag sein», erwiderte Anne, aber in ihrem Ton lag Zweifel.

«Was dir fehlt, ist mehr Umgang mit mir», sagte Adrian. «Ich werd dir zeigen, wie man sich den Altruismus abgewöhnt. Komm und geh mit mir essen.»

«Zu gerne.»

«Abgemacht. Dienstag.»

Peter kam in die Küche gelaufen. «Hélène ist da», sagte er wie ein Zeremonienmeister. «Jetzt können wir anfangen.»

Im Kerzenschein sah Laura in ihrem grünen Kleid hübscher aus, als Anne sie je gesehen hatte. Sie lachte, als sie die Kerzen ausgeblasen hatte; sie machte anerkennende Bemerkungen zu Peters Modell und Sarahs Truthahn. Sie schnupperte beglückt an der Lavendelseife, die die Greenspans ihr gekauft hatten, und steckte die gerahmte Photographie, die Hélène ihr geschenkt hatte, gegen den Kerzenleuchter. Sie zeigte eine Strandszene, und auf den Himmel darüber waren die Worte gedruckt: «Geh mir nicht voraus, ich folge dir vielleicht nicht; geh nicht hinter mir, ich weise dir vielleicht nicht den Weg; geh einfach neben mir und sei mein Freund.» Zuletzt schlang sie sich den blauen Schal, den Anne ihr gekauft hatte, um den Hals. Um neun Uhr sagte Howard Greenspan, er werde jetzt die Kinder nach Hause und ins Bett bringen.

«Ich möchte Ihnen allen für den schönsten Geburtstag meines Lebens danken. Vor allem möchte ich Anne danken. Für alles. Alles», sagte sie und küßte Anne auf die Wange.

Alle klatschten und hoben die Gläser. «Auf Laura und Anne!» riefen sie fröhlich.

7. KAPITEL

ANNE liebte sie sehr; Anne liebte sie mehr, als jemals ein anderer Mensch sie geliebt hatte. Zuerst war ihr davor bange gewesen, das Kleid anzuziehen. Es war wunderschön. Zu schön für dich, dachte sie. «Gib doch gleich alle deine Kleider deiner Schwester, du wirst ja nie was andres als häßlich sein.» War das ein Trick, um sie häßlicher zu machen? Wollte Anne, daß sie sagte: «Das ist viel zu hübsch für mich»? Machte Anne sich mit dem Geschenk des Kleides über sie lustig?

Sie nahm es aus der Schachtel, um es zum erstenmal anzuziehen, und hielt es an ihren Körper. Das leuchtende Grün, wie das Grün von Blättern, die leuchtenden kleinen dunklen Blumen. Und die grüne Strumpfhose. «Sie wird Sie warm halten», hatte Anne gesagt.

Laura zog Hose und Pullover aus. Ihr Fleisch war weiß und lasch. Hinten an ihren Beinen schimmerten blau die Adern. Sie zog die grüne wollene Strumpfhose über die Beine hoch, über den Bauch. Der weiß und weich war. Sie stellte sich vor den Spiegel und vergaß ganz, daß das Fleisch nichts bedeutete, daß ihr gewölbter Bauch, die weißen Beine, die blauen Adern, daß all dies nichts bedeutete. Sie streifte sich das Kleid über den Kopf.

Es kam ihr wie etwas Lebendes vor. Es glänzte. Es hellte ihr Gesicht, ihr Haar auf, von dem es hieß, daß es hübsch sei. Wie sie so dastand und sich im Spiegel betrachtete, sagte sie sich: wie hübsch. Anne hatte ihr ein wunderschönes Kleid gekauft. Nicht um sich über sie lustig zu machen oder sie auf die Probe zu stellen. Um sie glücklich zu machen. Anne liebte sie. Sie würde die Stiefel anziehen, die Anne ihr gekauft hatte, weil sie Anne eine Freude machen wollte. Beglückt ging sie die Treppe hinunter und strich dabei über ihr schönes Kleid.

Anne zeigte keine Freude. Sie sah Laura in dem Kleid an und sagte: «Gut.» Aber erfreut war sie nicht. Genau wie meine Eltern, dachte Laura. Sie mochte tun, was sie wollte, nie waren sie zufrieden.

Sie hatte zu den Kindern gesagt, sie habe keine Eltern. Das war verkehrt gewesen. Sie hatten über ihren Geburtstag gesprochen. «Bist du nicht traurig, daß du deine Eltern nicht sehen wirst?»

Wie aus der Pistole geschossen, ohne Überlegung, waren die Worte herausgekommen, wie springende Funken, wie knisternde Flammen. «Ich habe keine Eltern.»

Es war die Wahrheit. Sie hatte keine Eltern. Denn bei Matthäus hatte sie gelesen: «Es wird aber ein Bruder den andern zum Tod überantworten und der Vater den Sohn, und die Kinder werden sich empören wider ihre Eltern und ihnen zum Tode helfen.» Sie verstand diese Worte. Jesus hatte sie gesprochen und damit gemeint, daß Blutsbande nichtig seien, hatte damit gemeint, der Mensch solle diejenigen verlassen, in deren Kreis er geboren war. Und jeder, der ein Haus oder Geschwister oder Vater oder Mutter oder Kinder oder ein Land verlassen hat, wird «gehaßt werden von jedermann um meines Namens willen. Wer aber bis ans Ende beharret, der wird selig.»

Trotzdem hätte sie das nicht zu den Kindern sagen sollen. Sie wußte, die Kinder liebten sie. Und Anne liebte sie. Jetzt waren sie ihre Familie. Sie brauchte ihre Eltern und ihre Schwester nicht. Sie lächelte bei dem Gedanken, daß sie nicht wußten, wo sie sich aufhielt, sie niemals aufspüren konnten. Ihr Vater machte sich vermutlich Sorgen. Ob sie die Polizei angerufen hatten, als sie entdeckten, daß sie verschwunden war? Niemand konnte sie ausfindig machen. Es gab nichts, was sie mit der Welt verband. Nicht Gold, noch Silber, noch Schuhe. Keine Nummern – Versicherung, Fürsorge, Autoschilder. Alle diese Nummern bedeuteten Fleisch, Nahrung, Bindungen. Sie konnten sie niemals finden. Sie hatte keine Bindung ans Fleisch.

Sie stellte sich gern vor, wie neidisch sie auf sie wären. Was würde ihre Mutter, ihre Schwester sagen, wenn sie die Party sehen könnten, die Anne für sie gab? Weil sie es wollte, denn sie mußte nicht. Und zu den Geschenken? Sie wußte, wieviel das Kleid gekostet hatte. Sie hatte es im Schaufenster dieses Geschäftes gesehen. Siebzig Dollar. Sie würden niemals so viel ausgeben. Vielleicht hätten sie es beim Ausverkauf erstanden, gewartet, gewartet und gewartet, bis sie sahen, daß niemand anders es kaufen wollte. Aber Anne hatte es gesehen und sofort gekauft, hatte es aus dem Schaufenster leuchten sehen. Erfüllt von Liebe zu Laura war Anne hineingegangen und hatte ihnen diese Riesensumme auf den Tisch gelegt. Zuerst hatte Laura Furcht empfunden. Natürlich, denn es war ja so schön. Das Grün, die Blumen. Sie hatte noch nie ein so wunderschönes Kleid besessen.

Und dann ihr Zimmer. Was würde ihre Mutter zu ihrem Zimmer

sagen? Von einem Haus, wie es Anne bewohnte, hatte Lauras Mutter immer geträumt, darüber in Illustrierten gelesen, aber nie eins betreten.

Alle Möbelstücke waren alt und solide. Das Mobiliar hier würde niemals kaputtgehen. Von der Couch würden die Beine nicht abbrechen, aus den Stuhlpolstern würde nicht das Füllmaterial heraus und auf den Teppich fallen und dort liegen bleiben. Im Haus ihrer Mutter glänzte das Holz nicht, wie es sollte. Ihre Mutter ließ es stumpf werden, ließ die Gläserabdrücke darauf, bis sie wie Gesichter aussahen, ließ zu, daß die Schondecken knittrig wurden, daß Kleenex-Tücher hinter die Sofakissen gerieten, daß Zigaretten, Haarklammern, Schuhe unter den Stühlen lagen, die Haarspray-Dose auf dem Tisch stand. In Annes Haus war alles wertvoll. Sie polierte die Möbel, bis sie glänzten. Die Stoffe fühlten sich nicht steif an. Es gab keine schreienden Farben, wie bei ihrer Mutter. Selbst wenn ihre Mutter sich bemühte, die Farben im Haus vom Schreien abzuhalten, sie hielten nicht den Mund.

Hier hatte alles Festigkeit. Die Dinge flogen nicht in die Höhe, flogen nicht davon, ärgerten das Auge nicht. Ihr Zimmer war eine Mulde, ein Tal, ein helles Feld. Die Böden waren aus lichtem Holz. Der kleine Teppich neben ihrem Bett lag ruhig zu ihren Füßen. Die Vorhänge hingen in ordentlichen Falten. Morgens kam die Sonne in ihr Zimmer, ließ sich auf ihren Tischen, den Stühlen, der Kommode nieder, nie grell und blendend. Ihre Schwester wäre neidisch auf sie wegen des Zimmers.

Und nochmals wanderten ihre Gedanken zu der Party, die Anne ihr ausgerichtet hatte. Niemals würden sie die Gelegenheit bekommen, jemanden kennenzulernen wie die Leute, die um den Tisch saßen, ihr zusangen, sie ehrten, sie beschenkten. Drei Professoren, zwei Professorenfrauen. Der eine Professor war Adrian. Ihre Mutter würde niemals die Chance bekommen, einen Mann wie Adrian kennenzulernen. Allenfalls, dürfte sie ihm, wenn sie eine Arbeit in der Reinigung annähme, seine gewaschenen Hemden aushändigen. Aber er würde nie das Wort an sie richten. Er würde ihr niemals Blumen schenken.

Sie wußte, daß Adrian sie wirklich gern hatte. Er hatte gesagt, sie könne gut zuhören. Er war der bestaussehende Mann, der ihr jemals begegnet war, mit seinem dichten grauen Lockenhaar, dem offenen Hemdkragen, seinen breiten Schultern. Als er gekommen war, um sich mit Anne zu unterhalten, hatte sie gesagt, Anne sei beschäftigt, sie möchte sie nicht stören. In Wahrheit aber hatte sie im Zimmer mit ihm allein sein wollen, ohne Anne. Wäre Anne dabei, würde er sich mit Anne, nicht mit ihr unterhalten. Wenn sie Adrian oft genug zuhörte, ihm in die Augen blickte, während er ihr Dinge erzählte, wenn sie alles lobte, was er von sich gab, dann würde er sie eines Tages lieber haben als Anne.

Was würden ihre Eltern dazu sagen, wenn sie und Adrian heirateten? Wenn sie mit ihm in seinem VW-Golf vor dem Haus vorfuhr, ohne ihnen vorher ein Wort gesagt zu haben, nachdem sie sie zwei Jahre lang nicht gesehen hatte. Wenn die Hochzeit in Annes Haus stattfände, wäre das ganze Haus voller Blumen aus dem Garten. Jetzt war zwar Winter, doch im Frühling würde im Garten der Flieder prangen, sagte Anne. Weiß und purpurrot mit dunkelgrünen Blättern. Bei der Hochzeit würde das Haus voll von Fliedersträußen sein.

Falls sie Adrian heiratete, würde sie immer in Annes Nähe sein. In Selby in einem Haus wie Annes wohnen, in derselben Straße. Sie würde die Leute lehren, was sie über den Geist des Herrn wissen mußten. Sie lehren, daß ihr Leben ohne Belang war. Sie würde leben wie sie alle, doch kein Mensch von der Art sein wie sie. Sie würden sie lieben, aber sie würde ihre Liebe nicht so stark erwidern. Denn sie hatte ja noch den Geist des Herrn. Sie würden hierbleiben müssen, sie selbst aber könnte jederzeit fortgehen, weil sie wußte, daß menschliche Bindungen nichts bedeuten. Und zum Abschied würde sie ihnen das verkünden.

Aber sie mußte aufpassen, daß sie nicht anfing, Bedürfnisse zu entwickeln, sich allzeit vor Augen halten, daß all dies nichtig war, all die Blumen und Kleider, all die Kerzen und Lieder und Geschenke, das kühle, blühende Fleisch Annes, das warme, schwere Fleisch Adrians. Sie würde ihre Liebe nie in der gleichen Weise erwidern, sondern im Geist des Herrn, frei, bindungslos. Dann würde sie sie verlassen. Dann würden ihnen die Augen aufgetan werden.

Doch sie würde vorsichtig sein müssen. Sie würde auch weiterhin nicht vom Geist des Herrn sprechen. Sie würde anbieten, Adrians Sachen zu bügeln, seine Wäsche zu waschen. Sie würde die Sachen anziehen, die Anne gefielen. Sich tolle Dinge für die Kinder ausdenken. Denn sie war von Feinden umringt. Und die erste von ihnen war diese Jane.

«Aber meine Feinde leben und sind mächtig; die mich zu Unrecht hassen, derer sind viele. Die mir Gutes mit Bösem vergelten, feinden mich an, weil ich mich an das Gute halte.»

Die Heilige Schrift sprach allzeit zu ihr, gab ihr immer, was ihr not tat. Diese Jane konnte keinen Grund haben, ihr Arges zu wollen. Dennoch tat sie es. Wollte sie aus Neid von Anne getrennt sehen. Wollte Anne für sich haben. Und neidete Laura den Geist des Herrn, den sie für sich selbst begehrte, aber nicht besaß. O ja, man sah es ihr an; sie hungerte nach dem Geist. Doch der Geist des Herrn betrat ihr Haus nicht.

Anne und Jane liebten Bilder, wie sie den Geist lieben sollten. Die Bilder, über die sie sprachen und die sie anschauten, wie Anne die Kinder anschaute, wenn sie vor ihr hergingen oder schliefen, wenn sie ihren Blick nicht erwidern, sie nicht fragen konnten, warum sie sie so ansehe. Laura wußte, was diese Blicke bedeuteten. Bindung und Begehren. Aber es gab nichts, woran man sich festhalten konnte, nichts, was solche Blicke rechtfertigte. Sie sahen diese Dinge – Kinder, Bilder – an, weil sie ihre Schätze waren. Doch das war Trug; es würde ihnen den Tod bringen. Jesus hatte gesagt: «Ihr sollt euch nicht Schätze sammeln auf Erden, da sie die Motten und der Rost fressen und da die Diebe nach graben und stehlen. Sammelt euch aber Schätze im Himmel, da sie weder Motten noch Rost fressen und da die Diebe nicht nach graben, noch stehlen. Denn wo euer Schatz ist, da ist auch euer Herz.» Der heilige Jakobus war noch weiter gegangen. «Euer Gold und Silber ist verrostet, und ihr Rost wird euch zum Zeugnis sein und wird euer Fleisch fressen wie ein Feuer.» Jane würde Anne den Weg zum Feuer führen. Sie war stolz. Stolz auf ihr Haus, ihre Bilder, ihr Haar. Stolz auf ihre Schönheit, obwohl sie nun alt war. Anne war nicht stolz, doch Jane konnte sie den Weg zum Feuer führen. Anne mußte lernen, ihren irdischen Bindungen zu entsagen. Sie mußte lernen, daß ihre Kinder für sie nichts anderes waren als Fremde. So, wie sie sie liebte, konnte sie sich nicht zum Geist des Herrn emporschwingen. Aus den Flammen emporfliegen. Anne brauchte Laura, damit sie die Flammen von ihr fernhalte, damit sie sie vor dieser Frau und ihren Schätzen bewahre.

Der heilige Jakobus kannte sich mit Menschen wie dieser Jane aus. «Ihr habt wohlgelebet auf Erden und eure Wollust gehabt und eure Herzen geweidet als auf einen Schlachttag. Ihr habt verurteilet den Gerechten und getötet, und er hat euch nicht widerstanden.»

Jane verurteilte Laura; sie spürte es. Doch Laura würde ihr widerstehen. Und dann würde Jane erkennen, daß Laura im Geist des Herrn wandelte und daß sie, Jane, im Fleisch versumpfte. Sie sah im Geist die Bilder brennen und Anne in der Flamme umkommen. Aber sie hatte die Macht, Anne vor der Flamme zu retten.

Weil sie ihr den Geist des Herrn mißgönnte, wollte Jane ihr Schaden zufügen. Als Laura ihr am Thanksgiving Day beim Abspülen half, hatte Jane sie gefragt: «Was haben Sie für Pläne, wenn Ihre Arbeit für Anne zu Ende ist?» Sie wird nie zu Ende sein, ich werde immer bei ihr bleiben, dachte Laura, sagte jedoch statt dessen: «Ich nehme das Nächstbeste an, das daherkommt. Es ergibt sich schon etwas.» «Und haben Sie eine Ausbildung?» hatte Jane gefragt. «High School, aber ich wüßte nichts, was ich auf dem College lernen möchte.» Jane hatte weitergefragt: «Was wollen Sie dann aus Ihrem Leben machen?» Laura hatte gelächelt im Wissen um ihr Wirken, um das Wirken des Geistes. «Ich nehme einfach, was sich als nächstes anbietet. Ich arbeite zwar gern mit Kindern, mache mir aber nicht viel Gedanken darüber, was ich tue. Ich reise mit leichtem Gepäck, also gehe ich einfach dahin, wo sich etwas anbietet.» «Aber was erhoffen Sie sich eigentlich vom Leben?» hatte Jane wissen wollen. Laura hatte gespürt, daß sich der Rücken der Frau verkrampfte, daß sie ärgerlich wurde. «Ich habe keine Wünsche, ich brauche nichts, um glücklich zu sein.» «Aber natürlich haben Sie Wünsche», hatte die Frau gesagt. «Freunde, Liebe, Essen, Kleidung, ein Dach über dem Kopf.» Laura hatte gelächelt, denn sie wußte sich als die Erwählte des Herrn. «Ich brauche nicht sehr viel, um durchs Leben zu kommen», hatte sie gesagt.

Sie mußte klug sein. Annes Errettung durch sie wäre einfacher, wenn diese Jane nicht da wäre. Der starke Feind. Die Erwählten des Herrn hatten Hartes zu erdulden. «So gedenke doch, Herr, wie der Feind schmähet und ein törichtes Volk deinen Namen lästert. Gib deine Taube nicht den Tieren preis ...»

Sie, Laura, wußte, daß sie die Taube war. Sie liebte und wollte beschirmen. Mit ihren weichen Flügeln würde sie Anne zudecken. Sie hatte keine bitteren Gedanken im Herzen. Sie betete für ihre Feindin Jane. Daß sie den Geist des Herrn schauen möge. Jane war jetzt das wilde Tier, das verschlingen wollte die Seele der Taube. Ihr Atem war hitzig, ihre Augen glühten rot. Sie wollte mit ihrem starken, festen Körper auf Laura zurennen. Sie würde, wenn sie könnte, ihre Zähne in das Fleisch der Taube schlagen.

Und dennoch würde sie nicht siegen. Laura wußte, sie war klug und mächtig; sie war überzeugt, daß sie triumphieren werde. Jetzt, da sie wußte, daß Anne sie liebte, würde sie Anne vor der Flamme retten.

8. KAPITEL

Als Anne zum Mittagessen nach unten kam, sah sie Adrian in der Küche sitzen. «Was für eine nette Überraschung», sagte sie. «Haben wir uns für heute zum Lunch verabredet?»

«Nein, Laura hat mich eingeladen, mit ihr essen zu gehen.»

«Oh, nett von ihr», sagte Anne.

Es war keine Gerechtigkeit in dem, was sie empfand. Laura hatte das Recht, nach Belieben Leute zum Essen auszuführen. Natürlich würde sich jede junge Frau die Finger nach Adrian abschlecken; warum also sollte Laura nicht versuchen, ihn für sich zu interessieren? In Wahrheit lag die Schuld, wenn es überhaupt eine gab, bei ihm. Er hätte wissen müssen, daß er einem Mädchen wie Laura den Kopf verdrehen würde. Er sollte die Sache abbrechen, bevor sie richtig damit anfingen.

Aber angenommen, er wollte nicht? Angenommen, er war gerne mit ihr zusammen? Angenommen, er fand sie attraktiv? Ihr selbst war schon der Gedanke durch den Kopf gegangen, daß Laura auf einen *homme à femme* vielleicht erregend wirken könnte. Und Adrian hatte ohne Zweifel das Auge eines solchen: Immer wieder hatte seine erotische Vorurteilslosigkeit sie überrascht und auch etwas gerührt – eine Imbißstuben-Kellnerin mit Krampfadern, eine Bibliothekarin, die über die Sechzig hinaus war. Und Laura würde es guttun, einen erfahrenen und geduldigen Mann als Liebhaber zu haben. Sie war so unglücklich. Vielleicht war das, was sie brauchte, doch nicht Liebe, wie sie einem die Familie gab. Vielleicht fehlte ihr ein Liebhaber.

Aber sie gönnte ihr Adrian nicht. Sie hatte nicht gedacht, daß sie in seinem Fall besitzergreifend denken könnte, doch nun kam die Wahrheit ans Licht, sie mußte sich ihr stellen. Sie hatte Adrian seine Frauengeschichten nie verargt; sie hatte sein Sexualleben mit einer Mischung aus Belustigung und Mißfallen beobachtet, doch nichts, was er bisher getan hatte, war ihr so befremdlich erschienen. Vielleicht lag der Grund darin, daß die Frauen, mit denen er etwas anfing, anscheinend einen Vorzug besaßen, der sie begehrenswert machte. Sie waren schön, gebildet, sexy, witzig oder zumindest exotisch. In solche Wertschätzung konnte sie sich eingeschlossen fühlen. Wenn er sie selbst attraktiv fand und diese Frauen für ihn anziehend waren, mußte es irgend etwas Gemeinsames geben. Die Vorstellung aber, mit Laura könnte sie etwas Gemeinsames verbinden, gefiel ihr ganz und gar nicht. Dadurch, daß Adrian zu Laura hingezogen wurde, fühlte Anne sich schlicht in ihrem Wert gemindert.

Laura erschien in der Tür. Sie hatte das Kleid an, das Anne ihr gekauft hatte. Als sie in die Küche trat, erkannte Anne den Geruch ihres eigenen Parfüms, *Fleurs de Rocaille.* Im Jahr vorher hatte Michael ihr ein Fläschchen davon zu Weihnachten geschenkt. Natürlich konnte es sein, daß Laura selbst welches besaß. Sie könnte es beispielsweise im Duty-free-Shop am Londoner Flughafen Heathrow gekauft, zufällig nach dieser Marke gegriffen haben, wegen des Namens vielleicht. Sie blickte zu Laura hoch, versuchte sie anzulächeln. Irgend etwas war an ihr verändert – ja, sie trug Lidschatten, grün wie Annes eigener. Doch es war kein besonderer, in jedem Drugstore erhältlich; es mußte also nicht der von ihr, Anne, sein. Und sie würde es nie sicher wissen, denn es war für sie undenkbar, Laura danach zu fragen. Adrian hatte Lauras Pullover über dem Arm, und sie lächelte ihn über die Schulter hinweg an.

Wie kam es, daß Laura ihr gegenüber solche Macht besaß? Sie brauchte nur Adrian über die Schulter anzulächeln, grünen Lidschatten aufzutragen, und Anne bemerkte, wie ihre Haut hart wurde wie eine Rinde. Doch sie war nicht die einzige, die Lauras Macht zu spüren bekam. Es hatte sie sehr erleichtert, als sie unlängst eine kurze Diskussion zwischen Laura und Ianthe mit anhörte. Ianthe war gekommen, um mit Anne zu sprechen. Laura hatte gesagt, das sei unmöglich, weil Anne gerade arbeite. Und Ianthe, die es mit Kardinälen in den Vatikanischen Museen, dem Verkaufspersonal in Luxusgeschäften wie Bergdorf's oder Mark Cross, den Praxisdamen teurer Spezialisten an der Park Avenue erfolgreich aufgenommen hatte, war es nicht gelungen, an Laura vorbeizukommen. Anne hatte gesehen, daß Ianthe überlegte, Laura einfach zur Seite zu schieben. Aber sie hielt sich zurück. Es war als wollte jemand mit einem Degen durch ein Kissen dringen. So hatte Laura sich durchgesetzt.

Sie war mächtig, weil sie unbeweglich war. Nichts vermochte sie aus der Fassung zu bringen; alles an ihrer Haltung war glatt und schwer. Sie war unempfindlich für Humor wie für Charme. Ihr Interesse an Adrian, dachte Anne, hat nichts mit seiner geistreichen Art oder seinem reizenden Wesen zu tun. Sie mußte an ihm interessiert sein, weil er offenkundig den Eindruck machte, daß er die notwendige Ausdauer besaß, im Bett etwas zu leisten. Der Gedanke an Laura mit Adrian im Bett war ihr widerwärtig. Sie konnte sich vorstellen, daß Laura die Sache mit der gleichen Zielstrebigkeit, der gleichen Verbissenheit anging, mit der sie den Kühlschrank nach vorne rückte, um dahinter sauber zu machen. Es war unerträglich, was Laura in ihr weckte. Sie hätte solche Gefühle sonst vielleicht in ihrem ganzen Leben nicht empfunden. Es war das Zusammensein mit Laura, das Leben, das sie neben ihr führen mußte, was diese Aversion so kraß machte und so real.

Sie durfte nicht mehr an Laura denken. Sie würde wieder an ihre Arbeit gehen. Das war das Wichtige, das Wesentliche. Weil sie Laura als Hilfe hatte, konnte sie sich Carolines Tagebüchern zuwenden. Im Haus gab es nichts, worum sie sich kümmern mußte. Deswegen konnte sie sich mit Laura abfinden, denn all die Eigenschaften, die sie an ihr ärgerten, machten Laura als Hilfe im Haus perfekt. Ihre Stumpfheit, ihr Mangel an Phantasie bewahrten sie davor, sich zu langweilen; sie gaben ihr Zufriedenheit bei der Arbeit. Und so war es Anne möglich, sich Carolines Tagebüchern zu widmen und zu lesen, was Caroline, fünfundsiebzig Jahre zuvor, in ihrem Haus am Hudson sitzend, geschrieben hatte.

Ich kann nicht lieben. Ich kann nicht malen. Ich sehe Leute an, schaue auf den Fluß und weiß, was ich zu tun hätte. Doch ich kann nichts tun. Die amerikanischen Himmel sind nichts für mich. Sie vermitteln mir nichts, nur eine gewisse riesige, dumme Grenzenlosigkeit, hinter der sich Bedeutungsleere verbirgt.

Wenn ich doch nur etwas Einfaches zustande brächte: einen Apfel oder einen Ast. Zeichnen könnte, als wäre ich ein Schuster, der etwas Gewöhnliches, Nützliches macht: ein Paar Stiefel. Wenn mich doch das Aussehen der Dinge wieder in Bewegung bringen könnte. Als Matisse die Grippe bekam und zu sterben glaubte, sagte er, er sei froh, gelebt zu haben, seiner Vögel, seiner Gärten wegen. Sie seien so schön gewesen. Wenn ich das nur wieder fühlen könnte.

Die Sonne auf den Blättern: ein helles, saures Grün. Früher konnte nichts mich davon ablenken. Stephens Existenz macht alles stumpf, verdirbt alles. Sein Elend vergiftet das ganze Haus. Seine Beziehung zu andern Leuten entstellt sie für mich. Weil meine Schwester, die ich liebe, ihn anhimmelt, ist sie für mich eine Närrin. Für meinen Vater, der früher bei mir einen widerwilligen Stolz wecken konnte, habe ich heute nichts als Verachtung. Wie er sich um meinen Sohn sorgt, das macht ihn ganz zum Amerikaner, zum Philister und Provinzler. Wenn er zu Stephen sagt: «Geh doch ins Freie, sitz nicht so trübselig herum. Tu was, sei mal ein richtiger Junge!», könnte ich meinem Vater einen Schlag versetzen, der ihn ins Herz trifft. Doch ich verachte ja selbst meinen Sohn wegen seiner Lethargie, seiner Trübseligkeit. Mein Sohn. Ich weiß, wo er ist. Er sitzt draußen vor meiner Tür und wartet darauf, daß ich aufhöre. Ich kann seinen Atem durch Mauern hören, die zwölf Zoll dick sind. Sein Atem nimmt mir die Luft und macht mich blind. Er sitzt dort draußen, ein Bild des Jammers, und wartet nur auf das Wort, die Berührung, die ich ihm nicht geben kann. Er bildet sich ein, daß ich hinter der Tür bei der Arbeit sei. Ich höre, wie seine Erzieherin zu ihm sagt, er solle damit aufhören, an der Tür zu sitzen, ins Freie kommen, irgend etwas spielen, sich ein Märchen anhören. Aber er rührt sich nicht weg.

Der arme Stephen mit seinen vier Jahren, wie er wartete und genau das Verkehrte tat, das, was ihm die Zuneigung seiner Mutter niemals verschaffen konnte, nur ihre Ungeduld. Und die arme Caroline, in ihrem Zimmer gefangen, niedergedrückt, wund gerieben von Gereiztheit, Gewissensbissen, Verachtung, von der Angst, nicht arbeiten zu können. Drei Monate im Jahr widmete sie Stephen, widerwillig einer vertrockneten Haut abgewrungen. Sie kehrte Paris den Rücken, ließ ihr Leben zurück, bestieg Schiffe, überquerte Meere. Um wohin zu gelangen? Zu ihrem Sohn, dessen Körper den ihren erkalten ließ. Doch auf ihren Bildern von ihm hatte sie seinem Fleisch Schönheit verliehen. Ihr freiester Pinselstrich, Rot-, Purpur- und Blautöne, gestaltete in *Stephen, schlafend* liebevoll die Gliedmaßen des Jungen. Wenn ihr Vater Stephen tadelte, hätte sie am liebsten ein Messer gepackt und es ihrem Vater ins Herz gestoßen. Doch wenn sie in der Nähe des Kindes war, konnte sie nicht atmen. Trotzdem war sie jedes Jahr, vom Juni bis zum August, bei ihm. Sie eilte vom Schiff, hatte ihn neben sich, den Knirps, hüllte sie beide in eine Unglückswolke aus Versagen und Unverständnis, trommelte in dem Haus, das holländische Siedler in den 60er Jahren des 17. Jahrhunderts gebaut hatten, mit den Fingern auf die Fensterbretter und rauchte voll Ungeduld hundert Zigaretten am Tag, um ihren Vater zu ärgern. Dann, am 1. September, fuhr sie wieder weg, nahm die Wolke fort und ließ Stephen noch wehrloser zurück, nackt dem verheerenden Sturm männlicher Erwartungen preisgegeben, der nur bewirken konnte, daß der Junge welkte, krank wurde, hinabsank in seine unglückliche Natur, in die Verzagtheit seines Herzens.

Anne betrachtete die Skizzenbücher aus jenen Sommern. Sie erkannte, daß Caroline in diesen Zeichnungen eine neue Technik lernte, rasch und kühn. Sie sah es an den Darstellungen der Äste, an der starken Linie, die den Horizont markierte, an den knappen, sicheren Strichen, die Fenster und Türen andeuteten. Caroline saß untröstlich in ihrem Zimmer, überzeugt, daß ihre Arbeit unnütz war, sie nicht weiterbrachte. Doch diese Zeichnungen waren von kritischer Bedeutung für das, was sie in ihrem späteren Schaffen erreichte. Hätten die Dinge für Stephen anders ausgesehen, wenn sie beide gewußt hätten, daß diese lastenden, peinigenden Stunden zu etwas führen würden? Hätte Caroline ihren Sohn mehr geliebt, wenn sie gewußt hätte, daß ihre Beschäftigung, während er draußen vor der Tür saß, den Weg zum Besten ihres Schaffens weisen würde? Hätte Stephen, das Kind, stumm zu sich gesagt: Ich bin zwar einsam, aber es führt zu etwas? Natürlich nicht. Nichts hätte ihnen helfen können. Es gab keine Verbindung zwischen Kunst und Leben. Der Blick nach hinten half nichts – oder war eine Lüge. Sie mußten leben, wie sie lebten. Sie konnten nur so sein, wie sie waren. Caroline in ihrem Zimmer, elend gemacht durch den Sohn, der elend vor der Tür saß und die Luft einatmete, die sie brauchte.

Am Morgen brummte das Haus förmlich vor Erwartung. Das morgendliche Sonnenlicht, schwach und gewöhnlich, gewann an Entschiedenheit. Für die Kinder war es ein leuchtender Tag: Es ging nach New York. Eine Woge fremder Menschen würde sie verschlingen, herrlich, gefahrvoll, und sie dahintragen. Vielleicht bekamen sie zu sehen, wie ein Film gedreht wurde, vielleicht wurden sie Zeugen eines Mordes. Es war kurz vor Weihnachten. Die Geschäfte würden beleuchtet sein, Lämpchen würden sich an Drähten durch die dichte Luft reihen.

In gesetzter Haltung traten sie in das Gebäude, in dem Jane ihre Wohnung hatte. Sie war klein, mit Überlegung eingerichtet und zeigte klar, daß ihr häusliches Leben auf dem Lande stattfand. Die Wände der Zimmer waren weiß. Zuvor hatten sie Carolines Bilder bedeckt, jetzt waren sie beinahe leer. Quadratische gelbbraune Sessel standen im Wohnzimmer auf dem Teppich wie Vögel auf der Erde. Die Vorhänge hatten ein düsteres Grün.

«Kommt herein, meine Schätzchen, kommt herein», sagte Jane und schob die Kinder vor sich her. «Ich möchte euch mit meiner Freundin Betty Loomis bekannt machen.»

Jane hatte zu Anne gesagt, sie solle Laura nicht mitbringen; die Frau, die manchmal für sie arbeite, würde sehr gern auf die Kinder aufpassen. Für Anne war es ein Vergnügen, einen Tag ohne Laura zu sein; Vergnügen bereitete ihr sogar, daß sie als Janes Komplizin an Lauras Ausschließung beteiligt war. Ob Laura den Tag mit Adrian verbrachte? Sie nahm sich vor, nicht daran zu denken.

«Betty wohnt den Winter über bei mir», sagte Jane. «Sie hat mir im Haus geholfen.»

Betty Loomis saß in einem der Sessel und wirkte, als würde sie am liebsten darin verschwinden. Ihre mageren Schultern krümmten sich einwärts, der Körpermitte zu, wie ein Kleiderbügel, auf den schwere gestiefelte Füße getreten sind. Ihr Haar – in fünf Farbtönen, die ineinander übergingen – war nach hinten gekämmt und wurde von einem roten Plastikband festgehalten. Unter den Augen waren rötlichbraune Stellen, die vielleicht darauf schließen ließen, daß sie die schlimme Angewohnheit hatte, sie besonders heftig zu reiben. Ihre Augen waren groß und hell, überzogen mit einem dünnen, hartnäckigen Film aus Traurigkeit, Leidensfähigkeit, Geduld und Unglück. Sie trug eine schwarze Skihose und einen Acrylpullover in einem Farbton, den man zwanzig Jahre vorher allzu anspruchsvoll als königsblau bezeichnet hatte. An den Füßen hatte sie Ballettschuhe, deren dünne Schnürsenkel über dem Rist zu ordentlichen Schleifen gebunden waren.

«Woher stammen Sie?» fragte Anne, ging dabei etwas in die Knie und zog die Schultern nach vorne, weil sie befürchtete, Janes statuarische Erscheinung, ihre Größe und ihre frischen Farben könnten diese junge Frau erdrücken, wenn sie, Anne, noch mit ihrer ganzen Körperlichkeit hinzukäme.

«Aus Florida», sagte Betty Loomis. «Meine Familie kam ursprünglich aus Florida. Ich bin aber nicht dort aufgewachsen. Ich habe eine Zeitlang in Georgia, dann in Alabama gelebt. 1978 bin ich hierhergekommen.»

«Ja, so war's», sagte Jane. «Jetzt hört mal zu, Kinder. Ihr müßt sehr brav sein und alles tun, was Betty euch sagt, ja, mehr noch, denn sie ist sehr lieb, und ich fürchte, ihr werdet dahinterkommen, daß man sie leicht ausnützen kann. Wir sind um vier Uhr wieder da und machen uns jetzt gleich auf, weshalb Sie sich selbst ums Abendessen kümmern müssen, Betty.»

Betty nickte und tippte mit einer Zigarette auf die Sessellehne.

«Sie sollten nicht rauchen. Der Chef der Gesundheitsbehörde hat festgestellt, daß Rauchen für Ihre Gesundheit gefährlich sein kann», erklärte Peter altklug.

«Mach den Leuten keine Vorschriften», sagte Jane. «Es gibt einen sehr guten Satz, der heißt: ‹Jedem sein eigenes Gift›. Du hast deines vielleicht noch nicht gefunden, aber das kommt schon noch.»

Peter sank auf die Couch zurück und wurde rot. Anne befürchtete schon, daß er zu weinen anfangen werde. Schließlich war er in Jane verschossen.

Betty setzte sich neben ihn auf die Couch. «Ich weiß, du hast das gesagt, weil du es gut mit mir meinst. Das ist sehr lieb von dir.»

Peters Körper bohrte sich vor Freude in die Polsterung. Wie alle Moralapostel, dachte Anne, ist er im Grunde ein Gefühlsmensch. Vermutlich wird er einmal eine Country-Music-Sängerin heiraten und sein Leben dem Versuch widmen, ihr Griechisch beizubringen. Anne küßte ihre Kinder und gab jedem einen Dollar. Im Flur ging ihr der Gedanke durch den Kopf, welcher Zufall Betty Loomis in Janes Leben geführt haben mochte. Sie war offensichtlich mehr als nur eine Angestellte. Während sie hinter Jane auf den Lift wartete, sagte sie sich, sie würde es niemals wagen, danach zu fragen, und es wäre durchaus möglich, daß Jane sich nie dazu äußern würde. Jane war einer jener Menschen, die immer überrascht sind, wenn andere Leute es ungewöhnlich finden, wie sie ihr Leben einrichten. In ihrer extrem individualistischen Gemütsruhe hielt Jane sich für die Norm.

Anne hatte den Leuten in der Galerie die von ihr zusammengestellte Liste der Bilder Caroline Watsons übergeben, die sich in Privatbesitz befanden. Heute sollte sie sie zum Mittagessen treffen, um darüber zu sprechen, wie man mit den Sammlern Kontakt aufnehmen und vielleicht einige der Gemälde für die Ausstellung ausleihen könnte. Nur von ein paar hatte sie in Ausstellungskatalogen aus den zwanziger und dreißiger Jahren Photographien gesehen. Deshalb hoffte sie sehr, daß Ben – und vielleicht Jane – sie beraten werde, welche von den Bildern wichtig genug seien, um Nachforschungen danach anzustellen.

Sie waren mit den Leuten von der Galerie in einem japanischen Restaurant verabredet. Die Wahl, die sie getroffen hatten, machte Anne noch nervöser. Ein Geschäftsessen in einem japanischen Restaurant. Daraus sprach für Anne eine sublime Mißachtung des Herkömmlichen, die einfallsreiche Absicht, sich abzuheben von Rechtsanwälten, Börsenmaklern, Verlegern, die in anderen Lokalen schwitzend vor großen dunkelbraunen Fleischbrocken saßen und, wie Barbaren, grunzend ihre Geschäfte tätigten. Sie hatte nur ein einziges Mal in einem japanischen Restaurant gegessen, in Boston, als sie am Gardner Museum arbeitete, und erinnerte sich, daß sie es wunderbar gefunden hatte, wie die Gerichte zubereitet waren: die Fischröllchen mit ihrer fremdartigen Farbe und Struktur, der heiße grüne Meerrettich, die Suppe, die man aus einer Schale trank, die grüne Eiscreme, die wie aus Blättern gemacht schmeckte.

Ben und die beiden jungen Männer am Tisch erhoben sich, um Anne und Jane zu begrüßen; die beiden jungen Frauen, die nebeneinander saßen, lächelten leicht, an Annes Kopf vorbei. Anne wurde mit ihnen bekannt gemacht; die Männer hießen Charles und Daniel, die Frauen Cressida und Jill. Anne setzte sich rasch. Angesichts dieser vier Menschen kam sie sich wie irgendeine plumpe, groteske Kreatur vor, die herbeitransportiert worden war, um Zwangsarbeit zu verrichten. Sie waren alle dünn und hatten kantig geschnittene Sachen an. Die Männer trugen enge Anzüge mit schmalen Aufschlägen und schmale schwarze Krawatten. Cressida hatte eine Jacke aus messingfarbenem weichen Leder mit wuchtigen Schultern an. Jill war ganz in Schwarz, und ihre knöchelhohen Stiefeletten waren aus dem gleichen Leder wie Cressidas Jacke, nur in silberner Version. In ihrem grauen Wollrock und dem Tweedjackett kam sich Anne unelegant und parvenühaft vor. Daß sie zumindest erkennbar ähnlich wie Jane gekleidet war, war ihr kein Trost. Jane war vierzig Jahre älter als sie; diese Leute standen ihr im Alter viel näher.

«Erzähl mir Genaueres über diese himmlische Pasta, die du gekauft hast, Daniel», sagte Charles. «Ich möchte alles darüber erfahren.»

«Weißt du, ich kaufe sie in dem Laden im West Village. Diese unheimlich entzückende, winzige, wirklich steinalte Lady dort macht sie jeden Tag in dem Raum dahinter. Ich nehm's auf meinen Eid, daß sie ihren eigenen Weizen mahlt.»

«Wenn man schon mal in Italien war, ist die Pasta in Amerika natürlich ungenießbar. Genauso wie der Kaffee», sagte Jill.

«Ich weiß ein Geschäft, wo sie eine ganz unglaubliche Mischung haben. Sie machen sie selbst, aber sie schmeckt wirklich europäisch.»

«Bekanntlich gibt es keinen europäischen Kaffee. Oder amerikanischen. Es hat damit zu tun, wie die Bohnen gemischt, geröstet und gemahlen werden», erklärte Jane und setzte die Brille auf, um die Speisekarte zu studieren.

«Ja, ganz richtig», sagte Cressida, «aber wenn man trinkt, was bei uns als Kaffee gilt, trinkt man Spülwasser.»

«Das ist Unsinn», widersprach Jane. «Man bekommt hier leicht guten Kaffee.»

«Ich darf sowieso keinen trinken», sagte Charles. «Mein halbes Gehalt geht für den coffeinfreien Kaffee von Zabar's drauf. Dort bekomme ich wenigstens Ferrarelle.»

«Ich kann nicht verstehen, warum die Leute so verrückt nach Mineralwasser sind», sagte Jane. «Zum Verdünnen ist es ja in Ordnung, aber offenbar trinkt man es heute pur.»

«Es hat keine Kalorien», erklärte Jill und zündete grimmig ein Streichholz an, als müßte sie, weil von Kalorien die Rede war, eine Waffe zur Hand haben.

«Aber es schmeckt doch nicht», sagte Jane. «Man könnte ebensogut gar nichts trinken.»

«Ich finde, es hat einen gewissen faszinierenden Geschmack nach Askese», bemerkte Daniel.

«Die Leute haben heute nicht mehr den Genuß am Essen und Trinken wie früher, findest du nicht auch, Ben?» sagte Jane.

«Ganz meine Meinung», erklärte Ben. «Sie schauen auch danach aus. Zu meiner Zeit sahen die Frauen aus wie Anne und du, mit gesunder Farbe und Fleisch, auf das sie stolz waren.»

«Ich finde, die Amerikaner essen zuviel», sagte Jill.

«Und ob», stimmte Charles zu, «und sie essen lauter Schrott. Ich will damit sagen, wenn man sieht, was ein Bauer in Frankreich oder Italien ißt . . .»

Jane blickte sichtlich gelangweilt vor sich hin. Ben wandte sich Anne zu und sprach mit ihr über die Weihnachtsgeschenke für die Kinder. Bis zum Ende des Essens ignorierte er die vier jungen Leute und konzentrierte sich ganz auf Anne, wodurch ihr noch unbehaglicher zumute wurde. Sie denken sicher, sagte sie sich, daß Ben mich für den Katalog ausgewählt hat, weil ich mit ihm liiert bin. Von Zeit zu Zeit versuchte einer der jungen Menschen, Bens Aufmerksamkeit zu gewinnen; er war berühmt, besaß Einfluß, hatte Beziehungen zu den Besitzenden und zu den Reichen. Betreten nahm Anne die verschiedenen Gänge ihres Essens zu sich. Über die Bilder war kein einziges Wort gefallen.

Als sie sich zum Gehen erhoben, sagte Ben: «Ich denke, wir sind uns darin einig, daß die Auswahl der Bilder aus Privatbesitz ganz Mrs. Forster überlassen bleiben sollte. Sie ist von uns allen am besten dafür qualifiziert, diese Entscheidungen zu treffen.»

«Aber selbstverständlich», sagte Charles. «Imponierend, Ihre Recherchen. Wirklich imponierende Arbeit.»

«Ich nehme an, Sie haben auf dem Lande, wo Sie leben, viel freie Zeit», sagte Cressida. «Keine Ablenkung. Nichts anzusehen, keine anderen Ausstellungen. Nichts, wo man hin könnte. Nur Sie und Ihre Kinder in diesem entzückenden Städtchen. Es muß sehr friedlich sein.»

War das ein Versuch, sich einzufühlen, oder bewußtes Mißverstehen? Anne kam sich zwanzig Kilo schwerer vor als die junge Person.

«Wirklich großartig, was Sie geleistet haben», meinte auch Jill. «Erstklassig. Die Ausstellung wird Furore machen.»

«Danke», erwiderte Anne. Sie hatte den Eindruck, daß sie sie verachteten.

Im Taxi auf dem Weg zu ihrer Wohnung sagte Jane: «Das waren vielleicht gräßliche Geschöpfe, diese albernen, affektierten Hühner.»

«Sie haben kein Wort über Carolines Werk verloren», sagte Anne und fühlte, daß sie den Tränen nahe war. Sie empfand es als eine Herabsetzung Carolines, oder als hätten sie eines ihrer Kinder herabgesetzt.

«Sie haben in deiner Anwesenheit Angst», erklärte Ben. «Sie sind völlig ahnungslos und haben Angst, sich vor einem Experten zu blamieren.»

«Ich kann mir vorstellen, welche Angst sie vor dir hatten», sagte Anne.

«Nicht vor mir, meine liebe Anne. Vor dir.»

«Vor mir?»

«Du weißt mehr über Caroline Watson als sonst jemand auf der Welt.»

Anne blickte zum Fenster hinaus. Angst vor ihr? In ihrem ganzen Leben hatte noch nie jemand vor ihr Angst gehabt.

«Wo sind die Kinder?» fragte Ben.

«In meiner Wohnung», sagte Jane.

«Und wer paßt auf sie auf?»

«Betty.»

«Die Prügelbetty?»

«Ben», sagte Jane ärgerlich, «du bist viel zu alt für so kindische Reden.»

«Du gibst ihr wohl bei Peter und Sarah eine zweite Chance? Immerhin ist Peter ja alt genug, um auf sich und seine Schwester aufzupassen.»

«Natürlich ist er das», sagte Jane schroff. «Ihre Kinder waren viel kleiner, als sie sie verletzt hat.»

«Ihre Kinder verletzt?» fragte Anne angstvoll.

«Ein paar unglückliche Vorkommnisse in einer Zeit, als sie psychisch labil war. Aber heute geht es ihr viel besser. Das sieht doch jeder.»

Alarmiert setzte sich Anne gerader hin. «Jane, du hast meine Kinder einer Kindsmißhandlerin anvertraut?»

«Wie du das sagst, Anne – als bestünde ihre Identität allein darin. Das ist ganz und gar nicht der Fall. Sie ist eine tapfere Person und von einer ungeheuren Loyalität.»

«Außerdem, Liebling, ist Jane damit beschäftigt, sie wieder auf die Beine zu stellen, und deswegen müssen wir uns alle an dem Experiment beteiligen.»

«Natürlich hätte ich es keinesfalls getan, wenn ich nicht völlig überzeugt wäre, daß sie vertrauenswürdig ist. Ich habe sie im vergangenen Jahr kennengelernt, als ich mich meldete, um Leuten das Lesen beizubringen.»

«Sie kann nicht lesen?» stieß Anne hervor, als machte das die Frau noch unzuverlässiger.

«Doch, jetzt schon. Ich hab es ihr beigebracht. Sie hatte ein ganz fürchterliches Leben hinter sich. Mit sechzehn wurde sie schwanger. Ihr Freund hat sie geheiratet, ist anschließend zur Armee gegangen, hat ihr noch zwei Kinder gemacht und ist dann spurlos verschwunden. Ihre Mutter war eine Trinkerin, ihr Vater schwer krank; er hatte ein Lungenemphysem. Sie haben ihr gesagt, daß sie sie nicht länger unterstützen könnten. Stell dir das vor, sie haben einfach erklärt, sie hätten es satt, ihr zu helfen. Sie ist mit ihren Kindern in einen Bus gestiegen – drei Tage lang saß sie mit ihnen in einem Bus. Als sie in New York ankam, kannte sie keine Menschenseele. Sie wohnte mit den Kindern im heruntergekommensten Manhattan in einem möblierten Zimmer und arbeitete als Kellnerin in einer Donut-Bude. Der einzige Mann, den sie kennenlernte und der nett zu ihr war, verließ sie schließlich, weil er es mit den Kindern nicht aushalten konnte. Eines Tages, nachdem sie die Kinder aus einem elenden Hort abgeholt hatte, stieß ihr Vierjähriger in einem Wutanfall eine Milchkanne um. Bevor sie wußte, was geschah, hatte sie ihm den Arm gebrochen. Sie war völlig aufgelöst von dem Vorfall. Sie rief das Kindsmißhandlungszentrum an, das ihr einen Berater schickte. Ihre Lebensumstände sind inzwischen unvergleichbar besser, und ich bin überzeugt, daß sie nie mehr Kinder schlägt. Aber ihre eigenen sind mittlerweile bei Pflegeeltern untergebracht. Wenn ich zu ihr gesagt hätte, sie könnte nicht auf deine aufpassen, hätte das ihrem Selbstvertrauen einen schrecklichen Schlag versetzt.»

«Aber du hättest mich vorher fragen können, Jane», sagte Anne.

«Aber, liebe Anne, ich wußte doch, daß du genauso denken würdest wie ich. Wir sind uns furchtbar ähnlich, wir könnten Mutter und Tochter sein.»

Annes ganzer Zorn schmolz angesichts dieser Bemerkung dahin, die Vertrautheit zwischen ihnen voraussetzte, aber natürlich absurd war. Sie war ganz anders als Jane; selbst wenn sie hundert Jahre alt würde, könnte sie Jane niemals ähnlich werden. Doch allein schon die Tatsache, daß Jane es sich einbildete, war eine Ehre. Anne konnte jetzt nicht mehr sagen, was sie eigentlich hatte sagen wollen: Wie konntest du meine Kinder in Gefahr bringen! Daß Kindsmißhandlungen vorkamen, war begreiflich; es war leicht zu verstehen, warum es immer wieder dazu kam. In den drei Jahren, in denen sie den ganzen Tag mit den Kindern zu Hause war, hatte sie wiederholt mit Betroffenheit erkennen müssen, wie frustriert sie war, wie die Langeweile bei der geringsten Lappalie zur Gereiztheit wurde. Aber sie dachte an die Körper ihrer Kinder und an den Körper der Frau, die ihre eigenen mißhandelt hatte, und roch gleichsam eine Übertragung. Man verletzt seine Kinder nicht. Man bewahrt sie vor Schaden. Das ist der Auftrag einer Mutter in dieser Welt.

Sie lief die Treppe in Janes Appartement-Haus hinauf. Die Kinder saßen glücklich und zufrieden mit Betty auf dem Boden und setzten ein Puzzle zusammen.

«Toll war's», sagte Sarah.

Anne umarmte sie, wie betäubt von der Erleichterung. Sie sah zu Betty hin und dachte mit Dankbarkeit an Laura. Sie langweilte einen, sie irritierte einen, aber sie war grundzuverlässig. Wie sehr sie auch meinen inneren Frieden stört, dachte Anne, oder, ich muß es mir eingestehen, meine Selbstliebe, immerhin brauche ich mir keine Gedanken zu machen, ob die Kinder bei ihr vielleicht nicht sicher sind.

An diesem Morgen war der Himmel von grauer Farbe. Anne lehnte die Wange an die Fensterscheibe; das kalte Glas machte ihr bewußt, wie froh sie sein durfte, in ihren vier Wänden zu sein. Es beflügelte sie, wieder an die Arbeit zu gehen. Sie hörte Ed Corcoran unten im Erdgeschoß arbeiten. Er hatte sie gefragt, ob er an den Tagen, an denen es bei ihm zu Hause Schwierigkeiten gab und seine Schwester nicht auf Brian aufpassen konnte, seinen Sohn mitbringen dürfe. Anne hatte erfreut ja gesagt.

Jedesmal, wenn sie Brian auf dem Boden sitzen und ernsten Gesichts mit seinen Sachen spielen sah – seinem Vater nicht im Weg, doch auch nie zu weit weg vom schützenden Bezirk um den väterlichen Körper –, dachte sie an Eds Frau. Welches Band, sann sie, verknüpft Kinder mit den Körpern ihrer Väter, in denen sie doch nie gelebt haben? Sie hatte immer den Eindruck gehabt, daß Michaels Beziehung zu den Kindern anders war als ihre eigene. Als sie noch Babys waren, hatte sie ein körperlich schmerzendes Sehnen nach ihnen empfunden, wenn sie sie nicht bei sich hatte. Abends beim Schlafengehen mußte sie sich zusammennehmen, damit sie die Kleinen vorher nicht noch aus ihren Bettchen heraushob, so groß war ihr Verlangen, sie an sich zu drücken, mit dem Mund ihre Wangen, ihr Haar zu liebkosen. Sie kannte ihre Körper besser, als Michael sie kannte, denn sie sorgte mehr für sie, sie waren ihrem Körper näher gewesen. Sie hatten in seinen Krümmungen gelebt, wenn sie ihnen die Brust gab; sie hatte gespürt, wie ihre kleinen primitiven Finger an ihrem Leib herumtasteten und entlangfuhren. Fleisch von meinem Fleisch. Galt das auch für die Väter? Sie hatte nicht diesen Eindruck gehabt. Michaels Passion für die Kinder war weniger physisch geprägt. Sie hatte etwas Sehnsüchtiges an sich, als hielte er, wenn er seine Kinder an sich drückte, das Kind in den Armen, das er gern gewesen wäre. Er betrachtete sich nie als das Fleisch, aus dem sie gekommen waren, und er sah kein Wunder darin, daß sie alleine durch einen ganzen Tag ihres Lebens kamen. Dies machte es ihm leicht, ihrer Eigenart Respekt zu zollen, worum Anne sich immer wieder mühen mußte.

Doch für Brian Corcoran war es anders. Sicherheit, das war für ihn sein Vater. Die Sicherheit, die eine Mutter gab, war eine Stütze, die dieses arme Kind niemals kennenlernen würde. Aber war der Junge denn ein armes Kind? Er machte einen glücklichen Eindruck. Anne bewunderte ihn; in seinem Fall schien es nicht unangemessen, bei einem Dreijährigen das Wort «bewundern» zu gebrauchen. Er nahm teil an der Welt der Arbeit. Er war ein ernstes Kind. Sie wäre niemals fähig gewesen, ihren Kindern in diesem Alter so wenig Aufmerksamkeit zuzuwenden, wie Ed Corcoran es gegenüber Brian tat. Der Junge war glücklich in der Nähe seines Vaters, sonst aber nirgends. Er spielte gelegentlich ein Weilchen mit Peter, der kleine Kinder sehr gerne mochte und es mit ihnen konnte, doch immer wieder flackerte sein Blick unruhig zum Vater hin. Anne sah, wie das Kind angstvoll die Augen hob, wenn sein Vater aus dem Zimmer ging, und sie dann wieder beruhigt senkte, sobald es ihn in der Nähe wußte. Sie betrachtete die beiden, wie sie zusammen ihr Mittagsbrot verzehrten, hörte zu, wie Ed mit seinem Sohn sprach, ganz wie sie selbst mit ihren Kindern, die meisten Männer aber nicht – vertraulich plaudernd.

Ed Corcoran war hochgewachsen; einsneunzig, schätzte sie. Es war ihr angenehm, neben ihm zu stehen, weil sie sich dabei – für sie ein seltenes Gefühl neben Männern – nicht zu groß vorkam. Sie erinnerte sich an Barbaras flirtendes Gekicher, als sie die blauen Seiten seines Kostenvoranschlages überflog, und wurde sich bewußt, daß Ed auch auf sie anziehend wirkte. Waren alle Frauen, bei denen er arbeitete, heimlich in ihn verliebt? Weil er ein netter Mann war, und weil nette Männer so selten waren? Weil die Frauen in ihren großen Häusern allein waren?

Diese Empfindung, daß ein Mann sie anzog, berührte sie sonderbar. Es war natürlich schon früher vorgekommen, ein prickelndes Gefühl, doch jedesmal war Anne durch die stärkende Gegenwart ihres Mannes und die physische Realität des Ehelebens gebremst worden.

War sie in Gefahr – allein im Haus mit einem Mann, den sie

begehrenswert fand? Nein, Ed Corcoran war nicht der Mann, mit dem sie Michael betrügen würde. Sie waren beide schüchtern, beide bar jeder Kunst rascher Verführung. Sie müßte überrumpelt werden, und dafür war Ed viel zu gutartig. Er würde ihr die Möglichkeit lassen zu zögern, und wenn sie zögerte, würde sie sich immer für die Treue entscheiden. Und worüber sollten sie sich denn unterhalten? Er war Elektriker. Dennoch hatten sie offenbar eine Menge Geprächsstoff. Sie unterhielten sich über ihre Kinder.

Er hatte sie gefragt, ob er an ein paar Abenden von zehn Uhr bis Mitternacht arbeiten könnte. Um diese Zeit seien seine Kinder im Bett, und auch seine Frau schlafe dann schon. Sollte bei ihm zu Hause etwas vorfallen, könnte ihn sein älterer Sohn, der zehn war, hier anrufen. Er hatte das gefragt, nachdem sie ihm anvertraut hatte, daß sie bis Mitternacht arbeitete. Wie konnte sie ihm die Bitte abschlagen? Aber nein. Es war beruhigend zu wissen, daß alle im Haus schliefen außer ihnen beiden. Um Mitternacht ging sie nach unten und bot ihm eine Tasse Tee an. Es hatte sich so eingebürgert: Allnächtlich um Mitternacht trank sie Tee mit einem Mann, der mit ihrem Ehemann nicht das geringste gemeinsam hatte. Es war gut, daß Michael bald nach Hause kommen würde. In zehn Tagen sollte er wieder da sein. Doch von Ed Corcoran drohte ihr keine Gefahr. Er würde niemals den ersten Schritt tun. Vor allem, nahm sie an, wegen des Klassenunterschieds. Gleichwohl machte es ihr Freude, sich jeden Abend mit ihm zu unterhalten, und es tat ihr leid, daß es damit bald zu Ende sein werde. Sie mußte ihm sagen, daß er nach der Rückkehr ihres Mannes tagsüber arbeiten müsse, wie er es bei allen anderen Leuten auch tat.

Doch an diesem Tag konnte sie ihn gewiß einladen, zusammen mit seinem kleinen Jungen an ihrem Mittagessen teilzunehmen. Daran war doch unmöglich etwas auszusetzen. Aber sie würde sich noch nicht erlauben, nach unten zu gehen und sie zu begrüßen. Sie zwang sich, den Rest der Passage aus Carolines Tagebuch zu exzerpieren, an der sie gerade arbeitete.

15. Juni 1920
Arques-la-Bataille

Ich bin also eine «ältere Malerin». Eine Horde hosentragender junger Engländerinnen erscheint an der Haustüre, erwartet ein Mittagessen und gänzlich ungehinderten Zugang zu meinem Atelier, von meinem Leben ganz zu schweigen. Sie bilden sich ein, nicht eitel zu sein, aber in ihren Hosen gefallen sie sich wie Kurtisanen. Wie sie mich entsetzen! Und doch sind sie die Erfüllung all meiner Träume. Wenn es mir mit zwanzig möglich gewesen wäre, mit Malerfreunden über Land zu radeln, die Ateliers «älterer Maler» zu besuchen, was hätte ich nicht alles zustande bringen können! Doch die Freiheit hat sie nur grob gemacht; sie malen wie schwachsinnige Kinder. Wenn sie eine Figur verzerren, bilden sie sich schon ein, Matisse begriffen zu haben. Für sie bin ich eine ältliche Frau in langen Röcken, mit dicken Fesseln. Und wie herablassend die *demoiselles* sein können. «Was für ein Auge für den Faltenwurf!» «Wie schön das Ohr modelliert ist!» Möge der liebe Gott verhüten, daß Stephen eine ihresgleichen heiratet! Aber er ist viel zu edel für sie. Was sie im Grunde ihres Herzens wollen, ist ein Unhold, der sie die Treppe hinunterwirft und sich schwitzend, in dumpfer Besoffenheit, über sie hermacht.

Was für ein sonderbarer Brief das war. Es erfreute Anne immer, wenn sie bei Caroline überhaupt auf ein Zeichen von Zuneigung zu Stephen stieß; sie konnte dann in ihrer Wachsamkeit nachlassen, denn er war nicht ganz allein. Doch es stimmte sie traurig, Caroline so ätzend gegenüber den jungen Malerinnen zu erleben. Ihre Reaktion auf sie bedeutete natürlich, daß sie in die Jahre kam. Warum geschah es immer wieder, daß die rebellischen Jungen später, älter geworden, übermäßig streng werden? Vielleicht, dachte Anne, werde ich, weil ich in meiner Jugend konservativ war, im Alter liberal, sogar radikal sein. Doch vorläufig war sie noch eine junge Frau mit kleinen Kindern; sie konnte sich unmöglich etwas leisten, was auch nur im entferntesten gefährlich war. Tat sie etwas Gefährliches, würde es die Kinder in Gefahr bringen. Die ganze Form ihres Lebens mußte so konstruiert werden, daß ihre Kinder Geborgenheit hatten. Sie konnte sich nicht einmal ein Verhältnis mit ihrem Elektriker leisten! Beinahe zögernd ging sie nach unten, um Ed zum Mittagessen einzuladen.

Sie waren auf dem Flughafen und warteten auf Michael. Die Maschine hatte eine Stunde Verspätung, und die Kinder zappelten vor Aufregung. Sie gab es auf, sie an der kurzen Leine zu halten, sagte ihnen, wo ihr Vater herauskommen werde, und daß sie sich nicht zu weit von dieser Stelle entfernen dürften. Peter hatte in seiner weitsichtigen Art das Taschengeld für einen ganzen Monat mitgebracht, einfach um es zu verpulvern. Das löste bei Sarah Tränen aus; sie hatte überhaupt kein Geld eingesteckt, und Anne, der sie leid tat, weil sie von einer ebenso extravaganten wie sinnlosen Verschwendungsorgie ausgeschlosssen war, gab ihr zwei Dollar Vorschuß auf das nächste Taschengeld. Das wiederum machte Peter wütend; er stampfte mit dem Fuß auf, beschuldigte seine Mutter der Ungerechtigkeit, ihrer ewigen Sünde, und sagte, wenn seine Schwester ihr Geld vergessen habe, sollte sie eben dafür leiden. «Leiden» war das Wort, das er gebrauchte, und Anne lief es kalt über den Rücken. «Es wird schon genug gelitten auf der Welt», sagte sie streng. Peter nahm ihre Feststellung wie eine Verkündigung von oben und verstummte kleinlaut. Aber sie wußte auch, daß er für dunkle Verallgemeinerungen viel übrig hatte; er schloß daraus, daß der betreffende Erwachsene den Vorhang öffnete und ihm eine Wahrheit offenbarte, die er schon immer geahnt, die man ihm aber vorenthalten hatte. Sarah lief ein Stück vor ihrem Bruder her und begann hin und wieder zu hopsen. Sie wurde von der Gnadensonne des Geldes beschienen und brauchte keine Unterhaltung.

Anne hatte Laura gebeten, zu Hause zu bleiben. Sie wollte sie nicht dabei haben, wenn sie Michael zum erstenmal wiedersahen.

Sie wußte, daß Laura niemandem so sehr auf die Nerven ging wie ihr. Barbara machte sich über sie lustig, aber Barbara spottete ja über alle Leute. Adrian ging mit ihr zum Essen aus, führte sie ins Kino. Ob er mit ihr schlief? Sie wollte nicht darüber nachdenken. Jane mochte Laura nicht, aber Anne hatte sie im Verdacht, snobistisch zu sein; sie war sich nur nicht sicher, ob die Gründe für ihre Einstellung in der Religion oder in der Herkunft lagen. Sie war gespannt darauf, wie Michael auf Laura reagieren werde. Sie brauchte sein rechtliches Denken. Aber nicht etwa, weil er ein Mann war; Anne glaubte nicht, daß Männern von Natur aus ein stärker entwickelter Gerechtigkeitssinn zu eigen war. Doch Michael dachte von der Vernunft höher als sie, und in ihrem gemeinsamen Leben war die Gerechtigkeit für ihn ebenso real und wertvoll, lebendig, ein fester Boden, wie sie für sie selbst etwas Vages, Ungreifbares darstellte. Michaels rechtliche Denkart hatte ihnen immer wieder geholfen. Seine Verständigkeit hatte sie über nächtelanges Schreien der Babys hinweggetragen, durch finanzielle Krisen, Grausamkeiten von Freunden, sexuelle Enttäuschungen gesteuert. Ohne seine Rechtlichkeit wäre ihr dieses Jahr nicht vergönnt gewesen, hätte sie diese Arbeit nicht übernehmen können.

Jetzt kam er aus der Tür und auf sie zu. Sie hatte so lange darauf gewartet, ihn wiederzusehen, ihr Verlangen nach seinem Anblick war so stark, daß sie ihn im ersten Augenblick nicht erkannte. Sie blieb stehen, hatte Angst, einen Schritt nach vorne zu tun, Angst, daß dieser Mann, der ihr Ehemann zu sein schien, eine bloße Ausgeburt des Begehrens sein könnte. Dann spürte sie, daß sie nach vorne gestoßen wurde. Die Freude, den Körper berühren zu können, der tatsächlich der ihres Mannes war, summte in ihren Ohren, als wäre sie zu rasch aus dem Meer aufgetaucht. Die Kinder stürmten auf ihn zu, klammerten sich an seine Beine. Aber sie wollte ihn nicht loslassen, ihn ihnen nicht freigeben. Sie mußte ihn in den Armen halten; sie küßte ihn zehnmal aufs Gesicht. Immer wieder küßte sie ihn, da sie ihr Glück nicht zu fassen vermochte. Wie gut er aussah! Allmählich erinnerte sie sich wieder an die Details seines Körpers. Wie eigenartig, daß ein Körper, den man so gut kannte, so innig liebte, zumindest teilweise vergessen werden konnte, wenn er fern war. Es überraschte sie, wie dünn Michael war, was für feines, glattes, helles Haar er hatte; nur seine Augen – die hellblau und golden oder silbern gesprenkelt waren und aus denen nie, selbst wenn er lächelte, eine gewisse Traurigkeit wich – waren ihr ganz vertraut. Seine Schönheit schenkte ihr reine Freude; sie badete sich darin, als wäre sie ein Naturphänomen: Sonnenschein oder duftende Luft. Es mußte für die Leute neben ihm im Flugzeug ein Labsal gewesen sein, nur einfach an seiner Seite zu sitzen.

«Wir sind verrückt», sagte er, küßte sie aufs Haar und nahm die Hände von ihr, um die Kinder zu tätscheln. «Warum haben wir uns auch nur für einen einzigen Tag getrennt? Ich hätte es nicht für möglich gehalten, daß einem jemand so fehlen kann, wie du mir gefehlt hast.»

«Du hast mir auch so gefehlt!» sagte sie und wiederholte es mehrmals. Sie begriff nicht, wie sie es fertiggebracht hatte, ohne seine Stimme, ohne seinen Körper zu leben. Neben ihm gehend, eine seiner Reisetaschen in der Hand, während er die andere trug, wurde ihr klar, daß sie in diesen langen Monaten ihr körperliches Leben gleichsam stillgelegt hatte. Nun blühte sie auf; irgendein lastendes Gewicht hob sich von ihr. Die Kinder plapperten während der dreistündigen Rückfahrt nach Selby. Sie schwieg. Immer wieder beugte sie sich zu ihm hin, küßte ihn auf den Oberarm, lehnte den Kopf an seine Schulter. Schon bald würde er sie wieder verlassen. Sie durfte nicht daran denken. Drei Wochen würde er nun um sie sein. Er nahm ihre linke Hand, küßte die Finger und legte sie behutsam in ihren Schoß. Die

Kinder schliefen sicher bald ein. Und dann, die ganze dunkle Nacht hindurch, würde sie ihn für sich haben.

Sie war mit Michael im Badezimmer. Er rasierte sich; sie war gerade aus der Dusche gekommen, stand nun links von ihm vor dem Spiegel und zog sich Klammern aus dem Haar. Die leicht überhitzte Luft, die feuchte Atmosphäre, der Seifengeruch ließ sie schwer, doch freudig atmen, und Anne konnte sich mit einem schlichten körperlichen Glücksgefühl betrachten. Ihre Schultern waren noch nicht ganz trokken; sie berührte sie mit Behagen. Dann legte sie das Gesicht an Michaels Rücken und küßte ihn immer wieder. Die ganze Nacht hatten sie einander in den Armen gehalten, und nun würde ihnen beiden auch der Tag gehören. Sie würden in Geschäfte gehen, Sachen für die Kinder kaufen, in einem Restaurant zu Mittag essen, einander gegenübersitzen, an den Händen berühren. Abends würden sie Leute zum Essen bei sich haben. Sie würde am anderen Ende ihres Eßtisches sitzen, und er sie mit einem langen stolzen Blick betrachten, während die Gäste Gläser hoben, Gabeln in die Hände nahmen und an ihrem Glück teilhatten.

Die Kinder waren ihrem Vater gegenüber befangen; am späten Nachmittag – die zu früh eintretende Dunkelheit gab der Luft etwas prickelnd Frisches – schickte sie sie mit ihm zu einem Spaziergang ins Freie, während sie kochte. Die schweren Gerüche brodelnder winterlicher Gerichte verteilten sich im Haus, alles war geschwängert mit einer falschen Vorfreude auf das Fest. Doch unter allem war der Strahl der sexuellen Liebe zu spüren, der wieder einmal alles erwärmte, ihr Gefühle zurückbrachte, die all diese Monate fern gewesen waren. Es fiel ihr leichter, mit Laura zusammen zu sein, wenn Michael da war. Er hatte ihr einfache, naheliegende Fragen gestellt, die Anne vermieden hatte – aus Furcht vor einer Antwort, mit der sie in ihrem Haus, mit Laura, nicht leben wollte, oder davor, an eine Wunde zu rühren, die zu dicht unter der Oberfläche lag. So hatte sie den Namen von Lauras Heimatort und außerdem erfahren, daß sie eine Schwester, daß sie nur die High School besucht und keine Aussichten auf irgendeine Weiterbildung hatte. Jetzt, da Michael in der Nähe war, fühlte Anne sich weniger zugänglich für Vertraulichkeit, mehrere Schichten schützten sie vor Lauras Sehnsucht. Die Ehe zog einen dick und warm an, gab Schutz, machte es viel schwieriger, auf andere einzugehen, weil man ihrem Leben – und damit dem Erspüren ihrer Bedürfnisse – ein Stück weit ferngehalten wurde. Nun konnte sie mit Laura in der Küche zusammensein und ihre Hilfe bei der Vorbereitung des Abendessens akzeptieren, ohne die Beklemmung, die sie eine Woche vorher empfunden hatte. Vielleicht, dachte sie, wird Michaels Besuch meine Beziehung zu ihr normalisieren. Er würde ihr beibringen, wie sie mit diesem Mädchen umgehen sollte, das, wie er ihr zu bedenken gab, nur deswegen beunruhigend auf sie wirke, weil es so schwer einzuordnen sei. Wenn Michael zusagte, mit Laura sei alles in Ordnung, ließ sie sich überzeugen. Und auch Laura wirkte in seiner Gegenwart fröhlicher. Als er mit den Kindern nach Hause kam und sich umgezogen hatte, saßen sie alle zusammen in der Küche, jeder half ein bißchen bei der Vorbereitung des Abendessens mit, und Laura sang zusammen mit ihnen Weihnachtslieder, als hätte auch sie einmal in einer Familie gelebt, einst ein Zuhause gehabt.

Anne hatte für den zweiten Abend nach Michaels Rückkehr Hélène zum Essen eingeladen. Sie erschien eine Stunde zu früh. Sie brachte es beinahe fertig, das äußere Bild des Abends zu verderben, eine Parodie daraus zu machen, wenn sie die Hände zusammenschlug, mit ihrem Gurren, ihren Lobsprüchen für Anne. «Nein, was für eine wunderbare Begabung du fürs Familienleben hast! Ich kann mir nicht vorstellen, daß du dir eine andere Beschäftigung wünschen könntest. Mit Menschen umgehn, darin liegt dein Talent. Es ist ja nicht zu sagen, wie Laura sich verändert hat. Sie hat mir erzählt, in ihrem ganzen Leben sei sie noch nie so glücklich gewesen.»

Dann ließ sie sich einfallen, Michael mit Beschlag zu belegen, sich mit ihm über das College zu unterhalten, ihn nach Neuigkeiten über ihre Freunde auszufragen, so daß sich die Balance im Raum veränderte und alle, beiseite geschoben, ausgeschlossen, mit hungrigen Blicken auf die beiden starrten, voll Verlangen, eingelassen zu werden. Sie lachte girrend, sie gab Michael mehrere lustig gemeinte Klapse auf die Wangen; sie erklärte, daß alle Leute in Toulouse wie für ihn gemacht seien.

«Weil ich gerade dabei bin – ich bin angerufen worden, angerufen worden, mein Lieber, von Charlotte Mistière. Angeblich um mir *joyeux Noël* zu wünschen, aber man kennt ja diese Pfennigfuchserin. In Wirklichkeit wollte sie natürlich wissen, wie es dir geht. Da hast du aber eine Eroberung gemacht, mein Freundchen, und dazu die einflußreichste Gastgeberin in der Stadt. Obgleich erst vierzig, hat sie es mit ihren Abendgesellschaften all den älteren Gesellschaftsköniginnen gezeigt. Sie ist berühmt für ihre Diners.»

«Sie war recht freundlich zu mir», sagte Michael.

Ein Etwas stieg in die Luft, etwas Scharfes, nicht Faßbares. Es schwamm zwischen Anne und Michael hin und her, wie ein dunkler Fisch, bewehrt mit zwei Reihen tüchtiger Zähne, noch nicht sichtbar. Michael war betreten. Anne sah es ihm an; sie kannte ihn besser als sonst ein Mensch auf der Welt. In den siebzehn Jahren, die sie zusammen waren, war er vielleicht zwei-, dreimal rot geworden. Es passierte ihm jetzt; er zog sich wie ein Schuljunge den Pullover über die Hüften.

Der harte Gegenstand in der Luft flog auseinander, zerbarst in winzige Stückchen, die Haken waren, sich in ihre Haut bohrten und dort verschwanden. War es das, hatte Michael ein Verhältnis? Charlotte Mistière. Mußte sie fortan diesen Namen im Zusammenhang mit einer Frau denken, mit der sie ihren Ehemann teilte? Niemand wäre überrascht, so etwas zu hören; er war jung, sah gut aus, war seiner Familie fern. Sie mußte diesen Gedanken verdrängen. Es mochte wahr sein oder nicht, und für sie gab es keine Möglichkeit, es herauszufinden. Sie könnte ihn niemals fragen. Denn es bestand eine Abmachung zwischen ihnen: Wenn einer, sie oder er, eine Affäre hatte, würde er es dem anderen verschweigen. Diese Entscheidung hatten sie vor drei Jahren getroffen, als Michaels bester Freund aus dem College zu einem einwöchigen Kolloquium nach Selby gekommen war und ihr einen Antrag gemacht hatte. Michael mußte an diesem Abend unterrichten; sie war spätabends mit Robert von einer Wein-und-Käse-Party zurückgekommen. Sie hatte zuviel getrunken. Sie hatten sich über Leute lustig gemacht, miteinander gelacht, wie sie bei ihrer letzten Begegnung gelacht hatten, in einer Studentenwohnung in Cambridge. Sie lachten, und dann küßten sie sich; alles ging schrecklich schnell. «Geh mit mir ins Bett», sagte er, «seit fünfzehn Jahren schon möchte ich mit dir ins Bett gehn.»

Die Vorstellung vermittelte ihr das Gefühl überströmender Lebensfülle. Sie könnte es tun; es wäre ihr möglich, ihren Mann zu lieben und obendrein einen Liebhaber zu haben. Sie würde mit Michael darüber sprechen; niemandem würde ein Leid zugefügt werden. Im Geist stellte sie sich schon vor, daß Robert alle paar Monate nach Selby kommen und sie eine Nacht miteinander verbringen würden. Aber es würde nicht bedeuten, daß sie Michael weniger liebte; es würde nur einfach das Leben reicher machen.

Sie tranken noch mehr Wein, und sie küßten sich weiter. Dann schickte sie Robert nach Hause, nachdem sie ihm gesagt hatte, sie werde mit Michael sprechen, sobald er zurückkomme. Vom Wein benebelt, berichtete sie ihrem Mann die wunderbare Neuigkeit. Seine Reaktion war bestürzend. Er schlug mit der flachen Hand, wie eine breite Messerklinge, auf den Tisch. Die Weingläser machten einen Satz; daneben bildeten sich kleine Lachen. «Tu's oder tu's nicht, aber sag mir nichts davon», schrie er. «Frag mich nicht, ob ich es in Ordnung finde. Es ist nicht in Ordnung!»

Dann ging er nach oben, zu ihrem gemeinsamen Bett. Die ganze Nacht schlief er, als schliefe er am Rand einer Klippe, als würde er in ein gefahrvolles Meer stürzen, wenn er nur einen einzigen Zoll näher zu ihr hinrückte.

Sie fühlte sich wie eine Mörderin, als sie am Morgen erwachte. Wie geschmolzenes Blei strömte das Schuldbewußtsein in ihr Rückgrat, stieg hoch und breitete sich hinter den Augen aus. Was sie getan hatte, nach zuviel Weingenuß, hatte, an einem einzigen Abend, das Ende ihres Ehefrühlings besiegelt. Damit war zwar nicht alles zu Ende, denn das Leben strömte zurück, kaschierte den nackten Fleck aufgerissenen Erdreichs mit der Architektur des Familienlebens, doch sie mußte fortan damit leben, daß sie dem Menschen, den sie auf der Welt am meisten liebte, Schmerz zugefügt hatte. Uns als sie sich dann, Monate später, hatten aussprechen können, versprachen sie einander, daß sie beide einen Seitensprung für sich behalten würden.

Damals war ihr die Abmachung als ein Akt der Reife, der Vernunft erschienen. Jetzt aber fand sie es schrecklich, daß sie sie geschlossen hatten. Wie sollte sie diese Zeit durchstehen, die sie so herbeigesehnt hatte, wenn sie Michael verdächtigte, ein Verhältnis zu haben, ohne eine Möglichkeit, die Wahrheit zu erfahren? Was für eine Torheit, dem Leben mit Dingen wie Feiertagen Form geben zu wollen, es damit abzustützen, sie zu einem Fixpunkt zu machen! In ihnen gewissermaßen eine Zufluchtsstätte zu sehen, wo man vor Unheil gefeit war. Der Kinder wegen? Ja und nein. Weil sie sich einbildete, man könnte das Leben in beide Hände nehmen und ihm mit dem Druck eines Festes Dichte geben, das ihr jetzt nur noch als beklemmend und absurd erschien? Es kam ihr lächerlich vor, daß sie sich darauf gefreut, daß sie sich eingebildet hatte, in dieser Zeit könnte man das Leben anhalten. Sie sah die nächsten Wochen, die Mahlzeiten, die Geschenke, die Einladungen, die Kleidung, die man an den Festtagen trug, als eine Fläche aus schwarzem Glas vor ihren Augen, leer und kalt, unmöglich zu durchbrechen oder zu umgehen.

Michael unterhielt sich noch immer mit Hélène; die Kinder waren mit ihren Keksen beschäftigt. Vielleicht, dachte Anne, habe ich alles nur erfunden, die Haken unter meiner Haut selbst geschmiedet. Wenn Hélène glaubte, Michael habe ein Verhältnis, hätte sie doch sicher nicht hier in der Küche darauf angespielt. Anne beobachtete sie, betrachtete voll Groll ihre schlecht aufgetragenen Lidschatten, ihren neuen Acrylpullover mit seinem synthetischen Rot. War es möglich, daß diese Frau, die doch allgemein als ein guter Mensch galt, Unfrieden stiften wollte? Oder war sie, wie Michael sagte, eine echte Naive, die nur die achtungsvollen Festtagswünsche einer neuen Bekannten weitergab, die ihm wohlgesinnt war?

Anne fühlte sich ganz allein in dem Raum, doch dann merkte sie, daß es nicht so war: Sie wurde beobachtet. Laura stand am Arbeitstisch und zerzupfte zerstreut Salatblätter in eine Holzschüssel. Ihr Blick ruhte auf Anne. Also hatte auch sie das Ding gesehen, dieses scharfe, feste Ding, wie es in die Luft stieg. Sie hatte es auseinanderfliegen, hatte die Haken eindringen sehen. Aus reiner Irritation stieß Anne das Essigfläschchen um. Es fiel auf den Boden, die rote Flüssigkeit breitete sich rasch neben dem Häuflein der Glasscherben aus. Eine Sekunde später war Laura mit einem Schwamm zur Stelle, kniete sich neben sie, half ihr, lächelte verzeihend, als müßte eines der Kinder getröstet werden, weil es etwas verkehrt gemacht hatte. Anne hätte Laura am liebsten angebrüllt, als wäre sie ein Voyeur am Fenster. Sie hätte am liebsten geschrien: «Was nehmen Sie sich heraus; Sie sind hier nicht zu Hause; das ist mein Leben! Sie bilden sich ein, es zu verstehen, aber was Sie für Verstehen halten, ist Diebstahl, eine Lüge, Sie werden nie etwas über mich wissen, nie! Aber das kam nicht in Frage, niemals würde sie etwas Derartiges tun oder sagen. Sie dankte Laura, und da sie das Gefühl hatte, Michael vor irgend etwas beschützen zu müssen, ging sie zu ihm hin und legte ihm den Arm um die Taille.

Am ersten Feiertag im Auto dachte sie daran, wie ihr mittlerweile das

Haus ihrer Eltern gefiel, zu dem sie unterwegs waren, im Gegensatz zu früher, als es auch ihr Zuhause gewesen war. Vielleicht, überlegte sie, geht es allen so; diese Häuser erzeugen ein notwendiges Mißbehagen, sie begreifen, wie wohlmeinende und liberale Eltern, daß die Kinder sich ab einem bestimmten Punkt geringschätzig gegen sie wenden müssen. Begannen sie, nachdem sie diesen jungen Leben Obdach und Geborgenheit gegeben, die Kälte ferngehalten, das Licht hereingelassen hatten, absichtlich die Jungen einzuengen, so daß diese freudig das Unbegreifliche fertigbrachten: aus dem Heim in die Welt hinauszulaufen, als wartete dort Sicherheit auf sie?

Sie hielten an einer Imbißstube zum Mittagessen an. Im Fenster bemerkte Anne ein Schild mit der Aufschrift WEIHNACHTSTRUTHAHN 4.95 DOLLAR. Es war leicht vorstellbar, daß Laura an Weihnachten in einem solchen Lokal gesessen hätte, und so traf es sich gut, daß sie mit dabei war. Es war eine der Möglichkeiten, sich für sein eigenes Glück zu revanchieren, die untilgbare Schuld zu tilgen, indem man den vom Glück Übersehenen Gutes erwies. Trotzdem verdroß es Anne, daß Laura dabei war. Laura war Zeugin von Annes Argwohn gegenüber Michael geworden, und mit Laura vor Augen war es Anne unmöglich, diese Gedanken zu begraben.

Sie wußte, daß ihre Situation lächerlich war, ob Michael nun ein Verhältnis hatte oder nicht. Wenn nicht, war sie die argwöhnische Gattin. Wenn ja, blieb sie gleichwohl ein Gegenstand des Gespötts, die betrogene Ehefrau.

Sie erinnerte sich, wie ihre Mutter über die Einstellung der Männer zum Sex gedacht hatte. Man dürfe ihnen nie auch nur die Chance zum ersten Schritt geben, hatte ihre Mutter gesagt, denn wenn sie einmal erregt seien, könnten sie sich nicht mehr im Zaum halten. Es konnte nicht wahr sein, doch die Weisheit der Jahrhunderte sprach dafür. Aber Michaels sexuelles Begehren war nicht stärker als ihres; das Verlangen auf beiden Seiten hielt sich die Waage. Manchmal übernahm sie, manchmal er die Führung. Aber hätte sie sich einen Liebhaber zugelegt, hätte niemand gesagt: «Was konnte man denn anderes erwarten?» Die Leute hätten keine Ahnung gehabt, daß für sie sexuelle Entbehrung ein physisches Problem war, um das sie sich kümmern mußte wie um einen eingewachsenen Zehennagel. Man hätte sie – streng, nachsichtig – anhand dessen beurteilt, wie man über ihren Liebhaber dachte und wieviel man für sie und für Michael übrig hatte. Bei Frauen wurde der Sex nie als eine rein physische Sache betrachtet.

Vielleicht lag der Irrtum nicht darin, wie die Leute über Frauen, sondern darin, wie sie über Männer dachten. Vielleicht gab es so etwas wie einfachen körperlichen Sex gar nicht, oder zumindest keine Affäre, die sich aufs Körperliche beschränkte. Die Menschen brauchten alles mögliche voneinander, und der Sex war in mancher Hinsicht der direkteste Weg dorthin. Michael zum Beispiel hatte sicher sein Zuhause entbehrt; am leichtesten hätte er Zugang zum häuslichen Leben eines Menschen durch eine Liebesaffäre gefunden. Charlotte Mistière: eine große Gastgeberin, vierzig Jahre alt. Natürlich konnte sie das Reizvolle verstehen – eine Französin, nur knapp älter als Michael, mit ihren duftenden Blüten in Sèvres-Schalen und den perfekten kleinen Mahlzeiten, die sie sich in ihrem Bad aus dem 17. Jahrhundert ausgedacht haben dürfte: Wie sollte er da widerstehen können? Schließlich hatten sie beide gewußt, warum er unter anderem Französisch als Studienfach gewählt hatte: wegen jener poetischen Vorstellung von einem Volk, das es verstand, seinem Alltagsleben Eleganz und Wärme zu geben. Es war ja nicht schwer zu begreifen, wenn man es recht bedachte; es brauchte einem nicht so schrecklich vorzukommen. Doch das Denken war etwas ganz anderes als das Gefühl, der Stich, den sie tief in ihrem Körper spürte, der primitive Schmerz, als ob ein Dolch sie durchbohrt hätte. Es war leicht, die Gründe zu verstehen, aus denen er es getan hatte; sie selbst hätte auch einige davon. Sie wußte, wie körperliches Verlangen Dinge als denkbar erscheinen ließ. Auch sie spürte Verlangen. Nur war sie treu. Aber möglicherweise war er es auch. Ihre Einstellung zu Hélène hatte sie vielleicht über den Rand eines eingebildeten Abgrunds gestoßen. Doch tief in ihr brannte die Wunde. Wie die Waffe auch beschaffen war, wessen Hand sie auch führte, sie war in sie hineingestoßen worden. Sie war verwundet worden. Auch wenn sie selbst es sich angetan hatte – es war ihr angetan worden. Sicher wußte Michael, daß irgend etwas geschehen war. Wie könnte er, der sie so gut kannte, nicht bemerkt haben, daß sie unglücklich war, daß sie sich von ihm zurückgezogen hatte. Das war vielleicht der größte Kummer für sie: Er hatte es nicht bemerkt oder wenn doch, dann hatte er sich von ihr abgewandt. Aber sie hatte ja zu ihm gesagt: «Verschweig mir's.» Also waren ihm die Lippen verschlossen.

Annes Eltern kamen aus dem Haus, um sie zu begrüßen. Es tat Anne etwas weh, als sie sah, wie höflich die Kinder zu ihren Großeltern, wie zurückhaltend sie waren. Sie empfand die Scheu der beiden als einen Vorwurf an sich selbst: Sie sollte sie öfter hierherbringen, es war ja nur eine Fahrt von drei Stunden. Aber sie hatte immer den Eindruck gehabt, daß ihre Eltern an der Großelternschaft nicht viel Gefallen fanden. Sie zeigten kein großes Talent dafür, waren nicht anregend oder nachgiebig wie Ben oder auch Jane. Anne fragte sich, ob sie überhaupt gern Eltern gewesen waren. Doch man konnte nicht einfach sagen, jemand sei eine gute Mutter, ein guter Vater – man mußte es für einen ganz bestimmten Menschen sein. So war ihr Vater ihr selbst ein wunderbarer Vater gewesen, aber mit Beth hatte er nie eine glückliche Hand gehabt. Und ihre Mutter verstand sich mit Beth ungleich besser als mit ihr. Was würden Peter und Sarah denken, wenn sie älter wurden? Die beiden würden sehen, was ihr selbst entging: alles, was sie falsch machte.

Während sie ihre Mäntel auszogen, sagte Annes Mutter: «Entschuldige, aber es wird sich alles länger hinauszögern, als wir gehofft hatten. Beth und Richard sind eingeschneit, und sie wollten den Truthahn mitbringen.»

«Sie wissen, wo man die einzigen reinen Truthähne auf der ganzen Welt bekommt», sagte Annes Vater. «Ich meine, Truthähne aus wirklich guten Familien. Truthähne, die sich nicht herumtreiben.»

«Mach dich nicht über die Dinge lustig, die Beth am Herzen liegen, Les. Sie hat ganz recht damit, was für schauderhafte Sachen wir in uns hineinstopfen.»

«Wenn sie nicht bald kommen, werden wir überhaupt nichts in uns hineinstopfen», spottete Annes Vater. «Wie lange dauert es, einen Truthahn zu braten?»

«Es ist kein sehr großer. Und ein frisch geschlachteter geht viel schneller als ein tiefgefrorener.»

«Du kneifst, Susan», sagte Les Elliott.

«Also dann, Les, es dürfte nicht länger als ungefähr fünf Stunden dauern. Wir werden ein nettes spätes Abendessen haben. Nach europäischer Sitte.»

«Wir würden gern bei irgendwas mithelfen», sagte Peter. «Unsere Mutter läßt uns immer den Salat trocknen.» Es machte Anne traurig, wie er «unsere Mutter» zu ihrer eigenen Mutter sagte.

«Also, dann helft ihr Kinder eurer Großmutter, und ich benütze diese Gelegenheit, um meine ältere Tochter zu einem Spaziergang einzuladen. Michael, du kannst dir die letzten zehn Nummern der *New Republic* vornehmen, die du noch nicht gelesen hast.»

«Vorbildlich, diese Zurückhaltung, Les», sagte Annes Mutter spitz. «Anne ist gerade fünf Minuten im Haus, und schon entführst du sie.»

Anne war froh, daß Beth noch nicht da war. So konnte sie die Freude genießen, die ihr Vater an ihr hatte, ohne sich Gedanken machen zu müssen, wie ihre Schwester es aufnahm.

«Was würden Sie gerne tun, meine Liebe?» sagte Annes Mutter zu Laura.

«Ich habe etwas zum Sticken mitgenommen», erwiderte Laura lächelnd.

«Schön», meinte Annes Vater, «dann sind wir ja alle eingeteilt. Komm, holde Maid. Ich möchte dir meine neueste Narretei zeigen.»

Les Elliott hatte sich ein Gewächshaus gebaut. Er zog darin Gemüse und Farne, aber seine Leidenschaft galt den Zwergschwertlilien. Von ihrem Vater hatte Anne das Gärtnern gelernt. Sie erinnerte sich mit inniger Freude an den Anblick seiner mit Erdkrumen bedeckten Hände, an seine Arbeitshose, deren Knie vom Unkrautjäten naß waren. Er öffnete die Gewächshaustür, und sie ließ die säuerliche, mit Feuchtigkeit geschwängerte Luft in sich einströmen. An diesem Ort, dachte sie, ist eine Handlung von moralischer Bedeutung nicht möglich, in einem Gewächshaus kann man weder etwas Gutes noch etwas Schlechtes tun. Hier brauchte sie sich keine Gedanken darüber zu machen, ob sie Michael fair und Laura freundlich behandle. Sie war einfach glücklich in der warmen Luft, zusammen mit ihrem Vater, während sie Erdreich und Blätter berührte und hinter ihm herging, der lobte und murmelte und verzweifelt den Kopf schüttelte.

«Du mußt Beth und Richard das hier zeigen, wenn sie da sind. Die Solaranlage wird ihnen Eindruck machen», sagte sie.

«Schon, aber dann werden sie bestimmt darüber reden wollen, und sie wissen so ungeheuer viel und werden sagen, daß ich alles verkehrt gemacht habe. Ich werd mir bestimmt schon nach zehn Minuten als ein unfähiger Trottel vorkommen. Komm, meine Teure, laß dich zu meinen Schwertlilien geleiten.»

Es war seit Jahren ein stehender Scherz zwischen ihnen und gehörte zu ihrer gespielten Werbung umeinander. «Ich möchte Sie zu meinen

Rosen geleiten», hatte ein Galan im 18. Jahrhundert zu einer jungen Schönheit gesagt, womit er ausdrücken wollte, daß Freuden ihrer harrten. Ihr Vater sagte es jedesmal, wenn er sie zu seinen Blumen führte, und sie mußte jedesmal darüber lachen.

Voll Stolz zeigte er ihr die neuen Varietäten seiner Schwertlilien, die purpurroten, blaßlila geädert, die zartgelben mit ihren sich golden abhebenden Mitteladern, die violetten mit den Farben des Abendhimmels in der Mitte, die träumerisch weißen mit dem Hauch Rosa unten an der Außenseite des Kelches.

«Wundervoll, Daddy. Du mußt ja ganz stolz auf dein Werk sein.»

«Wie geht's bei euch? Dir und Michael?»

«Alles in Ordnung», antwortete sie. Doch nur zu gerne hätte sie den Kopf an die weiche Schulter ihres Vaters gelehnt und gesagt: «Ich fürchte, Michael ist mir untreu geworden.» Sie hätte sich gerne eine Stunde so ausgeweint und die Genugtuung erlebt, daß er anschließend ins Haus ging und mit einem Schwall väterlicher Beredsamkeit ihrem Mann eine Standpauke hielt. Aber er durfte es auf keinen Fall erfahren; er wäre der letzte Mensch, mit dem sie darüber sprechen könnte. Schon vor langer Zeit hatte sie aufgehört, ihm Dinge zu erzählen, die ihr weh taten. Als sie noch ein Kind war, hatte er so sehr mit ihr gelitten, daß ihr eigener Schmerz ihr Gewissensbisse bereitete. Er würde Michael nicht vergeben. Und sie wußte ja nicht einmal, ob es überhaupt etwas zu vergeben gab. Die Beziehung zwischen ihm und Michael war distanziert-freundlich, zwei hochgewachsene Männer, die einander achteten, die prinzipienfest waren und hart arbeiteten. Doch es war ein zerbrechliches Bündnis. Sie saß da und sah ihren Vater an, wollte seinen Schutz, wollte ihn beschützen – vor der wahren Beschaffenheit ihrer Natur oder vor dem, was geschehen war. Sie wußte es nicht genau.

«Zwischen uns ist alles in Ordnung», sagte sie. «Es ist schwer, voneinander getrennt zu sein.»

«Lohnt es sich?»

«Daddy, das ist wirklich eine ganz wunderbare Sache, diese Arbeit. Mir war gar nicht bewußt gewesen, wie sehr sie mir gefehlt hat.»

«Mach weiter damit. Gib nicht wieder auf.»

«Das werd ich, wenn ich kann.»

«Du mußt, mein Liebling. Du hast ein Klassegehirn. Versuch nicht, die Kinder zu deinem Lebenswerk zu machen. Für niemanden sind sie das Magnum opus. Es wäre ja wunderbar, wenn deine Mutter und ich sagen könnten, es ist unser Verdienst, daß du so geworden bist, wie du bist. Aber wie mir scheint, bist du von jeher deine eigene Erfindung.»

«Ob Beth und Richard inzwischen da sind? Du mußt ihnen das hier wirklich alles zeigen, Daddy.»

«Ja, das muß ich», sagte er. «Ich glaube, ich komme jetzt besser mit ihr aus.»

«Du darfst mich nicht so favorisieren, wenn sie dabei ist. Du mußt dir Mühe geben.»

«Ich werd's versuchen», sagte er seufzend, «aber du bist nun mal mein Liebling. Ich bekomme dich längst nicht oft genug zu sehen.»

«Besuch halt du mich irgendwann mal.»

«Vielleicht werd ich's tun.»

Aber sie wußte genau, daß er es nicht tun würde. Er fühlte sich in ihrem Haus nie richtig wohl; er mochte es nicht, daß sie für ihn kochte. Vermutlich, dachte sie, gefällt es ihm nicht, daß ich mit einem anderen Mann zusammenlebe.

Als sie ins Wohnzimmer traten, saßen Peter, Sarah und ihre Vettern Liam und Sam mit ihrer Großmutter auf der Couch und schauten Photos aus der Kinderzeit ihrer Mütter an. Sam und Liam waren elf beziehungsweise zwölf; Anne kamen sie im Vergleich zu ihren eigenen Kindern überaus erwachsen vor. Beth trug ihr Baby, Ariel, in einer Schlinge vor der Brust. Als Anne zu ihr hinging, hörte sie das Baby saugen.

Sie hatte sich von jeher gehütet, Beths Kinder zu zärtlich zu berühren, aus Angst, daß Beth, wenn sie darauf ansprachen, darin den Beweis für eine neue Generation von Kränkungen sehen würde.

«Ich glaube, irgend jemand wollte gerade sagen: ‹War Anne nicht ein wunderschönes Kind und Beth ein rechter Pummel.›»

Anne war schon drauf und dran, zu protestieren, zu sagen, das hübsche Kind sei Beth gewesen, als sie sah, daß Beth und ihre Mutter lachten. Sie erkannte, was geschehen war: Mutter und Schwester hatten ihre bitteren Gefühle ihr gegenüber verarbeitet, sie in ein sicheres, dauerhaftes Gehäuse eingebaut und sie selbst ausgesperrt. Sie stand dumm da, während die beiden drinnen saßen, Damen von Welt, die Bonmots austauschten. Einen Augenblick lang war sie gekränkt, dann erleichtert. Ihre Schwester war nicht mehr ganz allein.

«Grüß dich, Daddy», sagte Beth und stellte sich auf die Zehenspitzen, um ihren Vater zu küssen.

«Ich hatte mir Hoffnungen gemacht, daß ihr, du und Richard, vielleicht mit mir zusammen kurz das Gewächshaus anschaut. Ich wüßte gern, was ihr zu meinem Gemüse meint.»

«Laß gut sein, Alter», sagte Beth. «Nur weil ich dich in flagranti ertappt habe, brauchst du nicht gleich das Ballett vom schuldbewußten liberalen Vater aufzuführen.»

«Ich würde zu gerne euren Vater im Trikot sehen», sagte Susan Elliott, «als *premier danseur* in der Neuproduktion von *Der hochgesinnte Anwalt* oder *Ihr könnt mir vertrauen, obwohl ich ein WASP bin.*»

Alle lachten, und auch Anne tat so, um nicht aufzufallen. Man fand es also in Ordnung, über ihren Vater zu lachen. Er war ein netter Mann; er war ja so erfolgreich.

«Es wird euch allen noch leid tun, wenn ich im Wohnzimmer eine Reckstange und einen hohen Spiegel einbauen lasse. Und viele hübsche Ballerinen einquartiere.»

Hör auf, Daddy, hätte Anne am liebsten gesagt. Du hast doch kein Talent dafür und machst es nur noch schlimmer.

Sarah sagte: «Ich kann die fünf Positionen.»

«Zeigst du sie uns?» fragte Anne.

Mit ungeheurem Ernst führte Sarah die fünf Ballett-Positionen vor. Ihr Kleinmädchenbauch reckte sich hochst unballerinenhaft heraus, aber die koordinierte Haltung der Arme war perfekt.

Alle klatschten ihr zu, und Beths Baby begann zu weinen.

«Ich weiß gar nicht, was heut mit mir los ist», sagte Beth. «Vermutlich überträgt sich meine Unruhe auf sie. Unglaublich, diese Symbiose.»

«Ich beneide dich darum, daß du noch eins stillst. Ich war todunglücklich, als ich Sarah entwöhnt habe», sagte Anne.

«Du könntest ja noch eins haben, wenn du wirklich wolltest, Anne. Viel Köpfchen gehört schließlich nicht dazu», sagte Beth.

«Ich glaube, es verlangt mehr Geduld und Selbstlosigkeit, als mir im Moment geblieben ist», erwiderte Anne.

«Wie ich höre, hast du dich sehr mit deiner Arbeit über diese Malerin», sagte Beth.

«Sie war eine wunderbare Malerin und eine sehr mutige Frau. Ich glaube, du würdest ihr Leben wirklich interessant finden, Beth.»

«Vermutlich ja, wenn du nicht die große Koryphäe wärst», sagte Beth.

Beth war in therapeutischer Behandlung; sie erhielt immer wieder den Rat, «ihre Aggressionen herauszulassen». Sie hatte zu Anne gesagt, es sei sehr wichtig – «lebenswichtig» für sie –, daß Anne ihre Aggressivität hinnehme und sich nicht dagegen zu wehren versuche. «Das ist ja wohl nicht viel verlangt, wenn man bedenkt, was ich mir von dir zweiunddreißig Jahre lang bieten lassen mußte.» Anne hatte zugestimmt; Beth konnte sie vor anderen Leuten beleidigen, sie würde schweigen. Aber sie fand den Prozeß erschöpfend und deprimierend. Sie glaubte nicht, daß er jemals ein Ende finden werde. Außerdem war in alledem ja nichs Neues. Seit vielen Jahren hatte sie kein Wort gesagt, wenn Beth sie attackierte, und Beth attackierte sie, seit sie zu sprechen gelernt hatte.

«Ich hatte dich beinahe eingeholt», sagte Beth. «Aber dann hast du diese Sache aus dem Hut gezaubert.»

«Andere haben sie für mich aus dem Hut gezaubert», verteidigte sich Anne.

«Mit unserer Farm und unserem Einsatz gegen die Nuklearrüstung hätte ich auf Daddy beinahe Eindruck gemacht. Er hat mich schon fast für jemanden gehalten, der denken kann. Fast. Aber jetzt bin ich wieder die Klassenletzte.»

«Meine liebe Beth, wenn unser Planet nicht in die Luft fliegt, dann dank der einsatzbereiten und verantwortungsbewußten Menschen wie dir und Richard», sagte Les Elliott und legte ihr die Hand auf die Schulter.

Anne spürte, daß sie den Tränen nahe war, aber es gelang ihr rasch, sie zurückzuhalten. Sie konnte es ertragen, wenn ihre Mutter sie sanft in die Kälte stieß, verkraftete es jedoch nicht, daß ihr Vater sie draußen stehenließ, während er hineinging zum wärmenden Feuer. Da stand sie, in der Mitte des Wohnzimmers ihrer Eltern, ein großes, unansehnliches Kind, ohne Freund, stumm zwischen den anderen. Sie wußte, daß Michael sah, was in ihr vorging, und daß er ihr helfen würde, wenn sie durchs Zimmer zu ihm hinginge. Aber sie hatte das Recht auf seine Hilfe verwirkt oder er das Recht, sie ihr zu geben. So oder so, je nachdem, ob er ihr wirklich untreu gewesen war oder ob sie es sich nur eingebildet hatte.

Es war schon spät, als sie die Rückfahrt antraten; sie würden nicht vor zwei Uhr morgens zu Hause sein. Doch Anne tat das Gefühl wohl, wie sie alle zusammen im Auto saßen, warm, müde und stumm. Zum erstenmal an diesem langen Tag war es behaglich familiär. Nein, dachte sie, das stimmt nicht. Sie dachte daran, wie sie mit ihrem Vater in seinem Gewächshaus gewesen war, wie die Kinder mit ihren Geschenken auf dem Boden gespielt hatten. Michael war lieb und hilfsbereit gewesen, doch zwischen ihnen stand etwas. Daß sie es sich vielleicht eingeredet hatte, machte es nicht minder real.

Die Kinder schliefen auf dem Rücksitz, und da vorläufig ein Sprechen nicht möglich war, gestattete sie sich, aus schierem Hunger, ein bißchen Verbundenheit mit Michael zu empfinden. Sie war ihm dankbar dafür, wie er sich Beth gegenüber verhalten hatte. Er hatte geschwiegen, als sie ihm vorwarf, er nehme Geld von einer von der CIA gesteuerten Organisation. Michael war dieser Sache mit großer Sorgfalt nachgegangen und hatte festgestellt, daß der Vorwurf einfach unberechtigt war. Anne hatte gesehen, welche Mühe es ihn kostete, auf seinen Teller zu blicken, zu sagen, es sei schwierig dahinterzukommen, wer die Guten und wer die Bösen seien, um sich dann von Beth anhören zu müssen: «Nicht, wenn man von den Bösen keine Vorteile hat.»

Es tat Anne leid, daß Laura nicht einbezogen worden war, aber Laura hatte auch nicht viel getan, um daran etwas zu ändern. Die Kinder gaben sich kaum mit ihr ab, Annes Mutter hatte eine Unterhaltung mit ihr anzufangen versucht, es aber rasch wieder aufgegeben, und Annes eigenes Bemühen, zwischen Beth und Laura ein Gespräch über Handarbeiten – Beth wob – zustande zu bringen, war mißglückt. Beth war immer wieder auf die Entfremdung des modernen Menschen vom Handwerklichen, von einfachen Gegenständen zu sprechen gekommen. Sie hatte Laura zu überzeugen versucht, daß natürliche Farbstoffe besser und «die sogenannten Primitiven» ganz vortreffliche Handwerker seien. Für Laura gab es keine Möglichkeit, in ein solches Gespräch einzutreten, und Beth verlor alles Interesse an ihr, als ihr klar wurde, daß Laura an einer Minnie Mouse für Sarahs Hemd stickte.

Sie waren nun nicht mehr weit von ihrem Zuhause entfernt, und Anne wurde immer banger vor dem Augenblick, vor dem es kein Ausweichen gab. Laura hatte gefragt, ob sie sie ein paar Minuten unter vier Augen sprechen könnte. Anne war überzeugt, daß ihr irgendeine Beschwerde bevorstand; ob es Lauras Entlohnung oder die Arbeitsbedingungen betraf, dessen war sie sich nicht sicher. Oder vielleicht wollte Laura, daß Anne sich bei ihr ausspreche, was das schlimmste von allem wäre. Aber wie hätte sie die Bitte abschlagen können, diese schlichte Bitte: ein paar Minuten unter vier Augen.

Anne und Michael trugen die Kinder, die bereits die Schlafanzüge anhatten, in ihre Betten, und Michael ging gleichfalls schlafen. Laura saß in der Küche und wartete auf Anne.

«Hallo», sagte sie, als Anne eintrat. «Ist es Ihnen jetzt recht?»

Anne lächelte nervös. «Ja.»

Laura griff in die tiefe Tasche ihres Kleids. «Ich hab Ihnen das als Geschenk gekauft und wollte es Ihnen geben, wenn wir allein sind.» Sie reichte Anne eine kleine Schachtel, eingepackt in dunkelrotes Seidenpapier und mit weißem Bindfaden verschnürt.

Anne packte die Schachtel aus und öffnete sie. Darin lag ein Halsschmuck, ein großer Amethyst in einer Goldblumenfassung, an einer dünnen Kette. Sie nahm ihn heraus. Der Stein fing das schwache Licht in der Küche auf und hielt es fest: keusch glänzend. Er war wunderschön. Genau die Art von Schmuckstück hätte sich Anne im Schaufenster eines der Antikengeschäfte an der Fayerweather Street näher angesehen. Sie hätte es liebevoll betrachtet; sie wäre vor der Auslage verweilt und dann weitergegangen, weil sie sich so etwas nicht leisten konnte. Ein Wölkchen Selbstmitleid hätte sich auf sie gesenkt, das sie hätte abschütteln müssen. Sie hätte sich vorgehalten, daß es ein Luxus wäre, den sie nicht brauchte, daß die Kinder oder das Haus Sachen nötig hätten. Trotzdem wäre sie jedesmal, wenn sie in dieser Straße etwas zu tun hatte, wieder hingegangen und hätte sich die Kette angesehen, bis sie für immer verschwand, weil irgend jemand sie gekauft hatte. Und sie hätte ihr nachgetrauert.

Anne spürte, wie die Halskette auf ihrer Handfläche warm und schwer wurde. Sie wollte sie nicht haben; sie wollte sie nicht, weil Laura sie ihr geschenkt hatte. Sie begann zu überlegen, ob sie sie weiterschenken könnte, an ihre Mutter vielleicht oder an Beth. Doch ein Blick auf das Mädchen sagte ihr, daß das unmöglich wäre. Laura beobachtete sie wie eine Lehrerin, die bis zum Ende der Stunde, bis die Klasse fort ist, wartet, um das kleinste, das langsamste Kind zu prüfen.

«Es ist wunderschön», sagte Anne, «aber Sie müssen es zurückbringen. Sie hätten nicht so viel Geld ausgeben sollen.»

«Ich wollte es aber. Ich wollte Ihnen ein Geschenk machen, das Sie nie vergessen werden. Damit Sie immer an mich denken, wenn Sie es tragen, und sich erinnern.»

Anne küßte Laura auf die Wange, dankte ihr und spürte, wie die Worte sie umzingelten. Das Mädchen wollte einen Platz in ihrer Erinnerung, und Anne hatte gehofft, Laura zu vergessen, sobald sie das Haus verließ. Nun erkannte sie, daß es dazu nie kommen werde. Laura würde immer bei ihr sein, sie allzeit an den schwachen Augenblick ihres Herzens erinnern. Das Schmuckstück würde ein Zeuge sein; nie mehr würde sie denken können, daß Laura vom Leben des Hauses nicht berührt worden sei, daß Laura sie nicht verstanden habe. Anne blickte die Halskette auf ihrer Hand an und wußte, daß Laura in ihr Leben eingebrochen war. Und sie konnte sie ebensowenig willkommen heißen wie das Gesicht des Voyeurs am Fenster, der sie nackt erspäht hatte und sie anblickte, stumm, wissend, mit seinem geistigen Auge alles Intime aufnehmend, was sie niemals preisgeben wollte.

9. KAPITEL

Sie und Anne waren sich in allem gleich – sie wußte es jetzt. Ihre Familien waren ganz die gleichen, beide wurden sie von ihren Eltern nicht geliebt. Sie war der einzige Mensch, der Anne verstand. Andere Leute glaubten sie zu lieben, behaupteten, daß sie Anne liebten, aber sie kamen zu ihr, weil sie ihnen etwas gab. Sie kamen, um ihr Dinge zu erzählen oder um ihr nahe zu sein, schlossen aus ihrem Aussehen, daß sie immer ausgeruht sei, sich immer freue, sie zu sehen. Laura aber bemerkte es, wenn Anne müde, ängstlich, zornig war, sich einsam fühlte, spürte, wann sie ihre Kinder um sich haben wollte und wann nicht. Sie wußte etwas, was Annes Mann nicht wußte: daß sie sich von ihm entfernt hatte. Daß sie, während er fort war, einen anderen Mann angesehen hatte, anders als ihn selbst. Sie hatte es gewittert, als sie im Zimmer über ihnen im Bett lag, während Anne und dieser Mann, der Elektriker, so spät in der Küche saßen und Tee tranken. Sie hatte gespürt, wie es Annes Körper und den Körper des Mannes verlangte, einander ganz nahe zu sein. Über ihnen hatte sie im Gebet darum gefleht, daß die beiden sich nicht umarmten. Und sie hatten einander nicht umarmt. Das wußte sie. Sie hatte darum gebetet, daß der Mann fortging, und er war fortgegangen. Er kam sicher wieder, doch sie würde Anne von ihm fernhalten, sonst war Anne verloren. Verschlungen vom Begehren nach dem Körper eines anderen Menschen. Und sie mußte Anne auch von dieser Jane fernhalten. Denn sonst ginge sie an die stolze Welt verloren. Beim Prediger Salomo hatte sie die Worte gefunden, die Gott ihr ans Herz legte: «Und fand, daß ein solches Weib, welches Herz Netz und Strick ist und ihre Hände Bande sind, bitterer sei denn der Tod. Wer Gott gefällt, der wird ihr entrinnen, aber der Sünder wird von ihr gefangen.»

Sie würde nicht zulassen, daß Anne gefangen wurde. Jane, die Stolze, würde ihr zu Füßen stürzen. So würde diese Jane verschwinden, und Anne würde sie nie mehr sehen. Anne würde, durch den Willen des Herrn, erfahren, daß einzig Laura sie liebte. Sie würde erkennen, daß nicht einmal ihre Kinder sie liebten. Daß Laura sie mit der reinen Liebe liebte, die stärker war als die Liebe von Kindern oder die lüsterne Liebe des Mannes oder die Liebe von Vater und Mutter oder die stolze Liebe des Geistes. Schon bald würde sie erkennen, daß nur Laura sie mit der Liebe des himmlischen Geistes liebte, vor der jede andere Liebe hinschwinden und sterben mußte.

Nun, da sie sich Annes Liebe gewiß war, da sie wußte, daß sie in allem gleich waren, konnte sie ihr Werk beginnen. Nun konnte sie Anne anleiten mit Wort und Rat, sie der Liebe anderer, der Versuchung falscher Liebe entziehen. Ihre Stunde war gekommen. Nun würde sie Anne mit der glühenden Hand der Liebe berühren: Annes Fleisch würde brennen und sich auftun. Und der Geist des Herrn würde sie erfüllen und den Irrtum ihres Lebens austreiben. Ja, Laura sah es, Anne war jetzt bereit zu erfahren, daß ihr Leben ein Irrtum war, daß sie ihren Schatz dort aufbewahrt hatte, wo die Motten fraßen und die Diebe stahlen. Doch damit war es vorbei. Laura würde Anne helfen, alles hinter sich zu lassen, was sie zu lieben glaubte.

Und dann würden die Kinder an die Reihe kommen. Es war nicht Lauras Wille, daß Anne sich von ihren Kindern trennen solle. «Lasset die Kindlein, und wehret ihnen nicht, zu mir kommen, denn solcher ist das Himmelreich.» Jesus hatte es gesagt. Sie Laura, würde Anne bei der Arbeit mit den Kindern helfen. Anne würde sie betreuen, und Laura würde sie unterweisen. Es war nicht nötig, die Kinder von ihrer Mutter fernzuhalten. Nur mußten sie, wie Anne, beizeiten lernen, daß auch diese Liebe falsch und ein Wahn war. Daß Kinder Vater und Mutter verlassen müssen. Daß nur die Liebe des himmlischen Geistes Bestand hat. Jede andere Liebe Tod ist.

Sie malte sich aus, wie ihr gemeinsames Leben aussehen werde. Als erstes würde Anne ihren Mann verlassen. Laura mochte Michael, den Ehemann, nicht. Zu Weihnachten hatte er ihr zwei Bücher geschenkt: *Fear and Trembling* und *Waiting for God*. Er versuchte ihr etwas dazu zu sagen, aber ihr lag nichts daran. Bücher würden niemanden zum Geist des Herrn führen. Alles, was sie brauchte, fand sie in der Heiligen Schrift. Alles übrige führte nur in die Irre. Er hatte zu ihr in einem Ton wie zu Peter gesprochen, mit der Stimme, die in falschen Schwüngen auf- und abstieg. Sie sah sie als Gestalt, die sagte: «Sieh, du weißt ja nichts.» Sie würde so tun, als läse sie seine Bücher, würde es Anne zuliebe tun.

Anne dürfte, wenn sie allein zusammenlebten, Bücher lesen, falls sie das wollte. Nachdem sie ihren Mann verlassen hatte. Wie hatte sie es nur fertiggebracht, mit ihm zu schlafen? Sie mußte getan haben, was Laura selbst getan hatte. Die Augen geschlossen und den Geist des Herrn aus sich entlassen haben. Sich mit weißem Schlaf zugedeckt haben. Einem Mantel, einer Wolke. Dann die Augen geöffnet und den gefährlichen Körper gesehen haben, der sich hob und senkte. Und gehört haben, wie er aufschrie. Im Zimmer neben ihnen schlafend, hatte Laura diesen Schrei vernommen, in seiner ersten Nacht zu Hause, als er seiner Frau beiwohnte. Von Anne hatte sie keinen Schrei gehört. Weil es ihr kein Vergnügen bereiten konnte. Unter ihm unbeweglich festgenagelt.

Oft malte sie sich ihr gemeinsames Leben aus. Sie würden fortgehen, alle Menschen verlassen, die sie kannten. Sie würden zusammen in einem kleinen Haus an einem See wohnen. Anne würde kochen und das Haus sauber halten und den Garten pflegen. Laura würde nähen und in der Heiligen Schrift lesen. Spätabends würden sie zusammen Tee trinken. Laura würde vom Geist des Herrn sprechen. Anne würde Laura das Haar bürsten und sie küssen, voll Dankbarkeit, weil Laura ihr das Leben geschenkt hatte. Wenn die Kinder aus dem Haus gingen, würden sie niemanden mehr sehen. Sie würden im selben Augenblick sterben. Anne würde Lauras Hand halten und sich von ihr vor Gottes Thron führen lassen.

Sie hatte befürchtet, Annes Ehemann könnte die Hufe heben und sie damit zermalmen. Sich seine Frau auf den Rücken laden und sie forttragen. Doch nun wußte Laura, daß seine Macht sich mit ihrer nicht vergleichen konnte. Daß sie nicht einmal so groß wie die Macht des anderen Mannes war. Denn er hatte eine andere Frau besessen, und Anne wußte es. Doch das war das Werk des Herrn gewesen. Und Anne würde bald erfahren, daß die Liebe von Männern die Wurzel des Todes ist.

Weil sie Anne liebte, hatte sie mit Adrian geschlafen. Er hatte zuerst nicht gewollt. In der Heiligen Schrift stand geschrieben, man solle nicht mit Männern liegen. Aber hatte nicht die wackere Frau Naemi Ruth geraten, sich auf die Tenne zu legen, dorthin, wo Boas schlief, damit das Werk des Herrn geschehen könne? Klug und listig war sie gewesen, da ihr klar war, sie könne Anne von der Liebe der Männer nur dann fernhalten, wenn sie selbst wisse, wie sie sei. Früher einmal hatte sie gedacht, sie würde Adrian vielleicht dazu bringen, sie zu heiraten, und so könnte sie Anne nahe sein. Doch jetzt sah sie, daß es nicht notwendig war. Jetzt sah sie, wie leicht es sein würde, Anne zu zeigen, daß niemand sie liebte, daß das, was sie für Liebe hielt, wie frisches Gras war, das vor ihren Augen dahinwelken würde. Zu dürren Stengeln, zu Luft.

Obwohl Laura mit Männern gelegen hatte, war sie noch unschuldig. Ihr Körper war dabei gewesen, nicht jedoch ihr Geist. In ihrer Erinnerung war nichts von dem Akt zurückgeblieben. Sie hatte die Augen geschlossen und ihren Geist fortgeschickt. Immer wieder war sie zu Adrian gegangen, und er hatte sie aus Mitleid in sein Bett genommen. Durch Mitleid hatte sie es überhaupt geschafft, daß er sie zu sich mitnahm. Sie hatte zu ihm gesagt: «Schön hat mich noch nie jemand genannt, nicht einmal hübsch.» Es war ja so einfach, von Männern zu bekommen, was man von ihnen wollte. Sie drückte auf den Knopf seines Mitleids; wie ein aufgezogener billiger Kreisel der Kinder hatte er die Hände, die Arme bewegt.

Sie hatte ihn gebeten, das Licht auszuschalten, nicht aus Schamgefühl, wie er meinte, sondern damit er sie nicht lachen sah. Er bat sie, ihn anzufassen. «Manchmal brauche ich anfangs ein bißchen Hilfe.» Was sie dann taten, wußte sie nicht. Nur ihr Körper lag da, während der Geist umherschweifte. Danach kehrte ihr Geist in den Körper zurück, und sie sah neben sich den Mann liegen, erschöpft, nach Atem ringend. Liebe, so nannte man das, was sie taten. Daran dachte sie, als sie nebeneinanderlagen, beider Fleisch feucht wie Teig. Sie begann zu lachen, weil so etwas tatsächlich Liebe genannt wurde. Er fragte sie nach dem Grund ihres Lachens. Sie sei glücklich, sagte sie. Mehr brauchte er nicht zu hören. Dann konnte er sich zur Seite drehen und einschlafen. Später lag er auf dem Rücken, mit offenem Mund, schnarchte, gab laute, widerliche Geräusche von sich wie ein Tier, und ein Tier war er ja.

Sie war sich darüber im klaren, daß er eigentlich Anne in seinem Bett haben wollte. Sie wußte, daß seine Gedanken bei Anne waren, während er sie unter sich festnagelte. Einmal hatte er zu ihr gesagt, was für ein Glück sie habe, zusammen mit Anne im selben Haus wohnen zu können. Er hatte es in der Annahme gesagt, sie werde glauben, mit Glück meine er, daß sie den Job habe. Aber sie wußte, in Wahrheit meinte er, sie könne sich glücklich preisen, weil sie über denselben Boden ging wie Anne, dasselbe Essen aß, sie am Morgen als erstes sah, daß sie schlief, wenn Anne schlief, und sie durch die Wand atmen hörte.

«Hattest du jemals was mit Anne?» hatte sie ihn gefragt, während er ein Omelett für sie zubereitete. In der Schublade, wo er Bindfaden und Klebefolie aufbewahrte, hatte sie ein Photo von Anne mit den Kindern gefunden. Sie saßen plump auf ihren Knien, lächelnd, beide noch fast Babys. Sie saß da, ihre Kinder in den Armen, und ihr Gesicht war golden überhaucht, das Gesicht des Lichts. Als Laura das Photo sah, kamen ihr Zweifel. Wie sollte es ihr gelingen, Anne zu überzeugen, daß auch ihre Kinder Gras waren, das verdorren würde? «Ich was mit Anne Forster?» sagte Adrian lachend. «Ich habe ein einziges Mal daran gedacht, aber es war eine Schnapsidee.»

Also war klar, daß er an Anne dachte, wenn er auf ihr lag.

«Ich würde niemals mit Anne etwas anfangen», sagte er. «Nicht nur Michaels wegen, der mein Freund ist, sondern weil ich dann ständig Angst hätte, sie ginge mit mir nur ins Bett, weil sie denkt, es ist ihre Schuld, daß ich sie begehre, und sie müßte das an mir gutmachen.»

«Glaubst du nicht, sie hat für Sex viel übrig?» fragte ihn Laura. Er war ihr derart zuwider, daß sie kaum sprechen konnte. Am Ende der Zeiten würde ihn der Herr mit einem Blitzstrahl in ein verdorrtes Gerippe verwandeln. Er war ein von Gier trunkenes Geschöpf, stand kaum über einem Tier. Sie konnte nicht einmal versuchen, ihm zu helfen. Nicht um ihm zu helfen, ging sie mit ihm ins Bett; es geschah um Annes willen.

«Ich bin überzeugt, sie geht bei Michael sehr aus sich heraus. Aber sie *mag* Sex, sie *braucht* ihn nicht.»

«Anders als bei mir», kicherte sie. Es war so einfach zu erraten, was sie von einem hören wollten

Er wußte nichts von Anne. Laura wußte, daß Anne den Mann begehrte, der allnächtlich Tee mit ihr trank, dessen Bauch sich über dem Gürtel wölbte, daß man an ein Schwein denken mußte. Und sie wußte, daß Anne wußte, ihr Mann hatte etwas mit einer anderen Frau.

Weihnachten hatte ihr die Wahrheit enthüllt. Anne bei ihrer Familie. Allein unter den Menschen, die sie zu lieben behaupteten. Laura wußte, daß Anne an dieses Weihnachten zurückdenken würde, weil ihr damals die Halskette geschenkt worden war. Sie hörte Anne schon sagen: «Seinerzeit wurde mir klar, daß Sie der einzige Mensch waren, der mich liebte. Nur Sie allein.»

Die arme Anne! Da ihr die Liebe des himmlischen Geistes noch unbekannt war, hatte es sie getroffen, daß ihre Eltern ihren Mangel an Liebe erkennen ließen. Daß sie nur ihre Schwester liebhatten. Laura konnte sich nicht mehr entsinnen, was das für ein Gefühl war, die schmerzliche Vorstellung, man sei allein, weil die Eltern nur die Schwester liebten. Wenn sie sich jetzt daran zu erinnern versuchte, legte sich der dünne weiße Schlaf über sie. Der Friede des himmlischen Geistes, der kam, wenn sie seiner bedurfte. Heute bereitete ihr nichts mehr Kummer. Sie empfand keinen Zorn, keine Bitterkeit. Nur Liebe. Fühlte die reine Liebe des Geistes, die wie die Sonne schien. Und so liebte sie Anne. So liebte Anne sie. Im Licht des Geistes gab es kein Leiden.

Noch aber mußte Anne leiden. Im Wohnzimmer ihrer Eltern war sie gestanden, ganz allein, im bitteren Wissen, daß sie sie nicht liebten. Annes Eltern waren genauso wie Lauras Eltern. Annes Schwester war genauso wie Debbie. Binnen einer Minute war Laura klargeworden, daß Anne von ihrer Mutter nie geliebt worden war.

«Es macht große Mühe, auf zwei Kinder aufzupassen», hatte Annes Mutter zu Laura gesagt. Sie war klein wie Lauras Mutter, und wie Laura überragte auch Anne ihre Mutter, was diese, Laura merkte es ihr an, ganz und gar nicht gern hatte. Lauras Mutter hatte zu ihr gesagt: «Häng dich nicht an mich. Ich kann es nicht ausstehen, wenn du dich an mich hängst!» Sie wußte, daß auch Anne das von ihrer Mutter zu hören bekommen hatte. Und es hatte Anne weh getan, wie es Laura weh getan hatte, ehe der Geist des Herrn sie gegen jede Kränkung abschirmte.

«Ich mache das sehr gern, mich um die Kinder kümmern. Sie sind wunderbar.» Sie sagte das, weil sie wußte, daß Annes Mutter so etwas von ihr hören wollte.

«Ich hatte wohl nie das Talent dafür», sagte Annes Mutter. «Es hat mich immer sehr rasch gelangweilt. Darin ist mir keine meiner Töchter nachgeraten. Sie sind beide viel häuslicher, als ich es jemals war. Ich glaube, jede Töchtergeneration muß das Familienleben neu erfinden.»

Laura verstand nicht, was sie damit meinte. Sie lächelte, weil Annes Mutter das wollte.

«Anne hatte Glück, daß sie Sie gefunden hat», sagte die Mutter. «Aber Anne hat ja immer Glück gehabt. Anders als die arme Beth.» Die «arme Beth» bedeutete, daß die Mutter allein Beth liebhatte.

«Was haben Sie für Pläne, wenn Sie mit diesem Job fertig sind?» fragte die Mutter.

Das fragten sie alle, die Ahnungslosen. Ich werde nie damit fertig sein. Ich werde in alle Ewigkeit an der Seite Ihrer Tochter sein.

«Irgendwas wird sich schon ergeben», antwortete sie.

«Ich bewundre Leute Ihrer Generation, die von keinen Zukunftsängsten belastet sind. Vielleicht kommt es von Ihrem Glauben. Anne sagt, Sie interessieren sich für Religion. In unserer Familie ist Beth die Religiöse. Irgendeine Mischung aus Buddhismus und Transzendentalismus, mit einem Schuß Pantheismus, soviel ich weiß. Ich glaube nicht, daß Anne sich viele Gedanken über das Thema gemacht hat, so oder so. Sie sind ganz ohne Religion aufgezogen worden. Ich war zwölf Jahre in der Klosterschule und wurde damit bis oben vollgestopft. Vielleicht war es eine unüberlegte Reaktion.»

Anne wird im Geist des Herrn leben. Sie wird aufgenommen, sie wird in einem Gewand aus glänzenden Flammen verzehrt werden.

«Ich weiß nicht, was sie den Kindern über Gott erzählt», sagte die Mutter.

«Sie sagt ihnen, Gott ist Liebe», meinte Laura lächelnd.

«Bequem und auch so vage, daß ihnen später Scherereien erspart bleiben.»

Bei mir sind sie sicher. Wir werden alle zusammen emporgetragen werden. Ich werde Anne und die Kinder hinauf in den Himmel führen. Sie werden ihnen nicht mehr weh tun können; Sie werden sie nie mehr anrühren. Bleiben Sie bei Ihrer anderen Tochter, die Sie liebhaben.

Die Schwester sagte: «Meine Schwester verlangt vermutlich sehr viel mit ihrer Mrs.-Dalloway-Phantasie, die Sie verwirklichen müssen. Und jetzt hält sie sich sogar für Mrs. Dalloway und Virginia Woolf in einem. Sehr bequem, wenn Sie zur Hand sind, um hinter ihr aufzuräumen.»

Laura hatte keine Ahnung, was die Worte bedeuteten. Außer daß sie sagten: «Ich habe meine Schwester von jeher gehaßt.» Ich werde dich vor diesem Haß retten, sprach sie in ihrem Herzen zu Anne. Ich werde dich zum Geist des Herrn führen, wo es weder Haß noch Kummer gibt.

Der Vater liebte Anne ebenfalls nicht. Hatte zur Schwester, zur Mutter nicht gesagt: «Kränkt mein Kind nicht!» Hatte mit offenem Mund daneben gestanden, gelacht, als sie ihn zum Gespött machten. Die Partei der anderen Tochter ergriffen und gesagt, *sie* sei die

Wichtige. Zu Anne gesagt (unter seinen Worten gemurmelt): «Ich werde dich immer im Stich lassen. Ich werde dich immer preisgeben.»

Ich werde dich retten, Anne. Nur im Herrn ist Sicherheit, sprach Laura in ihrem Herzen, während Anne allein in der Mitte des Wohnzimmers ihrer Eltern stand. Als ihr Vater sagte: «Wenn unser Planet nicht in die Luft fliegt, dann dank der einsatzbereiten und verantwortungsbewußten Menschen wie dir«, meinte er damit: Ich liebe meine Tochter Anne nicht. Seht, ich lasse sie in der Zimmermitte stehen. Seht, meinetwegen kommen ihr die Tränen. Und würde sie unter dem Gewicht ihres Kummers zu Boden sinken, ich würde keinen Finger für sie rühren. Würden sich alle auf sie stürzen und sie zu erwürgen versuchen, ich würde nur dastehen und ihnen zusehen.

Anne, Laura wußte es, konnte hören, wie ihr Vater das sagte. Konnte das Murmeln unter den anderen Worten hören. Warum vermochte ihr Herz nicht zu hören, was Lauras Herz zu ihm sprach? Ich, sprach es, nur ich allein kann dich in die Sicherheit führen. Sie hatte damals diese Worte nicht hören können, weil ihr Mann, ihre Kinder dabei waren. Weil sie hinausblickte auf die weiße Sonne in den Wolken. Die weiße Sonne in den Wolken war ihr keine Sicherheit. Auch nicht die Kraft in den Armen ihres Mannes. Auch nicht der körperliche Liebreiz ihrer Kinder. Das war der Irrtum, in dem Anne lebte und den ihr der Herr zu gegebener Stunde enthüllen würde. Der Tag kam heran, an dem Anne sich allein, schutzlos wußte und sich an Laura wandte, die sie zum Herrn führen würde.

10. KAPITEL

DIE Weihnachtsvorstellung, bei der Sarah mittanzen sollte, war wegen der Schneefälle abgesagt und auf den 6. Januar verschoben worden. Die Verschiebung löste bei Sarah den düsteren Sturm einer Verzweiflung aus, die – was Kinder nicht wissen können – nur Enttäuschung ist. Schon früh in ihrem Leben als Mutter hatte Anne die Realität kindlicher Stimmungen zu deuten gelernt: Eine Verschiebung, als abstrakter Gedanke, sagte ihnen nichts; die Zukunft dehnte sich vor ihnen aus, als wäre sie der Tod. Von Grund auf Erfahrungsmenschen, die sie waren, war für sie der Zukunftsglaube etwas Unvorstellbares. Was nicht Gegenwart war, war nicht möglich.

An jenem Tag, er lag drei Wochen zurück, hatte Anne ihre Tochter leiden sehen. Sie wußte, daß der Schmerz vergehen werde, doch solange er blieb, konnte sie nichts tun. Sie bot Sarah Ablenkungen an, empfand aber im gleichen Augenblick, daß sie damit ihren Kummer nicht ernst nahm. Sarah saß weinend am Küchentisch. Peter, der es nicht mit ansehen konnte, wenn sie unglücklich war – selbst wenn er die Ursache gewesen war –, kam immer wieder mit Spielsachen, Büchern, Kartentricks, Witzen hereingeflitzt. Seine verzweifelten Bemühungen machten für Sarah alles nur noch schwerer; sie mußte mit ihrem eigenen Kummer selbst fertig werden, sie konnte nicht auch noch ertragen, daß er sich als Versager vorkam. Erschöpft legte sie den Kopf in den Schoß ihrer Mutter, ein Schiffbrüchiger, der sich einen Augenblick lang an einer mit Wasser vollgesogenen Planke festklammert. Anne spürte, wie Sarah tief Luft holte. «Ach ja», sagte sie, «dann kann es Daddy wenigstens auch sehen.»

Die Wochen vergingen, und Anne hatte die Aufführung ganz vergessen, als sie am 2. Januar auf einer Party eine der anderen Mütter traf. Sarah besuchte eine Tanzklasse für Mädchen von fünf bis sieben, die Ballett-Vorschule hieß. Sie hatte eintreten wollen, weil ihre beste Freundin, Margaret, hinging. Mit zwiespältigen Gefühlen hatte Anne ihre Zustimmung gegeben. Die Ballettschule schreckte sie. Sie wurde von einer Frau namens Terri Blake geführt, die mit ihren fünfundvierzig Jahren eine bessere Figur hatte, als Anne sie jemals bei Siebzehnjährigen erlebt hatte. Sie ging im ärmellosen Trikot in ihrem Studio umher. Wenn sie Schecks entgegennahm, zog sie ein seidenes Wickelkleid an. Sie trug das Haar straff nach oben gekämmt, so daß ihre Augen, stark mit Kajalstift ummalt, ein bißchen chinesisch wirkten. Ein ganzer Trupp Mütter huldigte ihr mit einer schmeichlerischen Ergebenheit, die aus dem Bewußtsein der Mängel ihrer eigenen schwerfälligen Körper kam. Aus Dankbarkeit nähten diese Frauen Kostüme, malten Plakate, verteilten Waschzettel, druckten Einrittskarten, sammelten Geld mittels Kuchenversteigerungen und Tombolas, damit Terri Blake die Töchter vor der Lebenstragödie ihrer Mütter bewahren konnte. Anne war froh, daß sie ihre Arbeit als Ausrede hatte, warum sie sich nicht daran beteiligte, obwohl bekannt war, daß die Töchter der Mütter, die «kooperierten», die besten Rollen bekamen.

Anne sah klar, daß es Terri Blake keinen Spaß bereitete, jüngere Kinder zu unterrichten, doch die Ballett-Vorschule war ihr einträglichster Kurs. Sie hatte früher Ambitionen als Ballettänzerin gehabt und eine kurze und aus nicht näher bekannten Gründen erfolglose Karriere in New York hinter sich. Sie trieb ihre älteren, begabten Schülerinnen gnadenlos an, mit dem ehrgeizigen Ziel, einige von ihnen so weit zu bringen, daß sie in eine Kompanie aufgenommen wurden. Was konnte sie an den plumpen, knochenlosen Körpern der Fünfjährigen finden, an ihren schlichten Posen als Engel oder Schneeflocke, wenn ihr doch nur daran lag, die älteren Schülerinnen durch ihre Adaptionen von Jerome Robbins' späteren Arbeiten zu treiben? Trotzdem arbeitete sie hart mit den kleinen Mädchen an «Engel und Schneeflocken» bis zum «Tanz der Bonbonfee». Und die Kinder beteten sie aus irgendeinem Grund an, der Anne schleierhaft war. Sie hatte gelernt, daß sich unmöglich voraussagen ließ, zu welchen Erwachsenen es ihre Kinder hinziehen werde.

Anne liebte kindliche Darbietungen auf der Bühne – sofern *ihre* Kinder nicht mitwirkten. Nahmen Peter oder Sarah daran teil, wand sie sich unter Folterqualen. Als vor Sarahs Auftritt der Vorhang hochging und sie die ersten Töne vom «Tanz der Bonbonfee» hörte, griff sie angstvoll nach Michaels Hand. Jedesmal, wenn sie ihn jetzt anfaßte, ging ihr der Gedanke durch den Kopf, ob die andere Frau ihn wohl auch so berühre. Er lächelte sie an und tätschelte ihr die andere Hand. «Sarah wird es schon gut machen», sagte er. «Mach dir keine Sorgen.»

Sechs kleine, als Schneeflocken kostümierte Mädchen knieten in der Mitte der Bühne, die Nase an die Knie gedrückt. Sie sollten Schlafende darstellen. Dann kamen die Engel auf die Bühne. Sarah war der kleinste und der letzte. Ihre Flügel waren viel zu groß für sie, so daß sie nicht wie ein Zauberwesen, sondern komisch wirkte. Ihr Körper war unwiderruflich erdgebunden; der Strahlenkranz saß auf ihrem Kopf wie ein Helm. Als sie in die Bühnenmitte kam, um mit der Zauberrute ihre Schneeflocke zu berühren und sie mit Flitter zu bewerfen, stolperte sie und fiel hin. Wegen des Gewichts ihrer schweren Flügel kam sie nicht wieder hoch. Alle Kinder auf der Bühne kicherten. Das Publikum begann zu lachen. Die kleinen Mädchen erstarrten in ihren Positionen, während die Musik weiterzirpte. Plötzlich kam Terri Blake mit einem Satz auf die Bühne gesprungen und zog Sarah grob am Arm hoch. Das Publikum applaudierte. Die Musik hatte zu spielen aufgehört, aber der Tanz war erst zur Hälfte vorbei. Sarah hob, von Schluchzern geschüttelt, ihren Bogen auf. Der starke Beifall bewirkte nur, daß sie noch heftiger weinte.

Anne, die in Tränen auf ihrem Platz saß, betete, daß doch der Saal in die Luft fliegen und alle Anwesenden unter Tonnen von Schutt lebend begraben möge. Die Leute lachten und klatschten weiter. Sarah war außerstande, sich zu fassen. Je mehr sie schluchzte, desto stärker applaudierte das Publikum. Schließlich wurde der Vorhang heruntergezogen.

Anne stand auf, um hinter die Bühne zu gehen.

«Bleib noch einen Augenblick hier», sagte Michael. «Sarah soll nicht sehen, daß du weinst. Ich gehe. Du kommst später nach.»

Er erhob sich von seinem Platz und verschwand in der Dunkelheit. Auf der Bühne war jetzt ein kleiner Junge in einem Kostüm mit aufgemaltem Skelett, der nach Musik von Saint-Saëns tanzte. Anne konnte ihrer Tränen nicht Herr werden und war froh, daß Peter, der später als sie gekommen war, bei den Greenspans saß. Ihr Kind war bloßgestellt worden. Die Leute hatten über Sarah gelacht. Zum erstenmal hatte sie eine Demütigung erlebt, und Anne spürte den Stachel in ihrem eigenen Fleisch. Aber sie mußte jetzt zu Sarah, denn es ging nicht um sie, sondern um ihr Kind. Sie stand auf und machte sich auf den Weg hinter die Bühne.

Sarah saß auf dem Schoß ihres Vaters, der ihr mit seinem Taschentuch die Tränen abwischte. Sie hatte die Flügel, nicht aber den Strahlenkranz abgelegt. Michael strich ihr das Haar glatt. Sie schwiegen beide. Sarah weinte zwar noch, aber nicht mehr aus Scham. Sie hielt den Kopf an die Schulter ihres Vaters gelehnt. Stumm blieben sie noch sitzen.

«Gehn wir nach Hause», sagte Michael dann. Anne zog Sarah den Mantel an. Dann gingen die drei hinaus in den kalten, hellen Nachmittag, wie Soldaten der Unionsarmee, die von der Niederlage bei Shiloh heimkehrten.

Sie waren im Auto zu Janes Haus unterwegs. Die Bäume, dicht mit Eiszapfen behängt, glänzten unnatürlich im gleißenden Sonnenschein. Der Schnee, der erst geschmolzen und dann wieder hart geworden war, glitzerte auf der Erde, die eiskalte Luft belebte die reine Tafel des Himmels mit seinem harten Blau, und selbst das unscheinbarste Gestrüpp war interessant. Anne liebte den Winter, der das Blut zu rascherem Fließen zwang, denn sie betrachtete sich als einen von Natur aus indolenten Menschen. Sie spürte im Kern ihres Wesens eine Schläfrigkeit, eine Passivität, die sie in einem immer warmen Klima sicher überwältigen würde, ein für allemal. Diese Passivität, so glaubte sie, hatte sie zu der Entscheidung geführt, den Groll aufzugeben, den sie gehegt hatte, das Mißtrauen gegen ihren Ehemann und die Isolation, in die es sie gedrängt hatte. Sie konnte es einfach nicht mehr aushalten. Sie spürte, wenn sie zu rasch atmete oder ging, ein wundes Gefühl. Aber hatte sie sich die Wunde selbst zugefügt oder hatte ihr Mann es getan? Sie würde es nie erfahren. An dem Tag der Aufführung, als sie Sarah auf Michaels Schoß sitzen sah, war sie zu dem Schluß gekommen, daß es so besser sei. Wenn sie ihn fragte, würde etwas Hartes, Massiges zwischen ihnen emporwachsen. Lieber ein Dunstschleier, der zumindest die Möglichkeit offenließ, daß einer von ihnen beiden seine Ehre behielt. So wollte sie es haben; zu mehr reichte vielleicht ihre Tapferkeit nicht. Sie hatte immerhin etwas fertiggebracht, was Tapferkeit verlangte: Sie hatte ohne ihn gelebt, war zu Hause geblieben, um ein Leben für sich zu führen, während er fort war. Warum hatte sie sich eingebildet, daß dabei kein Risiko, daß nichts zu verlieren wäre? So verhielt sich ihre Generation immer wieder – man erwartete alles und war jedesmal, wenn man auf etwas verzichten mußte, betroffen wie ein Kind.

Es gab kein Vorbild, an das sie sich halten konnte. Natürlich war ihr bekannt, daß in manchen Ehen Untreue praktiziert und vertuscht wurde, doch was ihnen fehlte, war das Intime der Beziehung; die Paare waren die Verbindung aus irgendeinem Grund eingegangen, der mit der Außenwelt zusammenhing. Und den Ehen, in denen alles ans Licht gezerrt und diskutiert wurde, in denen keinem der Partner ein Privatleben zugestanden wurde, wo jeder Gedanke, den man für sich behielt, als Verrat galt, fehlten in Annes Augen die Würde und der Respekt, die die eheliche Gemeinschaft verlangte und hervorbringen sollte. Einen Menschen zu kennen, ihn zu brauchen und doch hin und wieder sich selbst zu überlassen, das war, fand sie, für sie beide, das Ideal für ihre Ehe. Es hatte Michael und sie zu der Abmachung befähigt, daß sie beide Seitensprünge für sich behalten würden. Also war es möglich, daß Michael entsprechend gehandelt hatte. Er war konsequenter und prinzipienfester als sie. Vielleicht schwieg er über das, was er getan hatte, um ihr Eheideal hochzuhalten. Vielleicht litt er jetzt, weil er spürte, daß sie sich von ihm zurückgezogen hatte, aber wußte, daß er, wenn er sprach, nur das Bild beschädigte, das sie von sich hatten. Sie saß neben ihm und dachte, wie unendlich er ihr, sie sich selbst leid tat. Seine und ihre Position war so prekär, so unsicher. Das Getrenntsein hatte zur Folge, daß sie gewissermaßen in einer Mangelwirtschaft lebten, und der Mangel forderte seinen Preis. So stand es um sie, sie und Michael, verheiratete Leute, Eltern, in zwei verschiedenen Städten im ausgehenden 20. Jahrhundert lebend. Ihre Ehe hatte keine historische oder soziale und schon gar keine religiöse Bedeutung. Wenn sie scheiterte, wäre es nur ein privates Mißgeschick und nicht einmal ein seltenes. Es wäre nicht das Schlimmste, was passieren könnte; viel, viel schlimmer wäre es, sollte den Kindern etwas zustoßen.

Sie dachte an Caroline und sogar an Jane, dachte daran, wie anders für sie das Leben war. Die Form der Dinge hatte für sie Bedeutung; sie erwarteten von den Dingen Bestand. Was hätte Caroline wohl getan, wenn sie Untreue geargwöhnt hätte? Vielleicht hätte es sie kalt gelassen, vielleicht hätte sie gedacht, so gehe es nun einmal zu, so seien eben die Menschen. Oder hätte sie sich eine opernhafte Anklageszene geleistet, die hinter sich den großen, leeren Frieden der Versöhnung zurückließ?

Anne wußte nichts von Carolines sexuellem Leben; in ihren Tagebucheintragungen sprach sie nie über Sex oder auch nur über Herzensangelegenheiten. Lag es daran, daß sie solche Dinge als unwichtig empfand, oder waren sie ihr zu wichtig, um sie dem Papier anzuvertrauen? Sie hatte nie irgend jemanden erwähnt, der Stephens Vater hätte sein können. Weder Jane noch Ben hatten eine Ahnung. Niemand wußte etwas, außer daß vielleicht Caroline eines Nachts in einer dunklen Gasse Gewalt angetan worden war oder daß sie möglicherweise jahrelang ein Verhältnis mit ihrem engsten Freund unterhalten hatte. Sie hatte ihr Geheimnis bis zuletzt gehütet, und dies besagte, daß es für sie entweder unwichtig oder aber von höchster Bedeutung gewesen war. Doch was sie auch gedacht hatte, sie hatte klar und mit großer Entschiedenheit gehandelt. Hätte sie mich, fragte sich Anne, wegen meiner Unentschiedenheit verachtet? Würde Jane es tun? Aber beide waren sie ja nicht oder nicht richtig verheiratet gewesen. Jane war, wenn man es recht bedachte, nicht mit ihrem Ehemann, sondern mit seiner Mutter verheiratet gewesen.

Sie versuchte sich auszumalen, wie Jane auf Michael reagieren werde, konnte sich aber für keine Reaktion entscheiden, die für sie erfreulich wäre. Sie fragte sich, ob es der Wunsch der meisten Ehefrauen sei, daß die von ihnen bewunderten Menschen glaubten, ihre Ehemänner seien nicht gut genug für sie – was genaugenommen bedeutete, daß niemand es war. Das, so hoffte sie, wollte sie doch nicht. Dagegen wollte sie, daß Jane sie lieber möge. Wie kindlich von mir, dachte sie. Doch Janes freundschaftlich-achtungsvolle Art ihr gegenüber war wie ein glänzender Schild, in dem sie sich vergrößert und edel sah. Sie wollte nicht erleben, daß ihr Bildnis zur Hälfte einer gekonnt gezeichneten Miniatur des idealen Paares schrumpfte, dekorativ und unbedeutend.

Gleichwohl war sie Teil eines Paares. Es gab Dinge, die sie nur zu Michael sagen wollte, Dinge, die sie nur ihm sagen konnte. Sie hatte sich ein reich mit Figuren geschmücktes Tuch vorgestellt, das sie für ihn weben wollte, wenn sie wieder beisammen waren – sie konnte ihm über Caroline, über Jane erzählen. Sie konnte ihm berichten, was mit Caroline in ihr Leben getreten war. Sie konnte ihn zum künstlerischen Klima in Paris während der ersten Jahre nach 1910 befragen. Sie konnte ihm darlegen, wie sonderbar gemischt ihre Gefühle waren, was Caroline als Mutter anging; wie sie an manchen Tagen Kummer um Stephens willen empfand und wie ihr Herz gegenüber Caroline versteinerte, wie sie sich als Anklägerin vorkam, die mit flammenden Worten Gerechtigkeit forderte. Doch an anderen Tagen, wenn sie eines von den Bildern betrachtet oder einen besonders einnehmenden Brief gelesen hatte, dachte sie nicht mehr an Carolines Unzulänglichkeit als Mutter. Dann verblaßte das Bild des leidenden Stephen in ihrer Vorstellung, wie es in Carolines Gedankenwelt so leicht verblichen war. Was bedeutet das für mich als Mutter, als Kunsthistorikerin, würde sie von ihm wissen wollen. Michael war der einzige Mensch, den sie das fragen konnte, selbst ein Mann der Wissenschaft und der Vater ihrer Kinder. Doch nun, nach den Gefühlen, die sie ihm gegenüber bewegt hatten, war sie schüchtern. Sie wußte nicht, wie sie ein Gespräch mit ihm beginnen sollte. Sie konnte den Faden nicht wiederaufnehmen. Aber dann fiel ihr ein, daß sie über Laura sprechen mußten. Das war ein praktisches Thema; es betraf ganz direkt ihrer aller Leben. Wie es um ihre Beziehung auch stehen mochte, sie lebten im Kreis einer Familie. Und sie brauchte seinen Beistand.

Lauras Weihnachtsgeschenk hatte ihr gezeigt, daß sie sich große Mühe geben müsse, das Mädchen auf Distanz zu halten und dennoch ein ungestörtes Verhältnis zu bewahren. Sie sah, daß ihre Freundlichkeit gegenüber Laura – wenn es Freundlichkeit war; wohl eher, dachte sie, sollte man es Feigheit nennen – fehlgedeutet worden war. Zeit ihres Lebens war es ihr immer wieder so ergangen. Sie war zu Menschen freundlich gewesen, die von ihr geliebt werden wollten und sich deshalb betrogen fühlten. Aber bei Laura war es schlimmer. Ihre, Annes, Gefühle für andere Menschen, die diese als Liebe mißdeuteten, konnten verschiedenster Natur sein, von einer maßvollen Zuneigung bis zu Gleichgültigkeit. Doch mit jedem Tag, den Laura neben ihr im Haus verbrachte, stieg Annes Abneigung gegen sie. An manchen Tagen fielen ihr sogar die einfachsten Höflichkeiten schwer. Aber jedesmal, wenn sie sich von Laura abwandte, spürte sie deren Sehnsucht – wie ein Heizungskessel, den man im Sommer weiterbrennen läßt. Sie wußte, daß Laura sich nach Liebe verzehrte, doch Anne konnte nicht mehr tun, als sich zusammenzunehmen, um nicht grausam zu werden.

Wie ließ sich der Wunsch unterdrücken, dem Spion, dem Voyeur am Fenster Schaden zuzufügen? Denn sein Wissen konnte nur gestohlen sein. Nein, dachte sie, ich muß aufhören mit solchen Gedanken! Sie brauchte Michaels Hilfe.

«Sag, was hältst du von Laura?» fragte sie ihn.

«Ich finde sie irgendwie bemitleidenswert. Einsam, irgendwie schrecklich leer. Aber diese Leere kommt ihr bei den Kindern zustatten. Sie hat eine unendliche Geduld mit ihnen. Menschen mit einem wirklich ausgefüllten Leben haben nicht die glücklichste Hand mit Kindern. Sie haben nicht die endlose Zeitreserve, die Kinder brauchen.»

«Was für eine schreckliche Vorstellung! Es kann doch nicht wahr sein, daß Kinder von alten Leuten oder von Schwachsinnigen aufgezogen werden sollten. Sie würden alle zu fürchterlichen Langweilern oder zu Leuten heranwachsen, die immer im Mittelpunkt stehen müssen.»

«Ist mir klar. Ich versuche nur, es dir leichter zu machen, mit jemandem im selben Haus zu leben, bei dem sich dir alle Haare aufstellen.»

«Ist das so deutlich zu sehen?»

«Für mich schon.»

«Und für sie?»

«Aber nein. Sie ist ja in dich verliebt.»

«Oh, Michael, sag so was nicht! Da stellen sich mir wirklich alle Haare auf.»

«Denk dir nichts. Ich glaube nicht, daß sie nachts wach im Bett liegt und von deinem süßen Körper träumt. Ich bin überzeugt, daß es auf einer viel höheren Ebene liegt.»

«Das ist ja beinahe noch ärger. Außerdem glaube ich, daß sie mit Adrian schläft. Soll ich sie rauswerfen?»

«Durch wen würdest du sie ersetzen? Und was würdest du tun, während wir nach jemand anderem suchen? Es war ja nicht leicht, sie zu bekommen.»

«Ja, und offen gesagt, ich brauche sie. Ich schaffe diese Arbeit nicht ohne sie. Und sie *kann* es mit den Kindern. Sie machen doch einen ausgezeichneten Eindruck, oder?»

«Besser denn je. Sie sind jetzt viel weniger abhängig von dir. Was ich jedenfalls großartig finde. Wie denkst du darüber?»

«Ich bemerke es nicht, also ist es wohl in Ordnung.»

«Es sind ja sowieso nur noch fünf Monate. Dann bekommst du es wieder mit mir zu tun.»

«Feine Sache», sagte sie. Sie wünschte, sie hätte es mit ungemischter Ehrlichkeit sagen können.

Sie rückte näher zu ihm hin. Gib mir doch ein Zeichen, rief sie ihm stumm zu, gib mir zu verstehen, daß du mit keiner andren etwas gehabt hast! Doch sein Blick war auf den Rückspiegel gerichtet; ein Lastwagen war im Begriff, sie zu überholen.

«Hast du in der Galerie nette Leute kennengelernt, die dort arbeiten?»

«Nein, sie sind alle fürchterlich. Sie glauben, ich sei Bens Geliebte und daß ich deswegen den Katalog mache.»

«Das kommt nur davon, weil du so schön bist», sagte er stolz. «Männer sind mißtrauisch gegenüber einer Frau, die schön ist.»

«Und finden sie abscheulich, wenn sie es nicht ist.»

«Im Grund haben Männer lieber weniger hübsche Kolleginnen. Das erklärt zum Teil Hélènes großen Erfolg.»

Es war das erste Mal, daß Michael etwas auch nur leicht Negatives über Hélène gesagt hatte. War es sein Geschenk für seine Frau? Räumte er damit ein, daß Hélène Unfrieden gestiftet hatte? Wollte er ihr, mit großem Takt, zu verstehen geben, daß er wisse, sie hatte gelitten, und daß es ihm leid tue? Schon die Vorstellung, es könnte so sein, brachte sie ihm näher. Und sie hatte mit Befriedigung gehört, daß er eine Frau, die sie nicht mochte, nicht hübsch fand. Es war so kompliziert, ja, beinahe komisch, was zwischen den Geschlechtern vor sich ging, all die Dinge, die ungesagt bleiben mußten. Sie blickte zum Seitenfenster hinaus. Sie hatten einen Fluß überquert. Eisschollen brachen auseinander und trieben wie langsame graue Boote durchs Wasser.

Jane stand mit Ben in der Haustüre. Sie blinzelte, denn die Sonne schien blendend auf den Schnee, ließ funkelnde Lichtscheiben wie Edelsteine auf die ebene weiße Fläche des Gartens fallen. Niemand, so schien es, war darüber spaziert, kein Tier, nicht einmal ein Vogel; es war ein flacher Lichtbezirk. Anne beneidete Caroline und alle, die das Bedeutungspotential eines solchen kleinen Stückes Raum im Handumdrehen erfaßten, die Bezüge herstellen konnten, wo sie keine sah, und das, ohne jemals nach Worten suchen zu müssen.

Jane begutachtete mit kühlem Blick Michael. In seiner Eigenschaft als Annes Ehemann musterte sie ihn zuerst. Anne sah Janes Auge zwischen ihr und Michael hin- und herhuschen, wie das eines Vogels, der zwischen zwei Ästen wählt. Sie richtete ihren prüfenden, intelligenten Blick auf sie beide, jenen Blick, der Anne immer überraschte, wenn sie ihm begegnete, denn es war der Blick eines dunkeläugigen Menschen, während Janes Augen in Wirklichkeit von einem hellen Graubraun waren. Wenn man selbst in diese Augen sah, konnte man sich vorstellen, daß sie sich leicht mit Tränen füllten. Wurde man hingegen von ihnen angeblickt, war einem, als würde man von einem scharfen, präzisen Instrument festgehalten. Nachdem Jane Michael als Annes Ehemann betrachtet hatte, trat sie ihm, stellte Anne fest, einfach als einem attraktiven männlichen Wesen gegenüber. Sie mußte sich immer bewußt gewesen sein, daß sie eine Schönheit war, mußte immer gewußt haben, daß – es bezeichnete für sie wohl das Ende ihrer Kindheit – der Blick, den sie einem Mann zuwarf, freudige Erwiderung finden würde. Anne beobachtete Michael, wie er ohne eine Spur von Furcht in den Augen Janes Blick lächelnd zurückgab. Anne bemerkte die sicher mit einer gewissen Erleichterung verbundene Galanterie, die ein junger Mann einer schönen alten Frau darbrachte. Erleichterung, weil sie beide wußten, daß von ihnen als den gesunden Rassepferden, die sie waren, nichts erwartet wurde, daß die Macht ihrer Attraktivität nicht auf die Probe gestellt werden würde. Sie empfand Mitgefühl mit der Situation der Männer; kein Wunder, daß sie oft rachsüchtig waren.

«Mein lieber Junge, du siehst ja prachtvoll aus», sagte Ben und umarmte Michael. «Das ist Jane, von der du zweifellos schon viel gehört hast.»

Jane reichte Michael die Hand und hieß ihn in ihrem Haus willkommen.

«Ich fühle mich hier ein bißchen wie ein Eindringling, als wäre ich der einzige, der der Landessprache nicht mächtig ist», sagte Michael.

«Wo haben Sie denn diese kleidsame Bescheidenheit her?» fragte Jane und legte kokett den Kopf schief. «Im allgemeinen sehen attraktive junge Männer keine Notwendigkeit, bescheiden zu sein. Es bringt ihnen nichts ein. Das Zusammenleben mit Anne muß bei Ihnen die edleren Regungen ans Licht gebracht haben. So, und jetzt zeig ich Ihnen mein Haus.» Sie nahm Michaels Arm und führte ihn in einer Haltung durch die Tür, die den anderen klar zu erkennen gab, sie wolle nicht, daß sie ihnen folgten.

«Wie war Weihnachten, Liebling?» fragte Ben und goß Anne Wein in ein Glas.

«Blöd von mir, aber jedes Jahr wieder mache ich mich wegen

Weihnachten verrückt. Ist es nicht komisch, daß manche Epochen Talent für bestimmte Feiertage hatten. Wie das Mittelalter für Weihnachten. Die Renaissance konnte Ostern besser. Im 19. Jahrhundert gab es wunderbare Feiern zum 14. Juli.»

«Wofür hat unsre Zeit Talent?»

«Ich weiß nicht. Eigentlich für nichts. Hast du Weihnachten mit Jane verbracht?»

«O ja. Wir beide und Prügelbetty mit ihren Kindern. Sehr erhebend.»

«Wie war sie mit ihren Kindern?»

«Voller Angst, ihnen etwas zu verwehren. Sie werden bestimmt zu Tyrannen heranwachsen. Sie wird nie imstande sein, sie in ihre Schranken zu weisen, weil sie so entsetzt darüber ist, was sie damals getan hat.»

«Wie soll man weitermachen, wenn man weiß, man hat etwas Unverzeihliches getan?»

«Ach, Liebling. Ich weiß nicht. Es hat mich immer wieder entmutigt, wozu Menschen fähig sind. Deswegen habe ich mich ja auf die Bilder verlegt. Diese ganze fabelhafte Oberfläche.»

«Hattest du an Weihnachten Kontakt zu deinen Angehörigen?»

«Ja, sicher. Sie haben alle Kartengrüße geschickt. Meine Kinder sind natürlich schon seit Jahren im vorgerückten Alter, leben seit einer Ewigkeit für sich.»

Anne konnte Bens Distanz zu seiner Familie nie verstehen. Es stimmte sie traurig, machte ihr Angst, machte sie – vielleicht vor allem dies – ratlos, daß ein in allen Dingen zutiefst humaner Mensch, ein so großartiger Freund, bar jeden Familiensinns sein konnte. Wenn Ben über seine Angehörigen sprach, kam ihr immer der Gedanke, ob ihre Kinder eines Tages auch so von ihrer Familie sprechen würden. Sie hatte früher gedacht, Peter würde sich so entwickeln, doch während die Kinder heranwuchsen, wurde klar, daß Sarah ihre Familie viel weniger nötig hatte als ihr Bruder. Sarah entblößte vor ihrer Mutter nie eine ungeschützte, blutende Seele, zeigte immer eine gewisse Reserve. Sollte einmal irgend etwas Ungutes geschehen, würde Peter es in der Erinnerung behalten und Trauer tragen.

«Bei der Arbeit an den Tagebüchern», sagte sie, «habe ich einen Hinweis auf einen Artikel gefunden. Caroline hat ihn für eine Zeitschrift geschrieben, die Stephen kurzzeitig herausgab.»

«Was du nicht sagst. Nie davon gehört. Es sah ihr gar nicht ähnlich, zum öffentlichen Verzehr etwas über ihre Malerei zu schreiben. Ich fragte mich, warum sie es getan hat.»

«Nun, es war Stephens Zeitschrift.»

«Ach ja, Caroline hat immer gern Generosität mit Projekten verbunden, bei denen sie eine Absicht witterte, sich auf die eigenen Beine zu stellen.»

«Kommt zum Mittagessen», sagte Jane, die in diesem Augenblick ins Zimmer platzte. Lachend verteilte sie Suppe, schnitt sie Brot auf, servierte sie Salat, trank sie von ihrem Wein. Wie nett, wir vier zusammen, dachte Anne. Vielleicht sollten wir alle zusammenleben. Die Kinder wären begeistert, und die Ältesten müßten sich nicht vor einer Zukunft der Langeweile und Einsamkeit fürchten. Rasch aß sie ein Stück Brot. Immer wenn sie zuviel trank, überlegte sie, ob sie Leute einladen sollte, bei ihr einzuziehen.

«Wie ich sehe, haben Sie viel von Simone Weil», sagte Michael zu Jane. «Ich versuche im Augenblick, in der französischen klassischen Tradition über sie zu schreiben. Besonders über ihren *Ilias*-Essay.»

«Wie prachtvoll der ist», sagte Jane. «‹Der größte Teil der Weltgeschichte hat sich abseits der warmen Bäder abgespielt.›»

«Absolut gräßlich», meinte Ben, «wie jedes Wort aus dem Mund dieser Neurotikerin. Michael, tu mir den Gefallen und sprich nicht weiter über Mademoiselle Weil. Jane und ich kommen uns sonst garantiert in die Haare. Dieser schreckliche Haß auf alles Fleischliche. Und im nächsten Augenblick wird Jane verkünden, daß sie ihre ganze Habe verkaufen, sie an die Armen verschenken und in einer Fabrik für Schuhschwärze arbeiten muß.»

«Das ist von Dickens, Liebling, nicht von mir», sagte Jane und schickte sich an, ihn zu ignorieren. «Simone Weil war es, die mich zu einem Leben im Glauben hingeführt hat. Ja, sie und George Herbert.»

«Wie das?» fragte Michael.

Anne war peinlich berührt. Sie fand, Menschen, die religiös waren, sollten nicht vor anderen Leuten über solche Dinge sprechen; es war, wie wenn ein Lüstling sich vor Jungfrauen großtut. Doch Michael, so wußte sie, störte sich nicht daran. Für ihn war eine religiöse Einstellung nur ein weiteres Beispiel menschlicher Absonderlichkeiten, die ganz willkürlich verliehen wurden, wie vorstehende Zähne oder das absolute Gehör. Anne sah darin etwas Machtvolles und ihr zugleich

Unverständliches. Sie bewirkte bei den Betreffenden ein außergewöhnliches Verhalten, machte sie zu Teufeln der Verfolgung, zu Engeln der Selbstaufopferung. Wie ließ sich bei einem Mittagessen darüber sprechen?

«Sehn Sie», sagte Jane, «ich war von dem Gefühl erdrückt, daß es für mich keine Verzeihung geben kann. Daß ich meinen Mann umgebracht habe, weil ich ihn nicht liebte. Daß ich es nicht mehr an ihm gutmachen konnte, daß mir nur das Leben einer Verdammten blieb.»

«Jane, ich bitte dich! Wenn du so redest, bekomme ich die fürchterlichsten Kopfschmerzen. Stephen war immer schwach auf der Lunge. Er war immer depressiv. Er trank schon zuviel, ehe du ihn überhaupt kennengelernt hast. Hören wir bitte damit auf. In Oxford gibt es eine Regel: keine ernsten Gespräche bei Tisch. Sehr vernünftig, habe ich immer gefunden.»

«Also gut, Liebling», sagte Jane und nahm Bens Hand. «Sprechen wir über etwas ganz Banales. Laßt euch von mir erzählen, wie das Brot gebacken wird, das ihr gerade eßt. Ich werde euch in die Geheimnisse meines Herdes einweihen. Vielleicht schreibe ich ein Kochbuch. Was meinst du, Anne? Schreiben wir es doch gemeinsam. Wir werden es *Ein Kochbuch für gebildete Frauen* nennen.»

Anne lächelte. Sie wünschte, Ben hätte Jane nicht unterbrochen, als sie gerade von der Religion zum Thema ihrer Ehe hatte übergehen wollen. Warum verhielt sich Ben so? Und warum hatte Jane ihm so bereitwillig nachgegeben? Weil sie eine Liebesbeziehung hatten? Kam es davon, daß sie fürchtete, auf Michael weniger anziehend zu wirken, wenn sie sich über Ben hinwegsetzte und die Geheimnisse ihres Herzens offenbarte? Anne war überzeugt, daß Janes Verstummen eine jener weiblichen Verstellungen, eines jener listigen Ausweichmanöver war, die gute Manieren genannt wurden und ganz und gar mit Sex zu tun hatte.

Der 17. Januar war der Tag von Michaels Abreise. Die Kinder benahmen sich unausstehlich. Daß er sie wieder verließ, ängstigte sie. Daß er sie schon einmal verlassen hatte und wiedergekommen war, war für sie kein Beweis, daß er schließlich für immer zurückkehren werde. Es betonte nur das Prekäre, das Unberechenbare am Leben der Erwachsenen. In den Tagen vor der Abreise ihres Vaters verschüttete Sarah bei jeder Mahlzeit ihre Milch, worauf sie wimmerte und zitterte, als sollte sie zur Strafe versohlt werden. Peter wurde unleidlich. Er überprüfte seine Sammlungen von Münzen, Blättern, Steinen, Spielzeug-Dinosauriern, weil er überzeugt war, jemand habe sich daran zu schaffen gemacht. Er beschuldigte seine Mutter wiederholt, daß sie seine Sachen in Unordnung bringe, wenn sie in seinem Zimmer saubermachte. Nur Laura blieb wie gewohnt. Sie wischte auf, wenn Sarah etwas verschüttete, antwortete ruhig auf Peters Anklagen, als wären sie vernünftig. Die Kinder reservierten ihre ärgsten Wutanfälle für ihre Mutter, da sie wußten, daß sie nicht weggehen werde. Als auf der Heimfahrt vom Flughafen Peters Tränen versiegten und er bemerkte, daß sie nicht weinte, bezichtigte er sie zornig der Herzenskälte. «Es macht dir nicht mal was aus, daß er in dem Flugzeug allein ist. Er gibt sein Leben in die Hand *fremder* Menschen!»

Wo hatte er so früh die Phrasen der Kitschliteratur aufgeschnappt? Sie fand keine *True Confessions* unter seinem Bett; er verbrachte seine Nachmittage nicht damit, sich das erbauliche *The Guiding Light* im Fernsehen anzuschauen. Und trotzdem war das Bild, das er vom Leben hatte, von jeher in melodramatischen Tönen gemalt: Eisenbahnunglücke, falsche Versprechungen und jähe Trennungen auf ewig, das waren die Landschaften seiner Träume. «John Barryless» nannte ihn sein Vater; sie selbst sah ihn als Henry Irving in *The Bells*. Doch seine Ängste, mochten sie noch so übersteigert zum Ausdruck kommen, waren real. Er konnte in der Nacht nach der Abreise seines Vaters nicht schlafen. Anne verstand ihn, sie empfand selbst etwas Ähnliches. Als er am Flughafen von ihnen wegging, hatte etwas sein Ende gefunden: Das einlullende, strotzende Leben der Feiertage war vorüber, vorbei waren die langen Nachmittage, mit Essen und Gesprächen verbracht, die Vormittage mit den Kindern, die Nachtstunden, die sich bei einem Drink hinzogen.

Und es bedeutete vielleicht, daß sie Michael zu seiner Geliebten zurückschickte. Als er auf den Flugsteig zuging, wäre sie ihm am liebsten nachgelaufen und hätte ihm im letzten Augenblick die Frage gestellt. Aber es wäre unfair gewesen; er hätte keine Zeit gehabt, zu erklären, sich zu verteidigen, sie der Ungerechtigkeit zu bezichtigen. Es war durchaus möglich, daß sie sich alles eingebildet hatte. Und sie hatten ja wirklich die Feiertage gut verbracht. Hätte sie gesprochen, wäre binnen einer Minute alles ruiniert gewesen.

Nun, da er fort war, konnte sie wieder an ihre Arbeit gehen. In der

New York Public Library machte sie die Nummer von Stephens Zeitschrift ausfindig, in der Carolines Artikel stand. Die Zeitschrift hieß *The Expatriate* und war als ein Forum für jene Schriftsteller und Maler – nicht nur Amerikaner – gedacht, die ihre Heimat verlassen hatten, um im Ausland zu leben. Sie enthielt Beiträge angesehener Autoren – Ford Madox Ford, Gerald Brennan, Cecilia Beaux –, hatte es aber nur auf zwei Nummern gebracht. Das Thema der ersten lautete: «Können wir uns jemals von unserer Heimat trennen?» Jeder Beitrag sollte dazu Stellung nehmen. Der einhellige Tenor war ein Nein; alle, die in diesem Heft schrieben, ob Engländer, Russen, Spanier oder Amerikaner, fühlten sich vom Land ihrer Geburt, in dem sie nicht leben konnten, geformt und geprägt. Carolines Aufsatz trug die Überschrift «Erinnerung und Inspiration».

Ich glaube, daß jeder von uns bis zum Alter von sechs Jahren alles Wichtige gelernt hat. Dies gilt insbesondere für den Künstler, und da ich es – altmodisch, wie ich bin – für den Gipfel moderner Vulgarität halte, an seiner eigenen Vergangenheit herumzukratzen, als wäre sie eine faszinierende Wunde, die das Publikum begierig freigelegt sehen möchte, will ich nur von meiner Arbeit sprechen.

Die Erinnerung ist die große Kraft, die den Geschmack formt: Das, was wir im späteren Leben als vortrefflich betrachten, ist nur die Verfeinerung irgendeiner Szene oder eines Bildes, eingeprägt in das geschmolzene Wachs des Lebensfrühlings. Das Kind kennt kein Wort für Schönheit; es nimmt im frühen Alter ein Wunder hin und ist sich nicht bewußt, «davon fürs Leben geprägt» zu werden. Da es kein Wort dafür hat, trägt es nur den tiefen Stempel mit sich, und wenn die Stelle später im Leben berührt wird, schreit das Herz auf, und die Stimme des Erwachsenen findet das Wort «schön».

Der Maler malt immer dieselben fünf oder sechs Szenen, die so tief in sein Herz eingekerbt sind, daß er die Wunde nicht mehr spürt. Bei mir selbst haben drei Begebenheiten, die sich alle vor meinem fünften Lebensjahr abspielten, den künstlerischen Weg vorgezeichnet.

Die erste war ein Unfall, der sich in meinem Vaterhaus ereignete, als ich vier war. Irgend jemand hatte leichtsinnigerweise den Regenwasserspeicher nicht zugedeckt, und ich, achtlos wie immer, trat ahnungslos in dieses große finstere Viereck. Zufällig kam jemand, sah in dem schwarzen Abgrund einen Unterrock flattern und fuhr mit der langen Hakenstange hinein, mit der man die gefüllten Eimer heraufholte. Meiner Erinnerung an diesen Vorfall haftet nichts von Furcht an; sie enthält nur den verzaubernden Eindruck des Lichtvierecks in der Höhe und des bewegten schwarz-goldenen Wassers. Ich erinnere mich auch noch an einen starken sensorischen Eindruck von der Gruppe, die ich eben verlassen hatte: meine Tanten und Kusinen, im Gras sitzend, beim Vorlesen oder Sticken. Ich sah einen breiten Florentinerhut, einen fließenden Rock, weiß oder von blassen Farben, und einen Kopf mit sehr glattem, dunklem Haar.

Die anderen beiden Erinnerungen betreffen meine Großmutter. Die erste sie persönlich. Ich bat sie um die Auszeichnung, zusehen zu dürfen, wenn sie ihre Toilette beendete, wenn sie ihr feines, üppiges Haar zu Zöpfen flocht und unter der Haube feststeckte. Sie war eine Dame aus einer Quäker-Familie und Ende Sechzig, als ich ein Kind war; sie trug nie etwas anderes als weiß, grau und schwarz. Alle ihre Kleider waren herrlich geschneidert; was ihr an Farbe fehlte, machte sie durch Stickereien wett; ihre Wäsche war vollkommen und feinstens gearbeitet. Es befremdete einen, an einer so demütigen Frau, deren kennzeichnende Eigenschaft eine heute unbegreifliche Bescheidenheit war, festzustellen, daß ihr Haar nie ergraut war. Mit siebzig hatte es noch ein erstaunlich kräftiges Kastanienbraun. Oh, sie war stolz darauf, wenn sie das auch nie hätte zugeben können. Ich saß oft zu ihren Füßen und sah zu, wie sie ihr herrliches Haar bürstete und dann glättete, bis es seidig glänzte. Anschließend fügte sie nur ihre Haube hinzu und befestigte sie am Haar mit kleinen goldenen Klammern, die vor dem Kragen aus zarter weißer Spitze einen Augenblick lang aufschimmerten und dann verschwanden. Ich habe schon immer sehr gern Frauen bei ihrer Toilette gemalt, aber es müssen Amerikanerinnen sein. Von der Französin, die vor dem Spiegel sitzt, gehen pastellne und rauchige Farben aus; die Amerikanerin sprüht und blitzt; ihre Schminksachen, ihre Flakons ziehen das Licht auf sich, als wollten sie sämtliche Puritaner herausfordern, die sich in diesem kalten Land ansiedelten. Im Augenblick male ich meine Schwiegertochter vor dem Spiegel. Sie ist die Blüte all dessen, was an der amerikanischen Weiblichkeit schön ist. Sie bürstet sich das Haar, das den gleichen Farbton hat wie das meiner Großmutter (nur Amerikanerinnen haben ihn). Es behagt mir natürlich, daß ich in der rue Jacob die Szenen neu erschaffe, die ich an meinem sonst verabscheuten Philadelphia geliebt habe.

In dieser Stadt, die nur ein dumpfes Monochrom in ihre Atmosphäre einläßt, war der Garten meiner Großmutter eine Farbenprovokation für den braven Bürger. Dazu kultivierte sie Unkraut – Kornblumen, Wolfsmilch, Tigerlilien – zusammen mit den üppigen, schwerduftenden Blumen, die sie bevorzugte. Ihr Höchstes war eine blutrote Päonie, um die die Bienen wie gebannt summten. Die Grüntöne an ihrem Gras waren amerikanisch, ohne den geringsten Blauschimmer. Als ich bei Matisse arbeitete, habe ich ihn gefragt, ob er klare Kindheitserinnerungen an Gärten habe. *Bien sur*, sagte er, er habe auch eine Großmutter gehabt. Fort mit den theoretischen Phantastereien über die Palette der Fauves!

Anne blätterte um, suchte nach einem Ende, irgendeinem Hinweis, daß Caroline in ihrem Aufsatz zum Thema zurückkommen werde. Wie echt er Caroline zeigte: überschwenglich, wortgewandt, arrogant. Wie sie ihren Redakteur irritiert haben mußte. Aber der Redakteur war ihr Sohn.

Es war vier Uhr nachmittags. Sie saß im Wohnzimmer von Janes Wohnung in New York und trank mit ihr Kaffee. Jane hatte Anne erzählt, Stephen habe alle in seinem Besitz befindlichen Exemplare der Zeitschrift vernichtet, aber sie ließ Anne Einblick in seinen schriftlichen Nachlaß nehmen, als diese fragte, ob vielleicht noch ein paar Briefe vorhanden seien. Jane übergab ihr die Stapel und verließ mit dem Vorschlag, Anne solle doch ihr Arbeitszimmer benützen, die Wohnung.

Dort war es angenehm; Anne arbeitete gern in Räumen, wo von ihr bewunderte Menschen gearbeitet hatten. Alles trug ihre Prägung, ihre Bücher und Papiere, die Schreibtische und das Schreibwerkzeug. In Janes Arbeitszimmer zu arbeiten, mutete Anne an, als borgte sie sich die Kleider einer erfolgreichen, blendend schönen, geliebten älteren Schwester aus. Es vermittelte Selbstvertrauen und Wohlgefühl. Sie hatte den Nachmittag über die Korrespondenz des *Expatriate* durchgesehen. Es war aufregend, auf die Unterschriften berühmter Leute zu stoßen: Edith Wharton, Man Ray, Georges Balanchine. Es war ermutigend und ernüchternd zugleich, daß sie ihre Briefe unterschrieben, daß sie Briefe geschrieben hatten. Das ist der Grund, dachte sie, warum die Leute Autogramme sammeln; sie beweisen, daß ihre Idole von dieser Welt, daß die Wunder, die ihnen soviel bedeuten, nicht der eigenen Phantasie entsprungen sind.

«Erzähl mir doch vom *Expatriate*», hatte Anne zu Jane gesagt.

«Es bedrückt einen, an diese Zeiten zurückzudenken», erwiderte Jane. «Der liebe arme Stephen. Eine so gute Idee, wie die meisten seiner Ideen, aber sie führte zu nichts, wie alle andern auch. Caroline war es, die sie ihm ruiniert hat, vermutlich mit den besten mütterlichen Absichten. Du mußt wissen, sie kannte alle Welt. Sie war faszinierend und brillant und streitlustig, und Stephen war so überaus bescheiden. Also haben die Leute aus Gefälligkeit für Caroline für die Zeitschrift geschrieben. Du siehst ja, daß viele ihre Briefe an sie gerichtet haben. Und dann waren einige Leute, wie zum Beispiel

Gertrude Stein, nicht bereit, den *Expatriate* zu unterstützen, weil sie Caroline haßten.»

«Warum hat sie Caroline gehaßt?»

«Sie kamen sich wegen Jane Austen in die Haare. Jane Austen war Caroline ungemein wichtig, Gertrude aber meinte, sie sei die größte Langweilerin der letzten zweihundert Jahre. Sie stritten sich weiter, bis Caroline außer sich geriet. Sie sagte zu Gertrude, sie könne Jane Austen eben nicht verstehen, weil sie keine Lady sei. Darauf hat Gertrude sie hinausgeworfen.»

Anne lachte. «Eine Lady.» Das war ein Begriff, der sich in Luft aufgelöst hatte. «Benimm dich wie eine Lady», hatte man ihr als Kind gepredigt. Sie würde so etwas nicht im Traum zu Sarah sagen – es würde sich im höchsten Maß lächerlich anhören. Doch es war ihr klar, daß es einmal etwas bedeutet hatte und noch heute eine spurenhafte Bedeutung besaß. Jane war eine Lady, und sie, Anne, war keine. Es hatte etwas damit zu tun, daß man durch die Welt ging und gewisse Dinge als selbstverständlich nahm – wozu heute, dachte sie, aus meiner Generation niemand fähig wäre. Alle trugen Jeans und machten Hausarbeit. Doch von jemandem als einer Lady zu sprechen oder anzunehmen, irgendeine Frau – jemand von der Sorte Gertrude Stein ausgerechnet – würde sich beleidigt fühlen, weil man sie «keine Lady» nannte, das würde es nie mehr geben.

«Caroline war tiefunglücklich, daß ihr das herausgerutscht war, und Gertrude natürlich schlau genug zu sehen, daß sie etwas recht Unerfreuliches hervorgelockt hatte – sie stürzte sich darauf. Caroline tat sich viel darauf zugute, nicht klassenbewußt zu sein. Sie rauchte die billigsten Zigaretten und zog sich wie eine Bettlerin an. Trotzdem steckte es in ihr, ihre ganze Herkunft, und sie konnte es nie ganz und gar ausmerzen.»

«Wie aufregend es für dich gewesen sein muß. Paris in den zwanziger Jahren. Alle träumen davon», sagte Anne.

«Ach, weißt du, ich habe an der Sorbonne studiert und mich eigentlich bei den Mediävisten, die wie die Mönche lebten, viel wohler gefühlt. All dieses Gerede über Kunst hat mich unsäglich gelangweilt. Weißt du, ich interessiere mich ja nicht sehr für die Malerei. Carolines Werk interessiert mich, aber nur deswegen, weil sie es geschaffen hat. Doch alle diese anderen Maler mit ihrem Gefasel über Volumen und Bildebene – nichts hätte mich mehr anöden können. Und dann steckten sie all die hübschen Mädchen zusammen, so daß ich immer neben der Geliebten irgendeines Menschen sitzen mußte, die nur einmal im Monat badete und nicht lesen konnte. Ich verdrückte mich jedesmal mit meinen Büchern. Natürlich waren manche der Leute, die daherkamen, sehr lustig. Zum Beispiel ein junger Mann aus Ohio, Jake Golden hieß er. Er brachte Caroline, ja eigentlich alle von uns zum Lachen. Dann fuhr er nach New York zurück und gründete ein Herrenmagazin. Später wurde er stramm rechts. Setzte sich vehement für Franco ein. Und schließlich trat er in einer dramatischen Szene zum Katholizismus über, zu Füßen des Generalisimo, wie anzunehmen ist. Caroline hat deswegen mit ihm gebrochen.»

«Wegen seiner politischen Einstellung oder wegen der Religion?»

«Ach, eigentlich aus beiden Gründen. Sie fand, Religion sei etwas für Dummköpfe und Feiglinge. Ich frage mich oft, was sie jetzt, da ich religiös geworden bin, zu mir sagen würde.»

Anne zögerte. Sie und Jane waren allein. Jane vertraute ihr Dinge an, die man als intim bezeichnen konnte. Anne fand, sie habe ein Recht darauf, ihre Freundin nach etwas Persönlichem zu fragen, das ihr unverständlich war.

«Wie kam das, daß du religiös geworden bist?»

Jane blickte geradeaus vor sich hin. «Ich hatte etwas Unverzeihliches getan. Es wurde mir klar, nachdem Caroline gestorben war. Daß wir, wir beide zusammen, Stephen zugrunde gerichtet hatten.»

Ihr Ton war unpersönlich, reporterhaft. «Ich hatte etwas Unverzeihliches getan», sagte sie, als stellte sie fest: «Mein Haar ist grau, meine Augen sind braun.» Anne nahm Janes starren Blick auf; sie fühlte, daß Jane es so wollte.

«Ich glaube, ich habe erwähnt, daß ich nach Carolines Tod zusammengeklappt bin. Der Grund war natürlich, daß ich sie verloren hatte, aber dann wurde mir klar, daß ich die Beziehung zu Stephen begonnen hatte, weil ich Caroline in meinem Leben haben wollte. Da ich blutsmäßig nicht mit ihr verbunden sein konnte, wollte ich eine formale, eine juristische Bindung, und gemeinsam haben wir diesen armen Jungen zugrunde gerichtet, genauso, wie wenn wir ihm Gift gegeben hätten. Die Luft, die wir geatmet haben, war für ihn Gift.»

«Ich bin überzeugt, daß das nicht stimmt», sagte Anne. «Du gestehst ihm nicht zu, daß er Herr seines eigenen Lebens war. Er war schließlich erwachsen, als er dich kennengelernt hat.»

«Aber du würdest kein Wettrennen gegen einen Krüppel veranstalten und ihm dann vorwerfen, daß er verloren hat. Oder ihm eiskalt erklären, er sei als Läufer nicht gut genug. Da Stephen ja nicht mehr am Leben ist, werde ich nie die Wahrheit über seine Willenskraft erfahren, ob sie groß oder schwach war. Jedenfalls, es war keine Ruhmestat von mir, einen Mann, den ich nicht liebte, zu heiraten, um ihm die Mutter wegzunehmen. Es ist sonderbar, aber Caroline war für Stephen wirklich eine tödliche, für mich dagegen eine im Himmel geschaffene Mutter. Während ich für meine eigene nie mehr empfand als für eine ziemlich entfernte Verwandte.»

«Das kann ich nicht glauben», sagte Anne.

«Nein, denn du hältst ja sehr viel von der Macht des Blutes. Eine richtige Primitive bist du, nicht? Vielleicht denke ich nicht so, weil ich nie Kinder hatte. Aber ich schweife ab. Um deine Frage zu beantworten: Ich habe mich der Religion zugewandt, weil sie mir die Möglichkeit einer Verzeihung zeigte, obwohl ich etwas Unverzeihliches getan hatte. Aber wir sprachen ja vom *Expatriate* und wie Caroline Stephen die Freude daran verdorben hat. Sie kam immer wieder in die Redaktion und gab ihre Meinung zum besten. Die Leute, die mit ihr befreundet waren, wandten sich, wie gesagt, an sie. Und diejenigen, die sich bereit fanden, für Stephen zu schreiben, die sie aber nicht mochte – nun, sie machte sich über ihre Beiträge fürchterlich lustig, quittierte sie mit höhnischem Gelachter oder ätzenden Bemerkungen. Stephen hatte ziemliches Interesse an den Surrealisten, Caroline hingegen würdigte sie nicht einmal ihrer Verachtung. Schließlich kam ihm einfach die Energie abhanden, und er streckte die Waffen.»

Die Wohnungstür ging auf. Anne wandte sich um und sah vor dem Zimmer Betty stehen.

«Kommen Sie herein, kommen Sie rein», sagte Jane zu ihr und erhob sich von ihrem Sessel. «Setzen Sie sich her. Sie müssen todmüde sein.»

«Ich bin befördert worden», sagte Betty, schüchtern lächelnd. «Ich bin jetzt Kassiererin.»

«Das ist ja großartig», erklärte Jane. «Das muß gefeiert werden. Trinken wir einen Sherry.»

Anne hob ihr Glas. Gertrude Stein, Jane Austen, und nun Betty zur Kassiererin befördert. Sie fragte sich, ob sie bei ihren Begegnungen mit Jane irgendwann einmal nicht mehr das Gefühl haben werde, es ginge in einem Faß holterdiepolter über die Niagarafälle.

Um halb elf Uhr abends klingelte es. Anne saß im Arbeitszimmer und tippte gerade einen Brief an eine Frau in Dallas, die drei von Carolines späten Bildern besaß. Einen Augenblick lang war sie verängstigt, wie sie es in Michaels Anwesenheit nicht gewesen wäre, wie sie es nicht gewesen wäre, ehe er zum Weihnachtsfest zurückkam. Wer klingelte denn so spät? Es konnte ein Geisteskranker, ein Räuber oder auch jemand sein, dessen Familie gerade vor ihrem Haus ausgelöscht worden war. Eine Frau, die allein ist, dachte sie, stellte sich immer gleich eine Katastrophe vor, wenn es nach Einbruch der Dunkelheit klingelt.

Sie zog den Vorhang zurück und sah Ed Corcoran auf der Haustürschwelle stehen. Ihr erster Gedanke war, daß sie etwas anderes anziehen sollte. Was für eine Schande, daß er sie in einem grauen Pullover aus ihrer College-Zeit sah, übersät mit gestopften Löchern. Sie nahm sich die Spange aus dem Haar und ließ es herabfallen; sie versteckte sie in einer ihrer Jeanstaschen, begrüßte ihn und gab ihm die Hand. «Kommen Sie rein, kommen Sie rein. Es ist eiskalt draußen, nicht? Frieren Sie nicht? Sie werden was Heißes zu trinken brauchen. Soll ich Ihnen eine Tasse Tee machen? Kommen Sie herein, wir trinken eine Tasse Tee.» Sie hörte sich plappern wie der Mad Hatter, der verrückte Hutmacher aus *Alice im Wunderland*.

«Ich hab versucht, Sie telephonisch zu erreichen, und mehrmals Ihrem Kindermädchen eine Nachricht hinterlassen. Ich nehme an, Sie waren beschäftigt.»

«Mir ist nie etwas ausgerichtet worden, sonst hätte ich sofort zurückgerufen. Mein Mann war da und ist vor einer Woche abgereist. Ich will damit sagen, daß ich es nicht für sinnvoll hielt, wenn Sie in seiner Anwesenheit hier arbeiten. Wir hatten uns darüber verständigt, nicht?»

«Ich hab für diese Arbeit schon so lange gebraucht, daß er den Eindruck haben muß, Sie haben einen richtigen Pfuscher geholt.»

«Er hat nichts davon gesagt. Ich hab ihm nichts von Ihnen erzählt. Von den Leitungen, meine ich. Ich fand, das sollte meine eigene Affäre bleiben. Ich will damit sagen», stotterte sie, «daß ich die Verantwortung dafür tragen sollte.»

«Jedenfalls, ich hab in Ihrem Arbeitszimmer Licht brennen sehen.

Sie waren also noch auf, und da hab ich gedacht, ich schau einfach einen Sprung rein und besprech mit Ihnen, wann ich die Arbeit abschließe.»

«Ach, dann sind Sie also schon bald damit fertig», sagte Anne, Enttäuschung in der Stimme.

«Wenn ich so weitertrödle wie bisher, mal heut, mal morgen ein bißchen, wird es viel länger dauern, als es sollte.»

«Das ist gut», sagte Anne. «Ich meine, mir ist es recht, wenn Sie spätabends kommen wollen wie vorher. Möchten Sie jetzt eine Tasse Tee?»

«Gern, wenn ich Sie nicht störe.»

«Ganz und gar nicht. Ich habe gerade einen dummen Brief zu Ende geschrieben. Ich muß nächste Woche nach Dallas. Ist das nicht schrecklich?»

«Was, nach Dallas? *Ich* würde da gern hinfahren. Mir anschaun, worüber alle Leute reden. Dort sitzt heute ja das große Geld, im Sonnengürtel.»

«Immer wenn ich das Wort ‹Sonnengürtel› höre, stelle ich mir alle diese Geschäftsleute mit Gürteln aus goldenen Sonnen vor. Oder irgendeinen Gott wie Orion, der die Sonne als Gürtelschnalle trägt.»

«Der Orion. Das war das erste Sternbild, das ich meinen Kindern gezeigt hab. Sogar noch vor dem Großen Wagen. Das wär ich gern geworden – Astronom. Und was wären Sie gern geworden?»

«Die Arbeit, die ich habe, gefällt mir. Ich hoffe nur, daß ich sie weiterhin machen kann.»

«Die Zeiten sind schlecht», sagte er. «Meine Frau wollte Kunstmalerin werden. Sie hat viel gemalt, ehe sie krank geworden ist. Aber sie schaut sich noch immer gern Kunstbücher an. Andrew Wyeth, der hat's ihr besonders angetan. Es macht ihr viel Freude, das Buch über ihn anzuschaun, das sie in der Stadt gekauft hat. Gefällt Ihnen Andrew Wyeth?»

«Manches von ihm», log sie.

«Meine Frau hat sich was in den Kopf gesetzt, was sie unbedingt tun will. Kennen Sie dieses Bild von ihm, *Christinas Welt*? Mit dem verkrüppelten Mädchen?»

«Ja.»

«Ja, und sie möchte jetzt diesen Hügel finden, die Stelle, wo er es gemalt hat, und sie möchte, daß ich sie hinfahre und dann ein Photo von ihr mache, in der gleichen Haltung wie diese Christina.»

«Oh», sagte Anne. Einigermaßen fassungslos begann sie Tee einzugießen.

«Ich finde die Idee nicht gut. Ich meine, der Wyeth hat das Bild ja schon gemalt. Das reicht doch. Ich versteh nicht, warum meine Frau das tun möchte. Aber wir werden wahrscheinlich im Sommer hinfahren.»

Er ist, dachte sie, wirklich ein Mann mit Gespür. Er versteht, was Malerei ist, daß sie vor der Photographie kommt. Er hatte nur keine Bildungschancen. Vielleicht könnte er Abendkurse oder Teilzeitkurse am College besuchen. Es ist klar, daß er geistige Anlagen hat, und es wäre schade, wenn er nichts daraus machen könnte.

«Und wie geht es Ihrer Frau?» fragte sie mit schlechtem Gewissen.

«Um Weihnachten war sie wirklich schlimm beisammen, durcheinander. Deshalb haben wir ein ziemlich ruhiges Leben führen müssen, wissen Sie. Aber im Augenblick geht's ihr ganz gut. Ich hab ihr von Ihnen erzählt. Sie würde Sie echt gern kennenlernen. Ich hab ihr gesagt, daß Sie so viele Kunstbücher haben, und sie hat gemeint, sie würde irgendwann mal gern herkommen und sie anschaun. Ich hab gesagt, Sie würden ihr vielleicht ein paar leihen.»

«Natürlich», erklärte Anne. «Sie ist jederzeit gern gesehen.»

«Das hab ich ihr auch gesagt», meinte Ed und strahlte sie geradezu an. «Ich hab ihr gesagt, daß Sie ein Mensch von dieser Art sind. So, und jetzt lass ich Sie allein.» Er setzte seinen Hut auf und zog die Jacke an. An der Tür küßte er sie auf die Wange. «Es freut einen, Sie zu sehen», sagte er.

«Es freut einen, *Sie* zu sehen», erwiderte sie und drückte ihm fest die Hand.

Als sie die Haustüre schloß, hörte sie Laura ins Wohnzimmer kommen. Sie drehte sich brüsk zu ihr um.

«Ed hat gesagt, er hätte mehrmals am Telephon eine Nachricht für mich hinterlassen. Sie haben mir aber nie was ausgerichtet.»

«Es muß mir entfallen sein», sagte Laura.

«Falls mir irgend jemand etwas ausrichten läßt, achten Sie bitte in Zukunft darauf, daß ich es auch erfahre», sagte Anne, ohne den scharfen Unterton, den sie gern hätte durchklingen lassen.

«Natürlich», erwiderte Laura und sah Anne in die Augen.

Sie merkte Laura an, daß sie mißtrauisch war. Es war schrecklich, daß die Leute sich eine rein freundschaftliche Beziehung zwischen einem Mann und einer Frau einfach nicht vorstellen konnten. Vielleicht war es Michael genauso ergangen, vielleicht war sein Verhältnis zu Charlotte Mistière nicht weniger harmlos als das zwischen ihr und Ed.

Sie verabredete sich mit Barbara, einen Dokumentarfilm über Frauen in der Gewerkschaftsbewegung während der dreißiger Jahre anzusehen. Im dunklen Kino erschienen die Gesichter alter Frauen auf der Leinwand. Einfache Gesichter, Arbeiterinnengesichter. So hat Caroline sicher nicht ausgesehen, dachte sie. Die Frauen sprachen über ihre Arbeit in jenen Tagen, eine schreckliche Schinderei, mühsam und gefährlich. Sie hatten in Schlachthöfen gearbeitet, wo regelmäßig Leute Finger und ganze Gliedmaßen einbüßten; sie hatten in Wäschereien gearbeitet, zwölf Stunden täglich. Sie lenkten Annes Gedanken auf Ed, der sich abrackerte und galant war. Dann konzentrierte sie sich wieder auf den Film. «Keine von denen, die sich wirklich für die Bewegung einsetzten, hatte Kinder», sagte gerade eine der Frauen. «Sie hatten zuviel zu tun, und außerdem war es zu gefährlich.»

Sie berichteten, wie sie Flugblätter verteilt hatten, als Streikposten aktiv gewesen waren, wie sie in Sälen auf Stühle gestiegen waren, wo die Näherinnen, die ihnen zuhörten, an ihren Maschinen weiterarbeiteten, damit die Meister nicht aufmerksam wurden. Währenddessen dachte Anne, mit welchem Stolz diese Frauen im Alter auf die mutigen Taten ihrer Jugend zurückblicken konnten. Öffentliches Engagement, das sie in der Öffentlichkeit in Gefahr brachte. In ihrem eigenen Leben würde so etwas nicht vorkommen. Worauf würde sie zurückblicken können, wenn sie alt war? Möbel, ein Haus, Enkelkinder, die sie kaum zu sehen bekam? Eine gewisse Arbeitsernte, wenn sie Glück hatte. Aber nichts, wofür sie viel hatte riskieren müssen. Wie den meisten Frauen würde ihr das Erlebnis vorenthalten bleiben, einen Feind bezwungen zu haben. Die meisten Frauen begegneten ihren Feinden im Dunkeln, überzeugt, daß sie verlieren würden. Doch die Frauen in diesem Film standen auf Stühlen, auf Rednertribünen, hoben die Fäuste, wie Rowdys die Fäuste ballen, brüllten die anderen nieder, die einwandten, sie würden verhungern, im Gefängnis umkommen, nie mehr Arbeit kriegen. Sie hatten um ihr Leben fürchten müssen und trotzdem im Kampf ihren Mann gestanden. Sie hatten keine Kinder gehabt.

Danach ging sie mit Barbara etwas trinken.

«Wie wirkt es sich deiner Meinung nach auf die sittliche Lebenseinstellung aus, wenn man Kinder hat?»

«Welche sittliche Lebenseinstellung?» fragte Barbara. «Ich bin der Neville Chamberlain der sittlichen Lebenseinstellung. Meine sittliche Lebenseinstellung besteht darin, die Götter zu beschwichtigen. ‹Ich liebe mein Kätzchen, sein Fell ist so weich, und wenn ich ihm nicht weh tue, tut es mir auch nichts.› Das ist meine sittliche Einstellung zum Leben, seit ich Kinder habe.»

«Haben sie immer so gedacht? Die Mütter, meine ich.»

«Wie sollen wir das wissen? Es hat sie ja keiner gefragt.»

«Wenn ich mir die Frauen aus Carolines Generation ansehe, habe ich den Eindruck, daß sie im Vergleich zu uns sehr mutig waren. Wir dagegen verkriechen uns am häuslichen Herd.»

«Schon, sie waren aber auch sehr naiv.»

«Es bricht einem das Herz, wenn man überlegt, welche Hoffnungen viele Leute auf die Russische Revolution gesetzt haben. Carolines Freunde in den zwanziger Jahren waren überzeugt, sie hätten das Paradies auf Erden gefunden.»

«Sie konnten sich noch den Luxus leisten, an so etwas zu glauben. Weißt du, ich habe oft über diese Kathy Boudin nachgedacht, diese Weatherwoman, die das gepanzerte Geldauto geraubt und den Fahrer umgebracht hat. Sie hatte ein Kind. Ich bin nie daraus schlau geworden. Aber ich habe an ihr diesen Glauben an etwas außerhalb des Privatlebens bewundert, der so stark war, daß sie ihr Kind in Gefahr gebracht hat. Aber manchmal hätte ich sie dann wieder wegen ihrer Verantwortungslosigkeit an die Wand schmeißen können.»

«So geht es mir immer mit Caroline. Manchmal möchte ich sie ohrfeigen, weil sie eine schlechte Mutter war, und dann wieder finde ich, es war nicht wichtig, denn sie war eine große Malerin.»

«Niemand scheißt sich darum, ob Monet ein guter Vater war.»

«Ich weiß. Es ist nicht fair.»

«Vielleicht lege ich mir eine sittliche Lebenseinstellung zu, wenn ich älter werde. Wenn die Kinder aus dem Haus sind. Aber dann werde ich zu müde sein. Oder um mich Angst haben, statt um sie. Vielleicht hab ich überhaupt meinetwegen Angst und schiebe sie nur vor.»

«Es muß doch möglich sein, Kinder zu haben und anständig zu bleiben.»

«Nein», sagte Barbara. «Wenn man Mutter ist, denkt man mit den Krallen.»

Im Haus lag, als sie es verließ, noch alles im Schlaf. Es war für sie ein Abenteuer und ein Luxus zugleich, so etwas zu tun, ein schlafendes Haus hinter sich zu lassen. Sie ging, weit und breit kein Mensch, durch den lichtlosen Morgen – sie wollte nach Washington fliegen, um sich die Bilder von Caroline anzusehen, die sich in der Sammlung Eastman befanden. Die Eastmans besaßen ein Dutzend kleinformatiger Bonnards, sechs Vuillards, ein großes Bild von Gauguin sowie Arbeiten ihrer amerikanischen Zeitgenossen: Dove, Marin, O'Keeffe. Ted Eastman, ein Princeton-Mann, hatte in jungen Jahren im Ausland gelebt; sein Geld war ihm aus einer jener zuverlässigen, nicht benennbaren Quellen des amerikanischen Kapitals zugeflossen, ja, zugeströmt, das unerschöpflich ist wie das Füllhorn einer gütigen Gottheit. Mit fünfzig heiratete er die Frau, die seit zwanzig Jahren seine Geliebte war. Sie zogen zurück nach Washington, wo er zu Hause war. Die folgenden fünfunddreißig Jahre widmeten sie einander und ihrer Sammlung.

Jane hatte ihr Ted Eastman geschildert. Ein verklärter Ausdruck war in ihre Augen getreten, der Anne zeigte, daß Jane in ihrem tiefsten Herzen niemals demokratisch fühlen werde. Sie sagte: «Oh, er war ein echter Gentleman. Caroline hat ihn angebetet. Er war natürlich ungeheuer gescheit, und sie haben schrecklich miteinander geturtelt. Man kann es ihren Briefen entnehmen. Der hier gefällt mir besonders gut», hatte sie gesagt, als sie einen las, der Anne von Ted Eastman geschickt worden war. Er hatte Anne, als er mit ihr korrespondierte, Kopien von sämtlichen Briefen zukommen lassen, die Caroline ihm geschrieben hatte.

Lieber Dr. Princeton,

meine Ausstellung hat Ihnen also gefallen, wenn auch Ihr Geschmack nicht völlig zuverlässig ist. Man bedenke nur, daß Sie an Klee irgend etwas finden! Für mich ist eine Ausstellung nichts als reine Qual. Man schleicht voll Unruhe von Saal zu Saal und schaut verstohlen nach rechts und links, mit dem schlechten Gewissen eines Verbrechers. Und schließlich der Schock! Man steht seinem eigenen Sprößling gegenüber und rennt sofort weg, und sei es nur, damit man nicht entdeckt und verfolgt wird. In dieser Ausstellung, die *Ihnen*, wie Sie schreiben, soviel Vergnügen bereitet hat, sah ich mir zunächst ganz gelassen die Bilder an der ersten Wand an. Dann bemerkte ich das des kleinen ungarischen Mädchens mit den Rosen ... und rannte davon. Ganz außer Atem – Sie müssen zugeben, das Bildnis ist zum Lachen –, stürzte ich keuchend in ein Café und aß drei Stücke Gebäck. Das versöhnte mich wieder mit dem Leben. Also, wann lassen Sie Grace sitzen und nehmen mich? Ich habe mit ihr gesprochen; sie ist ein generöses Mädchen, sie sagt, sie werde Sie mir auf zehn Jahre abtreten oder wenigstens mit mir gerecht teilen. Überhaupt ist sie viel zu gut für Sie. Ich habe das Gefühl, daß das von mir in Beziehung zu irgendeinem anderen Menschen niemand sagen würde. Herbert Hoover vielleicht ausgenommen. Wann kommen Sie zum Abendbrot vorbei? Es könnte sogar sein, daß ich Ihnen einen kurzen Blick auf meine fabelhafte Jane gestatte. Edelsinnig von mir, nicht?»

Anne hatte einen Brief von Ted Eastman, datiert vom 30. Juli; in der Zwischenzeit war er an Leukämie erkrankt und nach nur dreiwöchigem Klinikaufenthalt gestorben.

Es war ihr ein unbehaglicher Gedanke, seine Witwe zu besuchen, von der es hieß, sie sei vom Gram gebeugt. «Ich beneide dich nicht darum, daß du Grace sehen wirst», hatte Jane gesagt. «Gut vorstellbar, daß das für sie das Ende ist. Vermutlich wird es sie um den Verstand bringen.» Und jetzt, dachte Anne, muß ich in das Zimmer einer mir unbekannten Frau treten, in der Hand einen Brief des geliebten Verstorbenen. Sie dachte daran, wie ihr beim Anblick von Michaels Handschrift zumute war, wenn er ihr aus der Ferne schrieb. Seine Schrift konnte – sogar noch mehr als Kleidungsstücke von ihm – einen jähen, stechenden Verlustschmerz auslösen, so sehr entbehrte sie seinen Körper. Und was würde beim Anblick des Briefes diese Frau empfinden, die den Mann nie mehr wiedersehen würde, an dessen Seite sie beinahe sechzig Jahre gelebt hatte?

Sie wurde in die Bibliothek der Villa geführt. Als die Tür sich hinter ihr geschlossen hatte, hörte sie draußen die Absätze des jamaikanischen Dienstmädchens über den grünen Marmorboden klappern. Leise öffnete sich eine andere Tür, und es erschien eine kleine alte Frau in einem formlosen Tweedrock und einem dünnen olivgrünen Pullover. Anne dachte im ersten Augenblick, es müsse sich um eine Hausangestellte handeln, sagte sich dann jedoch, daß man jemandem vom Personal einen solchen Aufzug nicht durchgehen ließe. Kein Dienstmädchen könnte zur Arbeit in Filzpantoffeln antreten, die an zwanzig Stellen aufgeplatzt waren, dürfte seinen Kummer so klar am Zustand seiner Haare – ungekämmt, ungewaschen – zeigen. Ein Mitglied des Personals müßte sein Leid viel verborgener tragen; niemandem, der für Lohn arbeitete, wäre es gestattet worden, dem Schmerz so ungeniert Gestalt zu geben.

«Ich bin Grace Eastman», sagte die Frau. «Sie müssen Mrs. Forster sein. Möchten Sie sich die Bilder ansehen? Aber natürlich möchten Sie das; deswegen sind Sie ja gekommen. Den ganzen Weg von Massachusetts bis hierher. Aber Sie hätten gerne eine Tasse Tee, nicht? Natürlich möchten Sie eine. Mein Mann ließ den Leuten, die gekommen waren, um sich die Bilder anzuschauen, immer etwas zu trinken geben. Aber Sie haben meinen Mann ja nie kennengelernt.»

«Nein», sagte Anne. «Allerdings hat er mir einen Brief geschrieben.»

«Ja, ich weiß. Wir haben alles gemeinsam getan. Alles.»

«Es muß schwer für Sie zu tragen sein», sagte Anne. Immer wieder sah sie die rosafarbenen Baumwollträger von Mrs. Eastmans Büstenhalter und Unterrock durch den Pullover schimmern, der mit Brandlöchern von Zigaretten übersät war wie mit Einschlägen von Schrotkugeln.

«Sind Sie verheiratet, Mrs. Forster? Ja natürlich sind Sie es, als ‹Mrs.›. Aber sind Sie noch verheiratet? So viele Leute heutzutage sind es nicht mehr.»

«Doch, ich bin noch verheiratet. Mein Mann ist Professor am College in Selby.»

«Ich kenne Leute, die in Selby waren. Sie sind alle schon tot. Mein Mann hat in Princeton studiert. Ich bin nach Oberlin gegangen. Ich war Sozialarbeiterin in einer privaten Sozialstation. Dort lernte ich auch meinen Mann kennen. Er half mir, Spenden zu sammeln. Natürlich habe ich alles aufgegeben, um ihn zu heiraten. Wir haben dann im Ausland gelebt.»

«Jane Watson hat mir von Ihnen erzählt. Sie hat Ihren Mann verehrt.»

«Alle haben ihn verehrt. Er war unvergleichlich.»

«Was für ein inspirierendes Leben Sie hatten. Sie haben ja viele der außergewöhnlichen Menschen unseres Jahrhunderts gekannt.»

«Ja, aber sie sind inzwischen alle tot. Es gibt keine außergewöhnlichen Menschen mehr.»

Anne lachte. «Ja, manchmal hat man den Eindruck.»

Grace Eastman sah sie befremdet an, als hätte sie Unsinn geredet. «Mein Gatte war ein bedeutender Mann. Aber er ist eines schrecklichen Todes gestorben. Eines schändlichen Todes. Ich habe alles miterlebt.»

Sie begann die Hände zu ringen. «Er hatte Leukämie, jedenfalls sagte man das. Sein Körper produzierte keine roten Blutkörperchen mehr. Der Sauerstoff erreichte das Gehirn nicht mehr, so daß er den Verstand verlor. Ich war dabei, als es geschah. Er hat mich mit furchtbaren Blicken angesehen. Dann sagte er: ‹Ich kann nicht mehr denken.› Und damit verlor er die Beherrschung über sich. Er begann zu fluchen und um sich zu schlagen. Er mußte festgeschnallt werden. Er beschmutzte sein Bett. Dann schrie er: ‹Es gibt keine Gerechtigkeit!›»

Die Frau begann zu weinen. Grace Eastman, so erschien es Anne, hatte ihre Besucherin vergessen.

«Was, glauben Sie, hat er damit gemeint, mit diesem ‹Es gibt keine Gerechtigkeit›? Hat er es universal gemeint? Oder glauben Sie, es war auf ihn selbst bezogen?»

«Ich weiß es nicht, Mrs. Eastman. Ich habe Ihren Mann ja nicht gekannt.»

«Nein, natürlich, Sie haben ihn nicht gekannt.» Sie hatte offensichtlich das Interesse an Anne verloren. «Sie können jedes Bild haben, das Sie möchten. Meine Sekretärin wird die Sache regeln.»

Sie ging zur hinteren Tür der Bibliothek hinaus, und im gleichen Augenblick kam das Hausmädchen mit einer Teekanne, Teegeschirr und einem Schüsselchen mit Keksen auf einem Silbertablett herein.

Im Flugzeug schwankten Annes Gedanken zwischen den Bildern Carolines, die jetzt in die Ausstellung eingegliedert werden konnten, und Ted Eastman hin und her, der sie ausgewählt, erworben und besessen hatte und diesen Tod hatte sterben müssen, festgeschnallt auf seinem Bett, seinen Schmerz über ein grausames Schicksal hinausschreiend. Konnte es sein, daß alles, was einem teuer war – Liebe, Schönheitssinn, Tugend –, nur eine Zauberei des Blutes war? Keine Frage, es war so. Sie erinnerte sich an eine Party, auf der sie eine Frau kennengelernt hatte, der etwas Schreckliches widerfahren war. Sie war beim Skilaufen verunglückt, mit dem Kopf gegen einen Baum geprallt. Sie genas zwar, büßte jedoch den Geruchs- und Geschmackssinn ein. Vor allem aber hatte sie verloren, was sie den affektiven Reflex nannte. «Immer wenn ich meinen Mann und meine Kinder ansah», erzählte sie, «sagte ich zu mir: ‹Hier ist mein Mann, hier sind meine Kinder, Menschen, die ich liebe. Aber ich empfinde nichts für sie.›» Dies ging ein ganzes Jahr so, bis der Geruchs- und dann auch der Geschmackssinn zurückkehrte. Erst ab diesem Zeitpunkt vermochte die Frau wieder etwas für ihre Angehörigen zu empfinden.

Doch dann dachte Anne über die Bilder nach, die Mrs. Eastman ihr überlassen hatte: die beiden frühen, Szenen aus dem Leben der Familie Freeman. Das blaugrüne Gras, die roten Taglilien, die unschlüssige Schwester mit ihrem zur Jahreszeit nicht passenden Hut, die Katze, die in ihrem bläulichen Fell außerhalb des von der Familie gebildeten Schwerefeldes im üppigen Gras, unter einer Hängematte, schlief. Auf dem anderen Bild war die Mutter mit einer Näharbeit beschäftigt, ein Mädchen las der Familie vor, während die Jüngere auf der Fensterbank saß. Der dünne weiße Vorhang bauschte sich neben ihrem Haar, das Licht warf ein von den Schatten von Gitterstäben geteiltes Quadrat auf den Boden.

Noch nach achtzig Jahren sprachen die Bilder unverändert unbeschwert von einem besonnten Leben: Mutter und Kinder, das Licht auf einer gelben Schale. Und dann das späte, von dem sie sofort gepackt worden war und aus dem sprach, daß das Leben wertvoll, zuverlässig ist. Es zeigte eine Frau beim Betreten des Bades. Sie war schon älter, der Bauch hing herab, mit der einen Hand hielt sie, aus Mitleid oder Mattigkeit, eine ihrer schlaffen Brüste. Der Körper zeigte eine Kraft und eine Zähigkeit, die Caroline als junge Frau nicht zu gestalten vermocht hätte. Das Bild war eine echte Bereicherung für die Ausstellung, und Anne hätte es auf andere Weise nicht bekommen, denn Jane mochte diesen Aspekt von Carolines Schaffen nicht. Es war keine Landschaft, es zeigte nicht sie.

Doch damit war es vorbei, mit diesem Leben, das Caroline festgehalten hatte, mit all diesen Kindern und ihren Müttern, all diesen Frauen, die ihr Bad betraten. Dennoch sprach das Bild auch jetzt noch von dem, wovon es schon immer gesprochen hatte. War es so, daß einige Menschen in der Beständigkeit der Kunst Trost fanden? Sie konnte es einfach nicht glauben. Manche Leute sagten es, weil es noch immer gesagt wurde, und weil sie diejenigen sein wollten, die es noch immer sagten. Sie dachte an Michael und die Kinder. Wäre es denkbar, daß eines Tages der Blutstrom in ihr irgendwo unterbrochen, daß manches an sie gerichtete Wort ihr Gehirn nicht mehr erreichen und sie sich ihrer nicht mehr erinnern würde, obwohl sie sie ansah, daß sie neben ihnen stehen und sich ganz und gar allein fühlen würde?

Als sie nach Hause kam, waren die Kinder im Bad. Sie aß etwas Salat und einen Teller Linsensuppe, die sie vor ihrem Aufbruch gekocht hatte. Sie goß sich ein Glas Wein ein und setzte sich an den Küchentisch. Sie liebte ihre Küche mit den blaulackierten Wandschränken, den Töpfen, die an Haken hingen, den Tellern, die sie gesammelt hatte, auf ihrem Regalfach. Sie freute sich darauf, den Kindern in ihren Betten vorzulesen. Nichts war hübscher, als ihnen nahe zu sein, während sie dem Sog des Schlafes erlagen. Der Gedanke daran ließ sie fast das Grauen vergessen, das sie auf dem ganzen Weg nach Hause empfunden hatte. Doch das Grauen würde da sein, während sie sie an sich drückte und ihnen vorlas. Und sie durften keinesfalls etwas davon erfahren.

Auf dem Weg zu Peters Zimmer blieb sie im Flur vor ihrer eigenen Zimmertür stehen. Das Licht brannte, und sie wollte es ausschalten. Als sie die Tür aufstieß, sah sie Laura beim Auspacken des Koffers, den sie selbst auf dem Bett abgelegt hatte. Mit raschen, geschickten Griffen sortierte Laura Annes Sachen zu verschiedenen Stapeln: weiß und farbig, sauber und schmutzig. Sie fuhr mit den Händen in alle Innentaschen des Koffers, drehte ihn mit einer raschen, energischen Bewegung um und schüttelte ihn aus. Ein goldener Ohrring fiel aufs Bett.

Anne stand entsetzt in der Tür. Ihr war, als sähe sie jemanden, der heimlich eine sexuelle Handlung an sich vornahm. Zugleich kam es ihr vor, als hätte sie kein Recht, hier, in ihrem eigenen Schlafzimmer, zu sein und einen Menschen zu beobachten, wie er ihre Sachen auspackte. Am liebsten wäre sie hinausgegangen, ohne ein Wort zu sagen, als hätte sie nichts gesehen. Dann stieg langsam Empörung in ihr hoch. Laura durchsuchte ihre Sachen. Das hätte sie sich nicht erlauben sollen. Sie hatte eine jener Grenzen zivilisierten Benehmens verletzt, die jeder respektiert.

«Was tun Sie denn da, Laura?» fragte sie.

Laura blickte von ihrer Beschäftigung hoch und lächelte Anne an, als hätte diese etwas Törichtes gesagt. «Ich packe Ihren Koffer aus», sagte sie.

«Es wäre mir lieber, Sie würden das unterlassen.»

«Ich wußte, Sie sind müde, und ich wollte die Waschmaschine füllen, während Sie den Kindern vorlesen.»

«Es wäre mir lieber, Sie würden nicht in meinen Sachen kramen.»

«Aber ich erledige doch immer die Wäsche. Es gehört zu den Dingen, die ich immer mache.»

«Ich weiß das und bin Ihnen dankbar dafür. Aber es wäre mir trotzdem lieber, wenn Sie mein Gepäck und meine Schubfächer nicht anrührten.»

Laura ging aus dem Zimmer. Anne schloß für einen Augenblick die Tür, von dem Gefühl einer Niederlage aus der Balance gebracht. Bestürzt über ihren abgrundtiefen Zorn, war sie wieder einmal zu schonungsvoll gewesen. Aber was hätte sie tun sollen? Sie konnte nicht jemanden auf die Straße setzen, weil er ihr Arbeit abnahm. Was Laura getan hatte, tat niemandem weh. Es hatte nur Ärger erregt. Sie hatte Laura darum ersucht, es kein zweites Mal zu tun. Das müßte eigentlich genügen. Aber sie fühlte, daß sie einen Fehler gemacht hatte. Ihre offene Sprache gegenüber Laura hatte diese dreister gemacht. Es hatte damit begonnen, als sie ihrem Ärger Ausdruck gab, weil Laura ihr Dinge auszurichten vergessen hatte. Als wäre es das lange erwartete Signal gewesen, hatte Laura sich immer mehr herausgenommen. Sie hatte auch ihre Schüchternheit gegenüber Anne verloren. Anne hatte in Lauras Benehmen an jenem Abend, als Ed gekommen war, wie auch soeben einen neuen Ton des Trotzes wahrgenommen. Sie nahm ins Kinderzimmer das Gefühl mit, jemand sei in ihr Inneres eingebrochen, was es ihr unmöglich machte, sich auf das Buch zu konzentrieren, aus dem sie vorlas.

«Ich möchte euch schon seit einiger Zeit was über Laura fragen», sagte sie zu den Kindern. Sie war sich des Wunsches bewußt, Laura zu bestrafen, aber sie mußte erst wissen, wie sich die Kinder fühlten. Waren sie nicht glücklich, mußte sie Laura an die Luft setzen. «Hat sie sich in der letzten Zeit anders benommen?»

«Nein», sagten die Kinder.

«Hat sie sich nervös oder unzufrieden gezeigt?»

«Wie meinst du das, ‹unzufrieden›?» fragte Sarah.

«Du weißt schon, als wäre sie nicht froh, bei uns zu sein.»

«Nein», sagten beide Kinder.

«Sie macht viel gründlicher in meinem Zimmer sauber», berichtete Sarah. «Die ganze Zeit. Manchmal tut sie die Sachen nicht wieder an ihren richtigen Platz.»

«Ich werd mit ihr darüber sprechen», sagte Anne.

«Nein, tu das nicht», bat Peter, «es würde sie nur traurig machen.»

«Also gut», sagte Anne. «Aber wenn sie irgendwas macht, was euch nicht paßt, wobei ihr euch nicht wohl fühlt, müßt ihr es mir sagen.»

Sie merkte, daß sich die Aufmerksamkeit der Kinder von ihr abwandte. Sie schauten zur Tür hin. Anne folgte ihren Blicken. Draußen im Flur stand Laura. Sie schaute herein, sah jeden einzeln an, lächelte und ging den Korridor hinunter.

Anne und die Kinder blickten einander erschrocken-beschämt an.

«Glaubst du, sie hat uns gehört?» wisperte Sarah.

«Nein», flüsterte Anne wenig überzeugend. «Und außerdem haben wir ja nichts Schlechtes über sie gesagt.»

«Doch», meinte Peter. «Über andere Leute hinter ihrem Rücken zu sprechen, ist immer schlecht.»

«Das schon», gab Anne zu, «aber sie hätte nicht lauschen sollen.»

«Das hat sie nicht getan, Mutter. Die Tür war offen», sagte Peter.

Sie wollte mit Peter nicht über die Feinheiten diskutieren, die *echtes* von *falschem* Lauschen unterschieden. Er könnte es zu leicht gegen sie verwenden. Auch wollte sie die Kinder jetzt allein lassen. Es trieb sie, sich bei Laura zu entschuldigen. Aber wofür? Und dann wollte sie Laura versichern, daß sie gute Arbeit leiste, daß sie, Anne, ihr nicht mißtraue. Sie klopfte an Lauras Tür.

«Ich wollte gerade zu Friendly's hinunterfahren und Eiscreme holen. Von welcher Sorte möchten Sie?

«Danke, aber ich mache mir aus keiner was.»

«Okay», sagte Anne. «Aber wenn Sie später doch welche wollen, bedienen Sie sich ungeniert aus dem Gefrierfach.»

«Danke.»

Anne stieg ins Auto. Jetzt mußte sie die Eiscreme kaufen, ob sie mußte oder nicht. Wie brachte sie es nur immer wieder fertig, so dazustehen, als wäre sie Laura gegenüber im Unrecht, obwohl sie doch wußte, daß das Gegenteil der Fall war? Das Mädchen, dachte sie, hat ein richtiges Talent, anderen auf die Füße zu treten. Oder bin ich einfach überempfindlich? Sie hatte gelesen, daß Frauen, die anderen Frauen ihre Kinder anvertrauen, es übelnehmen, wenn diese ihre Sache gut machen. Vielleicht aber hatte das, was an diesem Abend geschehen war, seinen Grund in der Begegnung mit Mrs. Eastman; vielleicht war sie davon aus dem Gleichgewicht gebracht worden. Doch nein, so war es nicht. Ihre Reaktion war nicht unangemessen gewesen.

Niemand, dachte sie, hat ungebeten in meinem Koffer herumzukramen, niemand hat vor Türen zu lauern und zu horchen. Das Auto kam auf der vereisten Straße ins Rutschen. Sollte sie auf dieser sinnlosen Einkaufsfahrt einen Unfall bauen, geschah ihr nur recht.

Sie ging im Garten umher und hielt nach grünen Pflanzentrieben Ausschau. Es war der 1. März. Jeden Tag mußten nun die Krokusse herauskommen. Als sie im vergangenen Frühjahr ihre Krokusse sah, hatte sie einen Plan gefaßt: Sie wollte um die Eiche, die am anderen Ende des Gartens auf einer Bodenerhebung stand, ein kreisrundes Krokusbeet anlegen. Doch dann war sie im Herbst in der Gärtnerei eine geschlagene Stunde vor den Kästen mit den Blumenzwiebeln gestanden und hatte sich nicht entscheiden können, welche Sorte sie nehmen solle. Sie liebte die prangenden gelben und die dunkelroten, sie liebte aber auch die mit den cremefarbenen Blüten und die weißen mit den violetten Streifen, das blasse Gelb, das aus dem goldenen Staubgefäß in der Mitte wie eine Flamme herausschoß. Schließlich kaufte sie vier Dutzend Knollen verschiedener Sorten. Sie hatte nicht das Herz für ein einheitliches Beet; es war ihr unerträglich, so vieles auszuschließen.

In der Frühe hatte es geregnet, was die Rasenfläche zu einem Flickenteppich aus Schnee, Erdreich und Gras machte. Das Sonnenlicht war grau, schwach wie Wasser. Es war für sie ein heilendes Wetter; das Gefühl, mit dem sie erwacht war, fiel allmählich von ihr ab. Sie war mit der Überzeugung aufgewacht, daß das, was sie für Caroline tun wollte, ihr Können überstieg; Caroline verdiente Besseres. Nein, sie machte nichts als Murks in ihrem Leben. Sie hatte die Sache mit Michael verkehrt angefaßt, ging mit Laura ungeschickt um. Und ihr Hirn war nicht erstklassig.

In der Küche wartete Ed auf sie.

«Ich hab mir überlegt, ob ich heute meine Frau zum Mittagessen herbringen könnte. Sie war wirklich gut aufgelegt heut morgen. Sie hat mich gebeten, Sie zu fragen. Und da sie sich kaum je zu was aufraffen kann, dachte ich mir, ich nutze die Gelegenheit, obwohl ich Ihnen damit richtig ins Haus falle.»

«Nein, natürlich, schon in Ordnung», sagte sie, von Panik erfaßt. «Ich gehe nur zum Delikatessenladen hinunter und hole kalten Braten und ein paar Sachen dazu.»

«Das wär schön, weil sie es leicht essen könnte. Suppen oder so ähnliche Sachen sind nämlich manchmal eine heikle Geschichte für sie. Wissen Sie, es stört die Leute, wie sie ißt. Die meisten unsrer Bekannten kommen mit ihr nicht zurecht. Es erschreckt die Leute, wie sie aussieht, und manchmal sagt sie Sachen, die ein bißchen unüberlegt sind. Sogar ihre Familie will sie in dem Zustand nicht sehn. Ein Verein von Saufbrüdern», sagte er, und zum erstenmal hörte Anne ihn in einem unfreundlichen Ton sprechen. «Sie sollten stolz darauf sein, wieviel sie aus sich gemacht hat. Sie hat sogar das College angefangen, bevor sie krank geworden ist.»

Aus ihrem Schlafzimmer beobachtete Anne, wie Ed und Brian aus dem Wagen stiegen. Ed war noch nie in einem Pkw gekommen. Er erschien immer in seinem weißen Lieferwagen und fuhr ihn in die Einfahrt. Doch es war wohl ein ganz besonderer Tag für ihn. Er parkte vor dem Haus. Als er ausstieg, bemerkte sie, daß er ein Hemd mit Krawatte und eine Cordjacke trug. Wie gut er aussieht, dachte sie mit Wohlgefallen. Er winkte her, als er sie am Fenster erblickte. Sie sah ihm an, daß er sich freute, sie zu sehen, daß ihn ihr Gesicht am Fenster ganz besonders freute. Der kleine Brian, in einer Flanellhose und einem blauen Blazer, rannte die Stufen herauf und sprang ihr in die Arme, als sie die Tür öffnete.

Ed ging um den Wagen herum und machte seiner Frau die Tür auf. Ihr Anblick war beklemmend. Wenn Anne es nicht anders gewußt hätte, hätte sie Rose für ein entwicklungsgestörtes Mädchen von allenfalls zwanzig Jahren gehalten. Sie hatte das aufgedunsene Gesicht, wie es Menschen mit einem Hirnschaden oft haben, und ihre Haut wirkte, als wäre sie jederzeit für Ausschläge oder Furunkel oder kleine Krankheiten anfällig, deren man eigentlich Herr werden müßte. Ihre Beine waren geschwollen, und an den Füßen trug sie flache Kappenschuhe aus Wildleder. Der Mantel war zu klein für sie und ließ sich nicht zuknöpfen, weswegen sie ihn mit einer Hand zuhielt, während sie, verstohlen-verschämt, um sich auf den Boden blickte, um Unebenheiten aus dem Weg zu gehen. Ed hielt stützend ihren Ellenbogen. Bei jedem Schritt sagte er, wie gut sie es mache.

«Sie müssen Anne sein», sagte sie, als sie die viertletzte Stufe vor der Haustüre erreicht hatte. «Ich bin Rose, aber das wissen Sie ja. Wer sonst könnte denn so aussehen?»

«Ihr Aussehen ist in Ordnung», sagte Anne. «Es freut mich, daß Sie gekommen sind.»

«Nun ja, Sie sagen, mein Aussehen ist in Ordnung. Was könnten Sie auch sonst sagen? Sie haben mich ja früher nicht gekannt. Ich habe als sehr attraktiv gegolten. Als wir heirateten, haben die Leute gesagt, sie könnten nicht verstehen, wie Ed es fertigbrachte, sich ein solch hübsches Mädchen zu schnappen.»

«Ich versteh es heute noch nicht. Es muß meine Intelligenz gewesen sein», sagte Ed lachend.

«Nein, Ed, ich war früher gescheiter als du. Es war Sex-Appeal. Mein Mann und ich», sagte sie zu Anne gewandt, «wir hatten eine sehr leidenschaftliche sexuelle Beziehung. Vermutlich fragen Sie sich, ob wir bei meinem Zustand noch Geschlechtsverkehr haben. Alle Leute fragen sich das. Verlassen Sie sich drauf, wir haben. Dieser Teil meines Gehirns funktioniert noch. Ich kann noch immer meinen ehelichen Pflichten nachkommen, denken Sie sich bloß nichts.»

«Setz dich hin, Rose. Laß dir von Anne den Mantel abnehmen», sagte Ed, der nicht verlegen wirkte.

Erleichtert ging Anne in das Zimmer nebenan, wohin Brian ihr folgte.

«Kann ich ein Cola haben?»

«Wir werden gleich zu Mittag essen, Liebling. Aber du kannst eines zum Nachtisch bekommen.»

«Okay. Darf ich im Zimmer vom Peter spielen?»

«Peter ist noch in der Schule. Aber du weißt ja, worauf du achtgeben mußt.»

«Ich weiß, manche Sachen darf ich nicht anfassen. Deshalb fass ich sie auch nie an», erklärte er stolz.

«Das ist brav», sagte Anne und küßte ihn auf die Stirn. Er war ein so nettes, ein so gutartiges Kind. Wunderbar von seinem Vater, daß er das Glück des Jungen trotz der Tragödie beschirmt hatte, die er durchstehen mußte.

«Werd du bloß nicht lästig, sonst fängst du eine», sagte Rose zu ihrem Sohn.

«Er ist nie lästig», erwiderte Anne. «Er ist ein reizendes Bübchen.»

«Das kommt daher, daß wir ihm nichts durchgehen lassen», sagte Rose. «Man darf ihnen heutzutage nicht das Geringste durchgehen lassen. Bei den Drogen und all diesem Zeug. Ich finde, mein Mann sieht ihm zuviel nach. Er kann sehr ungezogen sein.»

«Ich bin immer wieder erstaunt, wie gut er sich für sein Alter benimmt. Meine Kinder wären nie so brav gewesen und hätten die Finger von Eds Werkzeug und den anderen Sachen gelassen.»

«Na ja, es gibt eine Menge verzogener Kinder.»

«Rose interessiert sich sehr für Malerei», sagte Ed.

«Vielleicht möchten Sie sich ein paar von meinen Büchern ansehen. Oder sie sich ausleihen», bot Anne ihr an.

«Ich habe das Buch über Andrew Wyeth, und es macht mir solche Freude. *Christinas Welt*, das ist mein Lieblingsbild. Ed hat mir gesagt, daß er Ihnen von meiner Idee erzählt hat. Dort hinzufahren, wo Wyeth dieses Bild gemalt hat. Es gibt diesen Hügel nämlich noch. Ich hab mir gedacht, ich könnte mich in der gleichen Haltung wie Christina hinstellen, und Ed würde mich dann so photographieren. Es würde sich gut machen, weil ich ja auch verkrüppelt bin. Ed findet die Idee nicht gut. Was meinen Sie, Anne?»

«Ich denke, es wäre sehr hübsch», sagte Anne und bemühte sich, Rose mit festem Blick anzuschauen. Sie hatte ihre Sonnenbrille aufbehalten, so daß ihre Augen nicht zu sehen waren.

«Siehst du, Ed, Anne meint auch, daß es hübsch wäre, du bist der einzige, der die Idee nicht gut findet.»

«Also, wenn Anne die Idee gut findet, dann fahren wir vielleicht im Sommer hin. Wenn das Wetter schön wird.»

Rose schnaubte. «Das glaub ich erst, wenn es passiert ist.»

«Wir fahren vielleicht hin», sagte er. «Vielleicht nehmen wir Anne und alle Kinder mit und machen eine Urlaubsfahrt daraus.»

«Im Sommer ist allerdings mein Mann wieder zu Hause», sagte Anne ruhig.

«Es muß sehr schwer für Sie sein, daß Sie von Ihrem Mann getrennt sind. Ich meine, körperlich. Ich weiß natürlich nicht, ob Sie mit Ihrem Mann eine sehr leidenschaftliche sexuelle Beziehung haben.»

«Er fehlt mir sehr», sagte Anne. «Möchten Sie sich dieses Buch über Renoir ansehen, während ich das Essen mache?»

«Kann ich was helfen?» fragte Ed.

«Sie können die Weinflasche aufmachen.»

Ed folgte ihr in die Küche und schloß die Tür. «Es ist Ihnen nicht peinlich, was sie sagt?» fragte er.

«Aber nein», schwindelte Anne. «Ich finde, sie hält sich sehr tapfer.»

«Das stimmt. Wenn man bedenkt, was sie durchgemacht hat. Sie hat das Gehen ganz neu lernen müssen; sie hat sich nicht einmal anziehen können. Trotzdem stößt sie die meisten Leute ab; wir haben nicht viele Möglichkeiten, wo hinzugehen, ohne daß ich mir Sorgen machen muß, daß sie bei jemandem Anstoß erregt. Aber ich hab gewußt, daß Sie Verständnis haben werden.»

«Natürlich, Ed. Alles ist in bester Ordnung.»

«Das wußt ich vorher schon. Ich hab gewußt, hier können wir uns alle ein paar nette, entspannte Stunden machen. Ohne Sorgen.» Er umarmte Anne und gab sie sofort wieder frei.

Laura kam mit mürrischem Gesicht in die Küche, als Anne sie zum Mittagessen rief. Sie begrüßte Ed wie eine Schuldirektorin, die bereit ist, den geförderten Vorzugsschüler, der ihr als vielversprechend beschrieben wurde, beim geringsten Anzeichen eines Verstoßes gegen die Vorschriften aus der Schule zu werfen. Anne stopfte Brian eine Serviette unters Kinn, küßte ihn auf den Kopf und schob seinen Stuhl unter den Tisch. Sie hatte Brian um seiner selbst willen gern, so gern wie jedes Kind, das ihr begegnet war, aber er bekam auch stellvertretend die Zärtlichkeit, die sie für die Person seines Vaters empfand. Daß der Junge Eds Kind war, gab seinem Körper etwas Weiches, Fließendes, warf einen schönen Schleier darüber, als wäre er ein Kind auf einem Gemälde oder in einer Geschichte, die sie, als sie selbst klein war, geliebt hatte.

«Was für ein netter Junge du bist, Brian», sagte sie. «Ich freu mich immer, wenn du zu Besuch kommst.» Er verdrehte die Augen so stark nach oben, daß in beiden die Iris verschwand.

«Ich wäre beinahe gestorben, als ich ihn bekommen habe», sagte Rose. «Ich war gesund, bis die Schwangerschaft kam.»

«Ich habe meine Mami sehr krank gemacht», sagte er zu Anne. Er sprach in einem ernsthaften Ton, wirkte aber nicht bedrückt.

«Nein, Brian, das stimmt nicht. Irgend etwas in Mamis Körper hat sie krank gemacht. Wie wenn man eine Halsentzündung oder eine Erkältung bekommt», erklärte Ed.

«Wissen Sie, Anne, ich komme nie mehr in Ordnung», sagte Rose vertraulich.

«Aber Sie sind doch in Ordnung», widersprach Anne und nahm ihre Hand.

«Nein, das bin ich nicht. Ich weiß, wie das ist, wenn man so ist wie

Sie. Hübsch, glücklich und immer obenauf. Ich erinnere mich gut daran.» Sie begann zu weinen.

Ed zog ein Taschentuch aus seiner Gesäßtasche und gab es ihr. «Schau doch, Rose, wieviel besser es dir geht als letztes Jahr. Wir haben ja Angst gehabt, du würdest nie wieder gehen können.»

«Es wäre besser, wenn ich sterben würde. Das ist es doch, was du denkst. Was alle denken.» Sie begann laut zu schluchzen – mit würgenden, keuchenden Schluchzern, die die Luft wie ein Sturm peitschten.

Laura legte die Hand flach auf den Tisch, als brauchte sie nur eine Bewegung zu machen, um dem Sturm Einhalt zu gebieten. «Wenn es Gottes Wille wäre, daß Sie sterben, dann wären Sie von einem Augenblick auf den andern tot», sagte sie und sah mit steinernem Gesicht Rose an.

Anne war bestürzt und tief erschrocken. Es war schrecklich, so etwas auszusprechen; es tat ihr für Ed, für Rose leid, daß Laura so etwas gesagt hatte. Tief erschrocken aber war sie, weil gewissermaßen ein Vorhang weggezogen, ein dichter Schleier fortgenommen worden war. Zum erstenmal hatte sie das Wort «Gott» aus Lauras Mund gehört. Wenn Hélène es ihr nicht erzählt, wenn sie nicht gesehen hätte, daß Laura jeden Abend in der Bibel las, hätte sie vielleicht nie etwas von Lauras Religiosität erfahren. Es war ein Geheimnis, das Laura hütete wie eine königliche Abstammung. Nun war es enthüllt, nun mußte Anne hinsehen, denn Laura hatte es ihr zum Geschenk gemacht, wie ein Spion, der absichtlich auffällige Hinweise auf seine Identität hinterläßt.

Rose drehte den Kopf zu Laura hin. Sie hatte zu weinen aufgehört, so jäh und endgültig, als wäre ihr gar nicht bewußt, daß sie eben noch Tränen vergossen hatte. «Das sagt der Priester auch. Er sagt, es gibt einen Grund, daß ich noch lebe.» Zu Anne gewandt, fuhr sie liebenswürdig fort: «Es ist schön für Sie, daß Sie einen Jungen und ein Mädchen haben. Ich hatte bei meinem kleinen Brian auf ein Mädchen gehofft. Die Kleider sind so entzückend. Es macht soviel Spaß, Mädchen anzuziehen. Wie kleine Puppen.»

Anne war so erleichtert, weil Rose von Lauras Bemerkung nicht verletzt war, daß sie etwas übermütig wurde. «Außer, Sie haben ein kleines Mädchen wie Sarah», sagte sie, «das man festbinden muß, wenn man ihm ein Kleid anziehen will. Meine Mutter schickt ihr wunderschöne Kleider mit Smokstickerei. Sie hängen unbenutzt im Schrank. Sie sagt, sie sind gruselig. Sie zieht lieber Jeans an.»

Ed lachte. «Sarah hat immer was vor, ist immer aktiv. Sie hat Angst, daß Kleider sie bremsen.»

Anne sah ihn liebevoll an. Er verstand ihre Kinder. Er nahm sie ernst, sah sie nicht als Genrefiguren, sondern als komplizierte Menschen, genauso wie sie selbst sie sah. Nur wenige Männer waren so.

«Eddie, fahren wir jetzt nach Hause. Das Mittagessen ist vorbei, und ich möchte mein Nickerchen halten.»

«Bleiben Sie noch zum Kaffee?» fragte Anne, die Kanne in der Hand.

«Ich möchte jetzt gehn», sagte Rose.

Ed hob Brian vom Stuhl und führte Rose ins Wohnzimmer, wo er ihr in den Mantel half. Sekunden später waren sie zur Tür hinaus.

«Ich komme nächste Woche wieder», sagte er über die Schulter zu Anne. «Ich hab eine eilige Arbeit, die ich in ein paar Tagen erledigen kann.»

Anne winkte zum Abschied. Geh nicht aus meinem Haus, komm recht bald wieder! hätte sie am liebsten gesagt. Sie ging in die Küche zurück. Laura hatte bereits den Tisch abgeräumt und war beim Abspülen. Die Haltung ihres Rückens drückte finstere Entschlossenheit aus.

«Mir ist eine Idee gekommen, Anne», sagte sie und hielt dabei den Blick auf das Spülbecken gerichtet. «Ich würde dem Haus gern einen anständigen Frühjahrsputz verpassen. Von oben bis unten, mit Keller und Speicher. Die Matratzen klopfen, die Vorhänge waschen, die Einbauschränke auswischen, in den Schubladen Ordnung machen, Teppiche und Polstermöbel reinigen.»

«Nein, das brauchen Sie nicht zu tun», sagte Anne.

«Aber ich möchte es tun. Es macht mir Spaß. Es ist die Jahreszeit zum Stöbern.»

«Ich habe mir überlegt, daß Sie jetzt, da das Wetter schön wird, vielleicht gern ein paar freie Tage hätten», sagte Anne.

Vor Lauras Augen fiel etwas wie ein Brett nieder. Ihr war, als ginge an einem Vergnügungspavillon eine Jalousie herunter, der, während drinnen die Leute weitertanzten, die Musik weiterspielte, nach außen tiefe Dunkelheit darbot und ein Schweigen, so streng, daß es nur einen Tadel bedeuten konnte.

«Ich dachte, ein Hausputz wäre eine gute Idee», sagte sie und blickte Anne fest in die Augen.

Anne kam es vor, als hielte das Mädchen ihr einen Revolver an die Schläfe. Aber es war lächerlich, was sie empfand. Warum sollte sie es ablehnen, im Haus stöbern zu lassen? Es hatte keinen Sinn, sich so albern anzustellen. Wenn Laura stöbern wollte, warum denn nicht?

«Einverstanden, Laura», sagte sie. «Sehr nett von Ihnen.»

Die nächsten fünf Tage waren schön, für Lauras Vorhaben ideal. Kühl und frisch wehte der Wind, als käme er vom Meer her. An den Wäscheleinen flatterten die penibel aufgehängten Laken, die Vorhänge bauschten sich wie Segel, das Haus roch den ganzen Tag nach Politur und Seife. Zum erstenmal, seit Anne sie kannte, wirkte Laura einmal längere Zeit glücklich. Das nichtssagende Lächeln war verschwunden; den ganzen Tag lag auf ihrem Gesicht der gelassene, offene Ausdruck einer Frau, der am Herzen liegt, was sie tut. Sie sprach kaum etwas, hinterließ auf dem Küchentisch Gegenstände mit Zetteln, auf denen ein paar knappe Worte standen. Anne ging früh am Vormittag weg, um in der Bibliothek zu arbeiten. Im Haus gab es kein ruhiges Plätzchen mehr: Türen flogen ins Schloß, Teppiche wurden geklopft, Wasser strömte aus den Hähnen oder wurde weggegossen, Schubladen wurden krachend zugeschoben, Schiebefenster knallten hoch wie Raketen und fuhren krachend herunter wie das Hämmerchen eines energischen Richters.

Lauras Hand berührte jeden Gegenstand im Haus. Aus dem Bioladen brachte sie getrocknete Lavendelblätter mit, und am Abend ließ sie stundenlang die Nähmaschine surren, auf der sie Duftkissen für jedes Schrankfach, für jede Kleiderschublade nähte. Sie holte die Hochzeitsgeschenke heraus, die nie benutzt wurden – die Fondue-Garnitur, den Cocktail-Shaker –, spülte sie ab, trocknete, polierte und verstaute sie an einem anderen, mit Hausfrauenverstand ausgewählten Platz: im Keller, in dem Überseekoffer aus Michaels College-Zeit. Auf dem Speicher öffnete sie die Kartons mit den Sachen, denen die Kinder entwachsen waren. Das meiste hatte Anne verschenkt, einige Kleidungsstücke aber aufgehoben, weil ihr Herz daran hing, weil sie irgendeine glückliche Zeit oder Begebenheit symbolisierten. Sie bargen die Vergangenheit in einer glänzenden Hülse, wie in einer Nußschale. Und nun wurde die Hülse geöffnet, nun mußte Anne sagen: «Ich möchte dieses Kleid, dieses Hemd, diese Stiefelchen behalten.» Sie mußte vor Laura – die sie prüfend ansah, als verkniffe sie es sich, Anne an die der Kleidung

Bedürftigen zu gemahnen – ihr Bedürfnis rechtfertigen, an diesen Dingen festzuhalten, damit die Vergangenheit nicht davonflog. Doch nun war die Vergangenheit nicht mehr das dunkle, eingeschlossene Ding, das sie gewesen war. Die Hülse war aufgebrochen. Anne legte Sachen zurück, die Laura berührt, zu denen sie Fragen gestellt hatte, aber sie waren nicht mehr dieselben. Es gelang ihr zwar, manches zu retten, aber sie hätte es ebensogut weggeben können.

Das Haus war jetzt so sauber wie noch nie. Wie konnte sie das Mädchen deswegen auf die Straße setzen? Barbara sagte ihr jeden Tag, wie sehr sie sie beneide. Den Kindern machte es nichts aus. Peter ärgerte sich zwar, daß irgend etwas, das er hatte herumliegen lassen, woandershin weggeräumt worden war, doch so war er von jeher gewesen. Schon immer war ihm jede Veränderung als etwas Unnatürliches erschienen. Sarah war von der gewaltigen Energiewoge mitgerissen worden; zusammen mit Laura wischte sie Staub, polierte sie Sachen; sie rannte treppauf und treppab, sie unterbrach ihre Mutter bei der Arbeit mit den Worten: «Laura möchte wissen, ob wir das wirklich brauchen oder ob wir es wegwerfen dürfen.»

Anne fiel es schwer zu arbeiten. Sie konnte Lauras friedliches, triumphierendes Gesicht, am Ende des Tages von der Mühsal der Gerechten erschöpft, nicht aus ihren Gedanken verbannen, um sich auf die Bilder zu konzentrieren. Sie konnte den Lärm nicht abstellen, wenn Dinge zerrissen, herunter- und hinausgeworfen wurden, konnte die Maschinen nicht zum Schweigen bringen, die brüllten und saugten, die Geräusche, wenn Gegenstände mit Wucht auf den Boden gestellt wurden, wenn Flaschen aneinander klirrten. Und sie näherte sich nun dem Ende der Korrespondenz und der Tagebücher. Carolines letzte Lebensjahre waren traurig überschattet gewesen. Als Anne Carolines Brief an ihren Händler in New York las, machte sie eine Pause und weinte.

Sie fragen in Ihrem Brief an, ob es etwas Neues von mir gibt. Aber sehen Sie, lieber Frederick, es gibt nichts Neues, und es wird auch nichts Neues mehr geben. Es ist alles zu Ende. Meine Augen sind dahin; die Staroperation wurde verpfuscht, und gut sehen kann ich nur in der Erinnerung. Was also jetzt? Leute kommen und huldigen mir, als wäre ich eine Statue. Und meine liebe Jane ist eine Gefangene meines Zustands; sie ist meine einzige Freude und weiß das auch, weshalb sie mich nicht verläßt. Ich sage zwar, ich fände, sie sollte es tun, aber würde sie fortgehen, wäre das schlicht und einfach mein Tod.

Wirklich interessant ist, welche Leute einem plötzlich wertvoll werden, wenn die Sinne den Dienst versagen. Die törichte Frau eines törichten Landschaftsmalers kommt und setzt sich her, näht, während sie Unsinn redet, bringt ihr Hündchen mit. Und ich bin noch dankbar! Ich mag diese neue Empfindung, die Dankbarkeit, nicht, aber es ist doch besser als das Nichts, das sonst mein Los ist. Wir gehen jeden Abend zum Essen aus, und wir suchen nach Gärten. Zu riechen, zu schmecken erscheint einem wie ein Wunder. Doch das Sehen hat mein Leben ausgemacht! Mein Leben ist das einer nutzlosen alten Frau, ja, schlimmer als nutzlos. Denn ich stehle Jane ein Stück von ihrem.

Wie ihr Jane ans Herz wuchs, als sie diesen Brief las. Jane, die niemals Geduldige, hatte eine Behinderte gepflegt, nach Gärten für sie, nach Restaurants gesucht. Sie wollte Jane sehen. Sie sehnte sich nach Janes Intaktheit, ihrer seelischen Gesundheit. Anne kam es vor, als bestünde ihr Leben derzeit aus lauter unmöglichen Situationen: Michael, Ed, Laura – in all dies Ordnung zu bringen, erschien ihr, als wollte sie Dornenäste zu einem Zopf zusammenflechten. Jane aber hatte Mut, sie besaß jenes bewundernswerte Über-den-Dingen-Stehen, von dem Ben gesprochen hatte – «wie ein Admiral, der übers Deck schreitet». Sie war schrecklichen Dingen begegnet, im Leben wie in ihrem eigenen Innern, und war hindurchgeschritten. Ihr inneres Leben war gefüllt bis zum Rand. Doch sie reagierte darauf nie, wie Anne es jetzt an sich selbst feststellte: Sie wußte einfach nur, daß sie ermattet war, daß die Mattigkeit an ihr hing wie die Erinnerung an eine Krankheit und sie untüchtig machte wie einen Invaliden. Sie wollte Jane sehen; sie wollte aus ihren vier Wänden heraus. Und so rief sie Ben an und bat ihn, eine Verabredung mit Jane und den Galeriebesitzern zu arrangieren. Es war früher, als sie eigentlich gewollt hatte, aber sie brauchte Ablenkung. Sie mußte aus dem Haus.

Im Bus nach New York fühlte sie sich unwohl; die Luft war stickig. Ich bin ungerecht, mußte sie sich immer wieder vorhalten. Ich bin ein Mensch, der haßt. Sie wußte, daß sie vielleicht niemals in ihrem Leben so etwas über sich hätte sagen müssen, wäre ihr Laura nicht begegnet. Und nun hatte Laura jeden Gegenstand im Haus angefaßt. Es würde nie mehr frei sein vom Abdruck ihrer Berührung.

Sie dachte an Ben und Caroline und daran, daß sie in einer Welt der Ästhetik, nicht der Moral zu Hause waren. «Ist es schön, ist es angenehm, ist es interessant?» Das waren die Fragen, die ihnen in den Sinn kamen, nicht: «Ist es gut, ist es wichtig, ist es wahr?» Sie wußte, mit welchem Blick Caroline ein Zimmer, einen Ort zu betreten pflegte. In Spanien war sie einmal sechs Wochen lang in einem kleinen Dorf geblieben, weil, wie sie berichtete, die Mädchen dort eine Gesichtsfarbe wie Aloe hatten. Sie schrieb über Mahlzeiten, als handelte es sich um Opern, über ein Stück Stoff, als wäre es ein Buch. Ben war nicht anders: Er konnte ganze Abende bei schrecklich seichten Leuten verbringen, nur weil sie gut gekleidet waren, vortrefflichen Wein servierten, schöne Möbel besaßen. Sie verstand das nicht; es war ein Instinkt, der ihr fehlte. Schönheit vermochte sie nicht zum Handeln zu motivieren; wenn ihr das Herz voll wurde und sie Haut um Haut abwarf, war für sie dieses Erlebnis nicht mit dem übrigen Leben verbunden. Sie würde es sich vielleicht einfallen lassen, wegen des Gebirgspanoramas in einem kleinen Ort Ferien zu machen, aber sie wäre nicht imstande, sich dort gemütlich niederzulassen, wenn die Einheimischen über ihre Gegenwart nicht erfreut schienen.

Sie dachte an Ed Corcoran, in dessen Leben es so wenig Schönheit oder Freude gab. Ihm war das Schlimmste auf der Welt widerfahren, ein grausamer Schlag des blinden Schicksals, eine Heimsuchung. Es gab keine Aussicht auf Linderung, keine denkbare Erklärung. Er war wie das Opfer einer Tragödie, doch anders als die tragischen Helden der Griechen mußte Ed mit seinem Schicksal von Tag zu Tag weiterleben, sich um alles kümmern: das Haus, die Kinder, Medikamente, Ärzte. Er war nie frei von Geldsorgen; Roses Krankheit, hatte er Anne einmal anvertraut, hatte ihnen eine Schuldenlast von 80000 Dollar aufgebürdet. Er konnte keine Minute die Hände in den Schoß legen, mußte unentwegt arbeiten, um mit seinen Zahlungen nicht in Verzug zu geraten; seine Kinder brauchten ihn, seine Frau – die geschlagene Kreatur, die sie war – konnte jederzeit über ihn herfallen, ihn beschuldigen, er liebe sie nicht mehr, er mache sich nichts aus seiner Familie, oder damit drohen, daß sie sich eines Tages, wenn er aus dem Haus war, samt den Kindern umbringen werde. Jeden Tag wuchs der Dschungelpfad, den er am Vortag freigeschlagen hatte, wieder zu. Und er schuftete, hackte Äste, Gestrüpp und Schlingpflanzen ab, klaglos, ohne Groll, als zählte sein eigenes Leben nicht, als hätte er das nicht mehr vom Leben erwartet. Anne preßte das Gesicht an das grüngetönte Glas des Busfensters und dachte, was für ein außergewöhnlicher Mensch

Ed Corcoran war. Sie war noch nie jemandem wie ihm begegnet; er war einer der bewunderungswürdigsten Menschen, die sie je erlebt hatte.

Ben hatte gesagt, er werde sie am Bahnhof abholen. Es war zwar nicht notwendig, aber seine Artigkeit nach ihrer beider Geschmack; sie hätte nicht im Traum daran gedacht, sie mit dem kalten Wasser des nüchternen Alltagsverstands oder demokratischer Grundsätze zu überschütten. Es war März, und das Wasser des schmelzenden Schnees lief in glänzenden Bächen die langen Straßen entlang. Leute blickten sich verstohlen um, als wollten sie ihre Wintermäntel in Abfallkörbe stopfen, wenn niemand hersah.

«Laß dir von Harriet Brevard erzählen», sagte Ben. «Eine Frau von vielen Talenten, wie wir seinerzeit sagten. Unheimlich attraktiv, sehr sexy, allerdings nicht hübsch. Ganz und gar nicht wie du. Ich kenne sie seit ihrem dritten Lebensjahr. Wir waren damals alle zusammen in Paris. Ihr Vater kaufte Klees und Légers für fünf Dollar das Stück und brachte es damit zu einem Vermögen; er füllte seinen Speicher mit den Bildern. Sehr gediegen, alles sehr hübsch. Also, mein Liebling, bei diesem Essen mußt du dich von deiner allerimponierendsten Seite zeigen. Harriet ist höchst angetan von dem, was du geleistet hast, und denkt daran, dich auf permanenter Basis zu engagieren. Bisher hat ihr Vater alle Vorarbeiten für die Ausstellung gemacht, aber er ist inzwischen ein bißchen zu alt dafür. Du darfst also nicht kleinmädchenhaft-bescheiden reagieren, wenn irgend jemand sagt, du hast gute Arbeit geleistet.»

«Es wäre besser gewesen, du hättest mir nichts davon erzählt. Jetzt werd ich bei jedem Wort unsicher sein.»

«Unsinn, du wirst sehen, daß dich alle außergewöhnlich finden. Es wird dich enorm aufmöbeln.»

Es war aussichtslos, Ben die Sache zu erklären. Wenn jemand zu ihm sagte, er sei außergewöhnlich, nahm er es als ein Kompliment, das ihm zustand. Für ihn war es nicht mehr als eine Bestätigung. Für sie jedoch war es ein Schatz, den sie mit Argwohn betrachten mußte. Er konnte leicht unecht sein, er war so leicht zu verlieren.

An der Ecke, wo Fifth Avenue und 75. Straße zusammenstoßen, kamen sie an einem eleganten Schuhgeschäft vorbei. Auf einem Schild im Schaufenster stand: «Preise um ⅔ reduziert.» Anne blieb stehen und betrachtete es. Ihr Auge fiel auf ein Paar grüne Lederstiefel, weich und mit niedrigen Absätzen wie Reitstiefel, nur daß sie mit Stulpen getragen werden konnten. Zwei Drittel Preisnachlaß. Es war wie ein herrlicher Tag am Strand; die Gelegenheit kam vielleicht nie wieder. Aber wahrscheinlich hatten sie die Stiefel nicht in ihrer Größe. Immerhin, sie waren im Preis um ein Drittel reduziert, und es konnte sein, daß Harriet Brevard sie engagieren wollte.

«Ben, haben wir eine Minute Zeit?»

«Natürlich, Liebling, wir haben massenhaft Zeit.»

Er öffnete ihr die Tür. In der Welt von heute gab es keine Männer mehr wie Ben, und gäbe es sie, würden sie ihr bestimmt nicht gefallen.

Das Geschäft hatte die Ausmaße eines Ballsaals. Modisch-elegante Frauen gingen umher, als wären sie zu Hause in ihrer Küche. Sie probierten Schuhe an, in denen sie unmöglich bequem laufen konnten. Aber, dachte Anne, sie müssen vermutlich ja auch nie sehr weit zu Fuß gehen. Das Verkaufspersonal war gottlob normal, sogar schäbig gekleidet. Es wirkte müde, unzufrieden und überarbeitet. Eine etwa sechzigjährige Frau, mit Haaren, die die Farbe von Gesichtspuder hatten, kam auf Anne zu.

«Sie möchten etwas?» fragte sie mit einem europäischen Akzent. Ihr gequälter Ausdruck sprach deutlich die Hoffnung aus, daß die Kundin nichts kaufen wollte, sondern aus Versehen hereingeschneit war. Anne hatte den Eindruck, daß die Frau ständig Fußschmerzen hatte. Für das Geschäft war das sicher keine Reklame.

Anne deutete auf die Stiefel im Schaufenster und nannte ihre Größe. Mit einem Kopfschütteln, das anzeigte, daß sie den Fall für aussichtslos hielt, verschwand die Frau in einem hinteren Raum. Ein paar Minuten später kam sie wieder und trug einen Karton in den Händen.

«Sie haben Glück», sagte sie. «Größe vierundvierzig haben nicht viele.»

Die Stiefel glitten wie ein seidener Ärmel über Annes Füße und Waden. Sie betrachtete sich im Spiegel. Was sie sah, gefiel ihr so gut, daß sie vor Freude errötete.

«Sie stehen dir wirklich großartig», bemerkte Ben.

«Wie teuer sind sie?» fragte sie die Frau.

«Jetzt 125. Zu Beginn der Saison haben sie 375 gekostet.»

Beinahe 400 Dollar. Soviel gab sie in zwei Jahren nicht für Sachen zum Anziehen aus. Jetzt kosteten sie noch 125. Trotzdem wären sie ein sündhafter Luxus, Stiefel, in denen man mit schlechtem Gewissen durch den Schnee gehen würde. Sie sah auf ihre Füße hinab. Ihr Herz hüpfte. Was würde Michael dazu sagen? Er wäre dafür, daß sie die Stiefel kaufte, doch sie würde erleben, wie in seinen Blick Besorgnis wegen der hohen Summe trat, und verzichten. Im Augenblick jedoch war die Situation anders: Sie hatte mehr Geld. Und wenn Harriet Brevard ihr einen Job geben sollte, würde sie sogar noch mehr haben. Wie schön, wenn man Geld hat. Du kannst dir das leisten, sagt es, und dieses und jenes. Das da kannst du dir über die Haut streifen, das dort in den Mund stecken, die Stiefel über die Füße ziehen, daß du vor Freude ohnmächtig wirst. Dieses Buch hier, diese Schallplatte dort, sagt es, kannst du dir leisten. Du hast Zeit in Hülle und Fülle, flüstert es. Übereile nichts, mach dir keine Sorgen. Es widerstrebte ihr zutiefst, sie hatte es bis zu diesem Tag nicht geglaubt, doch nun wußte sie, daß es die Wahrheit war: Mit Geld sieht die Welt anders aus.

«Ich nehme sie», sagte sie zu der Frau, die, wie auf dem an ihrer Jacke befestigten Schildchen stand, Solange hieß.

Aus welcher erlauchten Vergangenheit mochte sie herabgesunken sein, daß sie jetzt da kniete, mit ihrer Haarfarbe wie Gesichtspuder, und im Schoß die Rechnung für sie ausschrieb?

Harriet Brevard kam zur Eingangstür der Galerie, als sie auf den Summer drückten. Sie war eine hochgewachsene Fünfzigerin mit kurzgeschnittenem schwarzen Haar. Ihre Hände waren so groß, daß sie den Blick auf sich zogen, und wie um das noch zu unterstreichen, trug sie an einer einen viereckigen Smaragd von der Größe eines Butterklackses.

Sie gab Anne die Hand und musterte sie ungeniert von oben bis unten. Anne war froh, daß sie ihre neuen Stiefel trug; sie hatte das Gefühl, daß sie sie aufwerteten.

«Sie haben hervorragend gearbeitet», sagte Harriet Brevard. «Sie haben sich einen Glückwunsch verdient, der aus dem Herzen kommt. Ich habe schon viele Ausstellungen gemacht, schon vielen Leuten Aufträge gegeben, aber eine so gute Arbeit wie Ihre noch nicht erlebt.»

«Danke, sie hat mir Freude gemacht», sagte Anne und zwang sich, nicht auf den Boden zu blicken.

«Wir sollen uns mit Jane im Restaurant treffen», sagte Harriet. «Sie haben in ihr eine gute Fürsprecherin, wissen Sie.»

«Jane ist sehr gütig.»

«Sie ist hart wie Granit und weiß genau, was sie will. Ich habe zwanzig Jahre lang vor ihr gezittert.»

Anne lachte. «Und was war nach den zwanzig Jahren?»

«Ich bekam ein Kind. Jane Watson ist eine Kindernärrin. Gibt ein Vermögen für kleine Pullover aus. Nun, danach hatte ich ziemlich ausgezittert.»

«Mein Sohn ist in sie verliebt. Es ist die erste große Leidenschaft seines Lebens.»

«Wie alt ist er denn?»

«Neun.»

«Warten Sie, bis er zwanzig ist, meine Liebe. Mein Sohn lebt mit einer seiner Lehrerinnen von der High-School zusammen. Sie unterrichtet Erdwissenschaft. Weiß der Himmel, was das ist. Mir wird ganz anders, wenn ich nur daran denke.»

Anne lachte wieder. «Wie viele Kinder haben Sie?»

«Zwei Jungen. Älter, als sie von Rechts wegen sein dürften. Der eine segelt gerade den Amazonas hinunter, um sich selbst zu finden. Es macht mich ganz verrückt. Aber am verrücktesten macht mich, daß sie aus dem Haus sind. Sie fehlen mir schrecklich.»

«Sie haben sie all die zwanzig Jahre gern gehabt?»

«Natürlich. Beide sind wunderbare Menschen. Wer kümmert sich um Ihre, während Sie arbeiten?»

Anne stöhnte. «Das ist eine lange und schreckliche Geschichte.»

«Sie müssen mir alles darüber beim Lunch erzählen. Ich bin sicher, daß ich es überbieten kann. Cressida!» rief sie über die Schulter nach hinten.

Eine der jungen Frauen, mit denen Anne damals zu Mittag gegessen hatte, tauchte in der Tür des Büros weiter hinten auf. Sie schien in Harriets Gegenwart geschrumpft zu sein, war beinahe schüchtern.

«Wir sind um halb drei zurück. Gehen Sie ans Telephon. Schreckliche Person», sagte Harriet. «Sie sind alle schrecklich. Magersüchtig und kein Schimmer von Grammatik. Deswegen möchte ich, daß Sie hier für mich arbeiten. Ich weiß immer schon binnen zwanzig Minuten, ob ich mit jemand Neuem gut zusammenarbeiten werde oder nicht. Sie nicht auch?»

«Nein», gestand Anne. «Ich bin zu der Erkenntnis gelangt, daß ich ein sehr schlechter Menschenkenner bin.»

«Anne ist viel zu gutmütig», sagte Ben.

«Ben, das darfst du nicht sagen. Du hast keine Ahnung, was in meinem Kopf vor sich geht.»

«Genauso wie du immerfort erzählst, wie hübsch sie ist», sagte Harriet zu Ben. «Heutzutage will niemand mehr gutmütig oder hübsch genannt werden.»

«Warum denn nicht?» fragte Ben.

«Weil es die Frauen hilflos erscheinen läßt. Als sollten sie eigentlich am Kaminfeuer träumen und rosafarbene Bänder um den Hals tragen. Heute möchten sie mehr was von Tigerinnen haben.»

«Harriet hat vollkommen recht», bestätigte Anne.

«Das ist natürlich alles Vermutung», sagte Harriet. «Mich hat noch niemand beschuldigt, gutmütig zu sein. Oder hübsch. Mich nennen sie ‹zupackend› oder ‹dynamisch›. Ich nehme an, ich wirke auf die Leute wie ein Hafenarbeiter.»

«Die Frauen sind mit ihrem Aussehen nie zufrieden», sagte Ben.

«Jane schon», erwiderte Harriet. «Sie weiß, daß sie schön ist. Aber das kommt davon, daß sie Ben seit vierzig Jahren um sich und er es ihr so oft gesagt hat.»

«Das ist nicht der Grund», widersprach Ben stolz. «Der Grund ist der, daß ihre Schönheit sich nicht bestreiten läßt. Sie ist die schönste Frau aus ihrer Generation.»

Jane wartete vor dem Restaurant.

«Wie geht's, Harriet?» sagte sie. «Hast du Anne schon erzählt, daß du vorhast, sie zu engagieren?»

«Nur angedeutet, aber ich werde es gleich tun.»

«Und du, Anne, wirst natürlich ja sagen.»

«Ich muß es mir zuerst anhören, Jane.»

«Unsinn, es ist das Ideale für dich.»

Jane hatte recht, wie sich zeigte, als Harriet ihr Angebot auf den Tisch legte. Anne sollte drei Tage in der Woche im Büro der Galerie arbeiten: die Recherchen für die Ausstellungen übernehmen und die Kataloge erstellen. Ihre erste Arbeit bestünde darin, eine umfassende «Inventur» der Bestände zu machen. Die Bezahlung wäre mäßig. 10000 Dollar im Jahr. Aber sie könnte jederzeit, wenn sie wollte, zusätzlich nebenher arbeiten.

«Das akzeptierst du selbstverständlich», sagte Jane, die langsam und mit gelangweiltem Ausdruck die Speisekarte las.

«Natürlich», erklärte Anne.

«Bravo», sagte Ben. «Bestellen wir Wein.»

Sie stießen auf Anne und Harriet an. Glück gehabt, dachte Anne. Wieder einmal hatte das Glück sie mit seiner zarten und beflügelnden Schwinge gestreift. Sie wußte, daß sie gute Arbeit geleistet hatte, aber das taten viele andere auch, ohne eine für sie so passende Belohnung zu erhalten.

«Ich muß Ihnen von meinem schlimmsten Au-pair-Mädchen erzählen, und dann möchte ich Ihre Leidensgeschichte hören», sagte Harriet. «Sie war eine Studentin der Bildhauerei und in einen jungen Algerier verliebt, der ein Jahr hier verbracht hatte. Sie hat Hunderte von Dollars vertelephoniert, und ich konnte sie nie dazu bringen, daß sie es bezahlte. Ich wußte nicht, was ich tun sollte, fühlte mich aber auch nicht dazu berechtigt, ihr das Gehalt zu verweigern. Sie sagte nur immer wieder: ‹Ich kann das nicht bezahlen, ich habe nicht das Geld dafür.› Aber sie telephonierte fröhlich weiter. Sie könne einfach nicht anders, meinte sie. Weiß Gott, was das heißen sollte. Die Kinder haben sie gehaßt. Jedesmal, wenn ich zur Tür hereinkam, schrien und weinten die beiden. Aber mir waren die Hände gebunden. Ich mußte zu der Zeit eine Ausstellung abwickeln. Ich habe die Jungen an den Küchentisch gesetzt und ihnen gesagt, sie müßten es einfach noch sechs Wochen aushalten. Was anderes konnte ich ihnen nicht sagen.»

«Und haben sie es ausgehalten?» fragte Anne.

«Natürlich. Sie schaffen es immer.»

«Meine Situation ist bei weitem nicht so schlimm», sagte Anne. Sie erzählte ihnen von Lauras unheimlichem Lauern, ihrem heimlichen Lauschen, ihrem Sauberkeitsfimmel. Zu ihrem Erstaunen lachten alle über ihre Schilderungen. Als sie beschrieb, wie Laura sämtliche Tüten in der genau gleichen Form zusammenfaltete, fanden das die drei Menschen um den Tisch hinreißend komisch. Anne kam sich vor, als hätte man ihr gesagt, sie könne den Sack voll Steine absetzen, der ihr um den Hals hing. Wenn sie es fertigbrachte, Lauras Verhalten als absurd zu betrachten, darüber zu lachen, konnte sie sich vielleicht von ihr befreien. Es blieben ja nur noch zwei Monate. Ihr war zumute, als hätten ihre Freunde sie mit einer neuen Erfindung bekannt gemacht, der Schreibmaschine oder dem Staubsauger. Wunderbar, was sie für sie getan hatten!

Sie war in Hochstimmung. Sie beschloß, sich mit Ianthe telephonisch zu einem gemeinsamen Besuch in dem Kosmetiksalon zu verabreden, wo Ianthe sich Gesichtsmassagen und Pediküre machen und die Beine einwachsen ließ. «Probier's doch auch einmal, Liebling», hatte Ianthe an Weihnachten zu ihr gesagt. «Leg doch *ein*mal das Naturreis- und Schlafsackdenken ab und gönn dir was!»

«Was für eine himmlische Idee», sagte sie, als Anne sie anrief. «Ich hole dich in einer Stunde ab. Aber erwarte keine Kultstätte. Es geht dort ganz sachlich-geschäftsmäßig zu. Eigentlich sehr medizinisch. Ich bin überzeugt, daß die Leute dort in den dreißiger Jahren in Budapest Abtreibungen gemacht haben, in so schmuddeligen, kleinen Hinterzimmern, wo man es damals machte. Jedenfalls, Liebling, es spielt sich alles sehr brutal ab, aber hinterher fühlt man sich göttlich.»

Zu Annes Erstaunen brach Ianthe in Tränen aus, als sie ihr von dem Job erzählte, den Harriet ihr angeboten hatte. «Du hast sicher keine Ahnung, wie das ist, wenn man mit dir zusammenarbeitet», sagte Ianthe. «O ja, ich weiß, ich bin ein egoistisches Luder und nütze dich zweifellos aus, aber du bist halt ein unheimlich patenter Kamerad. Du hältst alles in Schach, meine inneren Dämonen eingeschlossen, während du über alles hinwegsegelst wie ein schönes Schiff, nein, wie ein Van-der-Goes-Engel – du weißt, man hält manchmal diesen Gesichtsausdruck irrtümlicherweise für Blödheit, dabei ist es in Wirklichkeit ein großartig visionärer Blick. Und hinter alledem, meine liebe, liebe Freundin, steckt ein Klassegehirn. Es ist ein schrecklicher Verlust für mich. Und dann wird es dazu kommen, ich weiß es jetzt schon, daß du Harriet lieber magst als mich. Ich war schon immer wahnsinnig neidisch auf sie – allein schon dieser Smaragd. Darum versprich mir beim Leben deiner Kinder, daß du sie mir niemals vorziehen wirst.»

«Ich verspreche es.»

«Ach, du meinst es nicht ernst, du willst mich nur aufheitern. Aber lassen wir's gut sein. Habe ich dir übrigens erzählt, daß ich wieder mit Adrian ficke?»

«Nachdem du alle seine Kleider verbrannt hast?»

«Das war mein Eröffnungszug, weißt du. Ich habe ihn eingeladen, mit mir zu Balmain zu gehen, und ihn völlig neu ausstaffiert.»

«Ihr beide seid ja so glücklich dran. Ihr geht einfach miteinander ins Bett, wenn ihr Lust habt, und verbrennt einander die Kleider, wenn euch danach ist, und die Welt geht weiter ihren Gang.»

«Na, was höre ich da für einen sehnsüchtigen Ton heraus? Und warum willst du plötzlich zu Gilda? Wenn ich's nicht besser wüßte, würde ich sagen, die Eingeborenen werden unruhig.»

«Ach, Ianthe, rede keinen Unsinn», sagte Anne. «Mit wem könnte ich mich denn schon einlassen?»

«Weißt du, Liebling, wenn mir danach zumute ist, greife ich mir einfach das Nächstbeste.»

Ianthe drückte auf einen Summer an einer Tür mit dem Schild KOSMETIKSALON GILDA. Sie befanden sich in einem Bürogebäude, und so sah die Tür aus wie jede andere in diesem Korridor. Eine junge Frau mit blauem Kopftuch und in Krankenschwesterntracht, die wirkte, als würde sie schlecht behandelt, öffnete ohne ein Wort zu sagen. Sie bedeutete Ianthe mit einer Handbewegung, in ein Zimmerchen abseits des Hauptraumes zu gehen, dunkel und nicht größer als eine Abstellkammer. Schweigend schaltete sie das Licht an und gab Ianthe und Anne zu verstehen, sie sollten sich jede ein Laken nehmen.

«Man zieht sich hier aus, Liebling, und wickelt sich in die Laken. Genau wie beim Gynäkologen.»

Der Hauptraum war nur zur Hälfte beleuchtet, von grausam summenden Neonröhren. An der hinteren Wand stand ein Fenster offen, Höhensonnen bestrahlten die Gesichter von Frauen, die auf dem Rücken lagen uund wirkten, als wären sie tot. Niemand sprach ein Wort. Zum Glück wußte Ianthe, was man zu tun hatte. Sie legte sich auf etwas Längliches, das aussah wie der Untersuchungstisch eines Arztes, und sagte zu Anne, sie solle das gleiche tun. Der Tisch war mit weißem Papier bedeckt, und auf dem Papier lagen Wachsklümpchen. «Zuerst die Beine», sagte Ianthe zu einer Frau in den Fünfzigern, die aus einem geheimnisvollen Irgendwoher auftauchte. Ihre Augenbrauen waren dick nachgezogen, die Lidschatten stahlblau. Mit einer Reihe geknurrter Laute gab sie Anne zu verstehen, daß sie sich auf den Rücken drehen solle. Hin und wieder wurde es in dem Raum totenstill. Dann erschien plötzlich eine andere Frau, massierte einer der Leichen das Gesicht und sprach mit ihren Kolleginnen in irgendeiner mitteleuropäischen Mundart.

Die Frau, die sich um Anne und Ianthe kümmerte, tauchte mehrmals einen Holzlöffel in einen weiß emaillierten Topf, holte eine kleine Portion heißes Wachs von Sahnebonbon-Farbe heraus und schmierte es über ihre Beine.

«Passen Sie auf, Gilda, das ist meine beste Freundin auf der ganzen Welt. Bemühn Sie sich also, nicht ganz so brutal zu sein. Es ist bei ihr das erste Mal.»

«Was Sie tun vor mir – abrasieren?»

«Ja, schon», sagte Anne und empfand kläglich das Laienhafte ihrer Antwort.

Die Frau knurrte nur. Sie ließ das Wachs hart werden und zog es dann in langen Streifen ab, wobei sie träumerisch in die Ferne blickte. Als sie mit der Arbeit an Annes Beinen fertig war, knurrte sie etwas in Richtung des Höhensonnenbereichs.

«Schließen Sie jetzt die Augen, entspannen Sie sich – keine Falten mehr machen», sagte die junge Frau, die sie eingelassen hatte. Sie bedeckte Annes Gesicht mit dampfenden Tüchern und bearbeitete es dann mit einem kleinen, scharfen Instrument. Als sie damit fertig war, rieb sie Lotion in die Haut und summte dabei mißtönend eine Melodie. «Himmlisch, Irena», sagte Ianthe mehrmals zu der Frau, die bei ihr genau das gleiche praktizierte. Anne aber war zu verängstigt, um etwas von sich zu geben. Sie mußte immer wieder an einen Film mit Boris Karloff und Bela Lugosi denken. Karloff kommt zu Lugosi, der einen Gesichtschirurgen spielt, und läßt sich, weil er sich häßlich findet, ein neues Gesicht machen. Lugosi macht ihn zu einem Scheusal und erpreßt ihn dann, Verbrechen zu begehen, um sich das Geld für eine richtige Operation zu verschaffen.

«Liebling, du siehst hinreißend aus», sagte Ianthe, als sie wieder in dem Umkleideraum waren. «Fühlst du dich jetzt nicht gewappnet für das, was du vorhast?»

«Ich habe nichts vor, Ianthe.»

«Hör zu, mein Schatz. Ich wüßte zu gerne Näheres. Aber ich weiß, du bist ja doch kein Kumpel und weihst mich ein. Ich gebe dir nur einen einzigen Rat: Benimm dich bloß nicht wie ein kleines Mädchen und beichte alles. Es würde Michael kaputtmachen.»

«Vielen Dank, Ianthe. Das hilft mir sehr.»

«Nun, um dir die Wahrheit zu sagen, Anne, die Vorstellung, daß du neben hinausgehst, macht mich ganz krank. Ich bin sicher, du weißt nicht, was du anstellst. Du darfst es nicht tun. Ich rede wirklich im Ernst. Ihr führt die einzige anständige Ehe in Amerika. Sie hat ein bißchen Selbstbeherrschung verdient.»

«Hör mal, Ianthe, seit fünf Jahren erzählst du mir immer wieder von den unstillbaren Forderungen der weiblichen Libido und daß es dich umtreibt, wie es noch keinen Mann auf der ganzen Welt umgetrieben hat.»

«Ja, aber das betrifft mich, Liebling, nicht *dich.*»

«Außerdem wird ja sowieso nichts passieren.»

«Mm, vielleicht nicht, aber denk dran: Wer sich in Gefahr begibt, kommt darin um. So, und jetzt muß ich fix machen. Ich bin mit Leonard Armitage für das Wochenende im Bostoner Ritz verabredet.»

«Und was ist mit Adrian?» fragte Anne.

«Tja, was ist wohl mit ihm, Liebling?» sagte Ianthe und schloß ihren Büstenhalter.

Sie las gerade den Kindern vor, als Ed hereinkam. Er setzte sich zu ihnen auf Peters Bett, zog die Schuhe aus und legte den Arm um Sarah. Im Zimmer roch es wie in allen Kinderzimmern nach einem Gemisch aus Tonstaub und Wachs, ein neutraler, nicht körperlicher Geruch, der Anne immer melancholisch stimmte. Daß die Bewohner aus ihnen hinauswuchsen, war die Bestimmung dieser kleinen Räume, und Anne spürte die Hochherzigkeit der Zimmerchen, wie die einer Ehefrau, die sitzengelassen werden soll und noch ein Päckchen Sandwichs für die Geliebte ihres Mannes herrichtet. Er lachte mit den Kindern über Mr. Toad und seine Autozusammenstöße.

Anne streifte Eds Arm mit dem ihren. Am liebsten hätte sie die Szene endlos ausgedehnt. Es war eine Empfindung, als befände sie sich im Gewächshaus ihres Vaters, wo die Luft schwer duftete, wo der lehmige Geruch und die Feuchtigkeit sich zu einer Atmosphäre von reiner und unschuldiger Sinnlichkeit verbanden, wo nichts, was man tat, moralisch gewertet werden konnte. Es war so natürlich, hier mit Ed, mit den Kindern beisammen zu sitzen, doch sie blieb sich jeden Augenblick bewußt, daß sie in einer Minute aufstehen, die Kinder trennen, jedes in sein Bett stecken, das Licht ausschalten und weggehen mußten, irgendwohin, an einen kalten, trockenen und einsamen Ort, wo alles wieder eine andere Gestalt annehmen würde.

Sie gingen nach unten, in die Küche. Plötzlich – als wäre sie einer Welle in die Quere gekommen, als würde sie in einem fremden Element wieder und wieder umgerissen – traf sie der Gedanke, daß sie und Ed einander jetzt lieben müßten. Sie wäre dazu bereit. Es wäre richtig gehandelt, das wußte sie. Sie wollte ihn in ihr Bett einladen, ihm sagen, daß sie ihn liebe. Ja, sie liebte ihn wirklich, wenn auch nicht so, wie sie sich die Liebe zu ihrem ersten «morganatischen» Liebhaber vorgestellt hatte, nicht rasend vor Verlangen. Ihre Liebe zu ihm belastete, bedrohte sie nicht. Sie mischte sich leicht mit ihrem Leben, denn Anne fühlte sich in Eds Nähe unendlich wohl. Sie erzählte ihm Dinge, er erzählte ihr Dinge. Sie unterhielten sich über die Kinder. Das war der Grund, warum sie bis dahin nicht erkannt hatte, daß es Liebe war. Doch es war Liebe, und es war Begehren, in diesem Augenblick überwältigendes Begehren. Ihre Glieder wußten allein mit sich nichts anzufangen, sie mußten sich mit seinen vereinigen. Sie wollte seinen Körper an ihrem Körper spüren. Sie wollte alles, was sich damit verband, all das Süße, das sie an der Liebe erlebt hatten, und ebenso all das, was nicht sanft oder angenehm oder geduldig oder zärtlich war, sondern hungrig, enthemmend und enthemmt, anstrengend bis zum äußersten.

Jetzt würde sie es tun. Sie hatte noch nie so etwas getan. Als sie Michael kennengelernt hatte, war sie zwanzig; sie waren schließlich miteinander ins Bett gegangen, nach einem Monat langer Diskussionen, nach Nächten und Nächten des Küssens und Liebkosens, in denen sie verstohlen und unzulänglich ihre Körper kennengelernt hatten. Doch sie war nicht mehr zwanzig, es gab keine Möglichkeit für eine Diskussion, keine Zeit für ein allmähliches Reifenlassen. Er mußte gleich zu Anfang wissen, daß sie Verlangen nach Sex hatte. Wie aber sollte sie es ihm sagen? Sie konnte es nicht mit Worten tun; Worte waren den ungestümen Unerfahrenen, den sehr Jungen vorbehalten. Sie mußte ihn einfach in die Arme nehmen.

Sie schloß die Küchentür und lehnte sich einen Augenblick lang dagegen, als wäre sie ein Sprungbrett. Sie blickte Ed an, versuchte, ihr Verlangen klar zu zeigen. Langsam ging sie auf ihn zu. Sie legte ihm die Arme um den Hals.

«Anne, fühlen Sie sich nicht wohl?» fragte er und hielt sie fest, als hätte er Angst, sie könnte zu Boden sinken.

«Doch», sagte sie ruhig und legte den Kopf an seine Schulter.

«Kommen Sie, setzen Sie sich hierher.»

«Ich möchte mich nicht setzen.»

«Ist Ihnen schwindlig? Hier, setzen Sie sich. Und jetzt tun Sie den Kopf zwischen die Knie.»

Sie steckte den Kopf zwischen die Knie. Dann erkannte sie, daß sie damit genau das Verkehrte tat. Sie hob den Kopf. «Ed», sagte sie, «mir ist nicht schlecht. Ich möchte nur, daß Sie mich halten.»

«Sie halten? Im Stehen halten, meinen Sie das?»

«Nein, ich möchte, daß Sie mich in die Arme nehmen.»

Beinahe grob ließ er sie los und ging auf die andere Seite der Küche. «Ich verstehe nicht, was Sie da sagen.»

«Ich möchte, daß wir uns lieben», sagte sie und blickte dabei auf den Boden.

Er begann mit schweren Schritten im Kreis zu gehen. Immer wieder verschränkte er die Hände; er nahm die Armbanduhr ab und steckte sie in die Tasche. «Ich kann einfach nicht glauben, daß Sie das ernst meinen. Sie sind doch nicht so eine.»

Sie sollte wirklich die Finger davon lassen; es war ihr klar. Doch es war zu spät, sie mußten es ausfechten. Sie fühlte eine leichte Übelkeit, aber etwas Halsstarriges in ihr trieb sie weiter.

«So eine – wie meinen Sie das?»

«Wie all diese Frauen, bei denen ich arbeite. Verheiratete Frauen mit netten Familien. Die mich ins Bett schwatzen wollen. Ich hätte gedacht, Sie sind anders.» Er blickte sie mit einem kindlichen Ausdruck reiner Enttäuschung an, als sähe er seine Lieblingslehrerin betrunken vor sich.

Nichts, was er hätte sagen können, hätte sie tiefer gedemütigt. All diese Frauen in all diesen Häusern. Alle diese Frauen, die alle das gleiche wollten. Sie hatte sich zu den gierigen Frauen gesellt, die sich an einen Mann hinwarfen, mit ihren hängenden, schlaffen Brüsten, ihren Hintern, weiß und fett im grellen Licht der Entblößung. Die männerverschlingende Frau war immer eine Witzfigur. Venus und Adonis. Fellinis Huren. In dieser Gesellschaft war sie jetzt gelandet.

«Ich dachte, Sie hätten mich gern», sagte sie matt.

«Natürlich hab ich Sie gern. Ich liebe Sie wie eine Schwester. Ich glaubte, wir würden Freunde fürs Leben werden.»

Sie begann zu weinen. Das war das Schlimmste. Sie würden einander nie mehr sehen können.

«Anne, ich versteh Sie nicht. Sie sind doch eine verheiratete Frau.»

«Mein Mann hat ein Verhältnis in Frankreich», sagte sie und wurde sich beschämt inne, daß sie, um an ihr Ziel zu kommen, einen Zweifel zur Realität gemacht hatte.

«Okay, das ist schlimm, aber doppeltes Unrecht ist noch nicht Recht.»

Sie blickte zu ihm hoch. Begehrte ihn noch immer. «Warum wäre es schlimm, wenn wir es täten? Wem würden wir weh tun? Sie brauchten es ja nicht zu erfahren.»

«Anne, wir sind beide verheiratet. Wir haben ein Versprechen gegeben.»

«Aber mein Mann hat sein Versprechen gebrochen. Und Ihre Frau, sie ist ja keine richtige Ehepartnerin mehr für Sie. Sie kann es nicht sein.»

«Das ist nicht ihre Schuld. Ihr ist etwas Furchtbares passiert. Sie hat alles verloren. Ihr auch das noch anzutun, dazu wäre ich nie fähig. Ich dachte, das wär Ihnen klar.»

Er wandte ihr den Rücken zu und stützte sich mit beiden Händen auf die Arbeitsplatte. «Wenn Sie die nächsten paar Tage nicht hier sind, kann ich mit den Leitungen bis Freitag fertig werden.»

«In Ordnung», sagte sie. «Ich werde wegbleiben.»

Er nickte und ging aus der Küche. Als sich die Tür schloß, hörte sie, daß Laura im Wohnzimmer dabei war, den Boden einzuwachsen.

«Was tun Sie denn da, Laura?» fragte sie in scharfem Ton.

«Den Boden einwachsen.»

«Das ist mir klar. Aber um diese Zeit?»

«Weil ich für einen Tag ein Einwachsgerät gemietet habe. Ich habe den ganzen Tag damit verbracht, sämtliche Holzböden im Haus einzuwachsen. Das ist jetzt der letzte. Das Gerät muß morgen früh um neun zurückgegeben werden.»

«Sie haben doch wohl nicht vor, das noch heute abend zu tun. Es ist ja schon beinahe zehn Uhr. Sie können das Gerät noch für einen zweiten Tag mieten.»

«Ich möchte es aber jetzt tun.»

Blanker Haß stieg in Anne hoch. Plötzlich war für sie Laura an allem schuld. Daß sie sich solche Gefühle gegenüber Ed erlaubt hatte, kam nur von der unerträglichen Belastung durch das Zusammenleben mit Laura. Sie hatte bei Ed Trost und Freundschaft gesucht und es dann als sexuelles Begehren mißverstanden. Nie hatte sie sich etwas Derartiges einfallen lassen, bevor Laura in ihr Leben trat. Und jetzt wußte Laura alles; sie mußte, während sie im Wohnzimmer war, alles mitbekommen haben. Anne zügelte sich. Nein, sie konnte Laura nicht die Schuld geben. Sie verachtete diese Neigung bei manchen Leuten, diesen Verantwortungsverzicht zugunsten einer fragwürdigen totemistischen Theorie über die Macht der Nähe. «Er war neben mir, er drängte sich an mich, ich mußte etwas tun!» Es war ihre eigene Verantwortung, ihre eigene Schande.

Noch nie in ihrem Leben hatte sie sich so geschämt. Verlegenheit kannte sie natürlich, auch Schuldbewußtsein, Zerknirschung, doch nichts hatte sie so getroffen wie diese Erkenntnis, daß sie eine schwere Verfehlung begangen hatte, die Schaden anrichtete und obendrein noch eine Dummheit war. Es lag eine unausweichliche Entwürdigung darin, wenn eine Frau einen Mann begehrte und dieser das Verlangen nicht erwiderte. Schlimmer aber war, daß sie eine Freundschaft zerstört hatte. Der Glaube hatte ihr viel bedeutet, daß Frauen und Männer Freunde sein, daß sie gemeinsam einen freundlichen, lichten Raum bewohnen könnten, aus dem die Sexualität ferngehalten wurde, und an diesem Glauben hatte sie sich nun vergangen. Sie hatte sich auch an dem Glauben versündigt, der für sie der Ehe zugrunde lag. Sie hatte ihren Mann dem moralischen Urteil eines Außenstehenden preisgegeben, und dies vielleicht ohne jeden Grund. Sie hatte verleugnet, was ihr teuer war: die Idee der Ehe. Sie hatte gesagt, unter mildernden Umständen müßte man sich nicht an die Schwüre halten. Und sie hatte einen guten Freund verloren.

Sie hatte nicht viele gute Freunde. Es gab niemanden, den sie in diesem Augenblick anrufen konnte, niemanden, zu dem sie gehen konnte, weil es keinen Menschen gab, dessen Freundschaft ihr zuverlässig, gediegen genug erschien, um ihm die Verfehlung anzuvertrauen, die ihr Mann sich vielleicht und sie selbst sich wirklich hatte zuschulden kommen lassen. Sie konnte nicht Jane ins Vertrauen ziehen. Jane kannte Michael nicht gut genug. Sie konnte es nicht Barbara sagen, denn Barbara hatte Ed Corcoran ebenfalls begehrt. Ianthe hatte deutlich gemacht, daß sie nicht in Frage kam. Und sie konnte weder Ben noch Adrian ein Wort davon sagen, da sie beide Männer waren. Das Erlebnis, sich sexuell angeboten zu haben und abgewiesen worden zu sein, weckte eine uralte weibliche Schamhaftigkeit; Männern, von denen sie hoffte, daß sie sie noch attraktiv fanden, wollte sie eine sexuelle Niederlage nicht eingestehen.

Sie konnte sich niemandem anvertrauen. Die Ehe war ihre Heimstätte, das Haus, in dem sie lebte, und kein Mensch außerhalb der vier

Wände dieses Hauses sollte Einblick in seine Mängel erhalten. Wenn es kalt und hart und ohne Behagen war wie jetzt, dann war es nun einmal so.

Sie konnte nicht lesen; sie konnte nicht im Bett liegen. Sie wollte ein Bad nehmen, aber das heiße Wasser machte sie noch unruhiger. Sie ging rastlos in ihrem Zimmer umher, nahm eine Haarbürste, ein Parfümfläschchen in die Hand. Sie sehnte sich nach einem Ort der Reinigung, einer rituellen Waschung. Doch sie war, was sie war: eine Frau des 20. Jahrhunderts, rational, verantwortlich für sich selbst, für alles, was sie tat, und für ihre Ehe, der sie gerade Schaden zugefügt hatte. Es war ohne Belang, daß sie an sich, körperlich, keusch geblieben war. Sie hatte ihre Keuschheit preisgegeben; sie würde sie nie mehr zurückgewinnen.

Wochen vorher hatte Jane sich bereit erklärt, auf eine paar Tage nach Selby zu kommen, um Anne bei der Entzifferung von Passagen aus Carolines Tagebüchern zu helfen, die für sie unleserlich waren. Aber Anne wollte Jane jetzt nicht sehen; sie fand, daß sie es nicht verdiene. Sie fühlte sich durch ihr demütigendes Erlebnis mit Ed beschmutzt; mit jemandem wie Jane zusammen zu sein, die sie bewunderte und von der sie vielleicht zu Unrecht bewundert wurde, erschien ihr als eine Versündigung an jeder Idealvorstellung von Lauterkeit.

«Du siehst müde aus, todmüde», sagte Jane, als sie aus dem Bus stieg. Sie wartete mit dem Reden nie, bis sie eine Ortsveränderung hinter sich hatte: Sie sprach auf Treppen über die Schulter, sie sprach, während sich Aufzugtüren öffneten; es würde ihr, dachte Anne, nichts ausmachen, aus fahrenden Zügen Reden zu halten.

«Ich habe angestrengt gearbeitet», sagte Anne.

«Von anstrengender Arbeit sieht man nicht so aus. Anstrengende Arbeit beflügelt einen. Dich belastet irgendwas. Du nimmst es mir hoffentlich nicht übel, wenn ich sage, du kommst mir gealtert vor, seit ich dich das letzte Mal gesehen habe. In deinem Alter ist das natürlich kein Grund zu erschrecken.»

«Ich habe nicht gut geschlafen. Vermutlich kommt es davon.»

Sie wollte zu Jane nichts über den Vorfall mit Ed sagen. Sie konnte zu Jane nicht von ihren Problemen mit Laura sprechen, denn Jane mochte sie ohnehin nicht. Wie einem Bergsteiger, der sich langsam einen vereisten Hang hinaufarbeitet, galt ihre ganze Entschlossenheit dem Ziel, das Gleichgewicht wiederzufinden. Sie wollte ihre Arbeit abschließen und einer entscheidenden Auseinandersetzung mit Laura aus dem Weg gehen. Es war der 23. März. Die Katalogtexte mußten bis zum 30. Mai fertig sein. Und acht Tage vorher würde Michael nach Hause kommen. Wenn sie vorsichtig war, wenn sie sich ruhig hielt, wenn sie keine raschen Bewegungen machte, würde alles gutgehen. Aber sie durfte mit niemandem darüber sprechen: Gibt der Bergsteiger seiner Furcht Ausdruck, zieht drohend die Gefahr des Absturzes herauf.

«Wenn ich zu Hause wäre, würde ich dir eine *tisane, une infusion* machen. Es klingt immer so heilsam. So hydraulisch. Als stünden die besten Köpfe der industriellen Revolution dahinter, so daß es einen einfach auf die Beine stellen muß. Und dabei ist es so wunderbar einfach, ganz und gar nicht mechanisch.»

«Meine Schwester macht ihre eigenen Kräutertees.»

«Ach, liebe Anne, diese Sachen, die einem gesundheitsbewußte Leute heutzutage auftischen. Aus geschmorten Kleenex-Tüchern und Ammoniak. Und die Texte an den Seiten der Schachteln. Nietzsche und George Eliot. Es könnte einen zu Nescafé treiben.»

«Ich hoffe, wir werden es im Haus ruhig haben. Ich habe Laura mit den Kindern ins Freie geschickt und ihr aufgetragen, dafür zu sorgen, daß sie den Nachmittag über beschäftigt sind. Ich brauche bei vielen Sachen deine Hilfe. Die späteren Tagebücher sind mit sehr zittriger Hand geschrieben.»

Sie führte Jane ins Arbeitszimmer. Da sie seit einer Woche hier nicht mehr gearbeitet hatte, kam sie sich wie eine Fremde, wie eine Verräterin an dem Raum vor. Sie roch das Bienenwachs, mit dem Laura die Möbel eingerieben hatte. Ihr Schreibtisch, Michaels Schreibtisch, schimmerte matt und doch mit einer satten Glut. Sie ordnete, ganz unnötigerweise, ein paar darauf liegende Papiere um. Sie nahm neue Bleistifte aus der Schublade und spitzte sie; sie verstellte das Gelenk der Schreibtischlampe.

«Hier ist eine Passage aus dem Jahr 1939, die mir überhaupt nicht klar ist.»

Sie reichte Jane das letzte der Notizbücher. Es waren insgesamt sechsundfünfzig identische blau gebundene Bücher, die Blätter darin gesprenkelt wie Kiebitzeier. Caroline hatte für jedes Jahr ein neues verwendet, selbst dann, wenn das aus dem alten Jahr nur zu einem

Viertel vollgeschrieben war. Die Bücher wurden von einer Firma in Philadelphia eigens für sie hergestellt. Sie hatte 1884, mit zwanzig, begonnen, ein Tagebuch zu führen, und diesen Brauch bis in ihr Todesjahr, vierundfünfzig Jahre später, beibehalten. Anne hatte sämtliche Notizbücher durchgearbeitet. Ein paar Tage vorher war sie zu dieser, der letzten, Eintragung gekommen, zwei Wochen vor Carolines Tod geschrieben, und hatte sie nicht entziffern können.

«Caroline liebte Notizbücher, diese besonders», sagte Jane. «Ebenso gute Federn und schönes Papier. Sie hat oft gesagt, ein Maler habe die gleiche Pflicht, ein Kuvert schön zu adressieren, wie seinem Lieblingsmodell gerecht zu werden. Sie war sehr stolz auf ihre Handschrift und verachtete ihre männlichen Kollegen, die auf solche Kleinigkeiten keinen Wert legten.»

Anne lächelte. Auch sie liebte die Notizbücher, die vergilbten Seiten und die braun gewordene Tinte, das Gefühl körperlicher Nähe, das es ihr gab, wenn sie die leicht hingeworfene Schrift, die ausgestrichenen und die darüber geschriebenen Wörter, die eilig hinzugefügten Randbemerkungen las. Carolines Schrift war sehr schön, sehr formbedacht, nun zum Artefakt geworden. Heutzutage schrieb niemand mehr schön, es sei denn absichtlich, bewußt anachronistisch. Leute, die dies taten, ließen sich Schönschreibfedern und Spezialtinten besorgen. Aber sie schrieben nicht so für den Einkauf beim Fleischer; wenn man auf ihre Wäschelisten stieß, bekam man ausnahmslos die Handschrift des 20. Jahrhunderts zu lesen: zweckdienlich, leicht lesbar, schmucklos.

«Ich erinnere mich noch an diesen Tag, den 18. Oktober 1939», sagte Jane. «Als sie das schrieb, hatte sie eben der Arzt verlassen. Sie war mittlerweile immer sehr schwach. Sie wußte, daß es mit ihr zu Ende ging. Der Arzt – ein Freund ihrer Kusine, ein so netter Mann, wir hatten ihn alle ins Herz geschlossen – hatte ihr auf ihre Frage gesagt, es bleibe ihr höchstenfalls noch ein Monat. Sie weinte. Ich war überrascht, denn sie wußte schon seit einiger Zeit, daß sie sterbenskrank war. Als ich meine Überraschung ausdrückte, sagte sie: ‹Ich weine, weil mir ist, als wäre ich gerade zu einer wunderbaren Party eingeladen worden und wüßte, daß ich sie mir entgehen lassen muß.› Dann bat sie mich, ihr das Buch zu bringen. Sieh dir die arme schwache Schrift an.» Jane klopfte leicht und zärtlich auf das Blatt, als wäre es ein kleines krankes Tier. «Natürlich konntest du es nicht lesen. Ich kann es ja selbst kaum entziffern. Ich lese es vor, wenn es dir recht ist.»

Ich bin kein guter Mensch gewesen. Dem Tode nahe, sage ich es, weil ich weiß, daß ich jetzt nichts mehr daran ändern kann. Ich war eine schlechte Tochter. Voll Gleichgültigkeit gegenüber meiner Mutter, um die ich nicht getrauert habe. Mein Vater starb als mein Feind. Ich ließ meinen Sohn verkümmern. Ich wußte, was er brauchte: Wärme und Fürsorglichkeit und feuchtes, nährendes Erdreich. Und ich ließ ihn zurück, wo es nur Stein, kein Blatt gab. Er war noch ein Junge, als er starb. Wurzellos, ausgewurzelt. Meine Freunde sind tot. Ich war ihnen eine gute Freundin, wenn es mich nicht viel kostete. Im Alter lernte ich lieben. Ich habe Jane geliebt. Ich habe sie mehr als alle anderen Menschen geliebt. Und trotzdem sperrte ich sie ein, hielt sie fest, als ich sie hätte gehen lassen sollen. Wie Naemi hätte ich sie einem Ehemann zuführen sollen, falls sie dazu bereit gewesen wäre. Statt dessen begünstigte ich ihr Verhältnis mit Ben und behielt sie bei mir. Welcher Himmel kann jemandem bestimmt sein, der gelebt hat, wie ich gelebt habe? Der Himmel der Gütigen, der Gerechten wird sich vor mir verschließen, in Güte und in Gerechtigkeit. Ich habe die Schönheit geliebt. Ich habe vor allem das Licht auf dem Wasser geliebt, eine gelbe Birne in einer blauen Schale, einen silbern gesprenkelten Winterhimmel. Doch vielleicht muß man, wenn man eine Ewigkeit in Schönheit gewinnen will, als ein guter Mensch gelebt haben. Also werde ich vielleicht weinend und fröstelnd in ewiger Dunkelheit sitzen. Ich habe recht, mich zu fürchten.

Tränen liefen Jane über die Wangen, als sie zu Ende las. Auch Anne weinte.

«Wie ich das Wort ‹gut› hasse», sagte Jane. «Was für ein Hindernis es für eine moralische Lebenshaltung ist.»

«Findest du, ein guter und ein moralisch denkender Mensch zu sein, das geht nicht zusammen?» fragte Anne.

«Natürlich finde ich das nicht. Aber der Ausdruck ‹ein guter Mensch› ist so pervertiert, so korrumpiert worden, daß er sich heute nur noch auf zwei oder drei Tugenden bezieht, während es doch Hunderte gibt.»

«War Caroline ein guter Mensch?»

«Sie war großartig. Was sie über sich selbst geschrieben hat, trifft zu. Sie war oft unfreundlich, ungeduldig und ungerecht. Sie war enorm auf sich selbst konzentriert. Aber sie war auch loyal, aufrichtig und mutig. Sie war eine große Malerin. Sie brauchte nur eine Tür zu öffnen, und schon kam das Leben ins Zimmer herein. In ihrer Gegenwart war Verzweiflung unmöglich, Schwermut die Erfindung der Russen oder der Engländer oder von sonst jemandem in einem Land, fern von dem, wo man sich befand.»

«Aber was ist zu Stephen zu sagen?»

«Sie war keine gute Mutter. Doch sie war ein prachtvoller Mensch. Wie unheimlich ichbezogen sie war! Sich einzubilden, mein Verhältnis zu Ben hätte sie eingefädelt. Wir sind ins Bett gefallen, bevor sie Zeit hatte, den Atem anzuhalten.»

«Und ihr wart all diese langen Jahre ein Liebespaar?»

«Schockiert dich das?»

«Nein, es entzückt mich.»

«Natürlich war er unsterblich in dich verliebt.»

«In mich?»

«O ja, liebe Anne. Ich weiß seit Jahren von dir. Seit jenem Sommer in London, als du zwanzig warst. Er hat mich damals gefragt, ob es schrecklich unmoralisch von ihm wäre, dich zu heiraten. Ich habe ihn gefragt, ob er noch weitere Kinder haben wolle. Er sagte, nein. Ich sagte zu ihm, wenn es so stehe, wäre es zutiefst unmoralisch.»

«Jane, ich staune. Was hättest du getan, wenn wir geheiratet hätten? Hättest du dein Verhältnis mit ihm fortgesetzt?»

«Nein, natürlich nicht. Denn wenn er dich geheiratet hätte, wäre es eine richtige Ehe gewesen, und in so etwas hätte ich mich nicht eingemischt. Also lag es begreiflicherweise in meinem Interesse, die Verbindung zu hintertreiben. Empört dich das?»

«Aber nein. Du hattest vollkommen recht, und ich hätte ihn vermutlich geheiratet. Ich wäre unglücklich geworden, hätte ich auf Kinder verzichten müssen. Mutter sein ist meine höchste Passion.»

«Das sehe ich. Aber ich habe den Drang nie empfunden, obwohl ich verrückt nach Kindern bin. Es ist wie ein Stew, dem die Kartoffel fehlt.»

«Das erstaunt mich immer wieder: Wie Ben sich von seinen Kindern gelöst hat. Hast du sie je kennengelernt?»

«Nein, er hält uns seit fünfzig Jahren sorgfältig voneinander getrennt.»

«Und seine Frau?»

«Kein einziges Mal zu sehen bekommen, kein Wort am Telephon gewechselt. Er spricht nie über sie. Natürlich denke ich mir so allerhand. Aber Ben ist loyal. Nie ein Wort gegen sie. Übrigens auch nicht für sie.»

«Eine solche Ehe ist mir ein Rätsel. Was hat sie denn überhaupt für einen Sinn?»

«Ben gehört zu jenen Männern, die die Ehe brauchen, weil sie in einer bestimmten Art Haus leben müssen. Aber er hat kein Talent fürs Familienleben, Männer wie er haben es nicht. Ihr Gefühlsleben spielt sich immer außerhalb ab – als käme es ihnen unziemlich vor, dort, wo man ißt und schläft, starke Emotionen zu empfinden.»

Das Telephon läutete. Anne sprang auf. Am Apparat meldete sich Lydia Garrison, die Frau des emeritierten Wirtschaftsprofessors, die im Haus hinter ihnen wohnte. «Ich störe Sie hoffentlich nicht bei etwas Wichtigem.»

«Aber nein, natürlich nicht», sagte Anne und dachte, daß man einer Frau, die die Hoffnung ausspricht, nicht zu stören, unmöglich ehrlich antworten könne.

«Ich möchte mich nicht wie eine Wichtigtuerin aufspielen und ich weiß natürlich auch nicht, wie die Leute heutzutage ihre Kinder aufziehen, aber ich beobachte Ihre gerade in diesem Augenblick. Sie spielen auf meinem zugefrorenen Teich. Nicht, daß ich was dagegen hätte, sie sind immer gern gesehen, sie wissen das, ich hab's ihnen gesagt, aber ich weiß halt nicht, ob das Eis fest genug ist. Ich bin deshalb nicht sofort hinuntergelaufen, weil eine erwachsene Person dabei ist, Ihr Kindermädchen, glaube ich, und ich kann mich ja täuschen, vielleicht ist das Eis fest genug, nur bin ich mir eben nicht sicher.»

«Danke, Lydia. Haben Sie vielen Dank.»

Anne legte auf und rannte hinaus. Der Teich der Garrisons lag am Fuß eines steilen Abhangs, vierhundert Meter vom Haus der Forsters entfernt. Sie hatte zwei Möglichkeiten hinzukommen: drei Straßen weit auf dem Trottoir zu laufen oder den Hang hinunterzustolpern. Es konnte sein, daß er vereist war, aber es würde schneller gehen. Schon sah sie ihre Kinder im Eis einbrechen, sah sie, wie sich im dunklen Wasser ihre Augen schlossen, wie ihre Münder gefroren, Arme und Beine hilflos erstarrten. Sie rannte den Hang hinab, glitt zweimal aus, rappelte sich wieder hoch und schnitt sich dabei an einer Steinkante eine Handfläche auf. Der Teich kam in Sicht. Die Kinder liefen auf dem Eis umher; sie konnte ihr Lachen hören. Die Eisfläche war mit Matsch bedeckt; sie sah die Abdrücke, die ihre Stiefel im rasch schmelzenden Schnee hinterließen. Während sie auf den Teich zuraste, sah sie im Geist die Kinder in der nächsten Minute im Eis einbrechen und versinken. Sie würde bestraft werden, weil sie immer so vom Glück begünstigt gewesen war. Sie hatte schon immer gewußt, daß sie eines Tages dafür würde zahlen müssen, aber es war zu grausam, was sich jeden Augenblick vor ihr abspielen konnte. Jeden Moment konnte es sein, daß sie ihre Kinder versinken sah. Und sie würde sich hinterherstürzen, sie vielleicht für immer verlieren, vielleicht naß und froststarr an die Oberfläche kommen und die Kinder auf dem Grund zurücklassen. Aber nein, sie würde nicht mehr nach oben kommen; sie würde auch dort unten, auf ewig mit ihnen, bleiben. Es durfte nicht geschehen! Sie mußte es schaffen, sie würde sie retten. Sie bot dem Schicksal jedes Opfer an, damit die Katastrophe ausblieb: ihr eigenes Leben, Michaels Leben. Sie wäre bereit, jahrelang im Siechtum zu leben, bettelarm, mutterseelenallein oder geistesgestört, wenn die Kinder nur noch eine Minute länger in ihrem Blickfeld bleiben durften, wenn die Eisdecke nur noch eine einzige Minute hielt.

Sie hatte den Rand des Teiches erreicht. Sie wußte, daß sie nicht schreien durfte, weil die Kinder sonst Angst bekämen. Sie mußten die Entfernung bis zu der Stelle, wo sie stand, langsam, Schritt für Schritt zurücklegen. Sie rief ihre Namen. Peter blickte zu ihr her, schuldbewußt.

«Werden wir ausgeschimpft, weil wir unsere Sachen naß gemacht haben?»

«Nein, natürlich nicht, mein kleiner Schatz. Ihr werdet überhaupt nicht geschimpft, kommt nur langsam zu mir her, ganz langsam. Paß auf, daß Sarah nicht zu schnell geht, aber nimm sie nicht bei der Hand.»

Die Rückkehr des Gewöhnlichen traf sie wie ein Schlag; hier waren ihre Kinder. Sie würden nicht vor ihren Augen sterben, ihr aller Leben würde weitergehen; das Grauen war gewichen, das Leben zurückgeatmet. Ihr Herz pochte wild, während sie, wie ein Läufer vor dem Ziel, ihre letzte Kraft zusammennahm, um nicht laut aufzuschreien.

Die Kinder kamen langsam, wie sie es ihnen gesagt hatte, auf sie zu. Sie erreichten das Ufer.

«Ich hab Angst gehabt, wir werden geschimpft», sagte Peter. «Wir sind klitschnaß. Unsere Füße, die Jeans, alles. Aber Sarah ist nicht schuld daran, ich bin's. Ich hab zu ihr gesagt, es ist okay, obwohl ich wußte, daß das eigentlich nicht stimmt. Ich hab gewußt, daß wir uns an einem solchen Tag nicht naß machen sollen, weil wir uns erkälten könnten.»

«Nein, Liebling. Es macht nichts aus, daß ihr naß geworden seid. Hauptsache, es ist euch nichts passiert. Ihr wart in Gefahr, ihr hättet einbrechen können.»

Plötzlich fiel ihr Laura ein. Der Grimm stieg in ihr auf mit einem lauten Flattern dunkler Flügel. Die Flügel begannen zu fliegen, verfinsterten das Sonnenlicht. Sie verdrehten sich und gerieten in einen gewaltigen, schwirrenden Kreis. Sie hörte nichts, sah nichts als diesen Kreis durcheinandergeratener Flügel, die grausig schwirrten, und irgendwo war der scharfe Schnabel, zum Zustoßen bereit.

«Hat Laura gesagt, ihr dürft auf diese Eisfläche gehen? Wo ist sie eigentlich?»

«Sie sitzt hinter diesem großen Stein dort», sagte Peter und deutete darauf. «Wir haben sie gefragt, ob wir dürfen, und sie hat nur gelächelt und genickt. Ich glaube nicht, daß sie richtig zugehört hat. Sie hat beim Lesen die Lippen bewegt. Ich habe nicht gedacht, daß Erwachsene so was tun. Ein paar aus unserer Klasse, aus der Gruppe mit den schwächsten Lesern, bewegen beim Lesen die Lippen, aber sie werden deswegen immer geschimpft.»

«Ihr bleibt hier. Rührt euch nicht weg!» sagte sie zu den Kindern. Sie mußte von ihnen fort, denn sie selbst war nun zu den Flügeln, dem Schnabel geworden; sie spürte, wie ihr Körper schwirrte, wie ihre Arme und Beine lang und dünn und spitz wurden, bereit herabzustoßen, bereit zuzuschlagen. Es kam ihr vor, als flöge sie wie ein schwerer Vogel über den Schnee. Sie brauchte nur ein paar Sekunden bis zu dem großen Stein, wo Laura saß.

Laura blickte auf und lächelte. «Hallo, Anne», sagte sie und klappte die Bibel zu.

«Laura, was treiben Sie denn hier?» Anne hielt die Fäuste geballt, um nicht auf sie einzuschlagen.

«Ich lese.»

«Haben Sie nicht gesehen, was die Kinder getan haben? Haben Sie denn nicht gesehen, daß sie auf dem Eis waren, das vielleicht nicht fest genug gewesen wäre? Wie konnten Sie zulassen, daß sie so etwas taten? Was haben Sie sich um Himmels willen dabei gedacht?» Ihre Stimme war messerscharf; sie hörte es mit Befriedigung.

«Es ist ihnen doch nichts passiert, oder?» fragte Laura, noch immer lächelnd.

«Nein, Laura, aber hätte mich nicht jemand angerufen, der sie auf dem Eis gesehen hat, könnten sie jetzt beide tot sein.»

Laura blickte zu Anne hinauf und schirmte dabei die Augen gegen das Sonnenlicht ab. Sie lächelte Anne mehrere Sekunden lang an. Anne wartete darauf, daß sie etwas sagte, aber sie schwieg.

Das Verlangen, Laura an der Kehle zu packen, einen der großen Steine am Ufer aufzuheben und ihr damit den Schädel einzuschlagen, das Eis aufzubrechen und ihr den Kopf unters Wasser zu drücken, bis zu spüren war, daß das Leben aus ihr wich, war so stark wie nur irgendeine Leidenschaft, die Anne je ergriffen hatte. So stark wie die Liebe zu ihren Kindern, zu ihrem Mann. Stärker als die Dinge, die den Kern ihres Lebens bildeten, war das Verlangen, dem lächelnden Gesicht dieses Mädchens etwas anzutun, das ihre Kinder in höchste Gefahr gebracht hatte.

«Es tut mir leid, Laura, aber Sie werden uns verlassen müssen. Ich glaube nicht, daß ich Ihnen die Kinder noch anvertrauen kann. Ich bringe sie nachher woandershin. Um neun sind wir wieder zu Hause. Ich wünsche, daß Sie bis dahin fort sind, mit allen ihren Sachen. Lassen Sie nichts zurück; ich möchte nicht, daß Sie das Haus noch einmal betreten.»

Laura nahm die Hände von den Augen. Sie lächelte noch immer. «Schön, Anne, wenn das Ihr Wunsch ist.»

«Sie werden auf dem Küchentisch einen Scheck finden. Das Gehalt für zwei Wochen», sagte sie, dem Mädchen den Rücken zuwendend.

«Danke, Anne», hörte sie Laura sagen.

«Warten Sie hier noch zehn Minuten. Dann machen Sie sich auf den Weg. Wenn Sie ankommen, sind wir fort. Ich möchte nicht, daß die Kinder Sie noch einmal sehen.»

Sie sagte zu den Kindern, sie sollten die drei Straßen bis zum Haus auf dem Trottoir gehen; sie werde allein den Hang hinaufsteigen. Ihre Schritte waren schwer, sicher, weit ausholend. Sie glitt nicht ein einziges Mal aus, obwohl der Hang steil und der Boden vereist war. Als sie oben angekommen war, taten ihr die Beine weh. Sie war froh darüber: Der körperliche Schmerz sagte ihr, daß sie noch sie selbst, jemand, den sie erkannte, noch ein menschliches Wesen war. Es ängstigte sie, was sich in ihr abgespielt hatte. Wie eine allegorische Figur war sie zur Verkörperung eines einzigen Gefühls, eines einzigen Lasters geworden. Sie war ganz und gar zu Zorn geworden. Sie war nahe daran gewesen, einen Menschen umzubringen. Sie wäre vielleicht zum Töten fähig gewesen. Sie dachte an Mörder; jetzt wußte sie, was im Mörder vorgeht, wenn er die Hand hebt.

Als sie das Haus erreichte, standen die Kinder da und warteten auf sie. Sie hielten Jane an den Händen und blickten voll Furcht, Verwirrung und Traurigkeit zu Anne hoch. Sie mußte sie trösten, sie mußte ihnen zeigen, daß sie noch der Mensch war, der sie immer gewesen war, der Mensch, den sie kannten. Sie lächelte sie an und sagte, so sanft sie konnte: «Zieht eure nassen Sachen aus, Schätzchen. Wir gehen gleich fort.»

11. KAPITEL

Sie war gescheitert. Anne liebte sie nicht. Annes Herz war versteinert. Doch warum hatte Laura den Mut verloren, wenn doch Gott mit ihr war? Sie hatte Gnade bei Gott gefunden, war die Erwählte. Aber jetzt hatte sie sich wieder gefaßt, denn das Werk des Herrn mußte durch sie getan werden, mit Gewalt, mit Zerstörung, da Annes Herz zu Stein geworden war und herausgerissen werden mußte. «. . . und will das steinere Herz wegnehmen aus eurem Leibe und ein fleischernes Herz geben», sprach Hesekiel, die Worte des Feuers. Das Feuer der Liebe, Liebe wie ein Wind der Gewalt, dahinbrausend, Liebe, der Wind des Feuers. Oh, Anne, wie herrlich ist das Angesicht des Herrn! Ich werde dir Sein Angesicht bringen, Sein Angesicht wird in meinen Händen vor dir sein.

Sie hatte den Mut verloren, weil sie geglaubt hatte, das Fleisch werde obsiegen, es werde die Seele des Menschen verschlingen, den sie retten wollte. War sie dem Fürsten der Finsternis und seiner schwergepanzerten Kohorte, dem Fleisch, nicht gewachsen? Sie kannte Annes Herz. Mit den Augen der Liebe drang sie durch das Fleisch und sah ein Herz, ganz erfüllt von Wollust und Zorn. Anne hatte den Ehemann einer andern begehrt. Sie lag die ganze Nacht auf ihrem Dornenbett, die Wollust war ihr Bett, erfüllte ihre Stunden der Ruhe, des Alleinseins. Gottes Angesicht mußte sie hinausfegen, bis der Raum leer war, gereinigt und süß duftend. Gereinigt mit dem Feuerbesen. Doch Laura hatte den Mut verloren. Weil Annes Herz zu Stein geworden war, sich von ihr ab-, sich gegen sie gewandt hatte. Das harte Herz wurde zu einem Schwert, das sich in das Fleisch Lauras, der Botin des Herrn, der Erwählten des Herrn, bohren sollte. Die Anne liebte, wie nie jemand sie zu lieben vermöchte. Deren Hände das weiße Angesicht des Herrn bringen würden, das leuchtende Gesicht, das schöne vor den Hügeln.

Sie war vorsichtig, war auf ihrer Hut gewesen, hatte nicht wie früher Fehler gemacht. Um des göttlichen Werkes willen hatte sie Täuschung geübt. Sie las das Wort Gottes, wenn sie für sich war, oder wenn sie es vor anderen las, dann wie nebenher; wie andere ihre Bücher lasen, so las sie das Wort Gottes. Sie war vorsichtig gewesen und hatte das

Geheimnis in ihrem Herzen bewahrt. Sie hatte nichts gesagt, als sie sah, daß Anne das Fleisch des Mannes begehrte, der ihr nicht angetraut war. In ihrem Zimmer hatte sie insgeheim die Worte aufgeschrieben, die sie eigentlich hätte sprechen wollen, die Warnungen des Herrn vor Blut, vor Feuer. Hoseas Worte. So hatte der Herr den Propheten mit der Ehebrecherin ins Gericht gehen lassen:

> Heißt sie ihre Hurerei von ihrem Angesicht wegtun und ihre Ehebrecherei von ihren Brüsten.
>
> Auf daß ich sie nicht nackend ausziehe und darstelle, wie sie war, da sie geboren ward; und sie nicht mache wie eine Wüste und wie ein dürres Land, daß ich sie nicht Dursts sterben lasse;
>
> und mich ihrer Kinder nicht erbarme ...

Als sie das zum ersten Mal las, als der Herr sie zu dieser Stelle führte, wäre sie am liebsten zu Anne hineingelaufen, um sie aus dem Schlaf zu wecken; denn es war finstere Nacht. Nur Laura lag wach; der Herr hatte in jener Nacht zu Laura gesprochen, die Warnung und die Wahrheit ausgesprochen. Sie wollte Anne wecken und ihr die Worte sagen, die der Herr ihr gewiesen hatte. «Willst du das, ist das dein Begehren?» sagte sie in ihrer Vorstellung, während sie Anne die Bettdecke wegzog, ihr das Licht in die Augen leuchten ließ, ihr Gottes Botschaft in der kalten Nacht verkündete. Solches erwartet dich, wenn du dem Weg folgst, den du gehen möchtest. Wenn du dein Fleisch mit dem Fleisch des Mannes vereinigst, der nicht dir, sondern einer andern angetraut ist. Ist das dein Begehren – eine Wüste, ein dürres Land und deine Kinder verflucht? Wende dich davon ab, höre auf mich! Ich kann dich davor bewahren. Ich werde dich aus der Wüste zu der kühlenden Quelle führen. Deine Gewänder werden weiß sein wie der Schnee. Dein Gesicht wird leuchten wie die Sonne. Dein Herz wird sich über dich erheben. Kehre dich doch ab von der Sünde und sieh mich an! Ich werde dich vom Dornenweg auf den Pfad der Gerechten führen. Ich bin die Botin des Herrn. Ich werde dir Sein Angesicht in meinen Händen zeigen.

Doch sie saß stumm da und war vorsichtig. Sie sagte nichts zu Anne, obwohl sie sich nachts vor Furcht um sie verzehrte, wegen der Sünde, die sie vorhatte. Laura schloß die Augen und versuchte einzuschlafen. Doch sie sah sie, Mann und Weib, Tier und Tier, in enger Umschlingung. Sie wußte, wie einem dabei ist, denn sie hatte es selbst getan. Sie wußte, welche Bewandtnis es mit dem Fleisch hatte und warum die Propheten der Abscheu ergriff, wenn sie davon sprachen, und warum um seinetwillen Gottes Zorn vom Himmel kam. Natürlich kam Gottes Zorn deswegen herab. Wie könnte es anders sein? Sie sah vor sich, wie die Leiber einander umklammerten und tobten, und danach die Augen, in denen nichts war als die Schwärze der Sünde, des Todes. So betete sie, den Anblick der beiden vor ihrem inneren Auge, daß dieser Anblick nicht Wirklichkeit werden möge. Und ihre Gebete hatten gewirkt. Der Mann war fortgegangen. Die Finsternis war aus dem Haus gewichen. Sie wartete auf den Geist des Herrn. Doch der Geist erschien nicht. Die Finsternis des Fleisches war gewichen, aber das Licht des Geistes nicht an ihre Stelle getreten. Nur Stein und Härte. Nur das versteinerte Herz.

Aber warum hatte sie den Mut verloren? Die Hand des Herrn waltete in allem. Ihr Weg war der verkehrte gewesen, der Weg der Klugheit und der Vorsicht. Angst hatte sie beschlichen; sie hatte befürchtet, versagt zu haben. Deswegen war sie auf den Gedanken gekommen, alles sauberzumachen. Weil das Haus beschmutzt worden war.

Genauso wie es das Haus ihrer Mutter gewesen war. Sie dachte zurück an ihrer Mutter Haus. An das Haus, in dem sie geboren worden war, an die Lippenstifthülsen, die schwarzverkrusteten Make-up-Stifte, die Bürstchen, die herumlagen, nicht aufgeräumt waren, die schwarzen Flecke an den Handtüchern, an den Laken, die Lippenstiftspuren an Tassen, an Gläsern, an den Zigaretten, die sich wie tote Dinge in Häufchen grauer Asche verwandelten, auf die Tische überquellend, auf die Teppiche, den Boden fallend. An die in die Kloschüssel geworfenen Kippen, die mit der roten Narbe nach oben schwammen, Narbe vom Mund der Mutter. Sie dachte an den schwarzen Rand innen in der Badewanne, Narbe vom Schmutz der Mutter. Ihre Mutter war eine schmutzige Frau. Sie hatte es immer gewußt. Hatte es schon als Kind gewußt. Als Kind hatte sie die blutigen Tampons sehen müssen, achtlos auf den Boden im Bad, im Schlafzimmer geworfen. Rotes Blut, braun gewordenes Blut, Blut an weichen Stäbchen, Wattestäbchen im Abfalleimer, weil die Klospülung nicht damit fertig wurde. Deck sie doch zu, bedecke dich doch, versteck es vor mir! Als Kind hatte Laura in ihr Bett geweint, das sie selbst sauberhielt. Warum läßt du es mich sehen, warum mußt du es mir immer wieder zeigen? Ich bin klein, ich bin dein Kind, und es gibt Dinge, die du vor mir verbergen solltest.

Meine hübsche Mutter, Mutter so schön in Kleidern, nach Parfüm, nach Shampoo duftend, halte mich von diesen körperlichen Dingen fern, oh, halt sie von mir fern! Zeige mir nur deine schlanken, eleganten Arme, deine flinken Füße in ihren spitzen Schuhen, das Wirbeln deines Rockes, während du tanzt. Verschone mich mit den Verwünschungen, dem zornigen Stöhnen, den Schlägen, die du mir versetzt. Halte deinen nackten Körper von mir fern, das schwarze haarige Dreieck. Verbirg mir den Mann, der morgens kommt, wenn du mich schlafend glaubst, den Mann, den ich finden, die Tür, die ich öffnen muß, verschone mich mit den Flüchen, mit denen du mich überschütten wirst, weil ich gefunden habe, was ich finden muß. Ich bin deine Tochter; ich bin noch ein Kind. Halte schlimme Dinge von mir fern.

Ich werde das Haus für dich sauberhalten, Mutter. Ich werde hinter dir hergehen und die Dinge verstecken, die zu verstecken deine Aufgabe wäre, werde die üblen Gerüche beseitigen und die verdorbenen Speisen fortspülen, werde die Beweise aus dem Weg räumen. Oh, meine schöne, grazile Mutter, Mutter wie ein glänzender Vogel. Ich werde das für dich tun, alles tun, wenn du nur sagst, daß du mich dann liebhaben wirst.

Warum sahen sie, die Mütter, nie, daß ihre Häuser Heiligtümer waren? Für die Kinder, damit sie in ihnen geborgen und glücklich sein konnten. Und deshalb mußten sie rein sein wie der Schnee, durfte keine Fäulnis eingelassen werden. Den Kindern zuliebe. Für sie mußte alles schön sein. Drang Beschmutzung ein, würde der Herr seinen Fluch senden. Alle verfluchen, die Mütter und die Kinder. Der Herr hatte zu Hesekiel gesprochen: «Darum, so wahr als ich lebe . . . weil du mein Heiligtum mit all deinen Götzen und Greueln unrein gemacht hast, will auch ich dich zerschlagen, und mein Auge soll ohne Mitleid auf dich blicken, und ich will nicht gnädig sein.»

Sie wußten nichts davon, sie hatten es vergessen, weil der Herr seinen Grimm verborgen, sein Gesicht verhüllt, seine dunkle Stimme nicht erhoben hatte. Nur einige wenige hatten Augen, um zu sehen. Die übrigen waren wie tot. In der Offenbarung des Johannes stand geschrieben: «Ich weiß deine Werke: Du hast den Namen, daß du lebtest und bist tot.» Der Herr hatte in jenen Zeiten Warnungen erteilt, doch selbst damals waren sie nicht vernommen worden. Die Menschen waren unwissend; sie dachten, der Herr sei weit fort und könne sie nicht sehen. Aber Seine Ankunft war nahe, war nahe. Und sie waren nicht bereit. Anne, ihre Kinder waren nicht vorbereitet. Sie sahen nichts, sie hörten nichts. Nur Laura wußte es. Der Herr würde nachts kommen, wie ein Dieb. Und sie würden nicht bereit sein. Der Fluch des Herrn würde über sie kommen. Sie würden verderben, sie würden bei lebendigem Leibe verbrennen, sie würden von der Wolke der Nacht verschlungen, auf ewig aus dem Buch des Lebens getilgt werden. All dies würde geschehen, wenn es ihr nicht gelang, ihnen die Ohren zu öffnen. Und doch kannte der Herr bisweilen Erbarmen. «Aber du hast etliche ... die ihre Kleider nicht besudelt haben; die werden mit mir wandeln in weißen Kleidern, denn sie sind's wert. Wer überwindet, der soll mit weißen Kleider angetan werden, und ich werde seinen Namen nicht austilgen aus dem Buch des Lebens ...»

Sie sah die Kleider, glänzend, steif vor Majestät. Sie sah, wie sie in ihnen wandeln würde, den Kopf hoch erhoben im Licht von Gottes eigenem Angesicht. Denn sie würde überwinden. Die andern jedoch würden nicht überwinden, wenn sie nicht auf die Erwählte des Herrn hörten. Sie mußten auf sie hören. Sie hatte Angst gehabt, daß sie nicht imstande sein werde zu überwinden. Angst, die Finsternis wäre zu stark für sie. Angst, daß Annes Herz sich gegen sie verhärtet hatte wie das Herz ihrer Mutter. Der Name ihrer Mutter würde auf ewig aus dem Buch des Lebens getilgt sein. Sie wußte das, seit der Geist des Herrn zu ihr gekommen war. Aber um Anne hatte sie Angst.

Sie hatte gesehen, wie Anne sich gegen sie wandte. Sie hatte gesehen, wie Annes Körper erstarrte; gehört, wie ihre Stimme hart wurde. Deine Stimme ist ein Messer aus Stein, hatte sie zu Anne sagen wollen, nimm es weg, weg von mir. Anne hatte immerfort gesagt: Sieh mich nicht an, lausche nicht, komm mir nicht nahe. Mit jedem «danke» hatte sie gemeint: Wenn du doch nicht hier wärst! Es war die Stimme ihrer Mutter, das Messer aus Stein. Jedes Wort, das ihre Mutter gesprochen hatte, bedeutete eigentlich: Wenn du nur nicht hier wärst! Das Messer aus Stein war auf ihr Herz gefallen, bis ihr der Herr hatte verkünden lassen, daß sie die Erwählte war. Fortan konnte die Stimme ihrer Mutter sie nie mehr verletzen. Doch als sie Annes Stimme gehört hatte, die neue Stimme, die immer nur sagte: Wenn du doch nicht hier wärst! spürte sie wieder das steinerne Messer. Der Herr hatte seinen Schild von ihr genommen und ihr Herz ohne Schutz gelassen. Aber sie hatte nicht nachgegeben. Sie hatte gebetet. Sie hatte gearbeitet, um das verunreinigte Haus zu säubern. Und nun hatte der Herr zu ihr gesprochen. Er hatte ihr die Antwort gegeben. Und die Antwort hieß: Blut.

Sie konnte es jetzt tun. Die letzte Tat, den Akt der Gewalt. Sie mußte nicht mehr klug sein wie die Schlangen und ohne Fehl wie die Tauben. Nun war sie der Engel des Herrn. Das Wort Gottes kam in flammender Helle, mit Feuer und Schwert. Das Wort der Liebe. Sie hatte das Haus mit Wasser gereinigt; nun würde sie es mit Blut säubern.

Als erstes würde sie den Brief schreiben. Sie nahm das Blatt aus ihrem Notizbuch, in das sie die besonderen Botschaften Gottes an sie schrieb.

Liebe Anne,
was ich tue, tue ich aus Liebe zu Ihnen. Der Herr wird kommen wie ein Dieb, und Sie müssen jetzt für Ihre Beschmutzung Reue üben. Sie haben mir gegenüber Ihr Herz verhärtet; jetzt muß ich zu Ihnen mit Blut sprechen. Ich bin allzeit bei Ihnen. Niemand wird Sie jemals lieben, wie ich Sie liebe. Ich werde Sie niemals verlassen; Sie werden nie allein sein. Ich bin die Erwählte des Herrn. Sie wußten das nie, denn es war verborgen, und Ihr Herz war hart. Doch nun ist die Stunde gekommen, und es darf nicht mehr verborgen bleiben. Ich bin die Erwählte des Herrn, und ich habe Sie geliebt, wie der Herr Sie geliebt hat. Ich werde Ihnen Sein Angesicht in meinen Händen zeigen.

Sie wollte Jesaias Worte lesen und sie für Anne aufschreiben.

Kann auch ein Weib ihres Kindleins vergessen, daß sie sich nicht erbarme über den Sohn ihres Leibes? Und ob sie seiner vergäße, so will ich doch deiner nicht vergessen. Siehe, in die Hände habe ich dich gezeichnet.

Sie würde das Rasiermesser nehmen. Sie würde sich die Hände nur an den Gelenken aufschlitzen. Der Schnitt würde in Annes Namen geschehen. Sie würde sich in Wasser legen und ihrer ruhmvollen Tat gedenken. An ihre schneeweißen Kleider und das Strahlen auf ihrem Gesicht denken. Leuchtend vor den Bergen des Herrn. Jeden Tropfen Blut in ihrem Leib würde sie für Anne vergießen, damit Anne sah, wie sehr sie sie liebte.

12. KAPITEL

Sie waren sehr gut aufgelegt, als sie vom Kino nach Hause fuhren. Jane hatte es zuwege gebracht; sie hatte ihnen das Gefühl verschafft, mutig, schneidig, kühn zu sein. Zwar war Lauras Name nicht gefallen, aber kaum hatten sie in der Imbißbude Platz genommen, sagte Jane: «Ich sehe schon, es gibt nur eins: Man muß mich bitten, einzuziehen und mich um diese schrecklichen Geschöpfe zu kümmern, bis die Arbeit abgeschlossen ist.»

Die Kinder hüpften in der roten Nische auf und nieder und warfen in ihrer Begeisterung Wassergläser, Salz- und Pfefferstreuer um. Gemeinsam tupften Anne und Jane mit Servietten das verschüttete Wasser auf und gaben das vollgesogene Papier der Kellnerin, die mit mürrischem Gesicht erschienen war, um die Bestellung entgegenzunehmen. Es war eine bezaubernde Idee, so unwahrscheinlich und geradezu luxuriös. Sie verdrängte im Handumdrehen die düstere Meldung von Lauras Abschied, die die Kinder schweigend, mit starren Gesichtern aufgenommen hatten. Anne vertauschte ihr schlechtes Gewissen, Reue und Zorn, die unverheilte Angst um die Sicherheit ihrer Kinder gegen das makellose, wohlgeformte, blinkende Schwert der Gerechtigkeit. Sie *war* gerecht gewesen; ihr Zorn *war* gerechtfertigt gewesen. Sie war bis zum äußersten gegangen, aber die Situation war ja auch extrem gewesen. Dieses eine Mal in ihrem Leben hatte sie gehandelt, ohne lange zu fackeln. Sie hatte erkannt, was getan werden mußte, und hatte danach gehandelt. Gerechtigkeit – was für eine geringe Rolle sie in ihrem Leben gespielt hatte. Sie fürchtete sich davor, wie die meisten Frauen. Das Wort Gerechtigkeit hatte vor ihr den unversöhnlichen Gott Moses heraufbeschworen, wie er wegen eines Felsens, der zweimal mit einem Stab berührt wurde, seinem Diener das Gelobte Land versagt hatte. Sie hatte mit Hamlet geglaubt: «Behandelt jeden Menschen nach seinem Verdienst, und wer ist vor Schlägen sicher?» Aber Hamlet war kein sehr gutes Vorbild. Er hatte unstreitig die Dinge durcheinandergebracht. Es war besser, viel besser, so zu verfahren, wie sie mit Laura verfahren war, wie sie zum erstenmal in ihrem Leben gehandelt hatte. Das Mädchen war fahrlässig gewesen. Sie hatte die Kinder in ernste Gefahr gebracht. Sie durften ihr nicht länger anvertraut werden. Sie litt an irgendeinem geheimen Kummer, das lag auf der Hand; Anne nahm an, daß es eigentlich schon von Anfang an so gewesen war. Doch als Lauras Kummer die Kinder in Gefahr brachte, mußte sie weggeschickt werden. So einfach war die Sache. Anne wußte, daß es Laura treffen würde, daß sie vielleicht in diesem Augenblick litt. Aber sie hatte die Kinder in Gefahr gebracht. Einerlei, welche moralische Rücksichtnahme Anne der übrigen Menschheit schuldete, sie war nichts im Vergleich zu ihrer obersten Pflicht: für die Sicherheit ihrer Kinder zu sorgen. Leute, die keine Kinder hatten, würden Laura bei sich aufnehmen. Sie konnte zu Hélène gehen. Das war der ideale Platz für sie. Anne konnte sich vorstellen, wie die beiden einander versicherten, was für ein Ungeheuer sie sei. Sie konnte sich vorstellen, wie sie auf Hélènes Couch saßen und Laura tuschelnd von ihrem Argwohn berichtete, was sich zwischen Anne und Ed abspielte. Wie sie sagte, allein ihre beharrliche Wachsamkeit habe die beiden voneinander ferngehalten. Und Hélène würde es für ihre Pflicht halten, Michael aufzuklären. Ach, sollte sie doch! Und sollte er etwas zu ihr sagen, könnte sie es reinen Herzens bestreiten. Sie war ja unschuldig. Geschehen war überhaupt nichts.

Der Gedanke an Ed legte die wunde Stelle wieder frei. Aber sie würde die Erinnerung daran begraben. Denn an diesem Abend wollte sie sich als Siegerin fühlen, wie ein großer Richter, getragen auf den Schultern einer ehrfürchtigen Menge.

Auf der Fahrt nach Hause sangen die Kinder «Over there». Jane erzählte ihnen vom Ersten Weltkrieg, in den Amerika eingetreten war, als sie neun Jahre alt war. Sie erzählte ihnen von ihrem Bruder, der in Frankreich einen Sanka gefahren hatte. Wie herrlich es für sie sein wird, Jane bei sich zu haben, dachte Anne. Wie wunderbar alles ins Geleise kommt.

Als sie um die Ecke bogen, sah Anne, daß im Obergeschoß sämtliche Lichter brannten.

«Verdammt», sagte sie in gedämpftem Ton zu Jane. «Entweder ist sie noch nicht fort, oder sie hat die Lampen brennen lassen, um mich zu ärgern. Da wäre typisch für sie. Ärger machen bis zum Schluß.»

«Möchtest du, daß ich vorausgehe und mit ihr spreche, wenn sie noch da ist?»

«Aber nein», sagte Anne. «Ich habe keine Angst, sie zur Rede zu stellen.»

Die Kinder rannten voraus ins Haus; es war undenkbar, daß sie auf einen Wettlauf zum Küchentisch verzichteten. Anne ging hinter ihnen. Sie blieben stehen, als sie ins Wohnzimmer kamen.

Der Boden des Wohnzimmers war fast einen Zentimeter hoch mit Wasser bedeckt. Von oben spritzte über die Treppe Wasser herab. Zwischen den Geländerpfosten ergoß sich ein Bach auf die Wand darunter, strömte an den Buchrücken auf dem Wandregal über dem Klavier herab. Wasser plätscherte aufs Klavier. An der Decke unterhalb des Badezimmers hing eine große kugelrunde Wasserblase, aus der es auf den Teppich tropfte.

«O je!» sagte Peter. «Da muß jemand den Wasserhahn an der Badewanne wirklich lang aufgelassen haben. Ich schau mal gleich nach.»

Erst als er die Treppe schon halb hinaufgerannt war, bemerkte Anne, daß das Wasser nicht klar war. Ein schwach himbeerroter Farbton hatte sich an den Wänden ausgebreitet, ebenso unten an der tropfenden Wasserblase, die an der Decke hing. Sie versuchte sich klarzumachen, was geschehen war. Was war das, was da herabsickerte und -tropfte und die Wände verfärbte? Nicht Wasser oder nicht nur Wasser. Wasser, dem etwas beigemengt war.

Im nächsten Augenblick wußte sie es. Das Wort fraß sich in ihr Gehirn ein, ein kleiner dunkler Kieselstein, wurde dann weich und zersprang: Blut. Blut hatte das Wasser gefärbt. Sie wußte, daß Peters Augen auf Blut blickten.

Er stand regungslos an der Tür zum Badezimmer. Die Haltung seines Rückens sagte ihr, daß ihn das Entsetzen gepackt hatte. Sie rannte zu ihm hinauf und stellte sich neben ihn in die Tür. Ein, zwei Sekunden lang stand sie ganz still da, unfähig, zu erfassen, was sie vor sich sah: ein junges Mädchen in einer Badewanne voll gerötetem Wasser. Die eine Hand, die linke, berührte mit den Fingerspitzen den weißen Fliesenboden.

Sämtliche Organe in Annes Körper bewegten sich, spannten sich an, erstarrten dann und wurden kalt. Zur gleichen Zeit traf sie mit großer Wucht eine Sturzflut, die sie von oben bis unten entzweiriß. Blut. Tod. Die Wörter, beinahe absurd in ihrer Einfachheit, spalteten ihren Körper wie ein Axthieb. Das ist das Ende unseres Lebens, hörte sie eine

Stimme in ihrem Schädel sagen. Das Leben, das vor uns liegt, wird ein anderes sein. Wir blicken auf die Toten.

Doch es war keine namenlose Tote, auf die sie blickten. Es war Laura, die sie kannten, die von ihr selbst gehaßt, von ihr aus dem Haus gewiesen worden war. Die sich den furchtbarsten Tod gegeben hatte. Das Grauen übermannte sie. Ein Schrei blühte in ihrer Kehle auf und würgte sie dann wie Blutgeschmack. Ich kann nicht mehr, ich kann nicht mehr, hörte sie aus dem Innern ihres Schädels. Irgend jemand muß mir jetzt beistehen. Ich bin zu nichts mehr fähig.

Doch niemand war da; sie selbst mußte handeln. Laura hatte ihr Blut hier im Haus vergossen. Im selben Haus, das Anne sich als einen Hort der Sicherheit für ihre Kinder vorgestellt hatte. Sie wußte, daß sie das Grauen, den Kummer, das Entsetzen jetzt beiseite schieben mußte, jedes Gefühl, das sie so lähmen würde, daß sie außerstande war zu handeln. Denn jetzt galt es, die Kinder zu schützen. Sie spürte, daß Peter zu ihr hochblickte; sie spürte sein dringendes Verlangen, sie als seine Mutter möge doch etwas sagen oder tun. Es war notwendig für ihn, daß sie etwas unternahm, um der Sache ein Ende zu machen, sie wegzupacken, zu verhüten, daß sie über seinem künftigen Leben wie ein Schatten lag. Sie trat an die Wanne und drehte den Hahn zu. Dann stellte sie sich wieder neben Peter und zwang sich, das Bild so anzusehen, wie er es vorhin gesehen hatte.

Vor ihr lag Laura. Sie war tot, doch der Tod hatte sie nicht unkenntlich gemacht. Das blasse Fleisch im Kontrast zu dem schweren Haar, die weißen Gliedmaßen. Es war der Körper eines Menschen, den Anne gekannt hatte. Lauras Augen schauten noch wie im Leben; ihr steter Blick spannte sich hinauf zur Decke. Sie schien zu lächeln. Die Ähnlichkeit zwischen dem Körper im Leben und dem im Tode wirkte hypnotisch. Anne kam sich wie in Trance vor. Wie jung Laura selbst noch im Tod aussah. Was hatte sie zu dieser schrecklichen Tat veranlaßt, dazu, sich so jung zu den Toten zu gesellen? Alle ihre Beziehungen zu Laura schwammen vor ihren Augen vorbei. Anne konnte die Frage nicht abwehren: Hat sie es getan, weil ich sie weggeschickt habe? Was habe ich ihr getan, wie hat sie mich in ihren Gedanken gesehen? Peter nahm ihre Hand. Sie gab sich den energischen Befehl, etwas zu unternehmen. Sie konnte nicht länger über Laura nachdenken. Sie mußte ihren Sohn hier wegbringen. Nicht eine Sekunde länger durfte das Bild sich in seine Seele einbrennen. Sie legte die Arme um ihn und führte ihn dann die Treppe hinab.

«Wir müssen es jetzt Jane und Sarah sagen», erklärte sie, während sie beim Hinabgehen seine Hand festhielt. «Aber wir müssen dafür sorgen, daß Sarah nichts sieht. Deshalb werde ich euch bitten, bei den Greenspans zu bleiben, bis ich die Sache in Ordnung bringen lasse.»

«Nein, Sarah darf nichts sehen.»

«Es ist wichtig. Ich verlasse mich auf dich.»

Während sie die Treppe hinabstieg, bedrängte sie der Gedanke, das Geschehene in Worte übertragen zu müssen. Von dem Geschehnis den Schutzpanzer des Schweigens wegzunehmen, schien es noch brutaler zu machen, als es war. Doch es blieb ihr nichts anderes übrig. Denn als allererstes, sagte sie sich, mußt du die physische Evidenz beseitigen. Sie mußte – soweit es in ihren Kräften stand – verhindern, daß noch jemand sah, was sie und Peter gesehen hatten. Sie nahm Sarah in die Arme. Wie bringt man einem Kind etwas Grauenvolles bei? «Laura ist tot», sagte sie und drückte Sarah an sich.

Sarah begann zu weinen. Daß jemand eine natürliche Reaktion zeigte, war eine solche Erleichterung, daß, so empfand es Anne, ihnen allen ein bißchen geholfen wurde. Sie hielt den kleinen Körper ihrer Tochter an sich gepreßt, der seinen Kummer so frei herausließ. Sie schaute zu Peter hin. Er hatte sich von ihnen entfernt, saß auf der Couch, die Hände im Schoß gefaltet. Seine trockenen Augen glänzten.

Noch nie hatte sie ihre mütterliche Position als so unmöglich und so falsch empfunden. Sie hatte keine Ahnung, welches Verhalten ihm gegenüber jetzt richtig wäre. Sollte sie ihn sich selbst überlassen? Er hatte etwas Grausiges gesehen. Mehr noch: Er hatte es als erster gesehen. Von ihnen allen war ihm das Geschehene am nächsten gekommen; von ihnen allen mußte er sich am stärksten davon berührt fühlen. Und dabei war er noch ein Kind. Er war dasselbe Kind, das eine halbe Stunde vorher in der Imbißstube gesessen und zu ihrer aller Belustigung in seine Milch geblasen hatte. Er würde nie mehr ganz ihr Kind sein; seine Kindheit war nicht mehr unbeschädigt, und er würde sie nie mehr in der einfachen Art brauchen wie früher. Sie wollte ihn in die Arme nehmen, spürte aber, wie er steif wurde und von ihr wegstrebte. Sie wollte ihn daran nicht hindern; wollte ihn sich selbst überlassen. Daß er sich ihr entzog, zeigte ihr, wie sehr alle darauf warteten, daß sie handelte. Und plötzlich schien ihr die einzige Möglichkeit darin zu liegen, von ihren Händen Gebrauch zu machen. Sie sah sich als eine zweigeteilte Maschine: Der eine Teil konnte laufen, und der andere, wo die kalten Zahnräder sich festgefressen hatten, ließ sich verschließen. Sie konnte handeln; sie brauchte nichts zu fühlen, nicht zu denken. Sie konnte funktionieren wie eine Uhr, die noch ging, obwohl sie nicht mehr imstande war, die Stunden zu schlagen. Sie durfte nichts fühlen, nicht denken. Das Problem hatte auch seine physischen Dimensionen, und diese würden ihr nun zu Hilfe kommen.

«Mami möchte, daß wir zu den Greenspans gehen, bis sie alles in Ordnung gebracht hat», sagte Peter zu seiner Schwester.

«Wann kommst du uns holen?» fragte Sarah und begann wieder zu weinen.

«Ich weiß noch nicht, Liebling. Ihr müßt vielleicht die Nacht über dort bleiben. Aber ich komme hinüber und bring euch ins Bett.»

«Ich gehe mit ihnen, Anne, und erkläre, was passiert ist. Dann komme ich wieder und helfe dir. Wir müssen das alles anpacken, bevor der Schaden noch größer wird», sagte Jane.

Noch größer? War nicht schon genug Schaden geschehen? Es würde immer ihrer aller Leben begleiten. Doch der physische Aspekt des Lebens hatte jetzt Vorrang. Im Obergeschoß lag eine Leiche. Dieser tote Körper hatte sonderbarerweise Bedürfnisse. Und sie waren dem, was der lebende Körper verlangt hatte, gar nicht so unähnlich. Er war naß, er lag in der Kälte, er war nackt. Er konnte nicht in einer gefüllten Badewanne bleiben.

Sie mußte den Körper der Toten vorbereiten. Sie mußte das Fleisch berühren, vor dem sie, als es noch lebte, zurückgewichen war. Die Polizisten würden bald da sein. Jane hatte sie angerufen. Und Lauras Leiche mußte bekleidet werden, ehe sie sie sahen. Was Laura getan hatte, war etwas Privates, und das Gesicht, das sie zeigte, war das private Gesicht des Todes. Anne fand den Körper in seiner Blöße peinlich anzusehen; sie mußte ihn vor den Blicken fremder Männer beschützen, vor Männern, die aus der Außenwelt kamen. Es war ihr, als würde Lauras Körper, nachdem er in ihrem Haus den Tod gefunden hatte, zu ihrem Kind. Sie mußte ihn vor den Verletzungen durch die Welt draußen schützen, wie sie ihre eigenen Kinder schützte.

Sie griff in die Wanne, zog den Stöpsel heraus und ließ das Wasser abfließen, das zuerst langsam, dann rasch und mit einem dumpfen, letzten Gurgeln ausströmte. Sie wartete, bis alles Wasser abgeflossen war und nur noch eine dünne, schmierige Blutschicht zurückblieb. Dann versuchte sie den Körper aus der Wanne zu heben.

Er war schrecklich schwer, weil er keinen Widerstand leistete. Die schlaffen Glieder baumelten herab. Der Körper konnte nichts tun, um Haltung zu bewahren, Würde zu gewinnen, sich vor dem Schicksal des Grotesken zu retten. Anne mußte ihn langsam, zentimeterweise von der Wanne wegzerren und ihn immer wieder auf den Boden legen. Das Fleisch berührte ihr eigenes eisig kalt, seine Nässe machte ihre Kleider naß. Entsetzt über den Anblick dessen, was sie tat – das einzige, wozu ihre Kräfte reichten –, zog sie Laura durch das Wasser, das in der oberen Diele beinahe einen Zentimeter hoch stand. Die nachschleifenden Füße verursachten ein planschendes Geräusch, ein Strandgeräusch, ein Feriengeräusch, wie spielende Kinder es aus reiner Freude am Spaß veranstalten. Sie zog die Leiche bis zur Tür von Lauras Zimmer, ließ sie einen Augenblick lang flach auf dem Boden liegen und machte erschöpft eine kleine Pause. Die Arme taten ihr weh; die Beine zitterten von der Anstrengung. Aber sie mußte Laura für die Polizei ankleiden.

Sie plazierte die Leiche in die Mitte des Bettes, in einer Position, bei der man vielleicht an eine Schlafende denken könnte. Dann sah sie sich unter Lauras Kleidungsstücken um. Es waren nur ganz wenige: eine Jeanshose, ein paar T-Shirts, Unterwäsche, Socken, ein Pullover. Im Wandschrank hing nur das Kleid, das Anne ihr geschenkt hatte. Keine von Lauras Sachen erschienen ihr als das Passende. Sie ging in ihr eigenes Zimmer und holte ihren Bademantel. Als sie wieder in Lauras Zimmer war, überlegte sie – als ginge es um eine Physikaufgabe –, wie sie es anstellen sollte, die Leiche zu bekleiden. Sie setzte sich auf den Bettrand und breitete den Bademantel aus. Sie hob Lauras Kopf und Schultern hoch und hielt sie an sich. Dies war eine ihr nicht unvertraute Haltung, ähnlich wie das Anziehen eines schlafenden Kindes. Sie zog die Arme durch die Ärmel und ließ dann die Tote wieder auf das Kissen sinken. Dann zog sie den Bademantel unter ihr gerade, um das Vorderteil über sie zu schlagen und den Gürtel zu verknoten, und warf noch einen Blick auf den Körper des Mädchens. Da war die Brust, die Scham. Da war die Taille, waren die weißen Oberschenkel, die überraschend zart gebildeten Fußknöchel. Sie erinnerte sich, daß Adrian mit Laura ins Bett gegangen war. Der Gedanke schockierte sie: Tod und

Sex nebeneinanderzustellen, schien ihr nicht richtig, als ob die sexuelle Aktivität der Toten, von der man wußte, ihr Versprechen nicht eingelöst hätte, ewiges Leben zu schenken.

Sie drückte Laura die Augen zu und legte die Hände rechts und links an den Körper. Die Polizisten waren unten; sie hörte, wie Jane mit ihnen sprach. Sie mußte jetzt hinuntergehen und ihnen sagen, was sie wußte. Nämlich nichts. Daß das Mädchen von eigener Hand umgekommen war. Daß sie nicht wisse, warum es geschehen war. Außer daß Laura sich vielleicht einen Vorfall früher am Tage zu sehr zu Herzen genommen habe: Es sei ihr mitgeteilt worden, daß ihre Dienste nicht mehr gebraucht würden. Obwohl sie wußte, daß es die Wahrheit war, würde sie zu den Polizisten nicht sagen: «Sie wurde von meinem Haß auf sie in den Tod getrieben. Sie ist gestorben, weil ich sie am liebsten umgebracht hätte.»

Sie hörte im Geist, wie sie diese Dinge sagte, gelassen, etwas abwesend, als stünde sie im Traum vor einem Gericht. Ruhig ging sie die Treppe hinab, durch stehendes Wasser, das bei jedem Schritt hochspritzte, und auf die Polizisten zu, die auf der Couch saßen.

Sie stellten Fragen; Anne beantwortete sie so einfach, wie sie es vermochte, entschlossen, über das Geschehene möglichst wenig zu sprechen. Als sie sie nach oben und in das Zimmer führte, wo Laura lag, sagten sie, sie hätte die Stellung der Leiche nicht verändern sollen.

«Wir hätten gern gehabt, daß der Leichenbeschauer sie so sieht, wie sie war, *ma'am*», sagte der eine der beiden Polizisten. «Die Todesursache muß erst noch festgestellt werden.»

«Aber sie hat sich doch in der Badewanne die Pulsadern aufgeschnitten», sagte Jane ungeduldig. Sie war den Polizisten gefolgt; sie wollte Anne vor ihnen beschützen.

«Wir sind nicht in der Lage, die Todesursache zu bestimmen. Wir sind nur hier, um die Tatumstände des Verbrechens zu ermitteln.»

«Des Verbrechens?» sagte Jane.

«Im juristischen Sinne handelt es sich um ein Verbrechen, *ma'am.*»

«Ich verstehe nicht, was es da zu ermitteln gibt», sagte Jane. «Mir erscheint der Fall ganz eindeutig.»

«Nun ja, es könnte sein, daß es irgendwie nicht mit rechten Dingen zugegangen ist. Zum Beispiel könnte jemand das Opfer unter Drogen gesetzt, ihm die Pulsadern aufgeschnitten und es dann in die Badewanne gelegt haben, damit es wie Selbstmord aussieht.»

«Wie absurd!» sagte Jane.

«Wir wollen nichts unterstellen, *ma'am*. Es ist unsre Aufgabe, alle Aspekte des Falles zu untersuchen.»

Jane sprach zu den Polizisten, als hätten sie dreisterweise den Boden ihres Gutes betreten. Sie hatten ihr zuzuhören; sie hatten zu gehen. Anne aber fand, sie hatten recht: Es war wirklich ein Verbrechen geschehen. Sie würden niemals den Namen der Tat erfahren, und sie würden sie niemals als Täterin bezeichnen. Aber sie hatte es getan. Sie hatte Laura ihr Herz verschlossen. Sie hatte Laura in den Tod getrieben.

Die Polizisten warfen einen flüchtigen Blick auf die Leiche und schienen sich nicht weiter dafür zu interessieren. Sie wandten ihre Aufmerksamkeit den Dingen zu, die das Zimmer sonst noch enthielt.

«Hier ist der Abschiedsbrief», sagte der blonde Polizist, las ihn rasch durch und reichte ihn seinem Kollegen, der ihn an Anne weitergab.

«Sagten Sie nicht, daß Sie der Verstorbenen nicht nahegestanden, daß Sie sie kaum gekannt hätten?» fragte Kommissar Planck.

«Ganz recht», bestätigte Anne und starrte entsetzt auf die Worte, die Laura geschrieben hatte.

«Man ahnt ja nicht, wie's in manchen Leuten aussieht», sagte Kommissar Duffy.

«Nein», meinte Anne. «Das ahnt man nicht.»

«Vielen Dank, *ma'am*, wir werden uns jetzt alleine hier oben umsehen. Wir rufen Sie, falls wir Sie brauchen.»

Anne ging nach unten und hielt Jane den Brief hin.

«Großer Gott!» sagte Jane, nachdem sie ihn gelesen hatte. «Aber du darfst dir das nicht zu Herzen nehmen, Anne, nicht einen Augenblick. Es ist in einem Zustand absoluter Geistesverwirrung geschrieben.»

«Wir können jetzt nicht darüber sprechen», sagte Anne. «Wir können nicht einmal darüber nachdenken. Im Haus Ordnung schaffen, das müssen wir jetzt tun.»

Sie wußte, wenn sie nur anfangen, einfach nur den ersten Schritt tun, die erste Bewegung vollführen könnte, wäre es nicht so aussichtslos. Sie mußte ihre Gedanken in eine Form bringen, die die Dinge umfassen, sie zu einem Zaun machen konnte, der das mühsame Werk vom übrigen Leben abgrenzte. Sie mußte das Ganze aufteilen, gliedern, vor allem aber mußte sie die äußere Form aufbrechen, das Bild überhaupt zerlegen, das sie immer wieder überwältigte, so daß sie unter dem, was ihr als ein geschlossenes Ganzes erschien, Teilungen, Teile erkennen konnte. Denn das war es, was ihr alles so aussichtslos erscheinen ließ: Jeder Schritt konnte weiteren Schaden bewirken. Jede Bewegung machte das Problem noch schlimmer, rührte buchstäblich die Wasser auf. Und der schon geschehene Schaden war so vielfältig und so verschieden in seinen Auswirkungen. Die Teppiche würden nur Flekken davontragen, der Boden würde fleckig werden und sich werfen, die Bücher würden fleckig werden und aufquellen, so daß sie sich nie wieder zuklappen ließen, nicht richtig jedenfalls, daß es nie wieder Vergnügen bereiten würde, sie in die Hand zu nehmen. Gips würde von der Decke fallen, das Linoleum würde sich ablösen. Es sei denn, sie handelte. Es sei denn, sie unternahm etwas, auf der Stelle. Sie ging ins Wohnzimmer und begann die Möbel zur Seite zu rücken. Sie mußte die vollgesogenen Teppiche vom Boden hochnehmen. Sie mußten zusammengerollt, ins Freie geschleppt und auf dem Gras ausgebreitet werden. Doch wie sollte sie das alleine schaffen? Die Teppiche waren an sich schon schwer, in nassem Zustand aber noch viel schwerer. Sie brauchte einen kräftigen Menschen, der ihr half. Jane war fünfundsiebzig; sie konnte sie nicht darum bitten. Sie mußte es allein versuchen.

Während sie die Couch an eine Wand zurückschob, kam Barbara zur Haustür herein. Sie trug mehrere Plastikeimer, gefüllt mit Handtüchern und Putzlumpen.

«Ich hab von Jane gehört, was passiert ist. Du brauchst doch sicher jetzt Hilfe.»

«Ich wollte gerade den Teppich hochheben.»

«Ich helf dir dabei.»

Schweigend rollten die beiden Frauen den Teppich zusammen. Sie zogen und schoben ihn Stückchen für Stückchen, bis sie ihn durch die Tür zum Garten geschafft hatten. Barbara schaltete die Verandalampe an. Sie entrollten den Teppich auf dem schwarzen Rasen.

«Ich frage mich, wie das den Krokussen bekommen wird», sagte Anne.

«Ich habe Krokusse immer gehaßt», erwiderte Barbara. «Mit ihrer großkotzigen ‹Wir-schaffen-es-schon›-Haltung.»

Anne lächelte. Sie hätte gern gesagt: Barbara, du bist wirklich eine großartige Freundin, eine tolle Person! Doch sie spürte, daß es gefährlich wäre, sich in irgendein Gespräch abseits der Welt der Gegenstände einzulassen.

«Ich habe sämtliche alten Handtücher zusammengerafft, die ich finden konnte. Ich dachte, wir könnten sie auf den Fußböden verteilen. Warum gehst du nicht den Kindern gute Nacht sagen, während ich das mache?»

«Ja, du hast recht», sagte Anne.

«Übrigens, ich habe mit Jane Bekanntschaft geschlossen und bin begeistert von ihr. Sie klappert die Nachbarschaft ab, Handtücher schnorren. Ich hab sie darum gebeten, weil die Leute sie ihr sicher geben werden, ohne lange Fragen zu stellen. Sie wird es bestimmt nicht für notwendig halten, den Grund dafür anzugeben. Mich dagegen würden sie auf ein gemütliches Schwätzchen ins Haus bitten, das damit enden würde, daß wir uns in die Haare gerieten.»

Anne legte die Hand über die Augen, als wäre ihr das Licht plötzlich zu hell geworden. «Ich geh jetzt zu den Kindern. Wirklich, ich kann dir gar nicht genug danken.»

«Ich habe Adrian angerufen. Er ist in einer Minute da.»

Die Kinder teilten mit den Greenspan-Kindern die Betten. Anne hatten die Zimmer der Sprößlinge der Greenspans immer gut gefallen. Barbara vertrat die Theorie, daß Kinder Freiraum brauchten, ein, wie sie es nannte, polizeilich genehmigtes Vergnügungsviertel, wo sie nach Herzenslust chaotisch sein durften. Ihre Zimmer waren wie die warmen, kunterbunt vollgestopften Behausungen überwinternder Nagetiere. Anne verstand gut, warum ihre Kinder so gern hier waren.

«Kann ich einen Augenblick mit Peter und Sarah allein sprechen?» sagte sie zu den Greenspan-Kindern.

Sie flitzten hinaus.

«Fühlt ihr euch beide wohl?» fragte sie.

«Ja», sagte Sarah, ohne ihr Buch wegzulegen.

«Ist die Polizei gekommen?» fragte Peter.

«Ja.»

«Ist sie noch da?»

«Ja.»

«Ist Laura noch da?»

«Ja, Schätzchen, aber nicht mehr lange.»

Peter ging näher zu seiner Mutter hin und legte den Kopf an ihre Brust.

«Man kann eigentlich nicht sagen, daß sie noch da ist», sagte Sarah. «Schließlich ist sie tot. Nur ihr Körper ist noch da.» Nachdem sie das von sich gegeben hatte, widmete sie sich wieder ihrem Buch.

«Wo, meinst du, ist sie jetzt?»

Sarah zuckte mit den Achseln. «Wen kümmert das schon?»

Ihre Worte trafen Anne wie ein unerwarteter, grausamer Hieb. Was hatte diese Gefühllosigkeit zu bedeuten? Es war, wie die Leute sagen würden, ein Versuch, mit etwas fertig zu werden. Aber die Form war ganz und gar unerfreulich. Dies war ihr Kind, sechs Jahre alt, und es hatte diese grauenvolle Sache miterlebt. Peter begann zu weinen.

«Ich versteh dieses Mordsgetue einfach nicht. Du hast sie ja nicht mal gemocht, Mami. *Du* wolltest doch, daß sie fortgeht», sagte Sarah.

«Das schon», erwiderte Anne, «aber es tut mir sehr leid, daß sie tot ist.»

«Warum, wenn du sie nicht leiden konntest.»

«Aber es ist bei jedem Menschen, der noch so jung ist, etwas Schreckliches, wenn er stirbt, Liebling. Besonders so, wie Laura gestorben ist.»

Peter sah mit Tränen in den Augen seine Schwester an. «Du hast sie ja nicht gesehen. Es war entsetzlich.»

Sarah schaute zu ihrem Bruder und schnalzte gereizt mit der Zunge. «Ach, Peter, du spielst dich immer als der große Macker auf.»

«Reden wir jetzt nicht mehr darüber», sagte Anne. «Versucht zu schlafen. Wir sprechen morgen früh weiter. Bleibt nicht mit Daniel und Josh zu lange auf.»

«Barbara hat gesagt, wir brauchen morgen nicht in die Schule zu gehen. Daniel und Josh müssen, wir aber nicht», sagte Sarah.

«Sarah!» rief Peter empört. «Das stimmt nicht, das hast du erfunden.»

«Ich denke, ihr solltet in die Schule gehen», sagte Anne.

«Auch egal», erwiderte Sarah.

«Was meinst du damit?» fragte Anne.

«Ach, auch egal. Wer will denn schon hier herumhocken? Da kann ich doch gleich in die blöde Schule gehn.»

«Versucht bitte zu schlafen, meine Schätzchen», sagte Anne und drehte Peters Kopfkissen um. Als sie Sarah das Haar aus der Stirn streichen wollte, zog das Kind, nicht heftig, aber mit einer kleinen grollenden Bewegung den Kopf weg.

Tief betroffen schloß sie die Tür des Kinderzimmers. Was, fragte sie sich, richtet das bei meinen Kindern an? Was soll ich tun, um ihnen zu helfen? Aber selbst darüber durfte sie nicht nachdenken. Nicht jetzt. Sie mußte zum Haus zurück.

Auf dem Wohnzimmerboden, auf der Treppe und in der Diele oben waren Handtücher ausgelegt. Adrian und Ianthe waren da, drückten Schwammbesen in Eimer aus, leerten die Eimer in die Toiletten, in die Badewanne.

«Danke, daß ihr gekommen seid», sagte Anne und entzog sich Adrians Umarmung.

«Sag mir nur, was getan werden soll.»

«Das, was ihr gerade tut. Ich überlasse euch die Diele oben. Wenn du mir diese nassen Handtücher geben könntest. Ich will sie in die Waschmaschine stecken.»

Sie arbeiteten die ganze Nacht durch. Um ein Uhr waren die Polizisten fertig geworden und hatten Lauras Leiche mitgenommen, in einen schwarzen Plastiksack gehüllt. Die Entfernung der Leiche, die ersten Anzeichen der Morgendämmerung schienen dem Haus etwas Leichtes zu geben. Es kam Anne vor, als könnte es sich jeden Augenblick vom Boden lösen und in die Luft schwingen, wie wenn in einem Kindertraum ein Spielzeughaus von einem Hurrikan davongetragen wird. Aber wie sie hier alle arbeiteten, schufteten und Enormes leisteten, das gab dem Haus etwas, was es an seinem Platz festhielt. Sie dachte nicht an Laura. Sie dachte nur an das, was als nächstes zu tun war. Sie bückte und sie streckte sich. Sie wrang nasse Tücher aus, schüttete Wasser in das Spülbecken in der Küche. Die Sonne stieg empor, silbergrau zuerst, und dann gewann der Himmel Farbe, wurde immer blauer und klarer. Ein schöner Tag zog herauf.

Um acht Uhr läutete es. Adrian, der am nächsten war, ging an die Haustüre, um zu öffnen.

«Ich hab mir überlegt, ob ich irgendwie mithelfen könnte», hörte sie Ed Corcoran sagen. Adrian führte ihn in die Küche.

«Ich hab erfahren, was passiert ist», sagte er zu Anne. «Meine Frau bekommt nämlich an ihrem Radio die Polizeifrequenz herein. Sie hat es mir erzählt. Ich hab mir überlegt, ob ich helfen könnte.» Er hielt beim Sprechen den Blick auf den Boden gerichtet.

Er ist verlegen, dachte Anne und bat die Verlegenheit einzutreten.

Sie signalisierte wieder die Macht des Gewöhnlichen, den Druck des Banalen: ein drittklassiges, ein Alltagsgefühl.

«Danke Ihnen», sagte sie zu Ed und vermied es, ihn dabei anzusehen. «Aber ich glaube, zusammen mit meinen Freunden werd ich es schaffen.»

Er wandte seine Aufmerksamkeit von ihr ab und blickte im Zimmer umher, ein Mann vom Fach, der gleich einen Kostenvoranschlag machen wird.

«Sie haben nicht zufällig eine Pumpe im Keller?» fragte er. «Ich schau mal auf jeden Fall nach.»

«Der Keller», sagte sie beschämt. «Daran habe ich nicht gedacht.»

Er verschwand auf den Kellerstufen.

«Ich meine, die Böden sind jetzt frei vom Wasser», sagte Barbara. «Wir haben die Teppiche rausgeschafft, die Bücher aus dem Regal geräumt. Sollen wir sie zum Trocknen ins Freie bringen? Wie es aussieht, wird es ein schöner Tag.»

«Gottlob hat es nur das eine Regal erwischt», sagte Anne. «Wir können sie auf Decken auf dem Rasen auslegen. Wie viele davon sind denn ruiniert?»

«Nicht viele», erklärte Barbara. «Aber sie werden vermutlich immer komisch riechen.»

Memento mori, dachte Anne. Nicht der saubere, wohlgeformte Totenschädel, sondern der Geruch nach Schimmel, Blätter, die sich mürbe anfühlen.

Zum erstenmal brachte sie es über sich, eine Pause einzulegen, um Michael anzurufen. Die Auslandsvermittlung verband sie binnen Sekunden. Sie hörte die Stimme ihres Mannes «allô» sagen. Bei dem fremden Wort, in einem vertrauten Tonfall gesprochen, kam sie sich wie ein Schwimmer vor, der in weiter Ferne das ihm entgegenkommende Rettungsboot sieht, aber keinen einzigen Augenblick in seinen Schwimmbewegungen innehalten darf, um zu jubeln. Sie konnte also nicht weinen, während er am Telephon war, durfte nicht viel sagen. Nur ganz knapp schilderte sie ihm, was geschehen war.

«Sprich nicht weiter. Ich habe verstanden. Ich komme nach Hause, sobald ich kann», sagte er. «Versuch, bis dahin durchzuhalten. Ich bin bald da.»

Dann war die Stimme weg, und sie fühlte sich einsamer denn je.

«Versuch durchzuhalten», hatte er gesagt. Ja, das mußte sie tun. Sobald er nach Hause kam, würde für sie und die Kinder alles leichter aussehen. Dann konnten sie erkennen, daß das, was geschehen war, nicht das ganze Leben in Mitleidenschaft gezogen hatte. Anderswo ging das Leben weiter wie immer, Flugzeuge starteten und landeten, man konnte am Telephon eine Nummer wählen, und jemand, den man liebte, konnte zu einem kommen, aus 5000 Meilen Entfernung.

Sie hörte hinter sich einen Schritt.

«Im Keller ist eine richtige Überschwemmung», berichtete Ed. Anne hatte ganz vergessen, daß er im Haus war.

«Ich hab im Ölbrennergeschäft einen Freund», sagte er. «Er leiht mir wahrscheinlich eins von ihren großen Sauggeräten. Sie wissen schon, die bei ausgelaufenem Öl und ähnlichen Sachen eingesetzt werden.»

«Es wäre wunderbar, wenn Sie so eins beschaffen könnten», sagte Anne und blickte zum Fenster hinaus.

«Der einzige Nachteil ist nur, daß ich hinten im Garten ein Loch graben muß, um das ganze Wasser hineinzupumpen. Damit wäre Ihr Rasen sicher für den Sommer ruiniert.»

«Das macht nichts. Tun Sie, was getan werden muß.»

«Ich rufe gleich dort an.»

Anne nickte.

«Wissen Sie, daß Brian die ganze Zeit von Ihnen spricht. Sie fehlen ihm wirklich. Er fragt ständig, ob wir wieder hierherkommen, ob wir noch befreundet sind.»

Anne lächelte neutral. Sie fand, sie seien es nicht mehr.

«Ich hab zu ihm gesagt, natürlich sind wir noch Freunde, und wir würden uns alle treffen, wenn Ihr Mann im Sommer zurückkommt.»

«Das wäre nett», sagte sie.

Sie wandte sich von ihm ab, um ihre Tasse ins Waschbecken zu stellen. Sie würden einander nicht wiedersehen, weil sie ihn nicht sehen wollte. Er hatte sie abgewiesen, und dadurch war Scham an die Stelle von Begehren getreten; die beiden waren die zwei Seiten der Medaille der Sexualität, aber man konnte immer nur eine davon betrachten. Und ohne Begehren hatte sie kein Bedürfnis nach ihm. Er bedurfte ihrer, das sah sie jetzt, als einer Schein-Ehefrau, als eines Menschen, der, in einem anderen Haus, all die Dinge tat, die in seinem nicht getan wurden. Er verstand sie gut genug, vielleicht weil er Frauen verstand – darin lag schließlich seine Macht –, daß ihm klar war, er mußte um sie als Frau werben, wenn das Spiel Substanz haben sollte. Hätte man ihm gesagt, daß sein Werben Verführung war, wäre er schockiert gewesen. Denn das war wirklich nicht, was er im Sinn hatte. Er mußte seiner Frau der Form halber loyal bleiben, ohne das wäre seine ganze Ergebenheit leerer Schein, unerträglich, nicht durchzuhalten. Aber er brauchte von ihr, Anne, jene belebende Zuwendung, die nur der Sex mit sich brachte. Und die hatte sie ihm gegeben. Nun, da sie sah, daß sie sich getäuscht hatte, gab es nichts, was sie ihm geben konnte. Freunde konnten sie nicht sein. Ohne Begehren traten alle ihre Verschiedenheiten zutage: Hatte sich das Äußere reizend dargeboten, so war das Innere schroff, narbig, verfallen. Sie bedauerte die Situation, bedauerte Eds Leben, bedauerte ihren offensichtlichen Fehler, bedauerte die Institution der Freundschaft, die so gefährdet war. Doch sie bedauerte all dies aus der Distanz. Im Vergleich zu dem realen Geschehnis, in dessen Schatten sie nun alle lebten, war der Vorfall zwischen ihnen trivial und seicht, leicht wegzuschieben, zu vergessen. Was am Abend des Vortages geschehen war, ließ sich nicht vergessen. Sie blickte zu Ed hin, während er in den Hörer sprach. Sie empfand keinen Wunsch, ihn zu berühren.

«Er sagt, es ist okay. In zehn Minuten bin ich wieder da.»

«Ich bin dann vielleicht oben.»

«Sie legen sich jetzt mal schlafen. Ich werd mich bemühen, möglichst leise zu sein.»

Sie war sich bewußt, daß sie müde war, doch der Gedanke an Schlafen war ihr unerträglich. Sie sah sich im Bett liegen, die Hände neben ihr zu Fäusten geballt, mit weit geöffneten Augen zur Decke hinaufblickend wie ein Mensch, der gerade aus einer Zwangsjacke befreit wurde. Ein Bad nehmen, das wollte sie. Doch sie müßte dort baden, wo es geschehen war. Aber sie mußten ihr Haus wieder in Besitz nehmen. Es war schließlich ihr Haus; Lauras Tod hatte keinen Besitzanspruch darauf. Sie würden die Gegenstände benutzen müssen wie früher, normal und natürlich. Und wenn jemand als erster die Stätte des Sterbens betreten mußte, dann, sagte sie sich, soll derjenige ich selbst sein. Lauras Hände hatten alles berührt, aber daran durfte sie nicht denken. Das Haus gehörte ihnen.

Sie holte ein Handtuch aus dem Wäschetrockner. Du mußt es tun, ja, du mußt es fertigbringen, sagte sie sich bei jedem Schritt. Es verlangt nicht viel; du hast die schweren Dinge geschafft. Nur dies eine noch. Du mußt es jetzt tun!

Das Badezimmer funkelte. Irgend jemand hatte alle Flächen blank gerieben. Nichts deutete auch nur auf eine Spur von Blut. Sie drehte die Dusche auf. Das Wasser kam klar heraus, in langen silbernen Fäden. Sie stieg in die Wanne. Denk an das Wasser. Atme den Duft des Shampoos ein. Doch das Entsetzen wich nicht von ihr. Hier war jemand zu Tode gekommen. Die Erinnerung, der Schock würde sich durch die Luft im Haus ausbreiten wie die Klangwellen von einem angeschlagenen Gong, noch einmal angeschlagen, während der letzte, leise Ton vom ersten Schlag verhallt.

Sie zog sich rasch an und trocknete ihr Haar. Sie hörte, daß Ed im Keller das Gerät laufen ließ. Dann hörte sie, daß es abgeschaltet wurde, und sah durchs Fenster, wie er im Garten ein Loch auszuheben begann.

Um die sterblichen Reste zu begraben, dachte sie. Blut und Wasser. Lebendige Elemente; mit ihnen verband sich die Seele der Toten viel eher als mit den schweren Knochen, dem schweren Fleisch. Und so würde die Seele bei ihnen bleiben, einerlei, welchen Weg die Leiche nahm. Sie hatte sich keine Gedanken darüber gemacht, was mit der Leiche geschehen werde. Was war zu tun? An wen sollte man sich wenden? Wer sollte die letzten Verfügungen treffen? Es wäre nicht richtig, daß sie es entscheiden sollte. Dann wurde ihr klar, was zu geschehen hatte. Sie mußte sich mit Lauras Eltern in Verbindung setzen; sie hatte ja die Polizisten ersucht, ihr das zu überlassen.

Zwischen ihnen und ihrer Tochter hatte Entfremdung geherrscht, wie sie wußte, aber sie mußten doch über das Geschehene unterrichtet werden. Mochte die Entfremdung noch so groß gewesen sein, sie hatten ein Anrecht darauf, es zu erfahren, und die Entscheidungen über das Leichenbegängnis lagen bei ihnen. Doch wo sollte sie sie finden? Sie ging in Lauras Zimmer, um sich nach Hinweisen umzusehen. Sie hatte Laura nie eine Handtasche tragen sehen, aber eine Brieftasche mußte sie doch besessen haben. Mit dem unguten Gefühl, die Intimsphäre der Toten zu verletzen, öffnete sie die Schubladen der Kommode.

In der mittleren lag ein Notizbuch, in dem ganz vorne in Lauras runder, kindlicher Handschrift ihr Name und eine Adresse standen. Meridian, im Staat New York, 13. Straße.

Sie sah auf einer Landkarte nach und fand Meridian. Der Ort lag im westlichen Teil des Bundesstaates. Sie würde mit dem Auto hinfahren. Sie würde jetzt gleich losfahren, solange ihre Freunde noch schliefen, bevor irgend jemand sie davon abzubringen versuchte: Die Eltern wären vielleicht nicht zu Hause oder verstorben oder würden sie nicht sehen wollen. Sie rief den Automobilklub an. Von Selby bis Meridian waren es 160 Meilen. Das könnte sie in fünf Stunden schaffen. Sie mußte sofort aufbrechen. Sie würde eine Nachricht hinterlassen.

Der Tag war frisch und hell. Die Straßen, von einem morgendlichen Regenguß rein gewaschen, der südwestlich von Albany niedergegangen war, glänzten wie das Meer. Sie stellte sich Kinder am Meer vor, so ein Vormittag war es. Schultern und Hals schmerzten sie vor Mattigkeit, doch ihre Augen waren munter. Sie hatte das Gefühl, als könnte sie ewig dahinfahren.

Um ein Uhr beschloß sie, an einer Imbißstube zum Mittagessen anzuhalten. Eine Neon-Reklameschrift, die nun, bei hellem Tageslicht, abgeschaltet war, lud mit roten Buchstaben und dem Bild eines seine Waffe schwingenden Indianers in einen Tomahawk-Imbiß ein. Sie bestellte sich poschierte Eier. Als sie noch ein Kind war, hatte ihr Vater zu ihr gesagt, in Lokalen, mit denen sie sich nicht auskenne, solle sie nur Eier bestellen. Bei einem Ei, hatte er gesagt, wisse man, ob es frisch sei; mit einem schlechten Ei könne man nicht hereingelegt werden. Sie überlegte, wie sonderbar es doch war, daß Dinge, die die Eltern gesagt hatten, haftenblieben, zu dem Mythos heranwuchsen, in dessen Zentrum die Liebe gedieh, eine zarte Pflanze, genährt vom Humus kleiner Zärtlichkeiten. Und nun mußte sie Eltern, die ihre Tochter seit Jahren, seit sie ihr Haus verließ, nie mehr gesehen hatten, die Nachricht überbringen, daß die Tochter tot war. Daß sie sich das Leben genommen hatte. Anne hatte, obwohl sie es lieber nicht getan hätte, Lauras Abschiedsbrief mitgenommen, weil sie fand, die Eltern hätten ein Recht darauf, ihn zu lesen. Auch das Notizbuch hatte sie dabei. Es enthielt offensichtlich eine Sammlung von Bibelzitaten, die Lauras Auge auf sich gezogen hatten. An den Rand hatte sie hin und wieder die Namen von Leuten geschrieben und dicke, kindliche Pfeile gemalt, die auf ein Zitat deuteten. Im ersten Teil des Buches war der häufigste Name «Mama»; weiter hinten stieß sie immer wieder auf ihren eigenen, abgesehen von zwei Eintragungen, die mit «Wollust» zu tun hatten und neben denen Adrians Name stand.

Die Kellnerin brachte die Eier für Anne. Sie war jung. Sie ist jünger als Laura, dachte Anne. Groll und Mißmut starrten aus ihr wie unter Strom stehende Drähte. Sind heute die meisten Frauen mißmutig? fragte sich Anne. Haben sie damit recht? Sie war mit neunzehn nicht mißmutig gewesen. Aber sie hatte auch keinen Grund dafür gehabt.

Als sie nach einer Papierserviette griff, fiel ihr Blick auf die Musikbox. Sie kannte keinen einzigen von den Songs. Sie las die Reihe der Titel ab. «Why Have You Left the One You Left Me For?» «Ain't No Such Thing as a Good Chain Gang.» «All I Ever Need Is You.» «Spring Fever.» Natürlich war die Kellnerin mißmutig, natürlich waren alle in dem Lokal verdrossen. An solche Dinge glaubten sie, solche Dinge waren ihnen versprochen worden. Doch nicht das hatte Laura zornig gemacht. Sie hatte an Gott geglaubt.

In dem Brief stand, sie habe sich umgebracht, um Anne zu Gott zu führen. Aber wie sollte Anne denn einen Gott lieben können, der zuließ, daß ein junges Mächen verblutete, der es in dem Glauben sterben ließ, es müsse sein Leben hingeben, um einen anderen Menschen zu Ihm zu führen? Es war nicht Gott; es war das Böse. Denn der Gott, an den Laura geglaubt hatte, hatte ruhig zugesehen. Wenn das Sein Werk war, dann war Sein Angesicht das Gesicht des Bösen. Sie blickte auf die Straße hinaus. Die Vernunft vermochte nur eines zu sagen: daß Gott nicht im Universum war. Oder daß es Gott gewesen war, der das Rasiermesser an Lauras Pulsadern führte.

Es war halb drei, als sie Meridian erreichte. Abseits der Hauptstraße machten die Häuser einen gedrückten Eindruck, als wären sie in Gefahr, vom Erdboden verschlungen zu werden oder aufeinander zu stürzen. Sie waren auf das Schlimmste gefaßt. Sie schienen zu viele Fenster zu haben, zu große Veranden; sie schämten sich, weil sie mehr Raum boten, als die schrumpfenden Familien, die sie beherbergten, nutzen konnten; sie stöhnten unter dem allmonatlich wiederkehrenden Fluch der Ölrechnungen. Sogar die alten Bäume längs der Straße wirkten nicht stolz. Der Frühling ließ hier auf sich warten, die Knospen an den Zweigen waren noch dicht geschlossen, gelb und braun. Kleine Reste von grau gewordenem Schnee und Eis klammerten sich auf den Rasenflächen fest, neben einem Kunterbunt von Gegenständen, die die Schneeschmelze ans Licht gebracht hatte. Überall, so erschien es Anne, kamen die ungeliebten Dinge zum Vorschein, die das häusliche Leben absonderte. Puppenköpfe, Kleiderbügel aus Draht, Eimer, verbogene

Schneeschaufeln, Spülmittelflaschen aus Kunststoff, Dosen mit noch lesbaren Etiketten klebten am Erdreich oder am Schlamm, als wären sie daraus hervorgewachsen. Am Ende einer Rasenfläche lag ein Waschbecken wie ein gezogener Zahn. Autos, die nie mehr fahren würden, standen quer in Einfahrten. Alles mutete Anne an, als hätte irgendeine lähmende Krankheit das Städtchen befallen, als vegetierten die Menschen in den Häusern nur noch dahin, ihre nutzlosen Gliedmaßen wie Puppen wiegend. Es war nur das Ende des Winters, aber es hätte die Hinterlassenschaft einer Überschwemmung sein können. Das öde Bild bezeugte, daß der Ort von seinem Glück verlassen war, ein Denkmal schlechter Zeiten, ohne Arbeitsplätze, ohne Geld.

Während sie die Straße entlangfuhr, veränderte sich rasch das Bild, das sie gerade zu verstehen geglaubt hatte. Es war ihr nicht mehr vertraut: Jedes Haus, so schien es, war nicht nur eine Behausung, sondern ein kleines Privatunternehmen. Energie knisterte wie statische Elektrizität; unprofessionell gemalte Schilder, die niemanden anlocken würden, standen auf jeder dritten Rasenfläche, machten Reklame für die Instandsetzung von Polstermöbeln, Aluminiumverkleidungen für Hauswände, Haustierpflege, Reparaturen von Fernsehgeräten. Dann verschwanden die Reklameschilder, und die Häuser zeigten sich kleiner, neuer. Sie hatten nichts, womit sie sich großtun konnten. Was sie, in der Nachkriegszeit gebaut, zu bieten hatten, war klar. Sie versprachen, zweckdienlich zu sein, und sie waren es. Niemand hatte ein Recht, sich über nicht eingelöste Versprechungen zu beklagen, und niemand beklagte sich.

Das Haus nach der Adresse in Lauras Notizbuch war im Ranch-Stil gebaut und gelb angestrichen. Es hatte einen kleinen Vorhof, einen betonierten Fußweg, eine einzige Stufe führte zu einer Doppeltür aus Aluminium. Als sie auf die Klingel drückte, kam ein Mann an die Tür, der jedes Alter zwischen fünfundvierzig und sechzig haben konnte. Er war mager, sein Hals war für den Körper zu lang, und er trug, wie um diesem Umstand abzuhelfen, eine goldene Kette. Seine Brille, bemerkte sie, hatte dicke Gläser wie Lauras Brille, sein Körper hingegen keinerlei Ähnlichkeit mit ihrem. Die buntkarierte Hose hob den kurzen Rumpf noch hervor, kurz im Verhältnis zu den langen dünnen Beinen. Er sah aus wie ein auf eine Geburtstagskarte gemalter, lustig gedachter Vogel. Er wirkte nicht unfreundlich. Als sie fragte, ob er Mr. Post sei, bejahte er lächelnd, und er lächelte wieder, als sie sagte, sie sei gekommen, weil sie eine Nachricht über Laura habe.

«Sie haben sie also gesehen?» fragte er.

«Darf ich eintreten?»

«Natürlich. Entschuldigen Sie.» Anne merkte ihm an, daß er ein neues Gebiß hatte und daß es ihm unbehaglich war. Immer wieder setzte er dazu an, sich die Hand vor den Mund zu halten.

«Wer ist das, Larry?» fragte eine Stimme hinter ihm.

«Eine Bekannte von Laura.»

Eine Frau erschien. «Was wollen *Sie* denn?» sagte sie mit ausdruckslosem Gesicht, als erwarte sie, daß Anne ihr etwas andrehen wolle.

Anne versuchte sich schlüssig zu werden, ob sie die Frau hübsch fand. Ihr Alter war, wie das ihres Ehemannes, schwer zu schätzen. Sie war eine kleine Person mit einem wohlgeformten, gepflegten Körper, einem Körper, der dem natürlichen Alterungsprozeß abgerungen war. Offensichtlich hatte sie ein klares Schönheitsideal, aber Anne fiel es schwer, es zu bestimmen. Mrs. Posts Haar war von einem glanzlosen Gold, in einem Stil geschnitten, der, von einer Eiskunstläuferin angeregt, «Keil» hieß und seit mehreren Jahren etwas aus der Mode gekommen war. Ihre Fingernägel waren lang und mit einem glänzenden rötlichen Schwarz lackiert; die Zehennägel hatten dieselbe Farbe. Sie trug Holzsandalen mit hohen Absätzen und an den Fersen offen; quer über den Spann laufende Lederriemchen waren mit sichtbaren Druckknöpfen befestigt. Was wollten diese beiden Menschen vorstellen? Sie waren offenkundig kostümiert; sie versuchten irgendeine Rolle zu spielen. Anne betrachtete ihre Gesichter genau und erkannte, daß sie vermutlich nicht mehr als fünf Jahre älter waren als sie selbst. Und dann ging ihr ein Licht auf: Die beiden versuchten, ihre Jugend nachzuholen. Ihre eigentliche Jugend war der Eheschließung, der Elternschaft, dem Erwerb des Hauses gewidmet gewesen. Sie fühlten sich darum betrogen, und jetzt wollten sie sie wiederhaben.

«Laura hat für mich gearbeitet», sagte Anne und setzte sich auf einen Stuhl, der ihr nicht angeboten worden war. «Sie hat meine Kinder betreut.»

«Woher kommen Sie?» fragte Mrs. Post.

«Aus Selby, in Massachusetts.»

«Stecken Sie mit einer dieser Sekten zusammen?»

«Nein.»

«Wie kommt es dann, daß Sie sie kennen?»

Einen Augenblick lang konnte Anne sich nicht mehr erinnern. «Eine Bekannte von mir machte im Flugzeug ihre Bekanntschaft.»

«Sie haben Sie also genommen, damit sie auf Ihre Kinder aufpaßt?» sagte die Frau verächtlich. «Ich würd sie nicht einmal anstellen, daß sie mir die Toiletten putzt. Obwohl sie das natürlich wirklich gut könnte. Ordnungssinn hat sie ja. Hat mich damit verrückt gemacht. Sie sehn ja, daß das nicht meine Stärke ist.»

Anne blickte sich im Raum um. Illustrierte, gefüllte Aschenbecher, Lockenwickler, Make-up, benützte Teller überall. Es war eine Unordnung von der Sorte, wie man sie im Zimmer eines Teenagers vorfinden würde.

Sie war in eine unmögliche Situation geraten. Sie hatte es zu lange aufgeschoben, hätte es ihnen gleich in der ersten Minute nach ihrem Eintritt in das Haus sagen sollen. Sie hätte die Frau unterbrechen sollen, als sie kränkende Dinge über ihre Tochter zu sagen begann. Jetzt würde es ihr furchtbar leid tun.

«Ich weiß nicht recht, wie ich es Ihnen beibringen soll», sagte sie und stand dabei auf. «Aber es ist etwas Schreckliches passiert. Ihre Tochter ist tot. Sie hat sich das Leben genommen.»

«Sie wollen sagen, sie hat sich umgebracht?» fragte Mr. Post.

«Halt die Klappe, Larry», fuhr ihn seine Frau an. «Sag nichts. Was wollen Sie von uns?» fragte sie Anne. «Was wollen Sie hier?»

«Nun ja, erstens wollte ich Ihnen natürlich die Nachricht bringen. Und dann wußte ich nicht, was nach Ihren Vorstellungen mit der Leiche geschehen soll.»

«Hören Sie gut zu, *lady*. Ich weiß nicht, wer Sie sind und woher Sie kommen. Was mich betrifft, ist meine Tochter schon vor vielen Jahren gestorben. Also machen Sie jetzt mit ihr, was Sie wollen. Sie ist volljährig. Sie ist Ihr Problem.»

Anne blickte den Ehemann an, in der Hoffnung, er werde seine Frau zu einem Sinneswandel, irgendeinem Wort der Mäßigung bringen. Aber er starrte stumm hinab auf seine Cowboystiefel.

«Hat sie einen Brief hinterlassen?» fragte die Mutter. «Vermutlich bin ich wieder an allem schuld, wie üblich.»

Anne reichte ihr den zusammengefalteten Brief. Die Frau las ihn und gab ihn dann zurück.

«Mrs. Post», sagte Anne, «was soll ich tun? Sie müssen mir sagen, was Sie wünschen.»

«Ich wünsche, daß Sie in Ihr ausländisches Glitzerding steigen und schleunigst verschwinden. Es ist mir egal, was Sie mit ihr anfangen. Verschonen Sie jedenfalls mich damit. Sie ist über einundzwanzig. Ich bin nicht mehr für sie verantwortlich.»

Anne blickte um sich. Überall im Zimmer waren Photos von einem anderen Kind zu sehen, einem dunkelhaarigen Mädchen, im Ballettkostüm, ausstaffiert als Cheerleader, für einen College-Ball. Von Laura gab es kein einziges Bild.

«Sie hat sich nie anständig mir gegenüber verhalten. Nie! Seit der Minute, als sie auf die Welt kam. Seit der Minute, als sie zu krabbeln anfing. Wissen Sie, wie alt ich war, als sie geboren wurde? Siebzehn. Damit war für mich das Leben zu Ende.»

Anne nahm ihre Tasche und machte Anstalten zu gehen.

«Ich hab mir nie was aus ihr gemacht, schon von der Minute an, als ich sie zum erstenmal sah. Sie war von jeher häßlich. Sie war nie fröhlich. Sie hat versucht, mir das Leben schwerzumachen. Sie hat mich immer gehaßt; egal, was für idiotisches Zeug sie auch geredet hat – immer gehaßt. Schon als Kind hat sie mich voller Haß angesehen. Hat mich beobachtet, daß ich mir vorkam wie ein Stück Scheiße, nur weil ich zu atmen wagte. Einmal wollte sie mich sogar umbringen. Hat mich am Hals gepackt und mich zu erwürgen versucht. Ich bin eine gute Mutter. Ich habe eine wunderbare Tochter, meine Debbie. Sie ist in allem so, wie man sich ein Kind erträumt. Aber Laura taugte von Anfang an nichts. Und jetzt ist sie also tot, und Sie erwarten von mir, daß ich mir die Haare ausreiße? Schlagen Sie sich das aus dem Kopf!»

Die Frau ging in die Küche und knallte die Tür hinter sich zu.

«Ich bringe Sie zu Ihrem Wagen», sagte Mr. Post.

Er hielt ihr die Haustüre auf und folgte dicht hinter ihr, während sie den betonierten Weg entlangging.

«Wir haben sie nach mir genannt, wissen Sie», sagte er. «Laurence, Laura, verstehn Sie. Sie war immer so unglücklich. Aber meine Frau hatte unrecht. Laura war ein niedliches Kind. Allerdings nie fröhlich. Immerzu voll Zorn. Sie und ihre Mutter kamen nie miteinander aus. Sie sind sich immer in den Haaren gelegen. Dann wurde sie religiös, und ich dachte, das würde ihr guttun. Sie wurde sehr viel ruhiger. Ich dachte, es hätte sie glücklicher gemacht. Es war wohl nicht so.»

Anne lehnte sich gegen die Wagentür. Sie wollte den Mann nicht ansehen.

«Geben Sie nichts auf das, was meine Frau gesagt hat», bat er. «Sie meint es nicht so. Sie denkt nicht so, im Grunde nicht. Sie hat sich lange Zeit große Sorgen um Laura gemacht. Und es hat sie sehr aufgeregt, daß wir nichts von ihr gehört haben. Sie wird so, wenn sie sich aufregt. Sie müssen verstehen, wie aufgeregt sie ist. Bei einer solchen Geschichte.»

«Ich verstehe», sagte Anne.

«Es tut mir leid, daß Sie sich soviel Mühe machen mußten. Ich möchte Ihnen alle Auslagen ersetzen, die Sie haben.» Er gab ihr eine Visitenkarte. «Moriello & Post, amtlich zugelassene Wirtschaftsprüfer» stand darauf. »Das da in der Ecke ist meine Nummer im Büro. Rufen Sie mich dort an, nicht hier, okay? Ich möchte nicht, daß meine Frau sich aufregt. Es sollen Ihnen keinerlei Kosten entstehen. Dafür bin ich da.»

Der Tag war noch immer so schön, die Luft noch ebenso frisch, der Himmel so zartblau wie am Morgen. Doch nun fuhr sie, vom Entsetzen gepackt, dahin. Denn was sie gesehen hatte, war erschreckender als der Anblick eines toten Mädchens. Sie hatte das Gesicht des Hasses gesehen, nicht grotesk, nicht verzerrt, sondern glatt und fern, wie ein Gesicht auf einem Fernsehschirm. Diese Frau hatte gesagt, sie habe ihre Tochter seit dem Augenblick ihrer Geburt gehaßt. Anne dachte daran, wie sie ihre Babys im Arm gehalten hatte, die Wangen der Kinder an ihren Wangen, ihre Münder an ihrer Brust. Diese Frau war ein Ungeheuer. Für Anne war die Mutterschaft ein Bereich, in den kein Haß eindringen durfte. So sprach man, wenn man sein Baby im Arm hielt: Niemand wird dir weh tun. Ich werde dich vor der schrecklichen Welt beschützen. Doch von dieser Frau war Haß ausgegangen, sie hatte sich ein Messer zwischen die Brüste gesteckt und damit das Fleisch ihres Kindes durchbohrt und Gift in die Wunde geschüttet. Wie hätte Laura anders sein können, als sie war? Sie war verletzt und beschädigt worden. Wenn sie gehinkt hätte, weil ihre Mutter ihr ein Bein gebrochen hatte, hätte ihr niemand die Schuld daran geben können. Wie hätte sie fähig sein können zu lieben? Aber es war noch schlimmer. Sie konnte nicht lieben, und niemand vermochte sie zu lieben.

Sie war ein Mädchen, zweiundzwanzig Jahre alt, um das kein Mensch trauerte, ein totes Kind, dessen Tod als erste Gefühlsregung Ärger, dann Erleichterung auslöste. Sie war aus der Welt gegangen, und kein Kummer folgte ihr. Ihre Mutter hatte gesagt: «Sie ist mir egal.» Ihr Vater hatte gesagt: «Ich bezahle die Rechnungen.» Und ich, dachte Anne, ich frage nur: Warum hast du das in meinem Haus getan, vor meinen Kindern? Warum hast du mir das angetan?

Selbst jetzt liebte sie Laura nicht. Selbst jetzt erinnerte sie sich an nichts Gewinnendes, und sei es noch so wenig, das den Funken der Liebe anfachen könnte. Es hatte ihr nie Freude gemacht, das Mädchen anzusehen. Sie hatte versucht, freundlich zu sein, gerecht, am Ende einfach anständig. Aber Lauras Nähe, ihre Anwesenheit im Haus war ihr tief zuwider gewesen. Wenn ihre Körper sich aus Zufall berührten, hatte sich etwas in ihr verschlossen und verhärtet, wäre sie beinahe zusammengeschreckt. Wie sollte sie es jetzt fertigbringen, um sie zu trauern?

Man kann nicht bedingungslos trauern, dachte sie. Man kann nicht sagen: Sie war jung, sie ist tot; die Jungen sollten nicht sterben müssen. Man mußte, wenn man trauerte, um ein Gesicht, die Stimme, die Haltung, die geliebte Geste trauern. Sonst war die Empfindung keine echte Trauer, sondern Reue, dieses nutzlose Nachgefühl, der Katzenjammer des Herzens am Morgen danach.

Dennoch hatte sie das Gefühl, daß Laura sie brauchte. Der Gedanke, daß das Mädchen auch unter den Toten allein war, war ihr unerträglich. So kalt, ohne jeden Gefährten. Nein, sie würde sie nicht den Toten überlassen. Sie *würde* um sie trauern. Sie würde ihr Herz mit Kummer anfüllen und sagen: Du armes Kind, das Leben war grausam zu dir. Das wenigstens konnte sie tun.

Als sie in die Küche trat, fand sie auf dem Tisch eine Nachricht in Janes Handschrift vor: Sie möge ihre Mutter anrufen, falls sie vor zehn Uhr nach Hause komme. Sie sah auf ihre Uhr. Es war Viertel nach neun. Da sie Jane nicht hörte, nahm sie an, sie sei schon schlafen gegangen. Sie beschloß, ihre Mutter jetzt gleich anzurufen.

Sie tat es nicht gern. Ihre Mutter besaß nicht das Talent zu trösten, mit Zuspruch zu stützen. Doch Anne fand, daß sie, da sie selbst Mutter war, diese Geste machen müsse. Sie konnte sich nicht erinnern, sich in den letzten zwanzig Jahren mit einem Kummer an ihre Mutter gewandt zu haben. Kummer, so hatte sie gefunden, damit kam man den Eltern nicht. Und was ihren Vater betraf, so bereitete ihm ein Schmerz, an dem sie litt, selbst solchen Schmerz, daß sie schließlich *ihn* trösten mußte. Allerdings, dachte sie, ist das alles lange her, sind diese Erinnerungen vielleicht nicht mehr gültig. Sie hatte sich nicht mit einem Kummer an ihre Eltern gewandt, weil sie in zwanzig Jahren nicht oft einen erlebt hatte. Irgendein starker Arm hatte sie immer beschirmt, irgendein schützender Flügel sie allzeit beschattet. Nun war der Arm nicht mehr da; die Sonne brannte sengend auf ihren unbedeckten Kopf herab. Aber warum nicht? Es war überfällig, daß sie litt.

«Michael hat aus Frankreich angerufen», sagte ihre Mutter. «Er meinte, wir sollten es erfahren. Die Sache muß dich sehr mitgenommen haben.»

Anne hörte die Besorgnis aus der Stimme ihrer Mutter heraus. Sie wußte nicht, was sie zu ihrer Tochter sagen sollte, denn in ihren Träumen schwammen Mütter und Töchter in einem geschützten Gewässer, in Wasser, das leicht trägt, ins Leben der andern hinein und wieder heraus. Doch bei ihnen war es nie so gewesen; die Begegnungen zwischen ihnen hatten etwas Halbherziges, etwas von Scheu und Unsicherheit. Sie liebten einander. Die Macht des Blutes, der erinnerten Kindheit war zu spüren. Aber sie hatten nie richtig miteinander gesprochen. Anne sah ihre Mutter immer wie hinter einem Schirm, wo sie schattenhaft hin und her lief, mit einer Entschuldigungsmiene oder aber fiebernd, wenn ihr irgend etwas Freude bereitete. Und Anne schüchterte ihre Mutter ein, schon von jeher, mit ihrem guten Aussehen, weil sie ein Glückskind war, weil sie dem Vater Freude machte, der für sie selbst, die Mutter, noch immer ein Fremder war.

«Ich werde, wenn es dir recht ist, nicht kommen. Wir sind mitten im Semester, und ich habe alle Hände voll zu tun. Außerdem brauchst du mich sicher nicht. Du hast ja immer so viele Freunde gehabt.»

«Alle waren wunderbar zu mir», sagte Anne und wurde sich ihrer Enttäuschung bewußt. Sie hätte gern gehabt, daß ihre Mutter käme.

«Und ich werd auch Daddy nichts davon sagen. Er hat ebenfalls schrecklich viel um die Ohren und würde alles liegen- und stehenlassen, um zu dir zu fahren. Und du weißt ja, wie es ihn aufregt, wenn es bei dir irgendwelche Schwierigkeiten gibt. Das Leben freut ihn ja nur, weil er denkt, es ist auf deiner Seite.»

Ihre Mutter würde ihr also nie vergeben, und vielleicht hatte sie ja recht. Ihr Vater zog sie vor, hatte sie schon immer vorgezogen. Es war nicht ihre Absicht gewesen, trotzdem aber so gekommen: Sie hatte ihrer Mutter sein Herz abspenstig gemacht. Immer wieder hatte er zu Anne gesagt: «Du bist mir der liebste Mensch auf der Welt.» Sie hatte ihrer Mutter so vieles weggenommen, und so war es nur fair, daß diese jetzt ihren Mann nicht fortließ, in dem Augenblick, da ihre Tochter ihn wirklich bei sich haben wollte, dem einzigen Augenblick, da es weh tun würde, ihn nicht bei sich zu haben.

«Nein, sag Daddy nichts. Wir kommen euch in ein, zwei Wochen besuchen. Wir sagen es ihm dann.»

«Wie sind die Kinder beisammen?»

«Es ist kompliziert. Ich weiß es nicht.»

«Also gut, Anne. Ruf an, wenn du uns brauchst.»

Das, dachte sie, werde ich nicht tun. Gerade das werde ich nicht tun. Ich werde nicht anrufen, eben deswegen, weil ich euch brauche. Laura hat gerufen, und niemand ist gekommen. Und deshalb werde ich nicht anrufen.

Sie lehnte den Kopf an ein Fenster. Es war kindisch, so zu weinen, mit achtunddreißig, weil sie ihre Eltern brauchte, sie aber nicht kommen wollten. Während man heranwuchs, lernte man, daß es keine Hand zu halten gab. Vielleicht war sie jetzt ein erwachsener Mensch. Vielleicht machte das den Unterschied zwischen Erwachsenen und Kindern aus. Erwachsene wußten, daß sie allein waren; ihre Einsamkeit war endgültig, ohne Hoffnung auf Rettung. Kindliche Angst, kindlicher Kummer beruhten auf Enttäuschung; der Gram Erwachsener entstand aus der Gewißheit des Verlustes.

Sie ging ins Wohnzimmer. Zu ihrer Überraschung sah sie Jane im gedämpften Licht einer Lampe lesen. Jane hob grüßend die Hand. Es lag etwas Monumentales in ihrer Geste, ihrer Haltung, wie sie da im Halbdunkel saß, und es machte Anne ärgerlich. Irgend etwas daran, wie Jane wirkte, erinnerte Anne an ihre Empörung, denn Janes Glaube war der Glaube, der Laura den Tod gebracht hatte.

Anne kam ohne Umschweife zur Sache; es gab Dinge, die Jane hören sollte.

«Sie hat sich von Gott Liebe erhofft», sagte Anne, «und den Tod bekommen. Ich dachte, wenn man um Brot bittet, bekommt man nicht Steine.»

Jane schwieg.

«Ich nehme an, für dich ist es leichter. Du glaubst ja an Gott.»

«Nein, es ist viel schwerer für mich. Da ich an einen liebenden Gott glaube, ist es für mich viel schwieriger zu verstehen.»

«Wie kannst du einen Gott lieben, der so etwas zuläßt?»

«Ihn liebe ich nicht. Das ist der Gott, den ich fürchte. Das finstere, grausame, mir unverständliche Gesicht, das ruhig zusieht, während Seine Kinder leiden.»

«Sie hat es getan, weil sie mich zu Gott führen wollte.»

«Nein, sie hat es aus Verzweiflung und Zorn getan. Und aus einem großen Stolz. Und sie hat natürlich bekommen, was sie wollte. Du wirst sie nie vergessen.»

Anne blickte Jane an, deren Ausdruck kummervoll und doch gefaßt war. Die Flächen ihres Gesichts waren schön. Durch sie hindurch ging ein biegsamer, jetzt gespannter Strang, der ihren Rücken wunderbar gerade hielt, ihr die Haltung der Arme gab, wie sie jetzt ganz leicht auf den Sessellehnen ruhten.

«Noch trauriger als alles andere ist es, daß ihr entgangen ist, worum es in den Evangelien überhaupt geht», sagte Jane. «Sie hat sie wieder und wieder gelesen, das Eigentliche aber nie verstanden.»

«Das Eigentliche?»

«Daß sie sehr geliebt wurde.»

Anne wußte nicht, was sie dazu sagen sollte.

«Natürlich genügt sie einem nie, die Liebe Gottes. Für das menschliche Herz ist sie immer unzureichend. Sie kann uns so wenig wie die gewöhnlichste Freundlichkeit eines fremden Menschen vor Verzweiflung bewahren. Einem Herzen, das nach menschlicher Liebe hungert, bedeutet die Liebe Gottes nichts.»

Janes Worte machten Anne müde. Liebe, dachte sie und spürte, wie der Schlaf über sie kam. Ich bin immer sehr geliebt worden. Ich bin nie allein gewesen.

«Michael ist oben», sagte Jane. «Er schläft.»

Anne starrte sie eine Sekunde lang an und verließ sie dann. Als sie am Zimmer der Kinder vorbeikam, hörte sie sie atmen.

Michael setzte sich im Bett auf, als sie die Tür öffnete. Sein Anblick machte ihr klar, wieviel es ihr bedeutete, daß er da war. Es gab Dinge, die sie nur ihm sagen konnte, die sie ihm, als dem Vater ihrer Kinder, sagen mußte. Was sie erlebt hatte, war an sich schon schrecklich genug gewesen, aber auch schrecklich darin, was es am Leben enthüllt hatte, diesem Leben, in das sie zwei andere Leben gesetzt hatten, über das sie zu zwei schwachen, verletzlichen Geschöpfen gesagt hatten: Es ist eures, ihr müßt es leben. Indem sie sie ins Leben gebracht hatten, hatten sie sie potentiell schrecklichen Erfahrungen ausgesetzt. Und sie hatten es gemeinsam getan. Michael breitete die Arme aus; zum erstenmal konnte sie weinen. Und er wußte, worum sie weinte, denn er sagte: «Weine für uns alle.»

Sie beweinte Laura, sich selbst, ihre Kinder und ihre Eltern. Sie beweinte Lauras Eltern, die sie nicht hatten lieben können, beweinte ihr eigenes Herz, das sich verhärtet und dem Schrei der Liebe verschlossen hatte. Sie weinte und weinte. Die Menschen waren so schwach, und das Leben würde seine Peitsche heben und wieder und wieder niedersausen lassen auf das nackte, zarte Fleisch der Verletzlichsten. Liebe war es, was ihnen not tat, und zumeist war sie nicht da. Es gab sie im Überfluß, die Liebe, aber sie ließ sich nicht herbeirufen. Man gewann sie durch Zufall, in einem monströsen Lotteriespiel. Schicksal war ein zu hehrer Name dafür. Man wurde geboren, und man wurde der Welt preisgegeben. Und die Welt hob ihre Peitsche gegen das Kind oder sie barg es unter seinem weichen Flügel, und sie wartete immer darauf, die Peitsche niederfahren zu lassen.

«Ihre Eltern haben sie nicht geliebt», sagte Anne und hob den Kopf. «Sie wollten nichts mit ihr zu tun haben. Sie wollten ihre Leiche nicht. Die Mutter hat gesagt, sie hätte sie nicht einmal zum Toilettenputzen angestellt. Der Vater hat erklärt, er wird für alles aufkommen.»

«Das arme Kind!»

«Sie haben sie nicht geliebt. Nie. Niemand hat sie geliebt. Ich auch nicht. Ich hatte sie nicht einmal gern. Ich habe sie genauso gehaßt, wie ihre Mutter sie gehaßt hat.»

«Sie war nicht zum Gernhaben.»

«Aber es war nicht ihre Schuld. Es gab nie einen Menschen, der sie liebte.»

«Nein, es war nicht ihre Schuld. Aber das hat sie nicht liebenswerter gemacht. Sie war ausgehungert.»

Sie war ausgehungert nach Liebe und daran gestorben. Und Anne ließ sich von der Liebe ihres Mannes nähren. Ließ sich vom Schatten seines Flügels beschirmen, zudecken. Doch Laura war nie von einem Flügel zugedeckt worden. Das sengende Licht hatte sie erschöpft, bis sie nur noch den Verstand verlieren konnte. Und dann hatte die

Peitsche zugeschlagen. Und Anne wußte, daß sie ihren Teil dazu beigetragen hatte.

Als Anne Jane gegenüber äußerte, sie finde, es sollte eine Art Leichenbegängnis für Laura geben, sagte Jane, daß sie sich darum kümmern werde. Sie hatte durch Adrian erfahren, daß Frank Pointer von der altphilologischen Abteilung des Colleges einen Priester zu Besuch hatte, einen ehemaligen Klassenkameraden, der Missionar auf den Philippinen gewesen war. «Vermutlich ein Whiskey-Problemfall», sagte Jane. «Er hat diesen Elendsblick, als hätte er Angst, daß er in den Westen von Irland strafversetzt wird. Trotzdem, ich mag den Typus», fuhr sie fort, «schüchtern, melancholisch, von seiner Unfähigkeit überzeugt. Viel besser als die von der übereifrigen Sorte.» Er erklärte sich bereit, ein paar Gebete zu Lauras Gedenken zu sprechen.

Jane sprach mit Harold Cusher, dem Leichenbestatter, und vereinbarte mit ihm, daß Lauras Leiche verbrannt werden sollte. «Gab es irgendeinen Platz, den Laura besonders gern hatte?» fragte Jane. «Mr. Cusher möchte es wissen.»

Anne wußte keinen. Sie war außerstande, irgend etwas zu benennen, was Laura vielleicht glücklich gemacht hatte. Glücklich hatte sie an jenem Tag gewirkt, als sie den Picknickausflug in den Wald beim Emerald Creek machten, als sie ihre Geburtstagsparty planten. Für den Geburtstag, der gar keiner war, den Laura erfunden hatte. Anne hatte dies festgestellt, als sie Lauras Führerschein fand. Laura hatte einen falschen Tag angegeben, damit sie eine Party bekam. Anne war froh darüber. So hatte sie doch wenigstens etwas getan, von dem sie einigermaßen sicher sagen konnte, daß es Laura Freude gemacht hatte.

Es war ein kalter Vormittag Ende März. Die Verheißung des milden Wetters, das eine Woche lang geherrscht hatte, war Lügen gestraft worden; der Himmel war kristallblau und winterlich. Keine Wolke zog auf, der Boden war hart. Drei Autos waren zu der Stelle gefahren, wo Anne und Laura und die Kinder ihr Picknick veranstaltet hatten. Vierzehn Menschen waren versammelt: Anne, Jane und Ben, der aus New York gekommen war, um mit Jane zusammenzusein, die Greenspans, Adrian, Ianthe, die Garrisons, von Anne in letzter Minute gebeten, Frank Pointer und sein Freund, der Priester. Und Michael mit den Kindern.

Der arme Junge, dachte Anne, als sie den Priester ansah. Aber er war kein Junge mehr. Sein Unterkiefer erinnerte an den einer Bulldogge, das Gesicht war mit dunkelroten Pusteln übersät, vielleicht von Seelenkummer hervorgerufen. Sie hatte noch nie einen Menschen gesehen, der so unglücklich wirkte; er trug sein Elend wie einen Anzug, den er von einem älteren Bruder geerbt hatte.

«Es war sehr freundlich von Ihnen, daß sie gekommen sind», sagte Anne und wurde sich sofort bewußt, wie albern der Ton war, wie der einer Empfangsdame bei einer offiziellen Veranstaltung.

«Ganz und gar nicht. Die arme Seele. Sie bedarf unserer Gebete», sagte er. Sie hätte beinahe aufgelacht, so sehr erinnerte er an den irischen Priester auf der Bühne. Aber wer hätte das Herz, über ihn zu lachen, da er doch so gutmütig und so unglücklich war?

Er ließ sie alle einen Kreis bilden. Zwischen Anne und Michael standen die Kinder, feierlich-ernst, mit durchgedrückten Rücken in ihren Sonntagssachen. Peter blickte auf seine Schuhe, Sarah schaute zum Himmel hinauf.

«Wir fangen also einfach an», sagte der Priester.

Er betete für Lauras Ruhe, darum, daß ihr das ewige Licht leuchten möge. Er las zwei Psalmen, «Aus der Tiefe rufe ich, Herr, zu dir» und den Psalm 121, von Jane vorgeschlagen. «Wir haben ihn bei Carolines Leichenbegängnis vorgelesen», sagte sie.

Während der Priester las, dachte Anne an Caroline. Konnte es einen größeren Unterschied geben als den zwischen ihrem und Lauras Tod? Die beiden Ereignisse waren so verschieden voneinander, daß sie praktisch nicht derselben Kategorie angehörten. Jane hatte ihr erzählt, daß Caroline schließlich friedlich dahingegangen sei. Die tiefe Angst, die Verzweiflung, die sie in ihrer letzten Tagebucheintragung ausgesprochen hatte, waren verschwunden. Sie war, Janes Hand haltend, ohne Schmerzen gestorben. Und sie hatte in ihrem Testament detaillierte Anweisungen für ihre Leichenfeier hinterlassen. Eine Party sollte gegeben werden, für die sie die Speisenfolge entworfen, die Musik ausgewählt hatte. Es sollte getanzt werden. Und alle, erzählte Jane, hätten getanzt. Caroline war als alte Frau gestorben, nach einem erfüllten Leben, ihr Werk hatte Bewunderung gefunden, sie war sehr geliebt worden.

Hätte Caroline nicht gelebt, ging es Anne durch den Kopf, wäre Laura nicht gestorben. Wenn sie fortan an ihre Arbeit über Caroline dachte, würde sie sich jedesmal die Frage stellen, ob Laura nicht deren Opfer geworden sei. Sogar das würde ihr Tod in Mitleidenschaft ziehen. Laura wäre vielleicht nicht gestorben, überlegte Anne, während sie dem Priester zuhörte, wenn sie mir nicht begegnet wäre. Wenn ich nicht ihre innere Not ignoriert hätte, weil ich mit meiner Arbeit fertig werden wollte. Der Arbeit, die ich für Caroline schrieb, dachte sie und lauschte dem Psalm, der auch für Caroline gelesen worden war.

Ich hebe meine Augen auf zu den Bergen. Woher kommt mir Hilfe?
Meine Hilfe kommt vom Herrn, der Himmel und Erde gemacht hat.
Er wird deinen Fuß nicht gleiten lassen, und der dich behütet, schläft nicht.
Siehe, der Hüter Israels schläft und schlummert nicht.
Der Herr behütet dich; der Herr ist dein Schatten über deiner rechten Hand,
daß dich des Tages die Sonne nicht steche noch der Mond des Nachts.
Der Herr behüte dich vor allem Übel, er behüte deine Seele.
Der Herr behüte deinen Ausgang und Eingang von nun an bis in Ewigkeit!

Es war so schön, und es war eine solche Lüge. Wovor war Laura behütet worden? Haß, Wahnsinn, Tod, sie alle hatten sie, die Wehrlose, getroffen. Dennoch war Anne froh darüber, daß der Priester diese Worte gelesen hatte. Vielleicht galten sie jetzt doch für Laura. Vielleicht war Laura nun beschirmt. Vielleicht behütete jetzt jemand ihren Ausgang und Eingang. Vielleicht auch nicht.

Als gehorchte sie der ersten Zeile des Psalms, blickte Anne zu den Bergen hin. Die Morgensonne schien klar, warf keinen Schatten. Woher kommt mir Hilfe? Sie hatte es noch nie bemerkt, aber so, wie der Priester die Worte betonte, wurde klar, daß sie eine Frage waren. Sie sah ihre Kinder an. Sie warteten darauf, daß sie etwas sagte. Dann überlegte sie, ob sie alle zu sich nach Hause bitten sollte, für einen Imbiß, entschied sich aber dagegen. Nach einer Leichenfeier setzt man sich nur zusammen, um über den Verstorbenen zu sprechen. Und niemand hatte etwas über Laura zu sagen. Keiner von ihnen trauerte um sie; sie waren nicht wirklich Leidtragende, sie hatten sich aus Höflichkeit gegenüber einem befreundeten Menschen, Anne, hier eingefunden. Niemand hatte einen persönlichen Verlust erlitten. Und deshalb sollten sie auch nicht zusammensitzen und essen und miteinander reden. Sie sollten auseinandergehen und ihr Leben fortsetzen.

Der Priester bat sie, mit ihr unter vier Augen sprechen zu dürfen. «Das ist die Asche», sagte er und gab ihr ein in Zeitungspapier gewickeltes Päckchen. «Der Chef des Bestattungsinstituts hat gesagt, Sie sollen sie bekommen.»

«Ja, das ist richtig», sagte sie. «Danke Ihnen, Vater.»

Sie hatte Michael anvertraut, wozu sie sich verpflichtet fühlte. Sie machte ihm ein Zeichen, worauf er die Kinder wegführte.

Sie ging in den Wald hinein. Sie ging eingehüllt in grünliches Licht; die Sonnenstrahlen kamen schräg zwischen den Ästen durch, auf dem Waldboden lagen Münzen aus Schatten. Was sie vorhatte, war eigentlich strafbar. Der Bestattungsunternehmer hatte ihr gesagt, es verstoße gegen das Gesetz, die Asche von Toten zu verstreuen. Aber was er nicht erfahre, hatte er achselzuckend gemeint, werde niemandem schaden. So selten hatte sie etwas Ungesetzliches getan, daß sie sich nicht enthalten konnte, über die Schulter nach hinten zu blicken, um sich zu vergewissern, daß ihr niemand folgte.

Sie kam zu der Stelle nahe am Bach, wo sie mit Laura und den Kindern gesessen war. Sie machte das Päckchen auf. Unter der Hülle aus Zeitungspapier kam etwas zum Vorschein, was wie eine silberne Kaffeedose aussah. Sie öffnete den Deckel. Sie hatte sich versprochen, daß sie hineinsehen werde. Asche und Bein. Nichts, was lebendig werden konnte. Die Seele könnte ewig darüberhauchen, kein Leben würde sich regen.

Das also war von dem Mädchen geblieben, das starb, weil Anne es nicht lieben konnte. Mit einer ruhigen Bewegung entleerte sie die Dose auf den Boden. Ein Häufchen Asche mit winzigen Knochensplittern lag auf der Erde. Rasch trug der Wind es davon.

Ich habe dich nicht geliebt, sagte sie, nicht zu der Asche, die der Wind forttrug, sondern zu dem Mädchen, dessen Ausgang und Eingang, wie sie gehört hatte, nun behütet war. Aber ich habe deine Asche hierhergebracht, weil ich wenigstens hier wußte, daß ich dir Gutes wünschte. Das war immerhin etwas. Damals, in jenem Augenblick, war wenigstens etwas in mir, das mit dem Tod nichts zu tun hatte. Ich habe dich nicht geliebt. Aber ich traure um dich. Ich werde immer um dich trauern. Das soll mein Geschenk sein.

Sie wartete, bis der Wind die letzten Aschereste fortgeweht hatte. Ein paar Knochensplitter lagen noch auf der Erde. Anne schob sie sorgsam mit der Kante einer Hand in den Bach. Dann ging sie zurück zu ihrem Mann und zu ihren Kindern, die im Wagen auf sie warteten.

EPILOG

WÄHREND des Monats, der seit Lauras Tod vergangen war, hatte Peter jede Nacht schlecht geträumt. Die Träume kamen kurz vor Morgengrauen. Anne hörte ihn aufschreien, und dann erschien er jedesmal aufgewühlt, wie ein Gespenst, im grauen, fast klaren Frühlicht neben ihrem Bett. Zuerst, nachdem Michael nach Frankreich zurückgekehrt war, hatte sie ihn zu sich hereinschlüpfen lassen, doch dann gab es am Morgen Streit mit Sarah. Sarah beschwerte sich, Peter werde dafür belohnt, daß er die Nacht nicht durchschlafe, während sie betrogen und abgeschoben werde. Es war etwas daran. Anne wollte ihren Sohn nicht dafür belohnen, daß er Kummer litt. Und sie wußte, es war nicht gut, daß eine Mutter und ihr Sohn am frühen Morgen das Bett teilten. Es mußte ein Ende haben. Doch sie konnte ihn nicht ungetröstet lassen. Er sah so einsam aus in seinem Schlafanzug, so schwächlich, wie ein Vogel, dessen glühendes Herz einem beinahe sichtbar erscheint. Ohne etwas zu Peter zu sagen, holte sie den Schaukelstuhl aus dem Wohnzimmer und stellte ihn an ihr Fenster. Der Blick hinaus ging auf den weißen Fliederstrauch, die Maiglöckchen.

Wieviel, fragte sie sich, nimmt mein Sohn mit seinen Alpträumen mir ab? Sie verübelte ihm die Störung ihrer Nachtruhe nicht. Sie litt mit der Not ihres Sohnes, mit allem, was er gelitten hatte, doch es machte sie glücklich, wie sie dasaß, ihren Jungen in den Armen, und schaukelte, als schwebten sie im schwachen Frühlicht hin und her. Das Licht hielt die Blätter des weißen Flieders in einem tiefen Schatten, nur allmählich traten sie hervor. Kraftvoll, bläulich schimmernd, düster hielten sie die weißen Blüten hoch, die eine Stunde lang Licht einsogen, bis sie Helligkeit annahmen. Darunter öffneten, wie Papiersterne, die Maiglöckchen ihre dunklen Kegel. Weiße, grüne und graublaue Töne erstanden in Fülle, und vor Anne tat sich eine Landschaft für das versehrte Auge auf, das Panorama für den Kranken, die Palette des Trostes. In diesen Morgenstunden lag eine kühle Nüchternheit, eine süße Frische, ein Bedauern, eine Stille in der Luft, als spielte sich das Leben unter Wasser ab. Es war die einzige Tageszeit, in der sie an das denken konnte, was geschehen war.

Sie hüllte ihren Sohn in eine Wolldecke. Er war nach seinen nächtlichen Schreckenserlebnissen schweißbedeckt, als hätte er eine Balgerei oder einen Fieberanfall hinter sich; sein Haar roch säuerlich, überreif, wie eingelagertes Getreide; sie berührte es mit den Lippen und schmeckte einen an Hefe erinnernden Geschmack. Sie sprachen nie über die Träume; er sagte, er könne sich nicht daran erinnern, nur daß sie ihm Angst machten, daß er nicht allein sein könne, weil er sich zu sehr fürchte. Sie drückte ihn ans sich, und es war ihnen beiden bewußt, daß das Bild, das sie abgaben, etwas leicht Lächerliches hatte. Er war schon zu groß dafür, so in den Armen gehalten zu werden; seine Beine baumelten herab, er wußte nicht, wohin mit den Armen. In diesem Schaukelstuhl hatte sie ihn gestillt, aber er war längst nicht mehr ihr Baby. Seine Beine summten von einer animalischen Lebendigkeit, wenn er schlief. Bald würde er sie verlassen.

Etwas Schreckliches war geschehen. Er hatte etwas Fürchterliches gesehen. Ein totes Mädchen, in seinem eigenen Blut liegend. Was würde es in ihm anrichten? In Sarah, die es nicht gesehen hatte und die in diesem Monat übellaunig und ungeduldig geworden war, mit ihren sechs Jahren zynisch und voll Verachtung? Schon bald würde die Katastrophe in beider Leben einsinken; sie würden nicht mehr daran denken, wenn eine Stille eintrat, wenn es nichts Dringendes für sie zu tun, zu machen gab. Michael würde endgültig nach Hause kommen. Das Leben weitergehen. Nicht lange, und er würde nicht mehr so ganz anders sein als sie und die Kinder, verschont von dem Geschehnis, das sie geformt hatte, der von ihnen allen allein Davongekommene, der Reisende, der fort war, als die Pest ausbrach oder der Feind ins Land drang. Von Zeit zu Zeit würden sie empfinden, daß er von ihnen verschieden war, nicht gezeichnet, nicht versehrt. Doch die Kinder würden auch anders als sie selbst heranwachsen, heranwachsen in dem Wissen, daß das Leben schrecklich und sie nie in Sicherheit waren.

Sie würden aufwachsen wie die Kinder der Armen. Ohne Glauben an die Bilder aus Geschichten von kleinen Tieren und Häusern, bemalt mit hellen Farben, von Abenteuern, in denen die Gefahren bezwungen werden und der blutende Held siegreich nach Hause findet. Die Kinder der Armen waren wissend – man sah es ihren Gesichtern an, auf den Straßen der Großstädte, auf unscharfen Photos in den Zeitungen, in den Auslandsberichten, die staubige, tote Ortschaften zeigten. Und sie warteten, die Kinder der Armen, das Warten, das konnten sie, und sie ließen sich durch nichts überraschen. Doch diese frühe Bekanntschaft mit dem Kummer brachte ihnen nicht immer Weisheit. Sie konnte Verzweiflung bringen, den Tod des Herzens, die hoffnungslose Leere des jungen Killers, der weiß, daß alles geschehen könnte, und sich deshalb zu allem berechtigt glaubt. Kinder, dachte sie, sollten die Gewalt nicht kennenlernen. Geschah es, dann hörten sie auf, Kinder zu sein. Die glückliche Kindheit war die Erfindung der Mittelschicht, ein Luxus, und die Armen waren klug genug, von dem Versuch zu lassen, sie zu lange auszudehnen. Aber sie selbst hatte eine Kindheit gehabt, einen immerwährenden Sommer. Und auch Michael, so viel er durchgemacht hatte, kannte sie. Sie hatten sie ihren Kindern zugedacht, hatten ihr Leben so gestaltet, um sie den beiden Menschen, die sie in die Welt gesetzt hatten, schenken zu können. Nun hatten die Kinder den Schutzsegen des Elternhauses verloren, die Zuversicht, die Geborgenheit, die sie in die Welt hätten hinaustragen können wie einen goldenen Ring, wie ein Amulett.

Was würden sie nun mit sich in die Welt hinaustragen? Was würde an die Stelle dessen treten, das sie verloren hatten? Würde menschliche Güte die Geborgenheit ersetzen, wie ein reicherer Schutzmantel, oder würden sie die blutige Haut der Armen, der eigenen Vorstellung entzogen, tragen oder gar halbnackt durchs Leben gehen, wie der frierende Lear, keinem anderen Schicksal bestimmt als dem Unglück eines Tieres?

Wenn es zuträfe, daß der Kummer die Garantie der Tugendhaftigkeit in sich trägt, wäre dies eine Ordnung der Dinge, mit der man leben könnte. Nur die Oberflächlichen würden sich dagegen auflehnen; die übrigen würden friedlich, in Einsicht dahinleben. Doch eine solche Garantie gab es nicht. Manchen gab der Kummer seelische Größe, und anderen brach er das Rückgrat. Manche öffneten, weiteten sich, andere wurden zu Staub zermahlen. Die einen wurden erst im Kummer wahrhaft menschlich, die anderen davon in Tiere verwandelt, die bissen und fauchten und auf der Lauer lagen, die die Schwächeren töteten, aus Verachtung, weil sie fressen wollten oder aus angeborener Folgsamkeit gegenüber der Gewalt.

Sie küßte den feuchten Kopf ihres Sohnes. Sie wußte nichts über ihn, ahnte nicht, was einmal aus ihm werden würde. Und doch kannte niemand ihn besser. Er gehörte ihr, denn zumindest jetzt war sie es, zu der er mit seinen Schrecknissen und Träumen kam, die er noch nicht zu bevölkern oder zu benennen vermochte. Sie würde auf der Stelle für ihn in den Tod gehen; es wäre nicht einmal schwer. Und dennoch konnte sie von keinem ihrer Kinder sagen: Ich weiß, was sie fühlen, ich weiß, daran werden sie sich erinnern. Es war die stärkste Liebe, die Anne kannte, diese mütterliche Liebe, aber sie wußte nichts und sie konnte nichts fernhalten.

Und was ließ sich Gültiges darüber sagen? Früher hatte sie gedacht, von allen Arten der Liebe sei sie die unschuldigste, doch nun wußte sie, daß sie sich getäuscht hatte. Es gab Mütter, die ihre Kinder auf eine Art liebten, die ihnen die Luft abschnitt und das Herz stillstehen ließ; es gab Mütter, die ihre Kinder mit leidenschaftlicher Liebe an den Busen drückten und sie im nächsten Augenblick kreischend von sich schleuderten, mit Schlägen über sie herfielen. Es gab Mütter, denen der Anblick ihrer Kinder nichts sagte: In ihnen regte sich keine Liebe, war nicht das geringste Beben des Herzens. Es gab Mütter, die ihre Kinder vom Augenblick der Geburt an haßten, die schon den ersten Kontakt von Körper zu Körper haßten und diesen Haß behielten. Es gab Mütter, die ihre Kinder liebten und sie dennoch nicht lieben konnten, denn wenn sie sich hinabbeugten, um die Körper ihrer Kinder zu küssen, spürten sie, wie das Fleisch ihnen den Mund verschloß, so daß sie Angst um ihren nächsten Atemzug bekamen. Auch gediehen oder verkümmerten Kinder, und niemand wußte zu sagen, warum oder was ihnen Tod oder Rettung brachte.

Und dann dies andere an der Mutterliebe: Sie machte nicht das ganze Leben aus. Und das war etwas Wunderbares, war eine gewaltige Gnade. Denn man konnte ja nur so wenig für die Kinder tun. Selbst wenn man jeden Augenblick mit ihnen zusammen war, ihnen jeden Gedanken seiner nicht mit Schlaf verbrachten Stunden widmete, man bewirkte nicht viel. Man brachte sie ins Leben, man liebte sie, dann ließ man die Welt in ihr Leben ein. Da man sie ohnehin nicht schützen konnte, überließ man sie sich selbst. Darin lag die Gnade; daß man sich von ihnen ab-, sich etwas anderem zuwenden konnte, etwas, was ihnen entzogen war, woran sie nicht teilzuhaben vermochten. Man konnte sie hin und wieder aus den Augen lassen, wie sie durch die Welt kamen, so gefahrvoll, so verräterisch; man konnte die Bürde dieser mütterlichen Liebe absetzen, sie auf dem Grund zurücklassen und nach oben schwimmen, vorüber an bezaubernden Erscheinungen, den bunten, wendigen Fischen, den schimmernden Felsen und Wasserblasen, vorüber auch an den Unkrautbüscheln. Es gab ja außer ihnen noch so vieles in der Welt: gleichfalls schwierig und schwer zu steuern, sich dem entziehend, was man darüber sagen wollte, unmöglich ganz zu erfassen oder in die richtige Form zu bringen. Diesen Vormittag konnte sie dem Werk einer Frau widmen, die seit fünfundvierzig Jahren tot war. Was sie schrieb, würde möglicherweise wenig Gewicht haben; vielleicht auch würde sie Dinge nicht richtig verstehen. Doch sie würde ihren Verstand nehmen, ihn schärfen und selbständig machen; sie würde das Material nehmen, das sie zusammengetragen hatte, die Worte, die es dafür gab. Sie zusammenfügen. Sie würde Entscheidungen über die Datierung von Bildern treffen. Sie würde schreiben: «Man sollte beachten . . .» und «Der Stil verlangt . . .» Sie würde komplizierte Wörter gebrauchen, kunstvoll geformte Wörter, weiße Steine, die sie in die Hand nehmen und an ihren jeweiligen Platz setzen konnte.

Und dann könnte sie, erholt, wieder hinab in die dichte Welt auf dem Grund tauchen, zu ihren Kindern und sagen: «Das ist das Leben. Was sollen wir daraus machen? Denn es ist schrecklich und leuchtend schön, und unsere Herzen sind wund. Etwas Fürchterliches ist uns widerfahren; und es wird noch mehr geschehen: Schreckliches, Herrliches, niemand kann es ahnen. Und weiß Gott, wo etwas lauernd liegen mag, sich entrollt und zustößt, in der Stille, im Dunkeln.

Peter begann sich zu regen. Er rappelte sich auf; er war bereit, in sein eigenes Bett zurückzukehren. Eine leichte Brise wehte. Wolken zogen über den Himmel, der langsam Farbe annahm. Sie rückte den Stuhl näher ans Fenster und blickte hinaus.

Deutsch von Helmut Kossodo
416 Seiten und 8 Bildtafeln.
Gebunden

Eine einfühlende, romanhafte Biographie über die geniale Bildhauerin Camille Claudel. Von ihren Zeitgenossen verkannt, verachtet und schließlich hinter die Mauern einer Irrenanstalt verbannt, gilt sie heute als eine der bedeutendsten Bildhauerinnen am Beginn der Moderne.

«Es ist als eine erzählende Biographie eine großangelegte lyrisch-dramatische Komposition, ein rhapsodischer Text, aus dem das Bild der wilden Künstlerin und großen Liebenden in dichterischer Lebendigkeit ersteht.»

Frankfurter Allgemeine Zeitung

Albrecht Knaus Verlag